BASTEI
LÜBBE

Frank Rehfeld

Die DÄMMER SCHMIEDE

Die Legende von ARCANA

BASTEI LÜBBE

BASTEI LÜBBE TASCHENBUCH
Band 20 373

Erste Auflage: Dezember 1999

Lektorat: Stefan Bauer
Titelbild: Keith Parkinson
Kartenzeichnung: Helmut W. Pesch
Umschlaggestaltung: QuadroGrafik, Bensberg
Satz: Fotosatz Steckstor, Rösrath
Druck und Verarbeitung: 48670
Groupe Hérissey, Évreux, Frankreich
Printed in France
ISBN 3-404-20373-9

Sie finden uns im Internet unter
http://www.luebbe.de

Meinem Freund Wolfgang Hohlbein,
ohne dessen vielfältige Unterstützung
in den vergangenen Jahren es Arcana
wahrscheinlich nie gegeben hätte.

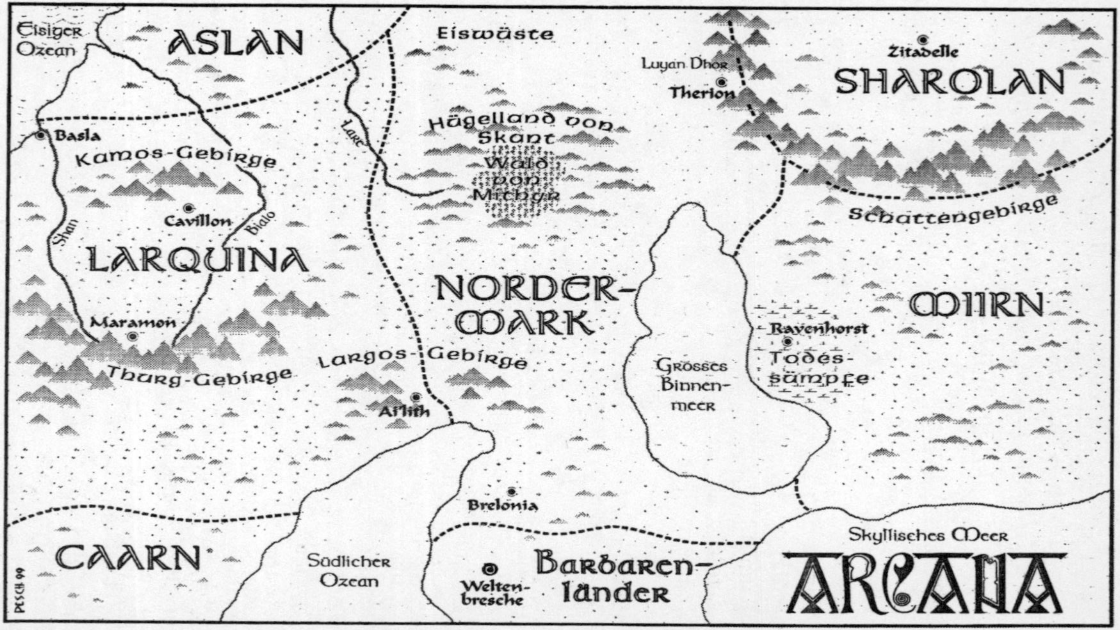
Eisiger Ozean
ASLAN
Eiswüste
Luyan Dhor
Zitadelle
SHAROLAN
Therion
Basla
Kamos-Gebirge
Lare
Hügelland von Skant
Wald von Mithyr
Schattengebirge
Cavillon
Bialo
Shan
LARQUINA
NORDERMARK
MIIRN
Maramon
Ravenhorst
Todessümpfe
Largos-Gebirge
Thurg-Gebirge
Grosses Binnenmeer
Ailith
Brelonia
Skyllisches Meer
CAARN
Südlicher Ozean
Weltenbresche
Barbarenländer
ARCANA
PESCH 99

Prolog

Der Wald wuchs besonders dicht im fruchtbaren Flachland rings um das Dorf. Die Kronen der knorrigen, uralten Bäume waren im Laufe der Jahrhunderte zu einem fast undurchdringlichen Dach zusammengewachsen, so daß es selbst am Tage nicht richtig hell wurde. Wie die Stützpfeiler eines gewaltigen Gewölbes ragten die Baumstämme in die Höhe. Das Unterholz darunter bildete eine düstere Wand aus dichtem, mehr als mannshohem Farn und ineinander verwobenen Schatten, die nicht nur das spärlich herabsickernde Licht, sondern auch jeden Laut wie ein gewaltiger Schwamm aus gestaltgewordener Nacht zu verschlucken schien. Es war totenstill.

Selon verharrte.

Anfangs war er froh über den Wald gewesen, weil das Dickicht ihm Deckung bot, während er näher an das Dorf heranschlich, aber mit jeder verstreichenden Minute machte ihm die allgegenwärtige Stille mehr zu schaffen. Sie war unnatürlich, zu tief. Mit dem Säuseln des Windes in den Blättern waren auch all die Millionen anderer, einzeln kaum wahrnehmbarer Geräusche erstorben, die einen Wald gewöhnlich erfüllten. Kein Vogel sang, nirgendwo war auch nur das leiseste Rascheln im Unterholz zu hören. Es schien, als gäbe es kein einziges Tier mehr hier.

Noch vorsichtiger als bisher schlich Selon weiter. Er war einer der besten Späher der Elben, vielleicht sogar der beste überhaupt, und er verstand es, sich in den Schatten beinahe unsichtbar und lautlos zu bewegen. Allerdings eben nur beinahe. So behutsam er auch war, es ließ sich nicht verhindern, daß er gelegentlich Geräusche verursachte, und jedesmal kam es ihm vor, als müßte man sie inmitten dieser Stille weithin hören.

Dabei war eigentlich kaum zu erwarten, daß sich noch irgendwelche Feinde in der Nähe befanden. Es lag bereits Stunden zurück, daß er den Feuerschein am Himmel entdeckt hatte, und bereits vor weit mehr als einer Stunde war der Widerschein der Flammen vom intensiveren Rot des Sonnenaufgangs überdeckt worden. Wer immer das Dorf überfallen und niedergebrannt hatte – denn jede andere Erklärung für einen so gewaltigen Brand war kaum vorstellbar, vor allem nicht hier und nicht in der gegenwärtigen Situation –, war wahrscheinlich längst weitergezogen. Er hatte all seine Waffen bis auf ein Messer bei seinem Pferd zurückgelassen, da ihn Schwert und Bogen beim Anschleichen nur behindert hätten, und schließlich war er nur hier, um zu beobachten und Bericht zu erstatten, nicht um Rache zu üben. Ob mit oder ohne Waffen, er durfte sich auf keinen Fall auf einen Kampf gegen einen zahlenmäßig überlegenen Gegner einlassen, wollte er nicht seine gesamte Mission gefährden.

Schließlich lichtete sich das Unterholz vor ihm, und als er durch eine Lücke in der grünen Wand spähte, sah Selon seine schlimmsten Befürchtungen bestätigt. Vor Jahren, als er schon einmal hier in der Nähe gewesen war, hatte er Weidenau einen kurzen Besuch abgestattet. Es war nur ein kleines Dorf gewesen, kaum mehr als zwei Dutzend Häuser, bewohnt von einfachen Menschen, die selbst kaum genug zum Leben besaßen, ihn aber dennoch gastfreundlich aufgenommen hatten. Nun waren von dem Ort nur noch verkohlte Ruinen übrig; ausgeglühte und geschwärzte Skelette der Häuser und hier und da vereinzelte Balken, die wie Knochenfinger anklagend zum Himmel deuteten.

Mehr als eine Minute lang blickte Selon erschüttert auf das Bild der Zerstörung, das sich ihm bot. Trauer und Wut, die sich langsam zu Haß steigerte, fochten einen erbitterten Kampf in seinem Inneren. Haß auf die mit so unglaublicher Brutalität vorgehenden Hornmänner, denn nur sie konnten für das Massaker verantwortlich sein. Der Überfall trug ihre Handschrift, auch wenn sie bisher noch nie so weit im Süden zugeschlagen hatten. Ihre Heimat war das Hügelland von Skant weiter im Norden, im Herzen der Nordermark, und dort besaßen sie mittlerweile eine beträchtliche Macht. Als sie vor einigen Jahrzehnten zum ersten Mal von sich reden machten, hatte man noch geglaubt, sie wären nicht mehr als eine der vielen anderen in der Nordermark umherziehenden Räuberbanden, die Reisende, schwach geschützte Karawanen und abgelegene Gehöfte überfielen. Man hatte ihnen nicht sonderlich viel Aufmerksamkeit gezollt, und das war ein verhängnisvoller Fehler gewesen, wie sich mittlerweile zeigte. Wenn man den spärlichen Berichten der ausgesandten Späher und Spione glauben durfte, handelte es sich um weit mehr als nur eine einfache Bande von Plünderern und Dieben. Die Hornmänner waren straff organisiert und wurden autoritär geführt, schlugen nicht willkürlich zu, sondern planten ihre Beutezüge mit militärischer Präzision. Binnen kurzer Zeit war ein Großteil aller rivalisierenden Banden zu ihnen übergelaufen oder von ihnen zerschlagen worden. Schon dadurch stellten sie in den Hügeln von Skant eine gefürchtete Macht dar, der höchstens die wenigen größeren und stark befestigten Städte widerstehen konnten, und gerade deshalb hatten die Hornmänner dieses Gebiet bislang selten verlassen. Vor allem hatten sie sich nie zuvor so tief in den Süden der Nordermark vorgewagt, fast bis zur Grenze zu den Barbarenländern, wo sie das Terrain nicht kannten und weit von jeder Verstärkung und ihrem Nachschub abgeschnitten waren.

Und doch konnten eigentlich nur sie für die gehäuften Überfälle in den letzten Wochen auf Gehöfte und kleine Dörfer hier in der Gegend verantwortlich sein, wegen denen man Selon und andere Späher ausgeschickt hatte. Theoretisch war noch möglich, daß es sich um Raubzüge eines der kriegerischeren Barbarenvölker handelte, doch sprach die ungeheuere Brutalität dagegen, mit der die Überfälle ausgeführt wurden. Die Barbaren waren als harte und unnachgiebige Krieger berüchtigt, doch sie schlachteten keine Frauen und kleinen Kinder ab. Die Hornmänner hingegen hatten diesbezüglich keine Skrupel, denn ihr Ziel war es, nackten Terror zu verbreiten und durch die Kunde von ihrer Grausamkeit schon im Vorfeld jeden zu demoralisieren, der es wagte, ihnen Widerstand entgegenzusetzen.

Selon hatte in der vergangenen Woche fünf niedergebrannte Höfe entdeckt, und überall waren ausnahmslos alle Bewohner mit beispielloser Brutalität niedergemetzelt worden. Er zweifelte nicht daran, daß es auch in Weidenau so sein würde. Zumindest aus der Ferne war nicht das geringste Lebenszeichen zwischen den ausgebrannten Ruinen zu entdecken.

Um ganz sicher zu gehen und vielleicht endlich irgendwelche Spuren der Mörder zu entdecken, die eindeutige Beweise für ihre Identität lieferten, blieb Selon jedoch nichts anderes übrig, als sich selbst ins Dorf zu begeben, und dieser Gedanke behagte ihm gar nicht. Er hatte in den letzten Tagen bereits zuviel Schreckliches gesehen, hatte zuviele offen zum Fraß für die Tiere liegengelassene Leichen beerdigt. Es war eine Sache, von solchen Greueln zu hören, aber eine ganz andere, sie selbst zu sehen und zu erleben; so viele Tote zu beerdigen, daß man irgendwann aufhörte, sie zu zählen und seine Pflicht nur noch ganz mechanisch verrichtete, um nicht den Verstand zu verlieren.

Doch das war nicht der einzige Grund für Selons Unbehagen; es gab noch einen weitaus pragmatischeren. Um das Dorf zu erreichen, mußte er rund einen Kilometer über offenes Gelände zurücklegen, das ihm so gut wie keine Deckung bot.

Nachdem er die Ruinen mehr als zehn Minuten lang beobachtet hatte, war er sicher, daß die Angreifer längst weitergezogen waren und sich kein lebendes Wesen mehr dort aufhielt, dennoch zögerte er. Die unnatürliche Stille, die immer noch im Wald herrschte, beunruhigte ihn. Es schien, als hielte die Natur selbst den Atem an, und er nahm dieses Warnsignal ernst. Irgend etwas stimmte nicht, auch wenn er keinerlei Hinweis auf eine konkrete Gefahr entdecken konnte, so lange er auch beobachtete und lauschte.

Selon beschloß, sich im Schutz des Unterholzes zunächst in einem Halbkreis nach Westen zu wenden, wo der Wald näher an das Dorf heranragte, so daß das offene Gelände dazwischen nur noch wenige hundert Meter betrug.

Er hatte bereits den größten Teil der Strecke bis zu der Stelle zurückgelegt, die er sich zum Verlassen des Waldes ausgesucht hatte, als er nicht weit entfernt ein leises Rascheln hörte. Sofort erstarrte er zur Bewegungslosigkeit und lauschte noch angespannter. Nach einer knappen Minute wiederholte sich das Rascheln, und gleich darauf vernahm er auch ein leises Keuchen. Es konnte sich um ein unterdrücktes Schluchzen handeln, vielleicht aber auch nur um einen schweren Atemzug.

Selon zog sein Messer. Mit äußerster Vorsicht, darauf bedacht, selbst keinerlei Geräusch zu verursachen, schlich er weiter.

Vor ihm schimmerte etwas Helles durch das Unterholz. Selon atmete tief durch, dann spannte er seine Muskeln an, sprang vor und warf sich mit einem weiten Satz auf die Gestalt, die vor ihm im Unterholz kauerte. Mit dem linken Arm preßte er sie zu Boden und riß das Messer, das er in der rechten Hand hielt, zum Stoß hoch.

Ein heller, von panischem Schrecken erfüllter Schrei drang an seine Ohren, und im gleichen Moment erkannte er, daß er es nur mit einem vielleicht zehn- oder elfjährigen Mädchen zu tun hatte. Es trug ein schmutziges, schlichtes Gewand. Seine langen blonden Haare waren zerzaust und voller Erdklümpchen. Mit vor Angst und Entsetzen weit aufgerissenen Augen starrte die Kleine ihn an. Verlegen ließ Selon das Messer sinken.

Kaum hatte er das Mädchen losgelassen, sprang es auf und versuchte wegzurennen. Reaktionsschnell griff er zu, bekam ein Fußgelenk der Kleinen zu packen und brachte sie erneut zu Fall. Sie schrie, begann sich wie eine Wildkatze zu winden, trat und schlug blindlings um sich. Selon bekam einen schmerzhaften Tritt ins Gesicht, hielt das Kind aber weiterhin eisern fest. Er beugte sich vor, packte die Handgelenke der Kleinen und drückte sie zu Boden.

»Ruhig, ganz ruhig«, sprach er auf sie ein. »Du bist in Sicherheit. Niemand wird dir etwas tun.«

In jedesmal leicht abgewandelter Form wiederholte er die Worte wieder und wieder, bis die Kleine schließlich aufhörte, sich gegen ihn zu wehren. Regungslos blieb sie liegen, starrte ihn aber weiterhin aus weit aufgerissenen und angsterfüllten Augen an, ohne ihn dabei richtig wahrzunehmen. Ihr Blick schien geradewegs durch ihn hindurch in weite Ferne gerichtet zu sein. Alle paar Sekunden stieß sie ein leises, panikerfülltes Wimmern und Schluchzen aus.

»Ganz ruhig«, sagte er noch einmal. »Hab keine Angst, ich tue dir nichts. Ich bin keiner von denen, die euer Dorf überfallen haben.«

Es gab für Selon keinen Zweifel, daß die Kleine aus Weidenau stammte. Irgendwie hatte sie den Überfall überlebt, war bis in den Wald geflohen und hielt sich seither hier versteckt. Was sie gesehen hatte, war zuviel für ein kleines Mädchen gewesen und hatte ihr einen Schock versetzt. Für ihn war sie ungeheuer wichtig: der erste lebende Zeuge, den er entdeckte.

»Du bist in Sicherheit. Niemand wird dir etwas tun«, redete er weiter auf sie ein. »Du brauchst keine Angst zu haben.«

Er war sich nicht sicher, ob sie überhaupt hörte, was er sagte. Es war möglich, daß sich ihr Verstand durch den Schock so weit von der Wirklichkeit zurückgezogen und abgekapselt hatte, daß sie gar nicht mehr richtig wahrnahm, was um sie herum vorging. Vielleicht hatte sie aufgrund der erlittenen Schrecken sogar den Verstand verloren, und es gab keine Möglichkeit mehr, zu ihrem Geist vorzudringen. In diesem Fall wäre sie als Zeugin nutzlos – doch das war nicht der einzige Grund, aus dem dem er hoffte, daß es nicht so schlimm wäre.

Nach einigen Minuten schließlich begann sie sich zu seiner Erleichterung zu beruhigen. Selbst wenn sie nicht verstehen mochte, was er sagte, so verfehlte zumindest der sanfte Klang seiner Stimme nicht seine Wirkung. Ihr Wimmern verstummte, ihr verkrampfter Körper entspannte sich ein wenig, und schließlich klärte sich ihr Blick soweit, daß sie ihn nun zu erkennen schien.

»Die ... die Ungeheuer!« keuchte sie. Wieder flackerte Panik in ihr auf, und sie blickte sich gehetzt um.

»Sie sind fort«, behauptete Selon. Er ließ sie los und setzte sich neben ihr auf den Boden. »Ich bin Selon vom Volk der Elben. Und wie heißt du?«

»Cara«, antwortete das Mädchen. »Du bist wirklich ein Elbe?« Einen kurzen Blick lang musterte sie ihn neugierig, sein fein geschnittenes Gesicht, das lange silbergraue Haar und seine spitz zulaufenden Ohren, doch gleich darauf ließ sie ihren Blick wieder ängstlich umherwandern. Was die Kleine mitangesehen hatte, mußte furchtbar gewesen sein, und es würde lange dauern, bis sie über dieses schreckliche Erlebnis hinweg kam. Wenn überhaupt. Vermutlich würde sie die seelischen Narben, die sie erlitten hatte, für den Rest ihres Lebens mit sich herumtragen.

»Das bin ich«, bestätigte er. »Und du bist also Cara. Das ist ein hübscher Name. Hör mir gut zu, Cara, auch wenn du dich nicht daran erinnern möchtest, du mußt mir erzählen, was passiert ist. Wer hat euer Dorf überfallen?«

»Ungeheuer!« stieß das Mädchen hervor. »Es waren ... Ungeheuer. Monster.«

»Männer in Rüstungen aus schwarzen Hornschuppen?« hakte Selon nach.

»Nein.« Cara schüttelte heftig den Kopf. »*Richtige* Ungeheuer. Ich ... ich habe so etwas noch nie vorher gesehen. Sie hatten ... viel zuviel Arme und Beine, fast wie riesige Spinnen. Oder Ameisen. Aber sie ... sie sahen noch viel schrecklicher aus. Als wären sie direkt ... aus der Hölle gekommen.«

Selon überlegte blitzschnell. Er war nicht sicher, was er von der Schilderung halten sollte. In ihren monströsen Rüstungen mochten die Hornmänner wie Ungeheuer erscheinen, aber Caras Beschreibung paßte ganz und gar nicht auf sie. Sie paßte auf überhaupt keine Wesen, die er jemals gesehen oder von denen er jemals gehört hatte. Anderseits war Cara verwirrt und stand immer noch unter einem schlimmen Schock. Möglicherweise hatte sie die Angreifer gar nicht richtig gesehen und schmückte ihre Schilderung unbewußt mit den Bildern irgendwelcher Phantasiemonster aus ihren Alpträumen aus.

»Und was ist dann passiert?« fragte er.

»Sie ... sie waren auf einmal da. Ganz plötzlich«, berichtete sie stockend. »Ich habe schon geschlafen, aber meine Eltern ... sie haben mich mit einem Mal geweckt und aus dem Bett gezerrt. Wir ... sind ins Freie gelaufen, aber die Ungeheuer ... sie waren schon überall.« Cara schluchzte, und Tränen liefen ihr über die Wangen. »Wir ... wir haben es irgendwie aus dem Dorf geschafft, aber kurz bevor wir den Wald erreichten, haben sie uns eingeholt und ... ich bin gefallen und unter einen Busch gerollt«, stieß sie weinend hervor. »Da haben sie mich wohl nicht gefunden ... oder sie haben mich für tot gehalten. Aber meine Eltern ...« Von einem erneuten Weinkrampf geschüttelt, brach sie ab und schluchzte nur noch.

»Arme Kleine«, sagte Selon mitfühlend, strich ihr mit der Hand über das Haar und wischte ihr die Tränen aus dem Gesicht. Obwohl es noch vieles gab, was ihn interessiert hätte, verzichtete er darauf, ihr weitere quälende Fragen zu stellen.

»Ich werde ins Dorf gehen«, sagte er statt dessen, als das Schweigen nach einiger Zeit unangenehm zu werden begann. »Ich muß ...« Er sprach nicht weiter, weil er es nicht fertigbrachte, ihr zu sagen, daß er vorhatte, die Leichen zu beerdigen.

»Nein!« keuchte sie entsetzt, packte mit beiden Händen seinen Arm und klammerte sich daran. »Nein, das darfst du nicht! Du darfst nicht hingehen!«

»Es geht nicht anders«, behauptete er. »Aber ich komme so schnell wie möglich zurück, das verspreche ich dir.«

»Nein!« rief Cara noch einmal. Ihr Blick flackerte. Obwohl sie nur ein kleines Mädchen war, drückte sie seinen Arm so fest, daß es ihm weh zu tun begann. »Du darfst nicht weggehen!«

»Aber es muß sein«, erklärte Selon eindringlich. Mit

sanftem Druck löste er ihren Griff. »Aber es ist besser, wenn du hier wartest. Glaub mir, ich werde wiederkommen.«

»Ich bleibe nicht hier. Eher komme ich mit«, verlangte sie. »Du darfst mich nicht allein lassen!«

»Nur ein oder zwei Stunden höchstens«, behauptete Selon. Er wollte nicht, daß Cara ihn begleitete, wenn er die Gräber aushob, doch er konnte auch verstehen, daß sie nicht allein zurückbleiben wollte.

»Ich bleibe nicht hier«, beharrte sie mit der Kindern eigenen Sturheit. »Wenn du gehst, dann komme ich mit. Versuch gar nicht erst, mich davon abzubringen. Ich gehe mit dir.«

Selon erkannte, daß er sie nicht würde umstimmen können. Um sie davon abzuhalten, ihn zu begleiten, müßte er sie schon festbinden. Er mochte Kinder, aber er hatte wenig Erfahrungen mit ihnen und konnte nicht richtig mit ihnen umgehen, wie ihm jetzt überdeutlich bewußt wurde. Ihre ganze Art zu denken war ihm fremd, weshalb er sich hilflos und unsicher fühlte.

Er konnte höchstens darauf verzichten, nach Weidenau zu gehen, und Cara statt dessen nach Ai'Lith, zur Hohen Festung der Elben, oder zumindest in die nächste größere Stadt bringen, um anschließend zurückzukehren, die Toten zu begraben und seine Nachforschungen fortzusetzen. Aber er hatte bislang noch keinen konkreten Hinweis auf die Identität derer, die für die Überfälle verantwortlich waren, und eventuelle Spuren konnten bis zu seiner Rückkehr von Wind und Regen verwischt worden sein. Außerdem widerstrebte es ihm zutiefst, die Leichen tagelang offen liegen zu lassen, auch wenn die Lebenden für ihn in jedem Fall Vorrang vor den Toten hatten.

»Was du zu sehen bekommst, wird bestimmt sehr schlimm für dich werden«, unternahm er einen letzten

Versuch, sie umzustimmen, auch wenn er wenig Hoffnung hatte. »Es gibt mit Sicherheit viele Tote in Weidenau, all die Menschen, die du kennst.«

Cara schluckte schwer, dann nickte sie und senkte den Kopf. Ihr Gesicht sah kalkweiß aus. »Ich weiß«, murmelte sie. »Aber ich... ich halte das schon aus. Das ist nicht so schlimm, als allein hier zurückzubleiben.«

»Also gut«, sagte Selon seufzend. »Dann komm. Bringen wir es schnell hinter uns.«

Er stand auf, und sie erhob sich ebenfalls. In einer rührenden Geste schob sie ihre Hand in die seine. Immer wieder blickte er sich aufmerksam um, als sie den Schutz des Waldes verließen. Ein paar dunkle Punkte am Himmel erregten für einen Moment seine Aufmerksamkeit; drei sehr hoch fliegende und anscheinend ziemlich große Vögel. Sonst war nirgendwo ein Lebewesen zu entdecken.

Sie hatten etwa die halbe Strecke bis zum Dorf zurückgelegt, als Selon erneut hochblickte und feststellte, daß die Vögel verschwunden waren, doch er schenkte dieser Tatsache keine weitere Beachtung. Seine Aufmerksamkeit galt in erster Linie den Ruinen vor ihm, wo es aber auch weiterhin keinerlei Anzeichen von Leben gab.

Wenige Sekunden später stieß Cara einen entsetzten Schrei aus. Selon fuhr herum. Pfeilschnell kamen die drei Wesen, die er zuvor hoch über ihnen am Himmel entdeckt hatte, vom Waldrand aus auf sie zugeschossen. Doch anders, als er zunächst gedacht hatte, waren es keine Vögel. Es handelte sich um überhaupt keine Wesen, wie er sie jemals zuvor gesehen hatte. Sie waren nahezu mannsgroß, mit feingliedrigen, fast zierlichen Körpern, die von einem Panzer aus schwarzen Schuppen bedeckt waren und in einem peitschenartigen Schwanz endeten. Während des Fluges schlugen sie mit ihren dunklen, gezackten Schwingen, die doppelt so groß wie ihr eigentlicher Körper waren. Vier Extremitäten entwuchsen ihrem Leib; zwei kurze Beine und zwei noch kürzere, fast stummelartige Arme, die alle vier in furchteinflößenden, rasiermesserscharfen Krallen endeten. Ihre insektenhaften Gesichter entstammten geradewegs aus einem Alptraum. Sie schienen fast nur aus zwei rotglühenden, tückisch funkelnden Augen und einem riesigen Maul zu bestehen, aus dem zwei Doppelreihen spitz zulaufender Reißzähne herausragten.

Einen Moment lang blickte Selon den drei Kreaturen schreckensstarr entgegen. Als er seine Lähmung endlich überwand, warf er sich nach vorne und riß dabei auch Cara mit sich zu Boden, doch es war bereits zu spät. Noch während er fiel, spürte er einen reißenden Schmerz im Rücken, als die Krallen eines der Ungeheuer ihn streiften, sein ledernes Wams und das Hemd darunter aufschlitzten und sich tief in seine Haut bohrten.

Dennoch hatte er Glück im Unglück, während es Cara wesentlich schlimmer erwischte. Sie schrie erneut, diesmal nicht nur vor Schreck, sondern auch vor Schmerz. Während das Ungeheuer, das es auf ihn abgesehen hatte, ihn nicht richtig zu packen bekam, hatte eines der beiden anderen seine Krallen tief in Caras Schultern gebohrt und hob sie mit sich in die Höhe. Verzweifelt versuchte Selon, sie festzuhalten, doch er war nicht stark genug. Ihre Hand wurde aus der seinen gerissen.

»Nein!« brüllte er, sprang auf und versuchte, erneut nach ihr zu greifen, aber das Ungeheuer befand sich bereits mehrere Meter über dem Boden und gewann rasend schnell an Höhe. Cara strampelte mit den Beinen und bemühte sich, nach der Kreatur zu schlagen, ohne sich jedoch befreien zu können. Immer noch schrie sie, doch ihre Schreie wurden rasch leiser, als das fliegende Ungeheuer sie mit sich wegschleppte, auf den Rand des Waldes zu.

Es gab nichts, was Selon noch für sie tun konnte. Im Gegenteil, er schwebte selbst weiterhin in größter Gefahr. Rasend vor Trauer und Wut, daß er das Mädchen nicht hatte beschützen können, zog er sein Messer und wandte sich den übrigen beiden Alptraumkreaturen zu. Nachdem sie ihn verfehlt hatten, mußten sie einen großen Wendekreis fliegen, kamen aber bereits wieder auf ihn zu. Er wartete bis zum allerletzten Augenblick, dann erst warf er sich zur Seite und stieß gleichzeitig das Messer kraftvoll nach oben.

Im ersten Moment glitt die Klinge von dem offenbar unglaublich widerstandsfähigen Panzer am Bauch der Bestie ab, rutschte dann aber in eine Lücke zwischen zwei der Schuppen, zwischen denen es weiterglitt. Um ein Haar wäre Selon die Waffe aus den Händen gerissen worden, doch er hielt den Griff eisern fest. Von ihrem eigenen Schwung vorwärts gerissen, schlitzte sich die Bestie selbst auf. Wenige Meter von ihm entfernt stürzte sie zu Boden, schlug noch ein paarmal im Todeskampf wild mit den Flügeln und blieb dann reglos liegen. Eine Lache aus dunklem, grünlichem Dämonenblut breitete sich unter ihr aus.

Selon begann zu rennen, zurück zum Wald. Nur dort, zwischen den Bäumen, konnte er Schutz finden. Hier auf dem freien Feld war das letzte der Ungeheuer ihm gegenüber eindeutig im Vorteil. Zudem konnte es nicht mehr lange dauern, bis auch die Bestie zurückkehrte, die Cara verschleppt und inzwischen mit allergrößter Wahrscheinlichkeit getötet hatte. Und er allein trug die Schuld daran. Wie ein tonnenschweres Gewicht lastete diese auf ihm. Er hatte die ganze Zeit über gespürt, daß etwas nicht stimmte. Auf gar keinen Fall hätte er sie mit zum Dorf nehmen dürfen; statt dessen hätte er sie fortbringen müssen, in Sicherheit.

Er wußte nicht, mit was für Kreaturen er es hier zu tun

hatte und woher sie kamen, doch allein um den Tod Caras und der anderen Bewohner Weidenaus zu rächen, hätte er sie am liebsten alle drei umgebracht. Ohne sein Schwert und seinen Bogen hatte er jedoch so gut wie keine Chance, einen solchen Kampf zu gewinnen. Zwar hatte er eines der Ungeheuer getötet, doch dabei hatte ein Gutteil Glück eine Rolle gespielt, und damit durfte er nicht ein zweitesmal rechnen.

Noch einen weiteren verhängnisvollen Fehler durfte er nicht begehen: Wichtiger als seine Rache war es, andere zu warnen, mit welch einer Bedrohung sie es hier zu tun hatten.

Im Laufen blickte er immer wieder über die Schulter zurück und konnte zwei weiteren Angriffen des Ungeheuers nur mit knapper Not entgehen. Dann hatte er den Waldrand erreicht und taumelte in den Schutz des Unterholzes. Keuchend lehnte er sich gegen einen Baumstamm, löste sich aber gleich darauf mit einem Schmerzensschrei wieder davon. Er war bislang viel zu sehr damit beschäftigt gewesen, am Leben zu bleiben, als daß er sich um seinen verletzten Rücken gekümmert hätte, wo ihm die Krallen der Bestie die Haut zerfleischt hatten. Erst jetzt wurde er sich dieser Wunde wieder bewußt. Sie mußte schlimmer sein, als er bislang angenommen hatte, und er hatte bereits eine Menge Blut verloren. Im Moment konnte er jedoch nichts dagegen tun. Er trug nichts bei sich, woraus er einen Verband anfertigen konnte, und ihm blieb nicht die Zeit, erst lange nach Heilkräutern und geeigneten Blättern zu suchen. Erst wenn er sein Pferd mit seinem Gepäck erreichte, konnte er die Wunde versorgen.

Ohne sich um den Lärm zu kümmern, den er verursachte, hastete er durch das Unterholz. Für einen eventuellen Verfolger bildete ohnehin die Spur aus Blutstropfen, die er hinter sich zurückließ, eine deutliche Fährte.

Von den Flugbestien war im Augenblick nichts zu sehen. Sie schienen nicht durch das dichte Blätterdach der Bäume dringen zu können, die viel zu dicht standen, als daß die Monster ihre Schwingen hätten entfalten können. Zumindest vorläufig war er wohl vor ihnen in Sicherheit.

Allerdings bildeten sie nicht die einzige Gefahr, vor der er sich fürchtete. Cara hatte von Ungeheuern gesprochen, die ihr Dorf angegriffen hatten, und obwohl es sich bei den Flugwesen um furchteinflößende Bestien handelte, paßte ihr Aussehen nicht zu der Beschreibung des Mädchens. Offenbar handelte es sich um eine größere Zahl verschiedenartiger dämonischer Kreaturen, die geradewegs aus einem Höllenpfuhl hervorgekrochen zu sein schienen, der sich unvermutet geöffnet hatte.

Hinzu kam noch etwas ganz anderes. Bei den Wesen, die er gesehen hatte, handelte es sich offenbar um Tiere ohne nennenswerte Intelligenz. Als solche aber wären sie kaum in der Lage, Feuer zu entzünden und alle überfallenen Höfe und Dörfer systematisch niederzubrennen. Sie wären auch nicht in der Lage, taktisch bedacht eine Nachhut zurückzulassen, die nach eventuellen Überlebenden oder Spurensuchern Ausschau hielt. All das deutete darauf hin, daß hinter den Bestien noch andere standen, die sie lenkten – was die Gefahr um ein Vielfaches vergrößerte.

Selons Lauf ging immer mehr in ein erschöpftes Taumeln über, und immer häufiger mußte er sich an Bäumen abstützen und ein paar Sekunden lang rasten, bis er endlich sein Pferd erreichte. So gut es ging, rieb er sich den Rücken mit einer Heilsalbe ein und wickelte einen dicken Verband um seinen gesamten Oberkörper. Er hoffte, daß diese Maßnahmen noch nicht zu spät kamen, denn nun spürte er deutlich, wieviel Blut er bereits verloren hatte. Er fühlte sich schwach und erschöpft, war am Ende seiner Kräfte angelangt. Immer wieder wurde ihm schwindelig, auch als er bereits im Sattel saß, so daß er ein paarmal fast wieder vom Pferd gefallen wäre.

Die nächstgelegene Stadt war Brelonia, mehr als einen halben Tagesritt im Nordwesten. Dort würde man sich um ihn kümmern, und er würde fachkundige Hilfe von einem Heiler bekommen.

Vor allem aber mußte er die Menschen dort warnen. Nicht nur sein eigenes Leben hing davon ab.

Er mußte es bis Brelonia schaffen.

Er mußte.

Schatten am Horizont

Der Sommer war erst wenige Wochen alt, und der Tag, der sich nun allmählich seinem Ende entgegen neigte, war der bislang schönste und wärmste des Jahres gewesen, eines Jahres, das als eines der schrecklichsten und blutigsten in die Geschichtsschreibung Arcanas eingehen sollte.

So wenig Maziroc, der Magier, jedoch bereits von den finsteren Schatten ahnte, die sich am Horizont zusammenballten, so wenig nahm er auch von der Schönheit des Tages wahr. Vorhänge an den Fenstern sperrten seit den frühen Morgenstunden das Sonnenlicht aus, und die Wände waren zu dick, als daß die Wärme bis in sein Zimmer in einem der schwarzen Basalttürme der Ordensburg Cavillon vorgedrungen wäre.

Lediglich dämmeriges Zwielicht erfüllte den Raum; ein geisterhafter bläulicher Schein, der von zwei Gegenständen auf einem Tisch in der Mitte des Zimmers ausging: einem schlichten Goldring und einem Medaillon, in dessen Oberfläche zahlreiche fremdartige Symbole eingraviert waren. In tiefe Trance versunken, fixierte der Magier seit Stunden die beiden *Skiils*, versuchte, seinen Geist in Einklang mit ihnen zu bringen und sie so an sich anzupassen. *Skiils* waren Artefakte, die einem magisch genügend starken Träger eine bestimmte Zauberkraft verliehen. Um sie nutzen zu können, mußte man jedoch eine geistige Verbindung mit ihnen eingehen, eine Art Symbiose. Es war bereits eine schwierige und aufwendige Prozedur, ein einzelnes *Skiil* auf sich abzustimmen. Mit zweien zugleich hatte Maziroc es noch nie versucht, denn es galt als unmöglich, doch er betrachtete es schon seit langem als eine Herausforderung, die er nun fast gemeistert hatte. Obwohl aus leblosen Materialien bestehend, waren die *Skiils* fast wie störrische kleine Tiere, die sich nur widerwillig einem Träger unterwarfen. Viel fehlte nun allerdings nicht mehr, um ihren Widerstand zu brechen.

Mit einer letzten geistigen Anstrengung drang Maziroc bis zu ihrem Kern vor und stellte die symbiotische Verbindung her. Im gleichen Moment spürte er die magische Energie, die wie ein warmer Strom zwischen ihm und den beiden *Skiils* hin und her zu fließen begann. Vom Gefühl des Triumphes erfüllt, daß er das vermeintlich Unmögliche geschafft hatte, erwachte er aus seiner Trance und schlug die Augen auf. Trotz der stundenlangen Konzentration und Anspannung fühlte er sich nicht erschöpft, sondern dank des errungenen Erfolges gestärkt und voller Tatendrang.

Das Leuchten der beiden *Skiils* begann zu verblassen, und Dunkelheit breitete sich im Raum aus. Maziroc trat an eines der Fenster und schob den Vorhang zur Seite. Geblendet mußte er für ein paar Sekunden die Augen schließen, als grelles Sonnenlicht hereinströmte. Gleich darauf hämmerte jemand lautstark mit der Faust gegen die Tür.

»Was ist denn?« fragte er barsch. Er hätte sich gerne noch eine Weile im Glanz seines Erfolgs gesonnt und war entsprechend ungehalten über die Störung. Seine Reaktion wäre allerdings mit Sicherheit noch wesentlich harscher ausgefallen, wenn er durch das Klopfen aus seiner ursprünglichen Konzentration gerissen und der Erfolg seiner Bemühungen zunichte gemacht worden wäre.

Die Tür wurde aufgestoßen, und Brak, einer der jungen Dienst- und Botenjungen in Cavillon, kam hereingestürmt. Vor Aufregung war sein Gesicht gerötet.

»Elben, Herr!« stieß er hervor. »Man hat Elben gesehen! Und sie sind auf dem Weg hierher!«

»Und?« murmelte Maziroc geistesabwesend.

»Aber Herr, habt Ihr denn nicht gehört? Es handelt sich um Elben!«

Maziroc seufzte. Er durfte nicht vergessen, wie jung Brak noch war. Für ihn selbst waren Elben nichts Ungewöhnliches; seine ausgedehnten Reisen hatten ihn sogar schon mehrfach bis nach Ai'Lith geführt, der Hohen Festung der Elben, und – obgleich selten – kam es immer wieder vor, daß Späher der Elben Cavillon einen Besuch abstatteten. Für jemanden wie Brak, der vermutlich noch nie in seinem Leben Angehörige des Alten Volkes gesehen hatte, mochte ihre Ankunft jedoch ein ungeheuer aufregendes Erlebnis sein. In weiten Kreisen der Bevölkerung galten Elben als fast übernatürliche, mystische Wesen.

»Doch, ich habe es gehört«, antwortete er. »Aber ich fürchte, du wirst bitter enttäuscht werden, wenn du allzu hohe Erwartungen hegst. Die Elben sind keine göttergleichen Wesen, so wenig wie die Zwerge oder wir Magier, obwohl man es auch von uns gelegentlich denkt. Sie sind einfach nur ein sehr altes und weises Volk.«

Das war gewaltig untertrieben. Die Elben waren nicht einfach nur alt und weise, sie waren das mit Abstand älteste bekannte Volk. Schon lange, bevor es die ersten Zwerge oder gar Menschen gegeben hatte, hatten bereits Elben auf Arcana gelebt. Im Laufe ihrer langen Existenz hatten sie einen schier unglaublichen Reichtum an Wissen gesammelt, den sie nur äußerst selten und widerwillig mit anderen teilten. Gerade deshalb galten sie nicht nur als eines der weisesten, sondern auch als eines der geheimnisvollsten Völker. Davon jedoch erwähnte Maziroc nichts, um dem Mythos nicht noch neue Nahrung zu verschaffen.

»Wie Ihr meint, Herr«, murmelte Brak, doch es klang nicht sehr überzeugend, und das Feuer der Begeisterung in seinen Augen brannte kein bißchen weniger hell. »Auf jeden Fall hat mich Charalon zu Euch geschickt. Er möchte, daß Ihr beim Empfang der Elben dabei seid.«

Maziroc runzelte die Stirn. Eine solche Bitte vom Oberhaupt des Magierordens war ziemlich ungewöhnlich. Genau wie er selbst kannte auch Charalon die Elben, hatte sogar schon wesentlich öfter mit ihnen zu tun gehabt, und bislang hatte er noch nie besondere Vorkehrungen getroffen oder sonst irgendwelchen Aufwand betrieben, nur weil einige Angehörige des Alten Volkes Cavillon einen Besuch abstatteten. Wenn er es diesmal tat, dann hieß es, daß etwas Bedeutsames geschehen war. Oder daß wichtige Ereignisse bevorstanden.

»Gut, sag Charalon, daß ich gleich kommen werde«, erklärte er. Er wartete, bis Brak das Zimmer wieder verlassen hatte, dann nahm er den Ring vom Tisch und trat erneut ans Fenster. In der Ferne konnte er bereits die Gruppe der Elben sehen, zumindest war anzunehmen, daß es sich bei den winzigen dunklen Punkten auf einem Hügelkamm um die Delegation des Alten Volkes handelte. Was ihn überraschte, das war ihre Zahl. Er hatte mit drei, vier Spähern gerechnet, doch statt dessen mußten es mindestens zwanzig bis dreißig Reiter sein. Wenn Elben in einer so großen Gruppe reisten, dann *war* das in der Tat etwas Besonderes. Auf jeden Fall stellte es eine gute Gelegenheit dar, das frisch angepaßte *Skiil* zu erproben, das die Fähigkeit besaß, Entfernungen für den Blick zusammenschrumpfen zu lassen.

Maziroc kniff ein Auge zu, hob den Ring vor das andere und spähte hindurch. Zunächst sah er alles nur verschwommen, und er mußte sich konzentrieren, um das *Skiil* schärfer zu fixieren, dann schälten sich allmählich deutlichere Konturen aus dem Dunst. Er konnte die Reiter nun so klar sehen, als wären sie nur noch wenige Dutzend Meter entfernt. Es handelte sich tatsächlich um rund zwanzig Elben, von denen die in grün gekleideten Späher allerdings den geringsten Teil stellten. Die übrigen trugen Kettenhemden, und ihr Wams darüber zeigte das dunkle Braun der Elbenkrieger.

Und in ihrer Mitte ...

Ungläubig ließ Maziroc den Ring sinken, blinzelte ein paarmal und starrte dann erneut durch das *Skiil*. Er hatte sich nicht getäuscht. Mit einem Mal ergab alles einen Sinn: die große, schwer bewaffnete Eskorte, und auch, daß Charalon ihn hatte rufen lassen, damit er bei der Ankunft der Gäste vom Alten Volk anwesend war.

Der Mann in einem schlichten sandfarbenen Gewand, der inmitten der Krieger ritt, war niemand anders als Eibon Bel Churio, der König des Alten Volkes!

Maziroc konnte es kaum glauben, aber es war kein Zweifel möglich. Bei seinem ersten Besuch in Ai'Lith hatte er den Elbenkönig gesehen, beim zweiten Mal war er bereits von ihm empfangen worden, und mittlerweile waren sie einander freundschaftlich verbunden. Der Mann *war* Eibon, dem man bereits wenige Jahre nach Antritt seines Amts den Ehrentitel ›Bel Churio‹ verliehen hatte, was in der Ursprache der Elben *Der Erleuchtete* bedeutete. Ihm war es gelungen, den jahrhundertealten Krieg der Elben gegen die Barbaren der Südländer zu beenden und einen für beide Seiten ohne Gesichtsverlust annehmbaren Friedensvertrag auszuhandeln, der seither Bestand hatte.

Allerdings verließ Eibon die Hohe Festung nur noch äußerst selten. Wenn er nun die weite Reise auf sich genommen hatte, um persönlich nach Cavillon zu kommen, dann mußte es wirklich einen wichtigen Grund dafür geben.

Von einem Gefühl jähen Unbehagens erfüllt, eilte Maziroc zur Tür, hastete die Treppe des Turms hinab, eilte über mehrere Korridore und durch die gewaltige

Eingangshalle des Hauptgebäudes mit ihren barocken Rundbögen und den säulengestützten, mehr als zehnfach mannshohen Fenstern, bis hinaus auf den Hof, wo sich bereits zahlreiche andere Magier und Hexen zusammengefunden hatten. Auf Anhieb entdeckte er Charalon zwischen ihnen und trat auf das Oberhaupt des Ordens zu.

Wie meist – zumindest, wenn er sich in der Öffentlichkeit zeigte – trat Charalon als ein kräftiger Hüne mit scharfgeschnittenen Gesichtszügen und wallendem, angegrautem Haar auf. Das war jedoch nur eine durch Magie erzeugte Illusion. Zwar entsprach die hünenhafte Statur der Realität, doch aufgrund eines fehlgeschlagenen Experiments hatte Charalon bereits in jungen Jahren sämtliches Haar verloren, und sein Gesicht war noch immer von zahlreichen Brandnarben verunstaltet. Außer Maziroc gab es nur wenige, die ihn jemals so gesehen hatten. Nicht allein Eitelkeit trieb Charalon zu seiner Maskerade. Immerhin war er das Oberhaupt des Ordens und mußte dessen Macht und Bedeutung nach außen hin repräsentieren. Die meisten, die ihn in seiner wahren Gestalt sahen, hätten beachtliche Schwierigkeiten, in ihm den vielleicht mächtigsten Magier zu erkennen, der jemals gelebt hatte. Allzu oft gingen die Menschen nur nach Äußerlichkeiten und ließen sich von diesen blenden. Diesem Umstand hatte sich Charalon mit der magischen Illusion angepaßt, machte ihn sich sogar zunutze, indem er sich ein Aussehen verschafft hatte, das dem Bild anderer von einem Mann seiner Bedeutung entsprach.

»Was hat das zu bedeuten?« fragte Maziroc besorgt. »Weißt du etwas darüber?«

»Nicht mehr als du«, behauptete Charalon. Seine Stimme klang volltönend und autoritätsgewohnt. »Aber wenn Eibon sich trotz seines Alters noch einmal persönlich hierher bemüht, dann muß er wichtige Gründe dafür haben. Deshalb habe ich alle zusammenrufen lassen.«

»Und genau diese Gründe bereiten mir Sorgen«, erwiderte Maziroc. »Es herrscht schon seit so vielen Jahren Frieden, und wir haben Wohlstand und einen wirtschaftlichen Aufschwung sondersgleichen erlebt, daß es eigentlich kaum noch bedeutend besser werden kann. Wenn es also so wichtige Neuigkeiten gibt, daß Eibon glaubt, sie persönlich überbringen zu müssen, dann fürchte ich, wird es sich um schlechte Nachrichten handeln.«

»Eine nicht unbedingt logische Folgerung. Außerdem herrscht bei weitem nicht überall Frieden. Du bist und bleibst einfach ein unverbesserlicher Schwarzseher.«

»Nur Realist«, korrigierte Maziroc schmunzelnd. »Und manchmal sogar Optimist, weil Glaube bekanntlich Berge versetzen kann. Etwas Vergleichbares ist mir gerade gelungen. Ich habe es endlich geschafft, zwei *Skiils* gleichzeitig auf mich abzustimmen.«

»Du hast ...« Charalon brach ab, starrte Maziroc ein paar Sekunden lang ungläubig an, dann lachte er kopfschüttelnd und schlug ihm ein paarmal kräftig auf die Schulter. »Maziroc, mein Freund, du bist unglaublich. Ich war fest davon überzeugt, daß du nur einem Phantom nachjagen würdest. Was du geschafft hast, ist selbst mir noch nie gelungen. Allmählich machen deine magischen Fähigkeiten sogar mir fast schon Angst.«

»Das sollten sie auch, denn du hast mir alles beigebracht, was du weißt, aber ich habe noch eine Menge dazugelernt, wovon du nicht einmal etwas ahnst«, behauptete Maziroc scherzend. Lächelnd fügte er hinzu: »Außerdem habe ich einen großen Vorteil auf meiner Seite. Ich lebe allein und kann mich meinen Experimenten beliebig lange und intensiv hingeben, während du den Großteil deiner freien Zeit deiner Frau widmest.«

»Aus deren Liebe ich aber wiederum mehr Kraft schöpfen kann, als du auch nur für möglich halten würdest«, konterte Charalon.

Auch diese Worte waren nur scherzhaft gemeint, dennoch schmerzte die Bemerkung Maziroc, obwohl er sie natürlich provoziert hatte. Vor vielen Jahren hatte auch er von ganzem Herzen geliebt. Cyra, seine Angebetete, war eine Prinzessin am Kaiserhof von Aslan gewesen. Auch sie hatte ihn geliebt, und die Verbindung hatte den Segen ihres Vaters erhalten. Bevor sie jedoch hatten heiraten können, hatte es in Aslan einen Umsturzversuch gegeben, während Maziroc in Cavillon weilte. Zwar war der Aufstand niedergeschlagen worden, doch in den Wirren der Revolte war Cyra von einem unbekannten Attentäter erdolcht worden. Ihr Tod hatte Maziroc das Herz gebrochen. Aus immer noch andauernder Liebe zu Cyra und um ihr Andenken zu ehren, hatte er den Frauen und der Liebe seither entsagt.

Charalon hingegen war seit vielen Jahrzehnten glücklich verheiratet, auch wenn die Ehe zu seinem größten Bedauern kinderlos geblieben war. Sicherlich hatte er mit seiner Bemerkung keine alten Wunden aufreißen wollen, und Maziroc bemühte sich, sich nicht anmerken zu lassen, wie nahe sie ihm gegangen war.

»Dann vergiß dabei vor allem aber eines nicht«, setzte er die Flachserei fort. »Ich bin noch halbwegs jung, während du deine beste Zeit längst hinter dir hast, alter Mann. Schon allein deshalb werde ich dich irgendwann einholen und deine Fähigkeiten noch übertreffen.«

»Ach ja? Wir können ja demnächst wieder einen kleinen Wettkampf veranstalten, dann wird der *alte Mann* dir mal zeigen, wozu er noch imstande ist. Und statt herumzuprahlen, erzähl mir lieber, um was für *Skiils* es sich gehandelt hat.«

»Um einen Ring, mit dem man in die Ferne schauen

kann, und ein Medaillon, das die Gesundheit stärkt«, berichtete Maziroc. »Ein recht leichtes und ein mittelschweres also. Der Trick war, erst die beiden *Skiils* miteinander in Einklang zu bringen, was das Schwerste war. Anschließend konnte ich sie mir beide zugleich anpassen.«

Ein heller Fanfarenstoß von einem der Türme beendete ihr Gespräch, als die Elben durch das weit geöffnete Tor ritten. Sie bildeten ein Spalier, durch das Eibon heran kam. Unmittelbar vor Charalon und Maziroc zügelte er sein Pferd und stieg ab. Wie alle Elben sah er trotz seines extrem hohen Alters immer noch jung, fast jugendlich aus, und auch sein Haar war immer noch voll und strahlend weiß. Lediglich ein Blick in seine grünen Augen, in denen ein ungeheuerer Schatz an Wissen und Lebenserfahrung geschrieben stand, vermochte einem aufmerksamen Beobachter eine Ahnung davon zu vermitteln, wie alt der Elbenkönig in Wahrheit war.

»Ich grüße Euch, Eibon Bel Churio. Seid uns in Cavillon herzlich willkommen«, begrüßte Charalon ihn und deutete eine Verbeugung an.

»Gruß auch Euch, Charalon, Oberhaupt des Ordens der Magier. Wir nehmen Eure Gastfreundschaft mit Freude und Dankbarkeit an«, erwiderte Eibon den rituellen Gruß. Gleich darauf umarmten sich die beiden Männer freundschaftlich.

»Du warst schon lange nicht mehr hier«, stellte Charalon fest, nun sämtliche Formalitäten fallenlassend.

»Ich habe die Hohe Festung überhaupt schon lange nicht mehr verlassen«, erklärte der König der Elben. »Allmählich macht mir das Alter doch zu schaffen. Meine Gesundheit ist längst schon nicht mehr die beste, und dies wird mit Sicherheit mein letzter Besuch hier sein. Ich werde sterben, mein Freund, schon bald. Aber vorher wollte ich Cavillon noch einmal sehen.«

»Du übertreibst wie üblich«, widersprach Charalon. »Ich bin fest davon überzeugt, daß du noch viele Jahre vor dir hast.«

»Nein, nein, diesmal nicht«, erklärte Eibon. »Machen wir uns nichts vor. Aber ich habe ein langes und erfülltes Leben gehabt, dazu noch ereignisreicher als das vieler anderer, so daß mich der Gedanke an den Tod nicht schreckt. Es gibt wesentlich Schlimmeres, und das ist der zweite, der Hauptgrund, aus dem ich persönlich hergekommen bin.«

»Wir dachten uns bereits, daß Ihr schlechte Nachrichten bringt«, mischte sich Maziroc ein, obwohl er sich in diesem Punkt gerne geirrt hätte. »Allerdings ist –«

Er wurde unterbrochen, als sich von hinten eine Frau mit langen, dunklen Haaren zwischen ihm und Charalon hindurchzwängte. »Der Bund der Vingala möchte Euch ebenfalls in Cavillon willkommen heißen«, wandte sich Shalana, die Sprecherin der Hexen, an den Elbenkönig. Mit ihrer schlanken Figur und ihrem liebreizenden Gesicht hätte sie eine wunderschöne Frau sein können, wenn sich nicht ein ständiges Mißtrauen und eine Streitlust in ihre Züge gegraben hätten, die sie bereits frühzeitig verhärmt aussehen ließen. »Außerdem verlangen die Vingala, an allen wichtigen Besprechungen teilnehmen zu können.«

»Auch Eure Gastfreundschaft nehmen wir mit Freude und Dankbarkeit an«, erwiderte Eibon. Wenn ihn das Verhalten der Hexe verwunderte, so zeigte er es zumindest nicht. »Und wir hegen keinerlei Wunsch, Euch in irgendeiner Form auszugrenzen. Was wir zu besprechen haben, betrifft jeden, nicht nur hier in Cavillon, sondern möglicherweise in ganz Arcana.« Er wandte sich wieder an Charalon. »Deshalb möchte ich dich bitten, möglichst schnell eine Versammlung einzuberufen. Ich bringe wichtige Kunde.«

»So soll es geschehen«, erklärte Charalon mit einem Nicken. »Man wird dir und deinen Begleitern eure Quartiere zeigen, damit ihr euch frischmachen und kurz erholen könnt, und in einer Stunde treffen wir uns alle im großen Sitzungssaal.«

Gespanntes Schweigen erfüllte den riesigen Saal mit dem gläsernen, von marmornen Pfeilern gestützten Kuppeldach, durch das helles Sonnenlicht fiel. Mehr als achtzig Magier und rund dreißig Hexen hatten sich an einem langen, ovalen Tisch versammelt, und die meisten hatten sich dem Anlaß entsprechend herausgeputzt. Widerwillig hatte auch Maziroc sein mit zahlreichen Bordüren und sonstigen Verzierungen besetztes Festgewand angelegt, obwohl er es nur äußerst ungern trug. Er war kein großer Freund von Pomp und förmlicher Etikette, außerdem spannte das Gewand mittlerweile ziemlich an den Hüften. Es lag Jahre zurück, daß er es zuletzt getragen hatte, und obwohl er es sich nur widerwillig eingestand, war er längst nicht mehr so schlank wie früher.

Nur vereinzelt war leises Gemurmel im Saal zu hören, aber auch das brach schlagartig ab, als Eibon den Raum betrat. Er hatte sich ebenfalls umgezogen; anstelle der sandfarbenen Kutte trug er nun das weiße, mit zahlreichen Goldstickereien versehene Prachtgewand der Elbenkönige. Auf eine größere Eskorte hatte er diesmal verzichtet. Lediglich zwei seiner Krieger begleiteten ihn, und auch diese hatten ihre Kettenhemden und die Waffen abgelegt. Sie blieben in respektvollem Abstand hinter ihrem König stehen, als dieser seinen Platz neben Charalon an einem der Kopfenden des Tisches einnahm.

»Ich habe diese weite Reise unternommen und diese Versammlung einberufen lassen, um euch von einer gefährlichen Entwicklung zu berichten, die sich im

Süden der Nordermark und möglicherweise sogar bis hinunter in die Barbarenländer angebahnt hat«, begann er, nachdem er seinen Blick einige Sekunden lang über die Anwesenden hatte schweifen lassen. »Bereits vor über einem Monat haben wir die ersten Gerüchte gehört, daß einige Höfe und kleinere Dörfer in dieser Gegend überfallen und niedergebrannt worden sein sollen. Deshalb haben wir mehrere Späher in dieses Gebiet geschickt. Wir dachten zunächst, es würde sich um einen ausgedehnteren Raubzug der Hornmänner handeln, von denen man in letzter Zeit immer wieder hört. Die Überfälle trugen ihre Handschrift.«

»Verzeiht, wenn ich Euch unterbreche, aber was versteht Ihr unter der Handschrift der Hornmänner?« ergriff Shalana das Wort. Maziroc war davon überzeugt, daß sie sehr genau wußte, wovon Eibon sprach, daß sie die günstige Gelegenheit aber nicht ungenutzt verstreichen lassen wollte, sich selbst wieder in den Vordergrund zu drängen. Er kannte sie inzwischen gut genug, und dergleichen Verhalten war bei ihr durchaus nicht ungewöhnlich.

In den vergangenen Jahren, vor allem aber in den letzten Monaten, hatte es immer wieder Konflikte zwischen den Magiern und den Hexen gegeben, die sich innerhalb des Ordens unterrepräsentiert und diskriminiert fühlten. Das war der Grund gewesen, weshalb sie sich zu einem eigenen Bund zusammengeschlossen hatten. Unter der Führung der streitbaren Shalana bildeten die Vingala schon jetzt beinahe einen eigenen Orden innerhalb des Ordens, und wenn diese Tendenzen sich fortsetzten, stand zu befürchten, daß es im ungünstigsten Fall irgendwann zu einer Abspaltung und einer damit verbundenen Schwächung kommen würde.

»Im Gegensatz zu anderen Plünderern oder Räuberbanden hinterlassen die Hornmänner niemals Überlebende«, antwortete Eibon. »Sie töten jeden, den sie finden, gleichgültig, ob es sich um Kinder, Greise oder Frauen handelt.«

»Ich protestiere energisch gegen diese Formulierung«, ereiferte sich Shalana. Sie sprang auf und deutete anklagend auf den Elbenkönig. »Der Tod von Frauen wiegt kein bißchen schwerer oder leichter als der von Männern, seien sie nun alt oder jung.«

Irritiert blickte Eibon sie an. Er wußte nichts von den Hintergründen des zwischen Magiern und Hexen schwelenden Streits und konnte Shalanas Äußerung nicht entsprechend einordnen. Charalon hingegen war über ihr Verhalten sichtlich wütend und bewahrte nur mit Mühe die Beherrschung. Auch Maziroc war nicht gerade glücklich darüber, daß Shalana ausgerechnet diesen Moment dazu nutzte, die Standpunkte der Vingala zu propagieren, ganz egal, wie richtig oder falsch diese sein mochten. Anderseits jedoch konnte er sie verstehen.

Es gab beträchtlich weniger Hexen als Magier, und zudem waren ihre magischen Fähigkeiten meist erheblich schwächer, beschränkten sich hauptsächlich auf die Heilkunst. Aus diesem Grund hatten sie innerhalb des Ordens lange Zeit nur eine untergeordnete Rolle gespielt. Erst in den vergangenen Jahren hatten sie unter der Führung Shalanas begonnen, aktiver für mehr Rechte und eine größere Beteiligung an allen Entscheidungsprozessen zu kämpfen. Allerdings schossen sie nach Mazirocs Meinung dabei oftmals über das Ziel hinaus, und er hatte beträchtliche Zweifel daran, ob sie den richtigen Weg einschlugen. Anerkennung, Einfluß und Bedeutung erhielt man nicht aufgrund von Forderungen geschenkt, sondern man erwarb sie sich durch Weisheit, durch entschlossenes und umsichtiges Handeln, wenn es darauf ankam, und indem man bereit war, Eigeninitiative zu entwickeln und Verantwortung zu übernehmen.

Das Problem war nur, daß – von wenigen Ausnahmen abgesehen – kaum eine Hexe in früheren Zeiten daran Interesse gezeigt hatte. Nun schlug dies ins genaue Gegenteil um; innerhalb kürzester Zeit versuchten sie fast schon gewaltsam, die bestehenden Verhältnisse umzukehren. Vielen von ihnen schien es dabei leider nur darum zu gehen, sich zu profilieren. Eine sachliche, für das Allgemeinwohl zweckdienliche Aufgabenverteilung spielte dabei nur eine untergeordnete Rolle.

Maziroc persönlich hatte noch nie Probleme damit gehabt, gleichberechtigt mit einer Hexe zusammenzuarbeiten, und er wußte, daß es auch den meisten anderen Magiern so ging. Sie alle waren bereit, den Hexen die Voraussetzungen zu bieten, all ihre Stärken zu entfalten. Durch ihren Übereifer in letzter Zeit, der sich weit mehr auf Worte als auf Taten beschränkte, hatten sich die Vingala jedoch die Sympathien vieler verscherzt und den bestehenden Konflikt verschärft.

Für den Elbenkönig, der diese Hintergründe nicht kannte, mußte Shalanas Verhalten jedenfalls völlig unerklärlich sein. Möglicherweise betrachtete er es sogar als einen gegen ihn persönlich gerichteten Angriff.

»Dies ist kaum der geeignete Moment, unsere Meinungsverschiedenheiten und Machtgeplänkel auszutragen, schon gar nicht in Gegenwart unserer Gäste«, ergriff Charalon scharf das Wort. Eine starke unsichtbare Aura von Autorität umgab ihn dabei, wie Maziroc sie bislang nur bei Eibon selbst wahrgenommen hatte. Schon allein durch einen Blick oder eine winzige Nuance im Tonfall vermochte er beinahe jeden Widerstand im Keim zu ersticken, und diese Autorität setzte er jetzt mit aller Macht ein. »Durch solche Kindereien setzen wir nur den Ruf und die Integrität des gesamten Ordens aufs Spiel, weshalb ich mit allem Nachdruck darum bitte, sie vorerst zurückzustellen.« Dabei blickte er Shalana an, die einen Moment lang mit sich rang. Dann schien sie einzusehen, daß jedes weitere Wort den Bogen überspannen würde. Sie ließ sich auf ihren Stuhl zurücksinken. Charalon wandte sich wieder an den Elbenkönig und nickte ihm zu. »Bitte, sprecht weiter Eibon Bel Churio«, sagte er, angesichts der formellen Versammlung wieder die ehrenvolle Anrede wählend.

Der Elb zögerte noch einen kurzen Moment, dann nickte er ebenfalls. »Wie gesagt, anfangs glaubten wir, es handele sich um einen Raubzug der Hornmänner«, fuhr er fort. »Wir haben Späher in das betroffene Gebiet gesandt, doch nur zwei von ihnen sind zurückgekehrt. Der eine von ihnen hat lediglich die Gerüchte über niedergebrannte Dörfer und Gehöfte bestätigen können, und er hat zudem berichtet, er hätte mehrere Trupps erschlagener Barbarenkrieger weit nördlich der Grenze in der Nordermark entdeckt.«

»Barbaren?« wiederholte Charalon stirnrunzelnd. »Schon seit mehr als einem Jahrhundert hat es keine nennenswerten Zwischenfälle mehr mit ihnen gegeben. Ihr glaubt, nun könnten sie einen Kriegszug gegen die Nordermark begonnen haben?«

»Das war unser erster Gedanke, als wir diesen Bericht hörten«, bestätigte Eibon. »Aber es gibt mehrere Umstände, die nicht in dieses Bild passen und uns an dieser Deutung der Ereignisse zweifeln lassen. Zunächst einmal haben die Barbaren bei all ihrer Wildheit und Grausamkeit stets hohe Ehrfurcht vor dem Leben von Kindern und Greisen gehabt. Sie würden sie niemals so gnadenlos niedermetzeln. Und sie würden auch niemals ihre eigenen Toten zurücklassen. Aufgrund ihres Ehrenkodex würde jeder Barbar sein eigenes Leben riskieren, um den Leichnam eines gefallenen Kameraden zu bergen und ehrenvoll zu bestatten.« Er machte eine kurze, bedeutungsschwangere Pause. »Zudem handelte es sich um relativ kleine Gruppen«, fügte er dann hinzu. »Deshalb glauben wir eher, daß es sich lediglich um Botentrupps handelte, die versucht haben, eine Nachricht zu überbringen, wohin auch immer. Möglicherweise handelte es sich dabei sogar um Cavillon oder die Hohe Festung, und möglicherweise bestand ihre Nachricht aus einer Bitte um Hilfe.«

Aufgeregtes Getuschel klang im Gefolge seiner Worte auf. Auch Maziroc runzelte die Stirn und warf Charalon einen raschen, fragenden Blick zu, den dieser jedoch ebenso ratlos erwiderte. Zu überraschend waren die Worte des Elbenkönigs gekommen, zu unglaublich war seine Vermutung.

»Ich weiß zwar, daß vor allem durch Eure Bemühungen vor mehr als einem Jahrhundert ein Friedensvertrag zwischen den Elben und allen wichtigen Barbarenfürsten unterzeichnet wurde«, ergriff Charalon wieder das Wort. Während der ersten Sekunden mußte er fast brüllen, um das Gemurmel zu übertönen, doch sehr rasch breitete sich wieder Stille aus. »Aber es ist auch ein offenes Geheimnis, daß es sich um einen Frieden handelt, der fast nur auf dem Papier besteht, obwohl er – von einzelnen, unbedeutenden Zwischenfällen abgesehen – nie gebrochen wurde. Zwischen den Elben und den Barbaren bestehen keinerlei freundschaftliche Beziehungen; unseres Wissens nach gibt es sogar schon seit langer Zeit so gut wie gar keine Kontakte. Was läßt Euch da glauben, daß die Barbaren in friedlicher Absicht zu Euch unterwegs waren, Euch möglicherweise gar um Hilfe bitten wollten?«

»Eine sehr berechtigte Frage«, warf Shalana ein.

»Auf die es eine einfache Antwort gibt«, erwiderte der Elbenkönig. »Der Grund könnte eine unverhofft aufgetauchte Bedrohung sein, mit der die Barbaren allein nicht fertig werden.«

Erneut brach leichter Tumult als Antwort auf seine

Worte aus, diesmal noch lauter und aufgeregter als zuvor.

»Was sollte das für eine Bedrohung sein, mit der nicht einmal die berüchtigten Barbarenkrieger fertigwerden?« rief einer der Magier, und ein anderer ergänzte: »Abgesehen von Raubtieren und vielleicht noch den Hornmännern, die sich aber hüten werden, die Grenze zu überschreiten, haben sie in den Südländern keinerlei Feinde!«

»Das ist nicht sicher. Immerhin weiß niemand von uns, wie es tiefer im Süden wirklich aussieht, da noch nie Späher von dort zurückgekehrt sind«, ergriff Maziroc erstmals das Wort. »Aber ich schlage vor, wir lassen Eibon zunächst in Ruhe zu Ende berichten. Vielleicht beantworten sich einige Fragen dadurch von selbst, auf jeden Fall aber dürften wir auf diese Weise wesentlich schneller alles Wichtige erfahren.«

Die letzten Worte hatte er so scharf hervorgestoßen, daß mehrere der Anwesenden erschrocken zusammenzuckten und andere reichlich betroffene Gesichter machten. Maziroc wußte, daß er innerhalb des Ordens beinahe ebenso geachtet und geschätzt wurde wie Charalon, von manchen sogar jetzt schon mehr. Wenn Charalon irgendwann sterben oder aus Altersgründen von seinem Amt zurücktreten würde, gab es bereits jetzt keinen Zweifel daran, wer sein Nachfolger werden würde.

Eibon nickte ihm dankbar zu.

»Natürlich habe ich diese Vermutung nicht einfach so geäußert«, sprach er weiter. »Wie ich anfangs schon erwähnte, haben wir noch von einem zweiten unserer Späher Nachricht bekommen, leider jedoch unter weit tragischeren Umständen. Der Mann hieß Selon. Schwer verletzt erreichte er vor fast zwei Wochen die Stadt Brelonia. Seine Verletzungen waren so schlimm, daß alle Heilkunst ihm nicht mehr helfen konnte. Er muß sich mit letzter Kraft bis nach Brelonia geschleppt haben und starb wenige Stunden später. Wie man uns berichtete, erzählte er vorher jedoch noch von furchtbaren, fremdartigen Ungeheuern, wie sie ihm noch nie zuvor begegnet wären. Sie hätten ein Dorf überfallen und ihm aufgelauert. Er befand sich im Fieberwahn und redete vermutlich eine Menge wirres Zeug. Andere Teile seines Berichts hingegen wirkten völlig klar, so daß es sich als unmöglich erwies, zu trennen, was Wahrheit und was Delirium war. Wenn uns seine Worte richtig übermittelt wurden, so muß er auf entsetzliche Dämonen gestoßen sein, die geradewegs aus der Hölle entsprungen zu sein schienen; Ungeheuer, wie noch niemand sie je gesehen hat.« Eibon räusperte sich und machte eine kurze Pause. »Wie gesagt, niemand weiß, wieviel von seinem Bericht der Wahrheit entspricht, und Selon selbst ist tot. Wir werden alleine herausfinden müssen, was es mit diesen angeblichen Dämonen auf sich hat.«

»Dämonen aus der Hölle, Ungeheuer, Sagengestalten ...« warf Shalana ein. »Bei allem Respekt, aber das klingt nicht gerade besonders glaubhaft, Eibon Bel Churio. Habt Ihr keinerlei konkretere Hinweise als die Fieberphantasien eines sterbenden Mannes?«

»Wenn ich sie hätte, würde ich sie gerne vorlegen«, erwiderte Eibon. »Es sind nur Indizien, aber in einer so geballten Menge, daß wir sie nicht auf die leichte Schulter nehmen sollten. Die Überfälle auf Dörfer, Gehöfte, Karawanen und sonstige Reisende sind verbürgt. Außerdem ist einer unserer Späher tot, und fast ein Dutzend weitere sind in diesem Gebiet spurlos verschwunden. Bitte denkt daran, daß wir hier nicht von ein paar Bauern sprechen, die sich auf ein Pferd setzen und einen Ausritt unternehmen, dabei aber kaum ihren eigenen Spuren folgen können.« Eibons Stimme war schärfer geworden, doch als er weitersprach, klang auch deutlicher Stolz darin mit. »Nein, wir sprechen von Elbenspähern, den besten und umsichtigsten der Welt, was wohl niemand hier ernsthaft bezweifeln wird. In den letzten fünf Jahren vor den jetzigen Ereignissen ist nicht ein einziger unserer Späher während eines Auftrags getötet worden oder gilt als verschollen. Wenn nun auf einen Schlag so viele auf einmal in einem bestimmten Gebiet verschwinden, dann ist schon das allein für mich Grund genug zu höchster Besorgnis.«

»Da stimme ich Euch völlig zu«, sagte Charalon rasch, bevor Shalana Gelegenheit bekam, erneut das Wort zu ergreifen. »Und ich danke Euch, daß Ihr die Mühe auf Euch genommen habt, uns persönlich über die drohende Gefahr zu informieren. Da ich Euch kenne, bin ich sicher, daß Ihr auch schon konkrete Vorschläge habt, wie wir der Bedrohung entgegentreten können.«

»Konkrete Vorschläge kann ich leider noch nicht bieten«, antwortete der Elbenkönig. »Denn noch wissen wir zu wenig über diese Gefahr, und gerade Informationen sind zur Zeit besonders wichtig. Das ist einer der Gründe, weshalb ich persönlich gekommen bin. Zunächst haben wir überlegt, weitere Späher in den Süden zu schicken. Statt dessen haben wir jedoch beschlossen, eine größere, von Kriegern eskortierte Expedition zu entsenden. Diese hätte wesentlich größere Aussichten auf Erfolg, wenn sie in Begleitung und unter dem Schutz eines oder mehrerer Magier stände, und deshalb bin ich hier, um Euch offiziell um Eure Unterstützung bei diesem Unternehmen zu bitten.«

Charalon nickte. »Wir werden darüber beraten«, erklärte er. »Doch ich kann Euch schon jetzt versichern, daß Eure Bitte auf offene Ohren treffen wird.«

»Sollten sich die Magier zur Teilnahme an dieser Expedition entschließen, so wird auch der Bund der Vingala Begleiterinnen entsenden«, verkündete Shalana.

Damit war die Entscheidung über den Ausgang der Beratungen bereits im Vorfeld gefallen.

Rückkehr der Finsternis

Maziroc verstummte und ließ seine Gedanken von der Beratung mit den Elben in Cavillon über die Kluft von eintausend Jahren hinweg in die Gegenwart zurückkehren, als er merkte, daß niemand ihm mehr zuhörte. Die regelmäßigen, flachen Atemzüge Miranyas verrieten ihm, daß auch die junge Vingala neben ihm eingeschlafen war.

So vieles hatte sich verändert in diesem Jahrtausend, und doch war so vieles auch gleichgeblieben. Sah man von Charalon und vielleicht noch Kenran'Del ab, so war er der einzige noch lebende Mensch, der Zeuge der damaligen Ereignisse gewesen war. Seine Haare waren mittlerweile schlohweiß geworden, und den Kampf gegen seine zu dieser Zeit erst beginnende Dickleibigkeit hatte er längst verloren. Zudem war er weiser und auch etwas ruhiger geworden, weniger impulsiv und sprunghaft, doch ansonsten hatte sich an seiner eigenen Situation nicht viel geändert. Anders als er geglaubt hatte, war er niemals Oberhaupt des Magierordens geworden, schon deshalb, weil es diesen in seiner ursprünglichen Form seit den damaligen Ereignissen nicht mehr gab. Er war zerfallen, nachdem die Hexen sich abgespalten hatten. Seither gab es den Magierorden der Ishar und den Hexenorden der Vingala, und von gelegentlichen Meinungsverschiedenheiten einmal abgesehen, kamen sie seither eigentlich besser miteinander aus, als es früher oft der Fall gewesen war.

Mit einem väterlichen Lächeln betrachtete Maziroc die zusammengerollte Gestalt Miranyas. Er nahm es ihr nicht übel, daß sie eingeschlafen war; im Gegenteil, durch eine sanfte Beeinflussung im Sprechrhythmus seiner Erzählung hatte er ihre Müdigkeit suggestiv gefördert. Zu schlafen, so wie die anderen, war das beste, was sie momentan tun konnte. Auch Maziroc selbst hätte sich gewünscht, der unerbittlichen Realität auf diesem Weg für ein paar Stunden entfliehen zu können, doch er wußte, daß er keine Ruhe finden würde.

So sicher, wie er wußte, daß sie verloren waren.

Er blinzelte ein paarmal und ließ seinen Blick niedergeschlagen über das halbe Dutzend Männer und Frauen schweifen, das mit ihm in der kleinen Felshöhle trügerische Zuflucht gesucht hatte, der traurige Rest einer ursprünglich mehr als dreimal so großen Gruppe. Menschen, die an ihn geglaubt und ihm vertraut hatten, doch er hatte sie geradewegs in den Untergang geführt. Wenn überhaupt, dann blieb ihnen höchstens noch die Wahl zu entscheiden, *wie* sie sterben wollten, ob durch die Schwerter ihrer Feinde oder durch die unbarmherzige Kälte, die zum Höhleneingang hereindrang, sich durch ihre Kleidung fraß und ihre Glieder zu lähmen begann.

In nicht einmal vierundzwanzig Stunden würde das letzte Jahr des ersten Jahrtausends neuer Zeitrechnung beginnen. Falls nicht wider Erwarten doch noch ein Wunder geschah – und Maziroc hatte schon vor langer Zeit aufgehört, an Wunder zu glauben –, würde es der letzte Jahreswechsel für sie sein, denn keiner von ihnen würde den Beginn des neuen Milleniums erleben.

Schon seit mehreren Jahren, seit der Sprung ins nächste Jahrtausend in greifbare Nähe gerückt war, begannen die Menschen mehr und mehr verrückt zu spielen. Diffuse Ängste, geschürt durch selbsternannte Propheten und verfälschte Auslegungen alter Prophezeiungen, breiteten sich aus, vergifteten das Denken der allzu Ängstlichen oder Leichtgläubigen und fanden mehr und mehr Anhänger, je näher das neue Millenium rückte.

Prediger, die aufgrund völlig an den Haaren herbeigezogener Omen den baldigen Weltuntergang voraussagten, erhielten ebenso rasenden Zuwachs wie die obskursten Sekten.

Eine der dubiosen Säulen ihrer Macht war die mysteriöse Prophezeiung über das Kind zweier Welten, das zu einer Jahrtausendwende geboren werden und Unheil und Verderben über Arcana bringen sollte. Die Prophezeiung war Jahrhunderte alt, und niemand wußte mehr, von wem sie stammte, doch wie so vieles andere war auch sie von den Predigern aus dem Dunkel der Vergangenheit und des Vergessens wieder hervorgezerrt und für ihre eigennützigen Zwecke mißbraucht worden.

Vielleicht, dachte Maziroc nicht zum ersten Mal, war es ein Fehler gewesen, den Sieg über die schrecklichste Bedrohung, die Arcana je erlebt hatte, zum Beginn einer neuen Zeitrechnung zu machen. Es hatte ein optimistisches Zeichen für einen Neuanfang sein sollen, doch der ursprünglich freudige Anlaß war immer stärker in den Hintergrund gerückt, und geblieben war in erster Linie die Erinnerung an die vorangegangene Gefahr, die Schrecken und Greuel.

Und wie es aussah, sollten all die selbsternannten Untergangspropheten, denen es hauptsächlich darum ging, ihren leichtgläubigen Mitmenschen das Geld aus der Tasche zu ziehen, nun auch noch recht bekommen, wenn auch in einer Form, wie sie selbst es mit Sicherheit nicht erwartet hatten.

Nach fast genau einem Jahrtausend war die Finsternis zurückgekehrt, die größte Bedrohung, die es für Arcana je gegeben hatte.

Dies war der Grund für Maziroc gewesen, diese Expedition allen Risiken zum Trotz zu unternehmen, doch die Gefahr, die nun ihrer aller Leben bedrohte, war eine andere. Nicht annähernd so schlimm und sogar noch älter, aber ebenso tödlich. Nicht einmal das gesamte Jahrtausend hatte ausgereicht, die Bedrohung durch die Hornmänner zu beseitigen. Mehr als einmal hatte es Bündnisse und mächtige Kriegszüge gegen sie gegeben, und nicht alle waren erfolglos geblieben. Mehrfach waren ihre Clansburgen erobert, geschleift und bis auf die Grundmauern niedergebrannt worden, aber gleichgültig, mit welcher Unbarmherzigkeit und Gründlichkeit diese Vernichtungsfeldzüge geführt worden waren, nie war es gelungen, dieses Krebsgeschwür auf Dauer vom Angesicht Arcanas zu tilgen. Wie viele Clans auch zerschlagen worden waren, stets hatte es Überlebende gegeben. Das rauhe Hügelland von Skant mit seinen Tausenden von Verstecken im Herzen der Nordermark hatte es ihnen ermöglicht, aus dem Verborgenen heraus neu aufzurüsten, und bald schon hatten neue, noch mächtigere Clansburgen irgendwo ihr häßliches Haupt erhoben. Die politische Zerrissenheit der Nordermark, das ständige Mißtrauen und die kleingeistigen Kriege der einzelnen Stadtstaaten untereinander hatten einen idealen Nährboden für sie gebildet.

Verbittert schüttelte Maziroc den Kopf. Damals, vor rund tausend Jahren, hatte sich die Kunde vom Erscheinen der Damonen erst verbreitet, als es fast zu spät gewesen war, und selbst dann, als sich das wahre Ausmaß der Bedrohung enthüllt hatte, war es fast unmöglich gewesen, all die einzelnen Städte, Länder und Mächte zu einem Bündnis zu bewegen.

Diesmal war die Warnung – Charalon sei Dank – frühzeitiger erfolgt, doch mit dem Ende dieser Expedition war schon der erste Schritt zum Aufbau einer wirkungsvollen Verteidigung so gut wie gescheitert.

Maziroc verfluchte die Clanskrieger aus tiefstem Herzen. Ihm war die Gefahr eines Ritts direkt durch das Hügelland von Skant bekannt gewesen, aber er war dieses Risiko dennoch eingegangen. Die Route durch den Süden, südlich am großen Binnenmeer und anschließend an den Todessümpfen von Miirn vorbei, hätte einen Umweg von mehreren Wochen bedeutet, und jeder Tag war kostbar. Zudem stand nicht einmal fest, ob diese Route wirklich sicherer gewesen wäre. Die Berichte der Späher über die Stärke der Damonenheere und die Geschwindigkeit, mit der sie vordrangen, waren äußerst spärlich und ungenau. Nein, ihm war nichts anderes übrig geblieben, als direkt durch Skant zu reiten, und dieser Plan war gescheitert.

Vor drei Tagen waren sie von einem schwer bewaffneten Trupp Hornmänner entdeckt worden. Dank des selbstlosen Opfers mehrerer seiner Begleiter, die zurückgeblieben waren, um die Clanskrieger aufzuhalten, schien ihnen zunächst die Flucht zu gelingen, doch kaum eine Stunde später hatte sich der Himmel plötzlich rasend schnell verdunkelt, und binnen weniger Minuten war so überraschend und warnungslos, wie es hier in der Nordermark manchmal geschah, das Unwetter hereingebrochen. Zunächst mit Blitz und Donner und Regen, in den sich jedoch schon bald Hagelkörner mischten, bis er schließlich in einen ausgewachsenen Schneesturm übergegangen war, der bis zur Stunde andauerte. Nahezu blindlings waren sie umhergeirrt, ehe sie diese Höhle entdeckt hatten, doch auch sie bot nur schwachen Schutz. Sie besaßen nicht einmal Holz oder anderes brennbares Material, um ein wärmendes Feuer zu entfachen, und längst schon hatte die Kälte auch die Höhle erobert.

Und sie war eine Falle, in der sie festsaßen. Zwar hatte die dichte weiße Decke ihre Spuren schnell wieder verdeckt, doch noch immer hatten die mit der rauhen Witterung dieser Gegend wesentlich besser vertrauten Clanskrieger die Jagd auf sie nicht abgebrochen, sondern streiften auf der Suche nach ihnen mit der Unbeirrbarkeit von Bluthunden umher.

Es war nur eine Frage der Zeit, bis sie dieses Versteck entdecken würden, und dann gab es keine Rettung mehr. Und selbst wenn die Hornmänner sie wie durch ein Wunder nicht entdecken und sich zurückziehen sollten, so besaßen sie doch keine Pferde mehr, und zu Fuß würden sie dieser Hölle aus Schnee und Eis und Kälte niemals entrinnen können.

Drei Tage lang war es nun schon nicht mehr richtig hell geworden; Tag und Nacht ließen sich nur dadurch unterscheiden, daß die völlige Dunkelheit vor dem Höhlenausgang sich manchmal für einige Stunden etwas lichtete und einem trüben Grau wich. Während der ganzen Zeit hatte der Schneesturm nicht eine Minute aufgehört. Manchmal ließ er in seinem Wüten ein wenig nach, aber immer nur, um anschließend mit noch größerer Heftigkeit weiterzutoben.

Im Licht des kleinen, leuchtenden Kristalls vor ihm auf dem Boden, der einzigen Lichtquelle in der Höhle, ließ Maziroc seinen Blick noch einmal über die Gesichter seiner Gefährten wandern. Der grünliche Schein des *Skiils* ließ sie noch schlechter und kränklicher aussehen, als es ohnehin der Fall war, gerade so, als wären sie bereits tot und würden nur noch durch eine finstere Magie mit einem Hauch unheiligen Lebens erfüllt.

Sein Blick verharrte auf einem dunkelhaarigen Mann mittleren Alters, der ihm gegenüber aufrecht gegen die Felswand gelehnt saß. Außer ihm selbst war Scruul der einzige noch lebende der vier Magier, die ursprünglich an dieser Expedition teilgenommen hatten. Auch Scruul schlief nicht, obwohl es bei flüchtiger Betrachtung so aussehen mochte. In Wahrheit jedoch war er in eine tiefe Trance versunken, die es ihm ermöglichte, seiner unvergleichlichen magischen Fähigkeit nachzugehen. Auf eine

Art, die nicht einmal Maziroc zu begreifen imstande war, vermochte Scruul mit der puren Kraft seines Geistes ein schattenhaftes Abbild seiner selbst zu erschaffen, eine Art körperloses Gespenst, in dessen Gestalt er unbemerkt von anderen umherwandern und beobachten konnte. Hätte er sie aufgrund dieser Begabung nicht schon bei ihrem Ritt hierher einige Male rechtzeitig gewarnt, wären sie erst gar nicht unbemerkt bis tief ins Herz von Skant gelangt.

Im Augenblick nutzte Scruul seine Fähigkeit, um die nähere Umgebung auszukundschaften und ihnen von Zeit zu Zeit die Position und die Pläne der Hornmänner mitzuteilen. Dadurch bildete er ihr Auge und Ohr für alles, was außerhalb der Höhle geschah, und auf ihm beruhte die letzte geringe Hoffnung, die Maziroc noch hatte.

All das, sowie die Tatsache, daß Scruul sich bislang als treu, loyal und äußerst wertvoll erwiesen hatte, änderte jedoch nichts daran, daß Maziroc ihn nicht sonderlich mochte. Anfangs hatte er ihm sogar so stark mißtraut, daß er zögerte, ihn überhaupt mitzunehmen. In erster Linie mochte es daran liegen, daß er kein Ishar war, niemals die Weihe des Magierordens erhalten und einen Eid auf dessen Regeln und Ideale abgelegt hatte. Niemand wußte, woher er stammte, und auch Scruul selbst hatte sich diesbezüglich bislang in Schweigen gehüllt. Er war im Laufe der letzten Jahre bereits mehrfach Gast in Cavillon gewesen, und als es um die Zusammenstellung der Expedition ging, hatte er seine Hilfe angeboten, die Maziroc, seinen Bedenken zum Trotz, schließlich akzeptiert hatte.

Ebenso hatte sich auch Miranya zu dieser Zeit zufällig in Cavillon aufgehalten, allerdings zum ersten Mal. Zwar hatten sich die Hexen einst vom Orden gelöst und diesen dadurch in Ishar und Vingala gespalten, doch sie waren einander stets freundschaftlich verbunden geblieben und arbeiteten häufig gemeinsam an der Lösung von Problemen. Aus diesem Grund hatte auch Miranya nicht gezögert, ihre Hilfe anzubieten, und Maziroc hatte sie angenommen. Er mochte die blonde, hübsche und meist fröhliche Vingala auf eine väterliche Art. Vor allem für sie tat es ihm leid, daß diese Reise so verhängnisvoll enden würde.

Die anderen beiden Magier sowie ihre schwer bewaffnete Begleiteskorte hatte Maziroc unter den übrigen Freiwilligen ausgewählt. Jeder, der sich ihm angeschlossen hatte, hatte die Gefahren gekannt, aber dennoch fühlte Maziroc sich auf eine bedrückende Weise persönlich schuldig am Tod der Männer und Frauen. Sie hatten ihr Leben seiner Führung anvertraut, doch das einzige Ziel, an das er sie geführt hatte, waren die Pforten des Totenreichs.

Ohne daß Maziroc es bewußt wahrnahm, schweiften seine Gedanken immer weiter ab, verwirrten sich und taumelten über den ins Reich der Träume führenden Weg. Wenige Sekunden, bevor der Schlaf ihn vollends mit seinen Schattenarmen umfangen und an seine schwarze Brust drücken konnte, ließ eine Bewegung ihn jedoch wieder hochschrecken. Scruul war aus seiner Trance erwacht, rieb sich mit der Hand über die Augen und massierte seine Schläfen. Er biß die Zähne so fest zusammen, daß seine Wangenknochen hervorstanden. Sein Gesicht war gezeichnet von der Erschöpfung und dem Schmerz, der die Rückkehr von einer Geisteswanderung stets begleitete.

»Sie kommen«, preßte er matt hervor und blickte Maziroc aus blutunterlaufenen Augen an. »Sie sind bereits ganz nah. Eine Zeitlang haben sie beratschlagt, ob sie die Verfolgung abbrechen sollen, aber dann haben sie anders entschieden, weil sie fürchten, daß man es ihnen als Schwäche auslegen würde. Sie werden uns entdecken, daran gibt es keinen Zweifel mehr.«

Maziroc nickte nur knapp. Ohne weitere Fragen begann er damit, die anderen aufzuwecken.

Die vordersten Hornmänner waren noch knapp ein Dutzend Schritte vom Eingang der Höhle entfernt, als Maziroc das Zeichen zum Angriff gab. Die Pfeile der drei letzten überlebenden Soldaten zischten den Clanskriegern entgegen und töteten drei von ihnen, bevor diese die Gefahr auch nur erkannten. Ein weiterer Pfeil, den Miranya abgefeuert hatte, war nicht ganz so präzise gezielt oder besaß nicht genügend Durchschlagskraft; er glitt von den Hornschuppen ab, mit denen die Angreifer von Kopf bis Fuß gepanzert waren, und schleuderte den Mann lediglich durch die Wucht des Aufschlags einen Schritt zurück.

Gleichzeitig schlug Maziroc mit geballter geistiger Kraft zu. Drei weitere Hornmänner gerieten ins Taumeln, als er mit unsichtbaren Fühlern nach ihrem Bewußtsein griff, preßten sich die Hände gegen den Kopf und brachen gleich darauf ohnmächtig zusammen.

Erschrockene Rufe klangen auf. Durch den Überraschungsangriff aus dem Hinterhalt war es ihnen gelungen, gleich sechs der Clanskrieger auszuschalten. Allerdings standen sie immer noch einer mehr als sechsfachen Übermacht gegenüber, und ein weiterer solcher Erfolg würde ihnen nicht noch einmal gelingen. Ihre Gegner waren nun gewarnt und wußten, wo ihre Beute sich befand, und nach Überwindung einer kurzen Schrecksekunde waren sie blitzartig in Deckung gegangen. Die hohen Schneewehen und der unvermindert tobende Sturm boten ihnen ausreichend Sichtschutz.

Maziroc gab sich keinen falschen Hoffnungen hin.

Man brauchte bei weitem kein strategisches Genie zu sein, um zu ahnen, was die Hornmänner als nächstes unternehmen würden. Es gab nur eine einzige offensichtliche Taktik, und jeder Narr würde darauf kommen. Die Clanskrieger brauchten nur das Sichtfeld vor der Höhle zu umgehen, dann konnten sie sich völlig gefahrlos von hinten nähern. Sie würden sich direkt neben oder über dem Eingang sammeln, um die Höhle im Direktangriff zu stürmen und die wenigen Verteidiger im Nahkampf durch ihre pure Übermacht niederzumachen. Mit Sicherheit waren sie bereits dabei, sich anzuschleichen. Die Rüstungen aus Hornschuppen dienten nicht nur ihrem Schutz, sondern schirmten auch ihre mentale Ausstrahlung ab, so daß es Maziroc selbst auf die kurze Distanz nicht möglich war, ihre genaue Position festzustellen. Scruul wiederum war zu erschöpft für eine weitere Geisteswanderung.

Maziroc bewegte seine von der eisigen Kälte klamm gewordenen Finger, um sie zumindest ein wenig zu lockern, dann zog er sein Schwert. Er haßte Waffen, und obwohl er im Laufe der Zeit notgedrungen gelernt hatte, damit umzugehen, beherrschte er die Klinge nicht übermäßig gut. Nicht annähernd gut genug jedenfalls, um es im offenen Kampf mit auch nur einem einzigen Hornmann aufnehmen zu können. Dennoch war er entschlossen, sein Leben so teuer wie möglich zu verkaufen. In der Enge des Höhleneinganges würde es ohnehin keinen normalen, von Finten, Paraden und Raffinessen beherrschten Kampf geben, sondern nur ein weitgehend blindwütiges aufeinander Einschlagen und -stechen. Auch wenn an dessen letztendlichem Ausgang kein Zweifel bestehen konnte, würde es ihm vielleicht gelingen, den einen oder anderen Clansmann mit in den Tod zu reißen.

»Gibt es denn wirklich keine Hoffnung mehr?« murmelte Miranya. »Kannst du gar nichts tun?«

»Auch ein Magier kann nicht zaubern, mein Kind«, antwortete Maziroc, wandte sich noch einmal zu seinen Gefährten um und schenkte ihnen ein letztes aufmunterndes Lächeln. Es gab nichts mehr zu sagen, jeder von ihnen wußte um die Unabwendbarkeit ihres Schicksals. Scruul war von seiner letzten Geisteswanderung noch zu erschöpft, um an dem Kampf teilnehmen zu können. Ebenso wie er hielt sich auch Miranya im Hintergrund. Obwohl sie in ihrem Kettenhemd, das sie anstelle des normalen, schlichten Gewandes einer Vingala trug, fast wie eine Amazonenkriegerin aussah, war sie ihrer eigenen Aussage zufolge im Umgang mit einem Schwert so ungeschickt, daß sie für ihre Freunde wahrscheinlich eine größere Bedrohung als für ihre Feinde gewesen wäre. Nur Maziroc stand zusammen mit den drei Gardesoldaten mit gezogenem Schwert am Höhleneingang und erwartete die Hornmänner, wobei er durch seinen enormen Leibesumfang schon allein den Platz von zwei normal gewachsenen Männern einnahm.

Ihre Geduld wurde auf keine harte Probe gestellt.

Ein wenig herabrieselnder Schnee kündigte den Beginn des Angriffs an. Nur Sekundenbruchteile später kamen sechs Clanskrieger direkt vor dem Eingang herabgesprungen, denen unmittelbar darauf ein weiteres halbes Dutzend als zweite Angriffswelle folgte, anschließend eine dritte, eine vierte ...

Maziroc führte einen wuchtigen Schlag mit dem Schwert, der den Brustpanzer eines Hornmannes spaltete. Zwei weitere sanken unter den Hieben der Soldaten neben ihm zu Boden, doch wurden die Lücken von nachrückenden Clanskriegern augenblicklich wieder geschlossen. Scheinbar unbeirrbar stapften sie weiter vor.

Sie wirkten wie finstere Schatten, mehr wie *Dinge* als wie Lebewesen. Seelenlose Kampf- und Mordmaschinen, nur dazu geschaffen, um zu töten. Trotz ihrer humanoiden Form fiel es Maziroc schwer, sich vorzustellen, daß sich hinter ihren martialischen Rüstungen, die nur zwei schmale Schlitze für die Augen freiließen, denkende und lebende Menschen verbargen, vor allem, da er ihre Gegenwart mental nicht wahrnehmen konnte. Aber diesen Gedanken verdrängte er ganz bewußt sofort wieder. Er war sogar froh, daß er die Gesichter der Hornmänner hinter ihren heruntergeklappten Visieren nicht sehen konnte. Es war leichter zu kämpfen, wenn man das Gefühl hatte, es nur mit Maschinen zu tun zu haben.

Die Luft war erfüllt vom Klirren der Waffen und vereinzeltem Keuchen und Stöhnen. Wie Maziroc erwartet hatte, bestand der Kampf nur aus einem blindwütigen Hacken, Stechen und Schlagen. Stahl blitzte, schnitt durch Stoff, Hornpanzer und Fleisch; Blut färbte den Schnee vor dem Eingang rot.

Noch gelang es den Verteidigern, sich aufgrund ihrer günstigeren Position zu halten, aber das war es nicht allein. Maziroc wußte nur zu gut, daß sie vermutlich nicht einmal die erste Angriffswelle überlebt hätten, wenn er die Hornmänner nicht – unterstützt von Miranya – mit seinen magischen Kräften attackiert hätte. Die Hornschuppen verhinderten, daß die mentalen Impulse der Clanskrieger durch ihre Rüstungen nach außen drangen, doch glücklicherweise war ihre immunisierende Kraft nicht so stark, daß sie ihre Träger völlig vor einem magischen Angriff zu schützen vermochten. Mazirocs Angriff mußte ihnen rasende Kopfschmerzen verursachen, zudem Schwindelgefühl und eine leichte Orientierungslosigkeit hervorrufen, so daß sie nicht mit ihrer gewohnten Präzision kämpfen und sich nur langsamer als normal bewegen konnten.

Aber Maziroc wußte, daß auch das ihm und seinen Begleitern nur einen kurzen Zeitaufschub verschaffte. Sie hatten bereits zahlreiche leichte Wunden davongetragen, und ihre Gegenwehr begann allmählich zu ermatten. Neben ihm stieß einer der Soldaten einen Schrei aus und sank, vom Schwerthieb eines Hornmannes gefällt, in sich zusammen. Noch bevor er vollends zu Boden gestürzt war, sprang Miranya plötzlich vor und nahm seinen Platz ein. Man merkte, daß sie keine große Erfahrung im Umgang mit dem Schwert besaß, doch sie schwang es längst nicht so ungeschickt, wie sie selbst von sich behauptet hatte. Obwohl sie die Klinge in einem nicht optimal günstigen Winkel hielt, so daß sie für jede Bewegung mehr Kraft als nötig brauchte und sie schnell erschöpft sein würde, gelang es ihr fast spielerisch, einige Hiebe der Angreifer abzuwehren.

Wie als Echo auf den Schrei des getöteten Gardesoldaten klangen gleich darauf weitere Schreie auf, allerdings außerhalb der Höhle. Die einheitliche Front der Clanskrieger geriet urplötzlich ins Wanken. Schimmerndes Silber blitzte hinter dem dunklen Horn auf.

Auch Maziroc wurde von der Entwicklung völlig überrascht, so sehr, daß der kurze Augenblick der Unachtsamkeit ihm fast zum Verhängnis wurde. Erst im letzten Moment gelang es ihm, sein Schwert hochzureißen und eine herabsausende Waffe zumindest notdürftig abzuwehren. Funkensprühend scharrten die beiden Klingen aneinander entlang, dann traf das Schwert des Hornmannes Mazirocs linken Arm und fügte ihm eine tiefe, bis fast auf den Knochen reichende Wunde zu. Der Magier schrie vor Schmerz und wankte zurück.

Schlimmer noch erwischte es einen der Soldaten. Auch er war nur für einen Augenblick abgelenkt gewesen, doch das genügte. Ein Schwerthieb trennte ihm den Kopf vom Rumpf.

Der Kampf war allerdings entschieden, noch bevor die Hornmänner begriffen, was geschah. Mehr als die Hälfte von ihnen lag tot am Boden, ehe sie die Gefahr durch den unvermutet in ihrem Rücken aufgetauchten Gegner erkannten und Gelegenheit fanden, sich darauf einzustellen. Sie wehrten sich mit dem Mut der Verzweiflung, doch mit einem Mal waren *sie* diejenigen, die sich in der Minderheit befanden und von einem zahlenmäßig überlegenen Gegner aufgerieben wurden. Es dauerte keine halbe Minute, bis sie von der silbernen Woge überrollt worden waren und auch der letzte von ihnen entseelt zu Boden sank.

Gut zwei Dutzend in silberne Kettenhemden und stählerne Helme gekleidete Gestalten traten langsam vor. Sie reichten Maziroc gerade bis zur Brust, und erst jetzt erkannte er, daß es sich bei ihren wie vom Himmel gesandten Rettern um Zwergenkrieger handelte.

Ermattet taumelte er und wäre gestürzt, wenn sich nicht unmittelbar neben ihm die Felswand befunden hätte, an der er sich abstützen konnte. Erschöpfung und die zahlreichen kleineren und größeren Verletzungen, die er davongetragen hatte, machten sich nun bemerkbar. Aus der Wunde an seinem Unterarm quoll ein beständiger pulsierender Blutstrom. Mit von Benommenheit bereits getrübten Sinnen nahm er wahr, wie zwei der Zwerge ihn ergriffen und sanft zu Boden sinken ließen, wo Miranya sofort damit begann, mit ihrer Magie die Blutung einzudämmen und einen Verband mit Heilkräutern anzulegen. Einige Sekunden lang verfolgte er ihre Bemühungen noch, dann umfingen die schwarzen Schleier einer Ohnmacht endgültig seinen Geist.

Er hatte gewußt, daß nur ein Wunder sie noch retten könnte, doch er hatte nicht mehr genug Vertrauen gehabt, auf ein solches zu hoffen. Dennoch hatte er gerade eins erlebt. Vielleicht erwies sich dies als ein gutes Omen für den Fortgang ihrer Mission.

Das war sein letzter Gedanke, bevor er vollends das Bewußtsein verlor.

Aufbruch ins Unbekannte

Der Reitertrupp, der Cavillon bereits früh am nächsten Morgen verließ, stellte eine der beeindruckendsten Expeditionen dar, die es in der Geschichte Arcanas je gegeben hatte. Nach den Ausführungen Eibons vor der Magierversammlung hatte für Maziroc von Anfang an festgestanden, daß er selbst sich ihr anschließen würde. Die Hauptüberraschung für ihn war gewesen, daß der Elbenkönig sie persönlich leiten würde, und nachdem Eibon diesen Entschluß verkündet hatte, hatte sich auch Charalon nicht davon abbringen lassen, die Gruppe zu begleiten.

Einer der Hauptgegner dieser Entscheidung war Maziroc selbst gewesen. Es hatte ihm ganz und gar nicht gefallen, daß sich, zusätzlich zu dem Elbenkönig, sowohl das Oberhaupt des Magierordens als auch sein Stellvertreter in Gefahr begaben. Er wußte nicht, wie es bei den Elben aussah, aber er selbst und Charalon würden nicht ohne weiteres zu ersetzen sein, wenn ihnen etwas zustieße und sich die Gefahr als wirklich so groß erweisen sollte, wie Eibon sie geschildert hatte. Es gab eine Menge Magier, die ungefähr so alt wie er waren und ebenfalls hoch geachtet wurden, doch würden sie sich die Führung gegenseitig streitig machen und sich untereinander bekämpfen. Keiner von ihnen besaß eine ausreichend große Autorität, als daß sich dem Betreffenden der gesamte Orden bereitwillig anschließen würde.

Um zu verhindern, daß es so weit kommen könnte, war Maziroc sogar nahe daran gewesen, seine eigene Teilnahme zurückzuziehen, nachdem er erkannt hatte, daß Charalons Entschluß unumstößlich war. Nur widerstrebend hatte er sich schließlich wieder von diesem Vorhaben abbringen lassen, vor allem durch Charalons Argumentation, daß gerade aufgrund der hohen Bedeutung einiger der Teilnehmer so umfassende Sicherheitsvorkehrungen getroffen würden, daß die Gefahr letztlich äußerst gering wäre.

In der Tat hatte die Gruppe, die die Ordensburg früh am nächsten Morgen verließ, weniger Ähnlichkeit mit einem Expeditionstrupp als vielmehr mit einer kleinen Armee. Außer Maziroc und Charalon nahmen noch vier weitere Magier und zwei Vingala daran teil, und die Eskorte aus Elbenkriegern war durch weitere zwei Dutzend berittene Soldaten verstärkt worden. Es handelte sich um Angehörige der Ehrengarde Cavillons unter Führung des erfahrenen Generals Bayron, gekleidet in funkelnde silberne Uniformen und tiefblaue Umhänge. Bevor Bayron vor vielen Jahren nach Cavillon gekommen war, hatte er sich im Fünf-Wochen-Krieg zwischen Larquina und Aslan bewährt und war mit Auszeichnungen geradezu überhäuft worden. Er mochte um die fünfzig sein, mit angegrautem Haar, blauen, stets wachsam und ein wenig mißtrauisch blickenden Augen und einem markant geformten Kinn. Ein Schwerthieb hatte seine rechte Wange fast gespalten und eine tiefe und lange Narbe hinterlassen, die vom Kieferknochen bis zur Schläfe hinauf reichte.

Maziroc wußte nicht recht, ob er sich über die Größe und Stärke der Gruppe wirklich freuen sollte. Sicher, sie stellten eine beachtliche Streitmacht dar. Bedachte man die überlegene Kampfkraft vor allem der Elbenkrieger und die besonderen Fähigkeiten der Magier, sollten sie in der Lage sein, mit jeden, selbst zahlenmäßig weit überlegenen Gegnern fertig zu werden. Der Nachteil aber war, daß sie überall auffielen und kaum in der Lage sein würden, sich unauffällig fortzubewegen. Ein kleiner, nur aus wenigen Personen bestehender Stoßtrupp wäre ihm lieber gewesen.

Beide Alternativen jedoch besaßen ihre Vor- und Nachteile. Während in der vergangenen Nacht ein heftiges Unwetter mit Blitz und Donner und wahren Regenfluten über Cavillon niedergegangen war, hatte er noch lange mit Charalon und Eibon zusammengesessen und über ihr weiteres Vorgehen beratschlagt. Es war kaum möglich, unauffälliger Erkundigungen einzuziehen, als es durch die zuvor einzeln losgeschickten Elbenspäher geschehen war, die vermutlich besten Scouts der bekannten Welt. Dennoch waren sie offenbar entdeckt und entweder gefangengenommen oder sogar getötet worden, wobei letzteres angesichts der Brutalität, mit der die bekannten Überfälle durchgeführt worden waren, wahrscheinlicher erschien.

Stärke allein hingegen bot auch keine verläßliche Sicherheit, solange sie nicht gerade mit einem ganzen Heer loszogen. Auch die Barbarenkrieger waren berüchtigte Kämpfer, neben den Elben und vielleicht noch den Zwergen wahrscheinlich die gefährlichsten überhaupt. Dennoch waren auch sie getötet worden. Unter diesen Umständen würde es äußerst schwierig werden, sich eine erfolgversprechende Taktik zurechtzulegen. So, wie sie jetzt unterwegs waren, waren sie stark genug, sich gegen die meisten vorstellbaren Gefahren zur Wehr zu setzen, aber anderseits war ihre Gruppe wiederum noch klein genug, daß sie schnell und flexibel agieren und sich einigermaßen unauffällig auch in schwierigem Gelände bewegen konnte. Dieser Kompromiß erschien ihnen allen am erfolgversprechendsten.

Von vereinzelten Wölkchen abgesehen, war der Himmel bei ihrem Aufbruch wieder so azurblau wie am Vortag, und die rasch wärmer werdende Sonne brauchte nicht lange, um auch die letzten Bodennebel zu vertreiben, die mit Beginn des Morgens aus der Erde gekrochen waren und sich wie eine weißlich-graue Decke über das Land gebreitet hatten. Die einzigen Spuren, die das Unwetter der vergangenen Nacht hinterlassen hatte, waren die Feuchtigkeit der Blätter und des Grases und der Morast, in den sich die Wege stellenweise verwandelt hatten. Aber da der Tag wieder ebenso warm wie der vorige zu werden versprach, würde die Straße voraussichtlich schon innerhalb der nächsten zwei, drei Stunden trocknen und das Vorankommen nicht weiter behindern.

Sie ritten auf der alten Heerstraße nach Südosten, in direkter Richtung auf die Hohe Festung an der Grenze zwischen Larquina und der Nordermark zu. So früh am Morgen war die Straße noch weitgehend frei, was sich jedoch mit jeder Stunde, die der Vormittag voranschritt, mehr und mehr änderte. Immer häufiger begegneten ihnen andere Reisende, teils allein, teils in kleinen Gruppen oder auch großen Karawanen umherziehend, die sie verwundert und ehrfurchtsvoll, vereinzelt jedoch auch mißtrauisch anstarrten.

Gegen Mittag legten sie eine kurze Rast ein und ritten anschließend bis lange nach Sonnenuntergang in scharfem Tempo weiter. Mit Unwillen registrierte Maziroc, daß Eibon an mehreren einladenden Gasthäusern vorbeiritt, um sie schließlich erst in einem kleinen Wäldchen anhalten zu lassen, wo sie ein provisorisches Lager aufschlugen, so daß sie auf dem unbequemen Waldboden schlafen mußten, statt sich in die behaglichen Betten einer der Herbergen sinken zu lassen. Immerhin konnten sie auf diese Art gut zwei Stunden länger reiten, als wenn sie sich den Zeitpunkt der Übernachtung von der Lage der Schenken hätten vorschreiben lassen, und auf möglichst große Eile schien es Eibon am meisten anzukommen.

Zur Mittagsstunde des folgenden Tages erreichten sie den Bialo, der als kleiner Gebirgsbach im Thurg-Gebirge entsprang, hier jedoch schon zu einem mehr als zehn Meter breiten Strom angeschwollen war. Sie folgten dem Fluß ungefähr eine halbe Stunde lang, bis sie eine Brücke erreichten, die ihn an einer etwas schmaleren Stelle überspannte. Hier lag der ›Wilde Eber‹, in den sie einkehrten. Das Gasthaus war ursprünglich eine Mühle gewesen, wovon noch das große, gut erhaltene Wasserrad kündete. Schon vor mehr als einem Jahrhundert jedoch hatten die damaligen geschäftstüchtigen Besitzer erkannt, daß sich das strategisch günstig gelegene Anwesen direkt an der Brücke der vielgenutzten Straße wesentlich gewinnbringender nutzen ließ. Als Gasthof hatte sich der ›Wilde Eber‹ seither zu einer wahren Goldgrube entwickelt.

Der Geruch von gebratenem Fleisch, Wein und Bier erfüllte den großen Schankraum. Wohl um dem Namen des Gasthauses gerecht zu werden, hing außer einem Hirsch auch ein allerdings ganz und gar nicht mehr wilder, sondern ziemlich toter Eber auf einem Spieß über dem Feuer, bei dessen bloßem Anblick Maziroc bereits das Wasser im Mund zusammenlief. Das Schlemmen war schon immer eine seiner größten Leidenschaften gewesen.

Ein Barde spielte auf seiner Laute, und Stimmengemurmel und Lachen schallten ihnen bei ihrem Eintreten entgegen, doch wurde es fast schlagartig stiller, als die übrigen Gäste sie bemerkten. Alle Blicke wandten sich ihnen zu. Nach ein paar Sekunden verklang auch das Lautenspiel mit einem schrillen Mißton.

Der Wirt, ein kleinwüchsiger Mann mit spärlichem grauem Haar und einem von Falten zerfurchten Gesicht, kam hinter seinem Tresen hervorgeschossen. »Was ist los? Spiel schon weiter!« herrschte er den Barden an, dann verneigte er sich demutsvoll vor Eibon, während hinter ihm das Lautenspiel erneut einsetzte. »Welch ein strahlender Glanz in meinem bescheidenen Haus. Seid herzlich willkommen, hohe Herren«, grüßte er unterwürfig und verneigte sich vorsichtshalber noch ein paarmal.

Da für eine so große Gruppe wie die ihre nicht genügend Plätze frei waren, forderte er einige der weniger wohlhabend aussehenden Zecher barsch auf, sich umzusetzen, dann überschlug er sich beinahe vor Eifer, aus dem Lager und sogar seiner Wohnstube weitere Tische und Stühle herbeizuschaffen und zusammenzustellen, bis eine genügend lange Tafel entstanden war, daß sie alle daran Platz fanden. Kaum hatten sie sich gesetzt, schaffte er Becher und Krüge voller Wein herbei, von dem er behauptete, daß es der beste wäre, den er in seinem Keller hätte. Dem Wein folgten Körbe mit Brot und Früchten, zudem große Platten, auf denen so viel Bratenfleisch aufgehäuft war, daß sich die Tische unter der Last fast zu biegen begannen.

Mittlerweile hatten die anderen Gäste ihre Gespräche längst wieder aufgenommen, doch Maziroc bemerkte sehr wohl die Blicke, die auch jetzt noch zu ihnen herüber geworfen wurden, und es war unschwer zu erraten, daß sich die meisten Gespräche um sie drehten. Es ärgerte ihn, da er ungern so im Mittelpunkt des Interesses stand, nicht einmal in positiver Hinsicht, denn auch Bewunderung machte ihn höchstens verlegen. Ein bißchen fühlte er sich wie ein exotisches Tier, das auf einem Markt von der Menge neugierig begafft wurde, auch wenn das Interesse wohl in erster Linie den Elben galt. Sie befanden sich noch nicht allzu weit von Cavillon entfernt, und Magier waren zumindest hier in Larquina nichts Ungewöhnliches.

Elben schon.

Maziroc erinnerte sich wieder daran, wie aufgeregt Brak am Vortag auf die bloße Nachricht reagiert hatte, daß Elben auf dem Weg nach Cavillon wären. Auch für viele der hier anwesenden Gäste mochte es das erste Mal sein, daß sie Elben zu Gesicht bekamen, zudem nicht bloß Späher, sondern die noch viel seltener anzutreffenden Elbenkrieger in Begleitung ihres Königs Eibon Bel Churio, der schon zu Lebzeiten eine Legende darstellte und die Hohe Festung bereits seit mehr als zwei Jahrzehnten nicht mehr verlassen hatte. Mit einem Mal konnte er das Verhalten der meist einfachen Menschen in der Schenke besser verstehen, und sein Unmut über ihr Verhalten legte sich, als er sich vor Augen hielt, daß dies für sie ein historischer Moment sein mußte, ein Ereignis, von dem sie noch ihren Kindern und Enkelkindern erzählen würden.

Maziroc beschloß, gar nicht weiter auf seine Umgebung zu achten. Statt dessen griff er kräftig beim Fleisch zu, spülte es ausgiebig mit Wein hinunter und beendete sein Mahl schließlich mit Brot und Käse, bis er so satt war, daß er das Gefühl hatte, im nächsten Moment zu platzen. Gleichzeitig spürte er eine immer stärker werdende Trägheit. In der vergangenen Nacht hatte er wegen des unbequemen Lagers im Wald nicht besonders gut geschlafen, und auch schon in der vorletzten Nacht hatte er aufgrund der langen Beratungen nur wenig Schlaf bekommen. Deshalb hätte er gegen eine längere Rast und ein, zwei Stündchen Ruhe nichts einzuwenden gehabt, und er war überzeugt, daß er nicht der einzige war, dem es so erging.

Diese Zeit gönnte Eibon ihnen jedoch nicht. Nur wenige Minuten, nachdem auch der letzte von ihnen sein Mahl beendet hatte, drängte der Elbenkönig sie bereits wieder zum Aufbruch.

Mit gleicher Eile hetzte er sie auch in den folgenden

Tagen. Gewöhnlich brauchte man unter günstigen Bedingungen mindestens drei Wochen von Cavillon bis nach Ai'Lith, eher vier. Angetrieben von Eibon brachten sie diese erste Etappe ihrer Reise in knapp der Hälfte der Zeit hinter sich. Sie schliefen in keiner Nacht länger als sechs Stunden, legten nur eine höchstens halbstündige Rast am Tag ein und ritten in der übrigen Zeit so schnell, wie es ihnen nur möglich war.

Völlig erschöpft erreichten sie auf diese Art am Nachmittag des vierzehnten Tages das Largos-Gebirge, in dessen Zentrum sich die Hohe Festung der Elben erhob.

Ai'Lith, die ewige.

Es war bei weitem nicht Mazirocs erster Besuch in der Hohen Festung, doch wie stets zuvor wurde er auch diesmal von der gleichen Bewunderung und dem ehrfurchtsvollen Staunen überwältigt wie beim ersten Mal. Viele bezeichneten das weitgehend aus schwarzen Basaltblöcken erbaute Cavillon als ein zwar düster anmutendes, aber dennoch unvergleichliches Weltwunder, doch die Heimstatt der Elben stellte die Ordensburg ebenso wie jedes andere Bauwerk weit in den Schatten.

Allein schon das weitläufige, von schroffen, hohen Felswänden umgebene Tal rund um die Hohe Festung mutete fast paradiesisch an. Ein kristallklares Flüßchen mit zahlreichen Kaskaden und sogar einem kleinen Wasserfall schlängelte sich hindurch und mündete in einem romantischen Weiher. Entlang des fruchtbaren Flußufers erstreckten sich Felder, auf denen Getreide, Mais und andere Nutzpflanzen angebaut wurden, im Wechsel mit Weideland, auf dem sich Pferde, Kühe, Schafe, Ziegen und andere Tiere tummelten. Dazwischen befanden sich überall riesige Beete, auf denen Rosen und andere farbenprächtige Blumen bereits zu dieser frühen Jahreszeit in üppiger Blüte standen und das gesamte Tal mit süßem Duft erfüllten.

Über allem schwebte ein friedlicher Zauber wie eine unsichtbare Aura, ein feines Gespinst, das jede Pflanze, jedes Tier, jeden Stein und sogar das Wasser des Flusses zu umfangen schien. Es war eine gänzlich andere Form der Magie, als Maziroc sie kannte und zu erzeugen vermochte. Sie war älter, erhabener und ungleich mächtiger, aber sie war auch auf diesen Ort begrenzt. So wie sie alles in diesem Tal umfing, so entsprang sie ihm auch.

Ihr eigentliches Zentrum war Ai'Lith, das sich inmitten des Talkessels auf einem niedrigen Hügel erhob. Dreißig, vierzig Meter hoch strebten die Mauern steil empor; Mauern, die aus titanischen, strahlend weißen Marmorquadern errichtet waren, jeder davon so groß wie ein Haus. In jedem einzelnen dieser zyklopischen Monolithen befand sich mindestens eine ergiebige Quarzader, von denen jede einzelne je nach Sonneneinfall wie ein Band aus verschiedenen vielfarbigen Edelsteinen gleißte und funkelte, so daß man nie länger als ein paar Sekunden hinblicken konnte, ohne vom Glanz geblendet die Augen schließen zu müssen.

Der Grundriß des Bauwerks bildete ein Oktogon. An jeder der acht Ecken erhob sich ein schlanker, gleichfalls aus weißem Marmor erbauter Turm, der die Mauern noch einmal um mehr als das Doppelte überragte, so daß man den Kopf weit in den Nacken legen mußte, um vom Fuß bis zum Kuppeldach hinaufblicken zu können. Wie spitze Nadeln schienen die Türme geradewegs bis in den Himmel zu ragen, filigran und machtvoll zugleich. An manchen Tagen, wenn die Wolken besonders tief hingen, verschwanden die Spitzen der Türme sogar tatsächlich darin. Über den Zinnen spannten sich ebenso wie über sämtlichen Gebäuden glänzende Dächer und Kuppeln aus purem Gold.

Die Unvergleichlichkeit Ai'Liths beruhte jedoch nicht nur auf ihrer strahlenden äußerlichen Pracht. Eine unbeschreibliche Wirkung, die die Seele eines jeden Betrachters zu berühren schien, ging von ihr aus, eine Aura aus Macht, Würde, Unbeugsamkeit und einer gewissen Fremdartigkeit, auch dies eine Wirkung des Zaubers, der über dem Ort lag. Jeder Stein schien auszudrücken, daß die Hohe Festung kein von Menschen geschaffenes Bauwerk war. Gerüchten zufolge, die nie bestätigt oder widerlegt worden waren, waren nicht einmal die Elben die Baumeister gewesen. Diese hätten Ai'Lith nur von einem der noch älteren, mythischen Völker übernommen, das vor Äonen ausgestorben und dessen Name längst in Vergessenheit geraten war. Eine andere Sage behauptete gar, daß die Hohe Festung ein Geschenk der Götter selbst an einen der früheren Elbenkönige sei.

Maziroc wußte nicht, inwieweit einige dieser Gerüchte zutrafen oder zumindest einen wahren Kern besaßen. Vermutlich würde es den Menschen – und somit auch den Magiern – niemals gelingen, alle von den Elben so sorgsam gehüteten Geheimnisse um den Ursprung Ai'Liths zu lüften, und vielleicht war es auch besser so.

Bei aller Pracht und Schönheit, mit der die Heimstatt der Elben das Auge eines Betrachters abzulenken trachtete, durfte man jedoch nicht außer acht lassen, daß die Hohe Festung ihren Namen nicht zu unrecht trug. Es *war* eine Festung, wahrscheinlich sogar die stärkste der bekannten Welt, und sie galt als uneinnehmbar, woran Maziroc keinerlei Zweifel hegte. Die beiden Talzugänge waren so schmal, daß kaum zehn Männer nebeneinander hindurchreiten konnten. Auf den Klippen daneben waren Felsbrocken aufgehäuft, die sich bei Bedarf in die Tiefe stürzen ließen und dabei eine Lawine auslösen und die Pässe völlig blockieren würden. Mit siedendem Pech und nur einer Handvoll Bogenschützen ließen sie sich anschließend problemlos auch gegen ein zahlenmäßig weit überlegenes Heer verteidigen.

Selbst wenn es einem Angreifer gelingen sollte, bis ins Tal vorzudringen, bildeten die zyklopischen Mauern mit den mehrfach hintereinander gestaffelten Befestigungswällen der Hohen Festung immer noch ein weiteres nach menschlichem Ermessen unüberwindliches Hindernis. Zwar lebten nur noch wenige tausend Elben in Ai'Lith, von denen nicht einmal die Hälfte Krieger waren, dennoch würden sie mit vermutlich nur geringen eigenen Verlusten in der Lage sein, ein nach Hunderttausenden zählendes feindliches Heer abzuwehren. Angesichts der unbekannten Gefahren, die vor ihnen liegen mochten, war Maziroc froh, ein solches Bollwerk im Rücken zu wissen, in dessen Schutz sie sich im Notfall flüchten konnten.

Zunächst aber genoß er genau wie alle anderen den Aufenthalt im Reich der Elben, und im Augenblick zählte für ihn nur das Versprechen von Wärme, einem Bad, einem weichen Bett, gutem Essen und Trinken und dergleichen mehr, das der Anblick der Hohen Festung mit sich brachte, allesamt Annehmlichkeiten, die Maziroc in den letzten Tagen mehr als schmerzlich vermißt hatte.

Entsprechend groß war Mazirocs Freude über den Luxus, der sich ihm in Ai'Lith bot. Zunächst gönnte er sich ein ausgiebiges heißes Dampfbad, spülte sich den Staub und den Schmutz des Gewaltritts vom Körper und entspannte seine schmerzenden Muskeln. Anschließend gab es nicht nur ein so üppiges Mahl, wie sie es seit ihrer Mittagsrast im ›Wilden Eber‹ nicht mehr genossen hatten, sondern auch ganze Fässer des weithin als exzellent bekannten Elbenweins, während Gaukler ihre Kunststücke vorführten und Tänzerinnen zwischen den Zechern herumwirbelten.

Als Maziroc sich gegen Mitternacht schließlich in die Abgeschiedenheit des ihm zugewiesenen Gemachs zurückzog, ließ er sich voller Wohlbehagen in ein weiches Bett sinken und schlief fast augenblicklich ein, ohne wie in den vergangenen Nächten durch das Schnarchen, Lachen, Reden und sonstige Lärmen zahlreicher anderer Männer gestört zu werden.

Zu seinem Leidwesen jedoch war die Nacht tatsächlich so kurz, wie Eibon am Abend angekündigt hatte. Bereits bei der ersten Morgenröte wurde Maziroc durch lautes Klopfen an der Tür aus dem Schlaf gerissen. Zusammen mit den anderen nahm er ein ausgiebiges Frühstück ein, dann ordnete Eibon bereits den Aufbruch an.

Auch in den beiden folgenden Wochen preschten sie weiterhin im gleichen schonungslosen Tempo wie auf dem Weg zur Hohen Festung dahin, und im Verlauf der Tage begann Maziroc allmählich immer deutlicher zu spüren, daß er schon seit geraumer Zeit keine längere Reise mehr unternommen hatte. Er war es schlichtweg nicht mehr gewöhnt, so lange zu reiten. Der viel zu kurze Aufenthalt in Ai'Lith hatte längst nicht ausgereicht, in genügendem Maße neue Energie zu tanken.

Wesentlich schlechter erging es den vier anderen Magiern, die sich außer ihm und Charalon dieser Expedition angeschlossen hatten, und vor allem den beiden Vingala, die Cavillon bislang höchstens zu gemütlichen Ausflügen in die nähere Umgebung verlassen hatten. Alle paar Minuten verlagerten sie ihr Gewicht von einer Seite auf die andere, massierten ihre Bandscheiben, sanken im Sattel nach vorne und drückten kurz darauf ihren schmerzenden Rücken wieder durch.

Am wenigsten machte der Gewaltritt den Elbenkriegern und den Spähern zu schaffen, die ohnehin beinahe auf dem Rücken ihrer Pferde zu Hause waren. Selbst

Eibon, auf den dies gewiß nicht zutraf, hielt sich trotz seines hohen Alters erstaunlich gut. Hochaufgerichtet und majestätisch ritt er inmitten seiner Garde dahin und ließ sich nicht das geringste von den Mühen anmerken, die dieser Ritt zweifelsohne auch ihm bereiten mußte. Mazirocs Bewunderung für ihn stieg noch, und er war nicht der einzige, dem es so erging.

Auch Charalon, der lange Ritte ebenfalls nicht gewöhnt war, bemühte sich verbissen, es dem Elbenkönig gleich zu tun, indem er sich schon fast übertrieben aufrecht und würdevoll im Sattel hielt, ohne auch nur das kleinste Anzeichen von Schwäche zu zeigen. Die Wahrheit allerdings sah anders aus, doch war Maziroc wohl der einzige, der erkannte, daß Charalon auf Magie zurückgriff, um diesen Eindruck zu erzeugen, wenn auch bewußt nur in ganz geringem Maße. Dabei griff er auf das gleiche *Skiil* zurück, das es ihm auch ermöglichte, sein wahres Aussehen hinter einer Maske zu verbergen. Es handelte sich um einen goldenen, mit fremdartigen Schriftzeichen versehenen Reif, den er an seinem linken Handgelenk trug. Das *Skiil* war eines der stärksten, das je entdeckt worden war. Es bildete nicht nur einen starken Schutz gegen einen Angriff mit fremder Magie, es ermöglichte es seinem Träger auch, täuschend realistische Illusionen zu erzeugen.

Maziroc konzentrierte sich, um das Trugbild zu durchschauen, und er sah, daß Charalon in Wirklichkeit genau wie die anderen vier Magier und die beiden Vingala halb zusammengesunken über dem Hals seines Pferdes hing.

Auch diese Nacht verbrachten sie wieder im Freien. Kaum hatte Eibon das Zeichen zum Halt gegeben, rutschten die meisten von ihnen von ihren Pferden und ließen sich an Ort und Stelle zu Boden sinken. Zumindest die Elben bewiesen jedoch genügend Disziplin, sich nach wenigen Minuten des Ausruhens sofort wieder aufzuraffen. Einige von ihnen kümmerten sich um die Pferde, andere suchten das Holz für die Lagerfeuer zusammen. Auf einen Befehl Bayrons hin schlossen sich ihnen kurz darauf auch die menschlichen Soldaten an, wenn auch mit matten, unsicheren Bewegungen, die deutlich ihre Schwäche verrieten.

Maziroc wünschte sich nichts mehr, als sich ebenfalls einfach dort, wo er stand, zu Boden sinken zu lassen, eine Kleinigkeit aus seinem Vorratsbeutel zu essen und anschließend sofort einzuschlafen. Er widerstand diesem Verlangen jedoch, obwohl es ihm höllisch schwer fiel. Seine Gelenke waren fast steif geworden, seine Muskeln schmerzten, und seine Knie zitterten so stark, daß er sich kaum auf den Beinen halten konnte. Selbst sein leichtes Gewand schien plötzlich Tonnen zu wiegen und ihn nach unten zu zerren. Aber es war wichtig, daß er mit Charalon sprach. Er sammelte seine noch verbliebenen Kräfte, trat zu Charalon, der an einen umgestürzten Baumstamm gelehnt auf dem Boden saß, und nahm neben ihm Platz. Das um sie herum herrschende Halbdunkel verwandelte das Gesicht des alten Magiers in eine Landschaft aus zerschrundenen Schatten und harten Linien.

»Stolz kann eine anstrengende Angelegenheit sein«, begann Maziroc das Gespräch und konnte es sich nicht verkneifen, spöttisch hinzuzufügen: »Sei nur vorsichtig, daß du dich nicht zu sehr verausgabst, sonst wird es womöglich noch peinlich.«

Es dauerte einen Moment, bis Charalon verstand, wie die Bemerkung gemeint war, dann weiteten sich seine Augen vor Überraschung, und ein zerknirschter Ausdruck erschien auf seinem Gesicht.

»Du hast es also gemerkt«, murmelte er und starrte auf

das *Skiil* an seinem Handgelenk. »Dabei habe ich mich bemüht, es so unauffällig wie möglich zu tun.«

»Keine Sorge, ich glaube nicht, daß es außer mir jemandem aufgefallen ist«, beruhigte Maziroc ihn. Er bewegte seine Schultern ein paarmal vor und zurück und ließ seinen Kopf kreisen, um die verkrampften Schultermuskeln zu entspannen. »Im Gegenteil, du bist dabei, eine Menge Eindruck zu schinden.«

»Na ja, schließlich repräsentiere ich gewissermaßen den Orden, und es würde kein besonders gutes Licht auf uns werfen, wenn ich mich wie ein Schwächling hängen lassen würde. Ich bin überzeugt, daß es auch Eibon schwer fällt, seine Haltung zu bewahren, aber er schafft es, und ich will nicht hinter ihm zurückstehen. Selbst wenn ich es nur durch Magie schaffe.«

»Aber Eibon kann nicht auf entsprechende Tricks zurückgreifen, und genau das macht mir Sorgen«, kam Maziroc auf das eigentliche Thema zu sprechen, über das er sich mit Charalon beraten wollte. »Er hat in Cavillon nicht übertrieben. Mit seiner Gesundheit steht es wirklich nicht zum Besten, aber er will sich keinerlei Schwäche anmerken lassen. Eine Anstrengung wie diese kann ihn leicht ins Grab bringen. Er hätte besser in Ai'-Lith bleiben sollen. Ich begreife nicht, warum er diese Expedition unbedingt persönlich anführen will und dafür diese Strapazen auf sich nimmt.«

Charalon lächelte flüchtig. »Ich denke, das kann ich wesentlich besser nachvollziehen als du«, sagte er. Er griff nach einem dünnen Zweig und begann, ihn in kleine Stückchen zu zerrupfen, die er achtlos auf den Boden rieseln ließ. »Weißt du, Eibon ist eine lebende Legende, aber das ist er in erster Linie aufgrund von Leistungen, die er vor langer Zeit erbracht hat, als er die Friedensverträge mit den Barbaren aushandelte. Seither hat er nichts Bedeutsames mehr vollbracht. Seine

Regentschaft war weitgehend unauffällig. Weise und von Frieden und Wohlstand geprägt, aber ohne besondere Höhepunkte, die in die Geschichte eingehen werden.«

»Und was ist daran auszusetzen, ein Volk weise und friedfertig zu regieren?« fragte Maziroc und runzelte irritiert die Stirn. »Ich verstehe nicht, worauf du hinaus willst.«

»Auszusetzen ist daran gar nichts. Aber ein Mann wie Eibon, der schon kurz nach Beginn seiner Regentschaft solche historischen Taten vollbracht hat, möchte nicht ewig nur von früherem Ruhm zehren. Er weiß, daß sein Leben sich dem Ende zuneigt, und gerade jetzt droht anscheinend eine Gefahr noch unbekannten Ausmaßes. Statt sich zurückzulehnen und auf sein Ende zu warten, möchte er sich dieser Bedrohung noch einmal aktiv stellen und persönlich dazu beitragen, sie zu bezwingen, um in seinem Leben auf diese Art ein weiteres Glanzlicht zu setzen und seinen Ruhm vielleicht unsterblich zu machen.«

Nachdenklich ließ Maziroc sich die Worte durch den Kopf gehen. Von dieser Seite hatte er das Verhalten des Elbenkönigs noch gar nicht betrachtet. Er konnte die von Charalon aufgeführte Denkweise einigermaßen nachvollziehen, doch richtig verstehen konnte er sie nicht. Dafür war sie ihm zu fremd, was möglicherweise – höchstwahrscheinlich sogar – an seiner relativen Jugend lag. Gemessen an normalen menschlichen Maßstäben war er mit seinen mehr als sechzig Jahren zwar selbst bereits alt, doch er war schließlich ein Magier, und als solcher hatte er gerade erst einmal die Hälfte seiner zu erwartenden Lebensspanne erreicht. Im Vergleich zu Charalon, der bald sein hundertzehntes Lebensjahr vollenden würde, war er sogar fast noch ein junger Hüpfer und hatte noch viele Jahrzehnte vor sich. Vielleicht machte er sich deshalb über so abstrakte Begriffe wie Ruhm und dergleichen noch keine Gedanken. Seine Zeit, sich einen Platz in den Geschichtsbüchern zu erobern, würde erst noch kommen, wenn er irgendwann selbst an die Spitze des Magierordens trat. Dann konnte er sich damit beschäftigen.

»In gewisser Hinsicht geht es mir selbst nicht anders«, ergänzte Charalon leise und riß ihn damit aus seinen Gedanken. »Was glaubst du, warum ich ebenfalls unbedingt persönlich an dieser Expedition teilnehmen wollte?«

Seine Worte überraschten Maziroc nicht einmal mehr, nicht wirklich. Aufgrund der Leidenschaftlichkeit, mit der Charalon ihm gerade die Denkweise des Elbenkönigs geschildert hatte, war deutlich geworden, daß er auch von sich selbst gesprochen hatte.

»Es wird dir und auch Eibon wenig nutzen, halbtot zu sein, wenn wir unser Ziel erreichen«, murmelte er. »Und allen anderen auch nicht, wenn wir in diesem selbstmörderischen Tempo weiterreiten.« Er schwieg einen Moment und blickte zu den Pferden hinüber. Sie hatten mehr als doppelt so viele Tiere dabei, wie sie selber waren. So konnten sie immer wieder wechseln, und eines der Pferde konnte sich etwas erholen, während das andere seinen Reiter trug. Dennoch war auch den Tieren die Erschöpfung mittlerweile deutlich anzumerken. »Selbst die Pferde halten das Tempo nicht mehr lange durch«, fügte Maziroc nach einer kurzen Pause hinzu. »Noch ein, zwei solche Tage, dann werden die ersten kurzerhand unter ihren Reitern zusammenbrechen.«

»Ich weiß«, murmelte Charalon. Gleich darauf zuckte er die Achseln und warf Maziroc ein verzeihungheischendes Lächeln zu. »Aber Eibon leitet diese Expedition, und damit gibt er auch das Tempo vor. Wir haben uns ihm nur angeschlossen. Ich werde den Teufel tun und mich einmischen. Entweder würde man es für Schwäche von mir halten, oder es sähe so aus, als wolle ich seine Autorität untergraben.«

»Dann werde *ich* eben mit ihm sprechen«, erklärte Maziroc entschlossen und stemmte sich in die Höhe. Es gelang ihm nicht, seine Verdrossenheit zu verbergen. »Ich sehe absolut nicht ein, warum wir alle darunter leiden und das Ziel dieser Expedition gefährden sollen, nur weil sich zwei alte Sturköpfe unbedingt einen möglichst großen Platz in der Geschichtsschreibung sichern wollen.«

Seine Worte taten ihm fast augenblicklich leid, nicht das, was er gesagt hatte, sondern die bewußt verletzende Art, in der er es getan hatte. Durch ein einfaches Lächeln hätte er den Worten die Schärfe nehmen können, aber er brachte es nicht über sich, sondern drehte sich fast überhastet um und stapfte davon, auf Eibon zu, der ein Stück entfernt stand und hitzig mit Bayron und zwei der Elbenkrieger sprach. Als sie ihn bemerkten, unterbrachen sie ihr Gespräch und wandten sich ihm zu. Fragend blickte Eibon ihn an.

»Ich würde Euch gerne einen Moment allein sprechen«, bat Maziroc. Unter vier Augen würde es ihm vermutlich eher gelingen, den Elbenkönig von seinem Anliegen zu überzeugen.

»Ich wollte sowieso nach meinen Männern sehen«, behauptete Bayron. Seine Stimme klang gereizt; offenbar hatte auch er mit Eibon gerade eine kleine Meinungsverschiedenheit ausgetragen. Verdrossen wandte er sich um und stapfte davon. Auch die beiden Elbenkrieger verschwanden im Dunkel der Nacht.

»Um was geht es?« erkundigte sich Eibon. Er lächelte. »Wenn Ihr darum bittet, allein mit mir sprechen zu können, dann muß es sich um etwas Wichtiges handeln, wie ich Euch kenne, Maziroc.«

»Es geht möglicherweise um unser aller Leben, speziell aber um Eures«, erwiderte der Magier. »Die Leute sind dem Tempo, das Ihr von ihnen verlangt, nicht mehr gewachsen, und auch die Pferde nicht. Wir werden sie zuschanden richten, und ihre Reiter werden zu Tode erschöpft sein, wenn wir das gefährliche Gebiet erreichen. Möglicherweise ist es bei Euren Elbenkriegern anders. Ihr habt Eure Eskorte in Ai'Lith ausgetauscht. Erholte Männer und frische Pferde. Wir aber sind nun schon seit beinahe einem Monat unterwegs.«

»Merkwürdig«, antwortete Eibon. Sein Lächeln war nicht verloschen, hatte sich sogar noch vertieft. »Bayron kam zu mir, um mit mir über genau dasselbe Thema zu sprechen, und ich werde Euch dieselbe Antwort wie ihm geben. Es ist richtig, daß ich meine Eskorte ausgetauscht habe, aber Ihr dürft nicht vergessen, daß sie bereits den doppelten Weg hinter sich hatte, während Ihr uns nur auf dem Rückweg von Cavillon zur Hohen Feste begleitet habt. Auch ich selber bin bereits von Anfang an dabei, und ich leite diese Expedition auch weiterhin. Allerdings sollte Charalon sich fragen, ob er wirklich die richtigen Leute ausgesucht hat, wenn sie nicht einmal einer Belastung gewachsen sind, die ein alter Mann wie ich über einen wesentlich längeren Zeitraum hinweg erträgt.«

»Ist es so?« fragte Maziroc leise. Aufgrund seiner Erfahrung, seines Selbstbewußtseins und nicht zuletzt aufgrund seiner kräftigen körperlichen Statur strahlte er eine Stärke aus, der die meisten Menschen sich beugten, sobald sie ihm begegneten. Hier jedoch war es anders. Eine Aura von Macht, Selbstsicherheit und Autorität umgab den greisen Elbenkönig, eine Aura, gegen die Maziroc sich nur mit Mühe behaupten konnte, weil sie ihn klein und unbedeutend scheinen ließ. Er spürte, daß er diese Diskussion schon verloren hatte, noch bevor sie richtig begann, weil Eibons bloße Präsenz ihn bereits in die Defensive drängte. »Genau das ist ein weiterer Grund, weshalb ich gekommen bin«, fügte er hinzu. »Ich sagte, es ginge möglicherweise auch um Euer Leben, denn ich fürchte, Ihr überschätzt Eure Kräfte.«

»Ach ja? Fürchtet Ihr das?« fragte Eibon mit plötzlich geradezu hohntriefender Stimme. Der zuvor sanfte Spott war ätzendem Sarkasmus gewichen, und Zorn flammte in seinem Blick auf. Der Widerschein eines der Lagerfeuer tanzte über sein Gesicht und ließ es für einen Moment wie eine dämonische Fratze aussehen. »Ich denke, das solltet Ihr getrost meine Sorge sein lassen. Ich habe schon wesentlich bedeutsamere Entscheidungen getroffen, lange bevor Ihr überhaupt auf der Welt wart, und ich glaube, ich weiß selbst am besten, wieviel ich mir zumuten kann.«

»Was soll das?« murmelte Maziroc, irritiert über die plötzliche Aggressivität des Elbenkönigs. »Wir sind ausgezogen, um gemeinsam die Hintergründe einer möglicherweise immensen Gefahr zu ergründen.« Auch in seine Stimme mischte sich nun Ärger. »Aber statt dessen habe ich im Moment das Gefühl, in einen Wettkampf zwischen kleinen Kindern geraten zu sein, die sich gegenseitig zu übertrumpfen versuchen. Ihr und Charalon und wer sonst noch immer, die sich beweisen wollen, wozu sie noch in der Lage sind. Begreift Ihr denn nicht, daß es hier um weitaus Wichtigeres geht? Andernfalls bin ich hier wohl fehl am Platz und sollte nach Cavillon zurückreiten.«

»Das ist …«, zischte Eibon, brach dann aber ab. Der Zorn schwand aus seinem Blick, und für einen Moment starrte er fast betreten zu Boden. »… richtig«, vollendete er den begonnenen Satz und lächelte beschämt. »Ich fürchte, Ihr habt recht. Ich mag es nur einfach nicht, wenn man mich behandelt, als gehörte ich bereits zum alten Eisen. Deshalb habe ich vielleicht gerade ein wenig heftig reagiert. Bitte entschuldigt. Dennoch ist es wichtig, daß wir unser Ziel so schnell wie möglich erreichen. Jede Stunde, die wir vertrödeln, kann weitere Menschenleben kosten.«

»Das sehe ich ein, aber es ändert nichts daran, daß vor allem unsere Pferde dieses mörderische Tempo nicht mehr lange durchhalten werden, und wenn wir sie verlieren, dann kommen wir erst recht langsam voran.«

Eibon seufzte. »Ich hätte Euch in Ai'Lith gerne ausgeruhte Tiere gegeben, aber Ihr wißt, daß kein Elbenpferd einen menschlichen Reiter duldet.«

»Gerade deshalb müssen wir unsere eigenen Pferde schonen, und außerdem auch unsere Leute«, beharrte Maziroc unnachgiebig. »Alles wäre kein Problem, wenn wir nur etwas langsamer reiten und ein paar kurze Pausen mehr einlegen würden. Wir würden nicht einmal nennenswert viel Zeit verlieren, und wenn wir angegriffen würden, wären wir jederzeit kampfbereit. Gegenwärtig jedoch wäre kaum einer von uns in der Lage, einem überraschend auftauchendem Angreifer nennenswerten Widerstand entgegenzusetzen.«

Mit einem Mal lächelte Eibon erneut.

»Glaubt Ihr wirklich, das wüßte ich nicht?« entgegnete er. »Haltet Ihr mich wirklich für einen so schlechten König und Anführer?« Er schüttelte mit mildem Tadel den Kopf. »Wißt Ihr, Maziroc, im Grunde ist dieses ganze Gespräch unnötig. Das hätte ich auch Bayron erklärt, wenn Ihr nicht dazwischen gekommen wärt. Von morgen an werden wir ohnehin langsamer vorrücken, weil mir das Gebiet allmählich zu unsicher für einen so raschen Vormarsch erscheint. Ich möchte nicht mit unserer ganzen Truppe in einen Hinterhalt reiten. Aus diesem Grund werde ich Späher vorausschicken, die das Gelände erkunden. Währenddessen werden die übrigen langsam nachrücken und genug Gelegenheit haben, sich zu erholen und frische Kräfte zu sammeln. So hatte ich es von Anfang an vor. Seid Ihr nun zufrieden?«

»Und warum habt Ihr das nicht gleich gesagt?« fragte Maziroc, ohne auch nur zu versuchen, seine Verärgerung zu verbergen. »Dann hätten wir uns dieses Gespräch wirklich sparen können, und die Männer hätten erst gar nicht begonnen, an Euren Entscheidungen zu zweifeln.«

Eibon legte ihm die Hand auf die Schulter.

»Nehmt es mir nicht übel«, bat er. »Aber ich wollte hören, was und vor allem *wie* Ihr mir etwas zu sagen habt. Bayron muß im Interesse seiner Männer sprechen und übertreibt deshalb womöglich. Ihr jedoch habt keinen Grund dazu, und wenn Ihr trotzdem mit solchem Nachdruck darauf drängt, Pferde und Reiter zu schonen, dann scheinen wirklich die meisten am Ende ihrer Kräfte angelangt zu sein. Ihr Menschen seid wesentlich weniger belastbar als wir Elben, so daß es mir manchmal schwerfällt, Eure Grenzen zu erkennen.«

»Und deshalb...«

»Hören wir auf zu streiten«, fiel Eibon dem Magier ins Wort. Einige Sekunden lang musterte er ihn prüfend. »Es gibt nur wenige, die es wagen, mich offen zu kritisieren und meine Beschlüsse in Frage stellen«, sagte er. »Euch jedoch scheint das nicht zu kümmern. Ungeachtet meines Ranges und meines Rufs, widersprecht Ihr mir offen und geradeheraus, wenn Ihr anderer Meinung seid. Dafür verdient Ihr meinen Respekt und meine volle Hochachtung.« Er schwieg einen Moment und schüttelte plötzlich den Kopf, als hätte er sich eine Frage gestellt und sie im gleichen Augenblick selbst beantwortet. »Ihr wart noch ein junger, hitzköpfiger Mann, als wir uns vor vielen Jahren das erste Mal begegneten, aber schon damals wußte ich, daß Ihr etwas ganz Besonderes seid. Ihr werdet es einmal weit bringen, Maziroc. Ich bin davon überzeugt, daß noch große Aufgaben auf Euch warten.«

Maziroc schwieg, was hätte er auch sagen sollen? Die Worte des Elben machten ihn lediglich verlegen. Er hielt sich keineswegs für etwas Besonderes, und es war auch nicht sein Ziel, große Taten zu vollbringen. Er bemühte sich lediglich, das in seinen eigenen Augen Richtige zu tun und gemäß seinen eigenen Wertmaßstäben zu leben. Schon früh hatte er erkennen müssen, daß man es ohnehin nie allen recht machen konnte, und seither ließ er sich nur noch selten von seiner Umwelt beeinflussen. Den einen war er zu reformfreudig, den anderen zu konservativ, den einen zu streitbar, den anderen zu zurückhaltend, den einen zu barsch, den anderen zu freundlich. Er kümmerte sich nicht darum und eiferte auch keinem anderen nach. Und was seinen Platz in der Geschichtsschreibung betraf, so hatte er erst vor wenigen Minuten festgestellt, wie wenig ihn dies bislang interessierte.

»Vielleicht ist dies sogar schon eine dieser großen Aufgaben«, fügte Eibon nach ein paar Sekunden nachdenklich hinzu, als er erkannte, daß Maziroc ihm nicht antworten würde. Er drehte sich halb herum, bis sein Gesicht direkt nach Süden gewandt war, und starrte so intensiv in die Dunkelheit, als könne er sie mit seinen Blicken durchdringen. »Was erwartet uns bloß?« flüsterte er wie im Selbstgespräch, so leise, daß Maziroc ihn kaum verstehen konnte. »Was um alles in der Welt verbirgt sich dort draußen?«

Barkon

Alles war so schnell gegangen, daß Miranya kaum begriff, was geschehen war. Es war das erste Mal in ihrem Leben, daß sie Zwerge zu Gesicht bekam. Sie wußte nicht, woher diese so plötzlich kamen, aber sie erkannte, daß sie sie vor den Hornmännern gerettet hatten, und das war im Moment alles, was zählte. Der Schock über die Grausamkeit des Kampfes wirkte noch in ihr nach, war so wenig bewältigt wie die Überraschung über ihre Rettung, dennoch begann sie unverzüglich zu handeln, ohne sich erst lange um die Hintergründe dieses Wunders zu kümmern. Sie war erst vierundzwanzig Jahre alt, und ihre Weihe zur Vingala lag gerade erst ein knappes Jahr zurück. Doch sie hatte sich der Gruppe als Heilerin angeschlossen, und deshalb begann sie mit der Erfüllung ihrer Pflicht und kümmerte sich um die Verwundeten.

Als erstes wandte sie sich dem bewußtlosen Maziroc zu, reinigte seine Wunden, legte Heilkräuter auf und verband sie. Gleichzeitig setzte sie ihre magische Heilkraft ein, zwang klaffendes Fleisch durch die pure Stärke ihres Willens dazu, sich wieder zu verbinden, stoppte Blutungen und beschleunigte den Heilungsprozeß.

Zu ihrer großen Verwunderung blieb der Magier nur wenige Minuten lang ohnmächtig. Sie hatte noch nicht einmal alle seine Wunden verbunden, als er bereits wieder die Augen aufschlug. Für einen Mann seines Alters besaß er eine unglaublich gute Konstitution, aber das war ein Punkt, bei dem sich Miranya nicht sicher war. Der Magier hatte ihr vom ersten Auftauchen der Damonen vor fast eintausend Jahren zu erzählen begonnen und der Rolle, die er selbst damals im Kampf gegen sie gespielt hatte. Wenn er sich nicht alles einfach nur ausgedacht hatte, bedeutete das jedoch, daß er selbst bereits mehr als ein Jahrtausend alt sein mußte, und das war unter normalen Umständen schlichtweg unmöglich. Sein Haar und sein Bart waren mittlerweile schneeweiß geworden, in sein Gesicht und vor allem um seine Augen hatten sich Falten eingegraben, und gegenüber seiner eigenen Schilderung hatte er an Leibesumfang beträchtlich zugenommen, doch ansonsten sah er immer noch wie ein Mann in mittlerem Alter aus. Als er mit seiner Erzählung anfing, hatte sie ihn danach gefragt, doch er hatte sie nur aufgefordert, noch etwas Geduld zu haben, da er später ohnehin darauf zu sprechen kommen würde.

Miranya glaubte nicht, daß er log. Es hätte dem gesamten Bild widersprochen, das sie sich von ihm gemacht hatte. Außerdem hatte sie sich vor Beginn dieser Reise über ihn informiert. Seit dem Kampf gegen die Damonen damals war er kaum jemals durch eine besondere Leistung hervorgetreten. Es schien, als hätte er sich ganz bewußt im Hintergrund gehalten, um möglichst wenig Fußspuren in der Zeit zu hinterlassen, dennoch wurde sein Name immer wieder einmal in alten Schriften erwähnt. Allerdings gab es auch große Löcher, Zeitabschnitte, in denen sich sein Name kein einziges Mal fand. Zuletzt war er für die Dauer von fast vier Jahrhunderten in der Versenkung verschwunden, ehe er vor rund hundert Jahren wieder des öfteren in irgendwelchen Aufzeichnungen erwähnt wurde.

Nein, Maziroc log nicht, was sein Alter betraf. Schon ein bloßer Blick in seine Augen verriet, daß er ein besonderer Mensch war, selbst unter den Magiern. Weisheit und ein unglaublicher Schatz an Wissen lagen darin verborgen, wie man sie nur im Laufe eines ereignisreichen und ungeheuer langen Lebens erwerben konnte. Wenn sie in diese Augen blickte, hatte Miranya das Gefühl, in endlos tiefe Brunnenschächte zu schauen, und es fiel ihr geradezu schwer, sich wieder davon loszureißen.

Er war so alt, wie er behauptete, dessen war sie sich so gut wie sicher. Es war höchstens möglich, daß er einen Teil dieser Zeit irgendwie in einer Art von magischem Tiefschlaf verbracht hatte. Das würde auch die langen Zeitabschnitte erklären, in denen er nichts getan hatte, was irgend jemandem eine Aufzeichnung wert gewesen wäre. Noch bis vor kurzem hätte sie eine solche Vorstellung ins Reich der Mythen und Fabeln verbannt, doch inzwischen hatte sich einiges geändert. Schließlich waren sie unterwegs, um jemanden aus genau einer solchen Art von magischem Schlaf zu erwecken. Einem Schlaf, der bereits ein Jahrtausend währen sollte.

Miranya wußte nicht mehr, was sie denken und glauben sollte. Sie hatte sich entschlossen, alles auf sich zukommen zu lassen. Wenn auch nur ein Teil dessen, was sie aufgeschnappt hatte, der Wahrheit entsprach, würde sie in den nächsten Wochen nicht nur schier unglaubliche Wunder erleben, sondern auch einen größeren Schatz an Wissen und Erfahrungen sammeln als die meisten ihrer Schwestern in ihrem ganzen Leben.

Sie lächelte dem Magier aufmunternd zu, als sie ihm den letzten Verband angelegt hatte, und sah, daß er sie anblickte, dann wandte sie sich dem einzigen noch lebenden Soldaten ihrer Eskorte zu. Auch er hatte eine Reihe von Verletzungen davongetragen. Während sie sich um seine zum Teil schweren Wunden kümmerte, verfolgte sie zugleich aufmerksam, was um sie herum geschah.

Immerhin hatte sie es mit Zwergen zu tun, und allein schon die Begegnung mit ihnen stellte eine Sensation dar, das erste der vielen Wunder, die Miranya sich von dieser Reise erhoffte. Zwerge waren schon immer ein scheues Volk gewesen, das abgeschieden lebte, doch in den vergangenen Jahrhunderten, seit dem Verlust von Ravenhorst, hatten sie sich fast gänzlich von der Außenwelt zurückgezogen. Niemand wußte, wo genau sich ihre neue Heimat befand, doch es gab Gerüchte, daß sie noch wesentlich tiefer als Ravenhorst in den Todessümpfen verborgen lag, tiefer, als je zuvor ein Mensch in den Sumpf vorgedrungen war. Viele hatten es versucht, doch keiner von ihnen war jemals zurückgekehrt.

So weit jedenfalls die Legende. Bis vor wenigen Minuten war Miranya jedoch nicht einmal sicher gewesen, ob es das Volk der Zwerge überhaupt gab oder ob seine Existenz nicht bloß ein Mythos war. Nun besaß sie zumindest über diesen Punkt endgültige Klarheit.

Es handelte sich um etwa zwanzig Zwerge. Aufgerichtet reichten sie ihr nur bis zur Brust, doch waren sie von stämmiger, sehr kräftiger Statur. Alle trugen sie lange Vollbärte, die ihre etwas rundlichen Gesichter zu einem beträchtlichen Teil verdeckten. Gekleidet waren sie in silberne Rüstungen mit verschiedenfarbigen Umhängen, zusätzlich trugen sie Helme, an denen Federn in der jeweiligen Farbe ihrer Umhänge steckten. Vermutlich symbolisierten diese Farben ihre Stellung oder ihren militärischen Rang.

Einige von ihnen zerrten die Leichen der Hornmänner vor dem Höhleneingang weg, um einen Weg freizumachen. Andere begannen, die gefrorene Erde mit ihren Äxten aufzuhacken, vermutlich, um Gräber auszuheben.

Ein Zwerg mit langen grauen Haaren, einem ebenso langen Bart und einem vor lauter Falten zerknittert aussehenden Gesicht trat zu Maziroc. Als einziger trug er einen flammend roten Umhang, was Miranya als Bestätigung ihrer These wertete, daß die Farben den militärischen Rang widerspiegelten.

»Mein Name ist Barkon«, stellte der Zwerg sich vor. »Leutnant in der Garde von Lutheson, dem König der Zwergenkrieger. Wie es scheint, sind wir genau zur richtigen Zeit gekommen.«

»Es scheint nicht nur so«, bestätigte Maziroc. Mit kleinen, ruckartigen Bewegungen richtete er sich auf und rutschte näher an die Wand, bis er sich aufrecht sitzend mit dem Rücken dagegenlehnen konnte. »Ohne Eure Hilfe hätten wir uns keine Minute länger halten können. Wir hatten schon mit dem Leben abgeschlossen. Euch muß der Himmel geschickt haben.«

»Nun, der Himmel war es nicht gerade«, erwiderte Barkon. Er stützte sich auf seine Streitaxt, die fast so groß wie er selbst war. »Vielmehr war es ein Bote Eures Ordensführers Charalon. Falls man dieses merkwürdige Wesen als einen Boten bezeichnen kann.«

»Sprecht Ihr von einer Gestalt aus purem Eis?«

»Ganz genau. Woher wißt ...«

»Dann handelte es sich wirklich um einen Boten Charalons. Um einen *Ssiraq*, um genau zu sein.«

Miranya spürte, wie ein rascher, eisiger Schauer über ihren Rücken rann. Auch Charalon war eine Legende aus der Zeit des großen Krieges gegen die Damonen, und noch in weitaus größerem Maße als Maziroc wurden seine Person und sein Schicksal von Mythen umrankt. Es hieß, daß er seit damals bei den Göttern wohne und den Magiern von dort aus deren Willen verkündete. Eine andere Darstellung besagte, daß er sich seit damals als unsterblicher, körperloser Geist an einem ungeheuer fremdartigen Ort jenseits dieser Welt aufhalte. Allen Behauptungen gemein war zumindest, daß er nicht mehr körperlich auf Arcana weilte, daß er aber dennoch weiterhin lebte, wodurch es ihm möglich war, den Magierorden nach der Abspaltung der Vingala neu zu organisieren und bis zum gegenwärtigen Tag zu leiten.

»Anfangs waren wir nicht sicher, ob es sich nicht nur um einen Scherz irgendeines Ishars handelte«, fuhr Barkon fort. »Aus heiterem Himmel tauchte plötzlich so ein ... *Ding* aus Eis direkt im Thronsaal unserer Könige auf, schmolz vor sich hin und bat uns im Namen Charalons und des Magierordens, unverzüglich eine Streitmacht genau hierher zu entsenden, um einen gewissen Maziroc von Cavillon und seine Begleiter zu retten. Uns blieb kaum noch die Zeit, irgendwelche Fragen zu stellen, bevor wir es nur noch mit einem großen Wasserfleck zu tun hatten.«

»Zum Glück habt ihr aber dennoch gehandelt.«

Barkon nickte. »Na ja, wir haben uns schließlich gesagt, daß diese Rettungsmission in ziemlich gefährliches Gebiet führen würde«, erklärte er. »Es wäre ein ziemlich schlechter Scherz, wenn auf diese Art unnötig das Leben unserer Leute in Gefahr gebracht würde. Zu schlecht, als daß wir ihn von den Ishar erwarten würden, schon gar nicht von Charalon. Ebenso wie auch Ihr, Maziroc, genießt er nach wie vor einen sehr guten Ruf bei uns. Deshalb haben wir uns entschlossen, unsere Isolation zu durchbrechen und tatsächlich hier einmal nach dem Rechten zu sehen.«

»Und habt uns dadurch das Leben gerettet«, bekräftigte der Magier noch einmal. »Dafür werden wir ewig in Eurer Schuld stehen. Allerdings hätte ich nicht gedacht, daß Charalon die Möglichkeit besitzt, unseren Weg bis hierher zu verfolgen und selbst so weit von Cavillon entfernt noch über uns zu wachen.«

»Diese Möglichkeit besitzt er auch nicht«, mischte sich in diesem Moment Scruul ein. »Dafür müßt ihr euch schon bei mir bedanken.« Er hatte sich inzwischen wieder einigermaßen erholt; die tiefsten Spuren der Erschöpfung waren aus seinem Gesicht gewichen, und er konnte bereits wieder aus eigener Kraft stehen.

Maziroc wandte sich zu ihm um. »Wovon sprichst du?« wollte er wissen.

Scruul lächelte vieldeutig. »Du weißt doch, daß ich an jedem Ort, an dem ich schon einmal gewesen bin, eine Geistesprojektion von mir erzeugen kann«, erklärte er. »Also auch in Cavillon. Auf diese Art habe ich dort von unserer Notlage berichtet, in der Hoffnung, daß uns von dort jemand helfen könnte.«

»Warum hast du uns nichts davon erzählt?« erkundigte sich Maziroc mit unverkennbarem Tadel in der Stimme.

Scruuls Gesicht wurde schlagartig wieder ernst. »Ich wollte keine falschen Hoffnungen wecken, denn eigentlich habe ich selbst nicht daran geglaubt, daß es noch eine Rettung für uns gäbe. Es ist mir erst gestern abend gelungen, bis nach Cavillon vorzudringen. Über eine solche Entfernung hinweg war es in meinem geschwächten Zustand auch für mich nicht leicht. Und ich hätte nicht gedacht, daß tatsächlich noch irgendwelche Hilfe rechtzeitig hier eintreffen könnte.«

»Gestern abend haben wir Charalons Nachricht erhalten«, ergänzte Barkon. »Er hat also schnell reagiert.«

»Gestern abend?« ergriff Miranya ungläubig das Wort. Sie hatte inzwischen auch den Soldaten versorgt. Er lächelte sie dankbar an, während sie sich aufrichtete und sich das Blut von den Fingern wischte. »Aber ... das kann doch nicht sein! Man braucht mehrere Wochen von den Todessümpfen bis hierher.«

Barkon nickte. »Unter normalen Umständen, ja«, bestätigte er mit einem Lächeln, das hauptsächlich aus einem Zucken seines Bartes bestand. »Aber wenn es wirklich wichtig ist, haben wir Zwerge auch noch andere Möglichkeiten, um wesentlich schneller voran zu kommen.« Er räusperte sich. »Die Hauptsache ist schließlich, daß wir rechtzeitig hier waren, nicht wahr?« fügte er in einem Tonfall hinzu, der deutlich machte, daß er nicht weiter über dieses Thema reden wollte.

Miranya hatte keine Ahnung, wovon der Zwerg sprach, doch als sie einen Blick zu Maziroc hinüberwarf, sah sie, wie auch über sein Gesicht ein kurzes, verstehendes Lächeln glitt. Offenbar wußte er mehr über die geheimnisvollen ›Möglichkeiten‹ der Zwerge, doch auch er ging nicht weiter darauf ein.

»Und was geschieht nun?« erkundigte er sich statt dessen, an Barkon gewandt. »Wie ihr seht, ist unsere ursprüngliche Eskorte praktisch nicht mehr vorhanden. Ihr habt uns zwar aus der unmittelbaren Gefahr gerettet, aber wir befinden uns immer noch in gefährlichem Gebiet.«

»Es ist selbstverständlich, daß wir Euch unter diesen Umständen sicher bis zur Grenze nach Larquina geleiten werden«, bot Barkon an und schüttelte gleich darauf tadelnd den Kopf. »Was habt Ihr Euch bloß dabei gedacht, einfach so einen Spazierritt durch das Hügelland von Skant zu unternehmen? Ich weiß nicht, wie groß Eure Eskorte war, aber gerade Ihr hättet doch wissen müssen, wie gefährlich dieser Teil der Nordermark ist. Warum habt Ihr nicht die sicherere Route durch den Süden genommen?«

»Weil sie nicht länger sicher ist«, erwiderte Maziroc. »Ich wußte durchaus, wie gefährlich unser Vorhaben war, aber es war ein Risiko, das wir eingehen mußten. Unsere Mission ist ausgesprochen wichtig, und deshalb können wir auch nicht nach Larquina zurück. Wir müssen weiter nach Osten, nach Therion.«

Das Gesicht des Zwergen verdunkelte sich. »Ihr müßt den Verstand verloren haben!« stieß er hervor. »Das ist noch einmal die doppelte Wegstrecke durch Clangebiet, als Ihr sie bislang zurückgelegt habt. Wir sind selbst nur achtzehn Mann, von denen ich zumindest einen auf ...

anderem Weg zurückschicken muß. Diesmal konnten wir die Hornmänner besiegen, weil wir sie völlig überrascht haben, aber wenn wir einer weiteren Patrouille begegnen sollten, sieht das wieder ganz anders aus. Ich denke gar nicht daran, meine Leute einer solchen Gefahr auszusetzen. Außerdem haben wir keine Pferde.«

Miranya horchte auf. Wie sie vorher schon eingewandt hatte, benötigte man mehrere Wochen, um von den Todessümpfen, der Heimat der Zwerge im Westen Miirns, bis hierher zu gelangen, aber das galt für Reiter. Zu Fuß ... Die geheimnisvollen speziellen ›Möglichkeiten‹ des Zwergenvolkes wurden immer rätselhafter.

»Wir können die Pferde der Hornmänner nehmen«, warf Scruul ein. »Sie sind nicht weit von hier entfernt angebunden. Fast vierzig Tiere, also weit mehr als genug.«

»Gut.« Maziroc nickte ihm zu, dann wandte er sich wieder an den Zwerg und blickte ihn eindringlich an. »Bitte, Barkon, es geht nicht anders. Ich würde eine solche Bitte erst gar nicht an Euch richten, wenn nicht so viel auf dem Spiel stünde.«

»Ach, und was soll das sein? Sagt es mir, dann werde ich entscheiden.«

Der Magier rang kurz mit sich. »Der alte Feind ist zurückgekehrt«, sagte er dann.

Barkon blickte ihn einen Moment lang verständnislos an, dann glomm jähes Begreifen in seinen Augen auf, das gleich darauf ungläubigem Schrecken wich. Alle Farbe schien schlagartig aus seinem Gesicht zu weichen. »Das ... das kann nicht sein!« keuchte er. »Ihr müßt Euch täuschen.«

Panisches Entsetzen schwang in seiner Stimme mit, und mehr als alles andere jagte gerade das auch Miranya eine eisige Gänsehaut über den Rücken. Bis auf einige Gerüchte und das Wenige, was Maziroc ihr in den letzten

Tagen erzählt hatte, wußte sie kaum etwas über den Krieg gegen die Damonen, hatte sich vor Beginn dieser Reise auch nicht sonderlich dafür interessiert. Es war für sie bloß eine lange zurückliegende Episode aus der Geschichte dieser Welt gewesen. Ein Ereignis, das einst möglicherweise entscheidend für die gesamte Zukunft Arcanas gewesen sein mochte, das aber tausend Jahre zurücklag und bis vor wenigen Tagen keinerlei Bedeutung für die Gegenwart und vor allem für ihr persönliches Geschick zu haben schien.

Selbst als sie von der Rückkehr der Damonen erfahren hatte, war das für sie eine Nachricht ohne wirklich greifbaren Inhalt gewesen, und als sie sich zur Teilnahme an dieser Expedition entschlossen hatte, war ihr alles in erster Linie als aufregendes Abenteuer erschienen. Als größte Gefahr hatte sie die Hornmänner betrachtet, und diese Befürchtung hatte sich ja auch bewahrheitet. Der Gedanke an die Damonen war darüber für sie noch mehr in den Hintergrund gedrängt worden, und über die von ihnen ausgehende Bedrohung hatte Miranya sich bislang kaum Sorgen gemacht.

Vielleicht erschreckte die Reaktion Barkons sie gerade deshalb besonders stark. Zwergenkrieger waren in ganz Arcana für ihren Mut und ihre Kampfkraft berühmt, doch nun mußte sie miterleben, wie die bloße Erwähnung der Damonen Barkon beinahe in ein zitterndes Nervenbündel verwandelte. Drastischer als alle Worte es gekonnt hätten, vermittelte ihr das einen Eindruck vom wahren Ausmaß der Gefahr, und es war ein Eindruck, der ihr ganz und gar nicht gefiel.

»Ich wünschte, es wäre anders, aber es gibt keinen Zweifel«, versicherte Maziroc. »Wir haben mehrere voneinander unabhängige Berichte erhalten, und Charalon hat bestätigt, daß sich erneut eine *Weltenbresche* geöffnet hat, ganz in der Nähe der früheren. Einige Späher haben die Damonen sogar bereits gesehen. Alles hat genau wie damals begonnen. Überfälle auf Gehöfte und kleine Dörfer, die mit beispielloser Grausamkeit ausgeführt wurden und keine Überlebenden hinterlassen haben. Nur konnten wir die Hinweise diesmal richtig deuten, weil wir die Gefahr kannten. Wir haben Boten in die ganze Umgebung geschickt, die die Menschen warnen sollen. Es hat bereits eine regelrechte Fluchtwelle eingesetzt.«

Barkon schien seine Worte kaum wahrgenommen zu haben, sondern mit seinen Gedanken ganz woanders zu sein. »Tausend Jahre«, murmelte er erschüttert. »Tausend Jahre, in denen wir geglaubt haben, daß diese Gefahr für alle Zeit gebannt wäre. Und nun . . .«

»Nur eine trügerische Illusion der Sicherheit«, sagte Maziroc. »Aber auch wir haben uns ihr nur zu gerne hingegeben. Nach dem ersten friedlichen Jahrhundert ist unsere Aufmerksamkeit erlahmt, und nur wenige Generationen später wußte kaum noch jemand sicher zu sagen, ob es den Krieg und die Damonen wirklich gegeben hatte oder ob sie nur eine der zahllosen Legenden waren. Nun können sich alle Skeptiker davon überzeugen, daß sie keine erfundenen Gestalten aus einem Schauermärchen sind. Und diesmal ist unsere Position viel schlechter als beim letzten Mal. Diesmal wird es keine Armee von Elben geben, die auf unserer Seite kämpft.«

»Elben«, wiederholte Barkon verächtlich. »Wer braucht schon Elben?«

»Jeder, der noch einen klaren Verstand hat und sich den Blick auf die Realität nicht durch Zorn und uralte Vorurteile verstellen läßt«, entgegnete Maziroc scharf. »Ich weiß, daß Euer Volk und das der Elben noch nie Freunde waren, aber bei einer Bedrohung wie der durch die Damonen sollten solche Streitereien keine Rolle spielen. Ohne die Hilfe Eibon Bel Churios und des Alten

Volkes hätten wir damals kaum den Sieg davongetragen.«

Miranya konnte kaum glauben, was sie hörte. Es gab nur noch wenige Elben heutzutage, und mehr noch als zu der Zeit, in der die Damonen zum ersten Mal nach Arcana gekommen waren, wurden sie bewundert und galten als halb mythische Wesen, fast schon als Götter. Kein Mensch hätte es gewagt, so abfällig über sie zu sprechen. Anscheinend waren die Elben und die Zwerge nicht nur keine Freunde, wie Maziroc es ausgedrückt hatte. Zwischen ihnen schien sogar offene Feindschaft zu herrschen.

»Wie dem auch sei.« Barkon zuckte die Achseln. »Angesichts dieser Gefahr ist es um so wichtiger, daß wir so schnell wie möglich zurückkehren und die anderen warnen. Es muß eine neue Verteidigung organisiert werden und ...«

»Wichtig ist jetzt nur, daß wir so schnell wie möglich nach Therion kommen«, fiel der Magier ihm ins Wort. »Wir müssen über den Luyan Dhor, noch ehe die Pässe zuschneien. Ich darf keine Einzelheiten verraten, aber möglicherweise hängt das ganze weitere Schicksal Arcanas davon ab, daß wir schnell genug nach Sharolan gelangen. Dort werden wir Hilfe finden, die wir unbedingt benötigen.«

»Ausgerechnet im Ödland von Sharolan?« Barkon gab sich erst gar keine Mühe, seine Skepsis zu verhehlen.

»Ausgerechnet dort«, bestätigte Maziroc. »Es ist wichtiger, als Ihr Euch vielleicht vorstellen könnt. Was ist nun? Bringt Ihr uns hin?«

Der Zwerg zögerte kurz. »Ich bezweifle stark, daß die Pässe über den Luyan Dhor noch begehbar sind«, wandte er dann ein. »Mit allergrößter Wahrscheinlichkeit sind sie längst zugeschneit.«

»Das wird sich zeigen, wenn wir dort sind.« Mazirocs

Tonfall machte seine Entschlossenheit deutlich. »Wir müssen es auf jeden Fall versuchen. Notfalls auch ohne Eure Hilfe. Zuviel hängt davon ab.«

Wieder schwieg der Zwerg eine Weile. Miranya wagte kaum, sich zu rühren. Sie meinte, die Spannung fast greifbar spüren zu können, die in der Luft lag. Die Sekunden schienen sich zu Ewigkeiten zu dehnen. Ihr war überdeutlich bewußt, daß eine Fortführung ihrer Mission fast nur von Barkons Antwort abhing. Ohne seine Hilfe hatten sie so gut wie keine Chance mehr.

»Also gut«, verkündete er schließlich. »Wenn es sich so verhält, wie Ihr sagt, werden wir Euch sicher nach Therion geleiten. Aber dafür erwarte ich, daß Ihr uns mehr darüber erzählt, welche Art von Hilfe Ihr dort zu finden glaubt.«

Das Gehöft

Wie Eibon angekündigt hatte, schickte er gleich am nächsten Morgen mehrere Späher los, um die vor ihnen liegenden Landstriche zu erkunden. Jeder von ihnen trug ein Signalhorn bei sich, und sie erhielten den ausdrücklichen Auftrag, sich nicht weiter voneinander zu entfernen, als daß sie sich jederzeit mit Hornsignalen verständigen und auf eine Gefahr hinweisen konnten. Die restlichen Teilnehmer der Expedition folgten den Spähern wesentlich gemächlicher; so langsam teilweise, daß es Maziroc nach dem Gewaltritt der vergangenen Tage vorkam, als bewegten sie sich kaum von der Stelle. Immerhin wurde ihr wesentlich verlangsamtes Vordringen mit allgemeiner Erleichterung aufgenommen.

Am frühen Nachmittag kehrten die ausgesandten Späher zurück, vollzählig und unverletzt, wie Maziroc erleichtert feststellte. Dennoch wollte er dabei sein, wenn sie Eibon Bericht erstatteten. Zusammen mit Charalon lenkte er sein Pferd mit sanftem Schenkeldruck an die Seite des Elbenkönigs. Die Späher erzählten von beachtlichen Flüchtlingsströmen, die sich in Richtung Norden bewegten, weil sich die Kunde von den Plünderungen und Morden inzwischen weit verbreitet hatte. Mehrere Gehöfte und kleine Dörfer, auf die sie gestoßen wären, seien verlassen gewesen, von ihren Bewohnern offenbar in überhasteter Flucht aufgegeben, doch von Hornmännern oder irgendwelchen anderen Feinden hatten sie nichts entdeckt.

Die Flüchtlingsströme entwickelten sich im Laufe des nächsten Tages zu einem beachtlichen Problem. Sie wurden so zahlreich, daß Eibon dem Trupp schließlich befahl, sich von den Straßen fernzuhalten, da diese nicht nur durch die ihnen entgegenkommenden Menschenmassen kaum noch passierbar waren, sondern so mancher der Flüchtlinge sich von den Elben Schutz versprach und sich ihnen sofort anschließen wollte. Einige erwiesen sich dabei als so hartnäckig, daß es fast unmöglich war, sie wieder los zu werden. Lieber wollten sie den Elben zurück in die besonders gefährlichen Gebiete folgen, als weiter in eine ungewisse Zukunft zu flüchten.

Aus dem gleichen Grund beschloß Eibon auch, Brelonia zu meiden, die nächstgelegene größere und einigermaßen stark befestigte Stadt, die nach Aussagen der Späher vor lauter Flüchtlingen bereits aus allen Nähten zu platzen drohte. Der Elbenkönig besaß genügend Ansehen, daß man auf einen Wink von ihm hin trotzdem in jedem Gasthaus sofort Quartiere für sie freigemacht hätte, doch er verzichtete auf dieses Privileg, um den wenigen Flüchtlingen, die in Brelonia eine Unterkunft bekommen hatten, nicht auch noch diese wegzunehmen.

Aufgrund ihres gemächlichen Tempos bot sich für alle auch in den folgenden Tagen genug Gelegenheit, sich von den vorangegangenen Strapazen zu erholen und frische Kräfte zu tanken, so daß sie zumindest wieder kampftüchtig sein würden, wenn sie auf einen Feind trafen. Vorläufig war von einem solchen jedoch nichts zu entdecken. Die Späher stießen lediglich vereinzelt auf seltsame Spuren, die sie sich nicht erklären konnten, doch schienen sie eher von Tieren als von Reitern oder einem marschierenden Heer zu stammen und lösten deshalb keine größere Unruhe aus. Ansonsten hatten sie stets nur das gleiche zu berichten, sah man davon ab, daß die Zahl der Flüchtlinge stark abnahm, je weiter sie nach Süden vordrangen.

Schließlich stießen sie erstmals auf ein niedergebranntes Gehöft, dem bald weitere Gehöfte und schließlich auch ganze Dörfer folgten. In einigen lagen die Toten noch so, wie sie erschlagen worden waren.

Am späten Nachmittag des vierten Tages hatten die Späher erstmals etwas Aufsehenerregenderes zu melden. »Etwa zehn Meilen südwestlich von hier sind wir auf einen noch bewohnten Hof gestoßen«, berichtete einer von ihnen. »Der einzige, offenbar in weitem Umfeld, der noch nicht überfallen oder freiwillig aufgegeben wurde. Die Leute dort haben zwar von den Überfällen gehört, aber sie wollen dennoch ausharren.«

»Sie denken, bei den Angreifern würde es sich um Clanskrieger handeln«, ergänzte ein anderer Späher. »Und sie glauben nicht, daß Hornmänner so weit von ihren Clansburgen entfernt Raubzüge durchführen.«

»Diese Narren«, stieß Eibon hervor. »Wahrscheinlich haben die anderen alle ebenso gedacht.«

»Immerhin haben sie wenigstens Vorkehrungen getroffen«, berichtete der Späher weiter. »Der Hof ist fast wie eine kleine Festung erbaut, und die Verteidigungsanlagen sind in den vergangenen Wochen noch zusätzlich verstärkt worden. Man bräuchte schon fast eine Armee, um sie zu erstürmen, und jeder Angreifer würde einen unglaublich hohen Blutzoll zahlen müssen.«

»Wenn wir von menschlichen oder zumindest menschenähnlichen Angreifern ausgehen«, warf Charalon ein. »Aber auch nur dann, und bislang wissen wir noch nicht, mit wem wir es hier zu tun haben.«

»Ich bin ebenfalls der Meinung, daß wir versuchen sollten, die gefährdeten Bewohner in diesem Landesteil dazu zu überreden, vorläufig wegzuziehen«, ergänzte Maziroc. »Wenigstens so lange, bis wir herausgefunden haben, wer hinter den Überfällen steckt, und wir die Gefahr vielleicht sogar beseitigt haben.«

Eibon nickte zustimmend. »Das betrachte ich als eine der wichtigsten Aufgaben dieser Expedition.«

»Aber sie werden nicht gehen«, behauptete der Späher. »Wir haben auch schon versucht, sie zu überreden. Die Menschen dort vertrauen auf die Stärke ihrer Mauern, auf ihre Pfeile und die Schärfe ihrer Schwerter. Sie werden den Hof nicht aufgeben. Im Gegenteil, die Bewohner mehrerer anderer Gehöfte haben sogar dort Zuflucht gesucht.«

»Hm«, machte Eibon und massierte sich ein paar Sekunden lang nachdenklich das Kinn, ehe er nacheinander Maziroc und Charalon anblickte. »Nun, vielleicht verfügt Ihr ja noch über einige andere Möglichkeiten, sie davon zu überzeugen, daß es hier in der Gegend nicht sicher ist.«

»Auf gar keinen Fall!« protestierte Maziroc als erster scharf, sobald er begriff, worauf Eibon hinaus wollte. »Selbst wenn es uns möglich wäre, würden wir andere niemals geistig versklaven, um ihnen unseren Willen aufzuzwingen. Es würde drastisch gegen unseren Ehrenkodex verstoßen, gegen die Regeln unseres Ordens.«

»Selbst wenn es nur zum Schutz der Betroffenen geschähe?« entgegnete Eibon. »Wenn Ihr Ihnen dadurch das Leben retten könntet?«

»Noch ist nicht gesagt, daß sie sich wirklich in Gefahr befinden«, ergriff Charalon das Wort. »Wie Ihr selbst uns berichtet habt, sind bislang nur kleine Dörfer und solche Höfe überfallen worden, die keinen sonderlichen Widerstand bieten konnten. Es ist also durchaus möglich, daß die Unbekannten sich an ein so stark befestigtes Gehöft erst gar nicht herantrauen.«

»Möglich«, stimmte Eibon zu. »Aber nur eine sehr vage Hoffnung. Auf jeden Fall sollten wir uns selbst ein Bild von der Lage machen und mit den Leuten sprechen. Wir werden ohnehin bald ein Lager für die Nacht aufschlagen müssen.« Er ließ sein Pferd wieder antraben und deutete mit der Hand nach vorne. »Na los, worauf wartet Ihr noch?«

Mit seinen hohen, wuchtigen Mauern, die äußerst massiv aussahen und von zinnenartigen Erhöhungen gekrönt wurden, erinnerte das Gehöft tatsächlich an ein kleines Kastell oder zumindest ein Fort. Es war direkt an eine steil aufragende Felswand gebaut, und obwohl Maziroc kein Fachmann für Festungsbau war, war er davon überzeugt, daß jeder Versuch, es zu erstürmen, nicht nur kompliziert und langwierig sein, sondern auch tatsächlich ungezählte Tote kosten würde.

Und dennoch wirkte das Gehöft verlassen. Irgend etwas ging hier vor.

Das Licht der nur noch dicht über dem Horizont stehenden Abendsonne tauchte alles in warme Farben und schien die Dächer der Gebäude mit Gold zu übergießen. Es hätte ein Bild des Friedens sein können, doch die scheinbare Idylle kam Maziroc unecht vor. Sie wirkte künstlich, fast wie ein Stilleben arrangiert, und das weckte sein Mißtrauen. Für seinen Geschmack war alles *zu* ruhig.

Nach Auskunft der Späher befanden sich mehr als einhundert Menschen auf dem Gehöft, doch war von diesen nichts zu entdecken. Selbst als Maziroc den Ring von seinem Finger zog und durch das *Skiil* blickte, das die Häuser so nah heranzuholen schien, daß er das Gefühl hatte, er müßte nur die Hand ausstrecken, um sie zu berühren, änderte sich nichts daran. Niemand zeigte sich auf den Mauern, niemand hielt sich auf dem Innenhof auf, soweit sich dieser durch die weit offenstehenden Flügel des Tores überblicken ließ. Es war, als hätten sich die Bewohner innerhalb der wenigen Stunden, die seit dem Besuch der Späher vergangen waren, doch noch dazu entschieden, das Gehöft aufzugeben und ihr Heil in einer überhasteten Flucht zu suchen. Oder als wären sie geradewegs vom Erdboden verschluckt worden.

Unsinn, versuchte Maziroc sich selbst zu beruhigen.

Er war einfach übernervös und begann bereits überall Gespenster zu sehen und Gefahr zu wittern. Wahrscheinlich gab es eine ganz einfache und harmlose Erklärung. Vielleicht aßen die Bewohner gerade zu Abend, oder sie hatten sich zu einem Gebet oder irgendeiner anderen gemeinsamen Beschäftigung zusammengefunden.

Ohne daß sie angesichts ihrer gefährdeten Lage wenigstens ein paar Wächter zurücklassen? wisperte eine Stimme in ihm. *Und außerdem lassen sie auch noch das Tor unbewacht weit offen stehen, damit jeder eventuelle Angreifer sich nicht erst die Mühe machen muß, es einzureißen oder die Mauern zu erstürmen? Lachhaft!*

Mazirocs Unbehagen stieg mit jedem Meter, den sie sich dem Gehöft näherten. Er war sich mittlerweile so gut wie sicher, daß ihn sein erster Eindruck nicht getrogen hatte, daß irgend etwas hier nicht stimmte. Das Gefühl, geradewegs in eine Falle zu reiten, wurde immer stärker, und er war nicht der einzige, dem es so erging. Die Haltung sowohl der Elbenkrieger als auch der menschlichen Gardesoldaten war angespannt, und immer wieder blickten sie sich unbehaglich um. Mehr als einer hatte die Hand auf dem Knauf seines Schwertes liegen.

Auch Maziroc selbst ließ seinen Blick immer wieder umherwandern. Nicht nur der Hof, die gesamte Umgebung gefiel ihm nicht. Sie war für eine Falle wie geschaffen. Das Land war hügelig und unübersichtlich, nicht weit entfernt erhoben sich mehrere ausgedehnte Waldstücke. In den Tälern und Wäldern konnte sich eine ganze Armee unbemerkt verstecken. Wieder und wieder blickte er durch seinen Ring, ohne jedoch etwas zu entdecken, das seinem Verdacht konkrete Nahrung lieferte. Aber die Schatten der Abenddämmerung senkten sich nun immer rascher wie ein Vorhang aus schwarzer Watte über das Land. Nicht mehr lange, dann würde es dunkel werden, und anders als in den vergangenen Nächten würde die Dunkelheit diesmal nicht ihr Verbündeter, sondern ihr Feind sein.

Ein paar Meter entfernt redete Bayron eindringlich auf Eibon ein und unterstrich seine Worte durch weit ausholende Gesten. Obwohl er nur vereinzelte Wortfetzen aufschnappte, konnte Maziroc sich denken, was der General sagte, doch seinem zornigen Gesichtsausdruck zufolge stießen seine Worte auf taube Ohren.

Auf einer niedrigen Hügelkuppe, nur noch knapp eine Meile vom Hof entfernt, hob der Elbenkönig schließlich die Hand, um den Trupp zum Stehen zu bringen. Mehr als eine Minute lang starrte er angestrengt zu dem Gehöft hinüber, und jeder der Männer schien während dieser Zeit den Atem anzuhalten. Abgesehen vom gelegentlichen Scharren der Pferdehufe oder einem vereinzelten Schnauben eines der Tiere war es totenstill.

»Glaubt Ihr mir jetzt endlich, daß etwas dort unten nicht stimmt?« zerriß Bayrons Stimme schließlich die Stille. »Ich sage Euch, es ist eine Falle.«

Der Elbenkönig wandte sich ihm zu. »Daran habe ich schon die ganze Zeit keinen Zweifel«, behauptete er. »Aber eine Falle, die man erkannt hat, kann man mit etwas Geschick gegen den richten, der sie aufgestellt hat. Dafür sollte man sich aber so lange wie möglich nicht anmerken lassen, daß man sie entdeckt hat. Hat man Euch das bei Eurer Ausbildung nicht beigebracht?«

Es war Maziroc schleierhaft, warum Eibon schon seit ihrem Aufbruch von Cavillon auf jeden gutgemeinten Vorschlag und jede Kritik so aggressiv reagierte, vor allem, wenn sie von Bayron kamen. Möglicherweise witterte er in jedem Widerspruch einen Vorwurf, den er auf diese Art im Keim zu ersticken versuchte. Hielt er seine eigene Position und seine Führungsrolle für weniger gefestigt, als sie in Wirklichkeit waren? Aber er *war* unbestreitbar alt, und es mochte durchaus sein, daß er sich selbst schwächer fühlte, als es anderen erschien.

Bayron kniff für einen Moment den Mund zu einem schmalen Strich zusammen, doch er ging nicht weiter auf die Provokation ein, sondern schluckte die bissige Antwort, die ihm sichtlich auf der Zunge lag, hinunter.

»Und wie sieht Eurer Meinung nach die Falle aus?« fragte er statt dessen nur.

»Das bleibt die Frage«, erwiderte Eibon. »Alles sieht völlig verlassen aus. Wenn es sich wirklich um eine Falle handelt, dann haben unsere Gegner sich leider noch keinerlei Blöße gegeben. Zur Sicherheit werde ich einen kleinen Erkundungstrupp vorausschicken.«

»Wartet noch einen Augenblick«, mischte sich Charalon in diesem Moment ein und dirigierte sein Pferd neben das des Elbenkönigs. »Ich habe eine Idee.« Er blickte angestrengt auf den Reif an seinem Handgelenk, und kurz zeigte sein Gesicht einen konzentrierten Ausdruck. Gleichzeitig tauchten wie aus dem Nichts ein halbes Dutzend weiterer berittener Elbenkrieger zwischen den anderen auf. Überraschte und erschrockene Rufe ertönten, doch mit einer energischen Handbewegung verschaffte Charalon sich Ruhe. »Schicken wir die doch vor. Es sind nur Illusionen«, erklärte er. »Wenn es eine Falle ist und sie angegriffen werden, tut es ihnen nicht weh.«

Er ließ die durch die magische Kraft seines *Skiils* geschaffenen Krieger antraben. Sie lösten sich aus der Formation ihrer realen Vorbilder, ritten auf das Tor des Gehöfts zu und hindurch, ohne daß etwas geschah. Auf dem Innenhof schwärmten sie aus, drehten eine Art Ehrenrunde, und als sie auch jetzt nicht angegriffen wurden, ließ Charalon sie wieder umkehren. Erst als sie sich wieder in den Pulk der übrigen Krieger eingereiht hatten, löste er sie nacheinander auf. So würde ihr Verschwinden einem eventuellen Beobachter nicht sofort auffallen und diesem ihre Fähigkeiten verraten.

»Das gefällt mir nicht«, murmelte Maziroc. »Sie sind zwar nicht angegriffen worden, aber wenn alles in Ordnung wäre, hätten zumindest einige der Bewohner zu ihrer Begrüßung hervorkommen müssen.«

Wo um alles in der Welt steckten sie? Noch vor wenigen Stunden hatten sich nach Aussagen der Späher mehr als einhundert Menschen auf dem Hof befunden. Waren sie wirklich geflohen, oder hatten sie sich gar mit dem Feind verbündet?

Keine der beiden Möglichkeiten klang überzeugend. Maziroc fühlte sich völlig ratlos. Am liebsten wäre es ihm gewesen, wenn sie sich gar nicht weiter um den Hof kümmerten, sondern so schnell wie möglich so weit wie möglich fortritten. Obwohl die meisten, wenn nicht sogar alle anderen, vermutlich ebenso empfanden, wußte er auch, daß sie es nicht tun würden, nicht tun durften. Sie mußten herausfinden, was hier geschehen war, und wenn ihnen irgendeine Gefahr drohte, dann würde ihnen das Gehöft vermutlich immer noch mehr Schutz bieten als das offene Land.

»Also werden wir doch selbst nachsehen müssen«, erklärte Eibon und erteilte einige knappe Befehle. Fünf der Elbenkrieger lösten sich von den anderen und näherten sich vorsichtig und mit gezogenen Schwertern den Gebäuden.

Nach kurzem Zögern gab Maziroc seinem Pferd die Sporen und schloß sich ihnen an, ohne sich um die aufgeregten Rufe Charalons zu kümmern. Die Elben warfen ihm verwunderte Blicke zu, doch er zuckte nur mit den Schultern. Er wußte selbst nicht genau, warum er sich ihnen anschloß. Er rechtfertigte sein Handeln vor sich selbst mit der Erklärung, daß er eine Falle mit seinen magischen Sinnen möglicherweise eher als die anderen erkennen würde, doch er wußte selbst am besten, daß dies nicht der wahre Grund war. Wahrscheinlich lag es einfach nur daran, daß er die Ungewißheit und das untätige Abwarten nicht länger aushielt.

Erst als sie die Gebäude fast erreicht hatten, sah Maziroc etwas, was selbst mit dem *Skiil* nicht zu entdecken gewesen war. Nur einer der beiden riesigen schweren Torflügel stand einladend offen.

Der andere war halb zerstört.

Er hing nur noch in einer der Angeln, und gewaltige Risse, wie sie nur von Äxten und Rammen verursacht wurden, klafften in dem Holz.

Einen Moment lang starrte Maziroc den Torflügel erschrocken an, während sich die Gedanken in seinem Kopf überschlugen. Mit einem Mal gab es kaum noch einen Zweifel daran, was hier geschehen war, und doch weigerte er sich, daran zu glauben. Er sah selbst, wie gut befestigt der Hof war, und es hatte immerhin eine beachtliche Zahl von Verteidigern gegeben. Selbst ein noch so großes Heer hätte nicht in den wenigen Stunden anrücken, Position beziehen und das Gehöft erstürmen können, fast ohne sichtbare Spuren zu hinterlassen, um anschließend ebenso rasch und spurlos wieder zu verschwinden.

Und doch deutete alles darauf hin, daß genau das geschehen war.

Was aber, dachte er, wenn es sich gar nicht um ein Heer gehandelt hatte? Sie wußten nicht, mit welchen Gegnern sie es zu tun hatten, legten aber unwillkürlich menschliche Maßstäbe an, dabei hätte gerade er es besser wissen müssen. Eine kleine Gruppe bösartiger, zu allem entschlossener Magier, die über die richtigen *Skiils* verfügten, wären beispielsweise durchaus in der Lage, einen Hof wie diesen fast im Handstreich einzunehmen. Gerade deshalb war es so wichtig, daß nach Möglichkeit alle Magier den Regeln des Ordens entsprechend erzogen und ausgebildet wurden. Aber Ausnahmen oder Abtrünnige gab es immer. Es war eine Möglichkeit, die auf jeden Fall in Betracht gezogen werden mußte.

Auch Maziroc zog nun sein Schwert, während er den Kriegern durch das Tor folgte. Hier, im Inneren des Hofes, waren nun auch vereinzelte Spuren eines Kampfes zu entdecken: einige kaum getrocknete Blutflecken, ein zerborstenes Schwert in einer Ecke, ein zerbrochenes Geländer an einer der Treppen, die zu den Wehrgängen hinaufführten, und ähnliches mehr. Es konnte kein sehr langer oder erbitterter Kampf gewesen sein, sonst hätte es mehr derartige Spuren gegeben. Allem Anschein nach waren die Verteidiger völlig überrascht worden und kaum in der Lage gewesen, eine Gegenwehr zu organisieren.

Was Maziroc nirgendwo sah, war auch nur eine einzige Leiche.

Mit seinen magischen Sinnen tastete er um sich. Jedes intelligente Wesen strahlte eine Art mentales Hintergrundrauschen aus, das ein Magier wahrnehmen konnte. Auf diese Art war er in der Lage, die Gegenwart eines anderen Menschen auf eine Entfernung von mehreren Metern zu spüren, wenn er sich besonders anstrengte sogar auf etwas weitere Distanz. Mit Ausnahme der Elbenkrieger nahm er jedoch nichts wahr, auch nicht, als er bis unmittelbar an die einzelnen Gebäude heran ritt.

Es war beruhigend und beängstigend zugleich. Beruhigend, weil sich offenbar keine Feinde in unmittelbarer Nähe versteckt hielten, und beängstigend, weil sich offenbar auch keiner der Bewohner mehr hier befand. Sie mußten entweder tot oder verschleppt worden sein. Die Grausamkeit der anderen Überfälle legte nahe, daß alle ermordet worden waren, es sei denn, einige Überlebende hatten sich so tief in einem der Gebäude versteckt, daß Maziroc nicht in der Lage war, ihre Anwesenheit zu spüren.

Bis auf einen, der bei ihm zurückblieb, stiegen die Elbenkrieger von ihren Pferden ab und verschwanden im Hauptgebäude, um es zu durchsuchen.

Mazirocs Beklemmung hatte sich mittlerweile zu einem fast körperlichen Unwohlsein gesteigert, als läge ein eiserner Ring um seine Brust, der ihm allmählich die Luft abschnürte. Dazu trug auch die beinahe vollkommene Stille bei. Er hielt sich vor Augen, daß es sich trotz aller Verteidigungsanlagen letztlich nur um einen *Bauernhof* handelte. Aber nicht ein einziges Huhn lief oder flatterte umher, und obwohl es gleich zwei große Ställe gab, in denen zweifellos Vieh gehalten und gezüchtet wurde, war von den Tieren nichts zu hören; nicht das Quieken von Schweinen, das Muhen einer Kuh oder das Schnauben und Wiehern eines Pferdes.

Es gab nur eine naheliegende Erklärung dafür, dennoch stieg Maziroc nach kurzem Zögern ab, ging auf den größeren der Ställe zu und öffnete die Tür, um sich Sicherheit zu verschaffen.

Obwohl er geahnt hatte, welches Bild ihn erwarten würde, drehte ihm der Anblick fast den Magen um. Abgesehen von einem Schweinepferch waren im Stall vor allem Kühe untergebracht. Nicht ein einziges der Tiere lebte mehr, doch waren sie nicht einfach nur getötet worden. Die meisten von ihnen waren regelrecht zerfetzt, als wären Raubtiere über sie hergefallen und hätten sich um ihre Beute gestritten. Überall war Blut, und der Boden war mit Haut- und Fleischfetzen und Innereien übersät. Der süßliche Kupfergeruch von Blut schlug Maziroc in einer ekelerregend intensiven Wolke entgegen, so daß er die Tür des Stalls hastig wieder zuschlug. Während er zurück in den Sattel seines Pferdes stieg, atmete er ein paarmal tief durch, doch immer noch meinte er, den Gestank zu riechen.

Die übrigen Krieger waren noch nicht zurück, sie würden einige Zeit brauchen, um die Gebäude zu durchkämmen. Allerdings glaubte Maziroc nicht mehr, daß sie noch Überlebende finden würden, höchstens die Leichen, die die Unbekannten vermutlich irgendwo versteckt hatten. Das war etwas, was diesen Überfall von allen anderen unterschied, von denen Eibon berichtet hatte. Sonst hatten die Angreifer sich nie um die Leichen gekümmert und einfach alles in Brand gesteckt. Hier waren sie offenbar nicht mehr dazu gekommen, sondern hatten vor den sich nähernden Kriegern die Flucht ergriffen.

Im gleichen Moment fiel Maziroc der Fehler in seinem Gedankengang auf. Es mußte sehr viel mehr Zeit gekostet haben, sämtliche Leichen fortzuschaffen und zu verstecken, als Feuer zu legen. Das wiederum bedeutete …

Er überlegte gar nicht erst länger, sondern riß sein Pferd mit einem lautstarken Fluch am Zügel herum, preschte durch das Tor und auf die wartenden Krieger zu, um sie zu warnen.

Doch es war bereits zu spät. Er hatte sich von Anfang an nicht getäuscht: Der Hof *war* eine Falle, nur war diese schon zugeschnappt, als sie sich ihm genähert hatten.

Im letzten Licht des vergangenen Tages krochen Schatten aus dem Schutz der umliegenden Wälder und der Deckung der Talkessel hervor und näherten sich in einem weit geschwungenen Halbkreis. Sie waren zu weit entfernt und die Sicht zu schlecht, um sie genau zu erkennen, aber das wenige, was Maziroc sah, war mehr als genug. Die Feinde schienen fast körperlos; beinahe nur eine Woge sich bewegender Schwärze. Etwas an ihnen wirkte sonderbar falsch für die Bewegungen eines Heeres, und die Dunkelheit, die sich wie ein schützender Mantel über sie zu legen begann, schien nicht nur ihr Aussehen zu verhüllen, sondern noch etwas anderes in sich zu bergen, etwas Finsteres, unsagbar Fremdes, das aus den Abgründen des Wahnsinns in die Welt der Lebenden aufgestiegen war.

Der Späher, von dem Eibon erzählt hatte, hatte vor seinem Tod von grauenhaften Ungeheuern berichtet, von Dämonen, die aus den Schründen der Hölle selbst aufgestiegen waren. Mit einem Mal war sich Maziroc nicht mehr so sicher, ob es sich wirklich nur um eine bildliche Umschreibung gehandelt hatte.

Obwohl – oder vielleicht gerade weil – Maziroc sie nicht richtig erkennen konnte, flößte irgend etwas an den Fremden und ihren *falschen* Bewegungen ihm Angst ein, eine so abgrundtiefe Furcht, wie er sie noch nie zuvor verspürt hatte.

Auch die übrigen Elben und die Gardesoldaten hatten die Gefahr mittlerweile bemerkt, noch bevor Maziroc sie erreichte. Unruhe entstand unter ihnen. Eibon blickte sich einen Moment gehetzt um.

»Auf den Hof!« befahl er dann mit lauter Stimme. Es war die einzige noch freie Richtung, so daß ihnen nicht viel Auswahl blieb, obwohl auch ihm klar sein mußte, daß genau dies der Absicht ihrer Feinde entsprach. Sie hatten von Anfang an vorgehabt, sie dorthin zu treiben, sofern sie nicht ohnehin freiwillig alle dorthin geritten wären. Nur aus diesem Grund hatten sie den Hof nicht niedergebrannt und sogar die Leichen versteckt; möglicherweise hatten sie ihn aus genau diesem Grund sogar erst überfallen.

Maziroc verzichtete darauf, Eibon darauf aufmerksam zu machen. Der Elbenkönig wußte es mit Sicherheit selbst, und er besaß die ungleich größere taktische und strategische Erfahrung. Auch wenn es ihm manchmal schwerfiel, nicht zu allem seinen Kommentar zu geben, würde Maziroc es nie wagen, seine militärischen Entscheidungen in Frage zu stellen. Schon um die gegnerischen Pläne zu durchkreuzen, hätte er selbst vermutlich irgendwo einen Durchbruch gewagt, doch wenn Eibon entschied, sich auf den Hof zurückzuziehen, würde er seine Gründe dafür haben, und sei es nur, daß er sich von dort aus erst einmal einen genaueren Überblick über die allgemeine Lage und die Zahl und Identität der Angreifer verschaffen wollte. Wie unzureichend der Schutz der Hofmauern war, hatte sich jedoch bereits erwiesen. Dennoch folgte er Eibon schweigend.

Als die letzten von ihnen das Tor passierten, waren die ersten längst abgestiegen. Einige von ihnen schlossen den noch unversehrten Torflügel und zerrten den anderen so weit zu, wie es möglich war. Andere trugen Balken, Fässer, Kisten und anderes Material herbei, um die verbliebene Öffnung zu blockieren, und wieder andere – vor allem die für ihre Treffsicherheit mit Pfeil und Bogen berühmten Elben – bezogen auf den Wehrmauern Posten.

Genau wie Eibon und Charalon sprang auch Maziroc vom Pferd, kaum daß er den Hof erreicht hatte, und hetzte die Treppe zu dem Wehrgang über dem Portal hinauf. Nur mit Mühe gelang es ihm, einen erschrockenen Ausruf zu unterdrücken, als er einen Blick über die Außenmauer warf. Längst war die Sonne untergegangen, und selbst die letzten rötlichen und grauen Streifen am Horizont wichen der Schwärze des Nachthimmels. Er war jedoch fast froh über die Dunkelheit, die seine Sicht stark einschränkte.

Die einzelnen Züge des feindlichen Heeres waren ihnen aus verschiedenen Richtungen fast unmittelbar auf den Fersen gefolgt und hatten sich auf der Ebene vor dem Gehöft vereinigt, was bedeutete, daß sie so unglaublich schnell vorgerückt sein mußten, wie es für eine Armee dieser Größe im Grunde gar nicht möglich war. Selbst ein Heer, das sich sehr schnell bewegte, war immer noch langsam. Bedeutend langsamer zumindest als ein kleiner Trupp, selbst bei reinen Kavallerieeinheiten, was hier jedoch nicht der Fall war.

Kein einziger der Fremden war beritten.

Es handelte sich auch nicht um Menschen.

Maziroc wußte nicht, womit er es tatsächlich zu tun hatte, zu fremdartig war das, was er sah. Der Anblick schockierte ihn mehr als alles andere, was er jemals zuvor gesehen hatte. Fasziniert, entsetzt und angeekelt gleichermaßen starrte er auf das unglaubliche Bild, das sich ihm bot. *Dämonen aus den tiefsten Schründen der Hölle,* hallte es erneut in ihm wider. Er wußte nicht, ob es eine Hölle wirklich gab, wie die Priester und Prediger fast aller Religionen sie in verschiedener Form verkündeten, aber wenn, dann mußten die Kreaturen, mit denen er es hier zu tun hatte, zweifelsohne von dort stammen. Die Ungeheuer besaßen keinerlei einheitliche Gestalt, sondern schienen jedes einander an grauenerregender Häßlichkeit noch übertreffen zu wollen.

Viele von ihnen besaßen Merkmale von ins Gigantische vergrößerten Tieren, hauptsächlich Insekten, ohne dabei jedoch einer bekannten Tierart tatsächlich zu gleichen. Es gab namenlose Scheußlichkeiten mit tellergroßen Facettenaugen, einige mit furchteinflößenden vorstehenden Vogelschnäbeln und solche mit viel zu vielen Beinen und Armen. Einige besaßen lange krebsartige Scheren, die stark genug schienen, einen Menschen mühelos in zwei Teile zu zerschneiden, wieder andere hatten Köpfe, die nur aus einem riesigen Maul voller dolchartiger Reißzähne zu bestehen schienen. Ein Teil der Kreaturen kroch auf dürren, aber ungeheuer kraftvollen Gliedmaßen über den Boden, andere gingen aufrecht. Einige waren mit dichtem, zottigem Fell bedeckt, andere mit insektenhaften Außenskeletten aus Chitin und Horn gepanzert. Ihre Vielfalt schien unerschöpflich, und es handelte sich um Tausende der Ungeheuer. Gerade diese Vielfalt machte ihren Anblick besonders grauenerregend.

Mental waren sie nicht zu spüren, aber das hatte Maziroc auch nicht erwartet. Es *konnte* sich einfach nicht um intelligente Wesen handeln. Anderseits verhielten sie sich nicht wie Tiere. Der Überfall auf den Hof, das Fortschaffen der Leichen, ihre Art, sich selbst verborgen zu halten, bis die Falle zuschnappte – all das waren sichere Anzeichen für ein geplantes Vorgehen, das wiederum Intelligenz erforderte. Und obwohl keines der Wesen individuell geistig zu spüren war, fühlte Maziroc dennoch äußerst vage eine mentale Kraft, die von ihrer Gesamtheit auszugehen schien.

Inzwischen war er *wirklich* froh, daß er in der herrschenden Dunkelheit kaum etwas genau erkennen konnte und manche Abscheulichkeit wohl nur eine Ausgeburt seiner eigenen Phantasie war. Es war auch so schlimm genug, und schließlich mußte er den Blick abwenden, weil er fürchtete, den Verstand zu verlieren. Die Schwärze der Nacht schien zu einer Mauer zu werden, die sich um ihn herum zusammenzog und ihm den Atem zu nehmen drohte, und aus der Dunkelheit krochen die Gespenster der Furcht und begannen ihn mit unhörbaren Stimmen zu verhöhnen. Nur handelte es sich hier um reale Gespenster, die einen realen Körper besaßen, auch wenn sie jeder Form von bekanntem Leben Hohn sprachen.

Eines allerdings stand fest: Dies waren keine Wesen, die in irgendeinem der bekannten Länder Arcanas beheimatet waren. Wenn sie nicht wirklich geradewegs aus der Hölle stammten, dann höchstens von einem der unbekannten, mythischen Kontinente, die jenseits des endlosen Ozeans liegen sollten.

Es gab noch eine weitere Möglichkeit, obwohl sie so

abstoßend war, daß er sich am liebsten geweigert hätte, sie genauer ins Auge zu fassen. Immer wieder hatten vereinzelte Magier versucht, auch die tiefsten Geheimnisse zu enträtseln und selbst Leben zu schaffen. Solche Experimente waren vom Orden stets entschieden verurteilt worden, doch immerhin gab es genügend Magier, die diesem nicht angehörten und zum Teil sogar seinen Zielen bewußt entgegen arbeiteten. Möglich, daß einer von ihnen durch Versuche mit Trögen oder andere Schöpfungsexperimente Erfolg gehabt hatte. Allerdings konnte sich Maziroc nicht vorstellen, daß irgend jemand vorgehabt haben könnte, tatsächlich *solche* Monster und das in solcher Zahl zu erschaffen.

Selbst als er den Blick abgewandt hatte, gelang es Maziroc nicht, das schreckliche Bild zu verdrängen. Gelegentlich stießen einige der Ungeheuer schrille Schreie aus, die so hoch waren, daß sie gerade noch innerhalb des Hörbereiches lagen. Darüber hinaus war die Luft von einer beständigen Art von Rascheln und Flüstern erfüllt: dem Geräusch aneinanderschabender Hornschuppen, dem Klacken zuschnappender Scheren und anderer leiser Laute mehr, deren Ursprung Maziroc lieber gar nicht erst ergründen wollte.

Mit einem Mal erschien es ihm gar nicht mehr so unvorstellbar, daß ein Heer aus solchen Monstern den Hof innerhalb so kurzer Zeit erobert und den Großteil aller Spuren beseitigt haben könnte. Wahrscheinlich würden auch sie den Ungeheuern kaum länger als ein paar Minuten Widerstand leisten können, sobald diese sich erst einmal zu einem Angriff entschlossen. Noch aber hielten sie sich aus ihm unbekannten Gründen zurück.

Auch Eibon und Charalon überwanden nun ihre Erstarrung.

»Was ... was ist das?« krächzte der Elbenkönig. In seiner Stimme klangen Fassungslosigkeit und eine beginnende Hysterie mit. Hilflos starrte er Charalon an.

»Ich weiß es nicht«, murmelte der Magier. Auch seine Stimme klang brüchig und verriet, daß er nicht minder erschüttert war.

»Das, werte Herren, sind Damonen«, ertönte in diesem Augenblick eine unbekannte Stimme hinter ihnen. »Und wenn Ihr bislang noch keine Bekanntschaft mit Ihnen gemacht habt, so wird sich das nun sehr bald ändern. Sie haben bereits damit begonnen, auch diese Welt zu erobern, wie sie es schon mit so vielen anderen zuvor getan haben.«

Im Schneesturm

Sowohl mit den Streitäxten der Zwerge und sogar mit Mazirocs magischen Kräften hatte es sich als unmöglich erwiesen, in dem gefrorenen Boden ein Grab auszuheben, um die gefallenen Gardesoldaten und die toten Hornmänner zu begraben. Um die Leichen trotzdem nicht einfach zum Fraß für Raubtiere herumliegen zu lassen, hatten sie sie in den hintersten Winkel der Höhle gebracht, die ihnen allen um ein Haar zum Verhängnis geworden wäre, und notdürftig mit Geröll und Steinen bedeckt, ehe sie ihre Reise fortsetzten.

Der Schneesturm dauerte noch mehrere Stunden an, nachdem sie die Höhle bereits verlassen hatten: schwere, nasse Flocken, die ihnen vom Wind entgegengepeitscht wurden und das Vorankommen zu einer Qual machten. Miranya hatte sich ein Tuch vors Gesicht gebunden, das nur ihre Augen freiließ, dennoch schienen Wind und Kälte wie mit spitzen Zähnen in ihre Haut zu beißen. Bei jedem Atemzug brannte die eisige Luft in ihrer Kehle, und ihre Augen tränten so stark, daß sie selbst auf den paar Metern, die die Sicht betrug, alles stark verschwommen wahrnahm.

Immerhin brauchten sie nicht zu Fuß zu gehen. Sie hatten die Pferde der Hornmänner genau dort entdeckt, wo Scruul behauptet hatte, und es waren mehr als genug Tiere für sie alle, einschließlich der Zwerge. Wie diese ohne Reittiere so schnell hergekommen waren, darüber nachzudenken hatte Miranya längst aufgegeben. Zwar vermutete sie, daß Maziroc die Erklärung dafür kannte, doch als sie ihn danach gefragt hatte, war er einer direkten Antwort ausgewichen, und sie hatte eingesehen, daß sie von ihm nichts erfahren würde. Offenbar handelte es sich um ein Geheimnis, auf dessen Wahrung die Zwerge viel Wert legten.

Miranya kam es vor, als würde die Kälte nicht nur durch ihre Kleidung kriechen und ihrem Körper immer mehr an Wärme entziehen, sondern als legte sie sich auch wie ein betäubender Schleier über ihren Geist und ließe ihre Gedanken regelrecht einfrieren. Sie wußte kaum noch, wer sie war, woher sie stammte, wie sie hierher gekommen war und wo sie hin wollte. Cavillon, der Hexenturm, in dem sie aufgewachsen war, Therion, der Luyan Dhor, Sharolan – zwar spukten die Namen noch durch ihren Kopf, doch es waren bloße Begriffe ohne Inhalt, mit denen sie nichts verband. Vielleicht existierten diese Orte in Wirklichkeit ja nicht einmal.

Nicht zum ersten Mal fragte Miranya sich mittlerweile, ob es überhaupt noch eine Welt außerhalb dieser eisigen weißen Ödnis gab oder ihre vermeintlichen Erinnerungen nicht in Wahrheit nur Traumfetzen waren, ob sie jemals etwas anderes getan hatte als zu frieren, sich mühsam im Sattel eines Pferde zu halten und in irgendwelchen kalten Höhlen auf dem Boden zu schlafen.

Wenn ihr Zeitgefühl sie nicht völlig im Stich gelassen hatte, waren sie ziemlich früh am Morgen aufgebrochen, doch nach drei Tagen, die sie bei künstlichem Licht in der Höhle eingesperrt gewesen waren, ohne daß es draußen auch nur einmal hell geworden war, fiel es ihr schwer, die Zeit zu schätzen. Irgendwie quälte sie sich zusammen mit den anderen immer weiter vorwärts, ohne auch nur die geringste Orientierung zu haben, wo sie sich befand und in welche Richtung sie ritt.

Alles in Miranya schrie nach einer Rast. Sie wollte sich einfach aus dem Sattel gleiten lassen und wenigstens ein paar Sekunden ausruhen, doch sie wußte, daß sie dann augenblicklich die Augen schließen und einschlafen würde. Es wäre ein Schlaf, aus dem es kein Erwachen mehr gäbe, weil sie unweigerlich binnen weniger Minuten erfrieren würde. Und irgendwo tief in ihrem Inneren gab es einen Teil, der immer noch am Leben hing und sie daran hinderte, der dunklen Verlockung nachzugeben.

Nach Stunden schließlich – Miranyas unsicherem Zeitgefühl zufolge mußte es inzwischen Mittag sein – ließ das Unwetter merklich nach. Der Sturm flaute ab, und das Schneegestöber wurde weniger dicht, bis es bald darauf ganz aufhörte. Eine weitere halbe Stunde später riß vereinzelt sogar die dichte Wolkendecke auf und ließ einige wenige Sonnenstrahlen durch. Es war tatsächlich Mittag. Zum ersten Mal seit Tagen konnten sie nicht nur sehen, was sich in ihrem unmittelbaren Umkreis befand, sondern hatten freie Sicht auf ihre gesamte Umgebung.

Viel allerdings gab es nicht zu entdecken. Eine dichte Schneedecke hatte sich über das Land gelegt und alles unter sich begraben, es in eine weiße Wüstenlandschaft verwandelt, soweit man nur blicken konnte. Lediglich einige ebenfalls bis in die letzten Astspitzen dick mit Schnee bedeckten Bäume ragten wie bizarre Skulpturen daraus empor.

Dennoch schien es Miranya, als wäre eine schwere Last von ihr genommen worden. Es war nicht nur die Erleichterung, dem schmerzhaften eisigen Biß des Sturms entronnen zu sein. Wichtiger war, nach drei Tagen Dunkelheit und Eingesperrtsein endlich wieder helles Tageslicht zu sehen und die schier endlose Weite um sich herum zu haben. Miranya hatte das Gefühl, als würde ihre Seele regelrecht aufatmen. Selbst ihre Gedanken begannen wieder schneller zu fließen, als hätten sie den Panzer aus Eis, der sie bislang umfangen hatte, gesprengt.

An den Gesichtern der anderen, auch der Zwerge, konnte sie ablesen, daß es ihnen ebenso erging. Vielleicht waren gerade die Zwerge sogar am meisten erleichtert. Sie waren das feuchtwarme Klima der Todessümpfe gewohnt und mußten unter der Kälte hier ganz besonders leiden. Miranya konnte nicht anders, immer wieder glitt ihr Blick zu ihnen hinüber. Selbst nach den Stunden, die sie nun schon zusammen mit ihnen unterwegs war, stellten sie noch eine Besonderheit für sie dar. Sie benahmen sich ganz normal, lachten, scherzten, froren und fluchten über die Kälte. Abgesehen von ihrer geringeren Körpergröße benahmen sie sich also ausgesprochen menschlich, so daß Miranya sich fast gewaltsam ins Bewußtsein rufen mußte, daß sie es hier wirklich und wahrhaftig mit Zwergen zu tun hatte, dem vielleicht geheimnisumwittertsten Volk Arcanas. Dies war eine einmalige Gelegenheit, mehr über sie herauszufinden, aber sie brachte es nicht fertig, auch nur eine einzige Frage an sie zu richten. Teils mochte es an ihrer Erschöpfung liegen, zum Teil aber auch daran, daß es so unendlich viele Fragen gab, daß sie nicht wußte, welche sie zuerst stellen sollte. Sie wußte, wenn sie erst einmal anfing, würde sie gar nicht mehr aufhören können.

Alles in allem hatte Miranya das Gefühl, als wäre es beträchtlich wärmer geworden, doch war dies wohl nur Einbildung, weil die Kälte ohne den heftigen Wind nicht mehr ganz so schmerzhaft spürbar war. Obwohl sie sich nun nicht mehr gegen den Sturm stemmen mußten und sehen konnten, wohin sie ritten, kamen sie nicht viel schneller als zuvor voran. Die Decke aus Pulverschnee sah trügerisch glatt aus, doch sie verdeckte alles, was sich darunter verbarg: Felsen und Buckel und handbreite Spalten im Erdreich, das Geäst erfrorener Büsche und zahlreiche andere Hindernisse, die ihre Pferde mehr als einmal zum Straucheln brachten.

Im Schutz einer großen Felsgruppe, hinter der sich nur wenig Schnee angesammelt hatte, legten sie am frühen

Nachmittag schließlich eine kurze Rast ein. Erschöpft ließ Miranya sich aus dem Sattel gleiten und setzte sich mit dem Rücken gegen einen der Felsen. Beinahe augenblicklich fielen ihr die Augen zu, doch als sie gerade einzuschlafen drohte, spürte sie eine Berührung an der Schulter. Sie sah auf und entdeckte Maziroc, der neben sie getreten war. Er hielt eine Decke in der Hand.

»Darf ich?« fragte er und deutete auf den Platz neben ihr.

»Sicher.« Das Sprechen fiel Miranya schwerer, als sie erwartet hatte. Selbst ihr Mund, ihre Zunge und ihre Stimmbänder schienen eingefroren zu sein. Mühsam raffte sie sich auf und rutschte ein Stück zur Seite, damit der Magier genug Platz hatte.

»Auch wenn du müde bist, solltest du besser nicht einschlafen«, sagte er, kaum daß er sich gesetzt hatte, und reichte ihr die Decke. »Aber falls es doch passiert, solltest du zumindest die hier nehmen.«

Miranya zwang sich zu einem Lächeln, spürte allerdings, daß es zu einer Grimasse verunglückte. »Ich bin so dick angezogen, wie es nur irgendwie geht, und trotzdem friere ich die ganze Zeit. Selbst wenn ich einschlafen sollte, werde ich wohl kaum während dieser Rast erfrieren.«

»Das wohl nicht, aber wenn du voll angezogen schläfst, selbst wenn es nur ein paar Minuten sind, und dich anschließend wieder aufs Pferd setzt, wirst du um so mehr frieren. Zieh deinen Mantel aus und wickle dich in die Decke, das ist in jedem Fall besser.«

»Also gut.« Schwerfällig schälte Miranya sich aus ihrem Pelzmantel, was sich als recht mühsam erwies, da der Mantel Feuchtigkeit aufgesogen hatte, die längst gefroren war und ihn fast bretthart machte. Es knisterte, als das Eis auf den Fellhaaren zersplitterte. Als sie ihn schließlich abgestreift hatte, fühlte sich Miranya der Kälte für einen Moment fast schutzlos ausgeliefert, obwohl sie auch darunter noch einen etwas dünneren Mantel und mehrere dicke Untergewänder trug. Rasch schlüpfte sie unter die Decke.

»Danke«, murmelte sie zähneklappernd. Obwohl sie längst erwachsen war, verhielt sich Maziroc wie ein Ersatzvater ihr gegenüber, und vermutlich empfand er auch so für sie. Schon seit sie aus Cavillon aufgebrochen waren, kümmerte er sich mit rührender Fürsorge um sie. Soweit sie wußte, hatte er niemals Kinder gehabt, und offenbar betrachtete er aus Gründen, die sie nicht kannte, ausgerechnet sie als eine Art Pflegetochter. Dabei brachte er das seltene Kunststück fertig, sie trotzdem nicht wie ein Kind zu behandeln.

»Glaubst du, daß wir es noch über den Luyan Dhor schaffen?« fragte sie.

Maziroc zögerte mit der Antwort. Schließlich jedoch schüttelte er den Kopf.

»Nein«, erwiderte er. »Selbst wenn es kein weiteres Unwetter gibt, behindert uns der Schnee so sehr, daß wir noch mindestens zwei Wochen bis nach Therion brauchen. Und selbst wenn die Pässe über den Luyan Dhor jetzt noch frei sein sollten, sind sie bis dahin mit Sicherheit eingeschneit.«

»Und dann ist es wirklich unmöglich, sie zu passieren? Ich meine, ich spreche nicht von schwierig oder gefährlich, sondern von *absolut unmöglich.*«

»Ich fürchte, so ist es«, erklärte der Magier. »Schon unter normalen Bedingungen sind sie nicht leicht zu bezwingen, aber es bei Schnee und Eis zu versuchen, käme einem Selbstmord gleich.«

»Aber dann haben wir doch keine Chance mehr! Unsere Mission ist bereits gescheitert, und wir können ebensogut gleich umkehren. Wenn es wirklich einen neuen großen Krieg geben wird, können wir uns anderenorts bestimmt nützlicher machen, als wenn wir uns völlig sinnlos weiter durch Skant quälen und nur Gefahr laufen, einer weiteren Patrouille der Hornmänner in die Hände zu fallen.«

»Wenigstens diese Gefahr dürfte recht gering sein«, brummte Maziroc. »Bei diesem Wetter ist für sie kaum lohnende Beute zu erwarten, also werden die Hornmänner wahrscheinlich gemütlich in ihren Clansburgen sitzen und auf den Beginn des Frühjahres warten.«

»Aber unsere Mission. . .«

»Dieser Punkt bereitet auch mir weitaus mehr Kopfzerbrechen«, gab Maziroc zu. »Im Grunde haben wir wirklich so gut wie keine Chance mehr, aber meine Aufgabe ist zu wichtig, als daß wir einfach aufgeben dürfen. Sobald sich eine günstige Gelegenheit ergibt, werde ich noch einmal allein mit Barkon sprechen. In seiner Hand liegt es, mich schneller an unser Ziel zu bringen, als du es dir auch nur vorstellen kannst.«

Miranya entging nicht, daß er nur von sich sprach, und sie begriff sofort, was er damit andeutete. »Du meinst diese geheimnisvollen Wege, von denen Barkon gesprochen hat, nicht wahr? Auf denen er und seine Begleiter so schnell hergekommen sind. Was hat es damit auf sich? Ist es so geheim, daß du es mir nicht sagen darfst?«

»Das ist es«, bestätigte Maziroc.«Du ahnst nicht, was es für die Zwerge bedeutet hat, uns gegenüber auch nur anzudeuten, daß ihnen diese Möglichkeiten nach wie vor – oder vielleicht auch wieder – zur Verfügung stehen. Selbst ich habe es bislang nicht gewußt. Du hast erlebt, mit welcher Ehrfurcht sie mich behandelt haben, dennoch bin ich sicher, daß Barkon mich ohne zu zögern töten würde, wenn ich dieses Geheimnis verriete.«

Erschrocken zuckte Miranya zusammen. Sie schwiegen einige Sekunden, und sie spürte, wie ihr erneut die Augen zuzufallen begannen.

»Falls es dir gelingt, Barkon zu überzeugen«, nahm sie

das Gespräch wieder auf, um sich von ihrer Erschöpfung abzulenken, »dann bedeutet das wohl auch, daß du uns verlassen wirst, nicht wahr? Wenn diese Möglichkeiten, schneller als der Blitz zu reisen, so geheim sind, werden die Zwerge Scruul, mich und den Soldaten nicht auf diesem Weg mitnehmen.«

»Nein, das werden sie wohl nicht. Aber ich werde darauf bestehen, daß sie bei euch bleiben und euch an einen sicheren Ort bringen. Ich hoffe, sie begleiten euch sogar bis nach Therion.«

»Darum geht es mir nicht. Ich ... ich hätte nur zu gerne diese geheimnisvolle Zitadelle gesehen, den fremdartigen Ort, an dem dieser Kenran'Del seit tausend Jahren ruhen soll.« Sie seufzte. »Aber das wird mir wohl nicht vergönnt sein, wie es nun aussieht.«

Für einen Moment zeigte sich ein fast zorniger Ausdruck im Gesicht des Magiers.

»Bei dieser Mission geht es um Wichtigeres als Neugier und Sensationslust«, stieß er mit barscher Stimme hervor. »Ist dir das immer noch nicht klar geworden? Arcana könnte untergehen und jedes Leben, wie wir es kennen, könnte vernichtet oder versklavt werden. Selbst ich weiß nicht, wer dieser Kenran'Del wirklich ist und woher er stammt, aber er wird der wichtigste Verbündete sein, den wir in dem bevorstehenden Krieg gewinnen können. *Deshalb* muß ich zu der Zitadelle und ihn aus seinem magischen Schlaf erwecken, nicht damit du deine Neugier stillen und ein paar fremdartige Wunder bestaunen kannst.«

Mit vor Schrecken weit aufgerissenen Augen starrte Miranya ihn an. Sie war völlig fassungslos über seinen Zornausbruch. Nach ein paar Sekunden konnte sie Mazirocs beinahe flammenden Blick nicht mehr ertragen und senkte hastig den Kopf. Tränen stiegen ihr in die Augen, doch sie kämpfte dagegen an.

»Es tut mir leid«, sagte Maziroc mit einer Stimme, die verriet, wie bestürzt er selbst darüber war, daß er sie so grob angefahren hatte. Er hob den linken Arm, als wollte er ihn ihr um die Schultern legen, ließ ihn dann aber wieder sinken. »Das ... das wollte ich nicht. Auch meine Nerven sind ziemlich angegriffen. Aber du kannst schließlich nichts dafür, daß es nicht so läuft, wie ich erhofft habe. Deine Neugier ist nur zu verständlich, jedem anderen würde es an deiner Stelle ebenso ergehen.«

»Nein, du hast völlig recht«, entgegnete Miranya kühl. »Es geht hier um Wichtigeres als meine Neugier. Ich sollte endlich erwachsen werden. Schließlich bin ich eben nicht *jeder andere,* sondern eine Vingala. So sollte ich mich auch benehmen, statt mich wie ein dummes kleines Mädchen aufzuführen.«

Ihr war bewußt, daß gerade diese Reaktion kindisch war, doch sie konnte nicht anders. Mazirocs Verhalten hatte ihr gezeigt, daß er sie nicht wirklich ernst nahm. Bis gerade eben hatte er es vermieden, sie wie ein Kind zu behandeln, aber offenbar war es genau das, was er in ihr sah. Sie wußte, daß ihre Worte ihn schmerzen mußten, aber schließlich hatte auch er ihr weh getan, und wider besseres Wissen war sie von dem absurden Verlangen erfüllt, es ihm mit gleicher Münze heimzuzahlen.

Nach kurzem Zögern stand sie auf, streifte die Decke ab und gab sie ihm zurück. Statt dessen schlüpfte sie wieder in ihren Mantel. »Ich werde mal nach meinem Pferd sehen«, sagte sie, obwohl die Zwerge sich längst um alle Tiere gekümmert und sie versorgt hatten. Mit hastigen Schritten eilte Miranya davon.

Der Fremde

Erschrocken fuhr Maziroc beim Klang der unbekannten Stimme herum, ebenso wie Charalon, Eibon und die Elbenkrieger, die sich bei ihnen befanden. Drohend richteten sie ihre Pfeilspitzen auf den unverhofft wie aus dem Nichts aufgetauchten Fremden, der nur wenige Schritte von ihnen entfernt auf dem Wehrgang stand. Es handelte sich um einen schlanken, hochgewachsenen Mann in schwer zu schätzendem mittleren Alter. Halblanges dunkelblondes Haar umgab sein Gesicht. Es wirkte offen und sympathisch, doch der Blick seiner blauen Augen und sein etwas kantig vorstehendes Kinn verrieten Willenskraft und Durchsetzungsvermögen. Er schien keine Waffen zu tragen und machte einen im Grunde recht harmlosen Eindruck, vor allem als er die Arme mit den Handflächen nach oben ausbreitete, um zu zeigen, daß er in friedlicher Absicht gekommen war. Maziroc ließ sich davon jedoch nicht täuschen. Schon allein die geheimnisvolle Art seines Erscheinens verriet, daß er über starke unbekannte Kräfte verfügte.

Darüber hinaus hatte er etwas Irritierendes an sich, ohne daß der Magier sofort erkannte, um was es sich handelte. Der Fremde schien irgendwie ungreifbar zu sein, irreal wie ein Trugbild, und nach ein paar Sekunden begriff Maziroc, daß er genau das war: ein Trugbild oder ein lebloses Geschöpf. Wäre er real, so müßte seine Präsenz auch mental spürbar sein, doch er sandte so wenig psychische Energie aus wie ein Stein.

Oder wie eine der dämonischen Kreaturen vor den Mauern des Gehöfts. Diese übereinstimmende Eigenart und die Umstände seines Erscheinens legten nahe, daß er trotz seines menschlichen Aussehens zu ihnen gehörte.

»Wer bist du, und wie bist du hierher gekommen?« fuhr Eibon den Fremden barsch an. »Du –«

»Kenran'Del!« stieß in diesem Moment einer der Elbenkrieger hervor und unterbrach seinen Herrn damit. Seine Stimme klang ehrfürchtig, und er ließ seinen Bogen sinken. »Erkennt Ihr es denn nicht? Dieser Mann ist Kenran'Del!«

Der Name kam Maziroc vage vertraut vor, doch er mußte erst nachdenken, bis ihm wieder einfiel, in welchem Zusammenhang er ihn schon einmal gehört hatte. Kenran'Del war keine reale Person, sondern ein Mythos, der seit mehr als einem Jahrhundert existierte; die Legende von einem Gesandten der Götter, der von den Sternen herabgestiegen war und im Laufe der Jahrzehnte mehrfach Reisenden in höchster Bedrängnis beigestanden hatte. Niemand, den Maziroc kannte, war diesem geheimnisvollen Retter tatsächlich jemals begegnet, doch das hatte der Legende keinen Abbruch getan. Nach und nach war Kenran'Del fast schon zu einem Schutzpatron der Reisenden und Karawanen geworden, dem so manches Gebet galt.

Nichts als ein Aberglaube, aber wenigstens ein harmloser, auch wenn Gerüchte um seine Existenz sich hartnäckig hielten und schon zahlreiche Prediger der verschiedenen Kirchen gegen diese heidnische Ketzerei zu Felde gezogen waren.

»Unsinn!« entgegnete Eibon scharf und warf dem Krieger einen strafenden Blick zu, doch dieser dachte gar nicht daran, sich zu beruhigen.

»Aber seht ihn Euch doch an, Herr, er sieht ganz genauso aus, wie Laron ihn beschrieben hat, als er von ihm vor dem Bären gerettet wurde. Und auch damals ist Kenran'Del auf die gleiche Art aus dem Nichts –«

»Schweig!« donnerte Eibon. Selbst Maziroc zuckte ob der plötzlichen Schärfe in der Stimme des Elbenkönigs zusammen. »Das war vor fast dreißig Jahren, da muß dieser Mann noch ein Kind gewesen sein. Kenran'Del ist nichts als eine abergläubische Legende.« Er trat einen Schritt auf den Fremden zu. »Und jetzt sag mir, wer du bist und was du willst, oder ich lasse dich auf der Stelle erschießen.«

Ein Lächeln glitt über das Gesicht des Mannes. Er schien keinerlei Angst zu haben.

»Ihr habt gerade selbst gesagt, wer ich bin. Eine abergläubische Legende, wenn Ihr es so wollt. In den weiter entfernten Ländern im Norden und Osten denkt man das gleiche über Euch, Eibon Bel Churio. Vereinzelt hört man sogar schon die Behauptung, es gäbe gar keine Elben, sie wären nur eine Sage.«

Die Augen des Elbenkönigs verengten sich zu schmalen Schlitzen. »Mir scheint, du verstehst mit Worten umzugehen, doch ansonsten kommst du mir nur wie ein Possenreißer vor. Meine Geduld ist begrenzt, und ich habe weit Wichtigeres zu tun, als meine Zeit mit dir zu vergeuden. Also sag endlich, wer du bist.«

Der Fremde nickte, während sich sein Grinsen noch mehr verbreiterte. Die ganze Zeit über bemühte sich Maziroc weiterhin, auch nur einen einzigen mentalen Impuls von ihm aufzufangen, doch es gelang ihm nicht, und das war eine beunruhigende Erfahrung.

»Ohne mich werdet Ihr bald nur noch die ewige Zeit des Todes haben«, behauptete der Mann hochmütig. »Euer Krieger hat recht. Ich *bin* Kenran'Del, doch da Ihr mir offenbar nicht glaubt, werde ich es Euch beweisen müssen. Haltet nur Eure Leute zurück.«

Langsam zog er sein Schwert und richtete es auf eines der Ungeheuer vor der Mauer. Gleich darauf zuckte ein greller Flammenblitz aus der Klinge und erfaßte das

Monstrum. Es loderte in einer grellen Stichflamme auf und zerfiel fast augenblicklich zu Asche.

Maziroc konnte kaum glauben, was er gesehen hatte, zumal keinerlei Magie zu spüren gewesen war, auch wenn der Blitz zweifelsfrei magischen Ursprungs gewesen sein mußte.

Die Elbenkrieger waren nicht minder verblüfft. Alles war so schnell gegangen, daß keiner von ihnen einen Pfeil abgeschossen hatte, obwohl der Blitz auch ihnen oder ihrem König hätte gelten können. Erschrecken und ungläubiges Staunen standen in ihren Gesichtern geschrieben.

»Das Flammenschwert!« keuchte einer von ihnen.

»Er ist wirklich Kenran'Del!« ergänzte ein anderer aufgeregt. Ohne daß Eibon ihnen einen entsprechenden Befehl erteilt hätte, senkten sie ihre Bögen; vermutlich wären sie ohnehin nicht in der Lage gewesen, sie zu benutzen. Auch die Menschen und Elben auf dem Hof und den übrigen Wehrgängen hatten ihre Tätigkeiten unterbrochen und starrten zu ihnen herauf. Hätten die Ungeheuer in diesem Moment angegriffen, so wäre ihnen keinerlei Widerstand entgegengeschlagen.

Eibon überwand seine Erstarrung als erster.

»Es passiert nicht alle Tage, daß man jemandem begegnet, dessen Existenz man nur für eine Legende gehalten hat«, sagte er. Auch weiterhin zeigte sich Skepsis auf seinem Gesicht. »Ihr behauptet tatsächlich, Ihr wäret Kenran'Del?«

»So ist es.« Der Mann hatte sein Schwert wieder in die Scheide gesteckt und kam ein paar Schritte näher. Einige der Elbenkrieger wichen zurück, und auch Maziroc hätte es ihnen am liebsten gleichgetan, doch er zwang sich, ebenso wie Eibon und Charalon stehenzubleiben. »Welche Sagen andere um mich gestrickt haben, dafür bin ich nicht verantwortlich. Gelegentlich habe ich anderen geholfen, die in Not geraten waren, doch gewöhnlich zeige ich mich nur selten, weil ich es nach Möglichkeit vermeide, mich in die Angelegenheiten Eurer Welt einzumischen. Deshalb bin ich jedoch nicht weniger real als Ihr und Eure Begleiter, und was momentan auf Arcana geschieht, ist zu wichtig, als daß ich weiterhin nur schweigen und beobachten könnte.«

»Ihr sprecht von diesen ... diesen Ungeheuern?« hakte Eibon nach.

»Den Damonen«, bestätigte der Fremde. »Diesen Namen gab man ihnen auf einer anderen Welt, wo man sie anfangs ebenfalls für Dämonen hielt, und da er äußerst passend ist, wurde er von uns beibehalten.«

»Uns?« griff Eibon das Stichwort auf.

»Es gibt noch andere wie mich auf anderen Welten«, erklärte Kenran'Del ausweichend. »Wir sind ... *Beobachter*, wenn Ihr so wollt.«

»Ihr müßt ein Gesandter der Götter sein!« rief einer der Elben.

Kenran'Del sah kurz zu ihm hinüber und schüttelte lächelnd den Kopf. »Ich habe nichts mit den Göttern zu tun, welchen auch immer«, behauptete er. »Aber das spielt jetzt keine Rolle. Wichtig ist nur, daß ich gekommen bin, um Euch zu helfen.« Demonstrativ blickte er sich um. »Aber wir sollten dieses Gespräch im Haus fortsetzen, Ihr, Eibon Bel Churio, und Ihr, Charalon vom Orden der Magier. Ich habe einiges mit Euch zu bereden, doch was ich Euch sagen werde, ist nicht für die Öffentlichkeit bestimmt. Und möglicherweise hängt das weitere Schicksal dieser ganzen Welt davon ab.«

Für Mazirocs Geschmack war seit Eibons Eintreffen in Cavillon bereits zu oft das Schicksal der gesamten Welt beschworen worden, dennoch bedauerte er es alleine aus reiner Neugierde, von dem Gespräch ausgeschlossen zu sein. Hätte er eine entsprechende Bitte an Charalon gerichtet, wäre dieser ihr vermutlich nachgekommen und hätte auf seiner Teilnahme bestanden. Einen Moment lang hatte Maziroc tatsächlich mit diesem Gedanken gespielt, dann aber doch darauf verzichtet. Kenran'Del hatte ausdrücklich nur mit Charalon und Eibon sprechen wollen, und es war anzunehmen, daß er seine Gründe dafür hatte.

Solange Eibon sich im Haus befand, führte Bayron das Kommando über die Krieger. Zwar hatte Kenran'Del behauptet, innerhalb der nächsten zwei, drei Stunden wäre aus irgendwelchen Gründen kein Angriff der Ungeheuer zu erwarten, doch wollte der Gardegeneral nicht allein darauf vertrauen. Unter seiner Anleitung waren der beschädigte Torflügel sowie die beiden Katapulte an den Eckseiten der Mauern repariert und zahlreiche Fackeln auf dem Hof entzündet worden, außerdem hatte er sowohl seine Soldaten als auch die Elbenkrieger nach strategischen Gesichtspunkten auf den Mauern verteilt, hatte ihnen jedoch befohlen, nur im Fall eines Angriffs von Pfeil und Bogen Gebrauch zu machen und nichts zu unternehmen, einen solchen zu provozieren.

Die meiste Zeit über hielt sich auch Maziroc auf den Mauern auf, obwohl Bayron ihm dringend davon abgeraten hatte. Noch war nicht bekannt, ob sie es wirklich nur mit tierartigen Ungeheuern zu tun hatten oder ob nicht zumindest einige von ihnen über Intelligenz verfügten und Waffen bei sich trugen. Gegen einen heimtückischen Speerwurf oder Pfeilschuß wäre der Magier nicht gefeit, und sein Leben sei zu kostbar, es auf diese Art zu riskieren.

Im Grunde hatte Bayron damit recht, doch Maziroc hielt es nicht aus, sich wie die anderen Magier und die beiden Vingala in sicherer Deckung zu verbergen. Er mußte sehen, was um sie herum vorging, auch wenn es gegenwärtig nichts Neues zu sehen gab. Außerdem war ihm nur zu deutlich bewußt, daß es wirkliche Sicherheit für sie ohnehin nicht gab. Sie waren alle verloren, egal, wo sie sich aufhielten, wenn sich die Damonen, wie Kenran'Del die Ungeheuer genannt hatte, erst einmal zu einem Angriff entschlossen, gleichgültig, wie strategisch geschickt Bayron die Verteidigung organisiert haben mochte. Selbst mit aller Strategie und noch so großem Kampfgeist würden sich die wenigen Dutzend Krieger gegen die gut zwanzigfache Überlegenheit der Angreifer nicht länger als ein paar Minuten behaupten können. Mochten die Ungeheuer auch keine Rüstungen tragen und keine Waffen im eigentlichen Sinne besitzen, so stellten schon alleine ihre monströsen Körper mit all den Zähnen, Krallen, Scheren und Tentakeln natürliche Waffen dar, die sich im Kampf möglicherweise sogar noch als weitaus wirksamer als Schwerter und Äxte erweisen mochten.

Hinzu kam, daß man mittlerweile in einem Kellerraum die Leichen der früheren Bewohner des Hofes gefunden hatte. Viele von ihnen waren verstümmelt, und man hatte sie wahllos in dem Raum übereinander geworfen. Ihre wahre Zahl war so nur schwer zu ermessen, doch es schienen mehr zu sein als anfangs vermutet, und zu einem Großteil waren es kräftige Männer. Anscheinend hatte man die meisten Frauen und Kinder doch in die nächste Stadt geschickt, um sie in Sicherheit zu bringen.

Lange starrte Maziroc über die Brustwehr auf das im Mondlicht gut sichtbare Gewimmel der Damonen hinab, ließ seinen Blick aber zwischendurch immer wieder zu dem Haupthaus wandern, wohin sich Charalon und Eibon mit dem Fremden zurückgezogen hatten. Er wußte nicht, ob es sich tatsächlich um den legendenumwobenen Kenran'Del handelte. Im Grunde spielte es auch keine Rolle. Die wenigen Männer und Frauen, die ihm angeblich begegnet waren, hatten ihn eigentlich nie wirklich als übernatürliches Wesen geschildert. Er war lediglich auf geheimnisvolle Art aus dem Nichts aufgetaucht, um sie aus einer tödlichen Gefahr zu befreien, wobei er manchmal eine Art flammendes, blitzendes Schwert benutzt haben sollte, um kurz darauf auf ebenso geheimnisvolle Weise wieder zu verschwinden. Sah man davon ab, daß der Mythos bereits wesentlich älter als ihr mysteriöser Besucher war, so konnte es sich durchaus um die gleiche Person handeln. Das wahrhaft Faszinierende an ihm war vor allem die gänzlich unbekannte Form der Magie, über die er verfügte.

Es dauerte gut eine Stunde, bis Charalon und Eibon das Haus wieder verließen. Kenran'Del befand sich nicht mehr bei ihnen. Beide Anführer waren blaß geworden, und sichtliche Erschütterung stand in ihren Gesichtern geschrieben. Angesichts des Alters und der Abgeklärtheit Eibons hätte Maziroc nicht gedacht, daß es irgend etwas geben könnte, das noch in der Lage wäre, den Elbenkönig so zu beeindrucken und zu verunsichern. Gleiches galt für Charalon, den vielleicht mächtigsten Magier, den es jemals gegeben hatte und der tiefer in die Geheimnisse und die Grundlagen der Zauberei eingedrungen war, als jeder andere vor ihm.

Der Elbenkönig ging unmittelbar zu Bayron hinüber und begann mit ihm zu sprechen, während Charalon auf Maziroc zukam.

»Wo ist er geblieben?« erkundigte sich Maziroc. Er hatte gehofft, nach der offiziellen Besprechung ein paar Worte mit dem Fremden wechseln zu können.

Charalon schüttelte den Kopf. »Er ist weg«, erklärte er. Seine Stimme klang brüchig. Was immer er gerade erfahren hatte, es mußte die Grundfesten seines gesamten

Weltbildes erschüttert haben. Sein Blick schien durch Maziroc hindurch zu gehen. »So spurlos, wie er gekommen ist. Aber er hat versprochen, uns zu helfen. Er ... er ist wirklich ein Abkömmling der Götter, auch wenn er es bestreitet.«

»Nun, mir scheint, er ist zumindest ein sehr mächtiger Magier, und die Art seiner Zauberei ist uns fremd«, entgegnete Maziroc vorsichtig. »Aber das allein bedeutet noch nicht, daß er von den Göttern geschickt wurde.«

Für einen kurzen Moment klärte sich Charalons Blick, und ein fast zorniger Ausdruck huschte über sein Gesicht. »Denkst du, das wüßte ich nicht ebenfalls? Hältst du mich plötzlich für ein leichtgläubiges kleines Kind?« Erneut schüttelte er den Kopf, heftiger diesmal. »Nein, Maziroc, ich sage dir, dieser Mann ist nicht von dieser Welt. Er besitzt ein Wissen ... Es ist einfach unglaublich. Du weißt, daß ich normalerweise nicht leicht zu beeindrucken bin, aber allein das, was wir gerade besprochen haben, könnte Arcana in ein beispielloses Chaos stürzen, wenn alles öffentlich bekannt würde.«

»Ein guter Grund, es mir zu erzählen«, behauptete Maziroc mit einem erzwungenen Lächeln.

Charalon schüttelte ein drittes Mal den Kopf. »Nein, mein Freund, nicht einmal dir. Irgendwann einmal, ja, wenn meine Zeit abgelaufen ist und du meine Nachfolge antreten wirst, aber nicht heute«, antwortete er und rang sich ebenfalls ein Lächeln ab. »Nur soviel: Die Welt ist nicht annähernd so, wie sie uns oft erscheint, und sie gehorcht ganz anderen Regeln und Kräften, als wir uns bislang vorstellten.« Er räusperte sich. »Etwas anderes jedoch kann ich dir verraten, nämlich was wir als nächstes unternehmen. Wir werden einen Ausfall machen.«

»Einen Ausfall? Aber das ist –«

»Unsere einzige Chance«, fiel Charalon ihm ins Wort.

Er trat einen Schritt vor, so daß er nun unmittelbar neben Maziroc stand, legte die Hände auf die Mauerbrüstung und starrte auf die Ungeheuer hinab. »Diese Damonen«, sagte er. »Sie stammen nicht von dieser Welt.«

»Ich dachte es mir schon, als ich sie erstmals erblickte«, murmelte Maziroc. »Ein solcher Schrecken kann seinen Ursprung nicht auf Arcana haben. Aber woher kommen sie? Und wie sind sie hierher gekommen?«

»Sie stammen aus einer fremden, lebensfeindlichen Welt, die für uns tatsächlich so etwas wie die Hölle sein muß«, erklärte Charalon bedächtig. »Möglicherweise handelt es sich sogar wirklich um genau den Ort, den die Priester und Prediger als Hölle bezeichnen, das ist jetzt nicht wichtig. Wie Kenran'Del berichtete, hat sich eine Art Bresche zwischen ihrer Welt und Arcana geöffnet.« Er legte Maziroc eine Hand auf den Arm, als dieser etwas sagen wollte. »Ich kann es dir nicht besser erklären, als ich es selbst verstanden habe«, murmelte er. »Auch Kenran'Del konnte uns nichts Genaueres über diese *Weltenbresche* sagen. Aber er behauptet, daß es außer unserer und ihrer noch zahllose andere Welten gibt und die Damonen auf diesem Wege bereits über viele davon hergefallen sind. Solange die Bresche existiert, können die Damonen nach Belieben Nachschub in unsere Welt bringen.«

»Dann müssen wir die Bresche zerstören«, stieß Maziroc impulsiv hervor. »Wir können unmöglich gegen einen Gegner Krieg führen, der über unbegrenzten Nachschub verfügt. Erst wenn diese *Weltenbresche* vernichtet ist, haben wir eine Chance, der Bedrohung Herr zu werden.«

»Grundsätzlich hast du recht«, stimmte Charalon ihm zu. »Aber ganz so einfach ist die Sache nicht. Die Damonen hatten monatelang Zeit, hier einzufallen und ihre Position zu sichern. Wir hatten noch Glück im Unglück, daß sich die *Weltenbresche* ausgerechnet in den Barbarenländern geöffnet hat. Die Barbaren haben ihnen erbitterten Widerstand entgegengesetzt, und anfangs ist es ihnen mehrfach gelungen, die Eindringlinge zu schlagen. Aber da immer neue Damonen durch die *Weltenbresche* kamen, mußten auch die Barbaren sich schließlich geschlagen geben und immer weiter zurückziehen. Ohne ihren heldenhaften Widerstand wären wir wahrscheinlich alle von den Damonen überrannt worden, bevor wir die Gefahr überhaupt erkannt hätten. Wie Eibon vermutet hat, haben sie tatsächlich versucht, Boten zu schicken, um die übrigen Völker zu warnen und um Hilfe zu bitten, doch keiner von ihnen ist durchgekommen.«

Charalon atmete tief durch, ehe er weitersprach: »Und aus genau diesem Grund hätte es auch keinerlei Sinn, wenn wir versuchen würden, uns bis zu ihnen durchzuschlagen. Die Barbaren mußten bereits bis weit in den Süden zurückweichen. Alles Land zwischen uns und ihnen wird von den Damonen beherrscht, und die *Weltenbresche* liegt im Zentrum des feindlichen Gebietes. Wir hätten nicht den Hauch einer Chance, uns bis dorthin durchzuschlagen. Wenn überhaupt jemandem, dann kann es nur Kenran'Del gelingen. Du hast selbst erlebt, wie er gewissermaßen aus dem Nichts auftauchen und ebenso plötzlich wieder verschwinden kann. Er wird versuchen, bis zu der *Weltenbresche* vorzudringen und sie zu zerstören. Uns bleibt nichts anderes übrig, als zu versuchen, selbst eine Verteidigung zu organisieren und die Damonen möglichst lange aufzuhalten, während wir darauf hoffen, daß ihm sein Vorhaben gelingt.«

Maziroc zögerte ein paar Sekunden. Auch ihm fiel es schwer, alles, was er gerade gehört hatte, richtig zu verstehen und zu verarbeiten.

»Mir gefällt es nicht, daß wir uns so völlig von einem Wildfremden abhängig machen«, wandte er dann ein.

»Wenn man den Legenden um seine Person Glauben schenken darf, dann hat er stets nur uneigennützig geholfen, aber dennoch wissen wir so gut wie nichts über diesen Kenran'Del. Hat er wenigstens im Gespräch mit euch noch etwas mehr über sich selbst verraten?«

»Leider nicht«, verneinte Charalon bedauernd. »Jede Frage in diese Richtung hat er sofort abgeblockt. Aber ich habe das Gefühl, daß wir ihm vertrauen können. Er ist sehr undurchsichtig, aber ich bin davon überzeugt, daß er uns helfen will. Was die *Weltenbresche* betrifft, so bin ich sogar davon überzeugt, daß tatsächlich nur er allein eine Chance hat, sich ihr unbemerkt zu nähern.«

Maziroc nickte. Er wußte nicht, ob sie dem Fremden wirklich vertrauen konnten, dafür kannten sie weder ihn noch seine Motive gut genug, aber auch er hatte das Gefühl, daß dieser Kenran'Del zumindest nicht ihr Feind war. Nachdenklich ließ er seinen Blick wieder über das Heer der Damonen wandern.

»Diese ... *Kreaturen*. Was sind sie? Sie haben uns eine Falle gestellt, was auf Intelligenz hindeutet, aber wenn ich mir ihr Aussehen und ihr momentanes Verhalten ansehe, dann habe ich eher das Gefühl, es mit Tieren zu tun zu haben.«

»Beides ist richtig«, entgegnete Charalon. »Einzeln ist jeder dieser Damonen nicht nennenswert klüger als die meisten uns bekannten Tiere. Anders verhält es sich, wenn sie in Gruppen auftreten. Über eine kurze Entfernung hinweg existiert eine Art geistiger Verbund zwischen ihnen, und je mehr von ihnen sich zusammenschließen, desto mehr gewinnen sie an Intelligenz.«

Abwehrend hob er die Hände, als er den Schrecken in Mazirocs Augen bemerkte. »Keine Sorge, selbst zu Tausenden können sie niemals so intelligent wie Menschen werden, aber sie allein stellen auch nicht die größte Gefahr dar. Im Grunde sind sie nur Waffen. Lebende und in begrenztem Maße sogar denkende Waffen, aber letztlich nicht viel mehr als bloße Werkzeuge.«

Maziroc begann zu ahnen, worauf Charalon hinaus wollte, so unglaublich der Gedanke auch war.

»Das heißt ... Du meinst ... sie sind nicht einmal unsere wahren Feinde?« hakte er ungläubig nach.

»Sie werden geistig von anderen Wesen beherrscht, über die auch Kenran'Del kaum etwas sagen konnte«, erklärte Charalon. »Aber es steht fest, daß diese Wesen uns lebend fangen wollen, zumindest uns Magier. Anscheinend kennen sie keine Magie. Deshalb fürchten sie gerade uns und wollen unbedingt mehr über uns herausfinden. Diesem Zweck dient die ganze Falle. Diese Horde da draußen mag uns wie eine gewaltige Armee vorkommen, aber man will keinerlei Risiko eingehen. Noch einmal gut die doppelte Zahl Damonen ist bereits auf dem Weg hierher und dürfte in spätestens zwei Stunden eintreffen. Wenn wir eine Chance haben wollen, bleibt uns also gar nichts anderes übrig, als vorher einen Ausbruch zu versuchen.«

Maziroc antwortete nicht, doch er hoffte, daß man ihm nicht allzu deutlich ansah, wie blaß er geworden war, als er seinen Blick erneut auf das Heer der Ungeheuer richtete.

Abgesehen von den Elbenkriegern, die noch schußbereit auf der Mauerkrone warteten, während ihre Pferde von anderen gehalten wurden, hatten alle bereits aufgesessen. Furcht, aber auch grimmige Entschlossenheit spiegelte sich auf den Gesichtern der Männer um Maziroc. Eibon hatte ihnen lediglich mitgeteilt, daß eine weitere, zahlenmäßig noch größere Armee der Damonen auf dem Weg zum Gehöft wäre und diese Flucht ihre einzige Chance darstellte. Entweder gelang ihnen der Durchbruch, oder sie würden sterben oder in Gefangenschaft geraten, was den meisten wahrscheinlich noch als weitaus schlimmeres Schicksal erscheinen mochte.

Besonders wichtig war es, daß Maziroc die Flucht gelang. Er würde nicht mit den anderen zur Hohen Festung zurückkehren und von dort entweder nach Cavillon oder zu den freien Städten weiter reiten, um sie vor der Gefahr zu warnen und sie für vereinte Abwehrmaßnahmen und die Bereitstellung von Soldaten zu bitten. Nein, er war von Charalon mit einer anderen Mission betraut worden, die keiner der Elben übernehmen konnte und für die er von allen menschlichen Teilnehmern an dieser Expedition am besten geeignet war.

Eskortiert von zwei Gardesoldaten, würde er nach Ravenhorst reiten, zur Heimat des Zwergenvolkes, um auch ihre Könige um Hilfe zu bitten. Jeder einzelne Zwergenkrieger stellte für eine Armee eine Bereicherung dar, doch galten die Zwerge als Eigenbrödler, die ihre Heimat nur selten verließen und den Kontakt mit anderen Völkern weitgehend mieden. Zudem schwelte schon seit Jahrhunderten ein permanenter Konflikt zwischen ihnen und den Elben. Alleine deshalb hätte Eibon keinen seiner Späher als Boten schicken können. Allerdings wußte der Elbenkönig gar nichts von diesem Plan. Er hätte ihn bestimmt nicht gutgeheißen. Für lange Diskussionen war jedoch keine Zeit, und so hatten Maziroc und Charalon alleine den Entschluß gefaßt.

Um was es bei dem Streit zwischen Elben und Zwergen ging, wußte wahrscheinlich niemand mehr genau. Gerüchten zufolge ging es um irgendwelche lange zurückliegenden Intrigen, mit deren Hilfe die Zwerge einst einen beträchtlichen Teil des Elbenwissens erbeutet hatten. Anderen Gerüchten nach sollte sich der ganze Streit irgendwann einmal daran entzündet haben, welches der beiden Völker älter sei. Maziroc seinerseits vermutete ganz prosaisch, daß die Zwerge für den Geschmack der Elben einfach ein zu sinnenfreudiges, ausschweifendes Leben führten, während das Alte Volk mit seinen hohen ethischen Ansprüchen von den Zwergen als Langeweiler und halb vergeistigte Moralapostel betrachtet wurde. Fest stand jedenfalls, daß die beiden Völker aus irgendwelchen Gründen schon seit urdenkbaren Zeiten miteinander befeindet waren.

Maziroc hingegen genoß bei den Zwergen recht hohes Ansehen und hatte Ravenhorst bei seinen früheren Reisen mehrfach besucht. Wenn es irgend jemandem gelingen konnte, eine Allianz oder zumindest ein einmaliges Verteidigungsbündnis zu schmieden, an dem sich sowohl die Elben als auch die Zwerge beteiligten, dann war er es. Allerdings wußte Maziroc auch, daß es keine leichte Aufgabe werden würde, selbst wenn ihm die Flucht gelang und er die wochenlange Reise nach Ravenhorst unbeschadet hinter sich brachte.

Er wurde aus seinen Grübeleien gerissen, als Eibon das Signal zum Angriff gab. Die Elbenkrieger auf der Mauerbrüstung schossen in rasend schneller Folge ihre Pfeile auf die Ungeheuer vor dem Tor ab. Gleichzeitig lösten sie auch die beiden Katapulte aus. Zusätzlich zu den Pfeilen regnete ein tödlicher Hagel aus Felsbrocken auf die Belagerer hinab.

Die Kreaturen begannen wild zu toben und gaben dabei grauenhafte Laute von sich: eine Mischung aus schrillem Kreischen, Brüllen, Krächzen und so vielen anderen Lauten, wie es unterschiedliche Arten von Damonen gab.

Die Katapulte nachzuladen, wäre zu umständlich gewesen und hätte zuviel Zeit gekostet. Statt dessen schickten die Elbenkrieger den Angreifern Pfeil auf Pfeil in blitzschneller Folge entgegen, und auch ohne es zu sehen, wußte Maziroc, daß jeder Schuß traf. Angesichts der Masse der Damonen stellten diese Ausfälle jedoch nicht viel mehr als einen Tropfen auf dem heißen Stein dar.

Eibon gab ein weiteres Signal. Nachdem sie ihre Pfeile verschossen hatten, kamen die Krieger von den Mauern herabgeeilt und schwangen sich auf ihre Pferde, während das Tor geöffnet wurde.

In einer genau festgelegten Aufstellung preschten sie ins Freie. Die Elbenkrieger ritten an der Spitze und deckten die seitlichen Flanken; die Gardesoldaten übernahmen diese Aufgabe im hinteren Teil und sicherten die Kolonne nach hinten. Auf diese Art nach allen Seiten hin geschützt, ritten Eibon, die Magier und die Vingala in ihrer Mitte, wohlweislich nicht eng zusammen, sondern räumlich etwas getrennt, so daß es schwieriger würde, sie alle gemeinsam gefangenzunehmen oder zu töten.

Zunächst jedoch trafen sie kaum auf Widerstand. Dies war Charalon zu verdanken, der die wichtigste Rolle bei ihrem Fluchtplan spielte. Um sich besser konzentrieren zu können, hatte er sich bereits zuvor in eine leichte Trance versetzt. Mit Hilfe seines Reifs schuf er nun die Illusion eines Ungeheuers, das sich anstelle der Reiter brüllend und schnaubend durch das geöffnete Tor ins Freie wälzte. Mit seinen schwarzen, stachelbewehrten Hornplatten, den mörderischen Krallen und Klauen an gut einem Dutzend Armen und Beinen sowie seinem Maul voller gewaltiger Reißzähne war es den Damonen an Scheußlichkeit mindestens ebenbürtig, an Größe sogar um ein Mehrfaches überlegen. Ein zweites und drittes Ungeheuer folgten unmittelbar hinter dem ersten, um die gesamte Länge des Zuges unter dem Tarnbild zu verbergen.

Der Plan ging auf. Selbst unter den Damonen verbreiteten die drei Bestien Angst und Schrecken. Furchtsam wichen sie vor dem so unverhofft aufgetauchten neuen Gegner zurück, machten eine breite Gasse frei. Nur einige wenige von ihnen brachten den Mut oder die Tollkühnheit auf, die Riesenbestien anzugreifen. Sie wurden von den Kriegern mit Schwertern und Lanzen abgewehrt und getötet, doch für die übrigen Damonen sah es so aus, als würden sie zu Opfern der Ungeheuer.

Einige Minuten lang begann Maziroc sogar schon Hoffnung zu schöpfen, daß es ihnen gelingen könnte, den Belagerungsring auf diese Art zu durchbrechen, ohne auch nur einen einzigen Toten auf ihrer Seite zu beklagen, doch diese Hoffnung war bei weitem zu optimistisch.

Immer langsamer wurde ihr Vordringen. Teils mochte es daran liegen, daß sie sich mittlerweile so tief im Leib des Damonenheeres befanden, daß es für die Kreaturen kaum noch genügend Platz zum Zurückweichen gab. Zum Teil aber lag es auch daran, daß ihr Schrecken offenbar abnahm, denn immer häufiger und immer tollkühner stürzten sich die Damonen auf ihre Gegner und brachten die Krieger vereinzelt bereits in beträchtliche Schwierigkeiten. Vielleicht peitschten die geheimnisvollen Beherrscher der Damonen diese zu den Angriffen an.

Immerhin jedoch gelangte die gesamte Reiterkolonne dank der Täuschung in wesentlich kürzerer Zeit wesentlich weiter vor, als es anders der Fall gewesen wäre. Diesbezüglich machte sich Maziroc nichts vor. Ein Ausbruch ohne die Unterstützung durch Charalons Reif wäre ein reines Selbstmordunterfangen gewesen.

Dann, von einem Augenblick zum nächsten, zerplatzte die Illusion.

Maziroc wußte, wieviel Kraft das *Skiil* von seinem Träger für die Erschaffung und Aufrechterhaltung einer so aufwendigen Illusion forderte. Charalon mußte am Ende seiner Kräfte angelangt sein. Maziroc sah, wie er ein Stück entfernt im Sattel in sich zusammensank und vermutlich von seinem Pferd gestürzt wäre, wenn nicht einer der Soldaten rasch zugegriffen und ihn gestützt hätte.

Im gleichen Moment, in dem das Trugbild erlosch und die Damonen erkannten, daß sie nur getäuscht worden waren, stürzten sie vorwärts. Trotz aller Aufmerksamkeit wurden einige der Krieger, die das Erlöschen des magischen Feldes im Gegensatz zu Maziroc nicht hatten spüren können, von dem ungestümen Angriff überrascht, doch erholten sie sich rasch von ihrem Schrecken. Wie abgesprochen formierte sich die Gruppe neu, bildete nun einen Keil, der sich immer tiefer in den Leib des Damonenheeres hineinbohrte.

Ihr Vordringen verlangsamte sich jedoch zusehends, da die Damonen nicht mehr vor ihnen zurückwichen, sondern sie mit all ihrer unmenschlichen Wut und Kraft attackierten. Jetzt zeigte sich, daß ihre Krallen, Stacheln, Scheren und Tentakel in der Tat fürchterliche Waffen darstellten.

Die ersten Krieger sanken tot oder verwundet aus ihren Sätteln. Mehr aber noch galten die Angriffe der Damonen den weitgehend schutzlosen Pferden, die größte Schwachstelle des Trupps. Mehrere Tiere stürzten mit durchbohrtem Leib oder durchtrennten Läufen zu Boden und begruben ihre Reiter unter sich oder schleuderten sie mitten in das Gewimmel der Angreifer, wo sie kaum noch eine Chance hatten.

Es dauerte kaum eine Minute, bis die zuvor so geordnete Formation zerbrach. Jeder einzelne wurde von mehreren Damonen gleichzeitig bedrängt und war sich selbst der nächste.

Genau wie die anderen hieb und schlug auch Maziroc mit seinem Schwert wild um sich. Wenn die Damonen ihn und die anderen Magier ursprünglich lebend hatten gefangennehmen wollen, so war davon jetzt nichts mehr zu merken, so verbissen und mit solcher Gewalt griffen sie an. Die Ungeheuer schienen überall zu sein, und für jedes, das Maziroc erschlug, schienen augenblicklich zwei neue direkt aus dem Boden zu wachsen. Mehrfach drohte er aus dem Sattel geschleudert zu werden, als sein Pferd, das die Gefahr ebenfalls deutlich spürte und vor Angst fast wahnsinnig war, sich aufbäumte und mit den Hufen ausschlug, doch stets gelang es ihm, sich zu halten und weiter zu kämpfen.

Fast unmittelbar neben ihm schlugen mit einem Mal grelle Lichtblitze ein. Von der Wehrmauer des Gehöfts aus griff Kenran'Del mit seinem Flammenschwert in den Kampf ein. Die Blitze töteten mehrere Damonen, die sich auf Maziroc stürzen wollten und ihn vermutlich unter sich begraben hätten. Die Hitze strich wie eine glühende Hand über seinen Rücken, doch die unverhoffte Hilfe verschaffte Maziroc Gelegenheit, sich einen Moment lang umzuschauen.

Auch einige seiner Begleiter wurden durch die Lichtblitze Kenran'Dels aus höchster Gefahr gerettet. Allerdings fiel ihm auf, daß der Fremde sich hauptsächlich auf Eibon, Charalon und ihn selbst sowie die übrigen Magier und die einzige noch lebende Vingala zu konzentrieren schien.

Auch weiterhin schlugen immer wieder Lichtblitze ganz in Mazirocs Nähe ein und töteten Damonen um ihn herum. Er drang nur noch sehr langsam, aber immerhin beständig vorwärts, und nach einer Weile, die ihm wie eine Ewigkeit vorkam, begannen sich die Reihen der Damonen vor ihm allmählich zu lichten. Jetzt würden die Ungeheuer hauptsächlich von hinten angreifen, doch befanden sich dort noch genügend Krieger, die ihm den Rücken freihielten.

Obwohl er am ganzen Körper Blessuren davongetragen hatte und die Muskeln seines Arms mittlerweile so stark schmerzten, daß er das Schwert kaum noch führen konnte, schlug Maziroc noch einmal in weitem Bogen um sich, hieb einem Damonen den Kopf ab, daß grünliches Blut aus der Wunde hervorschoß, und rammte einem weiteren die Klinge tief in den Leib.

Dann waren um ihn herum nur noch so wenige Ungeheuer, daß er sich entschloß, alles auf eine Karte zu setzen. Immer noch schlug er um sich, doch es waren völlig ungezielte Streiche, während er seinem Pferd die Sporen gab. Es fand seinen Weg zwischen den vereinzelten Damonen hindurch wie von selbst; nur vereinzelt mußte Maziroc es am Zügel herumreißen und einer der angreifenden Kreaturen ausweichen.

Endlich blieb auch das letzte der Ungeheuer mit abgeschlagenem Kopf hinter ihm zurück. Da er jedoch damit rechnen mußte, daß er verfolgt würde, ritt Maziroc ein gutes Stück weiter, ehe er sein Pferd zügelte und zurückblickte.

Die Schlacht war immer noch in vollem Gange. Ein Stück von ihm entfernt befanden sich Charalon, Eibon und Bayron unmittelbar nebeneinander. Der Magier war immer noch von der Erschöpfung durch seine Beschwörung gezeichnet und kaum zum Kämpfen in der Lage. Die anderen beiden hatten ihn in die Mitte genommen und deckten ihn, während sie sich vorwärts kämpften. Es würde noch einige Minuten dauern, bis auch sie den Belagerungsgürtel durchbrechen würden, aber sie hatten gute Aussichten, es zu schaffen, zumal Kenran'Del vom Gehöft aus gerade ihnen immer wieder mit den Blitzen seines Flammenschwertes zu Hilfe kam und einen Weg bahnte, auch wenn diese Hilfe spärlicher wurde.

Die Damonen hatten sich nämlich inzwischen auf die zusätzliche Bedrohung eingestellt und griffen den Hof an, so daß der Fremde gezwungen war, sich selbst zu verteidigen.

Wie Maziroc feststellte, waren nur noch erschreckend wenige Männer am Leben. Die Schlacht hatte nicht nur von den Damonen einen hohen Blutzoll gefordert. Rund die Hälfte der Elben und fast zwei Drittel der Gardesoldaten waren tot, und bis zum Ende der Schlacht würde es zweifellos noch weitere Opfer geben.

Obwohl sie den Belagerungsring bereits durchdrungen hatten, kämpften nicht weit hinter ihm zwei Elbenkrieger und einer der Soldaten weiterhin gegen die Damonen, um auch den Nachfolgenden eine Bresche freizuhalten.

»Du da!« rief Maziroc, deutete auf den Soldaten und winkte ihn zu sich herüber. Es handelte sich um einen noch jungen, dunkelhaarigen Mann mit einem gewaltigen Schnauzbart. Obwohl er bereits aus zahlreichen Wunden blutete, ließ er die Elben nur mit sichtlichem Widerstreben allein und kam zu Maziroc herüber.

»Was ist los, Herr?« fragte er.

»Wie heißt du?«

»Pollus, Herr. Leutnant beim zweiten Regiment der Garde Cavillons.«

»Also gut, Pollus. Für dich ist die Schlacht vorbei«, erklärte der Magier. Zwar hatte Charalon ihm aufgetragen, sich zwei Soldaten als Eskorte zu nehmen, doch Maziroc wollte den Erfolg seiner Mission nicht gefährden, indem er länger wartete und möglicherweise doch noch von den Damonen eingeholt und getötet wurde. »Wir werden nicht mit den anderen reiten. Ich habe von Charalon einen Sonderauftrag erhalten, und du wirst mich als meine Eskorte begleiten. Unser Ziel ist Ravenhorst.«

»Ravenhorst?« wiederholte der Soldat, dann leuchteten seine Augen auf. »Aber das ... das ist die Heimat der Zwerge. Kaum ein Mensch hat sie jemals betreten.«

»Dann wird die Vorfreude darauf dich sicherlich beflügeln«, erklärte Maziroc. »Wir haben nämlich keine Zeit zu verlieren.«

Ohne ein weiteres Wort gab er seinem Pferd die Sporen und preschte los.

Krieg und Frieden

Ohne eine weitere Rast ritten sie bis spät in den Nachmittag hinein, und Miranya wechselte kein einziges Wort mit Maziroc. Mehrfach spürte sie den Blick des Magiers auf sich ruhen. Sie bedauerte den Streit inzwischen selbst und hätte sich gerne wieder mit ihm unterhalten, doch nachdem er sie so verletzt hatte, war sie zu stolz, den ersten Schritt zu tun.

Auch Scruul merkte offenbar, daß etwas zwischen ihnen nicht stimmte. Er dirigierte sein Pferd an ihre Seite und blickte sie fragend an.

»Was ist denn mit dir und Maziroc los?« erkundigte er sich.

»Ach, nichts weiter«, antwortete Miranya und machte eine gleichgültige Handbewegung. »Wir hatten nur eine kleine Auseinandersetzung.«

»Ich will nicht neugierig sein, aber um was ging es denn, wenn ich fragen darf? Falls es etwas war, was mit dieser Expedition zu tun hat, betrifft es immerhin uns alle.«

Miranya blickte ihn an. Sie war sicher, daß es ihm gar nicht darum ging, ob ihr Streit etwas mit ihnen allen zu tun hatte. Er versuchte nur, sie in ein Gespräch zu verwickeln. Schon seit ihrem Aufbruch aus Cavillon war unverkennbar, daß Scruul Interesse an ihr hatte. Er sah recht gut aus, konnte ausgesprochen charmant sein und machte einen sympathischen Eindruck. Dennoch erwiderte Miranya sein Interesse nicht. Scruul hatte etwas an sich, das ihr fast Unbehagen bereitete. Es gab keinen einzigen objektiven Beleg dafür, aber manchmal meinte sie mit ihrer weiblichen Intuition zu spüren, daß seine

Freundlichkeit nur eine Maske war, unter der etwas Dunkles, Abstoßendes brodelte. Vielleicht war es einfach nur ein tief sitzender Schmerz, den irgend jemand ihm einst zugefügt hatte, die Narben einer seelischen Wunde. Sie wußte es nicht, und da Scruuls Nähe ihr immer noch vages Unbehagen einflößte, hatte sie auch kein sonderliches Interesse daran, dieses Geheimnis zu ergründen. Es war ihr am liebsten, wenn er sich einfach nur von ihr fernhielt.

»Du darfst ruhig fragen. Allerdings hatte unser Streit nicht unmittelbar etwas mit dieser Expedition zu tun. Genau genommen ging es um lästige Neugier«, antwortete sie wahrheitsgemäß, sich der sarkastischen Spitze allerdings durchaus bewußt.

Auch Scruul spürte sie, denn er zuckte leicht zusammen und machte ein betroffenes Gesicht.

»Oh«, murmelte er unsicher. »Tut mir leid, ich wollte nicht aufdringlich sein.« Er blickte nach vorne, ritt aber weiterhin neben ihr.

»Damit wollte ich eigentlich ausdrücken, daß ich allein sein möchte«, fügte Miranya hinzu. »Warum vollbringst du nicht einfach ein paar gute Taten? Vielleicht findest du ein paar erfrorene Vögel, die du von den Zweigen brechen und nach Süden werfen kannst.«

Zornig blickte er sie an. »Schon gut, kein Grund gleich beleidigend zu werden«, brummte er und verlangsamte sein Tempo, so daß er etwas zurückfiel.

Na prima, dachte Miranya voller Zynismus. Sie entwickelte anscheinend ein immer beachtlicheres Talent, Leute vor den Kopf zu stoßen, die es gut mit ihr meinten. In Scruuls Fall tat es ihr allerdings nicht großartig leid. Sie hatte nichts gegen ihn, verdankte ihm ebenso wie Maziroc sogar ihr Leben, dennoch wahrte sie lieber Distanz.

Mit Einbruch der Dämmerung erreichten sie ein kleines Nadelwäldchen, das einen idealen Ort für ein Nachtlager darstellte, zumal es unter den Zweigen fast schneefrei war. Sie drangen ein gutes Stück weit in den Wald ein. Mit ihren Äxten fällten die Zwerge mehrere Bäume und schufen so künstlich eine Lichtung, auf der sie ihr Lager errichteten. Zwei der gefällten Bäume wurden in handliche Stücke für ein Feuer gehackt, die übrigen so zurechtgezerrt, daß sie eine Barriere rings um die Lichtung bildeten, die unbemerkt zu durchdringen weder Hornmännern noch irgendwelchen Raubtieren gelingen würde.

Obwohl die Zwerge sich redlich mühten, war das Feuer nur schwer in Gang zu bringen. Das Holz war zu frisch und zu feucht. Nachdem Miranya einige Minuten lang zugesehen hatte und es sich abzeichnete, daß es wohl noch mindestens eine Stunde dauern würde, bis die Scheite richtig zu brennen begannen, öffnete die Vingala das Bündel mit ihren persönlichen Besitztümern, das sie in der Satteltasche ihres Pferdes verstaut hatte, und holte ein kleines, sorgsam verschnürtes Leinensäckchen heraus.

»Laßt mich Euch helfen«, wandte sie sich an die Zwerge und zog sich mit den Zähnen die Handschuhe von den Fingern. »Aber es ist besser, wenn Ihr erst ein Stück vom Feuer weggeht.«

Sie wartete, bis die Zwerge ein paar Schritte zurückgewichen waren, dann warf sie etwas von dem gräulichschwarzen Pulver, das sich in dem Säcken befand, auf die glimmenden und rauchenden Scheite. Es gab eine grelle Stichflamme. Miranya stand weit genug entfernt, daß diese ihr nichts anhaben konnte, doch nach der Kälte, der sie schon den ganzen Tag ausgesetzt war, meinte sie die Wärme, die ihr entgegenschlug, wie den glühenden Atem eines Drachen im Gesicht zu spüren. Gleich darauf begann ihre Haut zu prickeln, so heftig, als steche sie jemand mit unzähligen Nadeln.

Sie hatte Erfolg gehabt: Knisternd und prasselnd leckten Flammen über die aufgeschichteten Holzscheite. Beifallheischend blickte Miranya sich um, doch einige der Zwerge nickten ihr lediglich dankbar zu. Offenbar waren Pulver und magische Hilfsmittel dieser Art auch bei ihnen nicht unbekannt. Für einen Moment war sie enttäuscht, doch dann rief sie sich wieder ins Gedächtnis, was man ihr während ihrer Ausbildung über Prahlerei beigebracht hatte. Es wäre in der Tat eine Charakterschwäche, wenn man der Verlockung nachgäbe und seine Kräfte nur anwandte, um andere zu beeindrucken. Miranya hatte es nicht nötig, die eigene Überlegenheit zu demonstrieren. Nun, in diesem Fall hatte sie eher versucht, das Gefühl der eigenen *Unter*legenheit gegenüber den Zwergen zu kompensieren.

Wichtig war letztendlich nur, daß das Feuer brannte. Miranya öffnete ihren Mantel und streckte ihre Hände den Flammen entgegen. Wieder begann ihre Haut unangenehm zu prickeln, doch sie ertrug es, ohne sich etwas anmerken zu lassen, und nach ein paar Minuten klang es wieder ab.

Bald darauf saßen sie alle in einem Kreis um das Feuer, tranken Wasser, das aus geschmolzenem Schnee bestand, und gelegentlich einige Schlucke von einem starken Schnaps aus Beeren, Obst und Kräutern, den die Zwerge mitgebracht hatten. Außerdem verteilten sie reichlich Brot und getrocknetes Fleisch, was Miranya dankbar entgegennahm, da ihre eigenen Vorräte bereits stark geschrumpft waren.

»Vom Schnaps hättet Ihr ruhig heute mittag schon anbieten können«, wandte sie sich an Barkon, nachdem sie einen weiteren Schluck getrunken hatte. Feurig lief ihr der Alkohol die Kehle hinunter, schien in ihrem Magen zu explodieren und verbreitete eine angenehme Wärme in ihrem ganzen Körper. »Da habe ich wesentlich mehr gefroren als hier am Feuer.«

»Und der Alkohol hätte dich doppelt so müde gemacht, Kind«, entgegnete Barkon. Seine Stimme klang herablassend, was Miranya ebenso störte, wie daß er sie als *Kind* bezeichnete, doch sie spülte ihren Ärger mit einem weiteren Schluck Schnaps hinunter. Maziroc hatte sie bereits vor ihrem Aufbruch am Morgen gewarnt, daß sie sich durch das Verhalten der Zwerge nicht kränken lassen sollte. Sie lebten so abgeschieden, weil sie die Menschen verachteten, teilweise sogar haßten. Lediglich die Magier und Vingala bildeten eine Ausnahme. Wäre sie eine gewöhnliche Frau, würde keiner der Zwerge auch nur ein einziges Wort mit ihr wechseln. Auch als Vingala würde sie sich jedoch damit abfinden müssen, daß man ihr nicht gerade mit überschäumender Freundlichkeit oder gar Freundschaft begegnete. Die Hochachtung der Zwerge Maziroc gegenüber war eine Ausnahme.

Eigentlich hatte Miranya erwartet, daß sie fast sofort einschlafen würde, sobald sie sich erst einmal hinsetzte, doch als sie nun am wärmenden Feuer kauerte, war ihre Müdigkeit wie weggefegt.

Nach einiger Zeit, als die Stimmung durch den Alkohol bereits gelockert worden war, begann Maziroc wieder von der Zeit des ersten großen Krieges gegen die Damonen zu erzählen. Gebannt lauschte Miranya seinem Bericht, wie er mit Maziroc und Eibon in die Falle getappt war, die das einsame Gehöft darstellte, wie sie mit knapper Not entkommen waren, bevor diese vollends zuschnappte, und natürlich wie er Kenran'Del kennengelernt hatte. Es war das erste Mal, daß er Näheres über den geheimnisvollen Mann erzählte, dessentwegen sie diese Reise überhaupt erst auf sich genommen hatten. Miranya hörte besonders interessiert zu.

Allerdings war sie nicht die einzige, der es so erging. Auch die Zwerge waren von seiner Erzählung offensichtlich gebannt, und Miranya war überzeugt, daß er nicht ohne Hinterabsichten gerade diese Episode ausgewählt hatte. Schließlich hatte er ihr erst am Mittag anvertraut, daß er versuchen würde, noch einmal mit Barkon zu reden, damit dieser ihn auf seine schnellere Art über den Luyan Dhor oder sogar bis zu der Zitadelle im Ödland von Sharolan brachte. Dafür jedoch war es nötig, den Zwergen zunächst noch einmal deutlich vor Augen zu führen, über welche Mittel Kenran'Del verfügte und was für ein wertvoller Verbündeter er sein würde.

Daran verschwendete Miranya jedoch nur wenige Gedanken. Viel zu sehr faszinierte sie das, was sie hörte. Eigentlich konnte Maziroc über diesen Kenran'Del nur wenig berichten, weil er selbst nur wenig über ihn wußte, aber bereits das Wenige, das sie gehört hatte, weckte in ihr den brennenden Wunsch, diese mysteriöse Person kennenzulernen. Sie hatte schon immer ein Faible für Geheimnisse gehabt, und wenn *dieser* Mann nicht geheimnisvoll war, dann gab es so etwas wie Romantik nicht mehr.

»Und anschließend bin ich zu euch nach Ravenhorst aufgebrochen«, schloß Maziroc seine Erzählung. »Was dann geschah, dürftet ihr wissen, und auch, wohin alles geführt hat und welche katastrophalen Folgen sich daraus ergeben haben.«

Die Gesichter einiger Zwerge verdunkelten sich bei diesen Worten, allen voran das von Barkon. Finster starrte er den Magier an. Ungerührt erwiderte Maziroc seinen Blick.

»Eine hübsche Geschichte«, sagte der Zwerg schließlich. »Aber mehr auch nicht.«

»Sogar wesentlich mehr«, widersprach der Magier. »Jedes Wort davon ist wahr. Alles hat sich ganz genau so abgespielt, wie ich es erzählt habe. Kenran'Del ist nicht nur ein Mythos. Sogar eine Eurer eigenen damaligen Königinnen ist ihm begegnet. Er hat gelebt, und seit der damaligen Zeit liegt er in seiner Zitadelle im Ödland von Sharolan in magischem Schlaf. Alles ist wahr. Dafür verbürge ich mich, schließlich habe ich die damaligen Geschehnisse selbst miterlebt. Ihr werdet doch mein Wort nicht in Frage stellen wollen, oder?«

Damit hatte er Barkon in eine Zwickmühle gebracht. Die auch weiterhin anhaltende Skepsis des Zwerges war unverkennbar, doch konnte er sie nicht mehr laut äußern, ohne Maziroc damit der offenen Lüge zu bezichtigen. Dies wäre nicht nur eine Beleidigung, sondern ein direkter Angriff auf seine Ehre. Akzeptierte er jedoch als Tatsache, was er gerade über Kenran'Del gehört hatte, würde es ihm fast unmöglich sein, Mazirocs Bitte nach einer ganz speziellen Hilfe abzulehnen und dies einleuchtend zu begründen.

»Dergleichen würde ich mir nie erlauben«, antwortete er diplomatisch, nachdem er ein paar Sekunden überlegt hatte. »Aber das alles liegt sehr lange zurück, fast genau eintausend Jahre. Wir wissen, daß Ihr schon damals gelebt habt, Maziroc, und es heißt, daß die damaligen Ereignisse eng mit dem Grund für Eure Langlebigkeit oder gar Unsterblichkeit verbunden sind.«

Er machte eine Pause und blickte den Magier wieder aufmerksam an, doch wenn er auf eine Bestätigung, einen Widerspruch oder gar eine ausgiebigere Erklärung gehofft hatte, so wurde er enttäuscht. Maziroc schien die unausgesprochene Frage nicht einmal bemerkt zu haben, denn er zuckte nicht einmal mit den Schultern.

»Wie gesagt, Ihr habt damals schon gelebt, aber für den Rest der Welt liegt das alles in ferner Vergangenheit«, sprach Barkon schließlich leicht verärgert weiter. »Vielen erscheint der große Krieg selbst nur noch als eine Art Mythos, ebenso wie alle daran Beteiligten. Die Jahrhunderte haben die Grenzen zwischen Wahrheit, Dichtung und Mythos verwischt.«

»Ich verstehe nicht, was Ihr mir zu sagen versucht«, unterbrach Maziroc ihn. »Worauf wollt ihr hinaus? Bitte kommt zur Sache.«

»Ich spreche davon, daß viel Zeit seit damals vergangen ist«, erklärte der Zwerg mit erhobener Stimme. »Vieles ist geschehen, auch für Euch. Ja, vielleicht sogar gerade für Euch, denn Ihr habt es ja selbst miterlebt. Reiche entstanden und gingen wieder zugrunde, Dynastien wurden gegründet und starben aus, ganze Völker gingen unter. Ihr habt vermutlich mehr Menschen als jeder andere getroffen. Euer Gedächtnis muß einen schier unglaublichen Schatz an Wissen enthalten. So viele Namen, so viele Gesichter, so viele Ereignisse. Und doch behauptet Ihr, Euch noch haargenau an die Begegnung mit diesem Kenran'Del zu erinnern und an beinahe jedes Wort, das Ihr aus zweiter Hand von Charalon über ihn erfahren habt.« Er hob abwehrend die Hand. »Versteht mich nicht falsch, Maziroc, ich will keinesfalls behaupten, daß Ihr lügt. Aber könnte es nicht sein, daß sich Eure Erinnerungen im Laufe all der Jahrhunderte verändert haben, vielleicht ohne daß Ihr selbst es bemerkt habt? Vielleicht haben sich auch in Eurem Geist Wahrheit und Mythos untrennbar vermischt. Wäre es nicht zumindest vorstellbar, daß dieser Kenran'Del einfach nur ein normaler Mensch war, vielleicht sogar magisch begabt, daß er aber erst in Eurer Erinnerung nach und nach zu einer fast übermenschlichen Erscheinung wurde?«

Totenstille folgte den Worten des Zwerges. Er hatte sich halbwegs diplomatisch aus der Zwickmühle gerettet und war seinerseits zum Angriff übergegangen, doch balancierte er dabei auf einem schmalen Grat. Er warf Maziroc keine direkte Lüge vor, zweifelte aber dennoch den Wahrheitsgehalt seiner Aussage an. Jemand mit weniger ausgeprägtem diplomatischem Fingerspitzengefühl mochte diesen feinen Unterschied nicht wahrnehmen und sich beleidigt fühlen. Dementsprechend waren alle Blicke voller Spannung auf Maziroc gerichtet.

Mehr als eine Minute saß der Magier völlig regungslos da und starrte vor sich auf den Boden, ohne durch irgend etwas zu erkennen zu geben, daß er wahrnahm, was um ihn herum geschah. Als er schließlich reagierte, geschah dies auf völlig andere Art, als die meisten erwartet hatten. Seine Mundwinkel zogen sich in die Breite, und er begann, über das ganze Gesicht zu grinsen, während er zu Barkon aufblickte.

»Ihr seid wirklich unglaublich«, stieß er lachend hervor. »Erst bezweifelt Ihr, daß es Kenran'Del überhaupt jemals gegeben hat, und äußert den Verdacht, ich hätte mir alles nur ausgedacht. Da Ihr mich jedoch nicht der Lüge bezichtigen wollt, nehmt Ihr diesen Vorwurf gleich darauf wieder zurück, nur um im gleichen Atemzug die Möglichkeit anzudeuten, ich wäre nicht mehr ganz richtig im Kopf. Jede dieser Attacken müßte mich kränken, und ich weiß nicht einmal, welche mich schwerer trifft, aber zugleich habt Ihr jedes Eurer Worte so sorgsam formuliert, daß Ihr bei strenger Betrachtung nicht den geringsten Verstoß gegen die Etikette begangen habt. Ein Geschick, das ich wahrlich bewundern muß. Aber auch all Euer rhetorisches Geschick wird nichts daran ändern, daß ich weiß, was ich erlebt habe. Und nicht nur ich. Auch der große Charalon erinnert sich in gleicher Form an alles. Er weiß von meinem Vorhaben, Kenran'Del aus seinem magischen Schlaf zu erwecken, denn ich habe vor meinem Aufbruch aus Cavillon mit ihm darüber gesprochen, und er hat es ausdrücklich gebilligt. Sonst hätte er auch kaum den *Ssiraq* zu Euren Königen geschickt, um uns aus höchster Not zu retten.«

Die Spannung legte sich ein wenig. Maziroc hatte Barkon nicht nur seine Andeutungen und versteckten Unterstellungen verziehen und mit Humor auf seine

Bemühungen reagiert. Mit der Erwähnung des ebenfalls hoch geachteten Charalon hatte er in diesem verbalen Duell sogar noch einen Punktsieg für sich verbuchen können. Wäre er kein Magier, dachte Miranya voll stiller Bewunderung für sein Geschick, hätte er sicherlich einen hervorragenden Diplomaten oder Politiker abgegeben.

»Ich wollte ganz sicher nicht Euren Verstand in Frage stellen«, verteidigte sich Barkon. »Wovon ich sprach, ist ein ganz natürlicher Prozeß. Wenn ich nur an meine Kindheit zurückdenke, und das ist immerhin erst ein paar Jahrzehnte her, keine Jahrhunderte, so erschien mir damals alles viel größer, als es in Wirklichkeit war, und ich –«

»Laßt es gut sein, Ihr braucht Euch nicht zu verteidigen. Ich habe auch so verstanden, was Ihr meint«, fiel Maziroc ihm mit gutmütigem Spott ins Wort. »Warum wehrt Ihr Euch so energisch gegen die Tatsache, daß es Kenran'Del nicht nur gegeben hat, sondern daß er im großen Krieg gegen die Damonen ein unschätzbar wichtiger Helfer für uns war? Wovon ich berichtet habe, das war nur meine erste Begegnung mit ihm. Später haben wir uns wiedergetroffen und Seite an Seite gekämpft, und ich kann nur sagen, daß wir den Krieg ohne seine Hilfe vermutlich verloren hätten.«

»Das glaube ich nicht«, stieß Barkon hervor. »Da dies nur eine persönliche Wertung von Euch ist, kann ich ihr wohl widersprechen. Zehntausende von Menschen und Angehörigen anderer Völker haben damals Seite an Seite gekämpft. Dieser Kenran'Del jedoch war nur ein einzelner Mann. Er mag wichtige Heldentaten vollbracht haben, aber ein Mann allein hat diesen Krieg nicht entschieden. Das waren die gemeinsamen Anstrengungen aller, die sich damals zusammengeschlossen und gekämpft haben.«

Damit begann er bereits ein Rückzugsgefecht, wie

Miranya allerdings erst mit Verspätung bewußt wurde. Er hatte nicht nur die Existenz Kenran'Dels anerkannt, sondern auch, daß er bedeutsame Taten vollbracht hatte. Jetzt kämpfte der Zwerg nur noch um Nebensächlichkeiten wie darum, *wie* entscheidend der Anteil Kenran'Dels und wie hoch der der anderen gewesen war, eine Taktik, um sein Gesicht nicht zu verlieren.

Maziroc nickte. »So betrachtet – sicher. Alle haben ihren Beitrag geleistet, nur haben sie unterschiedlich großen Erfolg gehabt. Selbst alle Krieger und Soldaten Arcanas zusammen hätten die Damonen nicht schlagen können. Wie soll man einen Feind besiegen, der über schier unerschöpflichen Nachschub an Kämpfern verfügt, die zudem keine Angst und keine Schwäche kennen, sondern ihren Führern sklavisch ergeben sind, weil es sich nur um halbintelligente Ungeheuer handelt? Nein, Barkon, dieser Krieg wurde nicht auf dem Schlachtfeld entschieden, sondern durch die Taten einiger weniger Personen.«

»Und Ihr wart eine dieser Personen, nehme ich an.«

»Ich habe auch meinen bescheidenen Beitrag geleistet«, bestätigte Maziroc. »Ebenso wie Charalon und andere, darunter eben auch maßgeblich Kenran'Del. Selbst wenn Ihr bezweifelt, daß er wirklich von so großer Bedeutung war und vermutlich wieder sein würde, Charalon und ich sind davon überzeugt. Überzeugt genug, daß wir sogar diese äußerst gefährliche Expedition gewagt haben. Bislang waren Charalon und ich wegen unseres Verstandes, unseres Wissens und auch unseres Urteilsvermögens beim Volk der Zwerge hoch angesehen. Warum also versucht Ihr es jetzt in diesem Punkt in Abrede zu stellen?«

Miranya merkte, daß sie unbewußt begonnen hatte, ihre Hände zu kneten. Genau wie die anderen war sie in eine Statistenrolle gedrängt worden. Was hier geschah, war für sie alle von größter Bedeutung, aber es betraf nur Maziroc und Barkon. Gerade das machte sie nervös, denn ihr war klar, wieviel bei diesem scheinbar nur freundschaftlichen Streit auf dem Spiel stand. Nicht nur Barkon hatte mit seinen geschliffenen Formulierungen einen riskanten Weg beschritten. Auch Maziroc spielte ein gefährliches Spiel. Wenn er Barkon durch irgendeine Kleinigkeit vor den Kopf stieß oder dieser nur das Gefühl gewann, daß der Magier es ihm gegenüber an Achtung und Respekt mangeln ließ, würde er nicht nur Mazirocs Bitte entschieden ablehnen. Möglicherweise bestand dann auch die Gefahr, daß die Zwerge sie gar nicht erst bis nach Therion geleiten, sondern unverzüglich in ihre Heimat zurückkehren würden.

Miranya wußte zu wenig über das kleine Volk, um dieses Risiko realistisch einschätzen zu können. Sie mußte darauf vertrauen, daß Maziroc, der die Zwerge weitaus besser kannte, wußte, was er tat. Sie warf einen raschen Blick zu Scruul hinüber, der ein Stück von ihr entfernt saß. Auch sein Gesicht zeigte einen besorgten Ausdruck.

»Vielleicht versuche ich durch meine Skepsis nur, Euch vor falschen oder übertriebenen Erwartungen zu bewahren«, antwortete Barkon zögernd. »Setzt nicht alle Eure Hoffnungen auf diesen geheimnisvollen Fremden. Die Chance, daß Ihr die Zitadelle in Sharolan noch in diesem Jahr erreicht, ist ohnehin äußerst gering. Wenn hier, so weit im Westen, bereits Schnee gefallen ist, dann dürften auch die Pässe über den Luyan Dhor zugeschneit sein. Zumindest werden sie es sein, bis wir Therion erreichen. Alles deutet darauf hin, daß die Völker Arcanas den kommenden Krieg ohne geheimnisvolle Hilfe werden führen müssen.«

»Dann wird Arcana untergehen«, erklärte Maziroc. Seine Stimme machte deutlich, daß er keine Befürchtung äußerte, sondern nur eine nüchterne Tatsache feststellte, so schrecklich sie auch sein mochte. »Damals hatten wir das mächtige Volk der Elben auf unserer Seite, das heute kaum noch existiert. Auch die Zwerge haben damals auf unserer Seite gekämpft, und Ihr wißt selbst am besten, wie es heute um die schwindende Macht Eures Volkes bestellt ist.« Zur Bestätigung schüttelte der Magier entschieden den Kopf. »Nein, unsere Situation ist heute viel, viel schlechter als vor tausend Jahren. Unser einziger Vorteil ist, daß wir diesmal früher von der Bedrohung erfahren und entsprechende Gegenmaßnahmen eingeleitet haben, aber das gleicht unsere ungleich schwächere Position nicht aus. Wir werden jede Hilfe brauchen, die wir bekommen können, und Kenran'Del stellt eine mächtige Hilfe dar.«

»Nun, dann bleibt Euch nur zu hoffen, daß die Pässe über den Luyan Dhor noch frei sind, denn sie bieten den einzigen Zugang ins Ödland von Sharolan«, faßte Barkon zusammen. »Wir können nicht mehr tun, als versuchen, Euch sicher dorthin zu geleiten.«

»Und an dieser Stelle muß ich nun Euch vorwerfen, nicht die volle Wahrheit zu sagen.« Maziroc erhob sich. Durch seine massige Körperstatur, die er psychologisch sehr bewußt einsetzte, pflegte er andere ohnehin fast zu erdrücken, wie mußte es da erst auf die Zwerge wirken? Langsam drehte er sich einmal um die eigene Achse und ließ seinen Blick über ihre Gesichter schweifen, bis er eine Runde vollendet hatte und wieder Barkon ansah.

»Es gibt durchaus noch mehr, was Ihr tun könnt«, fuhr er fort. »Ihr habt nur wenige Stunden für den Weg von den Todessümpfen hierher gebraucht, für eine Strecke, für die man normalerweise Wochen benötigen würde. In Eurer Hand liegt es auch, mich in entsprechend kurzer Zeit bis ins Ödland von Sharolan zu bringen, zu Kenran'Dels Sternenzitadelle.«

Unter den Zwergen brach aufgeregtes Gemurmel los. Auch Barkon sprang auf.

»Ihr wißt ja nicht, was Ihr da sagt!« stieß er hervor. »Diese Möglichkeit, die Ihr angesprochen habt, steht nur uns Zwergen zur Verfügung, keinem der anderen Völker. Es wäre unmöglich, Euch dabei mitzunehmen.«

»Warum sprecht Ihr es nicht offen aus? Es geht um den Ritt auf einem Drachen, nicht wahr?« sagte Scruul ruhig. Er hatte nicht einmal laut gesprochen, dennoch übertönte seine Stimme das erregte Getuschel und hatte eine durchschlagende Wirkung. Die Zwerge schienen zu erstarren und verstummten schlagartig. Von einer Sekunde auf die andere breitete sich Totenstille auf der Lichtung aus. Alle Blicke wandte sich Scruul zu, der mit lässig ausgestreckten Beinen auf einem Baumstumpf saß und ein Gesicht machte, als könne er kein Wässerchen trüben.

Auch Miranya starrte ihn überrascht an. *Drachen*? dachte sie verwirrt. Hatte sie gerade wirklich richtig gehört?

»Das ist ... Woher weißt du davon?« stammelte Barkon, womit er, wohl ohne sich darüber klar zu sein, die Vermutung bestätigte. Er trat einen Schritt auf den Magier zu, und eine Hand senkte sich drohend auf den Griff seines Schwertes. Gleich darauf zog er es aus der Scheide, fuhr herum und deutete mit der Klinge auf Maziroc.

»Ihr müßt es ihm verraten haben!« zischte er. »Nur Ihr wußtet, daß wir wieder über Drachen verfügen. Seit mehr als vierhundert Jahren hütet mein Volk dieses Geheimnis nun schon, doch Ihr habt es entgegen Eurem heiligen Schwur verraten. Dafür verdient Ihr den Tod!«

»Nun sieh mal einer an. Der ganzen Aufregung zufolge, scheine ich mit meiner Vermutung wohl einen Volltreffer gelandet zu haben«, ergriff Scruul wieder das

Wort. Auch er stand nun auf, stellte sich neben Maziroc und legte ihm die Hand auf die Schulter. »Allzu schwer war es ja auch nicht zu erraten, wenn man sich ein klein wenig in der Geschichte des Zwergenvolkes auskennt.«

»Was willst du damit sagen?« herrschte Barkon ihn an.

»Zunächst einmal, daß Maziroc überhaupt nichts verraten hat. Also beruhigt Euch erst mal und hört auf, Drohungen von Mord und Totschlag auszustoßen, dann können wir in Ruhe miteinander reden.«

»Ich kann bestätigen, daß er nichts verraten hat«, mischte sich Miranya ein. »Ich habe ihn mehrfach versucht, auszuhorchen, wie Ihr uns so schnell zu Hilfe kommen konntet, aber er hat geschwiegen wie ein Grab.«

Zweifel zeigten sich in Barkons Gesicht, und er senkte das Schwert ein wenig, während er sich wieder Scruul zuwandte. »Woher wußtest du dann von dem Drachen, wenn Maziroc es dir nicht verraten hat?«

»Wie schon gesagt, es war nicht schwer zu erraten, wenn man das nötige Hintergrundwissen besitzt. In alten Schriften habe ich gelesen, daß das Volk der Zwerge einst zahlreiche Drachen gezähmt und gezüchtet hat und auf ihnen geritten ist, ehe die Drachen ausstarben. Und nun seid Ihr so schnell zu uns gekommen, wie es eigentlich nur auf einem Drachen möglich ist, und habt etwas von Wegen erzählt, die nur Euch zur Verfügung stünden. Da brauchte ich nur zwei und zwei zusammenzurechnen.«

»Und als Ergebnis hast du offenbar fünf erhalten«, blaffte Barkon.

Lächelnd schüttelte Scruul den Kopf. »Gebt Euch keine Mühe«, sagte er. »Durch Eure Reaktion habt Ihr Euch selbst verraten. Mich jetzt noch davon zu überzeugen, daß ich mich geirrt hätte, wäre ein vergebliches Unterfangen, wie Ihr wohl einsehen werdet.«

Barkon überlegte kurz, dann nickte er, wenn auch nur widerwillig und obwohl es ihm sichtlich schwer fiel.

»Es hat wohl keinen Zweck, es länger zu leugnen«, preßte er hervor. Aller Kampfesgeist schien ihn plötzlich verlassen zu haben. Er setzte sich wieder und trank einen großen Schluck vom Schnaps. »Vor mehr als eineinhalb tausend Jahren starben unseres Wissens die letzten frei lebenden Drachen aus uns unbekannten Gründen aus. Um so mehr Sorge haben wir seither auf die Pflege und weitere Aufzucht der von uns gezähmten Drachen gelegt. Wir haben sie gezüchtet, doch es blieben immer nur wenige, da jeder Drache in seinem Leben höchstens ein bis zwei Nachkommen hat.«

»Aber dann habt Ihr Eure Drachen durch die Invasion der Damonen verloren«, warf Maziroc ein. »Auch die wenigen Tiere, die den Kampf überlebt haben, starben nur wenige Jahre später aus Kummer über den Tod ihrer Artgenossen, ohne noch einmal Nachwuchs bekommen zu haben. Seither galten die Drachen als ausgerottet.«

»So schien es«, ergänzte Barkon. Er sprach nur noch leise und starrte mit leerem Blick vor sich hin, als würde er nichts von dem wahrnehmen, was um ihn herum geschah. »Wir haben alles verloren im großen Krieg. Ravenhorst ... Unsere Drachen ... Aber dann – vor gut vierhundert Jahren – entdeckten wir, worauf wir schon nicht mehr zu hoffen gewagt hatten. Tief in den Todessümpfen fanden wir eine Drachenhöhle mit einem Ei darin, daß selbst nach all der langen Zeit noch brutfähig war. Mit all unserem Wissen gelang es uns, das Ei auszubrüten. Ein junger Flugdrache schlüpfte daraus und bildete den Grundstock einer neuen Brut, die allerdings bis heute sehr klein geblieben ist. All die Jahre hindurch haben wir dieses Geheimnis gehütet. Maziroc ist einer der wenigen Menschen, die davon wissen, da wir ihm stets vertraut haben und er mehrfach als Gast bei uns geweilt hat. Auch er hat dieses Geheimnis all die vielen Jahre lang gewahrt.« Er blickte Scruul, Miranya und den überlebenden Soldaten der Garde, der bislang noch gar nichts gesagt hatte, der Reihe nach an. »Wir können euch nur bei allem, was uns und Euch heilig ist, anflehen, euer Wissen nun ebenfalls für euch zu behalten.«

»Ich verspreche es«, sagte Miranya als erste. Sie konnte immer noch kaum glauben, was sie gerade gehört hatte. *Drachen!* Seit ihrer Kindheit hatte sie von Drachen gehört, aber sie stets für Ausgeburten der Phantasie gehalten, für Geschöpfe, die es nur in frei erfundenen Abenteuergeschichten gab, ähnlich wie den schwarzen Mann. Wieder ein Mythos, der in den letzten Tagen Realität geworden war. Das Kontingent an Wundern, das sie mittlerweile erlebt hatte und das ihr Verstand aufzunehmen und zu verarbeiten in der Lage war, war allmählich erschöpft.

»Aber eines verstehe ich nicht«, fügte sie schließlich hinzu. »Warum macht Ihr überhaupt ein Geheimnis daraus? Warum wollt Ihr nicht, daß irgend jemand von der Existenz der Drachen erfährt?«

»Weil wir die Gier der Menschen mittlerweile besser kennengelernt haben, als uns lieb ist«, antwortete Barkon. Zorn schwang in seiner Stimme mit. »Sie können nur zerstören oder an sich raffen. Wir haben uns schon so tief in die Todessümpfe zurückgezogen, daß sie uns kaum erreichen können, und die wenigen, die es doch schaffen, schicken wir meistens weg. Aber wenn sich herumspräche, daß wir wieder über Drachen verfügen, wäre es mit unserer Ruhe und Sicherheit vorbei. Unser Volk ist inzwischen zu klein, als daß wir einer solchen Invasion noch etwas entgegensetzen könnten.«

»Und erst recht nicht den Damonen«, lenkte Maziroc das Gespräch wieder auf das ursprüngliche Thema zurück. »Um so wichtiger ist es, daß ich Kenran'Del erreiche.«

»Mir scheint, selbst Ihr wißt nicht, wovon Ihr sprecht«, entgegnete Barkon. »Auf einem Drachen zu reiten, ist etwas anderes, als ein Ritt auf einem Pferd oder sonst einem Tier. Außerdem reagieren die meisten Drachen nervös auf die Gegenwart von Menschen, und dann gehorchen sie auch uns kaum noch. Schon deshalb könnten wir Euch auf diesem Weg nirgendwohin bringen.«

Maziroc schüttelte den Kopf. »Ich weiß durchaus, wovon ich spreche«, behauptete er. »Denn ich bin bereits auf einem Drachen geflogen. Damals, im ersten großen Krieg, und das Tier hat meine Gegenwart und die eines menschlichen Begleiters ohne Schwierigkeiten akzeptiert. Für die Tiere macht es keinen Unterschied, wen sie auf ihrem Rücken tragen, auch wenn Ihr die einzigen seid, die sie lenken können.«

Barkon stützte die Ellbogen auf seine Knie und barg sein Gesicht in den Händen. Miranya versuchte sich vorzustellen, was jetzt in ihm vorgehen mochte, doch es gelang ihr nicht. Mazirocs Bitte mußte ihm wie ein Sakrileg erscheinen, das an die heiligsten Werte seines Volkes rührte. Ähnlich würde es für eine Vingala sein, wenn ein Mann die absurde Bitte äußerte, in den Hexenturm eingelassen zu werden.

»Gebt Euch einen Ruck, Barkon«, drängte Maziroc und setzte sich neben ihn. »Ihr wißt, wieviel auf dem Spiel steht. Eure Könige werden es verstehen, wenn Ihr Euch zu meinen Gunsten entscheidet. Schon einmal hat sich Euer Volk erst zu spät zum Handeln entschlossen, und es hätte fast seinen Untergang bedeutet. Ich beschwöre Euch, begeht nicht den gleichen Fehler noch einmal. Bringt mich auf Eurem Drachen nach Sharolan, zur Zitadelle Kenran'Dels.«

Lange Zeit herrschte Schweigen. Zumindest kam Miranya die Zeit endlos lange vor. Es war alles gesagt, was es zu sagen gab, alle Argumente waren ausgetauscht. Nun hing es nur noch von Barkon ab.

»Also gut«, stimmte er schließlich zu. »Aber wir werden nur Euch alleine hinbringen, Maziroc. Eure Begleiter werden hierbleiben.«

»Einverstanden«, bestätigte Maziroc. »Aber auch wenn ich mit dem Drachen in ein paar Stunden in Sharolan sein kann, kann es mehrere Tage dauern, bis es mir gelingt, Kenran'Del aus seinem magischen Schlaf zu erwecken. Solange müßt Ihr für die Sicherheit meiner Begleiter sorgen. Ich bitte Euch, sie nach Therion zu bringen.«

»Das werden wir tun.«

»Ihr dürftet etwas mehr als zwei Wochen bis dorthin brauchen, sechzehn, vielleicht siebzehn Tage. Wahrscheinlich werde ich dann schon dort warten. Wenn nicht, dann wartet einen weiteren Tag, doch wenn ich bis dahin nicht ebenfalls in Therion eingetroffen bin, vergeudet keine weitere kostbare Zeit. Ich bitte Euch, meine Freunde in diesem Fall nach Ravenhorst zu bringen.«

»Ravenhorst?« wiederholte Barkon. Ein finsterer Schatten schien über sein Gesicht zu gleiten, und Zorn verdunkelte seine Augen. »Glaubt Ihr nicht, daß Ihr jetzt etwas viel verlangt? Ihr wißt, daß kein Zwerg diesen Ort freiwillig jemals wieder betreten wird. Warum gerade Ravenhorst?«

»Weil es die nächste größere Stadt in südlicher Richtung ist, wo sie auf meine Rückkehr warten können und die auf unserem Weg liegt. Ich verlange nicht, daß Ihr sie ganz bis dorthin begleitet. Bringt sie nur bis zur großen Handelsstraße, wo ihnen von den Hornmännern keine Gefahr mehr droht, das ist alles, was ich erbitte.«

Barkon zögerte einen Moment, dann nickte er widerstrebend.

»Wir werden Euren Wunsch erfüllen«, sagte er. »Aber

ich hoffe, Ihr vergeßt nicht, daß Ihr vom heutigen Tag an tief in der Schuld des Zwergenvolkes steht.«

»Wenn ich dank Eurer Hilfe die Zitadelle rechtzeitig erreiche, dann wird bald möglicherweise ganz Arcana tief in Eurer Schuld stehen«, erwiderte Maziroc.

»Darauf legen wir keinen großen Wert. Nicht mehr«, erklärte Barkon, drehte sich um und ging mit raschen Schritten davon.

Einige Minuten lang herrschte Schweigen, dann begann Scruul plötzlich zu lächeln. »Ach ja, ehe ich es vergesse. Es mag vielleicht nicht ganz passend erscheinen, aber ich wünsche trotzdem allen ein frohes neues Jahr.«

In den Todessümpfen

Zwei Tage nachdem sie die Grenze nach Miirn überquert hatten, flachte das Land vor den beiden Reitern allmählich ab, und die Vegetation wurde üppiger. Das Gras war breithalmig und saftig, doch neben einer Vielzahl wildwachsender Blumen gediehen auf den Wiesen immer häufiger auch Schilfpflanzen. Ein deutlicher Hinweis darauf, wie feucht der Boden war, eine Vorankündigung der großen Sumpfgebiete, die vor ihnen lagen.

In der folgenden Nacht, dachte Maziroc, würden sie sich bereits einen erhöhten Schlafplatz suchen müssen, um trocken zu bleiben, am besten in einer Baumgabel. Müde blinzelte er in die prasselnden Flammen des Lagerfeuers, ebenso wie Pollus, der junge Gardesoldat, der ihn seit der Flucht aus dem belagerten Gehöft begleitete. Nebeneinander hatten sie auf einem umgestürzten Baumstamm Platz genommen.

Zwei Wochen waren seit dem Angriff auf das Gehöft verstrichen. Von den Damonen hatten sie nichts mehr zu sehen bekommen, nicht einmal kleinere Trupps. Bis in diese Gebiete waren die Invasoren offenbar noch nicht vorgedrungen. Ähnlich wie in den Wochen zuvor unter Eibons Führung waren sie so schnell geritten, wie es ihnen nur möglich war. Entsprechend erschöpft waren sie abends gewesen, dennoch hatten sie genügend Zeit gefunden, sich ausgiebig zu unterhalten. Dabei hatten sie bemerkt, daß sie sich gut verstanden und zu vielen Themen ähnliche Ansichten besaßen, und im Laufe der beiden Wochen hatten sie sich schließlich angefreundet.

Obwohl er sich dem oft rauhen und nicht gerade lustigen Kriegshandwerk verschrieben hatte, war Pollus ein fröhlicher, humorvoller Mensch mit einer optimistischen, lebensbejahenden Einstellung. Er lachte gerne und oft, wovon die deutlich ausgeprägten Fältchen um seine Mund- und Augenwinkel kündeten, und bei vielen sich bietenden Gelegenheiten fiel ihm ein passender witziger Spruch ein. Vor allem aber mochte er es, abenteuerlichen Geschichten zu lauschen. Maziroc seinerseits hatte bereits viel in seinem Leben gesehen, gehört und selbst erlebt, und er erzählte leidenschaftlich gerne davon, so daß sie sich auch in dieser Hinsicht ausgesprochen gut ergänzten. Wäre ihre Mission nicht so dringend gewesen, hätten sie nächtelang wie an diesem Abend am Lagerfeuer sitzen können, während Maziroc von seinen Erlebnissen berichtete und Pollus ihm gebannt zuhörte.

»Na ja, und so bin ich damals eben in den Besitz des *Skiils* gelangt«, schloß der Magier seine Geschichte. Nicht alles, was er erzählt hatte, entsprach der Wahrheit. Er hatte ein paar Gefahren schlichtweg erfunden oder zumindest von einer harmlosen Widrigkeit zu einer richtigen Bedrohung aufgebläht, und er hatte auch ein paar Gegner zusätzlich eingefügt, um sich selbst besser und heldenhafter dastehen zu lassen und die Geschichte spannender zu machen. Wahrscheinlich ahnte Pollus so etwas, doch es machte ihm nichts aus. Wie schon an den vorangegangenen Abenden lag auch jetzt in seinen Augen ein verträumter Glanz, der nicht allein vom Widerschein des Lagerfeuers hineingezaubert wurde.

»Eine wunderbare Geschichte«, murmelte er. »Wenn ich dir so zuhöre, komme ich immer mehr zu dem Schluß, daß ich mir den falschen Beruf ausgesucht habe. Wie du weißt, stamme ich aus Basla, und wie es in Hafenstädten nun mal so ist, wird gerade dort besonders viel von fremden Ländern und Abenteuern erzählt. Das hat wohl schon früh meine eigene Abenteuerlust geweckt, und deshalb bin ich Soldat geworden. Bei der

Stadtwache habe ich zwar gelernt, wie man kämpft, aber außer zu einigen Truppenübungen haben wir die Stadt praktisch nie verlassen.«

»Deshalb heißt es wohl auch *Stadt*wache«, entgegnete Maziroc schmunzelnd. »Du hättest dich besser zur königlichen larquinischen Armee melden sollen. Gerade in der Hauptstadt hättest du dafür beste Chancen gehabt.«

»Das habe ich mir überlegt, als ich merkte, daß die Stadtwache eine Sackgasse ist. Es wäre kein Problem gewesen, mich zur regulären Armee oder sogar zur königlichen Garde versetzen zu lassen. Aber dann habe ich den noch schwierigeren Weg gewählt. Nur die Besten der Besten werden bei der Garde von Cavillon genommen. Ich habe mich beworben und wie ein Besessener trainiert, und im zweiten Anlauf ist es mir schließlich gelungen, daß ich aufgenommen wurde.«

»Aber du bist trotzdem unzufrieden.«

»Na ja, ich hatte mir die Aufgabe etwas anders vorgestellt. Abgesehen von einer viel härteren Ausbildung, unterschied sich die Arbeit nicht sehr von der in Basla. Nur fanden die Wachgänge diesmal auf den Mauern von Cavillon statt. Immerhin ein Aufstieg, da diese um einiges höher sind als die von Basla.«

Irgendwo nicht weit entfernt erklang das Fauchen eines Tieres. Sie zuckten beide zusammen, und Pollus griff instinktiv nach dem Schwert. Gleich darauf entspannten sich die beiden jedoch wieder, als der Ruf ein weiteres Mal erklang und sie erkannten, daß es sich nur um einen Brani handelte, einen völlig harmlosen Pflanzenfresser.

Nicht alle ihre Begegnungen während der Reise waren so harmlos gewesen, und deshalb war Maziroc auch äußerst froh, daß er Pollus an seiner Seite hatte. Erst vor drei Tagen waren sie auf eine Panzerechse gestoßen, die einen äußerst hungrigen Eindruck gemacht hatte. Allein wäre Maziroc verloren gewesen, zumal seine Magie ihm gegen das Tier nicht viel genutzt hätte, doch der Gardesoldat hatte sich der Echse todesmutig entgegengeworfen, und es war ihm gelungen, sie davon zu überzeugen, sich besser eine andere Mahlzeit zu suchen. Aus mehreren tiefen Wunden blutend, hatte sie sich zur Flucht gewandt.

Zwar hatten sie nur vereinzelt andere Reisende getroffen, doch einige von ihnen hatten einen nicht gerade vertrauenerweckenden Eindruck gemacht. Zumindest bei einer Dreiergruppe war Maziroc ziemlich sicher, daß es sich um Wegelagerer gehandelt hatte, die nur durch die Gegenwart des Soldaten davon abgeschreckt worden waren, sich auf ihn zu stürzen.

»Im Grunde ist die Garde einer Stadtwache sehr ähnlich, auch wenn Cavillon streng genommen keine Stadt ist«, nahm Maziroc das Gespräch wieder auf. »Was also hast du anderes erwartet?«

»So etwas wie das hier«, antwortete Pollus impulsiv. »Ich hatte erwartet, daß viele der Magier weite und gefährliche Reisen unternehmen, so wie du es früher getan hast, und daß sie dabei eine Eskorte brauchen würden. Auf diese Art, hatte ich gehofft, würde auch ich weit herumkommen und allerlei Abenteuer erleben.« Er hob einen kleinen Stein auf und warf ihn ins Feuer. Als er weitersprach, war die Bitterkeit in seiner Stimme nicht zu überhören. »Von wegen. Die meisten Magier haben Cavillon nicht ein einziges Mal verlassen, seit ich dort bin. Sie begnügen sich damit, alte Bücher zu lesen und in ihren Studierzimmern irgendwelche Experimente durchzuführen. Sie sind …« Er brach ab und schüttelte den Kopf. »Ich sollte besser nicht weitersprechen. Es steht mir nicht zu, ein Urteil zu fällen.«

Maziroc seufzte.

»Es steht dir so sehr zu wie jedem anderen«, erklärte er. »Wir sind keine Halbgötter oder sonstigen Wesen, die unantastbar über allem schweben; man kann uns genauso wie jeden anderen kritisieren. Vielleicht sollte man das gerade bei uns sogar öfters mal tun, wenn ich mir so manche Entwicklungen innerhalb des Ordens ansehe.«

»Demnach scheinst du auch nicht gerade zufrieden damit zu sein, was in letzter Zeit passiert ist?«

»Nicht nur in letzter Zeit.« Maziroc seufzte erneut. »Die Entwicklungen zeichnen sich schon seit langem ab, und wenn es Charalon nicht irgendwie gelingt, sie umzukehren, dann wird der Orden irgendwann in absehbarer Zeit auseinanderbrechen, fürchte ich.«

»Jetzt siehst du alles aber ziemlich schwarz«, behauptete Pollus.

»Tue ich das?« Maziroc schüttelte leicht den Kopf. »Auch Charalon wirft mir immer wieder vor, ich wäre ein Schwarzseher und Pessimist, aber wenn ich wirklich einer wäre, würden mich die Entwicklungen im Orden gar nicht mehr weiter interessieren. Dann würde ich nämlich davon ausgehen, daß das alles keine Rolle mehr spielt, weil die Damonen ganz Arcana und damit auch Larquina und Cavillon in absehbarer Zeit erobern werden. In diesem Fall dürfte es dann wohl auch keinen Magierorden mehr geben. Du siehst, wenn ich mir um die weiteren Entwicklungen innerhalb des Ordens Sorgen mache, beruht das auf der eigentlich optimistischen Prämisse, daß es uns gelingen wird, diese Bedrohung abzuwenden.«

»Das werden wir!« stieß Pollus hervor. »Jedes Land und jede Stadt werden Truppen stellen, um der Gefahr zu begegnen. Es wird das größte Heer sein, das es auf Arcana je gegeben hat. Außerdem kämpfen noch die Elben auf unserer Seite, und du wirst bestimmt auch die

Zwerge überreden können, sich uns anzuschließen. Einer solchen Streitmacht haben die Damonen nichts entgegenzusetzen. Sie mögen viele sein, aber sie sind nur eine Horde wilder Ungeheuer. Einem disziplinierten Heer mit Bogenschützen, Katapulten, gepanzerter Reiterei und anderen Truppenverbänden, einem Heer, das zudem von taktisch geschulten Offizieren befehligt wird, sind sie niemals gewachsen.«

Maziroc schwieg ein paar Sekunden lang. Ungeachtet seiner eigenen vorhergehenden Äußerungen, vermochte er den Optimismus des jungen Gardesoldaten nicht zu teilen. Er überlegte kurz, ob er ihm von der telepathischen Verbundenheit der Damonen erzählen sollte, durch die sie gewissermaßen eine Gemeinschaftsintelligenz darstellten, oder gar von ihren geheimnisvollen Beherrschern im Hintergrund, deren Existenz Kenran'-Del angedeutet hatte.

Nach kurzem Zögern entschied er sich dagegen. Es war besser, wenn sich diese Nachrichten zunächst nicht weiter ausbreiteten, da sie höchstens dazu führen würden, die Soldaten zu demoralisieren.

»Hoffen wir, daß es so sein wird«, sagte er statt dessen nur. »Aber um die Entwicklungen innerhalb des Ordens negativ zu beurteilen, braucht man kein Pessimist zu sein. Du hast recht damit, daß viele der Magier fast nur noch in ihren Studierzimmern hocken. Es ist wichtig, sich zu bilden und magische Experimente durchzuführen, aber diejenigen, die bereits seit vielen Jahren kaum noch etwas anderes tun, haben schon regelrechte Mauern um sich herum aufgebaut. Sie wissen gar nicht mehr, was außerhalb Cavillons vorgeht, was die Menschen beschäftigt und bedrückt, welche Probleme es gibt. Sie leben nur für ihre Magie und fühlen sich viel zu erhaben, um sich mit den banalen Sorgen und Schwierigkeiten der einfachen Menschen abzugeben.«

»Das ist ungefähr das, was ich sagen wollte«, stimmte Pollus zu.

»Gerade bei uns Magiern eine verhängnisvolle Entwicklung.« Maziroc nickte. »Ich war immer der Meinung, daß es unsere Aufgabe wäre, den einfachen Menschen zu dienen. Aber außer denen, die sich zu vornehm dazu sind, gibt es mittlerweile auch eine starke Fraktion, die uns als eine Weiterentwicklung und somit die Zukunft der Menschheit betrachtet. Diese Magier bestreiten nicht nur, daß wir den Menschen dienen sollten, sondern vertreten genau den gegensätzlichen Standpunkt, daß wir etwas Besseres als die normalen Menschen wären und das einfache Volk deshalb uns zu dienen hätte.«

Pollus runzelte die Stirn.

»Auch ich habe schon solche Meinungen aufgefangen, aber ich habe bislang geglaubt, daß nur einige wenige sie vertreten würden.«

»Es gibt auch nur wenige, die sich offen dazu bekennen«, bestätigte Maziroc. »Aber viele sympathisieren insgeheim bereits damit, und das führt zu Spannungen innerhalb des Ordens. Und dann sind da natürlich noch die Auseinandersetzungen mit den Vingala, die ebenfalls immer deutlicher auf eine Spaltung hinauslaufen.« Er schüttelte den Kopf. »Dies sind wahrlich schwierige Zeiten, in denen wir leben, in jeder Hinsicht.«

Eine Weile schwiegen sie und hingen ihren Gedanken nach.

»Erzähl mir etwas über die Zwerge«, bat Pollus schließlich. »Du hast bislang nur erwähnt, daß du Ravenhorst schon mehrfach besucht hast. Ich kenne niemanden sonst, der persönlich dort war.«

»Die Zwerge sind ein sehr fröhliches Völkchen, das gerne und ausgiebig feiert, aber sie legen auch viel Wert auf Förmlichkeiten und sind vor allem sehr mißtrauisch

Fremden gegenüber«, erklärte Maziroc. »Deshalb dulden sie nur sehr selten Besucher in Ravenhorst. Die meisten Menschen erscheinen ihnen grob, ungeschlacht und ungebildet, und mit den Elben liegen sie seit urdenklichen Zeiten im Zwist. Es hat zum Glück nie einen offenen Krieg zwischen ihnen gegeben, sonst wäre Arcana sicherlich nicht das, was es heute ist, aber sie gehen sich gegenseitig nach Möglichkeit aus dem Weg. Deshalb halten die Zwerge die Grenzen zu ihrem Reich weitgehend verschlossen.«

»Aber dich hat man eingelassen.«

»Ich habe einem der ihren einst das Leben gerettet«, erklärte Maziroc. »Es ist schon lange her, aber immerhin. Wie du weißt, bin ich früher außerdem weit gereist und habe viele Bekanntschaften geschlossen, so daß mein Name selbst in Ravenhorst einen guten Klang besitzt. Außerdem machen die Zwerge einen Unterschied zwischen uns Magiern und den normalen Menschen. Sie gestehen uns eine meist weitaus höhere Bildung zu und siedeln uns deshalb auf einer höheren Kulturstufe an, so daß sie uns eines Gesprächs für würdig erachten und einen Gedankenaustausch mit einigen von uns gelegentlich sogar als anregend betrachten, was sie bei einem normalen Menschen nie tun würden.«

»Und ich?« hakte der Gardesoldat erwartungsvoll nach. »Glaubst du, daß sie auch mich nach Ravenhorst lassen werden?«

»Ich hoffe es, da du meine Eskorte darstellst. Allerdings wird man dich dort weitgehend ignorieren, dessen mußt du dir bewußt sein, und du solltest gar nicht erst versuchen, einem der Zwerge ein Gespräch aufzuzwingen. Damit würdest du nur seinen Zorn heraufbeschwören.«

»Und was ist mit den Legenden über die Drachen?« wollte Pollus wissen. »Stimmt es wirklich, daß die

Zwerge einige Drachen gezähmt haben und auf ihnen fliegen?«

Abwehrend hob der Magier die Hände. »Für heute reicht es erst einmal«, sagte er und gähnte. »Wir können morgen weiter darüber sprechen. Es ist bereits spät, und wir sollten endlich schlafen.«

»Aber. . .«

»Kein *aber* mehr«, fiel Maziroc ihm ins Wort, weil er wußte, daß die Neugier des Soldaten unbegrenzt war und jeder Frage eine weitere folgen würde, solange man ihn gewähren ließ. Er stand von dem Baumstamm auf, griff nach seinen Decken und legte sich dicht neben dem Feuer nieder. »Schlaf jetzt. Morgen ist auch noch ein Tag, und er wird bestimmt nicht weniger anstrengend als der heutige werden. Vielleicht erreichen wir morgen sogar schon Ravenhorst.«

Mit beinahe jedem Meter, den sie weiter vordrangen, wurde der Boden unter den Hufen ihrer Pferde morastiger. Nicht mehr lange, dann würden sie absitzen und die Tiere am Zügel führen müssen, wollten sie nicht Gefahr laufen, in eines der nur schwer auszumachenden Sumpflöcher zu geraten und darin zu versinken. Kein Zweifel, sie hatten die berüchtigten Todessümpfe erreicht, die Heimat des Zwergenvolkes.

»Bist du ganz sicher, daß wir hier richtig sind?« erkundigte sich Pollus mißtrauisch.

»So sicher, wie man sich nur sein kann«, entgegnete Maziroc.

»Aber hier ist weit und breit keine Straße, nicht einmal ein Trampelpfad. Wie kannst du dich hier bloß zurechtfinden? Für mich sieht es so aus, als wäre hier schon seit Jahren niemand mehr vorbeigekommen, wenn es hier überhaupt jemals einen Weg gegeben hat.«

»Was hast du erwartet?« fragte Maziroc belustigt. »Eine Prachtallee, die durch den Sumpf nach Ravenhorst führt? Ich sagte ja schon, die Zwerge sind ein eigensinniges Volk, das die Abgeschiedenheit liebt. Gerade deshalb haben sie sich mitten in den Todessümpfen niedergelassen. Welch besseren Schutz als diese unwirtliche und gefährliche Gegend kann es geben, um unwillkommene Besucher abzuschrecken? Nur Eingeweihte sollen den Weg zu ihnen finden.«

»Hm«, brummte der Soldat. Er wirkte nicht allzu überzeugt. Voller Mißtrauen blickte er sich um und erschlug in einer fast schon zur Routine gewordenen Bewegung eine Mücke an seinem Hals. »Mir gefällt das alles nicht.«

Gefallen, wiederholte Maziroc in Gedanken. Was diesen Punkt betraf, so konnte er Pollus durchaus zustimmen. Die Gegend war in der Tat kein Paradies. Es gab zahlreiche Schlammtümpel, die zum Teil so trügerisch mit breithalmigem Schilfgras und schwimmenden Pflanzen bedeckt waren, daß sie kaum zu erkennen waren. Das Tageslicht schien nur gedämpft durch das dichte Blätterdach der dschungelartigen Bäume und hohen Farngewächse, so daß stets nur ein dämmeriges, gespenstisch wirkendes Zwielicht herrschte. Moos und Schlingpflanzen hatten die meisten Bäume überwuchert und ließen sie stellenweise fast wie bizarre, fremdartige Gestalten aussehen; stumme Wächter, die sie durch ihre bloße Gegenwart zu ermahnen schienen, nicht weiterzugehen. Dazu der Bodennebel, der hier vielfach noch nistete und sich hartnäckig aufzulösen weigerte. Die träge dahintreibenden Schwaden verstärkten den Eindruck des Unheimlichen noch.

Die Luft war feuchtwarm, so schwül und drückend, daß sie wie eine erstickende Decke über allem lastete und einem bei jeder Anstrengung den Schweiß auf die Stirn trieb. Auch die Fauna der Todessümpfe, die unter diesen klimatischen Bedingungen gedieh, war nicht unbedingt nach Mazirocs Geschmack. In erster Linie bestand sie aus Insekten. Ganze Schwärme blutsaugender Mücken tanzten umher, und immer wieder wurden die beiden Reiter gestochen. Aber auch die restliche Tierwelt war nicht gerade anheimelnd, sah man von einigen farbenfrohen Vögeln auf den Zweigen der Bäume ab. Es wimmelte nur so von Schlangen und verschiedenen echsenartigen Tieren.

Nein, dachte Maziroc. Auch ihm gefiel es hier nicht. Aber schließlich waren sie ja auch nicht hier, um Urlaub zu machen.

»Ein bißchen Abgeschiedenheit mag ja ganz schön sein«, sprach Pollus weiter. »Auch ich könnte nicht jeden Tag nur ausgelassenen Trubel um mich herum ertragen. Aber muß man deswegen denn gleich in die wahrscheinlich ungastlichste Gegend von ganz Arcana ziehen? Nein, nein, also für mich wäre das nichts. Diese Zwerge müssen ein ausgesprochen merkwürdiges Völkchen sein.«

In dieser Art maulte er weiter, und nach einiger Zeit hörte Maziroc nicht mehr zu. Immer wieder glitten seine Gedanken zu Charalon, Eibon und ihren anderen Begleitern. Er hatte gesehen, daß die Flucht vom Hof zahlreiche Opfer gekostet hatte, aber er hoffte auch, daß möglichst viele überlebt hatten, vor allem Charalon, mit dem ihn eine langjährige Freundschaft verband.

Hier, in den Todessümpfen, konnte man glauben, sich am Ende der Welt zu befinden, weit abgeschieden von allem anderen, als ob es einen nichts anginge, was in der übrigen Welt geschah. In Wahrheit jedoch betraf es alle. Wahrscheinlich hatten bereits überall auf Arcana die Vorbereitungen für den Krieg begonnen. Es würde ein Krieg werden, der alles bisherige weit in den Schatten stellte, schlimmer, als ihn diese Welt je gesehen hatte. Arcana war in vielerlei Hinsicht eine gewalttätige Welt, auf der mancherorts allein das Recht des Stärkeren galt und ein Mann, der sein Schwert gut genug zu führen verstand, sich beinahe alle Freiheiten herausnehmen konnte. Eine Welt voller Wegelagerer und Räuberbanden, die sich zum Teil nun auch noch untereinander zu organisieren begannen, wie sich am Beispiel der Hornmänner zeigte. Eine Welt unterschiedlich bedeutender Reiche, an deren Spitze starke und schwache Herrscher standen, aber auch zahlloser kleiner Fürstentümer und Stadtstaaten, die von zum Teil tyrannischen Fürsten und Statthaltern regiert wurden, voller Neid auf den Reichtum anderer, so daß es immer wieder zu Kriegen kam.

Gemessen an dem, was nun bevorstand, waren dies jedoch alles nur kleine Scharmützel. Wirklich große Kriege hatte Arcana schon seit Jahrhunderten nicht mehr erlebt, vielleicht seit Jahrtausenden, denn Maziroc hatte selbst in den ältesten Büchern und Folianten keine entsprechenden Aufzeichnungen finden können. Selbst der bedrohliche Konflikt zwischen den Elben und den Barbarenvölkern, der zu einem fürchterlichen Gemetzel hätte führen können, ehe Eibon ihn beilegte, hatte über die Jahrhunderte hinweg nur geschwelt und sich in Überfällen, Truppenbewegungen und dergleichen Drohgebärden erschöpft, ohne daß es jemals zu einer wirklich großen Schlacht gekommen wäre.

Abgesehen also von den vereinzelten regionalen Scharmützeln, war Arcana im Grunde eine recht friedliche Welt, was sicherlich nicht zuletzt dem auf Frieden, Ausgleich und Gerechtigkeit ausgerichteten Wirken des Magierordens zu verdanken war.

Jetzt aber sah alles anders aus. Die Damonen waren mehr oder weniger geistlose Ungeheuer, die von ihren Instinkten und einer offenbar schier unerschöpflichen Gier getrieben wurden. Mit ihnen konnte man sich nicht verständigen, wodurch jede Möglichkeit zu einer friedlichen Beilegung des Konflikts ausschied. Eventuell würde sich das ändern, wenn es jemandem gelang, mit den geheimnisvollen Wesen Kontakt aufzunehmen, von denen sie laut Kenran'Del befehligt wurden. Diese waren der eigentliche Feind, sie benutzten die Damonen nur als lebende Waffen.

Die Hoffnung darauf, sich mit ihnen friedlich einigen zu können, stufte Maziroc allerdings nicht besonders hoch ein. Kenran'Del hatte behauptet, sie hätten bereits zahlreiche andere Welten erobert. Der Magier wußte nicht, was für Welten dies waren, wo sie lagen und von welchen Wesen sie bevölkert wurden, und er wußte auch nicht, woher Kenran'Del darüber Bescheid wußte. Ohne sich bewußt damit auseinanderzusetzen, hatte er bereits akzeptiert, daß der Fremde nicht nur über unglaubliche Waffen und Fähigkeiten verfügte, sondern auch über ein Wissen, das dem der Völker auf Arcana weit voraus war. Vielleicht stammte er von einer dieser anderen Welten, vielleicht war er aber auch tatsächlich ein Gesandter der Götter, wie die Legenden behaupteten.

Wenn die Unbekannten hinter den Damonen jedoch tatsächlich bereits ganze Welten unterworfen hatten, dann lag ihnen offenbar nichts an einer gewaltfreien Einigung, einem friedlichen Miteinander mit anderen Wesen, auf die sie trafen. Es spielte keine Rolle, aus welchen Gründen sie Krieg führten, ob aus Eroberungssucht, weil sie es auf Beute oder neuen Lebensraum abgesehen hatten, ob aus dem Willen, ihre Kräfte an immer neuen Gegnern zu erproben, ob einfach nur aus einer kriegerischen Veranlagung heraus oder einem unbezähmbaren Haß auf andere Lebensformen – aus welchen Gründen auch immer, es war gleichgültig. Man konnte niemanden, der unbedingt Krieg führen *wollte*, zum Frieden zwingen, zumindest keinen Gegner, der einem überlegen war.

Vermutlich waren die Damonen inzwischen wieder ein gutes Stück nach Norden vorgerückt. Vom Tempo ihres Vormarsches und natürlich der Geschwindigkeit, mit der ein ausreichend großes Heer aufgestellt und zusammengezogen werden konnte, würde es abhängen, wo man sich ihnen zur Schlacht stellte. Vermutlich irgendwo in der Nähe von Brelonia. Sollten die Ungeheuer zu schnell vordringen, würden sich erst wieder die Vorberge des Largos-Gebirges zur Errichtung einer günstigen Verteidigung eignen. In diesem Falle würden Brelonia und mehrere andere große Städte geräumt werden müssen.

Eine Schlacht in der Nähe des Largos-Gebirges hätte immerhin den Vorteil, daß man von der Hohen Festung aus alles koordinieren, daß man jederzeit genügend Nachschub an Nahrung und Kriegsmaterial und anderem an die Front liefern, und daß man die Verwundeten in Ai'Lith mit Sicherheit besser als in jedem provisorischen Feldlazarett versorgen könnte.

Maziroc verdrängte diese Gedanken. Es war müßig, sich den Kopf darüber zu zerbrechen. Er wußte zuwenig von der Situation im Westen, um sich ein Bild der Lage machen zu können, und außerdem hatte er praktisch nichts damit zu tun. Seinem bisherigen Engagement in der Angelegenheit zufolge, würde sich König Eibon Bel Churio vermutlich bereit erklären, das Oberkommando in diesem Feldzug zu übernehmen, und wenn nicht er, dann würde sich ein anderer fähiger Mann für diese Aufgabe finden lassen.

Wie Maziroc befürchtet hatte, wurde der Boden bald darauf so sumpfig, daß sie absteigen und die Pferde am Zügel führen mußten. Sie versanken bis zu den Knöcheln im morastigen Erdreich. Wie mit gierigen Händen schien es nach ihnen zu greifen, sie zu packen und bei jedem Schritt nur widerwillig wieder freizugeben.

Auch die letzten Überreste normaler Vegetation verschwanden allmählich, wurden immer mehr von Sumpfpflanzen verdrängt. In der Erde bildeten sich Fäulnisgase, die in Blasen in den Tümpeln nach oben stiegen und dort blubbernd zerplatzten, wobei sie einen ekelerregenden Gestank freisetzten, der ihnen schier den Atem zu rauben drohte.

»Noch ein weiterer Grund, weshalb ich auf keinen Fall hier würde wohnen wollen«, setzte Pollus seine Schimpfkanonade fort. »So einen Gestank kann doch niemand auf Dauer ertragen.«

»Warte erst einmal ab, bis wir Ravenhorst erreichen«, entgegnete Maziroc. »Dann wirst du –«

Er konnte den Satz nicht zu Ende sprechen. Etwas raschelte in den Schilfgräsern neben ihnen, dann teilten sich die hohen, breitblättrigen Halme, und eine grünbraun gescheckte Sumpfkatze kam dazwischen hervorgeschossen. Aggressiv fauchend ließ das Tier seinen Blick zwischen den beiden Reisenden hin und her wandern. Gewöhnlich waren Sumpfkatzen eher feige und hielten sich von großen Gegnern fern, es sei denn, sie fühlten sich in die Enge getrieben. Obwohl sie einem Menschen nicht einmal bis zu den Oberschenkeln reichten, konnten sie mit ihren scharfen Raubtierfängen verheerende Wunden reißen.

Einen kurzen Moment noch zögerte das Tier, dann sprang es vor, direkt auf Pollus zu. Um die Katze nicht zusätzlich zu provozieren, hatte dieser bislang darauf verzichtet, sein Schwert zu ziehen. Nun riß er es hervor und stach damit zu. Er rammte es direkt durch das weit aufgerissene Maul des Raubtiers bis tief in den Rachen. Durch ihren eigenen Schwung getrieben, spießte sich die Katze noch weiter auf, und die Wucht des Angriffs ließ Pollus gleichzeitig mehrere Schritte zurücktaumeln. Der Boden unter seinen Füßen wurde abschüssig. Mit wild rudernden Armen versuchte der junge Soldat das Gleichgewicht zu halten, doch es gelang ihm nicht. Auch Maziroc, der hastig herbeisprang, nach ihm griff und ihn festzuhalten versuchte, war nicht schnell genug.

Pollus stürzte rücklings zu Boden, direkt in eines der Sumpflöcher. Die Wucht seines Falls und die hektischen Bewegungen, die er machte, ließen ihn augenblicklich tief in die zähflüssig-schwappende Moorbrühe einsinken. Der Morast verschlang seinen Körper von den Schultern abwärts, und mit jedem Moment sank Pollus tiefer ein.

»Bleib ruhig, verdammt!« rief Maziroc ihm zu. »Du darfst dich nicht bewegen.«

»Hol mich raus!« brüllte Pollus. In seiner Panik schlug er noch einen Moment lang wild um sich, hörte dann jedoch damit auf, als er merkte, daß er auf diese Art tatsächlich nur noch schneller einsank.

Maziroc blickte sich ein paar Sekunden suchend um, bis er eine seilähnliche Schlingpflanze entdeckte, die ihm lang und kräftig genug erschien, das Körpergewicht eines Menschen zu halten. Mit dem Schwert hieb er sie ab, dann warf er Pollus das eine Ende zu und band das andere am Sattelknauf seines Pferdes fest.

»Jetzt gut festhalten!« rief er und trieb das Tier mit einem kräftigen Klaps an. Gehorsam trottete es los. Mit beiden Händen klammerte sich Pollus an dem Gewächs fest. Stück für Stück wurde er zurück auf einigermaßen festes Land gezogen. Der Sumpf schmatzte, als gäbe er seine Beute nur widerwillig wieder frei, war jedoch nicht stark genug, sie zu halten.

Ermattet blieb Pollus liegen, schnappte keuchend nach Luft. Er war bis auf die Haut durchnäßt, seine Kleidung voller Morast.

»Danke«, stieß er hervor. Er griff nach seinem Schwert, an dem noch das Blut der Sumpfkatze klebte, wischte es ab und steckte es in die Scheide zurück. »Ohne dich wäre –«

»Ohne ihn wärest du jämmerlich versunken«, fiel ihm eine andere Stimme ins Wort. Vier Zwerge traten nur wenige Schritte entfernt aus einem Schilfdickicht. Es handelte sich um drei Männer und eine Frau, die braungrüne Tarnkleidung trugen, ähnlich dem Fell der Sumpfkatze. Maziroc konnte sich nicht erinnern, einem von ihnen zuvor einmal begegnet zu sein.

»Seid gegrüßt, Maziroc von Cavillon«, sprach die Frau weiter und deutete eine Verbeugung an. »Mein Name ist Kari.«

»Seid auch Ihr gegrüßt, Kari vom Volk der Zwerge. Wie lange beobachtet Ihr uns schon?« fragte Maziroc.

»Etwa eine halbe Stunde«, antwortete die Zwergin. »Euer Kommen war nicht zu überhören.«

»Wir hatten keinen Grund, uns heimlich anzuschleichen«, sagte Maziroc verärgert. Er war zu sehr abgelenkt gewesen, um die Umgebung mit seinen magischen Sinnen abzutasten, sonst hätte er die Nähe der Zwerge vermutlich schon viel früher entdeckt. »Ihr hättet uns ruhig helfen können.«

»Warum?« Kari zuckte die Achseln und warf Pollus einen verächtlichen Blick zu. »Er ist bloß ein Mensch. Wieso also hätten wir uns seinetwegen Umstände machen sollen?«

»Vielleicht gerade weil ...« begann Pollus zornig, doch mit einer knappen, wenn auch energischen Geste brachte Maziroc ihn zum Verstummen.

»Streiten wir nicht«, sagte er. »Pollus ist meine Eskorte und hat mich auf dem Weg hierher beschützt.«

»Es schien uns eher, als müßtet Ihr *ihn* schützen, tolpatschig wie er ist.«

»Wie dem auch sei, wir sind zusammen gereist, und ich fühle mich für ihn ebenso verantwortlich, wie er für mich Verantwortung gezeigt habt.« Maziroc räusperte sich. »Ich komme im Auftrag von Charalon, dem Oberhaupt unseres Ordens, und bringe eine wichtige Botschaft für Eure Könige, die für die Zukunft Eures Volkes lebenswichtig sein kann. Deshalb bitte ich Euch, uns auf möglichst schnellem Weg nach Ravenhorst zu bringen.«

»Ihr seid uns jederzeit willkommen, Maziroc, und wenn Ihr es wünscht und der Grund für Euren Besuch wirklich so wichtig ist, werdet Ihr sicherlich auch umgehend eine Audienz bei unseren Königen erhalten. Dieser Mensch dort jedoch muß umkehren. Ihr wißt, daß wir keine Fremden in Ravenhorst dulden.«

»Ich weiß, daß Ihr es nur ungern tut, aber ich weiß auch, daß es kein Gesetz, sondern nur eine Regel ist, von der Ihr in dringenden Fällen durchaus abweicht«, entgegnete Maziroc unbeirrt. »Auch als ich selbst vor vielen Jahren zum ersten Mal herkam, war ich nur ein Fremder.«

»Das war etwas anderes«, widersprach Kari. »Ihr wart damals schon ein äußerst angesehener Magier, und außerdem hattet Ihr einen der unseren bei Euch, der ohne Eure Hilfe gestorben wäre.«

»Und diesmal habe ich einen Freund bei mir, ohne dessen Hilfe *ich* den Weg hierher vermutlich nicht lebend überstanden hätte.« Maziroc verzog das Gesicht und machte eine unwillige Geste. »In Valens Namen, der Grund meines Kommens ist viel zu ernst, als daß wir es uns leisten können, Zeit mit solchem Unfug zu vergeuden. Ich verbürge mich dafür, daß Pollus die Stadt unverzüglich wieder verläßt, falls Eure Könige es wünschen sollten, und ich werde mit ihm gehen. Aber jetzt bringt uns endlich hin.«

Kari zögerte noch ein paar Sekunden, dann nickte sie. »Also gut«, erklärte sie und wandte sich zu Pollus um. »Dein Schwert!« verlangte sie herrisch. Mit einer Handbewegung bedeutete Maziroc dem Soldaten, der Aufforderung nachzukommen, woraufhin dieser sein Schwert zog und es der Zwergin gab, wenn auch nur widerstrebend. Kari nickte zufrieden, betrachtete es einen Augenblick lang und schob es dann achtlos in ihren Gürtel. »Folgt mir«, sagte sie.

Der Verrat

Zu ihrer Enttäuschung bekam Miranya den Drachen der Zwerge nicht einmal zu sehen, dabei wäre sie ohne zu zögern bereit gewesen, einen Arm oder ein beliebiges anderes Körperteil dafür zu opfern. Maziroc verabschiedete sich lediglich am nächsten Morgen von ihnen und ging dann mit Barkon fort. Nach knapp einer halben Stunde kehrte der Zwerg allein mit ernstem Gesicht zurück. Er teilte ihnen nur kurzangebunden mit, daß es mit dem Drachen keine Schwierigkeiten gegeben hätte und Maziroc nun zur Zitadelle Kenran'Dels unterwegs wäre, dann sonderte er sich demonstrativ ein paar Schritte von ihnen ab, um allein seinen Gedanken nachzuhängen. Möglicherweise bedauerte er seinen in der vergangenen Nacht gefällten Entschluß bereits, zumindest machte ihm seine unter Umständen äußerst folgenschwere Entscheidung sichtlich zu schaffen.

Statt in direkter Richtung auf das östlich gelegene Therion zu zu reiten, wandten sie sich nach ihrem Aufbruch zunächst nach Südosten. Hier wurde das Land flacher, und als das Hügelland von Skant nach zehn Tagen hinter ihnen lag, ließ nicht nur die grimmige Kälte nach, sondern es lag auch bedeutend weniger Schnee, so daß sie bequemer und schneller vorankamen.

Außerdem nahm auch die Gefahr, einer weiteren Patrouille der Hornmänner zu begegnen, immer mehr ab, je weiter sie sich von deren weiter nördlich gelegenen Clansburgen entfernten. Dies war allerdings eine Gefahr, die Miranya ohnehin nicht mehr allzusehr fürchtete, seit sie sich in Begleitung der Zwerge befand. Selbst die Hornmänner würden es sich gründlich überlegen, eine zahlenmäßig so große Gruppe Zwergenkrieger anzugreifen, zumal die Aussicht auf nur geringe Beute in keinem Verhältnis zum Risiko und den zu erwartenden Verlusten an Kriegern stand.

Immer wieder glitten Miranyas Gedanken zu Maziroc. Auf dem Drachen hatte er sein Ziel, die geheimnisvolle Zitadelle im Ödland von Sharolan, wahrscheinlich bereits am gleichen Tag erreicht, an dem er aufgebrochen war, spätestens am darauffolgenden. Das verschaffte ihm einen enormen Zeitvorsprung gegenüber der ursprünglichen Planung. Insofern hatten der Schneesturm und der Überfall durch die Hornmänner sogar noch etwas Gutes bewirkt.

Dennoch war Miranya nicht gerade glücklich darüber. Zu gerne hätte sie diese Zitadelle persönlich gesehen. Zwar hatte Maziroc nur vage Andeutungen darüber gemacht, welche Wunder dort verborgen liegen und einer Entdeckung harren mochten, doch war ihre Neugier dadurch erst recht geweckt worden.

Aber wenn sie schon nicht zur Zitadelle gelangte, dann würde sie zumindest deren Besitzer kennenlernen, Kenran'Del, der kaum weniger mysteriös und interessant zu sein schien – vorausgesetzt, es gelang Maziroc, ihn aus seinem tausendjährigen Schlaf zu wecken. Womöglich gab es den magischen Schlaf in Wahrheit gar nicht, und Kenran'Del war schon seit einem Jahrtausend tot, doch darüber wollte sie erst gar nicht weiter nachdenken.

Die Zwerge erwiesen sich während der Reise als äußerst schweigsam. Mehrfach versuchte sie, Barkon und die anderen in ein Gespräch zu verwickeln, doch ihre sämtlichen Bemühungen blieben erfolglos. Sie waren ihr als Vingala gegenüber nicht ganz so verschlossen, wie sie es gegenüber einem normalen Menschen gewesen wären, im Grund waren sie sogar nicht einmal unfreundlich. Sie beantworteten ihre Fragen, zumindest die meisten, vermieden jedoch jedes darüber hinausgehende Wort, wodurch es gar nicht erst zu einem richtigen Gespräch kam.

Wollte sie die restliche Reise nicht schweigend und allein verbringen, blieb ihr nichts anderes übrig, als sich an Scruul oder den Gardesoldaten zu halten, einen älteren Veteranen, der ebenfalls ziemlich wortkarg war und sich als ausgesprochener Langeweiler entpuppte.

Scruul hingegen hatte nicht nur gegen häufigere Gespräche mit ihr nichts einzuwenden, er kam sogar von sich aus mehrfach auf sie zu. Er verstand es, charmant zu plaudern, spannend zu erzähen, interessierte sich für das, was sie zu sagen hatte, und wenn sie über ihre Erfahrungen mit Magie und anderen Dingen diskutierten, hatte das, was er dazu beisteuerte, meistens Hand und Fuß.

Dennoch fühlte Miranya sich in seiner Nähe weiterhin seltsam unwohl und hielt es nie lange in seiner Gegenwart aus. Er hatte etwas an sich, das sie abstieß, und das von Anfang an. Dieser Eindruck änderte sich auch dadurch nicht, daß sie ihn besser kennenlernte. Sie konnte nicht sagen, was es war, doch manchmal jagte es ihr sogar einen eisigen Schauder über den Rücken.

Schon früh hatte sie die Erfahrung gemacht, daß es oftmals gar nichts mit Sympathie zu tun hatte, wie gut sie mit jemandem auskam. Sie konnte Menschen durchaus interessant finden und sich mit ihnen angeregt unterhalten, ohne sie zu mögen.

Bei Scruul war es irgendwie anders. Sie fand ihn als Person nicht unsympathisch und konnte sich darüber hinaus gut mit ihm unterhalten, dennoch löste seine Gegenwart nach kurzer Zeit so etwas wie einen Fluchtimpuls bei ihr aus.

Auch weiterhin hatte sie den Eindruck, als wäre er

einst mit etwas abgrundtief Finsterem in Kontakt gekommen, von dem etwas an ihm haften geblieben war. Möglicherweise hatte es nicht einmal etwas mit ihm selbst zu tun, doch wann immer Miranya mit ihm sprach und in seine Augen blickte, meinte sie, einen Widerhall dieser Finsternis zu spüren, der sie schaudern ließ.

Nachdem sie fünf Tage lang südlich der äußersten Ausläufer des Hügellandes entlang nach Osten geritten waren, wandten sie sich nach Nordosten und erreichten schließlich nach weiteren zwei Tagen gegen Abend Therion. Es war eine düstere Stadt, die Miranya auf Anhieb nicht sonderlich gefiel. Schutzsuchend schmiegte sie sich an die Flanken des wie ein mächtiger Schatten aufragenden Luyan Dhor, eine Festung aus grauem Bruchstein, und grau war ganz allgemein die vorherrschende Farbe.

Vor seinem Aufbruch, hatte Maziroc sie angewiesen, in der Stadt einen guten Bekannten von sich aufzusuchen, einen greisen Schriftgelehrten namens Neelis. Bei ihm erkundigten sie sich, ob der Magier inzwischen Therion erreicht hätte, was jedoch nicht der Fall war. Sollte Maziroc nicht noch im Laufe dieser Nacht eintreffen, würden sie die Reise am nächsten Tag in der gleichen, wenig unterhaltsamen Zusammenstellung ihrer Gruppe fortsetzen.

Für die Nacht kehrten sie in einem Gasthof ein. Trotz ihres eher gegensätzlichen Verhaltens während der Reise hierher waren die Zwerge allgemein als lustiges und geselliges Volk bekannt, das – zumindest solange es unter sich war – einer Feier oder wenigstens einem gemütlichen Umtrunk nie abgeneigt war. Hier jedoch, unter all den vielen Menschen, von denen sie neugierig begafft wurden, fühlten sie sich sichtlich unwohl, weshalb sie sich fast sofort mit einem Vorrat an Wein und Bier in die ihnen zugeteilten Räume zurückzogen. Kurze Zeit später begab sich auch der Gardesoldat zur Ruhe.

Um nicht mit Scruul allein zurückbleiben zu müssen, gesellte Miranya sich zu einer Gruppe fahrender Händler, die lachend und trinkend an einem großen Tisch saßen. Auch der Magier gesellte sich zu ihnen, nahm jedoch glücklicherweise am entgegengesetzten Ende des Tisches platz.

Es fiel Miranya nicht schwer, mit den Händlern ins Gespräch zu kommen, auch wenn es sich nur um eine belanglose Plauderei handelte. Nachdem sie jedoch gerade dazu in den vergangenen Tagen kaum Gelegenheit gehabt hatte, war ihr das völlig recht. Sie genoß es, sich in Gesellschaft anderer Leute zu befinden, zu lachen und zu scherzen und die Strapazen der letzten Zeit für eine Weile zu vergessen. Auch trank sie mehrere Becher Wein und merkte, wie er ihre Gedanken allmählich auf wohlige Weise zu betäuben begann. Schließlich erreichte sie einen Punkt, ab dem sie sich selbst kaum noch an den Gesprächen beteiligte, sondern sich nur noch entspannt zurücklehnte, den anderen lauschte und alles an sich vorüberziehen ließ.

Es befanden sich nicht mehr allzu viele andere Leute in der Schankstube. Ein Mann, der allein an einem der Tische saß, erweckte vage ihre Aufmerksamkeit, weil er immer wieder in ihre Richtung sah. Obwohl es in der Schankstube behaglich warm war, hatte er seinen Mantel anbehalten und sogar die Kapuze hochgeschlagen, so daß nur wenig von seinem Gesicht zu sehen war. Die spitze Nase, der schmale Mund und die beiden vorstehenden Schneidezähne verliehen ihm einen rattenhaften Zug. Sein Blick war stechend und unangenehm.

Anders als Miranya zunächst geglaubt hatte, starrte er jedoch nicht zu ihr herüber. Seine Aufmerksamkeit galt auch nicht den Händlern, sondern Scruul. Obwohl der Magier sich möglichst gleichgültig gab, beobachtete sie, wie auch er auf den Fremden reagierte, indem er ihm durch ein Augenzwinkern und unauffällige Gesten heimlich Zeichen gab.

Kurze Zeit später stand der Rattengesichtige auf und ging auf die Hintertür zu, die zur Latrine hinter dem Haus führte. Wie Miranya erwartet hatte, erhob sich kaum eine halbe Minute später auch Scruul und schlenderte ihm nach.

Sein Verhalten weckte ihr Mißtrauen. Es war offensichtlich, daß er den Mann kannte. Hätte er ihn entsprechend begrüßt und einige Worte mit ihm gewechselt, wie man es mit einem alten Bekannten tat, den man durch Zufall wiedertraf, hätte sie sicherlich keinen weiteren Gedanken daran verschwendet. Seine Heimlichtuerei jedoch machte sie stutzig.

Nach kurzem Zögern stand sie ebenfalls auf und folgte den beiden, um herauszufinden, was hier gespielt wurde. Hinter der Tür erstreckte sich ein kurzer Gang, an dessen Ende sich die eigentliche Außentür befand. Als Miranya diese vorsichtig einen Spalt weit geöffnet hatte, hörte sie bereits, wie die beiden Männer sich ein paar Schritte entfernt miteinander unterhielten. Sie sprachen leise, glücklicherweise aber laut genug, daß sie das meiste verstehen konnte.

»... müssen wir unseren Plan ändern«, sagte Scruul gerade. »Da dieser vertrottelte Ishar allein zu der Zitadelle weitergereist ist, werden wir nicht so leicht erfahren, wo sie liegt. Also müssen wir uns direkt an diesen Kenran'Del halten, wenn er mit ihm zurückkehrt.«

»Aber es könnte ziemlich heikel werden, uns mit ihm anzulegen«, hörte Miranya eine zweite Stimme, offenbar die des Rattengesichtigen. »Ich habe einige Nachforschungen über ihn angestellt. Es existieren nur wenige Aufzeichnungen über ihn, aber wenn auch nur ein Teil der Legenden um seine Person zutrifft, dann dürfte er selbst für uns ein extrem gefährlicher Gegner sein.«

Miranya konnte kaum glauben, was sie hörte. Offenbar war sie einem Komplott gewaltigen Ausmaßes auf die Spur gekommen, in das Scruul verstrickt war. Schon als er sich der Reisegruppe angeschlossen hatte, war es ihm anscheinend nur darum gegangen, die genaue Lage der Zitadelle in Erfahrung zu bringen. Dadurch, wie sich alles entwickelt hatte, war diese Absicht jedoch zunächst einmal vereitelt worden.

Sie lächelte grimmig. Nach dem, was sie jetzt gehört hatte, würde sie dafür sorgen, daß auch alle seine weiteren Pläne scheiterten.

»Idiot!« stieß Scruul barsch hervor. »Denkst du, ich hätte mich nicht schon im Vorfeld informiert – und das wohl wesentlich gründlicher als du? Nach allem, was ich über diesen Kenran'Del in Erfahrung bringen konnte, verfügt er über eine beachtliche Macht, aber darum geht es uns ja schließlich. Nur dem Dunklen Bund dürfen diese Machtmittel zufallen. Davon abgesehen hat Kenran'Del jedoch die gleichen Schwächen wie die meisten Menschen und auch die Ishar und Vingala, weshalb die Caer-Sharuun ihnen immer überlegen sein werden.«

Miranya stockte fast der Atem. Sie spürte, wie ihre Handflächen vor lauter Aufregung feucht wurden, und sie ballte ihre Hände zu Fäusten. Scruul war nicht einfach nur ein ordensloser Magier, der eigene Ziele verfolgte, er war ein Caer-Sharuun. Der Dunkle Bund war ebenfalls ein Magierorden, der jedoch erst vor zwei oder drei Jahrhunderten aus einem ursprünglich losen Zusammenschluß einiger Magier und Hexen entstanden war. Allerdings waren sie finster und machtgierig und verfolgten völlig andere Ziele als die Ishar und Vingala, weshalb sie von Anfang an in mehr oder weniger offener Feindschaft zu den beiden anderen Orden standen. Die Caer-Sharuun hielten sich selbst für die Zukunft der Menschheit, weshalb sie auf die normalen Menschen nur voller Verachtung herabblickten und sie zu beherrschen trachteten, weil sie diese lediglich einer Sklavenrolle für würdig erachteten.

»Demnach habt Ihr bereits einen neuen Plan?« erkundigte sich der Rattengesichtige.

»Natürlich habe ich den. Ich habe ohnehin nicht damit gerechnet, daß wir einfach in diese Zitadelle hineinmarschieren können. Das Ödland von Sharolan ist groß, aber glaubst du, es hätte sie im Laufe von tausend Jahren nicht trotzdem längst jemand entdeckt, wenn sie nicht entsprechend geschützt wäre? Nein, mir war von Anfang an klar, daß wir diesen Kenran'Del selbst in die Finger bekommen müssen. Seine Schwäche ist seine Hilfsbereitschaft, sein Mitleid für andere, deshalb können wir über eine Geisel Druck auf ihn ausüben.«

»Aber er kennt außer diesem Magier niemanden in unserer Zeit. Warum also sollte er auf irgend jemanden Rücksicht nehmen?«

»Weil dies die Art sentimentaler Schwächlinge ist, und wenn das stimmt, was über ihn berichtet wird, dann gilt das auch für Kenran'Del«, behauptete Scruul. »Er wird nicht zulassen, daß eine Geisel seinetwegen Schaden erleidet. Am besten eignet sich eine Frau, und zwar nicht irgendeine, sondern diese Vingala, da sie auch Maziroc nahe steht. Ich habe schon während der ganzen Reise versucht, mich mit ihr anzufreunden, um sie leichter in eine Falle locken zu können, doch sie scheint mich nicht besonders gut leiden zu können, oder sie mißtraut mir.«

»Dann müssen wir sie entführen«, stellte der Rattengesichtige fest. »Das dürfte uns nicht weiter schwer fallen. Wir können sie heute nacht direkt hier im Gasthaus in unsere Gewalt bringen und ...«

Mit einem Ruck wurde die Tür von außen ganz aufgerissen. Gleichzeitig fühlte sich Miranya gepackt und ins Freie gezerrt. Vor Schrecken war sie einen Moment lang völlig erstarrt und unfähig, sich zu wehren, und noch bevor sie einen Schrei ausstoßen konnte, preßte sich eine Hand hart auf ihren Mund.

»Nun sieh mal einer an, wen wir hier haben«, hörte sie Scruuls Stimme. »Eine kleine Katze, die sich vor lauter Neugier ein bißchen zu nah ans Feuer herangetraut hat. Damit hat sich das Problem mit der Entführung wohl schon erledigt.«

Miranya biß ihm mit aller Kraft auf die Finger. Mit einem Fluch riß der Magier die Hand von ihrem Mund zurück. »Verdammtes Miststück!« zischte er.

Im nächsten Moment hämmerte er Miranya die Faust so fest gegen die Schläfe, daß sie augenblicklich das Bewußtsein verlor.

Die Zwergenkönige

In Begleitung der Zwerge, die sich sehr viel besser in den Todessümpfen auskannten, kamen Maziroc und Pollus ungleich schneller voran. Bereits nach einer knappen Stunde wurde das Erdreich unter ihren Füßen allmählich wieder fester, stieg sogar leicht an und ging immer mehr in Fels über.

Vereinzelt war durch Lücken in der Vegetation sogar schon der Ashran zu sehen, der Berg, auf dessen Gipfel Ravenhorst errichtet worden war. Es handelte sich um einen Tafelberg, gerade so, als hätte ein unordentlicher Gott nur die obere Hälfte eines Bergkegels gebraucht, hätte ihn aufgeschnitten, sich den Teil, den er benötigte, genommen, und den Rest hier in den Todessümpfen vergessen. Geblieben war ein riesiger Klotz, mehr als tausend Meter hoch, mit beinahe lotrecht abfallenden Flanken, an denen entlang sich einzelne, nur mühsam passierbare Pfade serpentinenartig in die Höhe wanden. Eine Bergspitze gab es nicht, nur ein fast ebenes, mehrere Kilometer durchmessendes Gipfelplateau.

Schließlich endete der Weg, über den die Zwerge sie führten, an einer meterhoch steil aufragenden Felswand, die sich in einem Halbkreis vor ihnen erstreckte und ihnen das Weitergehen verwehrte.

»Verdammt! Diese Trottel haben uns in eine Sackgasse geführt«, raunte Pollus so leise, daß nur Maziroc neben ihm es hören konnte. »Offenbar kennen sie sich selbst nicht richtig aus.«

Auch Maziroc war überrascht. Der Ashran erhob sich durch eine Laune der Natur mitten in den Todessümpfen, vermutlich das einzige Felsmassiv, das es hier gab.

Die Pfade, die den Berg hinaufführten, waren steil und eng und daher schwer zu passieren, wie Maziroc aus eigener Erfahrung wußte. Schon bei seinen früheren Besuchen war die Ersteigung ihm am unangenehmsten im Gedächtnis haften geblieben. Immerhin jedoch *hatte* es diese Pfade gegeben, während die Felswand vor ihnen selbst einen noch so geübten Kletterer vor ein unlösbares Problem stellen würde. Sie wies so gut wie keine Vorsprünge auf, an denen man sich festhalten konnte, fast als wäre sie glattgeschliffen.

Dennoch schritt Kari weiterhin darauf zu und blieb erst unmittelbar vor dem Fels stehen. Sie drückte auf eine bestimmte Stelle, und mit einem nur leisen Knirschen schwang ein Teil der Felswand wie ein Tor zur Seite und gab den Eingang zu einem Stollen frei, der tiefer in den Berg hineinführte.

Mit einem spöttischen Lächeln wandte die Zwergin sich um und blickte Maziroc an. »Keine Sorge. Wir haben uns nicht verlaufen und sind auch in keine Sackgasse geraten, wie Ihr offensichtlich gedacht habt, sondern wir sind hier goldrichtig«, sagte sie mit überheblich klingender Stimme. »Da Ihr es so eilig habt, unsere Könige zu sprechen, will ich Euch auch auf schnellstem Wege zu ihnen bringen, und das ist mittlerweile dieser.«

Verwirrt folgten Maziroc und Pollus ihr und den anderen Zwergen ins Innere des Berges. Der Stollen war eindeutig künstlich angelegt oder zumindest ausgebaut, da die Wände auch hier glatt und ebenmäßig waren und eindeutige Spuren einer Bearbeitung mit Werkzeugen aufwiesen. In regelmäßigen Abständen steckten brennende Fackeln in Halterungen und beleuchteten den Gang. Er war groß genug, daß sie bequem mit mehreren Personen nebeneinander gehen und auch die Pferde mit sich führen konnten.

»Was ist das?« fragte Maziroc. »So weit ich mich erinnere, müssen wir auf den Gipfel des Ashran hinauf, um nach Ravenhorst zu gelangen, nicht in ein Loch im Inneren des Berges. Was sollen wir hier?«

»Wartet es nur ab«, antwortete Kari. Immer noch zeigte ihr Gesicht das spöttische Lächeln, doch ihre Stimme verriet zugleich auch einen fast kindlichen Stolz. »Ihr werdet gleich eine Überraschung erleben.«

Als er Pollus' fragenden Blick bemerkte, zuckte Maziroc die Achseln, um zu zeigen, daß er ebensowenig wie der junge Soldat wußte, was das zu bedeuten hatte und was sie erwartete.

Immer tiefer drangen sie in den Berg vor. Der Stollen verlief schnurgerade und endete schließlich an einer mit einem Gitter umgebenen Metallplattform, auf der mindestens ein Dutzend Personen Platz hatten. Von den vier Ecken der Plattform aus führten armdicke Ketten aus Stahl in die Höhe. Sie trafen sich in mehreren Metern Höhe, gingen in eine noch dickere Kette über und verschwanden in einem Loch in der Höhlendecke.

»Kommt schon, Maziroc, ich denke, Ihr habt es so eilig«, drängte Kari. Sie und die anderen Zwerge hatten die Plattform bereits betreten. »Und bringt ruhig die Pferde mit.«

»Das gefällt mir nicht«, murmelte Pollus mit vor Angst leicht zitternder Stimme. Dennoch folgte er Maziroc ohne zu zögern auf die Plattform. Einer der Zwerge schloß das Gitter hinter ihnen.

Maziroc warf einen Blick in die Höhe, deutete ein Kopfschütteln an und sah dann Kari fest an. »Sagt mir, daß es nicht das ist, was ich vermute.«

»Und wenn doch?«

»Aber ... das ist unmöglich.« Noch einmal schüttelte Maziroc den Kopf, wesentlich entschiedener diesmal. »Der Ashran ist über tausend Meter hoch. Ihr könnt keinen so tiefen Schacht ...«

»Wir konnten, und wir haben«, fiel Kari ihm voller Stolz ins Wort, nahm eine Fackel von einem Stapel und entzündete sie an einer der bereits brennenden. »Viele natürliche Spalten und Hohlräume haben uns die Arbeit erleichtert, dennoch hat unser Volk mehr als ein Jahrhundert daran gearbeitet. Erst vor wenigen Monaten sind wir fertig geworden. Ihr seid der erste Außenstehende, der Ravenhorst auf diesem Weg erreicht.«

Dem Magier fiel auf, daß ihre Worte ausschließlich an ihn gerichtet waren. Pollus schien für sie gar nicht zu existieren. Er hatte erwartet, daß man dem Soldaten wenig Beachtung schenken würde, aber nicht, daß man ihn vollständig ignorierte.

»Ich fühle mich geehrt«, behauptete Maziroc, doch war er in Wahrheit eher beklommen. Zwar hatte es ihn bei seinen bisherigen Besuchen vor allem vor dem Besteigen der schmalen und steilen Pfade bis zum Gipfel des Berges gegraut. Die Vorstellung, an einem so wackligen Gefährt den Höhenunterschied von mehr als tausend Metern zu überbrücken, war ihm jedoch kein bißchen angenehmer.

»Kein Stahl wäre hart genug, eine so lange Kette daraus zu schmieden, stabil genug, ein Gewicht aus dieser Tiefe zu heben«, behauptete er.

Kari antwortete nicht, sondern griff nach einem Seil, das ebenso wie die Kette in dem Schacht über ihren Köpfen verschwand, und zog ein paarmal kräftig daran. Wenige Sekunden später strafften sich die Ketten, und ein Ruck ging durch den Boden. Die gesamte Plattform hob sich und glitt langsam in die Höhe.

Pollus griff nach Mazirocs Arm und klammerte sich so fest daran, daß es weh tat.

»Was ... was ist das?« keuchte er. »Wir fliegen!«

»Nein«, entgegnete Maziroc lächelnd. »Wir werden lediglich in die Höhe gezogen. Die Kette wird über ein

System von Rollen und Flaschenzügen laufen, und an ihrem Ende hängen vermutlich einige entsprechend schwere Felsbrocken. Wenn man die Sperre löst, sinken sie in die Tiefe und ziehen dabei gleichzeitig die Plattform hoch. Ein ähnliches System verwenden wir auch bei einigen Lastenzügen in Cavillon, nur in sehr viel kleinerem Maßstab.«

Mit einem etwas verlegenen Lächeln löste Pollus seinen Griff. Offenbar schämte er sich bereits für seine Angst vor einem so einfachen Mechanismus, auf dessen Funktionsweise er auch leicht selbst hätte kommen können. Vor allem der Hinweis auf die Lastenzüge, mit denen auch in Cavillon schweres Bau- und Verteidigungsmaterial bewegt wurde und die ihm deshalb vertraut waren, ließen ihn seine Angst wohl peinlich erscheinen.

Dies war jedoch ein Vergleich, der stark hinkte, wie Maziroc immer deutlicher bewußt wurde. Es stellte wirklich eine unglaubliche Leistung der Zwerge dar, wenn sie diesen Schacht vom Fuß des Ashran bis hinauf zum Gipfel durch den gesamten Berg getrieben hatten, selbst wenn natürliche Felsformationen ihnen die Arbeit erleichtert hatten. Allerdings stellte es für ihn immer noch ein Rätsel dar, wie sie eine Kette hatten schmieden können, die einer solchen Belastung standhielt.

Die Lösung lag jedoch nahe. Fast ohne zu ruckeln und ohne auch nur ein einziges Mal anzustoßen, glitt die Plattform an den Felswänden vorbei in die Höhe. Maziroc schätzte, daß sie etwa hundert Meter zurückgelegt haben mußten, als sich die Fahrt verlangsamte. Kurz darauf erweiterte sich der Schacht zu einer größeren Kammer. Hier konnten sie einen Teil der Konstruktion von Winden und Rollen sehen, über die der Transport ermöglicht wurde.

Ihre Plattform kam direkt neben einer gleichartigen

zum Halten, so daß sie nur einige Schritte zum Umsteigen brauchten, dann setzte sich die Fahrt nach oben fort. Maziroc bemerkte Karis ironisches Lächeln und ärgerte sich über sich selbst, daß er nicht von selbst auf diese einfachste aller Lösungen gekommen war. Schließlich hatte niemand behauptet, daß die Fahrt nach oben ohne Unterbrechungen vonstatten gehen würde. Dennoch war durch das System dieser kleinen Haltepunkte zum Umsteigen gewährleistet, daß sie schnell und mühelos vorankamen.

Es war jedoch nicht nur ein recht bequemer Weg nach Ravenhorst. Auch vom militärischen her barg diese Neuerung gewaltige Vorteile. Es wäre für jeden Angreifer Wahnsinn, die Stadt anzugreifen. Schon die Todessümpfe bargen unzählige Möglichkeiten, ein herannahendes feindliches Heer in Hinterhalte zu locken und schon frühzeitig zu dezimieren. Die schmalen Pfade zum Gipfel des Ashran ließen sich mit nur wenigen Kriegern gegen eine ganze Armee verteidigen, und nun besaßen die Zwerge auch noch die Möglichkeit, ihre Krieger schnell und unbemerkt in die Tiefe zu schicken und einem potentiellen Angreifer in den Rücken zu fallen. Und dann waren da freilich noch die Drachen ...

Nach menschlichem Ermessen war die Stadt der Zwerge mit Gewalt nicht einzunehmen. Ob dies jedoch auch für die Damonen galt, war sich Maziroc nicht sicher. Noch wußte er zu wenig über sie. Bei dem Ausbruch aus dem Gehöft hatten die Ungeheuer sich als nicht allzu schreckliche und gefährliche Gegner entpuppt, doch immerhin hatte es sich nur um ein kleines Scharmützel gehandelt, und alles war blitzschnell gegangen.

Dennoch schien Ravenhorst weitgehend sicher zu sein. Da die Zwerge jedoch dazu neigten, sich von den Angehörigen anderer Völker abzukapseln, würde es schwer sein, von ihnen Unterstützung zu erhalten. Gerade in einer Krisenzeit mochte es durchaus sein, daß sie lieber alle ihre Krieger hier versammelten, um einen eventuellen Angriff auf ihre Heimat zurückzuschlagen, statt sich den Damonen zusammen mit den übrigen Völkern an einem anderen, für sie ungünstigeren Ort zu stellen.

Noch mehrere Male gelangten sie in kleinere, sich gleichende Höhlen, wo sie von einer Plattform auf eine andere wechselten, und jedesmal hatten sie einen Höhenunterschied von gut hundert Metern überwunden. Ohne das Tageslicht, das an einem dieser Haltepunkte durch einige Fenster hereinfiel, hätte Maziroc vermutlich nicht einmal erkannt, daß sie ihr Ziel erreicht hatten. Abgesehen von dem Licht unterschied sich der letzte Raum kaum von den anderen, nur daß es hier in der Decke keinen Schacht mehr gab, der noch weiter in die Höhe führte.

Sie verließen das kleine Gebäude. Der Anblick, der sich ihnen nun bot, war Maziroc vertraut, doch wußte er, wie dieser auf jeden wirkte, der Ravenhorst zum ersten Mal betrat. Entsprechend überrascht war Pollus. Wie erstarrt blieb er stehen und blickte sich mit großen Augen um.

Ravenhorst war anders als jede sonstige Stadt Arcanas, schon deshalb, weil sie nicht auf einem bestimmten Platz aus herbeigeschafften Baumaterialien errichtet worden war. Statt dessen hatte man sich die unebene Oberfläche des Gipfelplateaus zunutze gemacht, hatte die zumeist mehrere Meter hohen Felsbuckel ausgehöhlt und sie auf diese Art zu Häusern ausgebaut. So war eine Stadt entstanden, die sich völlig der ursprünglichen Geländeformation angepaßt hatte; eine Stadt, die nicht *auf* einem Felssockel stand, sondern *darin* erbaut war. Eine Folge davon waren beträchtliche Höhenunterschiede zwischen nahezu jedem einzelnen Haus, und dementsprechend viele Treppen bestimmten das Stadtbild. Dadurch war

Ravenhorst zur Stadt mit den mit Abstand meisten Stufen geworden, die Maziroc kannte.

Zumindest war dies früher einmal so gewesen. Das ursprüngliche Ravenhorst hatte Maziroc nie gesehen, denn vor allem in den letzten zwei, drei Jahrhunderten waren die Zwerge immer mehr von ihrer Philosophie abgewichen, zumindest äußerlich alles im ursprünglichen Zustand zu belassen. Nicht zuletzt aus Platzmangel waren sie dazu übergegangen, zunächst vereinzelte Korrekturen an den Felsformationen vorzunehmen, und mittlerweile waren zahlreiche Gebäude um weitere Stockwerke aufgestockt oder sogar so weit verändert worden, daß sie eine völlig neue Form gewonnen hatten.

Wie Maziroc wußte, wurden diese Veränderungen nicht willkürlich vorgenommen, sondern von Städteplanern entworfen und geprüft. Diese Städteplaner gingen dabei nicht nur nach ökonomischen, sondern in erster Linie nach künstlerischen Gesichtspunkten vor und genossen beim Zwergenvolk ein hohes Ansehen. Die einzelnen Bereiche der Stadt waren nach völlig unterschiedlichen Gesichtspunkten gestaltet worden, was in der Gesamtheit ein äußerst faszinierendes Bild ergab. Auch waren die Außenseiten nahezu aller Häuser von Künstlern mit aufwendigen Reliefs verziert worden, eine Fertigkeit, die die Zwerge wie kein anderes Volk beherrschten. Zumeist zeigten die Reliefs und Verzierungen bedeutsame Szenen aus ihrer glorreichen Geschichte.

Durch all diese Eingriffe war Ravenhorst im Laufe der Zeit mehr und mehr zu einer Kunststadt geworden, und das in gleich mehrfacher Hinsicht. Die einstmals natürlichen Formen waren durch künstliche ersetzt worden, wodurch das gesamte Arrangement der Stadt sowohl künstlich als auch künstlerisch geworden war, ein künstliches Kunstwerk.

Obwohl er bereits mehrfach hier gewesen war, verfehlte der Anblick seine Wirkung auch auf den Magier nicht, zumal sich der Teil der Stadt, den er sehen konnte, seit seinem letzten Besuch vor fast zwei Jahrzehnten beträchtlich verändert hatte.

»Bringt den da in ein Quartier und sorgt dafür, daß er dort bleibt!« befahl Kari und deutete dabei auf Pollus. Ihre Worte zerstörten den Bann, unter dem die beiden Männer gestanden hatten, und riß sie aus ihren Gedanken. »Und was ist mit Euch?« wandte Kari sich an Maziroc. »Möchtet Ihr Euch auch erst in einem Quartier ausruhen und ein wenig frisch machen, oder wollt ihr direkt zu unseren Königen sprechen?«

»Da die Angelegenheit, die mich hergeführt hat, so ungeheuer wichtig ist, möchte ich sie Euren Königen lieber so bald wie möglich vortragen«, erklärte der Magier.

»Wie ihr wünscht. Dann folgt mir«, sagte Kari.

Während die drei anderen Zwerge Pollus nach links davonführten und auch die Pferde mit sich nahmen, folgte Maziroc ihr die Straße in entgegengesetzter Richtung, auf ein großes, kuppelförmiges Gebäude zu, den Königspalast. Auf dem Weg dorthin begegneten ihnen zahlreiche andere Zwerge. Neugierig musterten sie Maziroc, einige grüßten ihn auch, obwohl sie ihn nicht persönlich kannten, aber wohl schon von ihm gehört hatten und ihm auf diese Weise ihre Hochachtung ausdrücken wollten.

Aus der Ferne, vom östlichen Ende der Stadt her, war ein gedämpftes Brüllen zu hören, ein Laut, der Maziroc einen Schauder über den Rücken trieb. Es handelte sich um den Ruf eines Drachen. Kraft und ungebändigte Wildheit schwangen darin. Die Zwergenkrieger galten neben den Kriegern der Elben als die besten ihrer Art, doch zu einem beträchtlichen Teil beruhte der Mythos ihrer Unbesiegbarkeit auf ihren Drachen. Kaum jemand wußte genau, ob sie wirklich einige dieser Tiere gezähmt hatten und schon gar nicht, wie viele. Dennoch rankten sich unzählige Legenden um sie, und Maziroc war einer der ganz wenigen Menschen, die wußten, wie groß der Anteil an Wahrheit daran war.

Sie erreichten den Kuppelbau und traten ein. Kari mußte einen ziemlich hohen Rang bekleiden, denn ohne daß sie von einer der zahlreichen Wachen auch nur ein einziges Mal aufgehalten wurden, führte sie ihn direkt bis in den Thronsaal. Sie selbst blieb neben den beiden Wachen an der Tür stehen, während Maziroc auf den großen, halbkreisförmig nach außen gewölbten Marmortisch zutrat, hinter dem die Zwergenkönige saßen.

Anders als die meisten anderen Völker, die sich mit einem einzigen Herrscher begnügten, besaßen die Zwerge gleich fünf Könige, die die fünf wichtigsten Berufsgruppen des Zwergenvolkes repräsentierten. So gab es den religiösen Stand, die Künstler, die Jäger und Beerensammler, die die Versorgung mit Nahrungsmitteln sicherten, die Minenarbeiter, die Erze und kostbare Edelsteine aus dem Ashran abbauten, und natürlich die Krieger. Jede dieser Bevölkerungsgruppen besaß einen eigenen König, der sich speziell um ihre Interessen kümmerte, und bei Entscheidungen, die das gesamte Volk betrafen, mußten sie sich untereinander einigen. Ein Herrschaftssystem, das sicherlich noch nicht perfekt war, das Maziroc jedoch für wesentlich fortschrittlicher und effektiver hielt als die Herrschaft eines einzelnen Königs oder gar Tyrannen.

»Seid gegrüßt, Maziroc von Cavillon«, richtete Borrus, der fast schon greisenhafte König der Krieger, das Wort an ihn. Er saß in der Mitte des langgezogenen Tisches. »Wir haben gehört, daß Ihr äußerst wichtige Nachrichten bringt, deshalb haben wir Euch entgegen allen protokollarischen Gepflogenheiten diese überhastete Audienz gewährt.«

»So ist es, und ich danke Euch dafür, daß ich so schnell mit Euch sprechen durfte«, entgegnete Maziroc und verbeugte sich. »Ich überbringe Euch die Grüße von Charalon, dem Oberhaupt des Magierordens, und zugleich auch seine Bitte um Hilfe.«

Neugier blitzte in Borrus' Augen auf, die in ein Geflecht tiefer Falten eingebettet waren. »Aufgrund der langjährigen Freundschaft zwischen dem Volk der Zwerge und dem Orden der Magier werden wir dieser Bitte gerne nachkommen, sofern es uns möglich ist«, sagte er. »Allerdings kann ich mir nur schwer vorstellen, wozu Charalon unsere Hilfe benötigen könnte.«

»Genaugenommen geht es nicht unmittelbar um Charalon oder unseren Orden«, stellte Maziroc richtig. »Alle bekannten Völker benötigen Eure Hilfe, und nicht nur die Eure, sondern auch die aller anderen, die in der Lage sind, Krieger für ein Heer zu stellen. Es ist eine Gefahr entstanden, die ganz Arcana bedroht und die wir nur abwenden können, wenn alle freiheitsliebenden Völker sich zu einem Bündnis zusammenschließen und ihr mit vereinter Macht entgegentreten.«

Betroffenes Schweigen folgte seinen Worten.

»Das hört sich nach sehr schlechten Nachrichten an, die Ihr überbringt«, sagte Farin, die Königin der Künste, schließlich. Sie war die jüngste im Rat der Könige, und neben Shira, der religiösen Führerin, die einzige Frau. Dunkles Haar fiel ihr in Locken bis weit über die Schultern und rahmte ein etwas pausbäckiges Gesicht ein. »Bitte berichtet uns mehr über diese Gefahr, die unsere ganze Welt bedrohen soll.«

Maziroc begann zu erzählen. Er berichtete von den überfallenen und niedergebrannten Höfen und Dörfern, den verschwundenen Elbenspähern und den übrigen bedrohlichen Entdeckungen, von Eibons Besuch in Cavillon und dem Aufbruch der großen Expedition. Als er zu den Ereignissen auf dem Gehöft kam, überlegte er kurz, ob er das Zusammentreffen mit Kenran'Del erwähnen sollte, verzichtete dann aber darauf. Er wußte nicht, ob die eher abgeschieden lebenden Zwerge die Sagengestalt kannten. Von ihr zu sprechen, hätte nur eine Vielzahl zusätzlicher Erklärungen nötig gemacht, und dennoch wäre seine Schilderung dadurch höchstens weniger glaubhaft geworden.

»Die Damonen, mit denen wir es zu tun hatten, waren nur eine kleine Vorhut ohne richtige Führung«, berichtete er statt dessen nur. »Außerdem konnten wir sie täuschen und überraschen. Aber Berichten zufolge, die wir für völlig glaubwürdig halten, handelt es sich um Hunderttausende dieser Ungeheuer, wenn nicht Millionen, und es werden mit jedem verstreichenden Tag mehr.«

»Aber gegen einen so mächtigen und zahlenmäßig so überlegenen Feind haben wir selbst vereint keine Chance«, entfuhr es Naxon, dem König des Bergbaus.

»Das wird sich zeigen«, widersprach Maziroc. »Die Elben haben sich bereits bereiterklärt, sich einem Bündnis anzuschließen, gleiches gilt für uns Magier. Nun hoffe ich, daß sich die Zwerge ebenso entscheiden. Allein diese drei Völker besäßen die Stärke, dem Angreifer ernstzunehmenden Widerstand entgegenzusetzen, und wir werden nicht allein sein. Ich bin überzeugt, daß der Kaiser von Larquina und viele der unabhängigen Städte Truppen entsenden werden. Mit Sicherheit wurden bereits Boten nach Aslan und Caarn entsandt, die auch dort um Unterstützung werben sollen. Bei einer solchen Streitmacht denke ich, daß wir durchaus eine Chance haben.«

»Und diese ... Damonen, wie Ihr sie nennt, sollen durch ein Tor zwischen den Welten nach Arcana gelangt sein?« hakte Shira nach. Ihr Gesicht war schmal, fast hager, und im Gegensatz zu jeder bei den Zwergen herrschenden Mode trug sie ihr blondes Haar sehr kurz. Unverhohlene Skepsis schwang in ihren Worten mit, doch Maziroc konnte verstehen, daß sie als religiöses Oberhaupt gerade an der Herkunft der Damonen besonders interessiert war.

»Eine *Weltenbresche*«, bestätigte er. »Ich weiß selbst nur wenig darüber und kann Euch deshalb nicht mehr darüber berichten, wie und warum sie entstanden ist. Möglicherweise nur ein Naturphänomen. Fest steht jedenfalls, daß es sie gibt und das Heer der Damonen auf diesem Weg mit jeder weiteren Stunde zusätzlichen Nachschub erhält.«

»Und was genau erwartet Ihr und Charalon nun von uns?« ergriff Borrus wieder das Wort. »Wie sehen die Pläne im einzelnen aus, mit denen dieser Bedrohung begegnet werden soll?«

»Über Einzelheiten bin auch ich noch nicht informiert«, gab Maziroc zu. »Die Reise hierher hat lange gedauert, und ich bin unmittelbar nach unserer Flucht von dem Hof aufgebrochen. Das Allerwichtigste war es zunächst, möglichst viele Völker zu warnen und sie um Unterstützung zu bitten. Erst wenn wir wissen, wer sich uns anschließt und wie stark unsere Verteidigung sein wird, kann eine Strategie festgelegt werden, zumal sicher alle Beteiligten daran mitarbeiten wollen. Nachdem wir nun von ihrer Existenz wissen, kann es jedoch nicht mehr lange dauern, bis die Damonen ihre Eroberungszüge ausdehnen, und bis dahin müssen wir ein schlagkräftiges Heer aufgestellt haben, um sie aufzuhalten. Wenn es uns gelingt, sie zu schlagen, können wir anschließend versuchen, die *Weltenbresche* zu zerstören oder zu schließen, um diese Bedrohung vollends zu beseitigen.«

Einige Sekunden herrschte Schweigen, dann beugten sich die Könige einander zu und redeten mehrere Minuten lang leise miteinander, ohne daß Maziroc ein Wort verstand.

»Bislang haben die Elben offenbar ziemlich viel Initiative in dieser Angelegenheit gezeigt«, ergriff Borrus schließlich wieder das Wort. »Wir wüßten gerne, welche Rolle sie im Kampf gegen diese Damonen spielen werden. Ihr wißt, welche Spannungen zwischen ihrem und unserem Volk herrschen. Auf keinen Fall werden wir uns als eines von vielen Völkern einem Heer anschließen, das von ihnen dominiert oder gar befehligt wird.«

Maziroc seufzte. Genau diese Reaktion hatte er befürchtet. Selbst im Angesicht einer furchtbaren Gefahr drohten unsinnige uralte Ressentiments und Streitereien den Aufbau einer starken, einigen Abwehr zu verzögern oder gar zu vereiteln. Aber da er diese Entwicklung vorausgesehen hatte, hatte er immerhin Gelegenheit gehabt, sich darauf vorzubereiten und sich Argumente zurechtzulegen.

Für einen kurzen Moment fühlte Maziroc Bitterkeit in sich aufsteigen, daß Charalon ausgerechnet ihn für diese Mission ausgewählt hatte. Das mächtige Volk der Zwerge würde ein extrem wichtiger Rückhalt in einem Bündnis sein, und ob es sich diesem anschloß, mochte nicht zuletzt von seinen nächsten Worten abhängen. Möglicherweise hing sogar die gesamte Zukunft Arcanas zu einem beträchtlichen Teil davon ab, was er hier und jetzt sagte. Er spürte diese Verantwortung wie eine schwere Last, die seinen Puls beschleunigte und seine Gedanken zu lähmen drohte. All die Worte, all die sorgsam geschliffenen Formulierungen, die er sich so gründlich zurechtgelegt hatte, schienen mit einem Mal aus seinem Kopf verschwunden, als hätte jemand seinen Verstand mit einem riesigen Besen leergefegt.

»Die Unstimmigkeiten zwischen Eurem Volk und dem der Elben sind mir durchaus bekannt«, begann er und merkte im gleichen Moment, wie hölzern und gekünstelt seine Worte klangen. Vor Nervosität bekam er feuchte Handflächen, was ganz und gar nicht seiner Art entsprach. »Aber jetzt geht es um Wichtigeres«, fuhr er fort. »Die Damonen bilden eine Bedrohung für ganz Arcana, die größte und schlimmste, die diese Welt je gesehen hat. Und deshalb können wir uns ihr auch nur erwehren, wenn wir alle zusammenhalten, wenn alle Völker Arcanas ihre Meinungsverschiedenheiten beilegen und sich zu einer Allianz zusammenschließen.«

Die Gesichter der Zwerge blieben unbewegt; Maziroc spürte, daß seine Worte wenig Eindruck auf sie machten. Kein Wunder: Was er sagte, hatte nichts mit den geschliffenen, eindrucksvollen Formulierungen gemein, die er sich zurechtgelegt hatte. Sein Appell bestand fast nur aus Plattitüden. Ihm fehlte jedes Feuer, und selbst die Art, wie er sprach, war ohne jede wahre Leidenschaft, die andere mitreißen und überzeugen könnte.

Er ärgerte sich über sich selbst. Er war ein reifer, erfahrener Mann, der weiter als nahezu jeder andere in der Welt herumgekommen war, der bei allen Völkern beliebt und geachtet war, der Wunder gesehen hatte, von denen andere nur zu träumen wagten, und der sich anschickte, in einigen Jahren an die Spitze des überaus einflußreichen und bedeutsamen Magierordens zu treten. Jetzt aber, angesichts einer wirklich verantwortungsvollen Aufgabe, stammelte er wie ein dummer Junge herum.

Der Zorn auf sich selbst dehnte sich plötzlich auch auf die sture Haltung der Zwerge aus und überschwemmte sein Denken.

»Zum Teufel mit Eurem albernen Streit mit den Elben!« platzte er heraus. Diesmal erzielte er eine deutliche Wirkung. Alle fünf Zwerge zuckten unter der plötzlichen Aggressivität in seiner Stimme zusammen. In dieser Form hatte es sicherlich schon lange niemand mehr gewagt, zu ihnen zu sprechen, schon gar nicht hier, in ihrem altehrwürdigen Thronsaal.

»Glaubt Ihr wirklich, dies ist der richtige Moment, um wie Kinder darüber zu zanken, wer mehr Soldaten zu einem Heer beisteuert, wer wieviel Einfluß auf die Strategie hat, und wer es kommandieren wird? Die Elben haben die neue Gefahr als erste entdeckt. Sie haben uns gewarnt und erste Gegenmaßnahmen eingeleitet. Dafür sind wir ihnen außerordentlich dankbar, und auch Ihr solltet es sein, denn ohne sie wäre ich nicht einmal hier und könnte Euch warnen. Wenn Ihr fürchtet, daß der Einfluß der Elben im bevorstehenden Krieg zu groß sein könnte, dann braucht Ihr nur wie sie entsprechend viele Krieger zu stellen, und Euer Wort wird noch mehr Gewicht bekommen, als es ohnehin hat. Nur, bei allen Göttern, hört auf, jetzt um solche völlig unwichtigen Kleinigkeiten zu feilschen, wo das Fortbestehen aller Völker auf dem Spiel steht, auch das des Euren. Wenn Ihr dazu nicht in der Lage seid, dann hätte ich mir den Weg hierher sparen können.«

Zornig sprang Shira auf. »Ihr vergreift Euch im Ton, Maziroc!« sagte sie scharf. »Es wäre besser, wenn Ihr Eure Zunge hütet. Vergeßt nicht, daß Ihr als Bittsteller zu uns gekommen seid.«

»Aber als Bittsteller nicht für mich, sondern für all die, deren Leben jetzt bedroht ist«, erwiderte Maziroc ebenso scharf. »Ich entschuldige mich, wenn meine Worte und mein Tonfall Euch ungebührlich erscheinen mögen, aber ungewöhnliche Situationen erfordern ungewöhnliche Reaktionen. Ich kann nicht um wohlfeile Formulierungen ringen und Verständnis für Bedenken heucheln, wie Ihr sie wegen eines uralten Zwists hegt, an dessen Ursprung sich niemand mehr erinnern kann, wenn Zorn und Bitterkeit in mir kochen, weil es um das Leben Millionen unschuldiger Kinder, Frauen und Männer geht.«

»Ihr –« setzte Shira erneut an, beugte sich im Stehen vor und stützte die Hände auf den Tisch, während sie Maziroc zornig anfunkelte, doch Garwin, der König der Jäger und Sammler, der zusammen mit Borrus älteste und vermutlich auch weiseste in der Runde, machte rasch eine beschwichtigende Geste.

»Laß ihn«, sagte er. »Er hat recht. Wenn sich alles so verhält, wie er es schildert, dann kann ich seine Erregung gut verstehen. Hier geht es um einen beispiellosen bevorstehenden Völkermord. Darüber sollten wir uns ereifern, nicht über Fragen der Etikette, und wir sollten dabei auch nicht auf unseren Vorteil gegenüber den Elben oder anderen Völkern schielen.«

Maziroc nickte ihm dankbar zu.

»Verzeiht mein Auftreten, aber irgendwie mußte ich Eure Aufmerksamkeit wecken und an Eure Gefühle appellieren, um Euch aus Eurer Gleichgültigkeit zu reißen. Ich hoffe, daß ich Euch damit nicht vor den Kopf gestoßen habe, aber wie der ehrenwerte Garwin gesagt hat, zählt das Leben all der bedrohten Menschen auch in meinen Augen mehr als die Etikette. Die Völker brauchen Eure Hilfe.«

»Und wenn schon. Es sind nur *Menschen*«, stieß Shira hervor, während sie sich wieder setzte. »Warum sollten wir Zwergenblut vergießen und Zwergenleben gefährden, nur um das Leben von Menschen zu schützen?«

Bevor Maziroc auf ihre hochmütige Äußerung antworten konnte, meldete sich Farin zu Wort: »Was bringt Euch überhaupt zu der Gewißheit, daß diese Damonen es auf die Ausrottung aller Bewohner Arcanas abgesehen haben?« wollte sie wissen. »Selbst wenn sie nur vorhätten, die verschiedenen Länder zu erobern und die Menschen zu versklaven, wäre das schon schrecklich genug, aber in der Geschichte dieser Welt hat es schon viele Despoten und Kriegsherren gegeben, die dies aus Gier oder

Machthunger versucht haben. Welchen Sinn jedoch sollte ein Völkermord haben, wie Ihr ihn heraufbeschwört?«

»Ihr habt die Damonen nicht gesehen, sonst würdet Ihr nicht fragen«, erwiderte Maziroc leise. »Bislang haben sie jeden niedergemetzelt, auf den sie gestoßen sind, gleichgültig, ob Menschen, Elben oder Barbaren, ob Frauen, Männer, Kinder oder Greise. Die Damonen sind keine vernunftbegabten Wesen, an die wir Maßstäbe anlegen können, wie sie für uns gelten. Es sind Ungeheuer, deren einziger Lebenszweck das Morden zu sein scheint. Und über die Wesen, die hinter ihnen stehen und sie befehligen, oder deren Absichten wissen wir bislang gar nichts.«

Wieder sprachen die Zwergenkönige einige Minuten lang so leise miteinander, daß Maziroc ihre Worte nicht verstehen konnte, doch diesmal schien es zwischen ihnen Meinungsverschiedenheiten zu geben, wie er ihrem Mienenspiel entnehmen konnte. Er wertete es als ein gutes Zeichen. Offenbar war es ihm gelungen, zumindest Garwin auf seine Seite zu bringen, vielleicht auch noch einen oder zwei der anderen.

Shira hingegen würde sicherlich gegen seine Bitte stimmen. Die religiöse Führung der Zwerge hatte schon immer für eine stärkere Abkapselung gegenüber anderen Völkern gestritten, weil es angeblich dem Willen der Götter entsprach, die Reinheit ihrer Lehre nicht durch den Kontakt mit minderwertigen Lebensformen zu verwässern. Darüber hinaus verachtete Shira auch persönlich andere Völker, vor allem die Menschen.

»Wir wollen Eure Aussagen nicht anzweifeln«, richtete Borrus schließlich wieder das Wort an ihn. »Aber Ihr werdet sicherlich verstehen, daß wir keine Entscheidung, die auch für die Zukunft unseres Volkes so bedeutsam sein kann, fällen werden, ohne uns vorher selbst ein umfassendes Bild von der Lage zu machen. Deshalb werden wir morgen früh bei Sonnenaufgang einige unserer Drachenreiter ausschicken. Wenn sie zurückgekehrt sind und uns Bericht erstattet haben, werden wir uns hier wieder zusammenfinden und erneut über unsere weiteren Schritte beraten. Bis dahin bitten wir Euch, unser Gast in Ravenhorst zu sein.«

Maziroc nickte. Ihm brannte die Zeit unter den Nägeln, und lieber hätte er sofort eine Entscheidung bekommen, doch er sah ein, daß er unter den gegebenen Umständen nicht mehr erreichen konnte.

»Ich nehme Euer Angebot dankbar an«, sagte er.

Gefangen

Das erste, was Miranya bei ihrem Aufwachen wahrnahm, waren die schlimmsten Kopfschmerzen, die sie je in ihrem Leben verspürt hatte. Sie wußte nicht, wo sie sich befand und was geschehen war, nicht einmal, wer sie war. Der Schmerz lähmte ihr Denken, und als sie eine unvorsichtige leichte Bewegung machte, beschränkte er sich nicht länger nur auf ihren Kopf, sondern breitete sich wie flüssiges Feuer in ihrem ganzen Körper aus, als stünde jeder einzelne Nerv in Flammen. Sie konnte nicht einmal schreien. Nur ein leises Stöhnen kam ihr über die Lippen, und sie wünschte sich, wieder in die sanfte, schmerzfreie Schwärze der Bewußtlosigkeit zurücksinken zu können, doch auch das gelang ihr nicht.

Es schien eine Ewigkeit zu dauern, bis der Schmerz so weit nachließ, daß sich zumindest ihre Gedanken wieder ein wenig klärten. Langsam, wie ein dünnes Rinnsal, kehrten einige ihrer Erinnerungen zurück: die Reise, die sie mit Maziroc und einigen anderen Begleitern unternommen hatte, die Zwerge, die sich ihnen nach dem Überfall durch die Hornmänner als Begleitschutz angeschlossen hatten. Das Bild einer Stadt tauchte vor ihr auf: Therion. Zusammen mit ihren Begleitern war sie in einem Gasthaus eingekehrt und dann ... dann ...

Nichts.

Es war, als würden ihre gedanklichen Fühler, mit denen sie nach ihrer Erinnerung zu tasten versuchte, immer wieder gegen eine Wand prallen und daran abgleiten, so sehr sie sich auch bemühte. Verbittert wollte sie den Kopf schütteln, erinnerte sich aber gerade noch rechtzeitig daran, daß dies vermutlich sofort eine neue

Welle von Schmerz auslösen würde, und verzichtete darauf.

Nach einiger Zeit waren die Qualen auf ein Maß herabgesunken, daß Miranya es wagte, die Augen zu öffnen. Die Lider waren verklebt und lösten sich nur widerwillig. Vorsichtig blinzelte sie durch winzige Schlitze hindurch, darauf gefaßt, daß jeder Lichtstrahl den schrecklichen Schmerz neu entfachen würde, doch sie wurde angenehm enttäuscht. Es war fast dunkel um sie herum; lediglich durch einen Spalt in einer nicht ganz geschlossenen Tür fiel ein schwacher Lichtschein aus dem Nebenzimmer herein, der nicht einmal ausreichte, sie Einzelheiten ihrer Umgebung erkennen zu lassen.

Dafür bekam sie mit Nachlassen des Schmerzes allmählich ein besseres Gefühl für ihren Körper. Sie lag auf einer harten Unterlage, soviel konnte sie spüren. Nur ganz langsam und vorsichtig wagte Miranya es, sich zu bewegen. Ihre Arme befanden sich in einer unbequemen Haltung hinter ihrem Rücken. Sie versuchte, sie hervorzuziehen, doch es gelang ihr nicht, da sie an den Handgelenken gefesselt war. Noch immer wußte sie nicht, wie sie hierher gekommen war, doch war sie sich nun völlig sicher, daß etwas nicht stimmte. Man hatte sie offenbar entführt. Und die Schmerzen, die sie verspürte, schienen nicht nur von einem Schlag auf den Kopf zu stammen.

Miranya kam nicht dazu, weiter darüber nachzudenken, weil in diesem Moment die Tür ganz geöffnet wurde. Das Licht kam ihr im ersten Moment grell vor, und sie mußte ein paarmal blinzeln, aber es tat ihr nicht so weh, wie sie befürchtet hatte. Ein Mann trat ein, den sie gegen den hellen Hintergrund zunächst nur als Silhouette sehen konnte. Erst als er direkt neben der Pritsche stand, auf der sie lag, konnte sie sein Gesicht erkennen.

Es war Scruul.

Im gleichen Augenblick zerbarst die Wand in ihrem Geist wie eine Staumauer, und aus dem dünnen Rinnsal, mit dem Bilder, Namen und Geschehnisse zuvor in ihr Gedächtnis zurückgekehrt waren, wurde plötzlich ein breiter Strom, als sämtliche Erinnerungen an das, was geschehen war, mit der Wucht einer Flutwelle über sie hereinbrachen.

»Scruul!« stieß sie haßerfüllt hervor. Ihr Mund und ihre Kehle waren trocken, und das Sprechen fiel ihr so schwer, daß sie nur dieses eine Wort herausbrachte.

»Du bist wach, gut«, sagte er. »Willkommen im Land des Bewußtseins und der Schmerzen. Wahrscheinlich fühlst du dich ziemlich schlecht, aber das ist eine Nebenwirkung, die sich leider nicht vermeiden ließ. Immerhin kannst du überhaupt noch etwas fühlen. Ein paar Stunden lang habe ich schon befürchtet, wir hätten dich verloren. Es sah ganz danach aus, als würdest du es nicht überstehen.«

»Überstehen?« wiederholte Miranya, nachdem sie ein paarmal geschluckt hatte und das Sprechen ihr etwas leichter fiel. »Was ... hast du mit mir gemacht?«

»Ich? Gar nichts«, behauptete Scruul. »Aber einer meiner Freunde, ein Caer-Sharuun wie ich selbst, hat versucht, dein Gedächtnis ein wenig zu manipulieren. Alles wäre viel leichter gewesen, wenn du dich nicht mehr daran erinnern könntest, daß ich hinter dieser kleinen Intrige stecke. Aber leider hat sich dein Verstand als zu stark für eine solche Beeinflussung erwiesen. Wir mußten aufgeben, sonst hätten wir dich getötet. Es war hart an der Grenze. Möchtest du etwas Wasser?«

Miranya rang kurz mit sich, dann sah sie ein, daß falscher Stolz ihr nicht weiterhelfen würde. Widerstrebend nickte sie. Scruul verließ das Zimmer und kam gleich darauf mit einem Becher zurück. Er schob einen Arm unter ihren Oberkörper und half ihr, sich in eine halb sitzende Position aufzurichten, dann hielt er ihr den Becher an die Lippen. Gierig trank sie das Wasser. Das Brennen in ihrem Hals ließ rasch nach.

»Es tut mir wirklich leid, daß wir dir einige Unannehmlichkeiten bereiten müssen«, sprach Scruul weiter und ließ sie wieder auf die Pritsche zurücksinken. »Aber das hast du dir selber zuzuschreiben. Du hättest nicht so neugierig sein sollen, dann hättest du dir eine Menge ersparen können.«

»Du lügst«, behauptete Miranya. »Ich habe genug gehört, um zu wissen, daß du mich sowieso entführen wolltest.«

»Das schon«, bestätigte er. »Aber dann hättest du nicht gewußt, daß ich dahinterstecke, und wir hätten dich freilassen können, sobald sich Kenran'Del in unsere Hand begeben hätte. Da du es nun aber weißt und dein Gedächtnis sich nicht genügend beeinflussen läßt, werden wir dich leider töten müssen, sobald wir haben, was wir wollen. Es kann nicht schaden, wenn Maziroc mir noch eine Weile vertraut.«

Miranya war bemüht, sich ihren Schrecken nicht anmerken zu lassen. Sie war nicht wirklich überrascht. Schon seit Scruul ihr erzählt hatte, daß seine Mitverschwörer erfolglos ihr Gedächtnis zu manipulieren versucht hätten, war ihr klar gewesen, daß er sie töten würde, damit er Maziroc gegenüber seine bisherige Rolle weiterspielen konnte. Dennoch verspürte sie Angst.

Bevor sie zu dieser Reise aufgebrochen war, hatte sie sich noch nie in Lebensgefahr befunden. Sie war behütet im Turm der Hexen aufgewachsen, behütet und umsorgt nicht nur von ihrer Mutter, sondern von allen dort lebenden Vingala. Seit sie nach Cavillon gereist war und sich zur Teilnahme an dieser Expedition entschlossen hatte, hatte sich dies jedoch geändert. Beim Überfall der Hornmänner hatte sie zum ersten Mal echte Todesangst kennengelernt, und nun, kaum eine Woche später, befand sie sich erneut in tödlicher Gefahr.

Dabei fühlte sie sich weder besonders mutig noch besonders tapfer, und schon gar nicht fühlte sie sich zur Heldin geboren. Im Grunde hatte sie sich Maziroc aus einer Mischung aus Abenteuerlust und Neugier angeschlossen.

Nun, ihr Bedarf an Abenteuern war vorläufig gedeckt, und was ihre Neugier betraf, so war diese anscheinend eine charakterliche Schwäche, die sie letztlich erst in *diese* unangenehme Lage hineingebracht hatte.

Sie bedauerte, daß sie neben ihrer Heilkunst keine speziellen magischen Fähigkeiten oder wenigstens einige *Skiils* besaß, mit denen sie sich in einer Situation wie dieser hätte verteidigen können. Anderseits, hätte sie solche *Skiils* besessen, hätte Scruul sie ihr mit Sicherheit abgenommen. Gefesselt, wie sie war – nicht nur an den Hand-sondern auch den Fußgelenken –, war sie ihm wehrlos ausgeliefert. Ihre einzige, wenngleich äußerst geringe Chance bestand darin, ihn von seinem Vorhaben abzubringen.

»Du bist verrückt«, behauptete sie. »Völlig wahnsinnig, unter den gegebenen Umständen, wo uns allen der Untergang durch die Damonen droht, solche Ränke zu schmieden, um dich zu bereichern.«

»Hier geht es nicht darum, mich zu bereichern«, widersprach Scruul in einem besserwisserischen Tonfall, als hätte er es mit einem störrischen Kind zu tun, das nicht einsehen wollte, warum es sich vom flackernden Herdfeuer fernhalten sollte. Immerhin aber schien er bereit zu sein, sich auf ein Gespräch mit ihr einzulassen, und setzte sich zu ihr auf die Kante der Pritsche.

»Ach nein?« höhnte sie. »Als nächstes wirst du wohl noch behaupten, du würdest dies nur zum Wohle von Arcana tun, ohne jegliche eigennützige Absicht. Ein verkappter Wohltäter sozusagen.«

»Unsinn!« zischte er. »Ich und meine Gefährten, wir wollen die Machtmittel, über die dieser Kenran'Del verfügt, soviel hast du ja ohnehin bereits mitbekommen. Ich glaube die alten Märchen nicht, wonach er als Gesandter der Götter von den Sternen herabgestiegen ist. Eher denke ich, daß diese geheimnisvolle Zitadelle die Quelle seiner Macht darstellt. Vielleicht ist er sogar dort erst auf etwas gestoßen, das ihm seine unglaublichen Fähigkeiten verleiht. Aber er ist ein Narr, denn er nutzt sie nicht. Tausend Jahre lang hat er sinnlos verschlafen, und womöglich wird er sich erneut in seinen magischen Schlaf begeben, wenn die Gefahr durch die Damonen gebannt ist, dabei könnte er so vieles tun, um die Geschicke dieser Welt zu beeinflussen. Deshalb dürfen seine Machtmittel nur dem Dunklen Bund in die Hände fallen.«

»Damit ihr eine Terrordiktatur errichten und die Völker versklaven könnt«, stieß Miranya hervor. Abgesehen von der Wahl ihrer Mittel, war dies der Hauptunterschied zwischen dem Dunklen Bund und den Ishar und Vingala. Während letztere jede Art von Unterdrückung ablehnten und keinerlei Macht für sich erstrebten, waren die Mitglieder des Dunklen Bundes geradezu gierig danach.

»Wir Magier und Hexen sind nun einmal die Zukunft Arcanas«, entgegnete er. »Selbst wenn eure beiden Orden dies nicht einsehen wollen. Genau deshalb erhält der Dunkle Bund ja auch immer mehr Zulauf. Die alten Völker sterben allmählich aus, und der normalen Menschheit, aus der heraus wir uns entwickelt haben, sind wir in jeder Hinsicht weit überlegen. Indem sie uns hervorgebracht hat, hat sie ihren Zweck erfüllt. Im Vergleich zu uns sind die normalen Menschen nicht viel mehr als Tiere. Warum also sollen wir ihnen die Geschicke dieser Welt überlassen, statt sie in die eigenen Hände zu nehmen?«

»Weil es nun einmal ihre Welt ist«, entgegnete Miranya schwach. Während ihrer Ausbildung war sie mit den Argumenten und Verlockungen des Dunklen Bundes konfrontiert worden und hatte gelernt, ihnen zu begegnen, doch gegen die Leidenschaftlichkeit, mit der Scruul von seinem Standpunkt überzeugt war und ihn verteidigte, kam ihr jedes ihrer Worte wie eine inhaltsleere, auswendig gelernte Phrase vor. »Vielleicht werden wir wirklich eines Tages ihr Erbe antreten, das wird die Zukunft weisen. Aber so weit ist es noch lange nicht«, fügte sie hinzu.

»Nichts als albernes Geschwätz«, sagte Scruul und machte eine heftige Handbewegung, als wolle er ihre Argumente damit beiseite fegen. »Die Menschen haben bereits mehr als genug Zeit gehabt, um zu zeigen, daß sie würdig sind, über diese Welt zu herrschen, aber diesen Beweis sind sie bislang schuldig geblieben. Eher das Gegenteil ist der Fall. Wenn man genauer hinsieht, zeigen sie mit jedem Tag mehr, wie wenig sie dazu fähig sind. Alle Fortschritte auf den wichtigen Gebieten der Magie, der Alchimie und allen anderen Wissenschaften gehen doch schon seit langer Zeit nur noch auf uns Magier und Hexen zurück. Die Menschen haben lediglich in der Baukunst und bei der Herstellung von Waffen und anderen Werkzeugen einige Verbesserungen hervorgebracht. Aber das ist ja auch kein Wunder, denn schließlich ist es schon seit Jahrtausenden ihre liebste Beschäftigung, aus den nichtigsten Anlässen heraus gegeneinander Krieg zu führen.«

»Glaub nicht, daß mir das gefällt«, pflichtete Miranya ihm widerstrebend bei. »Aber das ist ihre Entscheidung. Sie haben das Recht, sich ihren eigenen Weg zu suchen.«

»Den sie niemals finden werden, weil sie keinen haben. In gewisser Hinsicht sind sie fast wie diese Damonen, auch ihr einziger Existenzzweck scheint der Krieg zu sein. Eine unglaubliche Verschwendung von Zeit, Energie und Ressourcen. Die Menschen plündern diese Welt aus, und statt eine konstruktive Entwicklung voranzubringen, hemmen sie sie nur oder werfen sie gar zurück. Und dabei sollen wir sie noch als demütige Helfer unterstützen, wie es sich die Ishar und Vingala auf ihre Fahnen geschrieben haben? Unter der Führung von uns Magiern würde Arcana einen beispiellosen Aufschwung erleben. Was soll daran falsch sein? Eure und unsere Ziele liegen gar nicht so weit auseinander, wir wollen sie nur auf unterschiedlichen Wegen erreichen.«

»Wenn es vom Schicksal so vorgesehen ist, dann wird die Verantwortung für diese Welt einst auf unseren Schultern lasten«, beharrte Miranya. Sie fühlte sich immer weiter in die Ecke gedrängt, hatte seinen Argumenten kaum noch etwas entgegenzusetzen. »Aber noch ist es nicht soweit«, wiederholte sie.

»Und es wird auch nie soweit sein, wenn wir das Heft des Handelns nicht übernehmen. Die Elben, sogar die Zwerge und all die anderen alten Völker, die vor den Menschen einst das Antlitz dieser Welt prägten, haben erkannt, wann es für sie Zeit war zu gehen. Sie sind heute fast ausgestorben und haben sich schon lange weitgehend zurückgezogen. Aber die Menschen verstehen nur die Sprache der Gewalt. Sie werden niemals freiwillig abtreten, wenn wir sie nicht zwingen. Dieses Volk stellt nur eine unbedeutende Zwischenstufe in der geschichtlichen Entwicklung dar. Wie unbedeutend es ist, zeigt sich schon darin, daß es das kriegerischste uns bekannte Volk ist, daß es einer Bedrohung wie der durch die Damonen aber fast hilflos gegenübersteht. Schon damals hatten die Menschen den geringsten Anteil daran, sie zurückzuschlagen. Damals haben die Elben, die Zwerge und die Magier die Hauptlast des Krieges tragen müssen. Heute gibt es nur noch wenige Elben und

Zwerge, und wieder ruhen alle Hoffnungen hauptsächlich auf uns. Aber nur wir Caer-Sharuun sind in unserem Vorgehen stark und entschlossen genug, diesen Hoffnungen gerecht zu werden. Die Vingala sind zu schwach und die Ishar zum größten Teil zu selbstgefällig, und beide seid ihr viel zu friedliebend, um euch dieser Herausforderung mit der nötigen Härte zu stellen.«

»Aber Kenran'Del ...«

»Ist nur ein einzelner Mensch«, fiel Scruul ihr sofort ins Wort. »Er mag große Macht besitzen, aber es ist reines Wunschdenken, darauf zu vertrauen, daß er allein die Gefahr bannen kann. Gerade deshalb brauchen wir sein Wissen und seine Machtmittel, und zwar gerade jetzt, begreifst du das denn nicht? Freiwillig wird er sie uns nicht geben, deshalb müssen wir sie uns nehmen. Möglicherweise hängt unser aller Überleben davon ab. Du siehst, ich denke nicht nur eigennützig, und es kann keinen besseren Zeitpunkt für mein Handeln geben.«

Miranya schwieg und schüttelte nur leicht den Kopf, weil sie nicht wußte, was sie erwidern sollte. Seine Worte verwirrten sie mehr und mehr. Hinzu kam, daß ihr Kopf immer noch schmerzte und es ihr mit jeder Minute schwerer fiel, sich zu konzentrieren. Sie spürte, daß Scruul Unrecht hatte, aber er verstand es so geschickt, Tatsachen, Vermutungen und Halbwahrheiten in seinem Sinne miteinander zu vermischen und seine eigenen Schlüsse daraus zu ziehen, daß sie kaum noch erkennen konnte, wo das eine aufhörte und das andere anfing. Wenn man sich einmal auf seine Argumentation einließ, klangen seine Folgerungen auf eine schreckliche Art einleuchtend, obwohl sie genau wußte, daß sein Weg der falsche war.

»Warum sträubst du dich?« fragte er mit nun sanfter, einschmeichelnder Stimme. »Das alles ist neu und verwirrend für dich, weil man dir von Kindheit an beigebracht hat, daß wir Caer-Sharuun so etwas wie Ungeheuer sind. Obwohl du es dir nicht eingestehen willst, hast du tief in deinem Inneren jedoch bereits erkannt, daß ich recht habe.«

»Nein!« preßte sie mühsam hervor und versuchte, den in ihr tobenden Aufruhr unter Kontrolle zu bekommen. »Das ist ... nicht wahr.«

»O doch, das ist es. Noch ist es nicht zu spät, deinen Irrtum zu erkennen, noch kannst du dein falsches Bild von uns und all die Lügen, mit denen man dich über uns vollgestopft hat, abwerfen und dich auf unsere Seite stellen. Glaub mir, ich möchte dich nicht töten. Ich verlange nicht einmal von dir, daß du den Orden der Vingala verläßt oder sogar dem Dunklen Bund beitrittst. Unterstütze uns nur bei diesem einen Vorhaben. Nicht nur in deinem oder meinem Interesse, sondern um mitzuhelfen, diese ganze Welt zu retten und ihre Zukunft zu sichern.«

»Niemals«, keuchte sie.

»Ich erwarte jetzt keine Entscheidung von dir«, erklärte Scruul. »Dir bleibt noch Zeit, bis Maziroc und Kenran'Del in Therion eintreffen werden. Denk bis dahin in Ruhe über alles nach, was ich dir gesagt habe.«

Er lächelte ihr zu, dann erhob er sich, drehte sich um und verließ den Raum.

»Niemals«, stieß Miranya noch einmal hervor, doch vermutlich hörte er es nicht mehr.

Der Drachenreiter

Die Stunden, die er in Ravenhorst verbrachte und auf die Entscheidung der Zwerge wartete, schienen sich für Maziroc zum längsten Tag seines Lebens zu dehnen. Sechs Drachenreiter waren bereits früh am Morgen aufgebrochen, doch trotz der Schnelligkeit, mit der die Drachen zu fliegen vermochten, war mit ihrer Rückkehr erst am späten Nachmittag oder frühen Abend zu rechnen. Das Warten fiel Maziroc so schwer wie selten zuvor.

Von früheren Besuchen her wußte er, daß es fast unmöglich war, sich in Ravenhorst zu langweilen. Wer einmal hier als Gast geduldet wurde, dem fiel es auch nicht schwer, selbst mit wildfremden Zwergen ins Gespräch zu kommen. Man mußte sich sogar regelrecht anstrengen, um nicht von ihrer Geselligkeit angesteckt und in ihr fröhliches Treiben verwickelt zu werden. An allen Ecken und Enden wurde der neueste Tratsch ausgetauscht, wurde diskutiert, gelacht und natürlich getrunken. Die zahlreichen Gasthäuser waren selbst am Tage schon gut besucht.

Immer wieder wurde Maziroc angesprochen, wurde auf einen Krug Wein oder Bier eingeladen und gebeten, von seinen Erlebnissen zu erzählen. Unter anderen Umständen wäre er der Bitte nur zu gerne nachgekommen, aber nicht an diesem Tag. Er hatte am vergangenen Abend nur wenig Alkohol getrunken und sich früh hingelegt, doch hatte er nur äußerst unruhig geschlafen und war früh am Morgen wieder auf den Beinen gewesen. Seither verspürte er eine fast fieberhafte innere Unruhe.

Von einem Fenster des ihm zugewiesenen Quartiers aus hatte er den Aufbruch der Drachen beobachtet. Leider waren sie nicht über die Stadt hinweggeflogen, sondern in die entgegengesetzte Richtung, so daß er die gewaltigen Tiere nur von weitem hatte sehen können. Er hätte das *Skiil* benutzen können, mit dem er in die Ferne schauen konnte, doch es wäre ihm wie ein Vertrauensbruch an den Zwergen vorgekommen. Wenn sie es für richtig hielten, würden sie ihm die Drachen zeigen, und er wollte sich dieses Privileg nicht durch Magie erschwindeln.

Erst ein einziges Mal, bei seinem ersten, mittlerweile über zwanzig Jahre zurückliegenden Besuch in Ravenhorst, hatte man ihn bis nahe an die Drachengehege herangeführt, und es war ein unvergleichlicher Anblick gewesen. Die Flugdrachen waren die größten Tiere, die es auf Arcana gab, doch nicht nur aus diesem Grund waren sie zugleich auch die beeindruckendsten. Trotz ihrer Größe und Massigkeit wirkten sie kein bißchen plump, wenn man sie aus der Nähe sah, sondern sie bewegten sich äußerst elegant und geschmeidig, selbst am Boden.

Ihr eigentliches Revier aber war die Luft. Ihr Flug nahm sich gegenüber dem von Vögeln wie das majestätische Dahingleiten eines Adlers im Vergleich zum hektischen Flügelschlagen eines Spatzen aus.

Am frühen Vormittag suchte Maziroc Pollus auf, der ein Quartier ganz in der Nähe von ihm bekommen hatte, das jedoch wesentlich weniger komfortabel war. Außerdem stand ein Zwergenkrieger als Wache vor der Tür. Maziroc wollte zusammen mit dem Soldaten einen Spaziergang durch Ravenhorst unternehmen und ihm die Stadt zeigen, doch der Wachposten wies sie freundlich aber bestimmt zurück, als sie durch die Tür ins Freie traten.

»Ihr selbst dürft Euch in Ravenhorst frei bewegen, Maziroc von Cavillon, aber das gilt nicht für ihn«, erklärte er und deutete dabei auf Pollus. »Es ist bereits ein großes Entgegenkommen aufgrund unserer Hochachtung vor Euch, daß wir einen einfachen Menschen hier dulden. Ich habe jedoch ausdrückliche Anweisung, darüber zu wachen, daß er sein Quartier nicht verläßt.«

»Er ist kein Gefangener, sondern mein Freund«, begehrte Maziroc hitzig auf. »Und ich verlange, daß er auch dementsprechend –«

»Laß es gut sein«, fiel Pollus ihm ins Wort und legte ihm die Hand auf den Arm. »So sind nun einmal ihre Traditionen. Ich bin schon äußerst froh, daß ich überhaupt hier sein darf. Das ist mehr, als ich mir jemals erträumt habe, und ich werde einst noch meinen Enkelkindern davon erzählen.«

»Aber wir –«

»Strapazieren wir die Gastfreundschaft der Zwerge nicht durch immer größere Forderungen«, unterbrach Pollus ihn abermals. »Sicher würde ich am liebsten tagelang durch Ravenhorst laufen und mir alles genau ansehen, aber nach den Strapazen der letzten Zeit tut mir auch ein bißchen Ruhe ganz gut.«

»Wie du meinst«, lenkte Maziroc nach ein paar Sekunden widerwillig ein. Vermutlich hatte Pollus recht. Sie waren nur Gäste und hatten sich den Regeln ihrer Gastgeber anzupassen. Es war in der Tat schon ein großes Zugeständnis, daß man seinen Begleiter überhaupt nach Ravenhorst gelassen hatte, statt zu verlangen, daß er sein Lager am Fuße des Ashram aufschlug.

In Gedanken versunken, schlenderte Maziroc allein durch die Straßen der Stadt. Auch weiterhin lehnte er sämtliche Einladungen der Zwerge, sich zu ihnen zu gesellen, freundlich aber bestimmt ab. Ihm stand nicht der Sinn danach, irgendwelche Geschichten zu erzählen, oberflächlich zu plaudern und sich zu amüsieren. Dafür war die innere Unruhe, die er verspürte, zu stark, und sie ließ den ganzen Tag über nicht nach. Das tatenlose Abwarten, während anderenorts vielleicht bereits der große Eroberungszug der Damonen begonnen hatte und Krieg geführt wurde, machte ihm zu schaffen. Wenn die Drachenreiter auch nur bis in die Nähe des Gehöfts flogen, konnten sie nicht vor dem Abend zurückkehren, vielleicht sogar erst in der Nacht, doch er hatte das fast sichere Gefühl, daß jede Minute entscheidend sein konnte.

Möglicherweise hatten sie alle die Gefahr bislang weit unterschätzt. Sie hatten einige hundert Damonen gesehen und ansonsten lediglich von dem geheimnisvollen Kenran'Del etwas über sie erfahren. Aber auch dessen Kenntnisse waren entweder nur begrenzt gewesen, oder er hatte aus irgendwelchen Gründen nicht mehr von seinem Wissen preisgeben wollen.

Bei jedem dunklen Punkt, den Maziroc am Himmel entdeckte, schlug sein Herz unwillkürlich schneller, und mittlerweile hatte er keine Hemmungen mehr, sein *Skiil* zu benutzen, um nachzusehen. Stets jedoch wurde er enttäuscht, weil es sich nicht um Drachen, sondern nur um große Vögel oder schlichtweg nur um Einbildung handelte.

Zur Mittagsstunde nahm er eine Einladung der Könige an, mit ihnen gemeinsam zu speisen. Er hoffte, in einem weniger formellen Gespräch als dem vom vergangenen Abend ein wenig auf sie einwirken und sie davon überzeugen zu können, wie wichtig ihre Hilfe war, doch er sah sich enttäuscht. Borrus verlangte nachdrücklich, während des Mahls die Politik und alle damit zusammenhängenden Fragen ruhen zu lassen, zumindest soweit sie die Damonen und die mögliche Reaktion der Zwerge auf diese Bedrohung betrafen.

So sprachen sie nur über allgemeine Themen. Dennoch war das Treffen für Maziroc recht informativ. Immerhin konnte er aus dem Verhalten der Zwerge entnehmen, wie sie zu ihm persönlich standen. So war unverkennbar, daß Shira ihm grollte. Sie sprach kaum ein Wort mit ihm, wich sogar seinen Blicken weitgehend aus und machte keinerlei Hehl daraus, daß dieses Mahl zusammen mit ihm für sie nur eine lästige Pflicht darstellte. Als religiöse Führerin der Zwerge war sie besondere Hochachtung gewöhnt, und deshalb würde sie ihm sein in ihren Augen äußerst ungebührliches Verhalten vom vergangenen Abend sicherlich noch lange nachtragen. Worum auch immer er bat, sie würde gegen ihn stimmen, so kurzsichtig ein solcher Standpunkt angesichts der Bedeutung seines Auftrags auch sein mochte.

Ganz anders verhielt es sich mit Garwin. Mit ihm hatte Maziroc sich schon bei seinen früheren Besuchen in Ravenhorst sehr gut verstanden. Als oberster Jagdherr verließ er die Stadt häufiger als alle anderen Könige, weshalb sein Denken offener und globaler und die extrem isolationistische Haltung bei ihm nicht ganz so stark ausgeprägt war. Höchstwahrscheinlich besaß Maziroc in ihm einen Fürsprecher und Verbündeten.

Farin, die Königin der Künste, hatte er erst einmal zuvor gesehen, kurz nachdem sie ihr Amt angetreten hatte, so daß er sie noch nicht recht einordnen konnte. Ihrem Verhalten entnahm er, daß sie eine weitgehend neutrale Haltung ihm gegenüber einzunehmen schien. Ähnlich verhielt es sich mit Naxon, dem König des Bergbaus, der ohnehin ziemlich zurückhaltend war und seine Gefühle und Gedanken nur selten preisgab.

Beide würden sich bei ihrem Urteil zu einem großen Teil danach richten, wie Borrus stimmte. Als Kriegerkönig fiel die anstehende Entscheidung ohnehin in erster Linie in sein Gebiet, weshalb zu erwarten war, daß Farin und Naxon sich ihm anschließen würden, wenn sie nicht doch noch eine ausgeprägtere eigene Meinung in dieser Angelegenheit entwickeln würden.

Letztlich hing also alles hauptsächlich von Borrus ab. Bislang schien er der Bitte um Hilfe nicht allzu wohlgesonnen gegenüber zu stehen, doch war er als durch und durch aufrichtig bekannt, so daß man bei ihm darauf vertrauen durfte, daß er seine Entscheidung nach bestem Wissen und Gewissen fällen würde, ohne sich durch persönliche Sympathien oder Antipathien beeinflussen zu lassen. Deshalb würde er sich seine endgültige Meinung erst bilden, wenn die Drachenreiter zurückgekehrt waren und Bericht erstattet hatten.

Nach dem Mahl spielte Maziroc kurz mit dem Gedanken, Shira einen Besuch in ihrem Tempel abzustatten, um unter vier Augen mit ihr zu sprechen und sich für seinen Temperamentsausbruch vom Vortag zu entschuldigen. Je länger er darüber nachdachte, desto deutlicher wurde ihm jedoch bewußt, daß es nichts nützen würde, und so verwarf er die Idee schließlich wieder. Er hatte sich nichts vorzuwerfen, wofür er sich entschuldigen müßte. Vielleicht waren sein Tonfall und die Wahl seiner Worte nicht ganz angemessen gewesen, doch er hatte niemanden beleidigt. Würde er sich bei Shira dennoch entschuldigen, würde sie diese Geste als genau das erkennen, was sie auch darstellte, nämlich einen ziemlich plumpen Versuch, sich bei ihr anzubiedern, um ihre Stimme zu erhalten. Anschließend würde sie ihn nur noch mehr verachten und sich erst recht in ihrer Ansicht bestätigt sehen, daß die Menschen die Hilfe der Zwerge gar nicht verdienten.

Am späten Nachmittag entdeckte er wieder einen dunklen Punkt am Himmel. Erneut blickte er durch das ringförmige *Skiil,* und diesmal handelte es sich tatsächlich um einen Drachen. Es war ein gewaltiges Tier mit einem von grünlichen Schuppen bedeckten Leib, dessen Rumpf alleine sicherlich zwanzig Meter maß und gut acht oder neun Meter breit war. Die Flügelspannweite des Drachen betrug bei ganz ausgebreiteten Schwingen siebzig, achtzig Meter.

Noch war das Tier zu weit entfernt, als daß er trotz des *Skiils* Einzelheiten erkennen könnte, doch es war offensichtlich, daß etwas nicht stimmte. Der Flug des Drachen war unruhig und taumelnd. Nichts war mehr von dem majestätischen, eleganten Dahingleiten zu entdecken, wie er es von den Tieren in Erinnerung hatte, dafür schlug der Drache viel zu oft und hektisch mit den Schwingen.

Nach einigen Sekunden fiel Maziroc auf, daß dies vor allem für den rechten Flügel galt, während das Tier den linken kaum bewegte. Dieser hing leicht herab. Wenn nicht schon die bloße Vorstellung, einem solchen Giganten der Lüfte könne etwas gefährlich werden, geradezu absurd anmuten würde, hätte man glauben können, der Drache wäre verletzt.

Maziroc beobachtete den taumelnden Flug des sich langsam nähernden Tieres noch ein paar weitere Sekunden lang, und sein Eindruck verstärkte sich. Der Drache *war* verletzt, der linke Flügel anscheinend gebrochen, wenn nicht sogar noch schlimmer in Mitleidenschaft gezogen.

Auf ganz Arcana gab es kein einziges Tier, das einen ausgewachsenen Drachen angreifen würde, weil es nicht den Hauch einer Chance hätte; nicht einmal am Boden, und schon gar nicht in der Luft, dem angestammten Lebensraum der Drachen, den sie allein beherrschten. Wenn dieses Tier tatsächlich verletzt war, ließ das nur zwei Schlüsse zu: Entweder hatte es einen Unfall gegeben, und der Drache war beispielsweise durch eine jähe Bö oder einen plötzlichen Wechsel im Spiel von Auf- und Fallwinden in der Nähe einer Bergklippe aus der Flugbahn gebracht und gegen die Felsen geschleudert worden, wie es gelegentlich vorkam.

Oder aber er war von einem Feind angegriffen worden, wie man ihn bislang auf Arcana noch nicht gekannt hatte!

Besorgt ließ Maziroc das *Skiil* sinken. Nur weil er bei dem Kampf an dem Gehöft keine fliegenden Kreaturen gesehen hatte, bedeutete das noch nicht, daß keine der zahlreichen verschiedenen Rassen, aus denen sich die Streitmacht der Damonen zusammensetzte, zum Fliegen in der Lage war. Diese Möglichkeit hatte er noch gar nicht weiter bedacht, doch selbst wenn, hätte es vermutlich nichts an seiner Bestürzung geändert. Verglichen mit einem Drachen wirkten selbst die Damonen winzig und harmlos, und er wäre nicht im Traum auf den Gedanken gekommen, daß sie einen der geschuppten Urzeit-Giganten angreifen und womöglich gar in Bedrängnis bringen könnten.

Mit raschen Schritten machte sich der Magier auf den Weg zum Drachengehege, wo das verletzte Tier landen würde. Wenn irgend möglich, wollte er sehen, wie schwer es verwundet war, und direkt erfahren, was passiert war, statt es nur aus zweiter Hand berichtet zu bekommen.

An dem Gehege herrschte bereits große Aufregung. Auch hier hatte man den herannahenden Drachen längst bemerkt und erkannt, daß etwas nicht stimmte. Kaum jemand beachtete Maziroc, wie er es gehofft hatte. Die Blicke der meisten anwesenden Zwerge waren nach oben gerichtet, wo der Drache mittlerweile über dem Ashran schwebte und sich in spiralförmig enger werdenden Kreisen auf den Landplatz herab senkte.

Nun war auch deutlich zu erkennen, daß das Tier schwerer verletzt war, als Maziroc zuvor angenommen hatte. Der Flügel war nicht nur gebrochen, sondern die Haut, die sich über den Knochen spannte, war stellenweise regelrecht zerfetzt worden. Aber auch am übrigen

Körper hatte der Drache überall mehr oder weniger schlimme Wunden davongetragen. Sein Leib war mit getrocknetem Blut besudelt, das einst prächtige Schuppenkleid wies mehrere große, häßliche Löcher auf.

Auch die gewaltige korbartige Konstruktion, die auf seinem Rücken befestigt war und in der mehrere Dutzend Zwerge Platz fanden, war beschädigt. In der Umhüllung klafften Lücken, und das gesamte Gestell war ein Stück zur Seite verrutscht.

Der Sinkflug des Drachen wurde immer unsicherer, je mehr er sich dem Ashran näherte und von den Aufwinden durchgeschüttelt wurde. Manchmal sackte er mehrere Meter auf einmal durch und wurde dabei zur Seite abgetrieben, so daß es seinem Reiter, der auf einem speziellen Sitz unmittelbar hinter seinem Kopf saß, nur mit Mühe gelang, einen Sturz zu vermeiden und das Tier wieder auf den richtigen Kurs zurück zu lenken.

Schließlich berührten die Krallen des Drachen den Boden. Das Tier machte einige hoppelnde Schritte und versuchte, das Gleichgewicht zu halten. Dabei berührte es mit dem verletzten Flügel den Boden. Vor Schmerz stieß es ein schrilles Brüllen aus und bäumte sich auf. Das war zuviel für seinen Reiter. Der Zwerg wurde aus seinem Sitz geschleudert, klammerte sich noch einen Moment lang am Hals des Drachen fest und stürzte dann zu Boden, wo er regungslos liegenblieb. Er hatte Glück, daß er nicht von den riesigen Krallen zertrampelt wurde.

Maziroc eilte zusammen mit einigen Zwergen zu ihm hin, während andere sich um den Drachen kümmerten, der ein Stück entfernt zum Stehen gekommen war und klagende, schmerzerfüllte Laute von sich gab.

Auch der Reiter war verletzt. Er hatte eine große, bereits verschorfte und von getrocknetem Blut umgebene Wunde an der Stirn, die bei seinem Sturz erneut aufgeplatzt war. Auch an der Brust war er offenbar verletzt worden, denn dort hatte sich der Stoff seiner Kleidung mit mittlerweile ebenfalls getrocknetem Blut vollgesogen.

Maziroc kniete neben ihm nieder. Aufgrund seiner vielen Reisen verstand er einiges von der Heilkunst. Er vermochte seine Magie nicht wie die Vingala direkt zur Heilung von Wunden einzusetzen, doch mit jedem normalen Arzt konnte er es aufnehmen. Er legte die Brustwunde des Zwerges frei. Etwas Spitzes hatte ihn getroffen, war aber glücklicherweise nicht allzu tief in den Körper eingedrungen und wieder herausgerissen worden. Ebenso wie die Verletzung an der Stirn war die Wunde nicht allzu schlimm, der Zwerg hatte allerdings viel Blut verloren. Er war ohnmächtig, vermutlich hatte er jedoch erst bei dem Sturz das Bewußtsein verloren.

»Wir kümmern uns um ihn«, sagte ein Zwerg und drängte Maziroc sanft zur Seite. Einige weitere betteten ihren verletzten Artgenossen vorsichtig auf eine Trage und brachten ihn weg. »Ihr solltet besser den Thronsaal aufsuchen«, sprach der Zwerg weiter. »Sobald Quarron vernehmungsfähig ist, wird er den Königen Bericht erstatten, und Ihr wollt dabei sicherlich ebenfalls anwesend sein.«

Maziroc nickte knapp, und nachdem er sich ein letztes Mal umgeblickt hatte, verließ er das Drachengehege mit raschen Schritten.

Die Zwergenkönige waren unverkennbar nervös. Nichts war von der gleichmütigen Ruhe und Würde geblieben, die sie sich bislang stets an den Tag zu legen bemüht hatten. Statt dessen rutschten sie unruhig auf ihren Thronstühlen herum und tuschelten immer wieder leise miteinander.

Maziroc konnte sie gut verstehen. Ihre Drachen hatten

bislang als unbesiegbar gegolten. Sie waren neben der ausgeprägten Kriegskunst des kleinen Volkes einer der Hauptgründe, weshalb es seit Jahrhunderten niemand mehr gewagt hatte, die Zwerge anzugreifen. Selbst wenn sich viele nicht sicher waren, ob es die gewaltigen Urzeitechsen wirklich gab, so reichte doch schon der bloße Mythos um ihre Existenz aus, andere abzuschrecken. Dementsprechend sicher hatten sich die Zwerge stets gefühlt.

Nun jedoch war alles anders. Einer der Drachen war von einem – zumindest für die Zwerge noch unbekannten – Feind angegriffen, in die Flucht geschlagen und so schwer verwundet worden, daß er die Rückkehr nach Ravenhorst nur mit Mühe geschafft hatte. Damit war mehr als nur ein jahrhundertealter Mythos zerbrochen. Zum ersten Mal seit vermutlich sehr, sehr langer Zeit lernten die Zwerge den bitteren Geschmack einer Niederlage kennen, mußten erkennen, daß auch ihren vermeintlich unbezwingbaren Drachen Grenzen gesetzt waren. Das erschütterte das gesamte Selbstverständnis dieses Volkes.

Gut eine Stunde war seit der Rückkehr Quarrons, des Drachenreiters, vergangen. Unruhig ging Maziroc in dem großen Thronsaal auf und ab. Er war kaum weniger nervös als die Könige, wartete ungeduldig auf weitere Neuigkeiten. Immerhin bewies der Angriff auf den Drachen auch ihm, daß man die Damonen bislang unterschätzt hatte, daß sie eine noch viel schrecklichere Gefahr als vermutet darstellten.

Obwohl am Morgen sechs Kundschafter aufgebrochen waren, war erst einer von ihnen zurückgekehrt, noch dazu in einem solchen Zustand. Das mußte nicht zwangsläufig bedeuten, daß die Patrouillen alle angegriffen worden waren, zumal sie in verschiedene Richtungen geflogen waren, um sich ein möglichst umfassendes Bild zu verschaffen. Es war durchaus möglich, daß die anderen unversehrt zurückkehrten, aber es war auch möglich, daß sie ebenfalls angegriffen und einige von ihnen eventuell gar getötet worden waren. Wie Maziroc einigen aufgeschnappten Wortfetzen entnehmen konnte, schlossen die Zwergenkönige selbst diese, bis vor kurzem für sie noch schier unvorstellbare, Möglichkeit nicht mehr völlig aus.

Es dauerte noch eine weitere halbe Stunde, bis Quarron schließlich in den Thronsaal geführt wurde. Aufgrund des hohen Blutverlustes war er sehr blaß im Gesicht. Er trug einen dicken Verband um die Stirn, und unter seinem Hemd zeichnete sich ein weiterer ab. Beim Gehen mußte er von einem anderen Zwerg gestützt werden, weshalb zwei Diener rasch davoneilten und einen Stuhl holten, auf den er sich setzen konnte. Das Protokoll sah zwar vor, daß aus Ehrfurcht vor den Königen jeder außer ihnen selbst im Thronsaal zu stehen hatte, doch dies war eine besondere Situation.

»Bitte, Quarron, berichte uns, was geschehen ist«, forderte Borrus den Drachenreiter auf, nachdem dieser sich auf den Stuhl hatte sinken lassen.

»Es ... es war furchtbar, Herr«, stieß der Zwerg hervor. »Das waren Ungeheuer, Bestien, wie ich sie noch nie zuvor gesehen habe. Sie haben sich in einem ganzen Rudel auf mich und den Drachen gestürzt. Es waren mindestens hundert von ihnen, vielleicht noch mehr. Sie stießen blitzschnell zu und dann –«

»Langsam, langsam«, fiel Borrus ihm beruhigend ins Wort. »Erzähle uns alles der Reihe nach.«

Quarron schluckte schwer und nickte.

»Wie es mir aufgetragen wurde, bin ich nach Südwesten geflogen, in die Richtung, in der dieses Gehöft liegt, von dem Maziroc berichtet hat«, begann er noch einmal neu und warf dem Magier dabei einen kurzen Blick zu. »Resool flog so weit entfernt, daß wir gerade noch Blickkontakt hatten, und wir ließen ihn auch bewußt nicht abreißen. Wir hatten noch nicht einmal die Hälfte der geplanten Strecke zurückgelegt, als wir plötzlich diese ... diese Ungeheuer entdeckten. Es waren Zehntausende, vielleicht sogar Hunderttausende. So weit man blicken konnte, schien sich das Land schwarz gefärbt zu haben. Der Anblick war furchtbar. Das ... das waren keine Lebewesen, wie wir sie kennen. Diese Kreaturen müssen Dämonen sein, die geradeweg aus Malachos' Schattenland hervorgekrochen sind, eine Verhöhnung alles Lebendigen.«

Bei diesen Worten warf er einen Blick zu Shira, doch obwohl die Erwähnung des finsteren Höllenherrschers in ihr Gebiet, die Religion, fiel, reagierte sie nicht.

»Sprich weiter«, forderte Borrus den Drachenreiter auf. »Was geschah dann?«

»Wir ... wir dachten, in der Luft könnten sie uns nichts anhaben. Deshalb sind wir ... näher herangeflogen. Vor allem Resool, und das ... wurde ihm zum Verhängnis«, berichtete Quarron. Zwischen seinen Worten machte er immer wieder kurze Pausen. Man merkte ihm an, wie schmerzhaft es für ihn war, sich an das Erlebte zu erinnern, es noch einmal vor seinem inneren Augen vorbeiziehen zu lassen und darüber zu sprechen. »Von überall aus dem unheimlichen Heerzug stiegen plötzlich Ungeheuer auf, die ebenfalls fliegen konnten. Sie hatten große, dunkle Flügel. Dutzende von ihnen, mehr als hundert. Sie stürzten sich auf Resool und seinen Drachen und ... sie zerrissen beide förmlich in der Luft. Er ... er hatte keine Chance.«

Quarron schloß die Augen. Gleichzeitig ballte er die Hände zu Fäusten und preßte sie gegen die Schläfen.

Maziroc konnte sich nur vage vorstellen, was in ihm vorging. Es ging nicht allein um den Tod eines mehr oder weniger guten Freundes. Für die Zwerge, vor allem aber die Drachenreiter, waren die Drachen weit mehr als nur Tiere. Die Drachen konnten Jahrtausende alt werden und zahlreiche Generationen von Zwergen überleben. Für die Reiter zählte das Leben der Drachen deshalb stets ungleich mehr als ihr eigenes. Im Laufe ihrer Ausbildung gingen sie eine besondere geistige Verbindung mit den Tieren ein, errangen ihre Freundschaft. Nur wenn ihnen das gelang, duldeten die Drachen sie als Reiter und ließen sich von ihnen lenken.

Der Tod eines Drachen war dementsprechend immer ein bedeutsames trauriges Ereignis, doch trat dieser gewöhnlich nur ein, wenn ein Tier alt oder krank geworden war. Daß ein Drache von Feinden besiegt und getötet werden konnte, mußte für die Zwerge einen unfaßbaren Schock darstellen, der alle Grundlagen ihres Selbstverständnisses und ihrer Kultur erschütterte.

»Ich ... ich habe versucht, Resool zu Hilfe zu kommen, aber es war bereits zu spät«, erklärte Quarron. Seine Augen glänzten feucht, und seine Stimme klang krächzend, immer wieder wurde sie von mühsam unterdrückten Schluchzern erschüttert. Die Worte quollen zähflüssig aus seinem Mund wie Blut aus einer Wunde, und sicherlich erschienen sie ihm ebenso schmerzhaft. »Alles dauerte nur wenige Minuten. Sein Drache stürzte ab, noch bevor ich ihn erreichte. Es gab nichts, was ich noch für ihn tun konnte, statt dessen geriet ich selbst in Gefahr. Ich konnte nur versuchen, mich und meinen Drachen in Sicherheit zu bringen, als diese Bestien sich plötzlich auch auf uns stürzten. Ich floh, aber viele von ihnen verfolgten mich. Einige konnte ich mit meiner Armbrust abwehren, als sie nah genug heran waren, doch da es ja nur ein Aufklärungsflug sein sollte, hatte ich nicht allzu viele Pfeile dabei. Auch der Drache hat viele dieser Ungeheuer getötet, aber sie waren wie rasend. Selbst wenn sie schwer verletzt waren, kämpften sie noch weiter. Mit ihren dolchartigen Reißzähnen und ihren rasiermesserscharfen Krallen durchdrangen sie sogar seinen Schuppenpanzer. Diese verdammten Ungeheuer fügten ihm schreckliche Verletzungen zu, und ich glaube, wir wären ebenfalls verloren gewesen, wenn es nur ein paar mehr von ihnen gewesen wären. So aber konnten wir uns mit knapper Not retten.« Er schloß für einen Moment die Augen. »Da der Flügel meines Drachen schwer verletzt war, konnten wir längst nicht so schnell wie üblich fliegen und haben lange für die Rückkehr gebraucht. Ich ... ich bin froh, daß es uns überhaupt gelungen ist. Ein paarmal dachte ich, der Drache schafft es nicht mehr weiter.«

Betroffenes Schweigen folgte seinen Worten. Erst nach einigen Sekunden ergriff Borrus das Wort und stellte einige weitere Detailfragen an den Drachenreiter, doch Maziroc hörte kaum noch zu. Ihn beschäftigte in Gedanken etwas ganz anderes. Er hatte selbst gesehen, wie schwer verletzt der Drache gewesen war, und auch ihm war klar gewesen, daß das Tier nicht mehr allzu schnell geflogen sein konnte, doch erst die letzte Bemerkung des Zwerges hatte ihm das Problem voll bewußt gemacht.

Er wandte sich an eine der Wachen und ließ eine Karte bringen, auf der Miirn und die Nordermark bis hinunter zu den Barbarenländern eingezeichnet waren. Mit Einverständnis der Könige wandte er sich an den Drachenreiter und ließ sich von ihm zeigen, wo er die Damonen entdeckt hatte. Ohne zu zögern deutete der Zwerg auf einen Punkt der Karte. Maziroc sah seine schlimmsten Befürchtungen bestätigt.

»Seid Ihr ganz sicher?« hakte er nach, obwohl er keine Zweifel hatte. Anhand der geschätzten Geschwindigkeit des verletzten Drachen hatte er bereits eine grobe Schätzung vorgenommen, in welcher Entfernung von Ravenhorst der Kampf stattgefunden haben mußte.

Der Drachenreiter nickte energisch mit dem Kopf. »Natürlich bin ich mir sicher. Es war ganz in der Nähe dieser Bucht am Ufer des großen Binnenmeeres. Nur ein paar Kilometer von der Grenze entfernt.«

»Und in welche Richtung drangen die Damonen vor?« fragte Borrus.

»Sie bewegten sich nach Nordosten, direkt auf Miirn zu. Mittlerweile dürften sie die Grenze bereits überquert haben.«

»Das heißt, sie rücken direkt auf die Todessümpfe vor«, stieß Farin erschrocken hervor. »Und damit auch auf Ravenhorst.«

Hektisches Getuschel folgte ihren Worten, bis Borrus ein paarmal mit der Faust auf den Tisch schlug und mit energischer Stimme Ruhe verlangte.

»Das ist die ganz normale Route, wenn sie beabsichtigen, nach Miirn und von dort in die östlichen Länder einzufallen«, erklärte er. »Ich bin davon überzeugt, daß sie am Rande der Sümpfe vorbeiziehen werden. Nicht einmal diese Damonen können so verrückt sein, einen offenen Angriff auf Ravenhorst zu wagen. Und wenn doch, dürfte sich diese Bedrohung Arcanas damit von selbst erledigen, denn dann wird es schon bald keine Damonen mehr geben. Wir würden sie vom Angesicht der Welt hinwegfegen, sobald sie sich in die Todessümpfe vorwagen sollten. Ihr könnt völlig unbesorgt sein.«

»Aber du hast gehört, daß sie bereits einen Drachen getötet haben«, wandte Farin ein.

»Sicher.« Borrus nickte. Durch seine Haltung, sein Gesicht und seine Art zu sprechen versuchte er Ruhe und Gelassenheit zu vermitteln, doch Maziroc bemerkte anhand seiner kleinen, ruckartigen Gesten und seinem immer wieder unstet umherhuschenden Blick, daß auch der Kriegerkönig unsicher war. »Einige dieser Ungeheuer können fliegen, wie wir jetzt wissen, und in einer hundertfachen Überzahl mögen sie sogar einem einzelnen Drachen gewachsen sein, aber sie können es niemals mit unserer gesamten Drachenarmee aufnehmen. Wie wir gehört haben, bilden diese Flugdamonen ohnehin die Ausnahme im Heer der Ungeheuer. Alle anderen bewegen sich auf dem Boden. Sollten sie tatsächlich so überheblich sein, in die Sümpfe vorzudringen, dann wird die Hälfte von ihnen bereits im Moor versunken sein, noch bevor sie den Ashran überhaupt erreichen. Die übrigen werden wir beim Besteigen des Berges bekämpfen, wie wir es bei jedem anderen Gegner auch tun würden. Egal, wie viele es auch sein mögen, mit kochendem Wasser und siedendem Pech, mit Geröllawinen, mit der Hilfe unserer Drachen und schließlich mit den Pfeilen unserer Armbrüste werden wir sie zurücktreiben, bis ihre Kadaver sich am Fuße des Berges auftürmen.«

Borrus lächelte und blickte die rechts und links von ihm sitzenden Zwerge nacheinander an.

»Aber das ist ohnehin nur Spekulation«, fügte er nach einer kurzen Pause hinzu. »Jeder weiß, daß Ravenhorst eine uneinnehmbare Festung ist. Diese Damonen werden nicht hierher kommen, wenn sie auch nur einen Funken Verstand haben. Und falls sie doch einen entsprechenden Versuch wagen, werden sie schon bald erkennen, wie sinnlos ein solcher Angriff ist.« Er straffte sich. »Viel mehr Sorgen mache ich mir um das übrige Miirn. Das Land ist zwar nur dünn besiedelt, aber wenn sie nicht durch irgendwelche Flüchtlinge gewarnt wurden, dürften die Menschen in den Städten, Dörfern und auf den Gehöften noch völlig ahnungslos sein, in welcher Gefahr sie schweben. Ich werde Boten aussenden, um sie zu warnen.«

»Und auch *ihr* Leben in Gefahr bringen, nur um das von primitiven *Menschen* zu schützen? Was geht es uns an, was aus ihnen wird?« ereiferte sich Shira.

»Selbst wenn wir keine engeren Kontakte zu ihnen wünschen, können wir sie angesichts einer solchen Gefahr nicht einfach ihrem Schicksal überlassen«, widersprach Farin heftig. Sie wirkte erschrocken über die Verachtung und fast fanatische Ablehnung, mit der Shira über die Menschen sprach.

»Außerdem wird es noch mehrere Tage dauern, bis die Damonen die ersten Ausläufer der Todessümpfe erreichen. Da unsere Boten ihnen nicht entgegenfliegen müssen, besteht also keine Gefahr für sie«, stimmte Garwin ihr zu.

»Ich schätze die Menschen nicht sonderlich, aber auch ich bin dafür, sie zu warnen«, schloß sich Naxon an. »Allerdings habe ich dafür neben Mitleid auch ganz handfeste Gründe. Wenn die Damonen ihre Städte allzu leicht überrennen und niemand ihnen wirksam Widerstand entgegensetzt, dann steigt damit die Gefahr, daß sie sich irgendwann wirklich auch gegen Ravenhorst wenden. Je erfolgreicher die Menschen im Kampf gegen die Damonen sind, desto sicherer können auch wir uns fühlen.«

Mit wachsendem Mißmut lauschte Maziroc der Diskussion, die mittlerweile einen völlig anderen Verlauf nahm, als er es erhofft hatte.

»Verzeiht, wenn ich mich einmische«, platzte er schließlich heraus. »Während ihr euch darüber beratschlagt, ob die Menschen in Miirn es wert sind, von Euch gewarnt zu werden, solltet Ihr nicht vergessen, daß auch Ihr noch nichts von der Gefahr wüßtet, wenn ich nicht gekommen wäre, um Euch zu warnen. Ich denke, die gleiche Gefälligkeit, die ich Euch damit erwiesen habe, schuldet Ihr auch anderen. Aber das war nur der eine Grund für mein Kommen.« Er blickte Borrus scharf an. »Hauptsächlich kam ich her, um Euch um Hilfe zu bitten. Ich hatte die Hoffnung, auch die Zwerge würden sich zusammen mit allen anderen Völkern in eine Allianz einreihen, um den Damonen vereinten, erfolgreichen Widerstand entgegenzusetzen. Aber wenn Euch schon die Entscheidung so schwer fällt, ob Ihr Boten mit einer Warnung zu den Menschen schicken sollt, dann ist es wohl müßig, Euch noch einmal zu fragen, ob Ihr bereit seid, aktiv am Kampf gegen die Damonen teilzunehmen. Offenbar verschwende ich hier nur meine Zeit.«

Er fuhr herum und ging mit weit ausgreifenden Schritten auf den Ausgang zu, doch ein Zuruf Garwins ließ ihn verharren.

»Wartet«, bat der Zwerg.

Maziroc blieb stehen und wandte sich noch einmal den Zwergenkönigen zu. »Ja?« fragte er kühl.

»Geht nicht einfach so, ich bitte Euch, sondern versucht wenigstens, uns zu verstehen«, sagte Garwin. »Bis zu dieser Sitzung stand ich Eurer Bitte sehr offen gegenüber. Ich war so gut wie entschlossen, dafür zu stimmen, daß wir uns der Allianz, von der Ihr gesprochen habt, anschließen. Aber nun hat sich die Situation verändert. Ihr seid davon ausgegangen, daß sich die Damonen nach Nordwesten wenden. In diesem Fall hätten auch die entscheidenden Schlachten dort stattgefunden. Statt dessen aber kommen sie nun direkt auf Miirn und damit auch auf Ravenhorst zu. Nun sind wir unter Umständen selbst bedroht.«

»Mir scheint das nur ein Grund mehr, Eure Streitkräfte mit denen der anderen zu vereinen«, entgegnete Maziroc und trat wieder näher an den Tisch der Könige heran.

»Aber jeder Krieger, den wir jetzt aus Ravenhorst abziehen, schwächt unsere Verteidigung im Falle eines Angriffs«, nahm Borrus den Faden auf. »Ich hoffe, Ihr könnt verstehen, daß der Schutz und die Sicherheit unseres eigenen Volkes für uns Vorrang vor allem anderen haben. Bislang scheinen hauptsächlich Charalon und der

Elbenkönig damit beschäftigt, diese Allianz zu schmieden. Wie Ihr selbst gesagt habt, sind ihre Boten in erster Linie in Larquina, Aslan und Caarn unterwegs, um Truppen anzuwerben. Ich zweifle nicht daran, daß sie ein beeindruckendes Heer zusammenbekommen werden, doch es wird noch geraume Zeit dauern, bis sich all die einzelnen Truppen und Armeen vereinen, und anschließend wird es noch einmal Wochen dauern, bis dieses Heer hier in Miirn eintreffen kann. Wir und die Menschen in Miirn sind diejenigen, die Hilfe benötigen, nachdem sich nun herausgestellt hat, daß die entscheidende Auseinandersetzung offenbar hier stattfinden wird. Gerne kämpfen wir mit den Truppen Eurer Allianz zusammen, aber bis diese hier eintreffen, sind wir auf uns selbst gestellt. Also verlangt nicht von uns, daß wir nur als Zeichen unseres guten Willens zur Zusammenarbeit Truppen an einen anderen Ort senden, wo sie derzeit nicht gebraucht werden, solange der Krieg hier vor unser Tür entbrennt.«

Maziroc nickte widerstrebend. Dieser Argumentation konnte er wenig entgegensetzen. Allerdings stand für ihn durchaus noch nicht fest, daß Miirn der Austragungsort des bevorstehenden Krieges sein würde, zumindest nicht der einzige. Es ergäbe einfach keinen Sinn, wenn die Damonen ihren Eroberungsfeldzug ausgerechnet hier starten würden. Dafür war Miirn zu unbedeutend, sah man von Ravenhorst einmal ab. Große Teile des Landes waren Sumpfgebiete. Wirklich fruchtbare Landstriche waren dünn gesät, und dementsprechend wenige Städte gab es. Einem Angreifer wie den Damonen hatten sie praktisch nichts entgegenzusetzen.

In jedem anderen der umliegenden Länder, vor allem in Larquina, wo sich sowohl die Hohe Festung der Elben wie auch die Ordensburg der Magier befand, hätten sie weitaus größeren Widerstand zu erwarten. Aus diesem

Grund hätte alles dafür gesprochen, zuerst dort anzugreifen, bevor der Widerstand sich richtig formieren konnte.

Aus diesem Grund war Maziroc noch längst nicht davon überzeugt, ob Miirn wirklich das Hauptziel der Damonen war. Sicher, der Drachenreiter hatte von einem gewaltigen Heer gesprochen, doch bislang wußte niemand auch nur annähernd, wie stark die Damonen zahlenmäßig waren. Vielleicht waren sie in der Lage, mehr als nur ein Ziel gleichzeitig anzugreifen und hatten sich getrennt. Es war also durchaus denkbar, daß sich weitere Heere der Ungeheuer auf Larquina und die anderen mächtigen, dichtbesiedelten Länder zubewegten.

Erschreckend daran war vor allem die Geschwindigkeit, mit der dies geschah. Sie hatten sich mit ihrem ganzen Heer kaum langsamer bewegt als er und Pollus, dabei waren sie so schnell geritten, wie es ihnen und den Pferden möglich gewesen war. Sollte seine Befürchtung zutreffen, daß ein weiteres Damonenheer nach Nordwesten vordrang, dann könnte es bei gleichem Tempo fast schon das Largos-Gebirge erreicht haben. Falls sie keine Zeit mit einer Belagerung der Hohen Feste verschwendeten, lag Larquina offen vor ihnen, sobald sie die Berge überquerten.

»Und wie wird es später sein?« hakte Maziroc nach. »Wenn die Allianz den Kampf gegen die Damonen aufnimmt, werdet Ihr dann auch außerhalb von Ravenhorst an unserer Seite kämpfen, oder wollt Ihr bloß zur Verteidigung Eurer Heimat unsere Hilfe annehmen?«

»Darüber werden wir entscheiden, wenn es soweit ist«, erklärte Borrus. »Bis dahin kann noch so vieles geschehen, daß wir Euch jetzt weder eine Zusage noch eine Absage geben können.«

Verbittert erkannte Maziroc, daß er wieder genauso weit war, wie bei seiner Ankunft. Bis sich der Widerstand gegen die Damonen formiert hatte und die Streitkräfte der zu gründenden Allianz für den Kampf gegen die Ungeheuer bereit waren, würden die Zwerge hier in Ravenhorst abwarten und nur aktiv werden, falls die Damonen tatsächlich in die Sümpfe vordringen sollten.

»Ich verstehe«, murmelte er. »Das ist nicht gerade die Antwort, auf die ich gehofft habe, aber es ist Eure Entscheidung.« Er deutete eine Verbeugung an. »In diesem Fall werde ich Ravenhorst noch heute verlassen, da meine Hilfe anderenorts sicherlich dringender gebraucht wird.«

»Nicht ganz so voreilig«, bremste Borrus ihn. »Ich kann verstehen, daß Ihr möglichst schnell nach Cavillon zurückkehren möchtet, aber wie wollt Ihr das schaffen?«

»Ich fürchte, ich verstehe nicht, worauf Ihr hinauswollt«, entgegnete Maziroc verständnislos, runzelte die Stirn und blickte den Zwergenkönig fragend an.

»Ich spreche davon, daß Ihr in Euren sicheren Tod reiten würdet«, erklärte Borrus und beugte sich auf seinem Thron vor. »Wohin wollt Ihr Euch wenden? Im Süden würdet Ihr zwangsläufig auf die Damonen treffen. Im Norden hingegen müßtet Ihr einen gewaltigen Umweg um das Binnenmeer machen und anschließend geradewegs durch das Hügelland von Skant reiten, und dort würden Euch die Hornmänner auflauern. Eure Chancen, Cavillon lebend zu erreichen, sind verschwindend gering.«

»Ich werde es schon irgendwie schaffen«, murmelte Maziroc wider besseres Wissen. Es war eine reine Trotzreaktion, denn über diesen Punkt hatte er tatsächlich noch nicht nachgedacht.

»In der Tat, das werdet Ihr, denn wir werden Euch dabei helfen«, sprach Borrus weiter. »Ihr befindet Euch nur deshalb in Eurer jetzigen Situation, weil Ihr hergekommen seid, um uns zu warnen, auch wenn Ihr uns gleichzeitig um Hilfe bitten wolltet. Aber für Eure Warnung stehen wir in Eurer Schuld, und wir möchten nicht, daß Ihr durch Eure Hilfe Nachteile in Kauf nehmen müßt. Wenn Ihr es wünscht, werden wir Euch deshalb mit einem Drachen zurück nach Cavillon bringen.«

Das Angebot verschlug Maziroc für einen Moment die Sprache, denn damit hatte er am wenigsten gerechnet. »Das ... wäre ausgesprochen großzügig«, antwortete er überrascht. Sein Herz schlug plötzlich schneller. Soweit er wußte, hatten die Zwerge noch nie einem Menschen gestattet, mit einem ihrer Drachen zu fliegen, und nun würde ausgerechnet er der erste sein, dem dieses Privileg zugestanden wurde. Er konnte es kaum fassen. Trotz der Gefahr durch die Damonen und der Enttäuschung, die er soeben erlebt hatte, erfüllte eine wilde Vorfreude sein Herz.

»Würden wir Euch jetzt aufbrechen lassen, kämt Ihr erst spät in der Nacht auf Cavillon an, und angesichts der unübersichtlichen Situation, die momentan herrscht, erscheint mir ein nächtlicher Flug zu gefährlich. Wir werden noch bis heute abend warten, bis die übrigen Drachenreiter, die hauptsächlich in westlicher Richtung unterwegs sind, hoffentlich wohlbehalten zurückkehren, und uns anhören, was sie zu berichten haben. Auch für Euch dürften diese Informationen interessant sein. Morgen früh könnt Ihr dann aufbrechen.«

Maziroc nickte freudig.

»Ich kann mich nur für Eure Großzügigkeit bedanken«, sagte er. Er drehte sich um, als wollte er den Saal verlassen, stockte dann aber und wandte sich noch einmal den Königen zu. »Ach ja, eine Kleinigkeit noch. Ich hoffe, Ihr habt nicht vergessen, daß ich noch einen menschlichen Begleiter bei mir habe, nicht wahr?«

Der Austausch

Miranya wußte nicht, wieviele Tage sie sich bereits in der Gefangenschaft Scruuls und seiner Mitverschwörer befand. In dem dunklen, fensterlosen Raum hatte sie jedes Gefühl für Zeit verloren. Oft hatte sie geschlafen, zumal ihr nicht viele andere Möglichkeiten geblieben waren, sich zu beschäftigen. Wenn sie wach war, hatte sie dumpf vor sich hin gegrübelt und versucht, Fluchtpläne zu schmieden. Einige hätten sogar durchaus Aussicht auf Erfolg gehabt, wenn sie beispielsweise Scruul durch einen Hexenzauber (den sie nicht beherrschte) unter ihren Willen hätte zwingen können, oder wenn sie einen Schlafzauber über alle ihre Entführer hätte werfen oder sonst irgendwelche Dinge hätte tun können – die alle außerhalb ihrer Fähigkeiten lagen.

Immerhin hatte man ihr einige Stunden nach ihrem ersten Erwachen die Handfesseln abgenommen, als man ihr etwas zu Essen brachte, und darauf verzichtet, sie ihr anschließend wieder anzulegen. Ihre Füße blieben jedoch gefesselt, außerdem war sie durch eine stählerne Manschette um das linke Fußgelenk und eine Kette, die zu kurz war, als daß sie auch nur von ihrer Pritsche hätte aufstehen können, an die Wand gekettet. Das Schloß der Manschette war einfach, aber stabil; ohne irgendwelche Hilfsmittel konnte sie es unmöglich öffnen.

Außer Scruul bekam sie niemanden von ihren Entführern zu sehen. Der Magier suchte sie noch mehrfach auf und versuchte, sie in eine weitere Diskussion zu verwickeln, doch Miranya ließ sich gar nicht mehr darauf ein. Sie hatte erkannt, daß sie im Kampf der Worte gegen ihn keine Chance hatte, weil es ihm meisterhaft gelang, mit seiner Mischung aus Tatsachen, Thesen und subjektiven Schlußfolgerungen immer wieder Zweifel in ihrem Herzen zu säen. Er wirkte ernsthaft enttäuscht, daß es ihm nicht gelang, sie auf seine Seite zu ziehen, doch Miranya war fest entschlossen, sich nicht von seinem Netz aus Halbwahrheiten und Verdrehungen einwickeln zu lassen, auch wenn seine Besuche die einzige Abwechslung von der Langeweile ihrer Gefangenschaft darstellten

Auch ihr gefiel die bisherige Entwicklung der Menschheit nicht, aber das war in ihren Augen noch kein Grund, sich zu ihrem Herrscher aufschwingen und ihr auf diese Art den Frieden der Sklaverei bringen zu wollen. Und mochte Scruul auch noch so hehre Gründe anführen – daß er und die anderen Magier des Dunklen Bundes Kenran'Del, sein Wissen und seine Machtmittel nur bräuchten, um die Damonen erfolgreich zurückzuschlagen –, so wußte sie doch, daß die Caer-Sharuun alles in erster Linie benutzen würden, um ihre eigennützigen Interessen durchzusetzen und jeden Widerstand dagegen gewaltsam zu brechen. Daran würde sie sich niemals beteiligen, und nach einiger Zeit schien Scruul einzusehen, daß es ihm nicht gelingen würde, ihre Ansichten zu ändern, denn er gab seine diesbezüglichen Versuche schließlich auf.

Dabei hatte sie bereits darüber nachgedacht, wenigstens zum Schein auf sein Angebot einzugehen, um ihr Leben zu retten. Allerdings hatte Scruul ihre Hoffnung, sich auf diese Art zu retten, rasch zunichte gemacht. Wer sich einmal dem Weg des Dunklen Bundes verschrieben hätte, für den gäbe es keine Rückkehr, hatte er behauptet. Obwohl er keine nähere Erklärung dafür geliefert hatte und die Caer-Sharuun als Meister von Lüge und Betrug bekannt waren, hatte Miranya ihm dies auf Anhieb geglaubt. Sie hatte von Anfang an die ihn durchdringende Finsternis gespürt, und sie war nun sicher, daß diese etwas mit *seiner* Entscheidung für den Dunklen Bund zu tun hatte.

Bislang hatte sie Magie stets als neutral betrachtet, weder als gut noch als böse, sondern allein abhängig davon, wozu man sie einsetzte. Es schien jedoch durchaus auch eine finstere Seite der Magie zu geben, derer sich Scruul bediente, die Miranya aber mit abgrundtiefem Schrecken erfüllte. Ehe sie so wie Scruul wurde, würde sie lieber sterben. Das hatte sie ihm deutlich zu verstehen gegeben, und seither hatte er auf weitere Versuche verzichtet, sie zur Zusammenarbeit zu überreden.

Immerhin brachte er ihr regelmäßig zu Essen und zu Trinken. Meist gab es nur Brot und Wasser, manchmal aber auch eine Suppe oder etwas Wein.

Zu ihrer eigenen Verwunderung verspürte Miranya kaum Furcht. Sie zweifelte nicht daran, daß Scruul seine Drohung, sie zu töten, wahrmachen würde, doch der Gedanke an ihren Tod war noch nicht ganz bis in ihr Bewußtsein vorgedrungen. Irgendwie war die Vorstellung viel zu abstrakt für sie, um wirklich Angst zu verspüren. Alles kam ihr seltsam unwirklich vor und schien an ihr vorbeizulaufen, als wäre sie in einem Traum gefangen, in dem sie gleichzeitig die Hauptrolle und die eines unbeteiligten Zuschauers spielte. Vielleicht war es ein Schutzmechanismus ihres Verstandes, auf diese Art die Augen vor der Wahrheit zu verschließen, und wenn, dann funktionierte er hervorragend.

»Maziroc ist in Therion eingetroffen«, berichtete Scruul ihr schließlich bei einem seiner Kontrollbesuche. »Es ist ihm gelungen, Kenran'Del aus seinem magischen Schlaf zu erwecken, denn er befindet sich bei ihm, und wie ich es erwartet habe, ist er zu einem Austausch bereit.«

»Und was hättet ihr gemacht, wenn mein Schicksal ihm gleichgültig gewesen wäre?« erkundigte sich Miranya. »Immerhin kennt er mich ja nicht einmal.«

Lachend schüttelte der Magier den Kopf.

»Diese Möglichkeit habe ich nicht einmal ernsthaft in Betracht gezogen. Das ist das Problem mit Helden oder Menschen, die sich dazu berufen fühlen. Sie handeln immer und in jeder Situation so albern heldenhaft – was ihr Verhalten leicht berechenbar macht.« Er wurde wieder ernst. »Damit er und Maziroc erst gar keine Gelegenheit bekommen, irgendwelche Vorbereitungen zu treffen, uns zu hintergehen, werden wir den Austausch schon heute abend durchführen. Du weißt, was das für dich bedeutet.«

»Allerdings.« Miranya mußte schlucken, weil sie plötzlich einen Frosch im Hals verspürte.

»Wir werden dich töten, sobald sich Kenran'Del in unserer Hand befindet – aber du weißt, das muß nicht sein. Noch ist es nicht zu spät, dich anders zu entscheiden und dein Leben zu retten. Wechsle nur auf unsere Seite, dann wird dir nichts geschehen.«

»Lieber sterbe ich«, wiederholte sie. Allmählich spürte Miranya nun doch, wie sich Angst in ihre Gedanken schlich und von ihr Besitz ergriff.

»Wie du willst, ich wollte es dir nur noch einmal anbieten.« Scheinbar gleichgültig zuckte Scruul mit den Schultern. Er schien einzusehen, daß er sie nicht umstimmen konnte, denn ohne einen weiteren entsprechenden Versuch zu unternehmen, verließ er den Raum.

Miranya blieb allein zurück. Schon in den vorangegangenen Tagen war ihr langweilig gewesen, doch es hatte nichts gegeben, worauf sie warten konnte, abgesehen von dem ungewissen Zeitpunkt, an dem Maziroc und Kenran'Del nach Therion kommen würden. Nun jedoch war das anders. An diesem Abend sollte der Austausch stattfinden, und dabei würde sie sterben, wenn kein Wunder geschah. Vermutlich waren dies die letzten Stunden ihres Lebens, und sie sollte versuchen, jede einzelne Minute zu genießen, doch das genaue Gegenteil war der Fall. Die Zeit schien noch langsamer als zuvor zu verstreichen. Miranya fühlte eine kaum bezwingbare innere Unruhe und Ungeduld; sie konnte kaum erwarten, daß es Abend wurde, obwohl sie dann sterben würde. Wenigstens hätte sie dann alles hinter sich, und das war besser, als dieses tatenlose Abwarten, Grübeln und sich fürchten.

»Verdammt!« stieß sie hervor. Sie war eine Vingala, auch wenn ihre Weihe erst ein knappes Jahr zurücklag. Und auch wenn sie nicht gedacht hatte, daß ihr Leben so frühzeitig und unter solchen Bedingungen enden würde, so wollte sie ihrem Orden doch keine Schande bereiten und ehrenvoll sterben.

Das Warten ging weiter …

Man hatte Miranya die Fußkette gelöst und ihr einen Mantel übergezogen, ihr dann jedoch die Hände wieder gefesselt, die Augen verbunden und außerdem einen Knebel in den Mund gesteckt, als man sie abholte und sie erstmals seit ihrer Entführung ihre Zelle wieder verließ.

Sie mußte durch zwei Räume gehen, dann eine Treppe hinauf und durch einen weiteren Raum oder einen Korridor, ehe eine Tür vor ihr geöffnet wurde und sie ins Freie trat. Nach dem tagelangen Aufenthalt in der fensterlosen Zelle war die frische, kalte Nachtluft, die ihr entgegenschlug, die reinste Wohltat, und sie atmete ein paarmal tief durch die Nase ein. Ihr Vorhaben, sich den Weg einigermaßen einzuprägen, hatte sie schnell aufgegeben. Daher wahrscheinlich die Augenbinde.

Der vereinbarte Treffpunkt befand sich vermutlich in einem abgelegenen Teil der Stadt oder sogar außerhalb derselben. Es hätte sicherlich Aufsehen erregt, wenn eine gefesselte, geknebelte Frau mit verbundenen Augen durch die Straßen geführt worden wäre. Daher ließ man sie nur wenige Schritte im Freien gehen und dann in eine Kutsche steigen. Außer ihr stiegen drei weitere Personen ein, dann setzte sich das Gefährt rumpelnd in Bewegung.

Die Fahrt führte über unebenes Kopfsteinpflaster, und immer wieder bog die Kutsche nach rechts oder links ab, so daß Miranya schon nach kurzer Zeit gänzlich die Orientierung verloren hatte. Die ganze Zeit über wechselten ihre Begleiter kein Wort miteinander. Es war kalt in der Kutsche; und da Miranya keinen Mantel trug, fror sie erbärmlich.

Nach mehr als einer halben Stunde schließlich verließ die Kutsche die gepflasterte Straße und befuhr einen mit Schlaglöchern und Baumwurzeln übersäten Weg. Offenbar hatten sie Therion verlassen. Miranya zuckte zusammen, als sie plötzlich eine Berührung am Kopf spürte, doch zu ihrer Überraschung nahm man ihr lediglich die Augenbinde ab.

Die Vingala warf einen Blick aus dem Fenster. Sie hatte sich nicht getäuscht, sie hatten die Stadt tatsächlich verlassen. Außer schneebedeckten Büschen und Bäumen war nichts zu sehen, allerdings war es noch nicht so spät, wie sie gedacht hatte. Die Dämmerung hatte gerade erst eingesetzt. Sie wandte sich den drei Männern zu, die mit ihr in der Kutsche saßen, doch konnte sie auch jetzt ihre Gesichter nicht erkennen, da sie sich Tücher um ihre Köpfe gewickelt hatten, die nur schmale Schlitze für die Augen freiließen.

Nach einigen Minuten bog die Kutsche in einen anderen, noch schmaleren Weg ein, der fast nur noch aus Schlaglöchern zu bestehen schien. Sie wurden ordentlich durchgeschüttelt, und zweimal wäre Miranya, die sich mit den gefesselten Händen nirgendwo festhalten konnte, fast von ihrem Sitz geschleudert worden. Schließlich hielten sie vor einer heruntergekommenen, ehemaligen Mühle. Ein gefrorener Bach schlängelte sich daran vorbei. Von dem Mühlrad waren nur noch Trümmer übrig, und im Dach das Hauses klafften gewaltige Löcher. Von allen Ecken und Kanten hingen lange Eiszapfen herunter.

Unter anderen Umständen hätte das halb verfallene Gemäuer inmitten der verschneiten Winterlandschaft vermutlich einen überaus romantischen Anblick geboten, doch Miranya hatte keinen Sinn dafür. Auf einen entsprechenden Befehl hin stieg sie gemeinsam mit ihren Bewachern aus der Kutsche aus. Hier im Freien, wo es noch kälter war, fror sie in ihrem dünnen Gewand erbärmlich.

Aufmerksam blickte sie sich um. Von Maziroc oder dem geheimnisvollen Kenran'Del war noch nichts zu entdecken, doch traten mehrere Männer aus dem Haus, die ihre Gesichter gleichfalls hinter Tüchern verborgen hatten.

»Ist alles in Ordnung?« erkundigte sich einer ihrer Begleiter. Miranya war sich nicht ganz sicher, aber der Stimme nach konnte es der Rattengesichtige aus dem Gasthaus sein.

»Alles klar«, erwiderte einer der anderen Männer. »Wir warten schon den ganzen Nachmittag. Niemand hat versucht, sich der Mühle zu nähern.«

»Gut. Ich möchte keine unliebsamen Überraschungen erleben«, sagte der Rattengesichtige. Trotz seiner Maske war Miranya sich mittlerweile sicher, daß es sich um ihn handelte. Er wandte sich ihr zu. »Vorwärts!« befahl er und versetzte ihr einen derben Stoß, der sie fast in den Schnee geschleudert hätte. Nur mit Mühe konnte sie mit den gefesselten Armen das Gleichgewicht halten.

Sie gingen auf die Mühle zu und traten ein. Das Gemäuer mußte schon sehr lange leerstehen. An mehreren Stellen war die Decke herabgebrochen, Schutt und Geröll bedeckten den Fußboden, dazwischen waren noch vereinzelt die Überreste alter Möbel zu sehen, die von den früheren Bewohnern zurückgelassen worden waren.

Auf einen Befehl des Rattengesichtigen hin stieg einer der Männer vorsichtig eine altersschwache Holztreppe hinauf. Er hatte sich einen Bogen um die Schulter gehängt, und Miranya konnte sich vorstellen, was er damit vorhatte. Von den Fenstern im Obergeschoß aus hatte er ein hervorragendes Sichtfeld auf den freien Platz vor der Mühle. Sobald sich Kenran'Del in der Hand seiner Begleiter befand und sie freigelassen wurde, würde er von dort oben aus den tödlichen Pfeil auf sie abschießen.

»Kannst du dir denken, was seine Aufgabe sein wird?« fragte der Rattengesichtige. Trotz seiner Maske meinte Miranya sehen zu können, wie sich sein Gesicht zu einer höhnischen Grimasse verzerrte. »Er sorgt dafür, daß alles genau wie geplant verläuft. Alles, verstehst du? Du hast deine Chance gehabt, dein Leben zu retten. Jetzt ist es zu spät.«

Da sie aufgrund des Knebels ohnehin nicht antworten konnte, beschränkte Miranya sich darauf, ihn nur zornig und voller Verachtung mit den Augen anzufunkeln und sich nicht anmerken zu lassen, wie groß die Angst war, die sie inzwischen empfand.

Nach einigen Sekunden packte der Mann sie grob am Arm und zerrte sie auf eine Tür zu, dann versetzte er ihr abermals einen Stoß, der sie in den dahinterliegenden Raum taumeln ließ.

»Dein Hochmut wird dir schon noch vergehen«, zischte er. »Weißt du was? Ich freue mich sogar richtig darüber, daß du Scruuls Angebot ausgeschlagen hast. Am liebsten würde ich dich sogar eigenhändig töten. Schade nur, daß Scruul uns ausdrücklich verboten hat, uns vorher noch ein bißchen mit dir zu amüsieren.«

Lüstern ließ er seinen Blick über ihren Körper wandern, und Miranya fühlte sich fast wie von unsichtbaren Händen begrapscht. Angeekelt wich sie zurück. Lachend schlug Rattengesicht die Tür zu und schob von der anderen Seite einen Riegel vor.

Als sie allein war, trat Miranya wütend mit dem Fuß gegen eine Wand, um sich abzureagieren, dann erst blickte sie sich um. Der Raum, in den man sie gesperrt hatte, durchmaß nur wenige Schritte und war völlig leer. Es war nicht ganz dunkel, durch ein kleines Fenster dicht unter der Decke – viel zu hoch und zu klein, als daß sie dadurch hätte fliehen können – fiel etwas Licht. Zwar war die Sonne längst untergegangen, doch dafür schien der Mond hell und fast voll vom Himmel herab.

Mit dem Rücken an eine Wand gelehnt, ließ Miranya sich auf den Boden sinken. Sollte ihr Leben wirklich an diesem Abend hier an diesem abgelegenen, von allen Göttern verlassenen Ort in einem Land, das sie noch nie zuvor betreten hatte, enden? Bis zuletzt hatte sie nicht wirklich geglaubt, daß ihr etwas passieren würde, auch wenn es nur eine Mischung aus Zweckoptimismus und jugendlicher Unbeschwertheit gewesen war, alles Unangenehme einfach zu verdrängen. Sie war nicht davon ausgegangen, daß Scruul nur blufftе, doch hatte sie unterschwellig darauf vertraut, daß irgendein Wunder geschehen und sie gerettet werden würde, einfach deshalb, weil sie sich nicht *vorstellen* konnte, zu sterben. Sie war noch viel zu jung dafür. Nun jedoch begann Resignation sich in ihr breitzumachen.

Ein halbe Stunde, vielleicht eine Stunde verging, in der sie trübsinnig ihren Gedanken nachhing und zwischenzeitlich immer wieder im Kreis in dem Zimmer herumrannte, um sich ein wenig aufzuwärmen, bis sie von draußen plötzlich sich nähernde Hufschläge hörte. Kurz darauf wurde der Riegel zurückgezogen und die Tür geöffnet.

»Es ist soweit«, sagte Rattengesicht. »Komm schon, Schätzchen, dein großer Auftritt steht bevor. Und zugleich auch dein letzter.«

Umständlich richtete sich Miranya auf und trat auf ihn zu. Als sie sich für seinen Geschmack zu langsam bewegte, packte er sie und stieß sie vor sich her. Sie gingen auf die nach draußen führende Tür zu, doch bevor sie sie erreichten, hielt er Miranya noch einmal zurück.

»Eines solltest du noch wissen«, sagte er. »Nimm es als einen freundschaftlichen Rat. Scruul hat kein Interesse daran, daß dein Magierfreund Maziroc getötet wird, solange er sein Vertrauen genießt und es unter Umständen noch zu seinem Vorteil ausnutzen kann. Solltest du jedoch nicht mitspielen und ihn trotz des Knebels irgendwie warnen, dann wird auch er sterben. Ich habe mehrere Bogenschützen im Gelände postiert. Wenn du also nicht willst, daß Maziroc mit dir zusammen stirbt, dann mach besser keine Dummheiten. Hast du verstanden?«

Miranya nickte niedergeschlagen. Sie wollte nicht, daß Kenran'Del in die Hand des Dunklen Bundes geriet, aber sie wollte auch nicht, daß Maziroc starb. Sie war hilflos, es gab nichts mehr, was sie hätte tun können. So alt, erfahren und mächtig in der Magie Maziroc auch war, die Fähigkeit, ihre Gedanken zu lesen, beherrschte er nicht, und sie glaubte auch nicht, daß Kenran'Del dazu in der Lage war.

Sie verließen das Haus. Etwa drei Dutzend Schritte von ihr entfernt, am Ende des freien Platzes, standen Maziroc und ein ihr fremder Mann. Beide waren von ihren Pferden abgestiegen. Der Fremde war groß und schien sehr kräftig zu sein, doch dieser Eindruck konnte auch durch den dicken Mantel erweckt werden, den er trug. Dichtes dunkelblondes Haar umgab sein markant geschnittenes Gesicht. Obwohl er angespannt und ernst blickte, glitzerte in seinen Augen ein leicht spöttischer Ausdruck.

Es mußte sich um Kenran'Del handeln.

Interessiert betrachtete Miranya ihn. Er war ein sehr gut ausehender Mann, offenbar sogar ein wahrer Hüne, und sie konnte sich vorstellen, daß ihm so manches Frauenherz zuflattern würde, wenn er es nur darauf anlegte. Auch auf sie machte er einen sympathischen Eindruck, aber das war auch alles. Fast war Miranya ein wenig enttäuscht. Sie wußte nicht recht, was sie erwartet hatte. Nach allem, was sie gehört hatte, wahrscheinlich eine Art Überwesen, eine Gestalt mit einem fast gottartigen Charisma.

»Du bist Kenran'Del?« rief der Rattengesichtige.

Der blonde Mann nickte. »So ist es.«

»Dann beweise es uns. Der Legende nach besitzt der echte Kenran'Del ein einzigartiges Flammenschwert.«

»Wie du willst.« Der Mann drückte Maziroc die Zügel seines Pferdes in die Hand, dann schlug er langsam seinen Mantel zur Seite, griff an seinen Gürtel und zog ein Schwert aus der Scheide. Es sah aus wie jede andere Klinge. Als er es jedoch ein paar Sekunden in der Hand gehalten hatte und auf einen Busch am Rande der Lichtung richtete, begann die Klinge plötzlich zu leuchten. Ein greller Blitz löste sich aus der Spitze, zuckte auf den Busch zu und ließ ihn in einer Stichflamme auflodern. Nur Asche und leicht brodelndes Wasser, in das sich der Schnee verwandelt hatte, blieben zurück.

»In Ordnung«, sagte Rattengesicht. »Jetzt steck das Schwert wieder weg! Leg die Hände auf den Kopf und komm langsam zu uns herüber!«

Widerspruchslos folgte Kenran'Del dem Befehl. Er steckte das Schwert vorsichtig in die Scheide zurück, faltete die Hände über dem Kopf und kam auf die Mühle zu.

»Nicht erschrecken«, hörte Miranya plötzlich eine männliche Stimme leise in ihr rechtes Ohr wispern, aber natürlich tat sie es doch. Sie zuckte zusammen wie unter einem Hieb und blickte sich hastig um, doch niemand stand rechts von ihr.

Der Rattengesichtige hatte ihr Zusammenzucken bemerkt und warf ihr einen kurzen, mißtrauischen Blick zu. Gleich darauf aber zuckte er mit den Schultern und beobachtete wieder den sich nähernden Kenran'Del.

»Hab keine Angst«, vernahm Miranya erneut die leise Stimme. »Dir wird nichts geschehen, aber laß dir jetzt nichts mehr anmerken, sonst bringst du uns nur beide in unnötige Gefahr.«

Sie warf einen nervösen Blick zur Seite, doch sie konnte auch weiterhin niemanden sehen, ebensowenig wie sie eine mentale Aura wahrnehmen konnte, das ›geistige Rauschen‹, das jedes lebende Wesen ausströmte und das Hexen und Magier zu empfangen in der Lage waren. Und dennoch spürte sie im nächsten Moment die Berührung einer kalten Messerklinge an ihren Handgelenken. Ihre Fesseln wurden bis auf einige dünne Faserstränge durchgeschnitten.

»Den Rest kannst du selbst zerreißen«, raunte ihr die Stimme zu. »Warte, bis ich es dir sage, dann befreie dich und lauf zu Maziroc hinüber. Keine Sorge wegen der Heckenschützen, um die kümmere ich mich.«

Unter anderen Umständen hätte die Gegenwart eines Mannes, den sie weder sehen noch mental spüren konnte, sie sicherlich geängstigt. Jetzt aber hatte sie nichts mehr zu verlieren, und offensichtlich versuchte der Fremde ihr wirklich zu helfen. Vielleicht gab es doch noch Hoffnung für sie?

Kenran'Del hatte mittlerweile mehr als die Hälfte der Strecke bis zur Mühle zurückgelegt. Er schien wirklich bereit zu sein, sich ohne jede Gegenwehr zu ergeben und den Caer-Sharuun auszuliefern, allerdings stand für Miranya außer Frage, daß er etwas von dem Befreiungsversuch wußte und vermutlich auch etwas mit ihrem unsichtbaren Helfer zu tun hatte.

In diesem Moment zuckte der Rattengesichtige plötzlich zusammen. Miranya sah, wie er zu Boden starrte, und als sie seinem Blick folgte, wurde ihr klar, warum: Ihr mysteriöser Helfer mochte aufgrund einer ihr unbekannten Magie unsichtbar und mental stumm sein, aber in dem gut knöchelhohen Schnee hinterließ er Fußabdrücke wie jeder andere Mensch auch.

Der Rattengesichtige hielt sich nicht erst lange mit Überlegungen auf, woher die Abdrücke stammten, und stieß einen warnenden Ruf aus, während seine Hand zum Gürtel glitt. Blitzschnell zog er sein Schwert und ließ die Klinge in Leibeshöhe dort durch die Luft wirbeln, wo am Boden gerade ein weiterer Abdruck entstand. Ein Schmerzensschrei ertönte aus dem Nichts.

Nur wenige Sekunden später wurde die alte Mühle von einer Explosion erschüttert. An gleich drei verschiedenen Stellen loderten Stichflammen empor, die in dem trockenen Holz sofort frische Nahrung fanden und sich in rasendem Tempo weiterfraßen. Die Männer, die sich noch in dem Gebäude aufhielten, kamen in Panik ins Freie gestürzt; sogar der Heckenschütze, der im Obergeschoß gelauert hatte, sprang voller Furcht aus dem Fenster, da die Flammen ihm jeden anderen Fluchtweg abschnitten. Sekundenlang herrschte völliges Chaos.

Miranya sah, daß Kenran'Del mittlerweile wieder umkehrte und zu Maziroc zurückhastete. Sie zerriß die Reste ihrer Fesseln, tauchte unter dem Schwert des Rattengesichtigen hindurch und versetzte ihm einen Stoß, der ihn zurücktaumeln ließ. Gleich darauf wollte sie ebenfalls zu Maziroc hinüber rennen, doch die Hand ihres unsichtbaren Helfers ergriff sie am Arm und zerrte sie in eine andere Richtung, auf die nächststehenden Büsche zu.

Hinter ihnen brüllte der Rattengesichtige Befehle, doch niemand hörte auf ihn. Die Mühle loderte bereits lichterloh; es konnte kein natürliches Feuer sein. Kopflos flüchteten die Männer vor dem Flammeninferno und der Höllenhitze, die von dem Gemäuer ausstrahlte. Keiner dachte daran, die flüchtende Miranya zu verfolgen, und von dem Unsichtbaren schien außer dem Mann mit dem rattenähnlichen Gesicht ohnehin keiner etwas mitbekommen zu haben. Dafür war alles zu schnell gegangen.

Als er merkte, daß niemand seinen Befehlen gehorchte, nahm der Rattengesichtige schließlich selbst die Verfolgung auf, doch hatten Miranya und ihr unsichtbarer Begleiter bereits einen beträchtlichen Vorsprung. Sie tauchten in das dichte Buschwerk ein.

»Lauf noch ein Stück weiter, und warte dann auf mich!« befahl der Unbekannte. »Ich halte ihn auf.«

Er ließ ihren Arm los. Wie er es ihr aufgetragen hatte, lief Miranya weiter. Sie bekam nicht genug Luft, aber immerhin hatte sie jetzt die Hände frei. Während des Laufens zerrte Miranya den Knebel aus dem Mund, schleuderte ihn zur Seite und genoß es, wieder frei durchatmen zu können.

Hinter sich hörte sie einen Schlag, dem ein Schmerzenslaut und gleich darauf ein dumpfer Fall folgten. Wenige Sekunden später trat ein ihr unbekannter Mann aus dem Unterholz. Er besaß eine vage Ähnlichkeit mit Kenran'Del, doch war er nicht ganz so groß und kräftig. Außerdem wirkte sein Gesicht feiner und ausdrucksstärker. Kleine Fältchen um seinen Mund und seine Augen und zwei Grübchen an seinen Wangen verrieten, daß er gerne lachte, doch in seinen braunen Augen, die durch die langen, seidigen Wimpern noch betont wurden, stand auch der Ausdruck eines tief verborgenen Schmerzes geschrieben; eine Melancholie und Traurigkeit, die sie auf sonderbare Weise anrührten. Sein Alter war schwer zu schätzen. Er mochte Anfang dreißig sein, vielleicht einige Jahre jünger, vielleicht älter.

Mit Schrecken registrierte Miranya, daß sie ihn selbst jetzt mental nicht spüren konnte, obwohl sie ihn sah. Er war in dieser Hinsicht so stumm, als gäbe es ihn gar nicht, eine gänzlich fremde und unangenehme Erfahrung für sie. Auf jeden Fall hatte er ihr jedoch die Flucht ermöglicht und sie damit gerettet, also stand er wohl auf ihrer Seite. Dann sah sie, daß im linken Ärmel seines Mantels ein Loch klaffte. Die Ränder waren blutverschmiert, und jetzt erinnerte sie sich wieder an den Hieb des Rattengesichtigen.

»Du bist verwundet«, stieß sie hervor und griff nach seinem Arm, um nach der Wunde zu sehen, doch er entzog sich ihr.

»Das ist nur ein kleiner Kratzer«, behauptete er. »Darum können wir uns später kümmern. Jetzt müssen wir erst einmal weg von hier, bevor diese Kerle sich von ihrem Schrecken erholt haben und sich an die Verfolgung machen. Noch ein Stückchen weiter, dort warten zwei Pferde auf uns.«

»Dann sag mir wenigstens, wie du heißt«, verlangte Miranya. »Immerhin hast du mir das Leben gerettet. Diese Kerle wollten mich gar nicht austauschen. Sie hätten mich getötet, sobald sie Kenran'Del in ihrer Gewalt gehabt hätten.«

»Ich weiß«, erklärte der Fremde. »Maziroc und ich dachten uns bereits, daß irgend etwas an der Sache faul wäre. Deshalb habe ich mich unsichtbar schon vor der Ankunft deiner Entführer in der Mühle versteckt und dort einige Vorbereitungen getroffen. Anschließend habe ich sie unbemerkt belauscht und konnte mir anhand dessen zusammenreimen, was sie vorhatten.«

»Dann kannst du dich wirklich unsichtbar machen?«

»Nicht aus eigener Kraft. Ich besitze so etwas wie eine Tarnkappe.«

Von der Seite her warf Miranya ihm einen verständnislosen Blick zu.

»Du und Maziroc, ihr würdet es wohl als eine Art *Skiil* bezeichnen.«

»Dann mußt du ein äußerst mächtiger Magier sein«, sagte Miranya staunend. »Trotzdem hat Maziroc dich bislang nicht erwähnt. Kennst du ihn schon länger?«

»So könnte man es wohl nennen«, erwiderte der Mann mit eigentümlicher Betonung. Als Miranya ihn anblickte, sah sie, daß er grinste. »Seit ungefähr tausend Jahren, wie ich mittlerweile erfahren habe, auch wenn ich den allergrößten Teil dieser Zeit verschlafen habe. Wesentlich mehr, als ich eigentlich geplant hatte. Diese Kerle waren hinter *mir* her. Ich bin Kenran'Del. Der echte.«

Drachenflug

Trotz des wenigen Schlafs, den er in der vergangenen Nacht gehabt hatte, blieb Maziroc auch an diesem Abend in Ravenhorst noch lange wach und harrte zusammen mit den Zwergen der Rückkehr der übrigen Drachen und ihrer Reiter, doch sie warteten vergebens. Nicht ein einziger der vier noch vermißten Drachen kehrte zurück, und als schließlich Mitternacht verstrich, schwanden auch die Hoffnungen der größten Optimisten. Einer der Späher war sogar in die Nähe von Ai'Lith geschickt worden, um die Umgebung im Umfeld der Hohen Festung der Elben auszukundschaften, doch auch er blieb verschollen, und das bereitete Maziroc besonders große Sorgen. Entweder hatten die geflügelten Damonen die Späher bereits kurz nach ihrem Aufbruch aus Ravenhorst abgefangen und getötet, oder sie waren innerhalb der letzten Tage bereits sehr viel weiter vorgerückt und hatten größere Teile Arcanas unter ihre Kontrolle gebracht, als er in seinen schrecklichsten Alpträumen für möglich gehalten hatte. Die Hohe Festung der Elben stellte das letzte Bollwerk dar, das den Einfall der Damonen in die Westländer noch verhindern konnte. Möglicherweise aber waren sie dort sogar schon eingedrungen, wenn sie Ai'Lith einfach umgangen hatten, statt zu riskieren, in einem langen, blutigen Kampf um die Elbenfestung zu unterliegen und zurückgeworfen zu werden.

Am späten Abend fanden sich die Zwergenkönige erneut zu einer Krisenberatung zusammen. Als König der Krieger wurden Borrus angesichts der Bedrohung weitreichende Vollmachten erteilt. Auf seinen Befehl hin wurden sofort sämtliche Vorkehrungen für eine möglichst erfolgreiche Verteidigung Ravenhorsts im Fall eines Angriffs durch die Damonen getroffen.

Maziroc erfuhr lediglich durch Garwin davon. Da es sich bei den Verteidigungsvorbereitungen um geheime Angelegenheiten handelte, die nur das Zwergenvolk betrafen, hatte man ihn nicht gebeten, an der Sitzung teilzunehmen, und er hätte auch kein Interesse daran gehabt. Nach normalen Maßstäben war es unmöglich, Ravenhorst einzunehmen. Wer immer es versuchen würde, würde jeden eroberten Fußbreit Boden schon in den Sümpfen mit einem unvorstellbaren Blutzoll bezahlen. Er bezweifelte, daß selbst die Damonen sich solche Verluste leisten konnten. Sollten sie sich tatsächlich auf ein so selbstmörderisches Unterfangen einlassen, würde ihr Heer aufgerieben werden und keine Gefahr für die ungleich weniger geschützten Städte im übrigen Miirn mehr darstellen.

Ähnliches galt auch für Ai'Lith, wohin sich Mazirocs Gedanken immer wieder verirrten. Sollten die Damonen die Hohe Festung angreifen, so verschaffte jeder Tag, an dem sie gegen die unbezwingbaren Mauern anstürmten, Eibon und vor allem Charalon mehr Zeit, ihre Verteidigungsallianz zu schmieden, neue Truppen auszuheben und zusammenzuführen, um Larquina und die übrigen Westländer zu schützen.

Dennoch beruhigte dieser Gedanke Maziroc nicht, und als er sich gegen Mitternacht in seinem Quartier zur Ruhe begab, lag er trotz seiner Müdigkeit auch in dieser Nacht lange wach. Eine Mischung aus Sorge über das, was anderenorts auf Arcana geschehen mochte, und die Vorfreude auf seinen bevorstehenden Drachenflug beschäftigte seine Gedanken so stark, daß er keine Ruhe fand. Fast zwei Stunden lang grübelte er vor sich hin, ehe es ihm schließlich gelang, wenigstens in einen leichten, wenig erholsamen Schlummer zu sinken.

Pünktlich mit den ersten Strahlen der aufgehenden Sonne erwachte er am nächsten Morgen. Gerne hätte er vor seinem Aufbruch noch einmal mit den Königen gesprochen, doch wurde ihm mitgeteilt, daß sie noch schliefen und nach der langen Nachtsitzung wohl erst in mehreren Stunden aufstehen würden, und so lange wollte er nicht warten. So begab er sich auf den Weg zu Pollus und weckte ihn. Der Gardesoldat war vor Vorfreude auf den Flug noch wesentlich aufgeregter als Maziroc, und nach einem ausgiebigen Frühstück machten sie sich auf den Weg zu den Drachengehegen.

Der oberirdisch gelegene Teil dieser Gehege, den Maziroc bereits gesehen hatte, bildete nur einen winzigen Teil der eigentlichen Anlage. Drachen waren Höhlentiere, und so lebten die meisten von ihnen in gewaltigen Kavernen, die den Ashran durchzogen und im Laufe der Jahrhunderte zu einem ins Innere des Berges gegrabenen Teil der Stadt ausgebaut worden waren. Manche der unterirdischen Höhlen bildeten regelrechte Gewölbe, so groß, daß selbst das Licht der zahlreichen Fackeln und Feuerschalen, von denen sie erhellt wurden, nicht ausreichte, bis zur Decke empor zu sehen oder von einem Ende der Höhle bis zum anderen zu blicken.

Bis dorthin allerdings war auch Maziroc noch nicht vorgedrungen; die unterirdischen Drachenhöhlen kannte er nur von den Schilderungen einiger Zwerge her, die bei einem Weingelage, das er vor einigen Jahren mit ihnen abgehalten hatte, allzu redselig geworden waren.

Auch an diesem Tag sollte er die Drachenhöhlen offenbar nicht zu Gesicht bekommen. Als er mit Pollus die Gehege erreichte, wurden sie bereits erwartet. Offenbar hatten die Zwerge damit gerechnet, daß sie schon früh am Morgen würden aufbrechen wollen, denn es dauerte nur wenige Minuten, bis alles für ihren Aufbruch bereit war.

Ein Zwerg in mittlerem Alter mit einem verschmitzt wirkenden Gesicht kam auf sie zu, musterte sie ein paar Sekunden lang ernst und deutete dann vor Maziroc eine Verbeugung an. Wie schon die anderen seines Volkes ignorierte er Pollus schlichtweg. Allerdings war der Soldat so aufgeregt und voller Vorfreude darauf, einen Drachen aus unmittelbarer Nähe zu sehen und sogar darauf fliegen zu dürfen, daß es ihn gar nicht weiter zu kränken schien. Ursprünglich hatte Maziroc Schwierigkeiten mit den Zwergenkönigen befürchtet, wenn er darauf beharrte, daß Pollus ihn begleitete, doch es hatte lediglich einige nicht einmal besonders heftige Proteste Shiras gegeben.

»Mein Name ist Marrin«, stellte der Zwerg sich vor. »Ich werde Euch nach Cavillon fliegen.«

»Nicht nach Cavillon, zumindest nicht direkt«, entgegnete Maziroc. »Es hat eine Änderung gegeben. Zunächst möchte ich Ai'Lith aufsuchen.«

»Die Hohe Festung der Elben?« hakte der Zwerg nach, überrascht und unwillig. »Aber ich habe den Auftrag –«

»Ich habe Grund zu der Vermutung, daß die Damonen auch in Richtung auf die Hohe Festung marschiert sind, und ich muß wissen, was dort geschieht«, fiel Maziroc ihm ins Wort. »Ihr braucht nicht in Ai'Lith selbst zu landen, wenn Euch der Gedanke unangenehm ist. Es genügt, wenn Ihr mich in der Nähe absetzt, aber auf jeden Fall ist die Hohe Festung mein Ziel. Ich habe nicht um diese Hilfe gebeten, sie ist mir von Euren Königen angeboten worden. Falls Ihr jedoch ein Problem habt, sie mir zu gewähren, dann sagt es direkt, damit wir nach einem anderen Weg suchen können.«

Marrin überlegte ein paar Sekunden lang und musterte den Magier abschätzend, dann nickte er schließlich. »Nein, ich glaube nicht, daß das ein Problem ist«, erklärte er, doch besonders glücklich wirkte er dabei nicht. »Ein Ziel ist wohl so gut wie das andere, schließlich müßt Ihr wissen, wohin Ihr wollt.«

Er führte sie auf einen Drachen zu, der bereits in der Nähe der Steilklippe wartete, die den Ashran in nördlicher Richtung begrenzte. Ohne es zu merken, gingen Maziroc und Pollus immer langsamer, je näher sie dem riesigen Tier kamen. Im Gegensatz zu den meisten Menschen hatte er schon zuvor Drachen aus der Nähe gesehen, doch *so* nah war auch er ihnen nie gekommen.

Es handelte sich um das mit Abstand häßlichste Tier, das er je erblickt hatte, eine Bestie, die nur aus Muskeln, grünlich-grauen Panzerplatten und Wildheit zu bestehen schien, obwohl sie im Augenblick fast reglos stand. Das Gewicht ihres titanischen Körpers lastete auf vier extrem dicken, aber dafür sehr kurzen Beinen, so daß die Bauchseite ihres Leibes fast den Boden berührte. Die Beine endeten in mörderischen Klauen, von denen sich einige wie spielerisch in den massiven Felsuntergrund gegraben hatten. Das Maul des Drachen war groß genug, daß er einen Menschen mit einem Bissen verschlingen könnte, und die darin schimmernden Reißzähne waren lang wie Dolche.

Selbst den Damonen stand die Flugechse an Scheußlichkeit kaum nach, dennoch ließ sie sich in keiner Form mit ihnen vergleichen. Es schien sich um ein noch recht junges Tier zu handeln, zumindest war es nicht annähernd so groß wie beispielsweise der verletzte Drache vom vergangenen Nachmittag. Obwohl es sich kaum bewegte und trotz seines abstoßenden Äußeren, wirkte es auf schwer zu beschreibende Art majestätisch, und als Maziroc in seine glitzernden Facettenaugen blickte, hatte er fast das Gefühl, es mit einem intelligenten Wesen zu tun zu haben.

Er schauderte, obwohl er nicht recht wußte, was der Auslöser dafür war: die ungeheure Größe und Stärke des

Drachen oder der fast intelligente Ausdruck in den Augen des Tieres. Ärgerlich versuchte er, dieses Gefühl zu verdrängen, doch es gelang ihm nicht. Der bevorstehende Flug auf dem Drachen versprach eines der herausragendsten Erlebnisse seines Lebens zu werden, doch mit einem Mal fühlte er sich in der Nähe der gewaltigen Echse geradezu unwohl.

»Also los, worauf wartet Ihr?« fragte Marrin und deutete auf die Strickleiter, die vom Transportkorb auf dem breiten Rücken des Drachen herabhing. Seine Stimme klang mürrisch, anscheinend konnte er sich auch jetzt noch nicht recht mit dem neuen Reiseziel anfreunden. Vielleicht behagte ihm aber auch der ganze Auftrag nicht. Manchen Zwergen mochte es als ein Sakrileg erscheinen, einem Magier und einem der verachteten Menschen zu gestatten, auf einem Drachen zu fliegen. Falls es sich so verhielt, war es Maziroc allerdings schleierhaft, warum man ausgerechnet jemanden mit einer solchen Einstellung für diese Aufgabe ausgewählt hatte.

Er überwand sein Unbehagen, trat an den Drachen heran und stieg die Strickleiter hoch. Dicht gefolgt von Pollus, kletterte er in den Korb. Eigentlich entsprach das Gebilde diesem Namen nicht ganz. Es handelte sich eher um eine Art hölzerne Plattform, die von einem Geländer aus Metallstreben und dickem Leinenstoff umgeben war. Mit mehreren gut meterbreiten Gurten und dicken Seilen war die Konstruktion auf dem Rücken der Flugechse festgezurrt. Da der Drache selbst noch längst nicht ausgewachsen war, war auch der Korb nicht ganz so groß wie bei einigen anderen Tieren, bot aber immerhin einigen Dutzend Zwergen oder Menschen Platz.

Pollus holte die Strickleiter ein und blickte sich mit leuchtenden Augen um, während Maziroc beobachtete, wie Marrin geschickt am Hals des Drachen hinaufkletterte. Unmittelbar hinter einer Art Höcker nahm er in einer wie für diesen Zweck geschaffenen Vertiefung Platz. Der aus dem Hals der Echse herausragende Höcker stellte eine äußerst sensible Art von Nervenknoten dar. Durch leichten Druck mit den Händen konnte der Reiter seinen Drachen ohne jede Kraftanstrengung wesentlich sanfter und präziser lenken, als dies beispielsweise bei einem Pferd selbst mit dem besten Zaumzeug der Welt möglich gewesen wäre.

»Seid ihr bereit?« fragte Marrin und wandte kurz den Kopf zu den beiden Menschen um.

Maziroc nickte zustimmend.

»Dann haltet euch jetzt gut fest. Es kann etwas ungemütlich werden, bis wir in der Luft sind.« Spott, fast schon Schadenfreude schien in der Stimme des Zwerges mitzuklingen.

An der Innenseite des Korbes gab es eine Vielzahl kleiner Lederschlaufen. Genau wie Pollus schob Maziroc seine Hände in zwei davon, und gleich darauf setzte sich der Drache in Bewegung. Gleitend richtete er sich auf. Er warf seinen Kopf in den Nacken, daß Maziroc bereits befürchtete, Marrin müßte durch den Ruck davongeschleudert werden, doch der Zwerg saß sicher und fest in seiner Vertiefung. Mit hoch erhobenem Kopf stieß der Drache einen lauten, wilden Schrei aus und entfaltete seine bislang eng am Körper angelegten Flügel. Wie probeweise schlug er ein paarmal mit den Schwingen auf und ab, dann lief er los.

Aufgrund seiner ungeheuren Größe wirkten seine Schritte zunächst langsam, geradezu schwerfällig, aber in Wahrheit waren sie weder das eine noch das andere. Binnen weniger Sekunden erreichte der Drache die Klippe. Es gab einen harten Ruck, als sich unter ihm plötzlich kein Boden mehr befand und das Tier in die Tiefe zu stürzen begann.

Pollus stieß einen entsetzten Schrei aus, und auch

Maziroc klammerte sich starr vor Schrecken an die Halteschlaufen, doch der Moment der Furcht dauerte nicht mehr als ein, zwei Sekunden. Nach kaum einem halben Dutzend Meter Fall fing sich genügend Wind unter den riesigen Schwingen der Echse, um den Sturz in ein sanftes Gleiten übergehen zu lassen. Mit einem weiteren Flügelschlag katapultierte sich das Tier wieder nach oben, stieg bis über die Höhe des Ashran und schien dann geradewegs zum Himmel empor zu schießen.

Allmählich entspannte Maziroc sich und ließ kurz darauf auch die Griffe los. Der Flug des Drachen war so sanft, daß selbst während der gelegentlichen Flügelschläge kaum Bewegungen zu spüren waren. Fast schwerelos schien er auf seinen gewaltigen Schwingen dahinzugleiten, nutzte mehr das Spiel von Auftrieb und Fallwinden, als daß er mit den Flügeln schlug.

Höher und höher stieg der Drache, so daß die Welt unter ihnen immer kleiner wurde. Schon jetzt waren Ravenhorst und der Ashran nur noch ein Punkt inmitten der Todessümpfe. Kurze Zeit später bereits überflogen sie die morastige Ostküste des großen Binnenmeeres, und dann erstreckte sich in jeder Himmelsrichtung nur noch Wasser unter ihnen, soweit der Blick auch reichte.

Das Binnenmeer war gewaltig. Es teilte Arcana in die östlichen und die westlichen Länder, und es war auch dafür verantwortlich, daß jeder Reisende sich entscheiden mußte, ob er eine nördliche oder südliche Route einschlug, je nachdem, welchen Weg er wählte, es zu umgehen. Trotz seiner Größe gab es auf dem Binnenmeer keine Schiffahrt, was an der Beschaffenheit der Küste lag. Im Osten und im Süden ging das Meer direkt in die Sümpfe über, und das Ufer war zu morastig, als daß dort Schiffe anlegen konnten. Im Westen und Norden hingegen bestand es größtenteils aus Steilklippen, und wo die Küste einigermaßen flach war, da lauerten dicht vor dem

Ufer gefährliche, scharfe Riffe, die den Rumpf jedes Bootes aufschlitzen würden.

So aufregend der Flug während der ersten Minuten war, wurde Maziroc es schon bald leid, auf die schier endlose Wasserfläche zu starren, die sich tief unter ihnen ausbreitete. Mit dem Rücken gegen das Geländer gelehnt, setzte er sich auf den Boden des Transportkorbes. Hier war er auch dem scharfen Flugwind nicht so stark ausgesetzt, der ihm zuletzt die Tränen in die Augen getrieben und jede Unterhaltung unmöglich gemacht hatte.

Bald darauf setzte sich auch Pollus zu ihm. Seine Augen tränten ebenfalls, doch schien ihm das nichts auszumachen.

»Ist das nicht phantastisch?« schwärmte er mit geradezu kindlicher Begeisterung in der Stimme. »Wir fliegen, wir fliegen wirklich. Es ist fast so, als ob wir selber Flügel hätten.«

»Na ja, nicht ganz«, schränkte Maziroc schmunzelnd ein. Obwohl es zur Zeit nicht viel zu sehen gab und der Wind über der Brüstung alles andere als angenehm war, stellte diese Reise auch für ihn ein besonderes Erlebnis dar, und Pollus' ungebändigte Freude mitzuerleben, steigerte das Vergnügen für ihn noch zusätzlich.

»Als Kind habe ich oft davon geträumt«, sprach der Soldat weiter. »Aber meine Eltern hatten dafür keinerlei Verständnis. Sie sagten immer nur, daß die Götter uns mit Flügeln erschaffen hätten, wenn sie wollten, daß wir flögen. Aber da dies nun mal nicht der Fall war, würde sich nie ein Mensch weiter in die Luft erheben, als er springen könnte. Ich wünschte, sie könnten mich jetzt sehen.«

»Manchmal sind die Wege der Götter sehr verschlungen und undurchsichtig«, antwortete Maziroc. »Manchmal aber muß man ihnen vielleicht erst auf die Sprünge helfen, und gelegentlich denke ich fast, daß sie mancher Fortentwicklung geradezu im Wege stehen. Ich bin fest davon überzeugt, daß der Mensch noch zu vielem, vielem mehr fähig ist, wovon jetzt noch kaum jemand zu träumen wagt.«

Pollus blickte ihn einen Moment irritiert an, sichtlich verwirrt durch diese Blasphemie, doch er verzichtete darauf, das Thema weiter zu verfolgen.

Auch Maziroc verspürte wenig Lust, sich zu unterhalten. Gedankenverloren starrte er in den blauen, nur von wenigen weißen Wölkchen bedeckten Himmel über sich, dem er nahe wie nie zuvor war.

Um die Mittagsstunde, kurz nachdem sie das Binnenmeer endlich hinter sich gelassen hatten, legten sie eine Rast ein. Marrin bestand darauf, da ein langer Flug ohne Pause angeblich zu anstrengend für den Drachen wäre. Es fiel Maziroc schwer zu glauben, daß es irgend etwas gäbe, was für ein so gewaltiges Tier zu mühsam war, schon gar nicht ein einfacher Flug bei so mildem Wetter. In Wahrheit war es wohl eher dem Zwerg auf seinem Sitz am Hals des Drachen zu unbequem geworden, und er wollte sich ein Weilchen die Füße vertreten.

Der Drache ging auf einer großen Wiese nieder, wobei die Landung ebenso sanft wie der Abflug vonstatten ging. Ein klarer Bach, an dem sie ihren Durst stillen konnten, schlängelte sich durch die Wiese. Gerne hätte Maziroc die Gelegenheit genutzt, sich ein wenig mit Marrin zu unterhalten, doch da der Zwerg sich aus ihm unbekannten Gründen demonstrativ von ihnen absonderte, respektierte er dies.

Nach etwa einer halben Stunde setzten sie ihren Flug fort. Da es diesmal keine Klippe gab, von der er sich stürzen konnte, lief der Drache auf seinen kurzen Stummelbeinen immer schneller quer über die Wiese und bewegte dazu seine Flügel, bis er sich schließlich vom Boden löste und erneut zum Himmel emporstieg.

Bald darauf sichteten sie zum ersten Mal Damonen. Es handelte sich nur um wenige Dutzend der Ungeheuer, aber es sollte nicht die einzige Begegnung bleiben. Immer häufiger entdeckten sie von nun an die fremden Invasoren. Es schien, als zögen ungeheuere Massen von ihnen in Trupps von völlig unterschiedlicher Größe von den südlichen Barbarenländern aus, wo sich die *Weltenbresche* angeblich befinden sollte, nach Nordwesten. Obwohl er sich in diesem Fall viel lieber geirrt hätte, sah Maziroc seinen schlimmsten Verdacht bestätigt, daß die Damonen zahlenmäßig so stark waren, daß sie sich aufgeteilt hatten und unterschiedliche Ziele in verschiedenen Teilen des Kontinents gleichzeitig angriffen

»Sie ziehen direkt auf das Largos-Gebirge zu. Nach Ai'Lith!« stellte Pollus fest und leckte sich nervös über die Lippen. Der Flugwind riß ihm die Worte von den Lippen. Er mußte schrien, damit Maziroc ihn verstand, obwohl er direkt neben ihm stand.

Der Magier nickte. Wenigstens schienen die Damonen die Hohe Festung noch nicht erreicht zu haben. Offensichtlich waren sie nicht in gerader, direkter Linie vorgerückt, sondern hatten auf ihrem Weg stets nach Zielen gesucht, die sie überfallen konnten.

Glücklicherweise befanden sich wohl nur wenige geflügelte Damonen bei den Heerzügen. Lediglich ein knappes Dutzend von ihnen stieg von einem der Trupps auf und jagte auf den Drachen zu. Hastig griff Marrin nach seiner Armbrust. Er traf zwei der Damonen, und obwohl die Geschosse sie nicht töteten, wurden die Ungeheuer merklich langsamer und blieben hinter den anderen zurück. Noch ein drittes Mal schoß er, doch diesmal verfehlte der Bolzen sein Ziel.

Gleich darauf waren die übrigen heran, finstere, horngeschuppte Bestien mit nachtschwarzen Schwingen, gefährlichen Krallen und scharfen Zähnen.

Marrin legte die Armbrust zur Seite und griff statt dessen nach seiner Streitaxt, während Maziroc und Pollus ihre Schwerter zogen. Ihre wirksamste Waffe aber war der Drache selbst. Auch ohne daß Marrin ihn durch Berührung des Nervenpunktes steuerte, wußte das Tier, was zu tun war. Blitzschnell zuckte es mit seinem Kopf herum, ohne daß es dabei jedoch den Zwerg von seinem Hals herunterschleuderte oder sich die heftige Bewegung auf den Rest seines Leibes und damit auch den Transportkorb übertrug. Sein gewaltiges Maul klaffte auf und schnappte gleich darauf wieder zu, und seine Fangzähne zermalmten einen der Damonen, der unvorsichtigerweise in Reichweite gelangt war. Einen zweiten traf der Drache mit einem Hieb seines Schwanzes, und zwei weitere fegte er durch wilde Schläge mit seinen Schwingen aus der Bahn und brach ihnen dabei die Flügel, so daß sie abstürzten.

Eines der Ungeheuer strich dicht über den Transportkorb hinweg. Maziroc und Pollus hieben gleichzeitig mit ihren Schwertern danach. Ihre Klingen drangen tief in den Leib der Bestie ein. Sie machte noch einige kraftlose Flügelschläge, dann stürzte auch sie in die Tiefe.

»Du bist verletzt!« rief Maziroc erschrocken. Aus einer Wunde an der Schulter des Soldaten drang Blut. Offenbar hatte der Damon ihn im Vorbeiflug mit seinen Klauen erwischt.

Erst jetzt nahm Pollus die Verwundung wahr. Er strich mit den Fingern darüber und machte dann eine gleichgültige Geste. »Nicht weiter schlimm. Das Biest hat mir nur die Haut geritzt.«

Der Kampf war so schnell vorbei, wie er begonnen hatte. Marrin hatte noch einen weiteren Damonen mit seiner Streitaxt erlegt, die übrigen hatte der Drache getötet oder zumindest so schwer verwundet, daß sie seine Geschwindigkeit nicht mehr mithalten konnten und zur Erde zurücksanken.

Maziroc beugte sich zu Pollus vor, bog den von den Krallen zerfetzten Stoff an dessen Schulter etwas zur Seite und betrachtete die Wunde. Wie er gesagt hatte, waren es tatsächlich nur Hautkratzer, die bereits wieder zu bluten aufgehört hatten.

Einige Minuten lang jagte der Drache so schnell er konnte dahin, dann wurde er plötzlich langsamer und glitt nur noch so träge durch die Luft, wie gerade nötig war, damit er nicht abstürzte.

»Wir werden umkehren!« rief Marrin ihnen zu. Solange sie so langsam flogen, drang seine Stimme bis in den Korb. »Ich fliege nach Ravenhorst zurück. Es ist zu gefährlich.«

Maziroc sprang auf.

»Nein, tut das nicht!« brüllte er zurück. »Das sind doch nur kleine Trupps. Wir können nicht mehr weit von der Hohen Festung entfernt sein.«

»Eben deshalb. Die meisten dieser verdammten Bestien bewegen sich direkt auf Ai'Lith zu, und der größte Teil ihres Heeres dürfte bereits dort angekommen sein. Nur ein Wahnsinniger würde unter diesen Umständen dorthin fliegen. Gegen ein paar von ihnen können wir uns wehren, aber wenn sie uns in einer größeren Schar angreifen, haben wir keine Chance. Genau das aber wird passieren, wenn wir weiterfliegen.«

»Wir wissen nicht, ob ihr Ziel wirklich die Hohe Festung ist. Wahrscheinlich werden selbst die Damonen vor einer wochen- oder gar monatelangen Belagerung zurückschrecken und das Gebirge eher an einer anderen Stelle überqueren. Es gibt genügend leicht begehbare Pässe.«

»Und wenn schon«, beharrte der Zwerg. »Wenn wir unseren bisherigen Kurs fortsetzen, fliegen wir ihrer Hauptstreitmacht auf jeden Fall geradewegs entgegen. Ich bin schließlich nicht lebensmüde. Vor allem das Leben des Drachen ist viel zu kostbar, um es auf diese Weise aufs Spiel zu setzen. Es geht ja nicht einmal um Belange meines Volkes. Glaubt Ihr wirklich, *Eure* Wünsche wären mir ein solches Risiko wert?«

Maziroc ballte die Hände zu Fäusten. Da er wußte, wieviel den Zwergen ihre Drachen bedeuteten, und wenn er bedachte, daß am gestrigen Tag bereits mehrere ihrer Tiere durch die Damonen den Tod gefunden hatten, konnte er Marrin bis zu einem gewissen Grad sogar verstehen. Dennoch erzürnte ihn die engstirnige Fremdenverachtung, die in Marrins Worten mitschwang.

»Ihr irrt Euch!« rief er. »Was hier geschieht, hat auch für das Volk der Zwerge größte Bedeutung. Glaubt Ihr nicht, daß es für Eure Könige extrem wichtig wäre, zu erfahren, was in Ai'Lith geschieht? Ob und wie es gelungen ist, Angriffe der Damonen zurückzuschlagen? Diese Informationen könnten äußerst wichtig für eine eventuelle Verteidigung von Ravenhorst sein. Und auch wenn die Damonen die Hohe Festung umgangen haben und bereits in den Ebenen von Larquina eingefallen sind, dann ist dies ebenfalls für Euer Volk bedeutsam, weil sie über kurz oder lang dann auch von Norden her nach Miirn einfallen und die Todessümpfe bedrohen werden.« Maziroc machte eine kurze Pause und atmete ein paarmal tief durch, weil das laute Rufen ihn in der Kehle schmerzte. »Bislang droht uns keine akute Gefahr«, fuhr er dann fort. »Wenn wir merken, daß ein Weiterflug wirklich zu gefährlich wird, können wir immer noch umkehren.«

»Es ist die Frage, ob wir das dann noch können«, entgegnete Marrin, doch seine Stimme war nicht mehr so fest wie zuvor und verriet die Zweifel, die von ihm Besitz ergriffen hatten.

»Einen Krieg ohne Risiken und Gefahren gibt es nicht. Auch ich hänge an meinem Leben und neige nicht unbedingt zur Tollkühnheit. Dennoch bin ich davon überzeugt, daß wir unter allen Umständen zur Hohen Feste müssen.«

Einige Sekunden lang herrschte Schweigen.

»Gut, wir fliegen weiter«, verkündete Marrin dann seine Entscheidung. »Zumindest vorläufig, solange die Gefahr kalkulierbar bleibt. Allerdings werden wir wesentlich höher als bisher steigen, dann entdeckt man uns hoffentlich nicht so leicht. Es wird ziemlich kalt dort oben werden, aber Ihr wollt es ja unbedingt, also beschwert Euch nicht. Gegen Abend dürften wir die Hohe Festung erreichen, doch sollte sie belagert werden, werde ich auf gar keinen Fall dort landen und riskieren, von diesen fliegenden Bestien angegriffen zu werden.«

Das waren Bedingungen, die für Maziroc annehmbar waren, ihm sogar recht vernünftig erschienen.

»Einverstanden!« rief er.

Während der ersten Minuten war es noch durchaus faszinierend, mitzuerleben, wie der Drache immer höher und höher stieg. Das Land schien unter ihnen regelrecht zusammenzuschrumpfen. Ein besonderer Höhepunkt war eine der tiefhängenden riesigen Wolken, die sich über ihnen erstreckte. Sie tauchten darin ein, und für einige Sekunden wurde alles um sie herum weiß, als befänden sie sich im dichtesten Nebel, den man sich nur vorstellen konnte. Gleich darauf hatten sie die Wolke passiert und genossen wieder freie Sicht.

Die Faszination und das Vergnügen blieben jedoch nicht allzu lange ungetrübt. Nach einiger Zeit fiel

Maziroc auf, daß die Flügelschläge des Drachen mit wachsender Höhe immer schneller und hektischer wurden. Wo vorher ein einzelner Schlag der Schwingen genügt hatte, sie in der Luft zu halten und voranzutragen, schienen nun mindestens zwei nötig zu sein. Gleichzeitig bemerkte der Magier, daß sich sein eigener Atem beschleunigte und er dennoch das Gefühl hatte, zuwenig Luft zu bekommen.

»Was ist das?« keuchte Pollus neben ihm, der offenkundig mit den gleichen Schwierigkeiten zu kämpfen hatte. »Was hat das zu bedeuten?«

»Offenbar wird die Luft dünner, je höher wir steigen«, antwortete Maziroc nach kurzem Überlegen. Er hatte von entsprechenden Theorien gehört; Bergsteiger hatten dergleichen ansatzweise verspürt. Da zuvor aber noch nie ein Mensch bis in solch extreme Höhen gelangt war, hatte es bislang keine Möglichkeit gegeben, die Vermutung zu überprüfen, daß sich diese Entwicklung mit zunehmender Höhe fortsetzte.

Die dünnere Luft war aber nicht das einzige Problem, mit dem sie zu kämpfen hatten. Das zweite war die Kälte, vor der Marrin sie bereits gewarnt hatte. Schon bald war der Flugwind so eisig, daß sie sich hinter der Brüstung zusammenkauerten, um ihm nicht mehr direkt ausgesetzt zu sein, doch Schutz vor der Kälte fanden sie nicht.

Sie tauchten ein in weitere Wolken, und jedesmal war es, als würden sie durch Eisregen gleiten. Schließlich befanden sich nur noch Wolken um sie herum. Alles, was sie berührten, war feucht, und es dauerte nur Minuten, dann waren sie bis auf die Haut durchnäßt. Bibbernd schlugen sie mit den Armen um sich, denn für solche Temperaturen waren sie nicht gerüstet.

Dann – endlich – hatten sie die Wolkendecke durchstoßen. Strahlender Sonnenschein begrüßte sie und wärmte sie ein wenig.

Maziroc erhob sich mühsam und zwang sich zu weiteren Gymnastikübungen, um sich auf diese Art zu wärmen, doch geriet er aufgrund der dünnen Luft rasch ins Keuchen und hatte das Gefühl, kaum noch atmen zu können.

Trotz des kalten Flugwindes konnte er der Versuchung nicht widerstehen, einen Blick über die Brüstung des Korbes in die Tiefe zu werfen. Der Anblick war einmalig. Wie eine endlose Landschaft aus weißer Watte breiteten sich die Wolken unter dem Drachen aus und gleißten im Licht der Sonne. Dazwischen klafften immer wieder Löcher, durch die man bis zur Erdoberfläche hinabblicken konnte. Die Entfernung war jedoch so groß, daß Maziroc nicht mehr als unregelmäßige Flecken von Braun und hellem und dunklem Grün sah, gelegentlich durchzogen vom blauen Band eines Flusses. Nun bestand wohl umgekehrt tatsächlich kaum noch eine Gefahr, daß die Damonen sie hier oben erblicken könnten.

Schließlich, als die Kraft der wärmenden Sonne allmählich nachzulassen begann, ließ Marrin den Drachen wieder tiefer sinken. Sie waren noch ein gutes Stück vom Largos-Gebirge entfernt, doch konnten sie die Berggipfel am Horizont bereits sehen. Marrin hatte sich offenbar mit dem Drachen weit nach Norden gewandt, so daß sie jetzt wieder zurück nach Süden flogen. Damit hatten sie die Damonen umflogen. Diese hatten das Gebirge bereits viel weiter im Süden überquert. Gefährlich würde es erst werden, wenn der Drache sich der Hohen Festung näherte und falls die Ungeheuer diese doch angriffen und sich in großer Zahl in ihrer Nähe aufhielten. Inmitten der Berge mit ihren Pässen und tiefen Schluchten würden die Ungeheuer erst spät zu entdecken sein, möglicherweise erst zu spät für eine Flucht, vor allem, wenn es sich um große Verbände handelte.

Schon bald erreichten sie die ersten Ausläufer der Berge. Die zerklüfteten Gipfel glitten dicht unter ihnen dahin. Marrin ließ den Drachen ziemlich langsam und tief fliegen, nutzte nicht nur die allmählich hereinbrechende Dämmerung, sondern auch die Schluchten und den Sichtschutz der Berggipfel, um sich Ai'Lith möglichst unbemerkt zu nähern – was ihm auch hervorragend gelang. Sie bekamen keinen einzigen Damon zu sehen. Maziroc war sich nicht sicher, ob dies ein gutes oder ein schlechtes Zeichen war. Die Berge waren für seinen Geschmack eine Spur *zu* still, *zu* einsam, *zu* bar jeden Lebens. Selbst wenn die Damonen darauf verzichtet hatten, die Hohe Festung anzugreifen, so hatten sie sicherlich zumindest Beobachter zurückgelassen, um sicherzustellen, daß die Elben ihnen nicht die Nachschubwege abschnitten oder ihnen gar in den Rücken fielen. Aber auch davon war nichts zu entdecken, und das machte Maziroc stutzig.

Schließlich erreichten sie den Canyon, in dem Ai'Lith lag. Es war inzwischen so dunkel geworden, daß sich die hohen Türme nur schwach gegen das Felsgestein abzeichneten. Die gewaltige Festung lag stumm, wie tot vor ihnen. Auch hier waren nirgendwo Damonen zu sehen. Keine Damonen – aber auch sonst keine Spur von Leben. Hinter keinem Fenster brannte Licht, es gab keine Fackeln oder Kohlefeuer auf den Wehrgängen und Höfen der Elbenfestung. Kein Laut war zu hören.

Maziroc war nun überzeugt davon, daß etwas nicht stimmte. Der Drache wurde noch langsamer, glitt über das Tal, in dem Ai'Lith eingebettet lag, hinweg und erreichte die marmornen Festungswälle. Und nun gab es keinen Zweifel mehr daran, daß das Undenkbare geschehen war. Die Stille, die in der Festung herrschte, war das bedrückende, endgültige Schweigen des Todes, das von diesem Ort Besitz ergriffen hatte.

Die Wehrgänge und der Hof waren übersät mit Leichen.

Der Anblick schnitt wie ein Messer in Mazirocs Herz. Er umklammerte die Brüstung so fest, daß seine Knöchel weiß hervortraten und einer seiner Fingernägel unter dem Druck zu bluten begann, doch er bemerkte es nicht einmal.

Ai'Lith, die Unbezwingbare, war gefallen.

Mit brennenden Augen starrte Maziroc auf das schreckliche Bild hinunter, konnte einfach nicht begreifen, was er sah.

»Unmöglich«, krächzte Pollus fassungslos. Er klammerte sich an den Arm des Magiers. »Das kann doch nicht sein, das ist doch ...« er verstummte mit einem kläglichen, wimmernden Laut. Maziroc konnte gut nachvollziehen, was in ihm vorging, ihm selbst erging es kaum anders. Ai'Lith war mehr als nur eine Festung gewesen, sie war ein Symbol für die Macht und Stärke der Elben und damit ganz Arcanas. Und nun war sie bloß noch ein riesiges marmornes Grab.

Marrin ließ den Drachen eine Runde über die Festung drehen, dann noch eine weitere, und im letzten Licht der untergehenden Sonne wurde das ganze Ausmaß der Verwüstungen sichtbar. Einer der Marmortürme war in sich zusammengebrochen. Das gewaltige Haupttor der Festung war nicht nur aufgebrochen worden, es war völlig verschwunden, mitsamt seiner Einfassung und noch einem beträchtlichen Teil der Wehrmauer. Auch an mehreren anderen Stellen klafften Lücken und Breschen in den Mauern. Der einst schimmernde weiße Marmor mehrerer Gebäude war vom Ruß eines Feuers geschwärzt.

Als sich auch nach der dritten Runde nirgendwo Hinweise auf die Gegenwart von Damonen fanden, ließ Marrin den Drachen auf dem freien Platz vor der Bresche landen, wo sich ursprünglich das Haupttor befunden hatte. Über die Strickleiter kletterte Maziroc mit solch zitternden Beinen aus dem Transportkorb, daß er zweimal fast abgerutscht und gestürzt wäre, ehe er den Boden erreichte. Pollus folgte ihm.

»Ich kann es einfach nicht glauben«, murmelte Marrin, der wesentlich eleganter als sie abgestiegen war und sie bereits erwartete. Kopfschüttelnd blickte er zu der gewaltigen Ruine vor ihnen. Auch in seinem Gesicht stand Erschütterung geschrieben. »Ich meine, wir sind zwar mit den Elben seit urdenklichen Zeiten verfeindet, aber das...« Noch einmal schüttelte er den Kopf. »Ich hätte nicht gedacht, daß es irgendeine Macht gibt, die in der Lage wäre, Ai'Lith zu erobern. Nicht einmal uns Zwergen wäre das auf dem Höhepunkt unserer Macht gelungen.«

Maziroc beachtete ihn gar nicht. Wie in Trance ging er auf die Bresche zu, kletterte über den niedrigen Wall aus Marmortrümmern und anderem Geröll und betrat den Innenhof. Zutiefst erschüttert ließ er seinen Blick über die Toten gleiten. Es mußten hunderte sein. Erste leichte Spuren von Verwesung zeigten sich bereits. Ihrem Zustand zufolge, mußten sie schon seit drei, vielleicht vier Tagen so liegen.

Und alle Leichen, die Maziroc sah, waren die von Elben und menschlichen Soldaten, letztere entweder Flüchtlinge aus den bereits geschleiften Orten in der Nordermark oder Truppen, die zur Verstärkung aus den nahegelegenen Städten Larquinas herbeigeeilt waren, ohne das Verhängnis abwenden zu können. Nicht ein einziger toter Damon war zu sehen. Selbst Wesen von ihrer Kraft und Schnelligkeit mußte es einen ungeheuren Blutzoll gekostet haben, Ai'Lith zu erstürmen, doch anscheinend hatten sie ihre Toten fortgeschafft.

Der Gedanke schürte Mazirocs Schrecken, aber auch

seinen Haß auf die in jeder Hinsicht unmenschlichen fremden Invasoren, die geradewegs aus dem Nirgendwo gekommen waren und diese Welt überfallen hatten. Arcana war nie ein Reich des Friedens gewesen. Im Gegenteil, es hatte kaum jemals eine Epoche gegeben, in der nicht irgendein Land gegen ein anderes Krieg geführt hatte, was meist jedoch nur kleinere regionale Konflikte gewesen waren.

Mit dem Auftauchen der Damonen hatte der Begriff *Krieg* jedoch eine völlig neue Bedeutung gewonnen. Ihnen schien es nicht um Macht, um Reichtum oder um ihren Glauben zu gehen. Sie führten einen reinen Vernichtungsfeldzug, der nur ein Ziel zu haben schien: die Ausrottung aller Menschen und sonstigen Bewohner Arcanas.

Noch einmal blickte Maziroc sich aufmerksam um. Obwohl das diffuse Dämmerlicht das Schreckensbild mildtätig mit seinen Schatten zu bedecken versuchte, war das wahre Ausmaß der Verwüstungen erst aus der Nähe richtig zu erkennen. Überall in den rußgeschwärzten Mauern klafften Risse und Sprünge, und keines der Gebäude war vom Feuer verschont worden, auch wenn bei einigen die Schäden von außen nicht sofort sichtbar waren. Die Zerstörungen reichten tiefer, bis zum Fundament, und sie waren weitaus größer, als zunächst angenommen. Ai'Lith hatte nicht einfach nur Narben davongetragen. Die Festung war bis tief in ihre Eingeweide hinein verletzt worden, und es war fraglich, ob sie jemals würde restauriert oder neu aufgebaut werden können.

»Diese Bestien!« stieß Pollus haßerfüllt hervor. »Dafür werden sie büßen. Ich werde jeden einzelnen von ihnen umbringen, den ich sehe, das schwöre ich.«

»Abgesehen davon, daß du dann wahrscheinlich ziemlich viel zu tun haben wirst, werden die Toten davon auch nicht wieder lebendig«, entgegnete Maziroc, obwohl er von dem gleichen Haß und Rachedurst erfüllt war. Aber er wußte auch, daß er sich von diesen Gefühlen nicht übermannen lassen durfte. Der Drang nach Rache, so begründet er auch sein mochte, war stets ein schlechter Ratgeber.

»Komm«, sagte der Magier, nachdem er sich noch ein letztes Mal umgeblickt hatte. »Wir müssen weiter.«

»Weiter?« echote Pollus. »Aber sollten wir denn nicht zumindest die Gebäude durchsuchen? Vielleicht halten sich irgendwo noch Überlebende versteckt.«

»Dann wären sie längst hervorgekommen.« Maziroc schüttelte den Kopf. »Sieh dich doch um. Hier lebt mit Sicherheit niemand mehr.«

»Und die Toten? Wir können sie doch nicht einfach so hier liegen lassen.«

»Aber wir können sie auch nicht begraben, so gerne ich es tun würde. Es würde Stunden, vielleicht Tage dauern, und soviel Zeit haben wir einfach nicht. Außerdem können wir nicht ausschließen, daß sich noch Damonen irgendwo in der Nähe herumtreiben.« Er seufzte. »Sie können unmöglich alle Elben getötet haben. Ich bin davon überzeugt, daß viele von ihnen noch leben und geflohen sind, als die Festung sich nicht länger halten ließ. Vermutlich werden sie sich nach Maramon oder direkt nach Cavillon zurückziehen. Wir müssen sie finden und sehen, ob wir ihnen helfen können. Das ist jetzt wichtiger als alles andere.«

Widerstrebend nickte Pollus. »Du hast recht«, murmelte er. Ohne noch einen Blick zu der zerstörten Festung zurück zu werfen, folgte er Maziroc zu dem Drachen.

Kenran'Del

Wie Kenran'Del angekündigt hatte, waren am Ende des kleinen Dickichts zwei Pferde an einen Baum angebunden, doch darauf achtete Miranya kaum. Sie war sich auch kaum bewußt, daß sie auf eines der Pferde stieg und daß ihr Retter ihr zum Schutz vor der Kälte eine Decke aus einer der Satteltaschen um die Schultern hängte. Sie war fast wie in Trance. Immer wieder warf sie unsichere Blicke zu ihrem Begleiter. Auch jetzt konnte sie sich kaum vorstellen, daß es sich bei ihm um den legendären Kenran'Del handelte. Er sah ganz und gar nicht wie ein Held aus, nicht einmal wie ein Krieger, sondern wie ein ganz durchschnittlicher Mensch, der irgendwo einem langweiligen Beruf nachging. Am ehesten hätte sie in ihm einen Handwerker vermutet, vielleicht noch einen Künstler.

»Was ist mit Maziroc und diesem anderen Mann?« fragte sie, als sie aufgesessen hatte. »Sollen wir nicht auf die beiden warten?«

»Ich denke, um die brauchen wir uns keine Sorgen zu machen«, entgegnete Kenran'Del. »Wir haben untereinander abgesprochen, daß jeder sich auf eigene Faust durchschlagen soll. Wahrscheinlich werden sie sogar noch vor uns zurück in Therion sein.«

Er wollte sich ebenfalls in den Sattel schwingen, doch als er sich mit der linken Hand am Sattelknauf hinaufzuziehen versuchte, verzog er das Gesicht zu einer Grimasse, stieß ein schmerzerfülltes Keuchen aus und glitt zurück, so daß er fast gestürzt wäre. Ein paar Sekunden lang preßte er seine rechte Hand auf die immer noch blutende Wunde, die offenbar doch schlimmer zu sein schien, als er Miranya glauben machen wollte. Gleich darauf rang er sich ein knappes Lächeln ab und schwang sich auf das Pferd, diesmal ohne den linken Arm dabei allzu stark zu belasten.

Sie ritten ein Stück querfeldein, bis sie auf einen Weg und kurz darauf eine Straße gelangten, die direkt nach Therion führte. Wie Miranya schon vermutet hatte, als sie zu der Mühle gebracht worden war, befand sie sich gar nicht so weit außerhalb der Stadt. Entsprechend dauerte es nicht einmal eine Viertelstunde, bis sie Therion wieder erreichten. Kenran'Del brachte sie zu dem Gasthaus, in dem Miranya schon vor ihrer Entführung abgestiegen war. Wie erhofft, erwartete Maziroc sie dort bereits. Auch Barkon und die anderen Zwerge, die sie auf dem Weg hierher begleitet hatten, waren in der Wirtsstube versammelt und sichtlich froh, sie unversehrt wiederzusehen.

Den Fremden, der sich an der Mühle zunächst als Kenran'Del ausgegeben hatte, entdeckte sie nicht, aber sein Schwert lag auf dem Tisch, an dem Maziroc und die Zwerge saßen.

Vor Freude und Erleichterung umarmte Miranya den Magier und gab ihm einen Kuß auf die Wange.

»So eine Begrüßung lasse ich mir gefallen«, kommentierte Maziroc schmunzelnd. »Vielleicht sollte ich aus dem Orden der Ishar austreten und mich in Zukunft ganz der Rettung junger, hübscher Frauen aus den Händen widerlicher Finsterlinge widmen.«

»Stell dir das nicht so einfach vor«, wandte Kenran'Del ein. »Ich habe den gefährlichsten Teil erledigt, aber mich hat sie nicht umarmt, geschweige denn geküßt. Genaugenommen hat sie sich bislang nicht einmal bei mir bedankt, wenn ich mich richtig erinnere.«

»Alles zu seiner Zeit. Ich werde mich jetzt erst einmal um Eure Verletzung kümmern«, sagte Miranya streng und deutete auf einen Hocker. »Setzt Euch bitte, und zieht Euren Mantel aus.«

»Kein Grund, gleich so formell zu werden«, entgegnete er lächelnd. »Vorhin hast du mich auch mit *du* angesprochen.«

»Das war, bevor ich wußte, wer Ihr seid.«

»Und nur, weil du jetzt meinen Namen kennst, hat sich so viel geändert? Ich mache dir einen Vorschlag. Ich werde der folgsamste Patient sein, den du je hattest, wenn du dafür aufhörst, mich so förmlich anzureden. An solchen Formalitäten hat mir noch nie etwas gelegen, und da wir einen Großteil der nächsten Zeit wohl zusammen verbringen werden, habe ich wenig Lust, jedesmal zu überlegen, wen ich wie ansprechen muß.«

»Ihr seid geheimnisvoller und von mehr Legenden umgeben als jeder andere Mensch, dem ich je begegnet bin«, erklärte Miranya. »Außerdem seid Ihr, zumindest Maziroc zufolge, ein großer Held. Schon allein deshalb gebührt Euch mein Respekt. Aber Ihr könnt etwas von dieser Distanz abbauen, wenn Ihr mir sagt, wer oder was Ihr seid.«

»Einfach nur dein Patient, wenn du meinem Vorschlag zustimmst.« Er breitete in einer ergebenen Geste die Arme aus und blickte sie fragend an.

Miranya mußte lachen. Das Zusammentreffen mit einer jahrtausendealten Legende hatte sie sich ganz anders vorgestellt, und weniger denn je entsprach Kenran'Del dem Bild, das sie sich nach Mazirocs Beschreibung von ihm gemacht hatte. Er sah nicht nur so aus, sondern er verhielt sich auch wie ein ganz normaler Mensch, und mit seiner Natürlichkeit nahm er auch ihr einen Teil der Scheu vor ihm. Vermutlich war genau das seine Absicht.

Am unangenehmsten berührte sie jedoch seine völlige mentale Stille. Miranya erinnerte sich mittlerweile daran, daß Maziroc diese bei der Schilderung seiner ersten Begegnung mit Kenran'Del erwähnt hatte, doch war ihr dies nicht sonderlich im Gedächtnis geblieben. Seit sie Kenran'Del begegnet war, versuchte sie schon, wenigstens einige wenige Impulse aufzufangen, doch es gelang ihr nicht. Auf mentaler Ebene schien er gar nicht zu existieren, und das war eine äußerst fremdartige Erfahrung für sie.

»Nein«, antwortete sie mit Verspätung auf seine Frage und wurde damit schlagartig wieder ernst. »Wenn ich zu einer vertraulichen Anrede übergehe, dann ist das auch ein Zeichen von Freundschaft und Vertrautheit, und die lasse ich mir nicht vorschreiben. Auch wenn Ihr mir das Leben gerettet habt, so sind wir uns doch noch fremd. Dazu kommen Euer Name und Euer Ruf. Man mag es für unsinnig halten, aber im Moment bilden sie noch eine Mauer zwischen uns. Vielleicht ändert sich das, wenn wir uns besser kennenlernen, aber gegenwärtig ziehe ich eine distanzierte, ehrenvolle Anrede für Euch vor. Ich hoffe, Ihr könnt das akzeptieren.«

»Ihr laßt mir ja keine andere Wahl«, antwortete er, nun ebenfalls die förmlichere Anrede wählend, wie sie erleichtert feststellte. »Allerdings werde ich mich wohl bemühen müssen, daß wir uns möglichst schnell besser kennenlernen, damit wir auf diesen Unsinn verzichten können.«

»Dagegen ist nichts einzuwenden.« Miranya nickte zufrieden. »So, nachdem das geklärt ist, laßt mich jetzt endlich Eure Wunde sehen«, verlangte sie. »Sonst brauchen wir uns nämlich möglicherweise gar keine Gedanken mehr darüber zu machen, wie wir uns in Zukunft ansprechen werden. Während ich Euch verarzte, könnt Ihr mir ja einige der unzähligen Fragen beantworten, die mir auf der Zunge liegen.«

»Ich würde tun, was sie sagt«, warf Maziroc ein, der

das Gespräch mit sichtlicher Erheiterung verfolgt hatte. »Sie hat ihren eigenen Kopf, und zwar einen ausgesprochenen Dickkopf, den sie immer durchzusetzen versucht.«

Miranya warf ihm einen strafenden Blick zu. Sie fand die Bemerkung gar nicht lustig.

»Vor allem hat sie einen recht hübschen Kopf«, erwiderte Kenran'Del. Bereitwillig zog er seinen Mantel aus. Der Ärmel des Hemdes war mit Blut getränkt und klebte an seiner Haut. Die Schwertklinge hatte ihm einen Schnitt zugefügt, der zwar schlimmer aussah, als er tatsächlich war, doch hatte er viel Blut verloren. Wenn sie die Verletzung nicht sofort versorgte, bestand außerdem die große Gefahr, daß diese sich entzündete und zu einem möglicherweise tödlichen Wundbrand führte. Er mochte eine lebende Legende sein, doch war er ebenso verletzbar wie jeder andere Mensch.

»Das muß unbedingt fachkundig verarztet werden«, stellte Miranya fest. »Aber ich würde mich nur ungern hier in der Schankstube darum kümmern.« Sie winkte den Wirt herbei, der gerade Wein an einen anderen Tisch brachte. »Erinnert Ihr Euch noch an mich?« fragte sie. »Ich bin vor einigen Tagen hier abgestiegen.«

»O ja«, antwortete er. »Ihr seid die junge Vingala, die kurz nach ihrer Ankunft so überraschend verschwunden ist.« Er deutete auf die Zwerge. »Eure Begleiter haben sich ziemliche Sorgen um Euch gemacht.«

»Jetzt bin ich ja zurück.« Miranya hatte wenig Lust, ihm genauere Erklärungen für ihre Abwesenheit zu liefern. »Ist mein Zimmer noch frei?«

»Wir haben es die ganze Zeit für Euch freigehalten und auch Eure Sachen dort gelassen. Eure Begleiter haben es während der letzten Tage bezahlt.«

Ein wenig überrascht über diese Geste der ansonsten so auf Distanz bedachten Zwerge, nickte Miranya dankbar in Barkons Richtung. Vermutlich hatten die Zwerge ein schlechtes Gewissen, daß sie nicht besser auf sie aufgepaßt hatten, und deshalb hatten sie weiter für das Zimmer bezahlt.

Sie wandte sich wieder dem Wirt zu. »Bringt mir bitte etwas heißes Wasser und einige saubere Tücher auf das Zimmer«, bat sie, dann blickte sie Kenran'Del an. »Und Ihr kommt mit«, sagte sie barscher, als angebracht gewesen wäre.

Ein wenig ärgerte es sie, daß er mit seinem Beharren auf der freundschaftlichen Anrede versucht hatte, sie zu etwas zu zwingen, was sie nicht wollte und für unangemessen hielt. Obwohl er sich bemühte, ihr durch seine lockere Art die Scheu vor ihm zu nehmen, kam ihrer Meinung nach darin eine gewisse Überheblichkeit und Arroganz zum Ausdruck, auch wenn er sich dessen vermutlich nicht bewußt war und das Gegenteil beabsichtigte. In gewisser Weise hatte er sie bloßgestellt und sie dazu gebracht, durch ihre Ablehnung seines aufgedrängten Angebots sogar eine noch weitaus größere Distanz zwischen ihnen zu schaffen, als es der Fall gewesen wäre, wenn er ihre Anrede auf Anhieb akzeptiert hätte.

Wenigstens aber verzichtete er darauf, die in ihren Augen ohnehin schon peinliche Situation durch weitere Kommentare, Sticheleien oder Wortgefechte noch unangenehmer zu machen, sondern folgte ihr schweigend die Treppe zu den Gästezimmern hinauf. Zuvor nahm er allerdings das Schwert vom Tisch.

»Traut Ihr mir nicht, oder wagt Ihr Euch grundsätzlich nicht unbewaffnet mit einer Frau allein auf ein Zimmer?« fragte sie spöttisch, als sie die Tür öffnete und eintrat. Bis auf ein Bett war der kleine Raum völlig kahl.

»Man trifft ziemlich wenige Freunde wieder, wenn man tausend Jahre lang geschlafen hat«, antwortete er. »Und in einer Welt, in der man praktisch niemanden kennt, sollte man vielleicht besser nicht allzu vertrauensselig sein.«

Miranya zögerte einen Moment. Sie war sich nicht sicher, bis zu welchem Grad seine Worte scherzhaft gemeint waren, und wieviel echte Bitterkeit darin mitschwang.

»Trotzdem habt Ihr Euer Leben riskiert, um eine Wildfremde wie mich zu retten.«

»Und mich dabei ziemlich ungeschickt angestellt. Es gehört schon eine gehörige Portion Dummheit dazu, wenn man sich trotz einer Tarnkappe verwunden läßt.« Er grinste humorlos. »Allerdings habe ich es weniger für Euch als vielmehr für Maziroc getan.«

»Das ändert nichts daran, daß ich Euch mein Leben verdanke. Wenn alles nach dem Willen dieser Mistkerle gelaufen wäre, dann wäre ich jetzt bereits tot. Auch wenn ich gerade vielleicht etwas barsch gewesen bin, möchte ich Euch sagen, daß ich Euch dafür überaus dankbar bin.« Sie lächelte ihm kurz zu, dann deutete sie auf das Bett. »Und jetzt legt Euch hin, damit Blutverlust und Wundbrand nicht nachholen können, was diese Kerle nicht geschafft haben.«

Kenran'Del lehnte das Schwert gegen eine Wand, dann streckte er sich auf dem Bett aus. Erst jetzt wurde Miranya bewußt, daß er braune Augen hatte, während die Augenfarbe eines jeden anderen Magiers und jeder Hexe auf Arcana grün war. Zusammen mit seiner mentalen Stille ein weiterer deutlicher Hinweis darauf, daß er nicht von hier stammte und seine Magie eine völlig fremde war.

»Wer war eigentlich der Mann, der sich für Euch ausgegeben hat?« erkundigte sie sich, während sie aus dem Bündel in einer Ecke des Zimmers, das ihr zusammen mit ihrem Kettenhemd und ihrem Mantel als einziges Gepäck noch geblieben war, einige Utensilien holte, die sie für die Behandlung der Wunde benötigte.

»Ein Handwerker hier aus Therion, ich glaube, ein Zimmermann. Wir haben ihn nur ausgewählt, weil er mir vage ähnlich sieht. Für zwei Goldstücke war er gerne bereit, uns zu helfen.«

»Von der Art seines Auftretens her verkörperte er deine Rolle sogar um einiges besser als du selbst«, mischte sich Maziroc spöttisch ein, der die Tür unbemerkt geöffnet hatte. In der Hand hielt er einen Krug mit dampfend-heißem Wasser, und über dem Arm trug er einige weiße Tücher. »Nach unserer Rückkehr habe ich ihm den versprochenen Lohn gezahlt und mit einer leichten Beeinflussung dafür gesorgt, daß er sich erst gar nicht mehr an seine Hilfe erinnert.«

»Scruul steckte hinter allem«, erklärte Miranya. Mit einem Messer schnitt sie den Ärmel von Kenran'Dels Hemd an der Schulter ab. Das getrocknete Blut hatte den Stoff regelrecht an der Haut festgeklebt, so daß ihr nichts anderes übrig blieb, als ihn mit einem Ruck abzureißen. Zischend sog Kenran'Del die Luft ein, beschwerte sich jedoch nicht. »Ich habe ihn zufällig überrascht, als er mit einem Helfer sprach. Sie hatten ohnehin vor, mich für einen Austausch zu entführen, aber nachdem ich herausgefunden hatte, daß er dem Dunklen Bund angehört, konnten sie mich nicht mehr am Leben lassen.«

Während sie sprach, befeuchtete sie eines der Tücher mit dem heißen Wasser, dann säuberte sie die Wunde und ihr Umfeld damit. Es dauerte lange und tat mit Sicherheit ausgesprochen weh, doch Kenran'Del ließ die Prozedur fast ohne einen Muckser über sich ergehen. Auf seiner Stirn allerdings glitzerten Schweißperlen.

»Der Dunkle Bund«, wiederholte Maziroc und schüttelte den Kopf. »Wie konnte ich mich nur so in Scruul täuschen? Er hat mich über Tage und Wochen hinweg an der Nase herumgeführt, ohne daß ich etwas gemerkt habe.«

»Er hat uns alle an der Nase herumgeführt«, korrigierte Miranya. Sie überlegte, ob sie ihm von dem Unbehagen erzählen sollte, daß sie stets in Scruuls Nähe verspürt hatte, schwieg dann aber lieber. Es hätte zu sehr danach ausgesehen, als wolle sie ihr Gespür nachträglich aufwerten. »Aber sein Plan ist gescheitert, das ist alles, worauf es ankommt.«

»Trotzdem«, beharrte Maziroc. »Es steht zuviel auf dem Spiel, als daß mir solche Fehler unterlaufen dürften, durch die der gesamte Erfolg dieser Expedition gefährdet wird. Es war ja nicht der einzige. Ohne das Eingreifen der Zwerge wären wir alle bereits tot.«

»Aber du hast die Zitadelle erreicht, und es ist dir gelungen, Kenran'Del aus seinem magischen Schlaf zu erwecken. Das ist alles, was jetzt zählt.« Miranya legte das Tuch zur Seite und griff statt dessen nach einem kleinen Fläschchen, das aus ihren Vorräten stammte. Sie entkorkte es und tröpfelte etwas von der klaren Flüssigkeit, die sich darin befand, auf die Wunde. Kenran'Del bäumte sich auf und stieß ein schmerzerfülltes Keuchen aus. Als er sich wieder zurücksinken ließ, war sein Gesicht leichenblaß.

»Offenbar hat er mich nur erweckt, damit Ihr mich jetzt langsam zu Tode foltern könnt«, preßte er mit Galgenhumor hervor. »Könnt Ihr mich zum Dank für Eure Rettung nicht wenigstens *schnell* umbringen?«

Miranya mußte seine Tapferkeit bewundern. Sie wußte, daß das Elixier geradezu höllisch brannte, doch dafür verhinderte es besser als jedes andere ihr bekannte Mittel, daß eine Wunde sich entzündete und vereiterte, besser sogar, als ihre Magie.

»Das Schlimmste ist nun vorbei«, erklärte sie. »Versucht Euch zu entspannen, es wird nicht mehr weh tun.« Sie blickte Maziroc an. »Es ist besser, wenn du uns allein läßt. Je weniger Ablenkung ich habe, desto besser kann ich mich konzentrieren.«

»Wahrscheinlich will sie nur keine Zeugen für die Folter und den Mord an mir haben«, kommentierte Kenran'Del. Sein Atem ging immer noch schnell und stoßweise, doch mit dem Abklingen der Schmerzen beruhigte er sich allmählich wieder. »Wenn ich nur wüßte, warum sie mich so haßt.«

»Vielleicht findest du es ja noch heraus, bevor sie dich auf die Reise zu den Göttern schickt«, sagte der Magier grinsend, während er das Zimmer wieder verließ.

»Nicht mal auf seinen besten und einzigen Freund kann man sich verlassen«, brummte Kenran'Del. »Wenn ich das nächste Mal jemanden rette, lasse ich mir vorher schriftlich geben, daß ich nicht zum Dank gequält und mißhandelt werde.«

Miranya blickte ihn an und spürte ein merkwürdiges Prickeln, als ihre Blicke sich trafen. Trotz seiner Lachfältchen standen in seinen Augen Weisheit und ein ungeheures Wissen geschrieben, aber auch ein Schmerz und eine Traurigkeit, die ihr erst jetzt in ihrer vollen Intensität bewußt wurden und sie auf sonderbare Weise anrührten.

Sie räusperte sich und wich seinem Blick aus. »Warum setzt Ihr Euch dieser Behandlung dann aus?« erkundigte sie sich.

»Was meint Ihr?«

»Ich meine damit, daß Ihr angeblich über Hilfsmittel verfügen sollt, mit denen Ihr wahre Wunder bewirken könnt. Einige davon habe ich ja schon kennengelernt. Ihr besitzt ein Schwert, mit dem Ihr Blitze schleudern könnt, und darüber hinaus könnt Ihr Euch unsichtbar machen. Deshalb gehe ich davon aus, daß es vermutlich nur eine Kleinigkeit für Euch wäre, eine solche Wunde zu heilen, und das auf wesentlich weniger schmerzhafte Weise. Warum also nehmt Ihr meine Hilfe in Anspruch?«

Er zögerte, und gleichzeitig schien in seinem Inneren eine Verwandlung vor sich zu gehen. Obwohl er weiterhin ruhig liegenblieb, wirkte er plötzlich angespannt, wie ein zum Sprung bereites Raubtier.

»Mir scheint, Ihr überschätzt meine Fähigkeiten«, antwortete er mit deutlich kühlerer Stimme. »Ich bin keineswegs allmächtig. Ich weiß nicht, was Maziroc Euch alles über mich erzählt hat, aber offenbar hat er hemmungslos übertrieben.«

»So, hat er?« Die Antwort war Miranya zu einfach, und ihr Tonfall machte deutlich, daß sie ihm seine Worte nicht so ohne weiteres abnahm. »Aber darüber können wir später noch sprechen, vorausgesetzt, Ihr zieht es nicht vor, unangenehme Fragen einfach zu ignorieren.«

Für einen kurzen Moment blitzte Verärgerung in seinem Blick auf, verschwand aber gleich darauf wieder.

»Ich weiß nicht, warum Ihr mich offenbar ständig zu provozieren versucht«, erwiderte er mit ruhiger, beherrschter Stimme. »Offenheit ist mir lieber als demütige Verehrung, wie sie mir vor allem früher des öfteren entgegengeschlagen ist. Bei Euch jedoch scheint das genaue Gegenteil der Fall zu sein. Ich glaube nicht, daß ich Euch irgendwelche Gründe für ein solches Mißtrauen und eine solche Ablehnung geboten habe.«

»Laßt mich Eure Wunde erst fertig versorgen«, sagte sie ausweichend und biß sich auf die Lippe. Es bedrückte sie ein wenig, daß er diesen Eindruck von ihr gewonnen hatte. Ihre Worte hatten weder Mißtrauen noch Ablehnung ausdrücken sollen. Eher schon waren sie Zeugnis ihrer eigenen Unsicherheit. Inzwischen betrachtete sie Kenran'Del kaum noch als eine Legendengestalt, sondern sah in ihm in erster Linie einfach nur einen Menschen. Durch seine lockere, humorvolle Art hatte er selbst am meisten zu dieser Entwicklung beigetragen. Ganz sicher aber auch die Tatsache, daß sie *ihm* hatte helfen müssen. Ein mythisches Überwesen war er ganz sicher nicht.

Es war immer noch irritierend, ihn mental nicht spüren zu können, eigentlich der einzige Hinweis darauf, daß er eben doch *nicht* einfach nur ein normaler Mensch war. Aber auch das war nicht die Ursache für die Unsicherheit, die sie ihm gegenüber empfand. Aus irgendeinem Grund war es ihr ausgesprochen wichtig, seine Achtung und seinen Respekt zu erlangen. Vielleicht bemühte sie sich gerade deshalb, zu demonstrieren, daß er sie nicht so ohne weiteres einwickeln konnte. Allerdings stellte sie sich dabei offenbar reichlich ungeschickt an und hatte ihn lediglich verärgert.

Mit aller Macht versuchte sie, diese Gedanken erst einmal zu verdrängen. Statt dessen konzentrierte sie sich auf die Verletzung, tastete mit ihrem Geist nach dem wunden Fleisch und wirkte mit ihrer magischen Heilkraft darauf ein. Auf diese Art regte sie es zu einem um ein Vielfaches beschleunigten Heilprozeß an. Die Reizung und Entzündung ging zurück, Schorf bildete sich rasch, der in Windeseile neuem Fleisch wich.

Aber auch Miranyas Möglichkeiten waren Grenzen gesetzt, schließlich konnte sie die Zeit nicht schneller ablaufen lassen, sondern lediglich die Heilung beschleunigen. Als sie ihre geistigen Finger mit einem erschöpften Seufzer zurückzog, befand sich die Wunde bereits in einem fortgesetzten Stadium der Besserung, hatte sich geschlossen, und selbst bei einer starken Belastung bestand kaum mehr Gefahr, daß sie noch einmal aufbrechen würde. Zur Sicherheit, und um auch weiterhin eine gute Heilung zu gewährleisten, strich Miranya eine Salbe auf, bedeckte sie mit einigen Heilkräutern und wickelte anschließend einen Verband um den Arm.

»So, das war's«, verkündete sie abschließend. Kenran'-Del wollte sich aufrichten, doch sie drückte ihn mit sanfter Gewalt auf das Bett zurück. »Es ist besser, wenn Ihr noch liegenbleibt und Euch etwas ausruht. Ihr seid geschwächt und habt viel Blut verloren.«

»Ich habe nichts dagegen, wenn Ihr mir dabei Gesellschaft leistet«, erklärte er. »Gerade bei dem Blutverlust dürfte ein Schluck Wein genau das richtige sein, stimmt es nicht?«

»Nun, solange Ihr ihn nicht im Übermaß trinkt, dürfte etwas Wein wohl nicht schaden«, bestätigte Miranya. »Soll ich Euch einen Becher holen?«

»Nein«, antwortete Kenran'Del. Anscheinend zeigte sie vor Verwunderung einen nicht gerade intelligenten Gesichtsausdruck, denn er mußte grinsen. »Bringt einen ganzen Krug und *zwei* Becher«, sagte er. »Während wir ihn gemeinsam leeren, werde ich Euch Eure Fragen beantworten. Was haltet Ihr davon?«

Miranya brauchte nicht lange zu überlegen.

»Das klingt nach einer Einladung, die man nicht ablehnen kann«, entschied sie und stand auf. »Ich hole den Wein.«

Der Seelenstein

»Gespenstisch«, murmelte Pollus. »Als wäre das ganze Land verbrannt.«

Maziroc nickte zustimmend. Über eine schier endlose Fläche war das Land tatsächlich schwarz wie nach einem Feuer. Stärker aber noch erinnerte ihn der Anblick an einen Zug von Wanderameisen, wie er ihn vor einigen Jahren bei einer seiner umfangreichen Reisen in den schwach besiedelten und weitgehend unerforschten Ostländern gesehen hatte. Obwohl auch die Ameisen einen völlig toten Landstrich ohne einen einzigen Grashalm oder ein lebendes Wesen zurückgelassen hatten, handelte es sich bei dem gigantischen Heer der Damonen, die tief unter ihnen in nordwestlicher Richtung dahinzogen, um noch weitaus schrecklichere und gefährlichere Kreaturen.

Wie schon im Kampf bei dem Gehöft war er auch diesmal geradezu froh, daß es dunkel war und sie außerdem noch so hoch flogen, so daß er sie nur als eine riesige schwarze Masse wahrnahm und nicht als einzelne Wesen. Es mußten Millionen von ihnen sein. Die ungeheuerliche Zahl der Bestien überstieg seine schlimmsten Befürchtungen bei weitem. Er hatte gewußt, daß es viele von ihnen gab, aber mit *so* vielen hatte auch er nicht gerechnet.

Allmählich konnte er sich sogar das an sich Unbegreifliche vorstellen: den Fall Ai'Liths. Dem Ansturm einer solchen Übermacht, bei der auf jeden einzelnen Verteidiger mehrere tausend Angreifer kamen, konnte selbst eine noch so stark befestige Burg mit noch so ausgeklügelten Verteidigungsanlangen nicht standhalten. Und da der

Kampf um die Hohe Feste den Damonen trotz ihrer Übermacht mit Sicherheit hohe Verluste abgefordert hatte, mußte ihre ursprüngliche Anzahl sogar noch bedeutend höher gewesen sein. Gegen einen Gegner, den man nicht schwächen konnte, weil für jeden Gefallenen eine nahezu unbegrenzte Zahl neuer Krieger bereitstand, hatten selbst die Elben innerhalb ihrer Festung keine Chance gehabt – obwohl auch das alles nicht die Schnelligkeit erklärte, mit der die Damonen Ai'Lith überrannt hatten.

Aus Furcht, daß man sie erneut angreifen könnte, ließ Marrin den Drachen sehr hoch und sehr schnell fliegen, doch es gab keinen Angriff. Entweder entdeckten die Damonen sie hoch am Nachthimmel nicht, oder bei dem Heer befanden sich keine Flugungeheuer, oder aber sie kümmerten sich aus irgendwelchen anderen Gründen nicht weiter um den Drachen. Wie auch immer, Maziroc war es nur recht. Er konnte auf eine weitere Auseinandersetzung in der Luft gut verzichten.

Das Damonenheeer war so gewaltig, daß es dem Magier wie eine Ewigkeit vorkam, bis es endlich hinter ihnen zurückblieb. Marrin ließ den Drachen tiefer sinken, als keine unmittelbare Gefahr einer Entdeckung und eines Angriffs mehr bestand.

Sie flogen noch weitere knapp zwei Stunden, bis sie schließlich Lichter unter sich entdeckten. Es handelte sich um die zahllosen Lagerfeuer des Nachtlagers eines Heeres. Mit Schrecken wurde Maziroc bewußt, welch geringen Vorsprung die Elben vor ihren Verfolgern hatten. Seit sie aus der Hohen Festung geflohen waren, mußten sie permanent gejagt worden sein.

Marrin ließ den Drachen einige hundert Meter von den Feuern entfernt niedergehen, um keine Panik oder Abwehrreaktionen hervorzurufen, wie sie angesichts der gefährlichen Situation und der sicherlich angespannten Nerven der Elbenkrieger durchaus möglich waren.

»Ich werde sofort wieder losfliegen und unseren Königen vom Fall der Hohen Festung berichten«, erklärte er, als Maziroc und Pollus aus dem Korb gestiegen waren.

»Ich kann Euren Wunsch, so schnell wie möglich nach Ravenhorst zurückzukehren, gut verstehen«, antwortete Maziroc. »Trotzdem solltet Ihr erst noch mit uns ins Lager kommen. Wenn Ai'Lith erobert wurde, dann droht auch Ravenhorst Gefahr. Ihr solltet Euch anhören, was genau in der Hohen Feste geschehen ist, das dürften unschätzbar wichtige Informationen sein.«

Der Zwerg zögerte einen Moment, dann kletterte auch er von dem Drachen herunter. »Ihr habt recht«, sagte er mit einem Gesicht, als hätte er gerade sein eigenes Todesurteil verkündet. »Ich würde mir lieber eine Hand abhacken, als mich freiwillig in ein Heerlager der Elben zu begeben, aber diese Informationen könnten für mein ganzes Volk lebenswichtig sein.«

Mit raschen Schritten gingen sie auf das Lager zu, doch kamen sie nur wenige Dutzend Schritte weit.

»Stehenbleiben!« ertönte ein barscher Befehl aus der Dunkelheit vor ihnen. »Keinen Schritt weiter, oder wir schießen. Wer seid ihr?«

Da die Damonen vermutlich keine der bekannten Sprachen beherrschten, zeigte die Aufforderung nur, daß die Wachen bereits erkannt hatten, daß sie es nicht mit den Ungeheuern zu tun hatten. Dennoch verharrte Maziroc ebenso wie seine Begleiter augenblicklich.

»Ich bin Maziroc von Cavillon«, antwortete er und fügte in der Ursprache der Elben einen Gruß hinzu.

Eine Gestalt trat vor ihnen aus den Schatten der Nacht. Als der Elb erkannte, daß Maziroc nicht gelogen hatte, leuchteten seine Augen erfreut auf.

»Maziroc, Ihr seid es wirklich! Mein Name ist Karon. Wie seid Ihr hergekommen? Wir sahen einen Schatten am Himmel und glaubten schon, diese verdammten geflügelten Ungeheuer würden wieder angreifen. Fast hätten ...« Er brach ab, als er den Zwerg in der Begleitung des Magiers entdeckte.

»Das sind Pollus aus der Garde von Cavillon und Marrin vom Volk der Zwerge«, stellte Maziroc vor. Weitere Elben näherten sich mittlerweile. »Das kleine Volk hat mich auf einem seiner Drachen herbringen lassen, sonst wäre ich erst in Wochen eingetroffen. Das war der Schatten, den Ihr gesehen habt.«

Mißtrauisch beäugten sich der Elb und der Zwerg ein paar Sekunden lang, dann wandten sie demonstrativ den Blick voneinander ab.

»Kommt, ich bringe Euch zu Charalon und Eibon«, sagte Karon.

»Charalon ist hier?« hakte Maziroc überrascht nach.

»Ja, er war in Ai'Lith, als ... Aber das sollen er und Eibon Euch selbst berichten. Es gibt schreckliche Nachrichten.«

»Ich weiß es bereits«, antwortete Maziroc niedergeschlagen, während sie auf das Lager zugingen. »Ich hatte Marrin gebeten, uns zur Hohen Festung zu bringen. Wir waren dort und haben gesehen, was geschehen ist.«

»Diese Bestien haben uns einfach überrannt!« stieß Karon gleichermaßen haß- wie leiderfüllt hervor. »Der Kampf dauerte nur zwei Tage. Wir hatten keine Chance. Niemand hat es je für möglich gehalten, daß Ai'Lith unter dem Ansturm eines Feindes fallen könnte, aber diese Ungeheuer ...«

Er brach ab, und als Maziroc den Blick zu ihm wandte, sah er, daß Tränen über das Gesicht des Elben rannen. Ai'Lith war nicht nur eine Festung gewesen und nicht nur die Heimat der Elben seit ungezählten Jahrtausenden. Die Hohe Festung war ein Mythos in sich, ein Hort des Friedens, der Ordnung und der Stärke inmitten der oft unbeständigen politischen und militärischen Situation

Arcanas. Nach dem Untergang dieses Mythos' gab es keinerlei Beständigkeit mehr. Nichts war mehr so, wie es gewesen war; buchstäblich alles schien plötzlich möglich.

Selbst der Untergang der gesamten Welt.

Wer sollte einer Macht wie den Damonen noch Einhalt gebieten können, wenn dies nicht einmal den Elben gelungen war, wenn selbst die Hohe Festung in nur zwei Tagen erobert worden war?

Tiefe Niedergeschlagenheit ergriff von Maziroc Besitz, obwohl er dies alles bereits gewußt hatte, seit er das verwüstete und verlassene Ai'Lith gesehen hatte. Dennoch hatte er in den vergangenen Stunden dagegen angekämpft, sich von der Mutlosigkeit überwältigen zu lassen. Jetzt jedoch, wo Karon ihm vor Augen führte, wie die verlorene Schlacht selbst den einst unerschütterlichen Durchhaltewillen der Elben gebrochen und ihnen die Hoffnung geraubt hatte, konnte auch er die Augen nicht länger vor der Realität verschließen. Was sollten noch irgendwelche Bündnisse nutzen? Selbst wenn sämtliche Länder, Städte und Völker sich zusammenschließen würden, hätten sie kaum noch eine Chance. Wahrscheinlich wären nicht einmal alle Krieger und Soldaten Arcanas gemeinsam in der Lage, es mit einem Feind wie den Damonen aufzunehmen.

Als sie die Feuer erreichten, erkannte Maziroc, daß die Elben nicht einmal ein richtiges Lager aufgeschlagen hatten. Die meisten waren offenbar so erschöpft gewesen, daß sie sich einfach irgendwo zum Schlafen hingelegt hatten, viele von ihnen sogar ohne sich zuzudecken. Es handelte sich ausnahmslos um Männer, soweit er erkennen konnte, und es waren nicht nur Elben, sondern auch viele menschliche Krieger.

»Was ist mit den Frauen und Kindern?« wandte er sich an Karon.

»Eibon hat sie bereits aus Ai'Lith fortgeschickt, bevor

der Angriff begann«, erklärte der Elb. »Keiner von uns hat es für möglich gehalten, daß die Hohe Festung fallen könnte, er jedoch scheint es bereits geahnt zu haben. Ich hoffe, sie haben Cavillon heil erreicht.«

Er führte Maziroc und Pollus zu einem Zelt im Zentrum des Lagers. *Zelt* war eigentlich eine geschmeichelte Bezeichnung für die Decken und Planen, die zwischen einigen Bäumen gespannt waren. Mehrere Personen saßen in dem freien Raum dazwischen an einem Feuer, neben einigen weiteren Elben auch Charalon und Eibon.

Als er Maziroc erblickte, sprang Charalon auf, eilte ihm entgegen und umarmte ihn voller Freude.

»Maziroc!« stieß er hervor. »Ich habe kaum zu hoffen gewagt, dich noch einmal lebend zu sehen. Doch wie ich sehe, hast du es sogar geschafft, bis zu den Zwergen zu gelangen«, ergänzte er mit einem Blick auf Marrin. »Mit Ihrer Unterstützung können wir das Blatt vielleicht doch noch einmal wenden.«

»Ich fürchte, ich muß dich enttäuschen. Es wird keine Hilfe geben«, entgegnete Maziroc und verbeugte sich vor Eibon. »Es ist wohl besser, wenn ich es gleich so offen sage. Ravenhorst befindet sich selbst in zu großer Gefahr durch die Damonen, als daß die Zwerge Krieger entbehren könnten.«

»Aber ...« Charalon schüttelte den Kopf. »Wieso Ravenhorst? Die Damonen sind *hier*. Sie haben die Hohe Festung erobert. Ich war dabei und habe mit meiner Magie bei der Verteidigung geholfen, doch es hat nichts genutzt. Sie haben Ai'Lith einfach überrannt, und wenn wir keine Hilfe erhalten, wird auch Cavillon fallen!«

»Du irrst dich«, sagte Maziroc leise. »Trotz allem haben wir die zahlenmäßige Überlegenheit der Damonen noch unterschätzt. Sie sind *nicht* nur hier. Ein weiteres Heer ist nach Nordosten gezogen und dürfte schon in den nächsten Tagen die Todessümpfe erreichen.«

»Dann sind wir verloren«, murmelte Eibon. Er war ebenfalls aufgestanden, ließ sich nun aber wieder auf den Baumstamm zurücksinken, auf dem er gesessen hatte. Seine Bewegung wirkte matt und kraftlos. Die Erschöpfung hatte tiefe Falten in sein Gesicht gegraben, aber schlimmer noch war eine andere Schwäche, die von ihm Besitz ergriffen hatte. Der Untergang Ai'Liths mußte ihn noch schlimmer als alle anderen getroffen haben. Als Maziroc ihm das letzte Mal gegenübergestanden hatte, hatte der Elbenkönig Autorität und innere Macht ausgestrahlt, wie sie nur ein ungebrochenes Selbstbewußtsein erzeugte. Nun war davon nichts mehr zu spüren. Er war ein geschlagener alter Mann, der mit Ai'Lith auch seine Hoffnung verloren hatte, alles, woran er geglaubt hatte. Mit der Eroberung der Hohen Festung hatten die Damonen einen Sieg errungen, der weit über die rein militärische Bedeutung hinausreichte.

Man brachte Maziroc und seinen Begleitern zu Essen und zu Trinken, und Charalon und Eibon berichteten abwechselnd vom Verlauf der Schlacht. Nachdem es am ersten Tag gelungen war, alle Angriffe zurückzuschlagen, hatten die Verteidiger trotz ihrer immensen zahlenmäßigen Unterlegenheit frischen Mut geschöpft. Obwohl sie immer wieder dagegen anstürmten, war es den Damonen nicht gelungen, auch nur den Zugang zum Tal zu erobern. Mit furchtbaren Verlusten hatten sie sich immer wieder zurückziehen müssen. Die daraufhin bei den Elben aufgekommene Hoffnung war jedoch verfrüht gewesen. Schon in der folgenden Nacht hatte sich das Kriegsglück entscheidend gewendet. Zu Hunderten und Tausenden hatten plötzlich die geflügelten Damonen angegriffen. Die Dunkelheit hatte ihnen Deckung geboten, so daß sie stets erst im letzten Augenblick zu entdecken gewesen waren, wenn es für einen sicheren Pfeilschuß fast schon zu spät war. Dennoch waren auch von ihnen unzählige gefallen, doch sie hatten furchtbar unter den Elbenkriegern gewütet und ihre Verteidigung entscheidend geschwächt.

Schließlich hatten die Elben den Zugang aufgeben und sich in die eigentliche Festung zurückziehen müssen. Die Damonen hatten das Tal regelrecht überflutet, und die für menschliche oder menschenähnliche Angreifer unbezwingbar hohen Festungsmauern hatten keinen dauerhaften Schutz vor ihnen geboten. Sie hatten keine Leitern oder Seile gebraucht, um sie zu erklimmen. Viele der Damonenrassen waren insektoider Abstammung, und spinnenartig waren sie einfach an den Wällen und Mauern hinaufgeklettert. Es war unmöglich gewesen, Pech und Wasser schnell genug zu erhitzen, um es über sie zu schütten und sie so zurückzutreiben, und auch die Felsbrocken, die man auf sie geschleudert hatte, waren bald zur Neige gegangen.

Dennoch hatten die Elben nicht aufgegeben. Obwohl sie selbst furchtbare Verluste erlitten, hatten sie Charalons Bericht zufolge die Ungeheuer zu Tausenden und Abertausenden getötet, doch für jeden toten Damonen waren gleich darauf mehrere neue aufgetaucht. Bis tief in die folgende Nacht hinein hatten die Elben die Ungeheuer am Übersteigen der Zinnen hindern können. Zu Zehntausenden hatten sich die Leichen der erschlagenen Damonen entlang der Mauern aufgetürmt, und letztendlich hatte gerade dieser Umstand den Untergang Ai'Liths eingeläutet.

Trotz ihrer spinnenhaften Geschicklichkeit hatte es die Bestien Zeit gekostet, an den Mauern emporzuklettern. Die aufgetürmten Kadaver der erschlagenen Ungeheuer jedoch hatten regelrechte Rampen gebildet, die schließlich bis an die Mauerkronen reichten.

Die bloße Vorstellung, wie die Damonen über die Berge von Kadavern herangestürmt waren und sich wie eine Flutwelle über die Festungsmauern ergossen hatten, ließ Maziroc erschaudern.

Nachdem die Festungsmauern erst einmal erobert waren, gab es nichts, was die Damonen noch aufhalten konnte. Ai'Lith war gefallen, und Eibon hatte den Befehl zum Rückzug geben müssen, wollte er nicht all seine Männer dem sicheren Tod ausliefern. Da die Damonen bereits das gesamte Tal beherrschten, hatte er den Rest seiner Armee durch einen geheimen unterirdischen Fluchtweg unter dem Hauptturm aus dem Gebirge herausgeführt. Hundert Freiwillige waren zurückgeblieben und hatten ihr Leben geopfert, um die Flucht der anderen zu verbergen und ihnen einen Vorsprung zu verschaffen, indem sie die Damonen noch eine Zeitlang aufhielten.

»Seither werden wir wie die Tiere gejagt«, schloß Charalon mit resigniert klingender Stimme. »Wir haben unseren Vorsprung halten und sogar etwas ausbauen können, aber dafür sind wir wie die Teufel geritten und haben uns nie mehr als vier oder fünf Stunden Rast gönnen dürfen.«

»Diese Ungeheuer scheinen keine Erschöpfung zu kennen«, ergänzte Eibon. »Das ist das Geheimnis ihrer Schnelligkeit. Sie sind langsamer als wir, doch sie legen keine Pausen ein, folgen uns unerbittlich.«

»Aber wovon leben sie? Selbst wenn sie keinen Schlaf brauchen, müssen doch auch sie irgendwann Nahrung zu sich nehmen. Für ein so gewaltiges Heer immer wieder Nachschub heranzuschaffen, erfordert Zeit.«

»Ahnst du es nicht?« antwortete Charalon in einem Tonfall, der Maziroc eine weitere schreckliche Enthüllung ankündigte. »Wir haben es am ersten Tag des Kampfes entdeckt. Ich bin sicher, du hast kaum Kadaver von ihnen bei den Ruinen von Ai'Lith gesehen. Sie fressen ihre eigenen toten Artgenossen, und vermutlich nicht nur die toten. Wenn einer von ihnen verwundet oder geschwächt ist, werden sie ihn wohl ebenfalls verzehren. Du kannst dir vorstellen, welch ein Festmahl sie gerade erst hinter sich haben.«

Erneut schauderte Maziroc vor Grauen, dabei war es in der Tat eine so naheliegende Erklärung, daß er sie sich selbst hätte zusammenreimen können. Bei Ungeheuern wie den Damonen war kaum zu erwarten, daß sie irgendwelche Gräber aushoben, um ihre Toten zu bestatten.

»Jeden Vorsprung, den wir am Tage herausschinden, verlieren wir nachts fast vollständig wieder, wenn wir rasten müssen«, erklärte Eibon. »Zwei Drittel meiner Krieger sind bereits tot, und ich weiß nicht einmal, ob die übrigen diese Flucht noch lange genug durchhalten, um Cavillon lebend zu erreichen.«

»Was ist mit Maramon?« wandte Maziroc ein. »Die Stadt liegt nur zwei Tagesritte von hier entfernt und ist stark befestigt.«

Der Elbenkönig lächelte nur matt. »Maramon wurde bereits aufgegeben, so wie alle anderen Städte und Siedlungen zwischen hier und Cavillon. Zumindest hoffe ich es, denn ich habe schon vor Tagen Boten hingeschickt. Wie sollte irgendeine von Menschen erbaute Stadt dem Ansturm der Damonen länger als ein oder zwei Stunden standhalten können, wenn selbst die Hohe Festung innerhalb von kaum zwei Tagen gefallen ist?« Er schüttelte den Kopf. Selbst diese kleine Bewegung schien fast über seine Kräfte zu gehen. »Nein, alle Hoffnungen ruhen jetzt allein auf Cavillon, und ohne die Hilfe des Zwergenvolkes und seiner Drachen wird auch die Ordensburg fallen.«

»Auch wenn zwischen Eurem Volk und meinem seit langer Zeit Feindseligkeit herrscht, möchte ich Euch meine tiefempfundene Trauer über den Untergang Eurer

Heimstatt ausdrücken, und ich bin sicher, ich spreche für mein ganzes Volk«, meldete sich Marrin erstmals zu Wort. Aufrichtige Betroffenheit klang aus seinen Worten. »Ich wünschte, wir könnten Euch helfen, zu vermeiden, daß Cavillon womöglich das gleiche Schicksal ereilt. Aber wie Maziroc schon berichtet hat, befindet sich Ravenhorst in ebenso großer Gefahr, und ich hoffe, Ihr habt Verständnis dafür, daß das Überleben unseres eigenen Volkes für uns Vorrang vor allem anderen hat.«

»Daraus können wir Euch keinen Vorwurf machen«, entgegnete Charalon. »Wenn die Damonen Ravenhorst angreifen, werdet Ihr mit Sicherheit jeden Eurer Krieger brauchen, um die Bedrohung abzuwenden.«

»Aber wenn es uns gelingt, und die unmittelbare Gefahr für Ravenhorst gebannt ist, werden unsere Könige nach meinem Bericht bestimmt ein starkes Heer zur Unterstützung nach Cavillon schicken«, fügte Marrin hinzu.

»Ich hoffe nur, daß es bis dahin nicht schon zu spät ist«, murmelte Charalon. »Cavillon ist ein gewaltiges Bauwerk, aber im Gegensatz zu Ai'Lith oder Ravenhorst ist es nicht einmal eine richtige Festung. Wir können uns mit Magie wehren und den Damonen sicherlich ebenfalls hohe Verluste zufügen, aber ich bezweifle, daß wir uns sonderlich lange werden halten können. Dennoch ist jede Hilfe hoch willkommen.«

Unbehaglich trat der Zwerg von einem Fuß auf den anderen. Ungeduld und der Aufenthalt in einem Lager der Elben machten ihn sichtlich nervös. »Wenn Ihr mich nun entschuldigt, würde ich gerne nach Ravenhorst zurückkehren, um meinem Volk die schlimmen Nachrichten zu überbringen«, sagte er.

»Ich kann Eure Ungeduld gut verstehen«, entgegnete Maziroc. »Aber es dürfte wichtiger denn je sein, daß Ihr uns nach Cavillon bringt, zumindest Charalon und mich.

Ich weiß, daß ich viel von Euch verlange, aber auch ohne Krieger zu unserer Unterstützung zu schicken, könntet Ihr uns auf diese Art sehr helfen, und es wäre für Euch nur ein Umweg von wenigen Stunden.«

Marrin rang kurz mit sich, dann nickte er. »Wenn ich Euch bis nach Cavillon bringe, dann gibt es allerdings keinen Grund, warum ich nicht noch einige weitere Männer mitnehmen sollte«, sagte er Er wandte sich an Eibon. »Bitte habt Verständnis dafür, daß ich keine Elben auf den Drache lasse, auch wenn der Streit zwischen unseren Völkern angesichts der Damonen nichts mehr zählt. Aber Ihr könnt vierzig der menschlichen Krieger auswählen lassen, die verwundet oder besonders geschwächt sind. So viele dürfte der Drache tragen können, ohne dadurch nennenswert langsamer zu werden.«

Cavillon hatte sich grundlegend verändert in den Wochen, die verstrichen waren, seit Maziroc zusammen mit den Elben zu der Expedition aufgebrochen war. Stärker noch als Ai'Lith war die Ordensburg stets ein Ort des Friedens gewesen, der Wissenschaft, der Magie und der Künste. Sie hatte für Maziroc immer etwas klösterlich Besinnliches gehabt, doch nun hatte Cavillon sich in ein Heerlager verwandelt. Nichts war mehr von der einstigen Ruhe und Beschaulichkeit dieses Ortes geblieben, wie Maziroc schmerzhaft bewußt wurde, während er raschen Schrittes den Innenhof überquerte und dabei seinen Blick umherwandern ließ.

Zur Verstärkung der eher kleinen Garde waren zahlreiche Krieger aus den evakuierten Städten Larquinas, aber auch aus Aslan und dem im Süden gelegenen Caarn herbeigeeilt. Croman, der noch junge larquinische Kaiser, hatte mehrere hundert Bogenschützen und fünf Bataillone schwer gepanzerter Kavallerie zu ihrer Unterstützung geschickt. Allein diese fünfhundert Reiter würden wie eine unaufhaltsame Woge über jeden Gegner hinwegbrausen und ihn aufreiben, doch Maziroc bezweifelte, daß sie einem zahlenmäßig so überlegenen Feind wie den Damonen ernsthaft gefährlich werden konnten. Aber daß Croman das Herzstück seiner Armee nach Cavillon gesandt hatte, zeigte deutlich, daß er sich der Gefahr deutlich bewußt war. Wenn Cavillon fiel, würden die Damonen bald darauf auch Basla erreichen, seine Residenz.

Die Ordensburg schien vor Menschen aus allen Nähten zu platzen, und es handelte sich zum allergrößten Teil um Soldaten. Außer ihnen hielten sich nur noch Magier und Vingala in Cavillon auf, da Charalon auch hier die Evakuierung sämtlicher Zivilisten angeordnet hatte, sogar die der aus Ai'Lith geflohenen Elbenfrauen und -kinder. Selbst seine eigene Frau hatte er fortgeschickt. Schier endlose Flüchtlingsströme zogen auch jetzt noch nach Norden, an der Ordensburg vorbei, wo sie sich Schutz erhofft hatten, der ihnen nun nicht gewährt wurde. Es war eine harte Entscheidung, aber die einzig sinnvolle. Sollte auch Cavillon fallen, würden sie zwar nirgendwo mehr sicher sein, wie weit sie auch flohen, doch die Ordensburg war zu klein, um einen nennenswerten Teil von ihnen aufnehmen zu können, und sie würden während des Kampfes die Verteidigung nur behindern. Schon jetzt herrschte Mangel an Quartieren für die zahlreichen Soldaten.

Abgesehen von der Zahl und der Art der Bewohner, hatte Cavillon sich aber auch in anderer Hinsicht verändert. Wälle waren vor den Mauern aufgeschüttet und Gräben ausgehoben worden, in die man Petroleum leiten und anzünden konnte. Auch hier bezweifelte Maziroc, daß die Maßnahmen sonderlich viel nützen würden. Wenn die Damonen ebenso selbstmörderisch wie beim Sturm auf die Hohe Festung angriffen, würden sie sich mit Todesverachtung in die Gräben stürzen, bis sie das Feuer mit ihren Körpern erstickt und die Gräben gefüllt hätten, so daß die Nachfolgenden über sie hinweg und die Wälle hinauf stürmen konnten.

Darüber hinaus aber waren auch erfolgversprechendere Lehren aus dem Verlauf der Schlacht um Ai'Lith gezogen worden. So waren die Mauerspitzen durch nach außen überragende Aufbauten aus Holz aufgestockt worden, um ein Überklettern zu erschweren, und die Wehrgänge waren überdacht worden, um besser gegen Angriffe aus der Luft geschützt zu sein. Ob diese Veränderungen wirklich etwas nutzten, würde sich erst beim Angriff zeigen, der nun nicht mehr lange auf sich warten lassen würde.

Vor knapp zwei Stunden waren die Elbenkrieger unter der Führung Eibon Bel Churions in Cavillon eingetroffen. Auch Pollus hatte sich bei ihnen befunden, da er darauf bestanden hatte, seinen Platz im Transportkorb des Drachen für einen weiteren Verwundeten freizumachen, und selbst mit den anderen Männern weitergeritten war. Sie alle waren völlig am Ende ihrer Kräfte angelangt und hatten sich sofort in die für sie vorbereiteten Quartiere zurückgezogen. In den vergangenen Tagen, seit Maziroc sie zuletzt gesehen hatte, mußten sie wie die Teufel geritten sein. Dennoch betrug ihr Vorsprung vor den Damonen nur einen knappen Tag.

Trotz seiner Erschöpfung hatte Eibon schon kurz nach seiner Ankunft nach Charalon und Maziroc geschickt und sich nicht mehr Erholung gegönnt, als unbedingt nötig war. Das allein zeigte dem Magier, daß der Elbenkönig ihnen etwas äußerst Wichtiges mitzuteilen haben mußte.

Als er das Quartier Eibons fast erreicht hatte, verließ gerade eine ältere Vingala den Raum. Ihr Gesicht drückte Trauer aus, und ihre Augenwinkel glänzten sogar feucht.

»Was ist los?« erkundigte sich Maziroc. »Wie geht es Eibon?«

»Nicht gut«, preßte die Vingala hervor, und man sah nun, daß sie wirklich mit den Tränen kämpfen mußte. »Ich fürchte, er ... er wird sterben. Diese verfluchten Ungeheuer!«

Sie eilte an ihm vorbei, und Maziroc betrat das Zimmer. Außer dem Elbenkönig selbst hielten sich noch sein Leibarzt und zwei weitere Hexen dort auf. Auch Charalon war bereits eingetroffen. Schon der erste Blick in das abgezehrte, eingefallene Gesicht Eibons zeigte Maziroc, daß die Vingala recht gehabt hatte. Er hatte einen Mann vor sich, der mit dem Tode rang und bereits unheilbar von ihm gezeichnet war.

Fast apathisch lag er in seinem Bett und bekam von seinem Arzt einen Trank aus einer Schale eingeflößt. Nach wenigen Schlucken mußte er husten. Ein Teil des Trankes floß aus seinen Mundwinkeln zurück, vermischt mit Blut. Der Blick des Elbenkönigs war von hohem Fieber getrübt, klärte sich jedoch ein wenig, als er Maziroc erkannte.

»Geht jetzt«, befahl er seinem Arzt und den beiden Vingala. Seine Stimme war kaum mehr als ein Wispern, und das Sprechen fiel ihm sichtlich schwer. »Was ich ... zu sagen habe, ist nur ... für die Ohren von Charalon und Maziroc bestimmt.«

»Aber Herr«, wandte sein Leibarzt ein, ein ebenfalls schon älterer Elb. »Ihr könnt ...«

»Geht«, sagte Eibon noch einmal, ein wenig lauter diesmal. »Das ist ... ein Befehl.«

»Wie Ihr befehlt, Herr.« Mit sichtlichem Widerwillen stellte der Arzt die Schale auf einem Tischchen ab. Nachdem er den Elbenkönig noch einige Sekunden lang betrachtet hatte, wandte er sich mit einem Ruck ab und verließ zusammen mit den Vingala den Raum.

»Kommt näher«, bat Eibon und winkte ihnen schwach mit der Hand.

»Du darfst dich nicht anstrengen«, sagte Charalon, als er ebenso wie Maziroc vors Bett getreten war. »Es wäre besser, wenn du dich erst etwas erholen würdest und wir später miteinander sprechen.«

»Es wird ... kein *später* mehr für mich geben«, entgegnete Eibon krächzend. »Machen wir uns ... nichts vor. Ich werde ... sterben. Die Anstrengung war ... zuviel für mich. Ich habe den Zeitpunkt ... schon seit Tagen nur mehr hinausgezögert. Ich bin ... für meine Männer verantwortlich und mußte ... sie sicher hierher geleiten. Nun ist ... meine Aufgabe erfüllt und meine Kraft ... fast aufgebraucht.«

»Aber das stimmt nicht«, antwortete Charalon und griff impulsiv nach der Hand des Sterbenden. »Das Volk der Elben ... *wir alle* brauchen dich auch weiterhin. Dein Tod wäre ein furchtbarer Schlag für deine Leute und würde sie noch vor der Schlacht demoralisieren.«

»Du kennst uns Elben ... nicht so gut, wie du denkst«, behauptete Eibon. »Mein Tod wird ihnen im Gegenteil ... Kraft geben. Jeder von ihnen ... wird darauf brennen, mich zu rächen. Aber mir bleibt ... nur noch wenig Zeit, und ich muß ... euch dringend etwas sagen. Vielleicht könnte es ... die Rettung für Cavillon sein.« Er hob schwach eine Hand und deutet auf eine Kommode. »Die Schatulle dort ... gebt sie mir.«

Maziroc trat an die Kommode, auf der ein kleines, schlichtes Metallkästchen stand, dessen Deckel mit mächtigen Runen verziert war. Vorsichtig ergriff er es, trug es zum Bett hinüber und reichte es Eibon. Andächtig strich der Elbenkönig mit den Fingerspitzen über die Symbole.

»Ihr wißt, daß Cavillon nicht von Menschen erbaut wurde«, sagte er. Seine Stimme klang plötzlich klarer, und das Sprechen fiel ihm etwas leichter, als würde er

Kraft aus der Schatulle beziehen. »Aber auch nicht von uns Elben, wie allgemein angenommen wird, so wenig wie Ai'Lith. Wir haben beide Bauwerke nur von einem der früheren Völker übernommen. Cavillon war stets ein Ort starker Magie, und da es bei meinem Volk niemals Magier gegeben hat, haben wir euch Cavillon vor langer Zeit geschenkt, als das Menschenvolk die ersten Magier und Hexen hervorbrachte.«

Diese Eröffnung stellte für Maziroc keine allzu große Überraschung dar. Er hatte bereits vermutet, daß weder Ai'Lith noch Cavillon von den Elben erbaut worden waren, doch hatte es nie einen Beweis dafür gegeben.

»Den eigentlichen Quell von Cavillons Macht jedoch haben wir euch damals nicht gegeben«, fuhr Eibon fort. »Wir wußten nicht, wie sich das Volk der Menschen und der Magier entwickeln würde. Ihr wart noch ein junges und sehr kriegerisches Volk damals, und wir wollten euch keine zu große Macht in die Hände geben.« Er rang sich mühsam ein Lächeln ab. »Kriegerisch seid ihr auch heute noch, aber ihr habt auch beträchtliche Weisheit erworben.« Wieder strich er mit den Fingerspitzen über das Kästchen in seinen Händen. »Diese Schatulle enthält den größten Schatz meines Volkes. Er stellt zugleich unser größtes Heiligtum dar, was ein weiterer Grund dafür war, weshalb wir ihn bislang so sicher gehütet haben.«

»Ich verstehe nicht, wovon du sprichst«, murmelte Charalon.

»Wir Elben glauben, daß unsere Seelen nach dem Tode eine Wanderschaft an einen anderen Ort antreten, einen Ort, wo wir geläutert werden und von wo aus wir dann, wenn unsere Seelen vollkommen rein sind, zu den Göttern emporsteigen, um unseren Platz an ihrer Seite einzunehmen.«

Maziroc runzelte die Stirn. Er hatte gehofft, daß Eibon

ihnen eine wichtige Enthüllung machen, ihnen ein Geheimnis verraten würde, daß ihnen womöglich eine konkrete Waffe gegen die Damonen in die Hand gab. Statt dessen jedoch schien der Geist des Elbenkönigs vom herannahenden Tod bereits so vernebelt zu sein, daß er nur über den religiösen Glauben seines Volkes philosophierte. Es mochte für einen Sterbenden wie ihn wichtig sein, doch für die bevorstehende Schlacht, in der über ihrer aller Überleben entschieden wurde, war es ohne Bedeutung. Dennoch schwieg Maziroc aus Ehrfurcht vor dem Elbenkönig.

»Dieser Ort, von dem aus unsere Seelen nach ihrer Läuterung zu den Göttern aufsteigen, heißt *Dämmerschmiede*«, sprach Eibon weiter. »Es ist ein Ort großer Macht und Magie, guter wie verderblicher. Wir Elben können ihn nur nach unserem Tod erreichen, aber es gibt auch einen anderen Weg dorthin. Einen Weg, der nur hier von Cavillon aus beschritten werden kann, und nur von denen, die die gleiche Magie beherrschen wie jenes längst vergessene Volk, das die Ordensburg einst errichtete. Wir Elben waren nie seine Erben, das seid ihr Menschenmagier. Doch wie ich schon sagte, haben wir euch einst einen Teil dieses Erbes vorenthalten, weil es für unser Volk heilig war. Ich hoffe, ihr habt Verständnis dafür und urteilt deshalb nicht zu streng über uns.«

Erneut wurde er von einem heftigen Hustenanfall geschüttelt. Ein dünner Blutfaden rann aus seinem Mund. Maziroc wischte ihn mit einem sauberen Tuch fort.

Als Eibon sich wieder einigermaßen erholt hatte, drückte er auf eine bestimmte Rune im Deckel der Schatulle. Das Kästchen sprang auf. Auf einem Bett aus schwarzem Samt lag darin ein runder, kunstvoll geschliffener Kristall, etwa so groß wie eine Kinderfaust, der von innen heraus in einem düsteren Violett glühte.

»Dies ist der *Seelenstein*«, erklärte Eibon. »Wir haben

ihn so genannt, weil er das Tor zu dem Ort öffnet, an den unsere Seelen nach unserem Tod gehen. Das Tor zu der regenbogenfarbenen Brücke, die zu der *Dämmerschmiede* führt.«

Wieder mußte er husten, und fast wäre die Schatulle seinen Händen entglitten, wenn Charalon nicht rasch zugepackt und sie aufgefangen hätte.

»Nimm sie«, sagte Eibon, als der Hustenanfall vorbei war. »Nach dem Fall Ai'Liths wird unser Volk nie wieder das sein, was es einst war. Die Zahl der Elben schrumpft schon seit Jahrhunderten, und unsere Macht ist seit langem im Schwinden begriffen. Unsere Zeit ist fast abgelaufen, wir sind ein dem Untergang geweihtes Volk, und der Verlust der Hohen Festung wird dies noch beschleunigen. Es wird Zeit, Euch auch diesen Teil ... eures Erbes zu geben. Öffnet das Tor zur *Dämmerschmiede* und ... nutzt ihre Macht, um die Damonen zu besiegen und Arcana ... zu retten, aber seid vorsichtig. Denkt stets daran, daß ... diese Magie Gutes bewirken, aber auch ... Verderben heraufbeschwören kann ... vor allem, wenn sie ... für kriegerische Zwecke ... eingesetzt wird. Ich überlasse euch ... die Entscheidung, ob ihr ... von dieser Macht ... Gebrauch macht, doch setzt sie stets ... verantwortungsvoll ein. Bei euch beiden ... weiß ich den *Seelenstein* in ... den besten Händen, die ich mir ... nur wünschen kann ... meine Freunde.«

Zuletzt hatte Eibon immer leiser und stockender gesprochen. Es schien Maziroc, als könne er zusehen, wie das Leben mit jedem Atemzug aus dem Körper des Elbenkönigs wich. Er wünschte, er hätte zupacken und es festhalten können, doch im Angesicht des Todes war jede noch so starke Magie machtlos.

Noch ein letztes Mal bäumte Eibon sich auf, dann sank er zurück und blieb reglos liegen.

Eibon Bel Churio, der König der Elben, war tot.

Nachtschatten

Mehr als zwei Stunden saß Miranya noch mit Kenran'-Del in ihrem Zimmer zusammen, nachdem sie seine Wunde versorgt hatte, trank Wein und unterhielt sich mit ihm. Er erwies sich als ein angenehmer Gesprächspartner, der amüsant zu plaudern verstand. Und mehr als Plaudern taten sie auch nicht. Als Maziroc sich schließlich wieder zu ihnen gesellte, kam es Miranya ein wenig vor, als hätte sie lediglich Nachhilfeunterricht in Diplomatie erhalten. Geradezu meisterhaft beherrschte Kenran'Del die Fähigkeit, mit vielen Worten so gut wie nichts zu sagen – wenn auch immerhin auf sehr unterhaltsame Art.

Er war ihr nie ausgewichen. Solange ihre Fragen nicht seine Herkunft betrafen, über die er sich eisern ausschwieg, hatte er fast immer geantwortet, aber dennoch hatte Miranya nach den zwei Stunden nicht das Gefühl, etwas nennenswert Neues erfahren zu haben.

So hatte Kenran'Del zugegeben, über besondere Hilfsmittel zu verfügen, von denen manche in ihrer Wirkung mit *Skiils* vergleichbar waren, jedoch auf einer völlig anderen Form der Magie beruhen sollten. Als sie ihn beispielsweise auf das Flammenschwert ansprach, hatte er zugegeben, daß einige dieser magischen Hilfsmittel auch von einem magisch völlig unbegabten Menschen benutzt werden könnten, wie dem Handwerker, der sich an der Mühle für ihn ausgegeben hatte. Dies widersprach allem bekannten Wissen über Magie, doch alle ergänzenden Fragen, mit denen sie versucht hatte, mehr darüber in Erfahrung zu bringen, hatte er nur so oberflächlich und unverbindlich beantwortet, daß er ihr dabei praktisch keinerlei verwertbare Informationen geliefert hatte.

Ähnlich war es ihr bei fast allen anderen Themen ergangen, doch war ihr dies erst bewußt geworden, als sie nach dem Gespräch allein und in Ruhe über alles nachdachte. Auch das verwunderte sie. Sie war allgemein wegen ihres scharfen Verstands geschätzt, und es entsprach gar nicht ihrer Art, sich so einfach etwas vormachen zu lassen. Kenran'Del aber hatte sie wie gebannt gelauscht, ohne dabei auch nur zu merken, daß er die ganze Zeit um den heißen Brei herumredete und kaum brauchbare Informationen preisgab.

Was nicht bedeutete, daß er selbst nicht nach Informationen gierte. Maziroc hatte ihm während der Reise nach Therion offenbar bereits einiges über die bedeutsamsten Entwicklungen und Geschehnisse der vergangenen tausend Jahre erzählt, doch Kenran'Dels Wissensdurst schien schier unerschöpflich zu sein. Sobald er eine ihrer Fragen wortreich und inhaltsleer umschifft hatte, stellte er ihr im Gegenzug mehrere Fragen. Dabei schienen ihn weniger die großen politischen Ereignisse zu interessieren als vielmehr die zahllosen kleinen Veränderungen im Alltag: Wissen, das man inzwischen gewonnen hatte, philosophische Konzepte, technische Neuentwicklungen und neue Fähigkeiten, die die Magie bot.

»Politik ist bedeutungslos«, hatte er behauptet. »Reiche steigen auf und versinken wieder in der Bedeutungslosigkeit, und auch Menschen kommen und gehen, sieht man von Maziroc und Charalon ab, aber das ist ein besonderer Fall. In der gesamten Entwicklung einer Zivilisation sind einzelne Menschen bedeutungslos, nur ihre Leistungen zählen und haben Bestand.«

»Eine sehr pragmatische Sicht der Dinge«, hatte Miranya eingewandt.

»Aber die einzige, die für mich zählt. Was bedeutet es

schon, wenn der Tyrann von Aslan seine Nachbarländer vor dreihundert Jahren überfallen hat und diese das Joch erst Jahrzehnte später wieder abschütteln konnten? Heute hat das keine Bedeutung mehr. Aber denkt nur daran, wie sehr beispielsweise die Entwicklung des Umgangs mit Bronze oder des Stahls nahezu alles verändert hat, auch wenn die Namen derer, denen Arcana diese Leistungen verdankt, im Gegensatz zu denen von Tyrannen weitgehend vergessen sind. Ähnlich dürfte es sich mit den großen, dreimastigen Segelschiffen verhalten, die vor kurzem entwickelt wurden, wie du erzählt hast. Durch sie wird die Schiffahrt einen neuen Aufschwung erleben, und die Entwicklung der ganzen Zivilisation wird weiter vorangetrieben.«

Diese Denkweise war bei ihm ständig zu spüren. Er hatte bestritten, ein Gesandter der Götter zu sein, und sich statt dessen als eine Art Beobachter bezeichnet, einen Wanderer durch Raum und Zeit. Dies war eine der wenigen Bemerkungen, die er über seine Herkunft und seine Identität gemacht hatte, und sie erklärte seine Einstellung zum Teil.

Wahrscheinlich hätte sie noch den ganzen Rest der Nacht mit Kenran'Del zusammengesessen und sich unterhalten, wenn nicht Maziroc nach einiger Zeit zu ihnen ins Zimmer gekommen wäre, um ihnen mitzuteilen, daß er sich zur Ruhe legen würde und daß sie am nächsten Tag bereits früh aufbrechen würden, um Ravenhorst möglichst bald zu erreichen.

Wenige Minuten später verabschiedete sich Kenran'-Del und ging in sein eigenes Zimmer hinüber, und erst jetzt, als sie allein war und in Ruhe über alles nachdachte, wurde Miranya richtig bewußt, wie wenig er während des Gesprächs von sich preisgegeben hatte. Dennoch bedauerte sie die Plauderei mit ihm nicht, sie ärgerte sich höchstens über sich selbst, daß sie keine präziseren Fragen gestellt und entschiedener nachgehakt hatte. Andererseits würde sie dazu in den nächsten Tagen noch genügend Gelegenheit haben.

Miranya zog sich aus und begab sich ins Bett. Obwohl es bereits spät war, fand sie lange keinen Schlaf. Dafür war zuviel an diesem Tag geschehen, weit mehr als nur die Begegnung mit Kenran'Del. Bis vor wenigen Stunden noch hatte sie sich in der Gewalt Scruuls und der anderen Caer-Sharuun befunden und kaum noch Hoffnung besessen, den Abend zu überleben. Immer wieder schrak sie zusammen, wenn sie ein paar Minuten lang die Augen geschlossen hatte, weil sie einen kurzen Moment lang glaubte, daß sie sich noch immer in Gefangenschaft befände. Erst wenn sie sich umgeblickt und sich vergewissert hatte, daß sie sicher in ihrem Bett im Gasthaus lag, konnte sie sich entspannt wieder zurücksinken lassen.

Sie bedauerte, daß es zumindest vorläufig keine Möglichkeit gab, Scruul seiner gerechten Strafe zuzuführen. Sie wußte nicht, wo er sich befand, und in einer großen Stadt wie Therion wäre es ein langwieriges Unterfangen, sich auf die Suche nach ihm zu begeben. Zeit, die sie nicht hatte. Aus dem gleichen Grund hatte es auch keinen Sinn, sich an die Stadtwache oder gar den Statthalter zu wenden. Sie wußte nicht einmal, ob sich Scruul überhaupt noch in Therion aufhielt. Und selbst wenn man ihn finden und festnehmen sollte, wäre sie nicht mehr in der Stadt, um ihn zu identifizieren und vor einem Gericht als Zeugin gegen ihn auszusagen, so daß man gezwungen wäre, ihn schon bald wieder freizulassen. Ebenso verhielt es sich mit dem Rattengesichtigen, von dem sie noch nicht einmal den Namen kannte.

Die meiste Zeit jedoch wanderten ihre Gedanken ohnehin zu Kenran'Del. Mittlerweile sah sie in ihm längst nicht mehr eine mysteriöse Sagengestalt. Sicher, er war immer noch von zahllosen Rätseln umgeben, aber durch seine humorvolle, offene Art hatte er ihr fast alle Scheu genommen, die sie anfangs vor ihm verspürt hatte. Selbst seine mentale Stille war ihr gegen Ende des Gesprächs kaum noch bewußt geworden.

Miranya verspürte ein angenehmes Prickeln, das ihr in dieser Form bislang unbekannt gewesen war, als sie daran dachte, daß sie Kenran'Del bereits am nächsten Morgen wiedersehen und vermutlich die ganzen nächsten Wochen in seiner Begleitung verbringen würde. Und während sie sich selbst noch über dieses ungewohnte Gefühl wunderte, schlief sie schließlich ein.

Verbranntes Land

Aufgeregte Stimmen schallten Maziroc aus dem Beratungszimmer entgegen, als er die Tür öffnete und eintrat. Außer Charalon befanden sich dort rund zwei Dutzend der bedeutendsten Magier und sieben Vingala, darunter auch Shalana. Sie führten bereits eine lebhafte Debatte.

»Niemals werde ich dem zustimmen«, erklärte die Sprecherin der Vingala gerade. »Es ist viel zu gefährlich. Wir werden alle untergehen, wenn wir uns darauf einlassen.«

»Das werden wir auch, wenn wir nichts tun«, entgegnete Skollus, ein Magier, der einige Jahre jünger als Maziroc war, jedoch ebenfalls über äußerst starke Kräfte verfügte und mit seinen teilweise radikalen Ansichten in den letzten Jahren immer mehr an Einfluß und Bedeutung innerhalb des Ordens gewonnen hatte. »Du verkennst die Situation. Wir werden Cavillon niemals mit herkömmlichen Mitteln gegen die Damonen halten können, wenn nicht einmal die Hohe Festung ihrem Ansturm standhalten konnte.«

Maziroc nahm auf einem freien Stuhl neben Charalon Platz. »Wie sieht es aus?« erkundigte er sich gedämpft.

»Zwiespältig, wie nicht anders zu erwarten«, antwortete Charalon ebenso leise. »Wie du hören kannst, plädiert Skollus auch im Namen seiner Anhänger leidenschaftlich dafür, einen Versuch zu unternehmen, während Shalana stellvertretend für alle Vingala strikt dagegen ist. Viele andere sind noch unentschlossen, aber die meisten werden sich wohl auf Skollus' Seite schlagen. Was er mit Worten nicht vollbringt, das wird der Anblick der riesigen Damonenheere bewirken, wenn sie in ein paar Stunden vor unseren Mauern aufziehen.«

»Diese Damonen sind durch ein Tor aus einer anderen Welt in unsere herübergekommen und haben bereits grenzenloses Leid verbreitet«, ereiferte sich Shalana. »Und ihr wollt tatsächlich noch ein weiteres Tor in eine andere Welt öffnen, durch das womöglich noch größere Schrecken zu uns gelangen können?«

Sie erhielt gemurmelte Zustimmung.

»Manchmal geht es nicht anders, und man muß Feuer mit Feuer bekämpfen«, erwiderte Skollus. »Wir allein sind einfach nicht stark genug, die Damonen aufzuhalten. Es ist unsere einzige Chance.«

Auch seine Anhänger murmelten ihre Zustimmung.

Es wunderte Maziroc nicht, daß Skollus diesen Standpunkt einnahm. Er vertrat schon seit langem am eifrigsten die Ansicht, daß die Magier den normalen Menschen in jeder Hinsicht weit überlegen wären und diese Macht ausnutzen sollten, sich zu ihren Herrschern aufzuschwingen, statt ihnen zu dienen. Von den Machtmitteln, die die geheimnisvolle *Dämmerschmiede* ihnen bieten könnte, erhoffte er sich vermutlich nicht nur einen Sieg über die Damonen, sondern auch eine noch größere Überlegenheit der Magier und damit auch eine Stärkung seiner Position.

»Du kannst es stoppen, wenn du es willst«, sagte Maziroc leise. »Du bist das Oberhaupt des Ordens. Wenn du erklärst, daß du gegen einen solchen Versuch bist, werden sich die meisten dir anschließen.«

»Werden sie das?« fragte Charalon. »Wenn Cavillon unterzugehen droht, fürchte ich, daß man auch mir den Gehorsam verweigern würde. Und ich weiß nicht einmal, ob ich wirklich dagegen bin. Viel haben wir im Grunde nicht mehr zu verlieren. Vielleicht stellt dieser Versuch wirklich unsere einzige Hoffnung auf Rettung dar. Und wie sieht es mit dir aus?«

»Ich weiß ebenfalls nicht, welche Entscheidung die

richtige ist«, antwortete Maziroc zögernd. Gut zwei Stunden waren seit dem Tod des Elbenkönigs verstrichen, und er hatte den größten Teil dieser Zeit damit verbracht, den *Seelenstein* zu erforschen, soweit ihm dies möglich war. Aus diesem Grund war er erst spät zu der Beratung erschienen. »Was Eibon gesagt hat, scheint zuzutreffen. Offenbar ist der Kristall wirklich eine Art Schlüssel. Ihm wohnt eine ungeheuer starke Kraft inne, die das Gefüge von Raum und Zeit unmittelbar berührt. Es scheint seine einzige Funktion zu sein. Ich glaube, ich könnte das Tor sogar allein öffnen, doch wäre eine Verbindung mit dir und einigen anderen Magiern bestimmt sicherer.«

Charalon seufzte. Einige Minuten lang saß er in Gedanken versunken da, ohne daß er etwas von der lebhaften Diskussion um sich herum mitzubekommen schien, dann stand er plötzlich und ruckartig auf.

»Genug«, sagte er mit lauter Stimme und breitete in einer herrischen Geste die Arme aus. Sofort kehrte Stille ein. »Ich denke, alle Argumente wurden zur Sprache gebracht, und ich habe über alles sorgsam nachgedacht. Da ich den Untergang Ai'Liths selbst miterlebt habe, weiß ich wohl besser als jeder andere hier, welch eine immense Gefahr von den Damonen droht. Anderseits bin ich mir der Risiken, die das Öffnen eines weiteren Tores zu einer anderen Welt und die Heraufbeschwörung möglicherweise noch schrecklicherer Mächte darstellt, ebenfalls sehr wohl bewußt. Aus diesem Grund schlage ich folgenden Kompromiß vor: Solange es uns irgend möglich ist, werden wir versuchen, Cavillon mit den uns gegenwärtig zur Verfügung stehenden Mitteln zu verteidigen. Sollte sich jedoch abzeichnen, daß diese nicht ausreichen, werden wir als letztes Mittel den *Seelenstein* einsetzen, in der Hoffnung, daß er uns die Rettung bringen möge.«

Sowohl Shalana als auch Skollus protestierten gegen diesen Kompromiß, doch die überwiegende Mehrzahl der anwesenden Magier nickte beifällig. Damit war die Entscheidung gefallen.

Unmittelbar nach der Besprechung war Maziroc in sein Zimmer zurückgekehrt und hatte sich hingelegt. Er vermutete, daß er kaum noch Schlaf finden würde, wenn der Angriff der Damonen erst einmal begann. Doch stellte er fest, daß er viel zu aufgeregt war, um einzuschlafen, also versetzte er sich mittels Selbsthypnose in eine leichte Trance.

Er wurde von dem donnernden Krachen geweckt, mit dem die Katapulte abgefeuert wurden, sprang mit einem Satz aus dem Bett und eilte ans Fenster. Der Anblick, der sich ihm bot, war entsetzlich. Schon während er auf dem Drachen über das Heer der Damonen hinweggeflogen war, hatte er sich an den Zug von Wanderameisen erinnert gefühlt, doch jetzt, aus viel größerer Nähe betrachtet, war das Bild noch ungleich schrecklicher. Im letzten Schein der untergehenden Sonne wälzten sich die Ungeheuer wie eine finstere Flutwelle über die Hügel, strömten auf die freie Ebene vor der Ordensburg und färbten sie schwarz mit ihren Leibern.

Dazwischen blitzte es immer wieder grell auf. Die weitreichenden Katapulte auf den Türmen und Wehrmauern hatten als erste das Feuer eröffnet. Sie schleuderten nicht nur Steine, sondern vor allem kleine Tongefäße, die mit einer Mischung aus Phosphor, Schwefel und einigen anderen streng geheimen Substanzen gefüllt waren. Beim Aufprall zerplatzten die Gefäße und verspritzten ihren Inhalt, der sich beim Kontakt mit der Luft selbst entzündete, in einem Umkreis von mehreren Metern. Das Feuer, das dabei entstand, brannte zwar nur wenige

Sekunden lang, doch war es ungeheuer heiß und ließ sich durch nichts löschen.

Die Bedienungsmannschaften an den Katapulten brauchten nicht lange zu zielen, zu groß war die Masse des heranströmenden Heeres, so daß jeder Schuß ein Treffer wurde. Allerdings achteten sie darauf, daß sie nur auf jene Damonen schossen, die über die Hügel strömten, nicht auf jene, die die freie Ebene bereits erreicht hatten. Zu Tausenden fielen die Angreifer dem magischen Feuer schon in den ersten Minuten zum Opfer, lange bevor sie die Verteidigungsanlagen erreichten, doch angesichts ihres Riesenheeres stellten die überall grell aufflammenden Feuersäulen kaum mehr als Nadelstiche dar. Der Vormarsch der Ungeheuer wurde nicht nennenswert verzögert.

Schließlich, als die vordersten Damonen die Gräben und Wälle fast erreicht hatten, schoß ein einzelnes Katapult seine Brandgeschosse mitten auf das freie Feld. Wieder erhob sich eine Stichflamme, doch diesmal verlosch sie nicht nach wenigen Sekunden, sondern griff um sich und breitete sich rasend schnell aus, bis das Feuer fast die gesamte Ebene erfüllte. Ein von Schmerz und grenzenloser Wut erfülltes Kreischen drang von den verbrennenden Damonen bis zu Maziroc herauf, ein ungeheuer schriller Laut, der nicht die entfernteste Ähnlichkeit mit einem menschlichen Schrei besaß.

Es schien, als hätte die Erde selbst Feuer gefangen, und in gewisser Hinsicht war dies auch so, wie Maziroc wußte. Aus einer nahegelegenen Petroleumquelle hatte Bayron in den letzten Tagen tausende Fässer der brennbaren Flüssigkeit herbeischaffen und in der gesamten Ebene den Boden damit tränken lassen, bis er fast zum Morast geworden war. Auf seinen Befehl hin war das Petroleum nun in Brand geschossen worden. Soweit Maziroc blicken konnte, erstreckte sich das Flammenmeer, ein brennendes Fanal, das die hereinbrechende Nacht taghell erleuchtete. Zehntausende, vielleicht sogar mehr als hunderttausend Damonen waren bereits auf die Ebene vorgedrungen, die für sie alle nun zur Todesfalle geworden war.

Maziroc wandte sich wieder vom Fenster ab und kleidete sich an. Diesmal genügte ihm nicht allein sein grünes Magiergewand, sondern er streifte zur Sicherheit auch ein Kettenhemd über, ehe er seine Kammer verließ und sich in Richtung des Hauptturms wandte. Er ließ sich Zeit dabei. Das Feuer würde stundenlang brennen, und entsprechend lange würde die Gluthölle die Damonen von einem weiteren Angriff zu Lande abhalten. Wenn sie die brennende Ebene umgehen wollten, würde das erhebliche Zeit in Anspruch nehmen.

Selbst angesichts der Größe ihres Heeres, hatten die Damonen empfindliche Verluste erlitten, noch bevor der eigentliche Kampf überhaupt begonnen hatte. Dennoch machte Maziroc sich nichts vor. Es war ein Trick, der sich nicht wiederholen ließ, und selbst wenn es ihnen gelungen war, hundert- oder gar zweihunderttausend Ungeheuer auf einen Schlag zu töten, und selbst wenn bei der nächsten Angriffswelle noch einmal Zehntausende von ihnen den Katapulten zum Opfer fielen, so hatten sie es immer noch mit einer vielhundertfachen Überzahl an Angreifern zu tun.

Immerhin hatten sie Zeit gewonnen, und das war für sie gegenwärtig vielleicht das Wichtigste. Maziroc glaubte nicht daran, daß sie noch rechtzeitig Unterstützung aus Ravenhorst bekommen würden, aber er war auch noch nicht bereit, die Hoffnung auf Hilfe gänzlich aufzugeben.

Vor allem verschaffte jede gewonnene Stunde den gut vierhundert Elbenkriegern, die mit Eibon nach Cavillon gekommen waren – der klägliche Rest des einst so stolzen und schlagkräftigen Heeres aus Ai'Lith –, Gelegenheit, sich von dem Gewaltritt zu erholen. Sobald die Damonen erst einmal bis dicht vor die Mauern vorgedrungen waren, würden die Elben mit ihren Bögen ein wichtiges Kernstück der Verteidigung bilden. Ihr Haß auf die Ungeheuer, denen nicht nur ihre Heimat und zahlreiche ihrer Brüder und Freunde zum Opfer gefallen waren, sondern nun auch noch ihr König, mußte schier grenzenlos sein. Sie brannten auf Rache, und Maziroc war überzeugt, daß jeder von ihnen bis zum letzten Atemzug kämpfen würde. Aus der Hohen Festung waren sie auf Eibons Befehl hin geflohen, um sich hier zu einer neuen Schlacht zu stellen, doch wenn auch Cavillon fiel, gab es keinen weiteren Ort mehr, wohin sie noch fliehen konnten.

In einem großen, runden Raum fast in der Spitze des Hauptturms im Zentrum von Cavillon, hatten Charalon, Bayron und einige andere hohe Offiziere ihre Befehlszentrale errichtet. Von hier aus leiteten sie sämtliche Verteidigungsmaßnahmen. Das Zimmer besaß zahlreiche Fenster in alle Richtungen, so daß sich von hier aus die gesamte Ordensburg und das umliegende Land beobachten ließen. Gleichzeitig waren die Fenster jedoch zu klein, als daß ein Angreifer sich hätte hindurchzwängen können. Boten eilten in dem Raum ein und aus, um Befehle zu den einzelnen Stellungen zu übermitteln und von dort zu berichten.

Charalon und Bayron standen über einen großen Tisch gebeugt, auf dem eine detaillierte Karte Cavillons und des umliegenden Landes ausgebreitet lag. Zahlreiche farbige Metallstifte, die den Standort der verschiedenen Soldateneinheiten symbolisierten, steckten darin.

Die beiden Männer unterbrachen ihr Gespräch, als Maziroc zu ihnen trat.

»Euer Plan hat funktioniert, Ihr habt den Damonen

einen wahrhaft feurigen Empfang bereitet«, wandte sich Maziroc an Bayron.

»Ein Anfangserfolg, weil sie die Falle nicht erkannt haben und wir sie deshalb überraschen konnten«, antwortete der General nüchtern. »Alles weitere wird nun bedeutend schwieriger.«

»Ich habe gerade vorgeschlagen, die momentane Verwirrung der Ungeheuer auszunutzen«, erklärte Charalon. Er fuhr mit dem Finger über die Karte. »Wenn wir die gepanzerten Kavalleriebataillone, die Kaiser Croman zu unser Unterstützung gesandt hat, ausschicken, können sie sich den Damonen in einem Bogen von der Seite her nähern, eine Bresche in ihre Flanke schlagen und den so abgeschnittenen Teil ihres Heeres direkt in die Flammenhölle treiben. Es würde Tausende der Ungeheuer das Leben kosten.«

»Und uns womöglich unsere Reiterei«, entgegnete Bayron. »Die Gefahr, daß sie zwischen den beiden Heeresflügeln aufgerieben würde, ist zu groß. Außerdem bezweifle ich, daß sie überhaupt so weit kommen würde. Es ist gut möglich, daß die Damonen bereits dabei sind, die brennende Ebene zu umgehen, um uns von Norden her anzugreifen.« Zur Verdeutlichung zeichnete auch er mit dem Finger einen Bogen auf der Karte.

»Dann könnten die Reiter ihnen den Weg versperren und sie zurückschlagen«, wandte Charalon ein.

Bayron schüttelte den Kopf. »Es wäre ein Kampf irgendwo im Niemandsland, wo wir ihn nicht einmal beobachten, geschweige denn von hier aus beeinflussen könnten. Ein unkalkulierbares Risiko und zudem unnötig. Wir dürfen uns nicht in Scharmützel auf freiem Feld verstricken lassen, sondern müssen unsere Kräfte hier bündeln. Vor allem aber werden wir die Reiterei noch dringend brauchen. Wenn der Kampf um die Mauern beginnt, muß sie Ausfälle reiten, um die Damonen von besonders bedrängten Stellen zurückzutreiben und so für Entlastung zu sorgen.«

»Nun, Ihr habt das Oberkommando über unsere Truppen und versteht tausendmal mehr von Strategie als ich«, sagte Charalon. »Wenn Ihr es für taktisch besser haltet, die Reiter erst noch zurückzuhalten, dann ist diese Entscheidung sicherlich richtig.«

»Auch ich bin nicht allwissend. Ich kann mich wie jeder andere täuschen und Fehler machen«, erwiderte Bayron lächelnd. »Aber in diesem Fall halte ich das Risiko eines solchen Ausfalls im Vergleich selbst zu dem größtmöglichen zu erwartenden Erfolg für zu hoch.«

Maziroc hielt sich aus dem Gespräch heraus. Charalon war intelligent und ein äußerst starker Magier, doch wie er gerade selbst zugegeben hatte, kein Stratege, und obwohl Charalon sein bester Freund war, sah Maziroc die Verteidigung Cavillons in dieser bedrohlichen Situation lieber in den Händen eines militärisch ausgebildeten Fachmannes. Er ging zu den Fenstern hinüber, um einen Blick ins Freie zu werfen. Kaum hatte er die Hälfte des Weges zurückgelegt, fuhr einer der Männer, die dort Ausschau hielten, plötzlich herum. »Sie greifen uns aus der Luft an!« stieß er aufgeregt hervor.

Mit wenigen Schritten überwand Maziroc die restliche Distanz, und auch Charalon und Bayron verstummten und eilten an seine Seite. Deutlich hoben sich die geflügelten Damonen als dunkle Punkte gegen die gewaltige Feuersbrunst ab, die die Nacht fast taghell erleuchtete. Es waren nicht allzu viele, hundert, vielleicht hundertfünfzig. Blitzartig stießen sie herab, griffen die Männer an, auf den Innenhöfen und dort, wo die Wehrgänge nicht überdacht worden waren.

Doch auch die Verteidiger waren auf der Hut. Einen Pfeil nach dem anderen schickten die Männer der durch Kaiser Cromans Bogenschützen verstärkten Garde und vor allem die etwa einhundert Elbenkrieger, die sich bereits ausgeruht genug gefühlt hatten, um wieder an den Kampfhandlungen teilzunehmen, ihnen entgegen. Auch die Soldaten, die in den Innenhöfen und auf den Treppen angegriffen wurden, zogen ihre Waffen, hackten und stachen mit ihren Schwertern nach den Damonen. Der Kampf dauerte nur wenige Minuten, dann war auch das letzte der Ungeheuer tot. Aber auch auf Seiten der Verteidiger hatte es Verluste gegeben, wie Boten kurz darauf meldeten. Elf Männer waren tot, acht weitere schwer verletzt.

»Merkwürdig«, murmelte Charalon und runzelte die Stirn. Fragend blickten Maziroc und Bayron ihn an. »Bei der Schlacht um Ai'Lith haben uns immer gleich Tausende dieser Ungeheuer aus der Luft angegriffen. Warum hier so wenige? Ob sich nur noch so wenige Flugbestien bei dem Heer befinden?«

Bayron schüttelte den Kopf. »Ich wünschte, es wäre so, doch ich fürchte, der Grund ist ein anderer«, antwortete er. »Das war gar kein richtig Angriff, sondern in erster Linie ein Spähunternehmen. Die Ungeheuer sollten nur unsere Verteidigung auskundschaften. Da es eine geistige Verbindung der Damonen untereinander und zu der geheimnisvollen Macht hinter ihnen gibt, wie Ihr erklärt habt, brauchte nicht einmal einer von ihnen zurückzukehren, um Bericht zu erstatten. Wahrscheinlich konnten die Herrscher der Damonen durch die Augen dieser Ungeheuer alles so deutlich sehen, als wären sie selber hier gewesen. Ich bin überzeugt, daß sie diese Informationen bereits auswerten und neue Pläne schmieden. Beim nächsten Mal werden sie uns gezielt an unseren Schwachpunkten angreifen.«

Maziroc nickte bedächtig. Wenn man die besonderen Fähigkeiten der Damonen bedachte, klang Bayrons Erklärung durchaus einleuchtend.

»Dennoch könnte es sein, daß beide Vermutungen zutreffen«, warf er ein. »Es gibt zahlreiche verschiedene Damonenrassen, und wir wissen nicht, wie stark jede von ihnen in ihrem Heer vertreten ist. Beim Kampf um die Hohe Festung bereiteten die geflügelten Ungeheuer die ersten Angriffe vor und dezimierten die Zahl der Elbenkrieger. Unzählige dieser Ungeheuer müssen bei diesen Angriffen getötet worden sein. Möglicherweise befinden sich wirklich nicht mehr allzu viele in ihren Reihen.«

»Möglicherweise«, bestätigte Bayron. »Ich wünsche es mir. Die Antwort werden wir wohl bald erfahren.«

Der mit Petroleum getränkte Boden der Ebene brannte bis weit nach Mitternacht, erst dann wurden die Flammen allmählich kleiner und verloschen nach und nach. Bislang hatten sie mehr als genug Helligkeit verbreitet, doch nun senkte sich die Dunkelheit über das Land. Zum Ausgleich wurden überall in Cavillon, vor allem auf den Wehrgängen, Fackeln entzündet.

Es hatte keinen weiteren Angriff der Damonen gegeben, und sie hatten auch nicht versucht, die Feuersbrunst zu umgehen. So sehr die Verteidiger die bevorstehende Schlacht auch fürchteten, so sehr hatte das untätige Abwarten an ihren Nerven gezehrt. Damit jedoch war es nun vorbei.

Über den rauchenden Boden krochen die ersten Damonen heran, suchten sich ihren Weg zwischen noch brennenden Stellen hindurch. Zunächst waren es nur wenige Dutzend, und viele von ihnen wurden von den Pfeilen der Bogenschützen durchbohrt, sobald sie sich weit genug genähert hatten, doch im gleichen Maße, in dem die Feuer in sich zusammensanken, wurden es mehr. Einigen gelang es schon, bis zu dem ersten der drei ausgehobenen und ebenfalls mit Petroleum gefüllten Gräben vorzudringen, ehe sie getötet werden konnten, doch mehr und mehr der Ungeheuer drängten heran.

Auch die Katapulte wurden nun wieder abgefeuert. Zunächst verschossen sie nur Steinbrocken, doch schließlich, als die Feuer fast verloschen waren und die Damonen nicht mehr nur in kleinen Grüppchen, sondern zu Tausenden vorrückten, wurden erneut Brandgeschosse eingesetzt.

Mehr und mehr Damonen erreichten die Gräben, stürzten sich hinein und durchquerten sie, um an den Erdwällen hinaufzuklettern. Die Bogenschützen verschossen Pfeil auf Pfeil, doch für jedes Ungeheuer, das sie töteten, füllten sofort drei, vier weitere die Lücke.

Schließlich gab Bayron den Befehl, das Petroleum im äußersten der Gräben anzuzünden. Einer der Elbenkrieger schoß einen Brandpfeil ab, und erneut erhob sich eine grelle Flammenwand, die sich um ganz Cavillon erstreckte. Einen Moment lang wichen die Damonen, die nicht von dem Feuer erfaßt worden waren, zurück, doch dann geschah das, was Maziroc befürchtet hatte. Mit Todesverachtung stürzten sie sich zu Hunderten ins Feuer, getrieben von den Befehlen ihrer Beherrscher, denen ihr Leben nichts bedeutete.

Mit jeder Minute starben Tausende der Damonen in den Flammen, doch bevor ihre Kadaver von diesen aufgezehrt wurden, stürmten andere über sie hinweg und den Wall hinauf – direkt in den Pfeilhagel der Soldaten und Elbenkrieger.

Durch den brennenden Graben erhielten die Verteidiger einen weiteren zeitlichen Aufschub und töteten eine große Zahl der Ungeheuer. Beim Entwurf der Anlagen hatte Bayron auch an eine Rinne gedacht, durch die die Soldaten immer wieder neues Petroleum aus Fässern in den Graben schütten konnten.

Mehrfach erfolgten noch Angriffe durch die geflügelten Damonen aus der Luft, die das Feuer nicht abhalten konnte. Es waren mehr von ihnen, als bei dem Spähunternehmen zu Beginn der Schlacht, doch auch jetzt nur wenige hundert. Nach Charalons Aussage keinerlei Vergleich zu den geballten Angriffen beim Kampf um Ai'Lith. Anscheinend waren ihre Verlust dort so groß gewesen, daß sich tatsächlich nur noch wenige der geflügelten Ungeheuer bei dem Heer befanden.

Schließlich war der äußerste Graben so mit den Kadavern der Damonen gefüllt, daß regelrechte breite Brücken darin entstanden waren, über die weitere Ungeheuer fast ungehindert schreiten konnten. Daraufhin ließ Bayron auch den zweiten Graben in Brand schießen. Beide Hindernisse zu überwinden, kostete die Angreifer weitere unzählige Tote, und allmählich zeigten sich am Horizont die ersten grauen Streifen der Morgendämmerung, die mit frenetischem Jubel begrüßt wurden.

Cavillon hatte die erste Nacht der Belagerung überstanden, und das mit nur geringen eigenen Verlusten, während das Heer der Damonen um Hunderttausende geschrumpft war. Im Licht des heraufdämmernden Tages war das Heer der schwarzen Ungeheuer, das die Ebene und die Hügel vor der Ordensburg überschwemmte, zwar deutlich zu sehen, und mancher der Verteidiger mochte beim Anblick der gigantischen Übermacht ein mehr als nur klammes Gefühl empfinden. Doch war es für alle wesentlich angenehmer, bei Tageslicht zu kämpfen. Niemand kämpfte gerne in der Nacht, die der Geburt von Furcht und Schrecken nur Vorschub leistete und mehr das Reich der Ungeheuer als das der Menschen und Elben war.

Trotz der bisherigen Erfolge sah es nicht gut für die Verteidiger aus. Dank des Feuers hatten sie den Damonen schwere Verluste zugefügt, doch ihre Zahl schien schier unerschöpflich zu sein, und der Vorrat an Tricks, mit denen Bayron ihren Vormarsch aufhalten konnte, war nun beinahe erschöpft. Bald nach Sonnenaufgang mußte er auch den dritten und letzten Graben in Brand schießen lassen, und wenn die Damonen auch ihn überwanden, würde der erbarmungslose Nahkampf Mann gegen Damon beginnen.

Als ein besonders großes Problem würde sich schon bald der Mangel an Nachschub erweisen. So ging das gelagerte Petroleum, mit dem der dreifach gestaffelte Feuerring am Brennen gehalten wurde, allmählich zur Neige, ebenso wie die Brandgeschosse, die von den Katapulten immer noch in unablässiger Folge geschleudert wurden und Tod und Vernichtung ins Heer der Damonen trugen. Viele der Magier waren die ganze Zeit über damit beschäftigt, neue herzustellen, doch schon bald würde es an den dazu benötigten Materialien mangeln.

Selbst der Vorrat an Pfeilen würde irgendwann aufgezehrt sein, so viele sie in den vergangenen Wochen auch angefertigt hatten. Normalerweise wurden beim Sturm auf eine Festung auch von den Angreifern Pfeile auf die Wehrmauern abgeschossen, doch da die Damonen keine Waffen im herkömmlichen Sinne verwendeten, war jeder einmal abgefeuerte Pfeil verloren.

In den späten Morgenstunden befahl Bayron daher einen Ausfall der schweren Kavallerie. Die Reiter preschten auf die freien Landstriche zwischen den Gräben und Wällen hinaus und mähten die Damonen mit ihren Schwertern und Äxten nieder. Wie eine Woge aus Stahl fuhren sie unter die Ungeheuer. Da nicht nur sie, sondern auch ihre Streitrösser gepanzert waren, konnten die Damonen ihnen kaum etwas anhaben, außer es gelang mehreren der Bestien gleichzeitig, einen der Reiter anzugreifen.

Der Reiterei folgten zahlreiche Fußsoldaten, deren

Aufgabe in erster Linie darin bestand, die verschossenen Pfeile wieder einzusammeln. Sie rissen sie aus den Kadavern der Ungeheuer heraus und schleppten sie gleich bündelweise zurück in die Ordensburg.

Als sie merkten, was geschah, griffen die Damonen noch verbissener an, so daß sich Cromans Reiter und auch die Fußsoldaten schließlich zurückziehen mußten, um keine größeren Verluste in Kauf zu nehmen. Auch so waren gut drei Dutzend Reiter und noch einmal fast die gleiche Zahl an Fußsoldaten getötet worden. Eine geringe Zahl im Vergleich zu den Verlusten der Damonen, aber dennoch ein schrecklich hoher Preis.

Das Ziel des Ausfalls war jedoch erreicht worden. Erneut waren nicht nur zahllose Ungeheuer getötet, sondern auch Tausende von Pfeilen zurückgeholt worden, mit denen die schwindenden Reserven aufgestockt werden konnten.

»Bislang sieht es ganz gut aus«, murmelte Charalon, der zusammen mit Maziroc von einem Fenster des großen Zimmers im Hauptturm aus den Verlauf der Schlacht beobachtete. »Besser jedenfalls als beim Kampf um die Hohe Feste. Damit hat wohl niemand gerechnet. Ich glaube, die Damonen haben hier jetzt schon insgesamt größere Verluste erlitten als dort. Dabei ist Cavillon noch nicht einmal eine richtige Festung.«

»Die Elben haben die Damonen unterschätzt«, entgegnete Maziroc. »Außerdem wußten sie nur wenig über sie und ihre Fähigkeiten. Wir hingegen konnten unsere Lehren aus dem Fall der Hohen Festung ziehen, so daß wir vorbereitet waren und die Art unserer Verteidigung entsprechend ausrichten konnten. Anderenfalls wäre Cavillon zweifellos in noch viel kürzerer Zeit als Ai'Lith von diesen Ungeheuern überrannt worden.«

»Du hörst dich nicht gerade sehr zuversichtlich an. Wieder der ewige Schwarzseher?«

»Nur Realist«, erwiderte Maziroc und mußte schmunzeln, als er daran dachte, daß er und Charalon einen fast gleichlautenden Wortwechsel schon vor Wochen geführt hatten, als Eibon in Cavillon eingetroffen war und sie erstmals von der Bedrohung aus dem Süden erfahren hatten. Damals hatten sich seine Befürchtungen in weitaus schrecklicherer Form bewahrheitet, als er es selbst für möglich gehalten hatte, und er wurde rasch wieder ernst. »Vergiß nicht, daß der eigentliche Kampf noch nicht einmal begonnen hat«, erinnerte er seinen Freund und deutete zum Fenster hinaus. »Sieh es dir doch an. Wir haben bereits Hunderttausende dieser Bestien getötet, und dennoch hat sich ihre Zahl nicht einmal sichtbar verringert. Für jeden getöteten Damonen ist sofort ein neuer da, der die Lücke wieder füllt. Es ist, als ob sie geradewegs aus dem Boden wachsen würden, und wenn sie erst einmal bis auf die Mauern vorgedrungen sind, werden sie unter unseren Leuten ein ebenso entsetzliches Gemetzel veranstalten, wie es bei den Elben der Fall war.«

»Du denkst, wir sollten den *Seelenstein* benutzen?«

»Nein.« Zur Bekräftigung schüttelte Maziroc energisch den Kopf. »Jedenfalls jetzt noch nicht. Aber ich fürchte, spätestens in der nächsten Nacht wird uns keine andere Wahl mehr bleiben. Vielleicht täusche ich mich ja auch. Auch wenn du mich für einen unverbesserlichen Pessimisten hältst, habe ich doch noch Hoffnung, wenn auch nur gering. Solange der Untergang Cavillons noch nicht besiegelt ist, sollten wir die Gefahr nicht eingehen, weitere unbekannte Mächte heraufzubeschwören.«

Charalon stützte sich mit den Händen auf die Fensterbank. »Wenn Eibon uns doch bloß mehr über diese unbekannten Mächte und die *Dämmerschmiede* hätte sagen können«, sinnierte er. »Womöglich stellen sie wirklich unsere Rettung dar, ohne daß dadurch weitere Gefahren entstehen. Dann würde jeder weitere Mann, der in dieser

Schlacht fällt, einen unnötigen Tod erleiden. Diese Verantwortung lastet fast unerträglich schwer auf meinen Schultern.«

»Ich verstehe gut, was du meinst, denn genau darüber habe ich auch schon mehrfach nachdenken müssen«, erklärte Maziroc. »Vielleicht sterben die Männer tatsächlich völlig unnötig. Aber vielleicht gelingt es uns ja tatsächlich, Cavillon aus eigener Kraft zu verteidigen. Wir wissen einfach nicht, was der richtige Weg ist, deshalb können wir nur versuchen, unsere Entscheidung nach bestem Wissen und Gewissen zu fällen.«

Er starrte wieder hinaus auf das heranwogende Heer der Ungeheuer. Ohne erkennbare Vorteile für eine Seite wogte die Schlacht hin und her. Mehrfach noch befahl Bayron einen Ausfall der Reiterei, und jedesmal konnte eine große Menge verschossener Pfeile zurückerbeutet werden, doch am späten Vormittag geschah schließlich das Unvermeidliche. Die Vorräte an Petroleum waren bis auf einige Fässer, die Bayron für einen bestimmten Zweck in Reserve hielt, aufgebraucht. Die Flammen in den Gräben sanken allmählich in sich zusammen, und immer mehr Damonen drangen bis zu den Mauern vor. Mit Schrecken sah Maziroc, daß sie wirklich eine geradezu spinnenartige Geschicklichkeit besaßen. So schnell und mühelos, als würden sie sich über ebenes Gelände bewegen, kletterten sie an den Mauern in die Höhe.

Einige von ihnen warfen sich gegen das große Hauptportal, doch offenbar sahen sie die Sinnlosigkeit ihrer Bemühungen bald ein. Das Tor aus im Laufe der Jahrtausende ohnehin fast eisenhart gewordenem Holz war noch vor wenigen Tagen zum Schutz mit dicken Stahlplatten beschlagen worden. So furchtbare Waffen die Krallen, Zangen, Zähne, Scheren und anderen Extremitäten der Damonen auch darstellten, dem zollstarken Stahl konnten sie nichts anhaben. Auch verfügten sie nicht über Rammböcke oder dergleichen, sondern konnten nur ihre Körperkraft und Wildheit einsetzen, und der hielt das Portal mühelos stand. Nach nur wenigen erfolglosen Versuchen, es aufzubrechen oder wenigstens zu beschädigen, ließen die Damonen vom Tor ab und erklommen ebenfalls die Mauern.

Die Bogenschützen zogen sich einige Schritte zurück und schossen weiter ihre Pfeile auf die nachdrängenden Teile des Heers, denn um die an den Mauern heraufkriechenden Ungeheuer zu erreichen, hätten sie sich zu weit über die Zinnen vorbeugen müssen. Einige Männer kippten siedendes Wasser und Pech in die Tiefe, und als es aufgebraucht war, nahmen mit Schwertern bewaffnete Soldaten ihren Platz ein, hackten und stachen nach den Damonen, die die Mauerkronen erreichten und zu überklettern versuchten. Wann immer eines der Ungeheuer tot in die Tiefe stürzte, riß es mehrere andere mit sich.

Schaudernd erinnerte sich Maziroc des Berichts über den Untergang der Hohen Festung: daß sich die Kadaver der Bestien schließlich bis zu den Wehrgängen auf den Mauern aufgetürmt hätten, so daß die Nachfolgenden wie über eine Rampe über sie hätten hinwegstürmen können. Noch war es lange nicht soweit, doch wenn die Schlacht einen ähnlichen Verlauf nahm, würde es auch in Cavillon dazu kommen.

»Luftangriff!« rief einer der Männer, die an einem der nach Osten gelegenen Fenster wachten. Maziroc, Charalon, Bayron und einige andere eilten zu ihm. Tatsächlich war eine Reihe dunkler Punkte am Horizont zu entdecken, doch wenn es sich um Damonen handelte, dann mußten sie entgegen ihrer bisherigen Taktik einen weiten Umweg geflogen sein. Und es waren nur wenige, kaum mehr als zwei Dutzend.

Maziroc griff nach seinem Ring, hob das *Skiil* an sein rechtes Auge und blickte hindurch.

»Das sind keine Damonen!« stieß er überrascht hervor. Das sind ... Drachen! Das Volk der Zwerge hat sich doch noch entschlossen, uns zu Hilfe zu kommen!«

Es handelte sich wirklich um gut ein Dutzend Drachen, deren Transportkörbe voller Zwerge waren, wie Maziroc deutlich erkennen konnte, als sie näher heran waren. Doch noch etwas anderes fiel ihm auf. Mehrere der Drachen waren verletzt, zwei der riesigen Tiere schienen sich sogar nur mit Mühe in der Luft zu halten. Eine unangenehme Ahnung beschlich ihn. Waren die Tiere bei einem Kampf um Ravenhorst verletzt oder waren sie unterwegs von Damonen angegriffen worden?

Es mußte sich um mindestens fünfhundert bis sechshundert Krieger handeln, die sich in den Körben drängten. Nicht gerade überwältigend viele gegen die Übermacht der Damonen, aber immerhin eine willkommene Unterstützung.

Schon die bloße Tatsache, daß die Zwerge Truppen nach Cavillon entsandten, war ein äußerst positives Zeichen. Die einzige Erklärung dafür war, daß es ihnen gelungen war, den Angriff der Damonen auf Ravenhorst abzuwehren und das feindliche Heer zu vernichten. Das bewies, daß ein Sieg über die Ungeheuer möglich war, woran viele nach dem Fall Ai'Liths zu zweifeln begonnen hatten. Ein solches Signal, das den Männern neuen Mut und neue Hoffnung verlieh, war vermutlich wesentlich bedeutsamer als die militärische Hilfe der Zwerge.

Ihre Ankunft warf jedoch auch Probleme auf, vor allem die Unterbringung der riesigen Drachen, da Cavillon schon jetzt fast überfüllt war. In aller Eile ließ Bayron im Nordflügel den größten Innenhof der Ordensburg räumen. Er ließ sogar einige alte Baracken, die zuletzt als Ställe gedient hatten, hastig abreißen, und abgesehen von den Tieren, die die kaiserliche Reiterei für ihre Ausfälle benötigte, wurde ein Teil der Pferde sogar durch ein Seitenportal aus Cavillon hinausgescheucht.

Schon vor der Ankunft der Zwerge hatte sich die Nachricht von ihrem Kommen wie ein Lauffeuer verbreitet. Wie Maziroc gehofft hatte, wirkte sie sich ausgesprochen motivierend auf die Moral der Soldaten aus. Mit frischem Kampfeswillen warfen sie sich den Angriffen der Damonen entgegen.

Der erste der Drachen senkte sich in spiralförmigen Windungen auf den Innenhof herab. Als das Tier sicher gelandet war und die Zwerge aus dem Transportkorb kletterten, entdeckte Maziroc jedoch etwas, was seinen finstersten Befürchtungen neue Nahrung verschaffte. Zwar war der Korb wirklich bis auf den letzten Platz mit Zwergenkriegern gefüllt, doch befand sich kaum einer unter ihnen, der nicht verletzt war oder zumindest mehr oder weniger schwere Blessuren davongetragen hatte.

Als eine der ersten stieg Farin, die Königin der Künste, aus dem Korb, wie Maziroc zu seiner Überraschung feststellte. Sie kam auf ihn, Charalon und Bayron zu. Ein Ausdruck tiefen Entsetzens stand in ihrem von Erschöpfung gezeichneten Gesicht geschrieben.

»Seid gegrüßt, Königin Farin«, sagte Charalon. »Wir freuen uns, daß sich das Volk der Zwerge entschlossen hat, uns Hilfe zu schicken, die wir in diesem Moment der Not –«

»Gruß auch Euch«, fiel Farin ihm ins Wort, ein grober Verstoß gegen die Etikette bei diesem ansonsten so auf Formalitäten bedachten Volk. »Natürlich werden wir helfen, wo wir können, doch wir wurden nicht zu Eurer Unterstützung hergesandt, sondern kommen als Flüchtlinge. Ich bringe schlimme Nachrichten. Ravenhorst ist gefallen. Unsere Heimat wurde von den Damonen erobert. Unter der Führung von Königin Shira konnten die meisten Frauen und Kinder rechtzeitig entkommen. Sie flohen tiefer in die unwegsamen Gebiete der Todessümpfe hinein, an einen geheimen, durch starken Zauber geschützten Ort, wo sie selbst vor den Damonen in Sicherheit sind. Die anderen Könige und die meisten unserer Krieger jedoch sind tot. Ebenso wie unsere Drachen, bis auf die wenigen Tiere, mit denen wir herkamen.«

Man sah, daß sie nur noch mit Mühe Haltung bewahren konnte. Tränen glitzerten in ihren Augen.

»Das sind wahrlich schlimme Nachrichten«, antwortete Charalon. Auch er war entsetzt. Nach der Hoffnung, die die Ankunft der Drachen verbreitet hatte, traf ihn diese Hiobsbotschaft besonders schwer. Nicht anders erging es Maziroc. »Unser Lazarett steht sofort für die Verletzten unter Euren Begleitern bereit, für die anderen werden bereits Quartiere hergerichtet. Bitte begleitet uns in unsere Kommandozentrale, dort könnt Ihr uns berichten, was genau geschehen ist.«

Maziroc begriff sofort, was Charalon bezweckte. Die Nachricht vom Fall Ravenhorsts würde sich auf den gerade erst gestärkten Kampfgeist der Soldaten verheerend auswirken. Es ließ sich nicht verhindern, daß diese Neuigkeiten sich verbreiteten, aber vielleicht konnte der Zeitpunkt hinausgezögert werden.

Ein weiterer Drachen landete hinter ihnen auf dem Hof, während sie auf das Hauptgebäude zugingen. Durch zahlreiche Korridore, Hallen und Treppen erreichten sie schließlich wieder das Turmzimmer. Charalon bot Farin einen Platz an und ließ ihr auf ihren Wunsch hin einen Becher Wein bringen.

»Unsere Männer haben mutig gekämpft, und sie sind einen Heldentod gestorben, wie er eines wahren Kriegers würdig ist«, berichtete sie, nachdem sie einen Schluck getrunken hatte. »Fast hätten wir sogar den Sieg davongetragen. Schon in den Sümpfen haben wir einen beträchtlichen Teil des angreifenden Damonenheeres vernichtet, aber es waren einfach zu viele. Dank Marrin wußten wir, was in der Hohen Feste der Elben geschehen war und welche Fähigkeiten diese Damonen besitzen, aber uns blieb viel zu wenig Zeit, unsere Verteidigung entsprechend auszurichten. Kein anderer Feind hätte die engen Serpentinenpfade den Ashran hinauf überwinden können, doch die Damonen waren auf die Pfade nicht angewiesen. Sie kletterten mühelos an den steilen Felsen in die Höhe, auch wenn sie dabei einen hohen Blutzoll zahlen mußten. Es gelang uns, fast ihr gesamtes Heer aufzureiben. So stellt es wenigstens für die anderen Städte in Miirn und weiter im Osten keine große Bedrohung mehr da.«

»Dann kann man also sagen, daß Ihr sie besiegt habt?« warf Charalon hoffnungsvoll ein.

»Besiegt?« Die Zwergenkönigin zuckte mit den Schultern und trank einen weiteren Schluck Wein. »Mit ein wenig gutem Willen könnte man es so hinstellen. Es war mit Sicherheit die glorreichste Schlacht, die das Volk der Zwerge jemals bestritten hat, aber Sieger sind wir deshalb trotzdem nicht. Dafür war der Preis zu hoch. Fast alle unsere Drachen wurden getötet, und wir haben unsere Heimat verloren. Nur noch wenige Tausend Ungeheuer waren übrig, als es ihnen schließlich gelang, in Ravenhorst einzufallen. Ihr habt gesehen, in welchem Zustand die letzten unserer Krieger sind. Sie hatten den Ungeheuern nichts mehr entgegenzusetzen. Hätten wir nur zweihundert ausgeruhte, kampffähige Krieger mehr gehabt, hätten wir die Damonen vernichtend geschlagen, aber so ...«

Sie schüttelte verzweifelt den Kopf.

»Dennoch gaben wir nicht auf«, fuhr sie nach kurzer Pause fort. »Die wenigen Drachen, die wir hatten, hätten ohnehin nicht uns alle forttragen können, also kämpften wir weiter. Aber im Gefolge der Damonen kamen weitere Wesen. Gestalten von fast menschlicher Statur, nur größer. Sie verbargen sich unter langen, schwarzen Kutten, so daß nichts von ihnen zu erkennen war. Sie waren nur wenige Dutzend, doch alles, was sie berührten, ging in Flammen auf. Ravenhorst und selbst die Kohleminen tief im Inneren des Ashran brannten, als ich schließlich den Befehl zur Flucht gab. Es war nichts mehr übrig, was wir hätten verteidigen können. Wir konnten nur noch unser nacktes Leben retten, um zu versuchen, Cavillon nach Möglichkeit ein gleiches Schicksal zu ersparen. Die Hoffnungen von ganz Arcana ruhen jetzt allein auf diesem Ort. Ihr dürft unter keinen Umständen wankelmütig werden und niemals weichen, so furchtbar der Feind und so groß seine Übermacht auch sein mögen. Was wir Zwerge allein in den Todessümpfen fast geschafft hätten, das müssen wir alle gemeinsam hier in Cavillon vollenden. Wenn nach Ravenhorst und der Hohen Festung der Elben auch noch die Ordensburg der Magier fällt, dann fällt mit ihr auch die letzte Hoffnung auf Rettung.«

Einige Sekunden lang herrschte betretene Stille.

»Wir sind uns dieser Bürde wohl bewußt«, versicherte Charalon dann. Der zuletzt äußerst leidenschaftliche, fast pathetische Appell der Zwergenkönigin hatte seinen Eindruck auch auf ihn nicht verfehlt. »Und ich kann Euch versichern, daß keiner von uns daran denkt, auch nur einen Fußbreit Boden aufzugeben, ohne daß die Damonen ihn teuer bezahlen müssen. Allerdings sieht es . . .«

Er brach ab, weil in diesem Augenblick ein Offizier der Garde ins Zimmer kam. »Entschuldigt die Störung«, sagte er und verbeugte sich. »Aber gerade ist etwas äußerst Merkwürdiges geschehen. Ein einzelner fremder Mann hat gerade mit seinem Schwert gegen das von den

Damonen noch nicht belagerte Nordportal gehämmert und Einlaß verlangt. Trotz des hellen Tageslichts hat niemand ihn kommen sehen, doch ich habe die verantwortlichen Posten bereits zur Rechenschaft gezogen.«

»Schon gut«, unterbrach Bayron ihn. »Was ist nun mit diesem Mann?«

»Wir haben ihn eingelassen, doch er weigert sich, auf unsere Fragen zu antworten. Statt dessen hat er um eine Audienz bei Großmeister Charalon und Eibon Bel Churio gebeten, da er wichtige Nachrichten bringen würde. Wir haben ihm noch nicht gesagt, daß der Elbenkönig tot ist.«

Bayron überlegte kurz, dann seufzte er. »Also gut, bringt den Kerl herein. Vielleicht ist er wirklich ein Bote aus einer der noch freien Städte.«

Bewacht von mehreren Soldaten wurde auf einen Wink des Offiziers hin ein Mann ins Zimmer geführt. Sein Gesicht zeigte einen unbefangenen, jungenhaften Ausdruck, als er die Anwesenden musterte, und um seine Lippen spielte sogar ein spöttisches Lächeln.

»Kenran'Del!« stieß Maziroc überrascht hervor.

»Ganz zu Euren Diensten«, antwortete dieser und verneigte sich in übertrieben höfischer Manier. »Wie ich sehe, komme ich gerade recht. Mir scheint, ihr steckt wieder mal bis zum Hals in Schwierigkeiten.«

Irrungen und Wirrungen

Wie Maziroc es angedroht hatte, wurde Miranya bereits früh am nächsten Morgen von ihm geweckt. Sie fühlte sich wie gerädert, hätte sich am liebsten die Decke über den Kopf gezogen und weitergeschlafen, doch sie zwang sich die Beine aus dem Bett zu schwingen. Sie goß bereitstehendes Wasser aus einem Krug in die Waschschüssel, tauchte die Hände hinein und schöpfte sich das kühle Naß wieder und wieder ins Gesicht, um sich zu erfrischen und ihre Lebensgeister zu wecken.

Nachdem sie sich ausgiebig gewaschen und angezogen hatte, ging sie in die Schankstube hinunter. Außer Maziroc und den Zwergen erwartete sie dort auch Kenran'Del. Im Gegensatz zu ihr machten alle einen widerlich ausgeruhten und frischen Eindruck.

»Nun, wie habt Ihr geschlafen?« begrüßte Kenran'Del sie, als sie am Tisch Platz nahm.

»Ganz gut, aber leider viel zu kurz«, antwortete Miranya und mußte gähnen.

»Das kommt davon, wenn man bis spät in die Nacht hinein einen unschuldigen Mann auszuhorchen versucht, der einem zwar das Leben gerettet hat, einem ansonsten jedoch so wildfremd ist, daß man ihn nicht mal duzen kann«, stichelte er.

Miranya schnitt eine mißmutige Grimasse und blickte ihn böse an. Gleich darauf aber wurde ihr bewußt, daß sie ihn damit nur noch bestärkte, und sie beschloß, ihn einfach durch Mißachtung zu strafen. In der vergangenen Nacht hatte sie sich darauf gefreut, ihn wiederzusehen, und der Gedanke daran hatte ihr auch vorhin geholfen, sich aus dem Bett zu quälen. Jetzt aber schlug diese Freude ins Gegenteil um. Sie war ohnehin ein Morgenmuffel, erst recht, wenn sie zu wenig geschlafen hatte, und Sticheleien oder dumme Sprüche kurz nach dem Aufstehen verstärkten ihre ohnehin nicht gerade strahlende Laune noch.

Stumm nahm sie ihr Frühstück ein, und anschließend brachen sie ohne weitere Verzögerung auf. Als sie die Stadt verließen, verspürte sie wie schon am Vortag zorniges Bedauern, daß Scruul so ungeschoren davonkommen würde, doch auch diesmal verdrängte sie den Gedanken rasch wieder.

Von Therion aus wandten sie sich nach Süden, geradewegs auf die Todessümpfe zu. Sie ritten nahe am Fuße des Gebirges entlang, hinter dem sich das Ödland von Sharolan erstreckte, wo sich Kenran'Dels Sternenzitadelle befand, was immer sich auch hinter diesem Begriff verbergen mochte. Noch immer ärgerte sie sich über seinen Scherz, mehr noch aber über ihre kindische Trotzreaktion. Das Vernünftigste, was sie tun konnte, wäre zu Kenran'Del hinüberzureiten, der sich nur wenige Meter von ihr entfernt angeregt mit Maziroc unterhielt, und sich für ihr Verhalten zu entschuldigen oder zumindest so zu tun, als wäre nichts gewesen, doch konnte sie sich dazu nicht überwinden. Es war verrückt. Sie kannte diesen Mann erst seit ein paar Stunden, doch seither hatte er es geschafft, sie ständig aus dem Gleichgewicht zu bringen und dazu getrieben, sich ganz anders als gewöhnlich zu verhalten. Wahrscheinlich hielt er sie mittlerweile längst für eine dumme, kindische Gans.

Von Zeit zu Zeit blickte er zu ihr hinüber und lächelte sie spöttisch an, womit er ihren Ärger immer wieder neu entfachte. Nun würde sie sich erst recht nicht bei ihm entschuldigen. Daß er sich auch noch über sie lustig machte, war einfach zuviel. Mochte er auch hundertmal ein berühmter Held und eine lebende Legende sein, das gab ihm noch lange nicht das Recht, sich so über sie zu amüsieren.

Am liebsten hätte sie ihm mit eigenen Händen den Hals umgedreht!

Sie ritten bis zum Mittag, ohne daß Miranya mit einem ihrer Begleiter auch nur ein Wort wechselte, dann machten sie eine Rast. Auch jetzt setzte die Vingala sich demonstrativ ein paar Schritte abseits von den anderen auf einen Felsen, nahm etwas Brot und Käse von ihren Vorräten, die der Wirt ihnen am Morgen mitgegeben hatte, und begann lustlos zu essen.

Auch Kenran'Del und die anderen aßen. Als er seinen Hunger gestillt hatte, stand er auf und kam zu ihr herüber. Zornig funkelte Miranya ihn an.

»Kommt Ihr, um eine neue Portion Salz zu bringen?« fragte sie böse, als er vor ihr stehenblieb.

Verwirrt blickte er sie an. »Salz?« wiederholte er verständnislos. »Nein, eigentlich bin ich gekommen, um mich zu entschuldigen. Ich wollte heute morgen nur einen kleinen Scherz machen, aber offenbar habe ich Euch auf dem falschen Fuß erwischt. Es tut mir leid, wenn meine Worte Euch gekränkt haben sollten, das lag wirklich nicht in meiner Absicht.«

Damit überraschte er Miranya völlig. Eine Entschuldigung hatte sie nicht erwartet, doch sie blieb auch weiterhin mißtrauisch. Er sollte nicht glauben, daß er sie erneut so einfach um den Finger wickeln und manipulieren konnte. Zu deutlich hatte sie noch in Erinnerung, wie er sie dauernd angegrinst hatte.

»Ich mag es nun mal nicht, wenn man sich auf meine Kosten amüsiert und immer wieder auf einem Punkt herumhackt«, erklärte sie.

Einige Sekunden schwiegen sie und wichen einander mit Blicken aus, dann begannen sie plötzlich gleichzeitig zu sprechen:

»Na ja, ich wollte nur sagen ...«

»Nun, wenn es Euch wirklich leid tut ...« Und dann mußten sie beide lachen.

Damit war das Eis gebrochen. Kenran'Del nahm neben ihr auf dem Felsen Platz.

»Früh am Morgen bin ich einfach noch nicht so gut ansprechbar«, erklärte Miranya. »Vor allem, wenn ich so wenig geschlafen habe. Da habe ich wohl ziemlich kindisch reagiert. Meine Güte, ich komme mir so dumm vor. Wahrscheinlich hätte ich auch schon längst nachgegeben, wenn Ihr mir nicht mit Eurem spöttischen Grinsen die ganze Zeit über demonstriert hättet, wie albern Ihr mein Verhalten findet.«

»Spöttisches Grinsen?« Diesmal wirkte Kenran'Del verblüfft. »Ich habe nur ein paarmal zu Euch hinüber gelächelt, weil ich Euch zeigen wollte, daß meine Stichelei mir leid tut.«

»Oh«, murmelte Miranya betreten. »Und ich hatte das Gefühl, Ihr würdet Euch über mich lustig machen. So entstehen Mißverständnisse.«

»Zum Glück keine, die sich nicht auch wieder überwinden lassen.«

Wieder schwiegen sie einige Sekunden lang. »Glaubt Ihr wirklich, daß wir eine Chance haben, diese *Weltenbresche* zu schließen?« fragte sie dann.

»Ich hoffe es«, erwiderte Kenran'Del. »Es ist uns schon einmal gelungen, und damals war es viel schwieriger. Die Damonen hatten fast ein Jahr lang Zeit, ihre Position auszubauen und ihre Truppen herüberzuschaffen, bevor wir überhaupt auf die Bedrohung aufmerksam wurden. Dank Charalon wurde die Gefahr diesmal schon viel früher entdeckt, das verschafft uns einen Vorteil. Andererseits fehlen uns heute einige der Mittel, die wir damals zur Verfügung hatten. Maziroc hat in dieser Hinsicht große Hoffnungen in mich gesetzt, und ich weiß nicht, ob ich ihnen gerecht werden kann. Bislang habe ich selbst noch keine Ahnung, wie wir dieses Tor in die andere Welt vernichten können.«

»Das hört sich nicht sehr zuversichtlich an.«

»Na ja, irgendwie müssen wir es schaffen. Noch einmal dürfen wir uns nicht auf einen so furchtbaren Krieg einlassen. Schon damals hätten wir ihn verloren, wenn nicht die starken Völker der Zwerge und Elben den Menschen beigestanden hätten, doch wurden sie beide damals fast ausgerottet und haben sich nie mehr von den Verlusten erholt. Wie Maziroc mir berichtete, spielen sie militärisch heute kaum noch eine Bedeutung, und allein haben die Menschen gegen die Damonen keine Chance. Arcana hat in diesen ganzen tausend Jahren geringere Fortschritte gemacht, als ich erhofft hatte. Die Menschen schmieden heute vielleicht etwas bessere Waffen als damals, aber das sind Kleinigkeiten, die nicht weiter ins Gewicht fallen. Mit einer Bedrohung wie dieser können sie es auf keinen Fall aufnehmen.«

»Glaubt Ihr, daß es sich um einen Zufall handelt, daß sich die *Weltenbresche* nun nach fast genau tausend Jahren wieder geöffnet hat?«

Kenran'Del zögerte. »Ich weiß nicht«, sagte er schließlich. »Es ist möglich, aber es lassen sich auch noch zahlreiche andere Gründe vorstellen. Vielleicht eine ganz bestimmte kosmische Sternenkonstellation, die nur alle tausend Jahre einmal auftritt, oder etwas in der Art. Das sind Phänomene, die sich auch meinem Wissen entziehen.«

»Aber das würde bedeuten, daß es in weiteren tausend Jahren erneut geschehen wird«, folgerte Miranya.

»Wer weiß, aber darüber brauchen wir uns wohl keine Gedanken zu machen. Keiner von uns wird dann noch am Leben sein, außer vielleicht Maziroc.«

»Er ist also wirklich unsterblich?«

»Er altert nicht mehr, aber er kann genauso eines

gewaltsamen Todes sterben wie jeder andere. In einer so gefährlichen Welt wie Arcana grenzt es fast an ein Wunder, daß dies noch nicht geschehen ist, und es wäre ein noch viel größeres Wunder, wenn er noch einmal weitere tausend Jahre leben würde. Ich weiß nicht einmal, ob er es überhaupt will. Er ist sehr weise, aber er ist auch ein sehr, sehr einsamer Mann.«

Trotz des warmen Mantels spürte Miranya eine Gänsehaut über ihren Rücken laufen. Sie versuchte sich vorzustellen, wie es wäre, wenn sie selbst nicht altern würde, während alle anderen Menschen, die ihr etwas bedeuteten, beständig älter würden und irgendwann starben. Der Tod war allgegenwärtig in dieser Welt, und so gut es möglich war, daß sie selbst schon bald starb, war es auch möglich, daß sie uralt wurde und alle ihre Freunde und Bekannten überlebte. Maziroc hatte dies schon Dutzende Male durchlebt. Es war eine schreckliche Vorstellung.

Nein, so faszinierend der Gedanke an die Unsterblichkeit auch sein mochte, sie war zugleich auch ein Fluch. Vielleicht der schlimmste, der einen Menschen treffen konnte. Sie wußte nicht, ob sie selbst stark genug dafür wäre oder ob sie ihrem Leben nicht irgendwann gewaltsam ein Ende setzen würde.

»Wie ist er überhaupt unsterblich geworden? Wie hat er diese Fähigkeit erlangt?« erkundigte sie sich.

Kenran'Del lachte. »Das soll er dir selbst erzählen, wenn er es für richtig hält. Und wenn er es nicht tut, wird er wohl seine Gründe dafür haben. Ich werde mich da bestimmt nicht einmischen.«

»Spielverderber«, sagte Miranya schmollend. »Aber was ist mit Euch? Wenn es uns gelingt, die *Weltenbresche* zu schließen, werdet Ihr dann in Eure Zitadelle zurückkehren und Euch erneut in magischen Schlaf begeben?«

Wieder zögerte Kenran'Del mit der Antwort. Nachdenklich massierte er sein Kinn.

»Ich weiß noch nicht, was ich tun werde«, sagte er dann. »Zumindest werde ich erst einmal ausgiebig erforschen, welche Entwicklung diese Welt im letzten Jahrtausend durchgemacht hat. Wie ich schon festgestellt habe, sind die Fortschritte leider sehr viel geringer, als ich erhofft hatte. Im Gegensatz zu Maziroc bin ich so sterblich wie jeder andere Mensch, doch während des magischen Schlafs, wie du es nennst, hört mein Körper auf zu altern. Wie du bereits weißt, stamme ich nicht von Arcana, doch der Rückweg in meine eigene Welt ist mir verwehrt. Ich hoffe, daß die Menschen hier sich eines Tages so weit entwickeln werden wie mein Volk und mir eine Rückkehr ermöglichen. Der magische Schlaf ist für mich der einzige Weg, so lange zu überleben. Es war nicht das erste Mal, daß ich diesen Weg gegangen bin, allerdings noch nie für so lange Zeit. Offenbar habe ich einen Fehler begangen, denn ich wurde nicht von allein nach einer gewissen Zeit aufgeweckt. Wenn Maziroc dies nicht übernommen hätte, hätte ich womöglich sogar noch weitere Jahrhunderte oder gar Jahrtausende geschlafen. Ich weiß nicht, ob ich dieses Risiko noch einmal eingehen soll.«

»Aber wenn es für Euch doch die einzige Möglichkeit darstellt, in Eure Welt zurückzukehren?«

Kenran'Del seufzte. »Um ehrlich zu sein – nachdem jetzt schon so viel Zeit vergangen ist, weiß ich nicht einmal, ob ich dies überhaupt noch möchte.«

»Was meint Ihr damit?«

»Nun, auch bei meinem Volk ist die Entwicklung in den letzten tausend Jahren bestimmt weitergegangen, und das vermutlich sehr viel schneller als hier. Wahrscheinlich wäre auch meine Heimatwelt mir inzwischen völlig fremd. Keiner der Menschen, die ich damals dort kannte, dürfte heute noch leben.« Er stützte das Kinn in die Hände. Sein Blick schien sich in weiter Ferne verloren zu haben.

Mehr denn je begriff Miranya, daß er *kein* Gesandter der Götter war. Wenn er überhaupt irgend etwas mit ihnen zu tun hatte, dann war er höchstens von ihnen verstoßen worden. Seine ursprüngliche Heimat existierte nicht mehr, zumindest würde sie ihm nach seinem tausendjährigen Schlaf so fremd wie beinahe jeder andere Ort geworden sein, und Arcana vermochte er offenbar ebenfalls nicht als Heimat zu betrachten, sonst hätte er sich gar nicht erst in seinen magischen Schlaf geflüchtet.

Dennoch erfüllte sie zumindest etwas von dem, was er gesagt hatte, mit Erleichterung. Anscheinend hatte er nicht vor, erneut die Flucht in den Schlaf anzutreten, wenn es ihnen gelang, die Damonen zu besiegen und die *Weltenbresche* zu schließen. Sie hätte es sehr bedauert, schon wenige Wochen, nachdem sie ihn kennengelernt hatte, bereits für immer von ihm Abschied nehmen zu müssen.

Die Nachtmahre

Nach einem kurzen Augenblick der Überraschung begann Maziroc, zeitgleich mit Charalon und Bayron, Kenran'Del mit Fragen zu bombardieren, doch schon rasch hob dieser abwehrend die Hände.

»Langsam, langsam«, bremste er. »Ich habe nur zwei Ohren, und mit drei Leuten, die gleichzeitig reden, bin auch ich überfordert.« Suchend blickte er sich um. »Befindet sich König Eibon nicht unter euch?«

Charalon räusperte sich. »Eibon Bel Churio ist tot«, berichtete er. »Er starb gestern kurz nachdem er mit den letzten seiner Krieger Cavillon erreicht hatte.«

»Tot?« wiederholte Kenran'Del erschrocken.

»Die Hohe Feste der Elben ist unter dem Ansturm der Damonen gefallen«, ergänzte Maziroc. »Und gerade haben wir von Königin Farin vom Volk der Zwerge erfahren, daß auch Ravenhorst das gleiche Schicksal ereilt hat. Allerdings ist es den Zwergen immerhin gelungen, das Damonenheer fast vollständig aufzureiben.«

»Das sind schlimme Neuigkeiten. Vom Fall Ai'Liths wußte ich bereits, aber nicht vom Angriff auf Ravenhorst.« Kenran'Del verbeugte sich vor der Zwergenkönigin. »Ich trauere mit Euch um die Toten, die Euer Volk zu beklagen hat.«

»Ich danke Euch«, entgegnete Farin. »Aber ich würde gerne erfahren, wer Ihr überhaupt seid.«

»Sein Name ist Kenran'Del«, holte Maziroc die offizielle Vorstellung nach. »Bis vor kurzem glaubten wir noch, er wäre nur eine Sagengestalt, die gelegentlich in Bedrängnis geratenen Wanderern mit einem legendären Flammenschwert geholfen hat. Viel mehr weiß wohl niemand über ihn, da er es offenbar liebt, sich in Geheimnisse zu hüllen«, fügte er einen Seitenhieb in Richtung des Fremden hinzu. »Das ist auch der Grund, weshalb ich Euch und den anderen Königen bei meinem Besuch in Ravenhorst nicht von ihm erzählt habe, denn ich wollte meinen Bericht nicht noch komplizierter machen, als er ohnehin schon war. Kenran'Del ist uns auf dem Gehöft begegnet und hat uns vor der Falle der Damonen gewarnt. Nur dank seiner Hilfe ist uns die Flucht gelungen. Von ihm stammen auch die meisten Informationen, die wir über die Damonen besitzen.«

»Eine reichlich fragwürdige Quelle, wie mir scheint«, gab die Zwergenkönigin kühl zurück.

»Nun, alles, was er uns berichtet hat, hat sich bislang bewahrheitet«, ergriff Charalon Partei für den Fremden und wandte sich ihm direkt zu. »Und ich hoffe, daß Ihr uns auch diesmal Informationen oder gar Hilfe bringt, die wir dringend benötigen.«

»Wie seid Ihr überhaupt hierher gelangt?« wollte Bayron wissen. »Und wo seid Ihr in den vergangenen Wochen gewesen, wo Ihr uns mit Eurem Wissen unschätzbare Dienste hättet erweisen können?«

»Das habe ich an anderer Stelle versucht, wo ein Erfolg noch sehr viel wichtiger gewesen wäre«, behauptete Kenran'Del. »Ich habe versucht, so nah wie möglich an die *Weltenbresche* heranzukommen, um einen Weg zu finden, sie zu schließen. Leider waren meine Bemühungen vergebens. Die Sai-Than sind einfach zu stark. Trotz meiner Fähigkeit, mich unsichtbar zu machen, hätten sie meine Gegenwart gespürt, wenn ich ihnen zu nahe gekommen wäre.«

»Sai-Than?« hakte Charalon nach.

»Die geheimnisvolle Macht, die hinter den Damonen steckt. Wenigstens habe ich endlich etwas mehr über sie herausfinden können. Sie besitzen unglaubliche geistige

Kräfte, mit denen sie den Ungeheuern ihren Willen aufzwingen. Vielleicht handelt es sich sogar um eine Form von Magie, doch ist sie anders als die Eure. Für sie sind die Damonen nur Kriegswerkzeuge. Ich bin mittlerweile überzeugt, daß sie nicht einmal dem gleichen Volk entstammen. Die Damonen sind unzweifelhaft Insektenabkömmlinge, während die Sai-Than ein eher menschliches Aussehen besitzen.«

»Verzeiht, wenn ich Euch unterbreche«, fiel Farin ihm ins Wort. »Aber sprecht Ihr von großen Gestalten, die ihr Aussehen unter schwarzen, kuttenartigen Gewändern verbergen?«

Kenran'Del nickte mit sichtlicher Überraschung. »Ganz genau. Ihr seid Ihnen begegnet?«

»Beim Sturm auf Ravenhorst. Kurz bevor Ihr eingetroffen seid, habe ich erst von diesen furchtbaren Wesen berichtet, die alles, was sie berührten, in Flammen aufgehen ließen. Es waren nur wenige von ihnen, wohl nicht mehr als vier oder fünf. Ich selbst habe nur eine dieser Kreaturen aus der Ferne gesehen, doch eine so intensive, fast spürbare Düsternis ging von ihr aus, daß ich glaubte, meine Seele würde zu Eis erstarren.«

»Das war ein Sai-Than«, bestätigte Kenran'Del. »Und Euer Eindruck hat Euch nicht getrogen. Seid froh, daß ihr ihm nicht näher gekommen seid. Die unmittelbare Konfrontation mit einem Sai-Than vermag einen Menschen und sicherlich auch einen Zwerg durchaus in den Wahnsinn zu treiben. Zum Glück jedoch gibt es anscheinend wirklich nur wenige von ihnen, zumindest sind bislang nur wenige durch die *Weltenbresche* nach Arcana gekommen.«

»Moment mal«, mischte sich Bayron ein. »Wenn ich Euch recht verstehe, dann zwingen diese ... diese Sai-Than den Damonen ihren Willen auf und leiten sie. Ohne sie hätten wir es lediglich mit Ungeheuern zu tun, die zwar immer noch gefährlich wären, aber ohne besondere Intelligenz, ohne jemanden, der sie zu ihren Angriffen antreiben und diese steuern würde.«

»So ist es.«

»Und es handelt sich nur um eine Handvoll dieser Wesen, die das gesamte Damonenheer befehligen?«

»Auch das ist richtig, und ich ahne, worauf Ihr hinaus wollt. Wenn es uns gelänge, diese wenigen Sai-Than zu töten, dann wäre das Heer ohne Führung und ein wesentlich weniger gefährlicher Feind. Meint Ihr das?«

»Ich hätte es nicht besser ausdrücken können«, erwiderte der General.

»Dann muß ich Euch leider enttäuschen. Sicherlich sind sie irgendwo dort draußen, und es werden nicht sehr viel mehr als beim Angriff auf Ravenhorst sein. Aber niemand von uns weiß, wo genau sie sich befinden, und selbst wenn, so werden sie so gut beschützt, daß es niemandem gelingen kann, sich ihnen zu nähern. Auch mir nicht, um diese Frage vorwegzunehmen. Selbst unsichtbar könnte es mir nicht gelingen, bis ins Herz des Heeres vorzudringen. Wie ich schon sagte, die Sai-Than spüren meine Gegenwart, sobald ich ihnen auch nur nahe komme.«

»Und wenn wir versuchen, sie irgendwie hervorzulocken?«

Kenran'Del schüttelte den Kopf. »Das wird niemandem gelingen. Sie ziehen nur aus dem Hintergrund ihre Fäden. Erst wenn auch der letzte Widerstand gebrochen ist, treten sie selbst in Erscheinung. Vernichtet ihr Heer, und wenn sie dann nicht schnell genug fliehen, könnt Ihr ihrer vielleicht habhaft werden, aber nicht umgekehrt. Dieser Weg wäre von vornherein zum Scheitern verurteilt.«

Bedrücktes Schweigen folgte diesen Worten, in das hinein der Alarmruf eines der Beobachter platzte. »Sie brechen am Südturm durch!« stieß er hervor.

Sofort eilten alle zu den Fenstern. Tatsächlich hatten die Damonen dicht am Südturm die Mauern überwunden und die Verteidiger zurückgedrängt. Damit drohte höchste Gefahr. Eine einzige Lücke in der Abwehr, durch die die Damonen ungehindert in die Ordensburg eindringen konnten, würde genügen, die Verteidiger mehr und mehr zurückzudrängen. Im offenen Kampf waren die Soldaten der Übermacht keinesfalls gewachsen. Noch war der Weg für die Ungeheuer nicht frei. Mit dem Mut der Verzweiflung wehrten sich die Soldaten auf dem bedrohten Mauerabschnitt, doch es war nur noch eine Frage von Minuten, bis sie von den Damonen überrannt werden würden.

Sofort orderte Bayron Verstärkung zu dem Mauerabschnitt und befahl einen erneuten Ausfall der Kavallerie. Wie schon bei den vorigen Malen schlugen die gepanzerten Reiter eine Bresche in das angreifende Heer, erreichten den bedrohten Mauerabschnitt und trieben die Damonen von dort zurück. Gleichzeitig gelang es den zur Verstärkung auf den Wehrgang geschickten Soldaten, die bereits eingedrungenen Damonen zu töten, sobald von außen keine weiteren Ungeheuer mehr nachdrängten.

Aber es war ein blutiger Kampf. Nicht nur viele der Bogenschützen und Soldaten auf der Mauer hatten ihr Leben lassen müssen, auch die Reiterei, die durch die vorigen Ausfälle geschwächt war, erlitt hohe Opfer. Von den ursprünglich fünf Bataillonen existierten nur noch drei, und kaum einer der Reiter hatte mittlerweile keine Verletzungen davongetragen.

Maziroc wandte den Blick vom Fenster ab. Erst jetzt bemerkte er, daß Charalon und Kenran'Del ein paar Schritte entfernt leise miteinander sprachen, und er gesellte sich zu ihnen. Als er neben sie trat, verstummte der Fremde und warf ihm einen unwilligen Blick zu, doch diesmal war Maziroc entschlossen, sich nicht wie bei der Besprechung auf dem Gehöft einfach ausgrenzen zu lassen. Nach einem Augenblick des Schweigens zuckte Kenran'Del die Achseln.

»Da Ihr offensichtlich Charalons Vertrauen genießt, bleibt meinetwegen«, sagte er. »Möglicherweise habe ich Eure Bedeutung bislang unterschätzt.«

»Sollte mir etwas zustoßen, wird Maziroc meine Nachfolge antreten«, bestätigte Charalon. »Es gibt niemanden, dem ich mehr vertraue.«

»In Ordnung. Doch es wäre besser, wenn das, was wir zu besprechen haben, unter uns bliebe. Können wir irgendwo hingehen, wo wir ungestört sind?«

»Sicher, obwohl ich in einer solchen Situation nicht viel von Geheimniskrämerei halte«, antwortete Charalon.

Sie verließen das Turmzimmer und stiegen die Treppe ins darunterliegende Stockwerk hinab, wo sie in eine kleine Kammer traten. Bis auf einen Strohsack und eine Decke war sie völlig leer. Da er sein eigenes – weitaus größeres – Quartier angesichts der drängenden Enge in der Ordensburg den Elben zur Verfügung gestellt hatte, war Charalon in dieses Notquartier gezogen. Sollte seine Erschöpfung so groß werden, daß er sich für eine Weile hinlegen mußte, war er hier außerdem schnell erreichbar.

»Wie ich gerade schon zu Charalon sagte, könnten der Fall der Hohen Festung und der Tod Eibon Bel Churios möglicherweise die letzte Chance auf einen Sieg zunichte gemacht haben«, nahm Kenran'Del das Gespräch niedergeschlagen wieder auf. »Es sei denn, er hat noch rechtzeitig einen Nachfolger ernannt oder jemanden, der ihn zumindest bis zur Wahl eines neuen Königs vertritt.«

»Nein«, antwortete Charalon. »Das war in dieser Situation nicht nötig. Nach dem Untergang Ai'Liths hat sich für das Volk der Elben alles verändert. Viele von ihnen sind tot, die übrigen als Flüchtlinge in alle Winde zerstreut. Der Rat der Ältesten, der allein einen neuen König wählen könnte, existiert nicht mehr; die Elbenkrieger wurden vorübergehend dem Kommando von General Bayron unterstellt. Sollten wir diesen Krieg gewinnen, werden die Elben erst eine völlig neue Form von Gemeinschaft gründen müssen. Vielleicht bauen sie Ai'Lith neu auf, vielleicht werden sie Nomaden, vielleicht errichten sie auch irgendwo eine ganz neue Festung, das weiß noch niemand.«

»Warum wäre gerade Eibon für Euch so wichtig?« hakte Maziroc nach.

Kenran'Del zögerte kurz, dann zuckte er erneut die Achseln. »Nun, warum sollte ich es Euch nicht sagen; nachdem die Elben fast ausgelöscht wurden, dürfte auch die Wahrung dieses Geheimnisses keine allzugroße Rolle mehr spielen. Seit seiner Krönung war Eibon auch der Hüter eines äußerst mächtigen Kleinods, einer Art von *Skiil*. Mit Hilfe dieses *Skiils* könnte es vielleicht gelingen, die *Weltenbresche* wieder zu schließen oder sie zumindest so zu manipulieren, daß sie für die Damonen nicht mehr benutzbar wäre. Aber vermutlich ging auch dieses Kleinod beim Untergang der Hohen Festung verloren.«

»Ihr irrt Euch, wenn Ihr vom *Seelenstein* sprecht«, entgegnete Maziroc mit der Andeutung eines Lächelns.

»Dann wißt Ihr bereits davon?« Kenran'Del war sichtlich überrascht.

»Mehr noch. Unmittelbar vor seinem Tod hat Eibon ihn unserer Obhut anvertraut. Wie er sagte, wären wir ohnehin schon seit langer Zeit die rechtmäßigen Erben, und in der Stunde größter Gefahr wollte er dieses Vermächtnis einlösen.« Mißtrauisch musterte er Kenran'Del. »Allerdings wundert es mich, daß auch Ihr davon wißt. Nach Eibons Worten wird dieses Geheimnis von seinem Volk schon seit Jahrhunderten streng gehütet.«

Kenran'Del ließ wieder sein jungenhaftes Lächeln aufblitzen. »Spielt das eine Rolle? Ich weiß eine Menge, wovon andere nichts ahnen. Wichtig ist jetzt nur, daß Ihr den *Seelenstein* habt, denn dann ist vielleicht doch noch nicht alles verloren.«

»Eibon sagte uns, daß wir mit Hilfe des Steins eine Art Tor zu einem Ort zwischen den Welten öffnen können, der den Elben heilig ist«, berichtete Maziroc. »Angeblich ein Ort großer Magie, die uns retten, sich aber auch gegen uns wenden könnte. Was er erzählte, klang teilweise religiös verbrämt, so daß wir uns nicht sicher sind, wieviel davon der Wahrheit entspricht.«

»Darüber wiederum weiß ich nichts«, gestand Kenran'Del. Unruhig ging er in dem kleinen Raum auf und ab. Er wirkte sehr nachdenklich. »Oder jedenfalls nur zum Teil. Der *Seelenstein* ist in der Tat der Schlüssel zu einem Tor, das zu einem fremden Ort führt, soviel ist richtig, doch um was für einen Ort es sich handelt, darüber gibt es so viele Legenden und Spekulationen, daß sie jeden Hinweis auf die Wahrheit längst unter sich begraben haben. Meine Hoffnung beruht allein darauf, daß man mit diesem *Seelenstein* auf die *Weltenbresche* Einfluß nehmen kann, da es sich wohl um ähnlich geartete Durchgänge zwischen verschiedenen Welten handelt.«

»Und unsere Hoffnungen beruhen auf der Magie dieses fremden Ortes, den Eibon *Dämmerschmiede* nannte«, erklärte Maziroc. »Nur wegen der unbekannten Gefahren, die wir vielleicht heraufbeschwören, wenn wir das Tor öffnen, haben wir bislang auf einen Versuch verzichtet. Dieses Risiko wollen wir erst als letztmöglichen Ausweg eingehen, wenn wir keine andere Chance mehr sehen, den Untergang Cavillons zu verhindern.«

»Dann wäre es jetzt schon so weit«, erwiderte Kenran'-Del und drehte sich ruckartig zu ihnen um. »Macht Euch nichts vor, Ihr wißt so gut wie ich, daß keine Macht dieser Welt dies noch verhindert kann. Ihr könnt die Damonen aufhalten und ihnen hohe Verluste zufügen. Mehr allerdings nicht, wobei ich nicht sagen will, daß dies nicht auch von großer Bedeutung ist. Aber letztlich ist nicht entscheidend, ob Cavillon fällt oder dem Angriff standhält.«

»Das sehe ich etwas anders«, widersprach Charalon scharf.

»Ach ja? Was nutzt es, wenn es Euch gelingen sollte, dieses Heer dort draußen zu vernichten, wenn jeden Tag Tausende weitere Damonen durch die *Weltenbresche* nach Arcana gelangen? Schon in wenigen Monaten wird ein weiteres, ebenso großes oder noch größeres Heer hier aufziehen.« Kenran'Del schüttelte entschieden den Kopf. »Der Schlüssel zur Rettung Eurer Welt ist allein die *Weltenbresche*. Arcana kann nur gerettet werden, wenn es uns gelingt, sie zu schließen.«

»Keiner von uns zweifelt daran, daß auch dies für unser Überleben von entscheidender Bedeutung ist«, wandte Maziroc ein. »Wir müssen die Damonen von ihrem Nachschub trennen, aber wir müssen auch jene vernichten, die sich bereits hier befinden.«

»Sicher.« Kenran'Del nickte. »Aber anders als Ihr glaubt, ist dies nicht das vorrangige Problem. Ich habe die Damonen in den letzten Wochen genauestens beobachtet und keinerlei Hinweise darauf finden können, daß sie sich fortpflanzen. Sie besitzen nicht einmal die dafür nötigen Organe, wie ich feststellen konnte, als ich einen ihrer Kadaver untersuchte. Ich weiß nicht, woher sie kommen, möglicherweise werden sie von den Sai-Than sogar künstlich gezüchtet.«

»Unmöglich!« behauptete Charalon. »Auch bei uns hat es Versuche mit magischen Trögen und anderem gegeben, aber wir mußten feststellen, daß es einfach nicht möglich ist, auf diesem Weg Leben zu erzeugen. Glücklicherweise, wie ich sagen muß.«

»*Euch* ist es nicht möglich«, korrigierte Kenran'Del grimmig. »Aber vielleicht den Sai-Than. Über ihre Fähigkeiten weiß selbst ich so gut wie nichts, aber das ist jetzt nicht der Punkt. Ich weiß auch nicht, wie lange die Damonen leben, doch wenn keine neuen mehr durch die *Weltenbresche* kommen können, werden sie irgendwann aussterben.«

»Und bis dahin ein Massaker anrichten, wie Arcana es noch nie gesehen hat. Das werde ich nicht zulassen, wenn es in meiner Macht steht, es irgendwie zu verhindern«, erklärte Charalon entschieden. »Dazu ist mir jedes Mittel recht. Ich sehe nicht, worüber wir überhaupt streiten.«

Kenran'Del atmete ein paarmal tief durch.

»Um den *Seelenstein*«, antwortete er dann. »Ihr wollt ihn benutzen, um ein Tor zu diesem heiligen Ort der Elben zu öffnen. Aber damit könntet Ihr eine andere Gefahr heraufbeschwören, an die Ihr bislang vermutlich noch nicht einmal gedacht habt. Es ist die Aufgabe des Steins, dieses Tor zu öffnen. Aber angenommen, er verliert seine Kraft, wenn dies erst geschehen ist? Ihr wißt nicht, ob es diesen heiligen Ort wirklich gibt oder ob er nur eine religiöse Wunschvorstellung ist. Um es herauszufinden, verschenkt ihr eventuell die einzige Möglichkeit, die *Weltenbresche* zu schließen.«

»Eventuell«, wiederholte Charalon nach kurzem Überlegen. Er hatte sich wieder etwas beruhigt, die fast aggressive Entschlossenheit war aus seiner Stimme gewichen. »Alles sind nur Eventualitäten, darauf läuft letztlich alles hinaus. Ihr wißt nicht, ob der *Seelenstein* die *Weltenbresche* wirklich schließen kann, und wir wissen nicht, was uns erwartet, wenn wir dieses Tor zur *Dämmerschmiede* öffnen. Vielleicht liegt dort die Rettung, nicht nur für Cavillon, sondern für ganz Arcana.«

»Und vielleicht die Besiegelung für den endgültigen

Untergang«, sponn Kenran'Del den Faden weiter. »Ihr habt recht, es sind nur Spekulationen. Aber Ihr habt die Entscheidung zu treffen, von der vermutlich das weitere Schicksal dieser Welt abhängt.«

Für einige Sekunden kehrte Stille ein, dann schien ein Ruck durch Charalon zu gehen.

»Ihr habt recht«, sagte er. »Und Ihr habt mir geholfen, manches etwas klarer zu sehen. Wenn Ihr mir zweifelsfrei garantieren könntet, daß Ihr mit dem *Seelenstein* die *Weltenbresche* zu schließen vermagt, würde das einiges ändern. Vielleicht wäre ich sogar bereit, Cavillon für dieses Ziel zu opfern. Da Ihr das jedoch nicht könnt, bleibt mir keine andere Wahl, als mich an die Entscheidung des Rates der Magier zu halten. Aber Eure Worte haben mir auch bewußt gemacht, daß es keinen Sinn hat, noch länger zu warten. Mit jeder Minute schicke ich möglicherweise nur weitere tapfere Männer unnötig in den Tod. Es ist an der Zeit, herauszufinden, was es mit Eibons Vermächtnis wirklich auf sich hat.«

Auch Maziroc war von der abrupten Entscheidung Charalons überrascht, doch je mehr er darüber nachdachte, desto klarer wurde ihm, daß es im Grunde keine andere Wahl gab. Nicht einmal der größte Optimist würde noch daran glauben, daß es möglich wäre, Cavillon auf Dauer nur mit militärischen Mitteln zu verteidigen und die Damonen zurückzuschlagen. Immer häufiger gelang es den Ungeheuern, bis auf die Mauerkronen vorzudringen. Nur unter hohen Verlusten konnten sie zurückgeschlagen werden, und es war nur noch eine Frage der Zeit, bis sie in die Ordensburg eindringen würden.

Wie schon beim Kampf um Ai'Lith türmten sich die Kadaver der toten Damonen mittlerweile meterhoch vor den Mauern und erleichterten den nachrückenden

Bestien den Aufstieg. Bayron ließ sie mit einem Teil des in Reserve behaltenen Petroleums übergießen und anzünden, doch auch das verschaffte den Verteidigern nur einen Zeitaufschub.

Da niemand wußte, mit welchen Mächten sie es zu tun bekommen würden, wenn sie den *Seelenstein* benutzten, hätte Maziroc genau wie Charalon die Beschwörung am liebsten außerhalb von Cavillon durchgeführt, doch dafür war es bereits zu spät. Mittlerweile hatten die Damonen die Ordensburg vollständig umringt und bestürmten sie von allen Seiten, so daß es blanker Selbstmord war, auch nur einen Fuß vor die Tore zu setzen.

Aus diesem Grund hatten sie sich für die oberste Plattform des Hauptturms entschieden. Hier brachten sie niemanden in unmittelbare Gefahr, und sie benötigten nichts von dem spätestens seit der Ankunft der Zwerge mit ihren Drachen äußerst knapp gewordenen Platz auf den Innenhöfen. Sowohl die gewaltigen Tiere wie auch ihre Reiter waren viel zu erschöpft, um schon in den Kampf eingreifen zu können. Sie mußten sich erst ausruhen, doch bis sie sich erholt hatten, konnte es schon zu spät sein. Cavillon würde die nächste Nacht nicht überstehen, falls die fremden Mächte, auf die sie hinter dem magischen Tor zu treffen hofften, nicht wirklich noch eine Wende im Kampfgeschehen herbeiführten.

Obwohl er nach wie vor dagegen war, den *Seelenstein* zu benutzen, um das Tor zur *Dämmerschmiede* zu öffnen, befand sich auch Kenran'Del bei Maziroc und Charalon. Da er kein Magier war, würde er ihnen zwar bei der Beschwörung selbst nicht helfen können, doch schien er von ihnen allen mit Abstand am meisten über die Durchgänge zwischen den Welten zu wissen. Aus diesem Grund hatte Charalon seiner Bitte, bei ihnen bleiben zu dürfen, bereitwillig nachgegeben.

Wie nicht anders zu erwarten, hatte diese Entscheidung zu Protesten geführt. Skollus hatte darauf bestanden, selbst an der Beschwörung teilzunehmen, und sich dagegen verwehrt, daß statt dessen ein Fremder, über dessen Herkunft und Ziele niemand etwas wußte, daran beteiligt sein würde. Doch Charalon war in beiden Punkten unnachgiebig geblieben. Die beiden stärksten Magier würden ausreichen, das Tor zu öffnen, und wenn dies gelang, könnte Kenran'Del mit seinem Wissen zu einer unschätzbaren Hilfe für sie werden.

Auch Shalana hatte im Namen der Vingala noch einmal gegen das Vorhaben protestiert, allerdings nicht besonders nachdrücklich. Auch sie hatte offenbar eingesehen, daß es keinen anderen Weg mehr gab, den Untergang Cavillons zu verhindern.

Unbehaglich blickte Maziroc sich um. Er war allein mit Charalon und Kenran'Del auf der runden Turmplattform, und obwohl sie nur knapp zwanzig Schritte durchmaß, kam sie ihm plötzlich geradezu riesig vor. In den letzten Tagen war ihm das Gedränge in Cavillon so vertraut geworden, daß er so viel freien Platz um sich herum einfach nicht mehr gewöhnt war.

»Die *Dämmerschmiede*«, murmelte Kenran'Del. Obwohl sie allein waren, sprach er unwillkürlich leise. »Ein seltsamer Name. Ich möchte wissen, wie die Elben gerade darauf gekommen sind.«

»Vielleicht haben sie den Namen nur von dem uralten Volk übernommen, von dem sie den *Seelenstein* haben«, erwiderte Maziroc.

»Möglich. Jedenfalls kann ich mir unter dem Begriff nichts vorstellen, aber er weckt in mir eher unangenehme Assoziationen. Wie kann man einem Ort, der eine Art Vorstufe zum Paradies darstellen soll, einen solchen Namen geben?«

Maziroc zuckte mit den Schultern. Darüber hatte er sich bislang keine Gedanken gemacht, und auch jetzt hatte er andere Probleme. Obwohl sie mit der Beschwörung noch nicht einmal begonnen hatten und der Seelenstein immer noch in seiner Schatulle in Charalons Händen ruhte, lag eine fast greifbare Spannung über dem Platz. Die Luft schien vor magischer Energie geradezu zu knistern. Oder war es nur die innere Anspannung, die Maziroc verspürte?

Er warf einen Blick zu Charalon hinüber. Wie in Trance versunken stand der Magier ein paar Schritte entfernt am Rande der steinernen Brüstung. Gedankenverloren starrte er auf die Schatulle in seinen Händen und schien nichts davon mitzubekommen, was um ihn herum geschah. Maziroc konnte gut nachvollziehen, was in ihm vorging, und angesichts der Schwere seiner Entscheidung hätte er um nichts in der Welt mit ihm tauschen wollen.

»Dieses fremde Volk muß einst sehr weise gewesen sein«, sprach Kenran'Del weiter. »Und auch sehr mächtig, wenn es in der Lage war, solche Durchgänge zwischen den Welten zu öffnen. Ist wirklich gar nichts mehr über es bekannt?«

»Nein«, antwortete Maziroc. »Wir kennen nicht einmal seinen Namen. Bis Eibon es uns an seinem Totenbett sagte, wußten wir nicht einmal, daß dieses Volk einst sowohl Ai'Lith als auch Cavillon errichtet hat. Seine Bauwerke haben es überlebt.«

»Und es besteht keine Hoffnung, irgendwo noch andere Zeugnisse seines Wissens und seiner Kunst zu finden?« hakte Kenran'Del nach. »Irgendwelche anderen Hinterlassenschaften oder Aufzeichnungen?«

»Nein«, wiederholte Maziroc einsilbig. Er wollte das Gespräch abkürzen. Im Augenblick gab es Wichtigeres zu tun, deshalb ging er zu Charalon hinüber und legte ihm eine Hand auf die Schulter. Der Magier schrak zusammen; offenbar war er wirklich tief in Gedanken versunken gewesen. »Wie sieht es aus?« fragte Maziroc. »Hast du es dir noch einmal anders überlegt? Noch können wir unser Vorhaben aufgeben, wenn du es für besser hältst.«

Charalon lächelte, doch es sah eher wie eine schmerzerfüllte Grimasse aus. »Du weißt so gut wie ich, daß es kein Zurück mehr gibt, mein Freund«, sagte er. »So lange ich auch darüber nachdenke, ich finde keinen anderen Weg. Also laß uns schnell und ohne Zaudern tun, was wir tun müssen.«

Er bückte sich, öffnete die Schatulle und stellte sie auf den Boden. Auch jetzt gloste der *Seelenstein* in düsterem Violett, doch schien er nun von innen heraus zu pulsieren, sich fast unmerklich auszudehnen und wieder zusammenzuziehen, als könne er es kaum erwarten, endlich seiner Bestimmung zugeführt zu werden.

Maziroc griff nach Charalons Hand. Im Grunde war der körperliche Kontakt nicht notwendig, doch erleichterte er es ihnen, ihre Kräfte zu bündeln. Wie schon bei so vielen Beschwörungen in der Vergangenheit spürte Maziroc, wie seine Magie mit der Charalons verschmolz. Obwohl aus zwei Körpern und zwei Seelen bestehend, waren sie nun wie ein einziges Wesen. Gemeinsam tasteten sie mit geistigen Fühlern nach dem Kristall.

Wie schon am gestrigen Tag, als er ihn allein untersucht hatte, spürte Maziroc die ungeheure Macht, die dem so unscheinbar wirkenden Stein innewohnte; eine Macht, stark genug, die Grenzen von Raum und Zeit niederzureißen. Aber er glaubte plötzlich noch etwas anderes zu spüren, ebenfalls machtvoll, aber auch düster, etwas, das irgendwo im Nichts lauerte, an den Mauern der Wirklichkeit kratzte und voller Ungeduld darauf wartete, daß endlich ein Durchgang geöffnet wurde, durch den es in ihre Welt gelangen konnte.

Erschrocken zuckte Maziroc zurück und hätte beinahe den Kontakt mit Charalon abgebrochen. Er zwang sich, gegen die Wahnvorstellungen anzukämpfen. Die beruhigenden Impulse, die Charalon ihm zusandte, halfen ihm dabei.

Erneut tasteten sie gemeinsam nach der in dem Kristall eingeschlossenen Magie. Alles ging so schnell und leicht, daß sie beide davon überrascht wurden. Maziroc spürte, wie die Umhüllung der fremden Magie wie eine Eierschale brach, kaum daß sie sie berührten. Eine unsichtbare Faust schien Charalon und ihn zu treffen, als die ungeheuren Kräfte freigesetzt wurden. Die Magier wurden zurückgeschleudert, mußten sich loslassen und stürzten schwer zu Boden – was sich sogleich als äußerst vorteilhaft herausstellte.

Wo sie gerade noch gestanden hatten, erstreckte sich das Tor. Es war kreisrund und nicht besonders groß, kaum mehr als zwei Meter, doch es war das Fremdartigste, was Maziroc je gesehen hatte. Am ehesten erinnerte es noch an die Wasseroberfläche eines kleinen Teiches, nur daß es kein Spiegelbild warf und aufrecht stand. Es schien klar zu sein, nur von leichten Wellenbewegungen gekräuselt, und dennoch völlig undurchsichtig. Was sich dahinter befand, sowohl in dieser Welt als auch in jener, in die es führen mochte, blieb den Blicken verborgen. Unmittelbar auf der Schwelle lag der *Seelenstein*.

Maziroc stand mühsam auf und half auch Charalon auf die Beine. Staunend umrundete er das Portal. Von der Seite her war es nur als hauchdünner Strich zu sehen, als besäße es keinerlei Durchmesser in der Breite, und von der Rückseite aus bot es genau den gleichen Anblick wie von vorne. Zögernd streckte er einen Arm aus und tastete nach der wie Wasser aussehenden Oberfläche.

»Warte!« rief Charalon hinter ihm. »Wir müssen –«

»– es irgendwann doch versuchen«, fiel Maziroc ihm ins Wort. »Nur so können wir herausfinden, was sich dahinter verbirgt.«

Er berührte den Durchgang. Ohne daß er den geringsten Widerstand verspürte, drangen seine Fingerspitzen in die merkwürdige Masse ein und schienen spurlos zu verschwinden. Alles, was er fühlte, war ein leichtes, nicht einmal unangenehmes Kribbeln. Maziroc streckte den Arm weiter aus, bis sein Handgelenk im Portal verschwunden war, dann zog er die Hand wieder zurück. Sie war völlig unversehrt.

»Das ist unglaublich«, stieß Charalon hervor. Zusammen mit Kenran'Del trat er neben Maziroc.

»Der Weg in eine andere Welt«, sagte dieser ehrfürchtig, aber auch von innerem Triumph erfüllt. »Und wir werden die ersten Menschen sein, die ihn beschreiten.«

Er zögerte noch einen kurzen Augenblick, dann trat er einen beherzten Schritt nach vorne, direkt durch das Portal. Wieder spürte er ein leichtes Prickeln auf der Haut, und für einen Moment wurde ihm schwindelig, doch er nahm es kaum wahr. Zu unglaublich war der Anblick, der sich ihm bot. Die Turmplattform, ja ganz Cavillon, war verschwunden. Statt dessen erstreckte sich eine mehrere Meter breite, kristallene Brücke vor ihm, die in allen Farben des Regenbogens funkelte. Über ihm spannte sich ein Himmel aus völliger Schwärze. Keine Sonne glänzte darin, kein Mond und kein Stern, er bestand nur aus Finsternis. Dennoch war es nicht dunkel, da die leuchtende Brücke selbst genug Licht spendete.

Seitlich davon verlor sich der Blick bereits nach wenigen Metern in undurchdringlichen Nebelschwaden, die aus der Tiefe des Abgrunds unter der Brücke aufstiegen und sich nur einige Dutzend Schritte entfernt auch über ihr zusammenballten. Maziroc zog den Ring, der Entfernungen für den Blick zusammenschrumpfen ließ, aus der Tasche und spähte hindurch, in der Hoffnung, so etwas mehr erkennen zu können, doch nichts änderte sich. Das *Skiil* funktionierte in dieser Welt nicht.

Er zögerte, weiter vorzutreten, und betrachtete die Brücke genauer. Das Glas sah aus, als würde es bei der leichtesten Berührung zerspringen, doch als er den Blick senkte, sah er, daß er bereits darauf stand, und unter seinen Füßen fühlte es sich wie massiver Fels an.

Erschrocken drehte Maziroc sich um. Für einen kurzen Moment hatte er die aberwitzige Vorstellung, daß sich die Brücke auch hinter ihm unendlich weit fortsetzen könnte und es keinen Weg zurück in seine eigene Welt gäbe, doch unmittelbar hinter ihm erstreckte sich der nun schon vertraute Anblick des Portals, das von dieser Seite ebenso aussah wie von der anderen. Auch diesmal streckte er zunächst seine Hände vor, und erst als sie wie zuvor ohne jeden fühlbaren Widerstand durch das Portal glitten, wagte er es, vollständig hindurchzutreten.

Im nächsten Moment befand er sich wieder auf der obersten Plattform des Hauptturms von Cavillon.

»Maziroc! Den Göttern sei Dank, du lebst!« stieß Charalon hervor, streckte die Hand nach ihm aus und berührte ihn leicht an der Schulter, als müßte er sich auf diese Art erst davon überzeugen, daß er es nicht nur mit einem Trugbild zu tun hatte. »Was ist geschehen? Was befindet sich hinter diesem ... diesem Tor? Was hast du gesehen?«

»Es war ... seltsam«, berichtete Maziroc stockend, noch ganz im Banne dessen, was er erlebt hatte. »Man merkt nichts von dem Durchgang. Es ist, als würde man durch ein ganz normales Tor schreiten. Und dahinter ... Ich stand plötzlich auf einer Brücke. Sie war wie ein Regenbogen aus Glas, schimmerte in allen Farben. Ansonsten – alles andere wurde von dichtem Nebel verborgen. Und noch etwas fiel mir auf. Ich habe versucht, ein *Skiil* auf der Brücke zu benutzen, aber es gelang mir nicht. Es ist zweifellos ein Ort großer Magie, doch es ist nicht unsere Magie. Sie versagt dort.«

»Und wohin führte diese Brücke?« fragte Kenran'Del. »Was ist mit dieser *Dämmerschmiede*?«

»Davon konnte ich nichts sehen. Ich bin nicht weiter gegangen, sondern sofort zurückgekommen.«

»Dann sollten wir es gemeinsam ergründen«, sagte Kenran'Del. »Jede Brücke führt zu einem Ziel, sonst ergäbe sie keinen Sinn.«

»Bei dieser bin ich mir nicht sicher«, murmelte Maziroc. »Wir haben es hier mit etwas völlig Fremdartigem zu tun. Ich glaube nicht, daß wir unsere herkömmlichen Begriffe von Sinn und Logik darauf anwenden können. Aber in einem habt Ihr recht – auch ich brenne darauf, mehr darüber herauszufinden.«

»Vergeßt bei allem Staunen nur nicht, weshalb wir dieses Tor überhaupt geöffnet haben«, ermahnte Charalon. »Cavillon wird untergehen, wenn wir keine Hilfe finden. Immer häufiger gelingt es den Damonen mittlerweile, bis zu den Mauerkronen vorzudringen. In spätestens zwei oder drei Stunden werden sie sie überwinden, und dann wird nichts und niemand sie noch aufhalten können. Aber bevor wir durch das Tor gehen, habe ich noch etwas zu erledigen. Wartet hier auf mich, ich bin gleich zurück.«

Kenran'Del warf Maziroc einen fragenden Blick zu, während Charalon die Plattform verließ und in den Turm hinunterstieg, doch der Magier zuckte nur die Achseln. Auch er wußte nicht, was Charalon vorhatte.

Sie mußten sich mehrere Minuten lang gedulden, ehe das Oberhaupt des Ordens zurückkehrte. Charalon hatte einen Umhang übergestreift und hielt sein Gesicht unter einer weit in die Stirn gezogenen Kapuze verborgen. Als er sie zurückschlug, sah Maziroc erstaunt, daß Charalon diesmal darauf verzichtet hatte, sein Aussehen durch eine magische Illusion zu verändern.

Irritiert blickte auch Kenran'Del die kahlhäuptige, von

schrecklichen Brandwunden entstellte Gestalt an. »Wer seid Ihr?« erkundigte er sich.

»Ich hoffe, ich habe Euch nicht erschreckt«, antwortete Charalon. »Euer Gesicht zeigt mir, daß Ihr mich bereits an der Stimme erkannt habt. Ihr täuscht Euch nicht, ich bin es wirklich. Dies ist meine wahre Gestalt, und da Ihr sie nun seht, werdet Ihr sicherlich verstehen, warum ich mich in der Öffentlichkeit gewöhnlich so zeige, wie Ihr mich kennengelernt habt.« Er wandte sich an Maziroc. »Da unsere *Skiils* auf der anderen Seite offensichtlich nicht funktionieren, wie du gesagt hast, habe ich meinen Reif zurückgelassen. Wir wissen nicht, welchen Gefahren wir möglicherweise begegnen werden, und er ist zu kostbar, als daß ich riskieren möchte, ihn zu verlieren. Oder daß er verloren geht, falls uns etwas zustoßen sollte.«

»Eine weise Entscheidung«, stimmte Maziroc zu. »Obwohl ich bezweifle, daß es noch jemanden geben wird, der etwas damit anfangen kann, falls wir scheitern.«

Er wandte sich um, trat erneut durch das magische Portal und gelangte zurück auf die Regenbogenbrücke. Charalon und Kenran'Del folgten ihm im Abstand von nur wenigen Sekunden. Obwohl die beiden wußten, was sie erwartete, blickten sie sich mit dem gleichen ungläubigen Staunen um wie Maziroc zuvor.

»Diese Brücke«, murmelte Kenran'Del. »Sie sieht wirklich wie ein Regenbogen aus. Ich habe es erst nicht glauben wollen, aber ...« Er schüttelte den Kopf. »Das kann nicht Bifröst sein. Es muß sich um einen Zufall handeln. Obwohl ...«

»Wovon sprecht Ihr?« erkundigte sich Maziroc.

»In einer der uralten Mythologien meines Volkes ist auch von einer Regenbogenbrücke die Rede«, erklärte Kenran'Del mit belegter Stimme. »Angeblich soll sie zum Wohnsitz der Götter führen, an die in einigen Ländern meiner Welt damals geglaubt wurde. Der Glaube an diese Götter ist schon seit langer Zeit vergangen, andere Religionen haben ihren Platz eingenommen. Niemand glaubt heute mehr, daß diese Götter mehr als ein heidnischer Aberglaube gewesen sein könnten, und die Geschichten über sie lesen nur noch Kinder in ihren Märchenbüchern. Aber wenn ich diese Brücke sehe ...«

»Und dennoch gibt es deutliche Ähnlichkeiten zu dem Glauben der Elben«, wandte Charalon ein. »Zwar hat Eibon nichts von der Brücke erwähnt, doch soll das magische Tor zu ihren Göttern führen und –« Er brach mitten im Satz ab und lauschte. »Habt ihr das gehört?« wisperte er nach ein paar Sekunden.

Maziroc nickte beklommen. Auch er hatte das Geräusch vernommen, einen unheimlichen, fremdartigen Laut, der irgendwo aus den nebelumwaberten Tiefen unter der Brücke aufgeklungen war und sich mit nichts vergleichen ließ, was er jemals zuvor gehört hatte. Ein Schaudern lief durch seinen Körper, die Angst vor dem völlig Unbekannten, vielleicht Bedrohlichen. Es gab nur einen Weg, dieser Angst Herr zu werden.

»Gehen wir weiter und versuchen wir, diese *Dämmerschmiede* zu erreichen«, sagte Maziroc leise. »Schließlich sind wir hier, um Hilfe gegen die Damonen zu finden.«

Sie hatten sich erst ein Dutzend Schritte von dem Durchgang entfernt, als die Nebelschwaden rings um sie herum plötzlich in stärkere Bewegung gerieten. Maziroc drehte sich um und sah gerade noch, wie eine irrisierende, etwas mehr als metergroße Blase aus den Nebelschründen emporstieg. Ihre Oberfläche war, ähnlich einer ins riesige vergrößerten Seifenblase, von farbigen Schlieren durchzogen. Gemächlich trieb die in mattem Glanz leuchtende Sphäre auf das Portal zu und schwebte hindurch.

Sie blieb nicht die einzige. Eine zweite, dritte und schließlich eine vierte Sphäre schälte sich aus dem Dunst und passierte das Portal.

»Was ... was ist das«, stieß Maziroc hervor.

»Ich weiß es nicht«, erwiderte Charalon. »Vielleicht das, weshalb wir hergekommen sind. Auf jeden Fall sind sie wunderschön.«

»Möglicherweise aber auch gefährlich«, warf Kenran'-Del ein. Eine fünfte Sphäre trieb durch das Portal. »Vielleicht sollten wir erst einmal nachsehen, was sie in Cavillon anrichten, bevor wir weitere von ihnen hinüberlassen.«

»Hört sich vernünftig an«, entgegnete Charalon.

Sie eilten zu dem Portal zurück und traten hindurch. Charalon bückte sich nach dem *Seelenstein*, hob ihn von der Schwelle auf, und im gleichen Moment verschwand das magische Tor so spurlos, als hätte es niemals existiert.

Gegen das Licht der rot am Horizont versinkenden Sonne schwebten die fünf Sphären, die durch das Portal nach Arcana gelangt waren, begleitet von den staunenden Blicken und aufgeregten Rufen der Soldaten und Elben, hoch über die Mauern Cavillons hinweg auf das angreifende Damonenheer zu, über dem sie in großer Höhe verharrten. Maziroc stellte fest, daß sie bereits gut das Doppelte ihrer ursprünglichen Größe erreicht hatten und noch immer weiter wuchsen. Im gleichen Maße verloren sich ihr matter Glanz und ihre Farbenvielfalt. Je größer die Sphären wurden, desto dunkler färbten sie sich. Schon bald war nichts mehr von ihrer einstigen Schönheit geblieben, sie wirkten nun eher bedrohlich.

»Was hat das zu bedeuten? Was um alles in der Welt *ist* das?« keuchte Maziroc.

»Nichts Gutes, fürchte ich«, antwortete Kenran'Del. »Mir scheint, Eibons Warnung war nur zu berechtigt. Ihr hättet auf mich hören und den *Seelenstein* lieber dazu verwenden sollen, die *Weltenbresche* zu schließen, anstatt das Tor zur Regenbogenbrücke zu öffnen und diese *Dinger* freizulassen.«

Die Sphären hatten mittlerweile einen Durchmesser von fast hundert Metern erreicht und sich tiefschwarz verfärbt. Dann, von einem Augenblick auf den anderen, platzten sie auseinander. Ein fünfstimmiges Brüllen ertönte; ein so schrecklicher Laut voller abgrundtiefer Bosheit, daß er wie ein glühender Draht durch Mazirocs Gehirn zu schneiden schien und jede Faser seines Körpers zum Erzittern brachte.

Der Anblick der Ungeheuer, die im Inneren der Sphären herangewachsen waren, war so furchtbar, daß er das Gefühl hatte, ihr bloßer Anblick würde ihn zu Stein erstarren lassen. Sie waren gigantisch, geflügelte Titanen, die nur aus Bösartigkeit und gestaltgewordener Schwärze zu bestehen schienen. Einzelheiten blieben ihm gnädigerweise verborgen, da innerhalb der Schwärze ihrer Körper keinerlei Konturen zu erkennen waren, so daß sie sich nur als undeutliche Umrisse gegen den allmählich dunkler werdenden Abendhimmel abzeichneten. Sie schienen keine feste Gestalt zu haben, sondern nichts anderes als schwarze Löcher von unbestimmter Form zu sein, die in der Wirklichkeit klafften.

Was er nicht sah, das *spürte* Maziroc dafür um so deutlicher: die Bösartigkeit und den Vernichtungswillen der Kreaturen, ihren unvorstellbaren Haß auf alles Lebende. Der einzige Zweck ihres Daseins bestand darin, zu zerstören und zu töten. Mit einem weiteren markerschütternden Brüllen stießen sie alle fünf gleichzeitig auf das Heer der Ungeheuer hinab.

Auch jetzt konnte Maziroc nicht erkennen, was genau sie taten, doch jeder Damon, in dessen Nähe sie kamen, starb. Binnen weniger Sekunden hatten sie lange Schneisen in das angreifende Heer gerissen, das sich nun fast schlagartig in ein flüchtendes verwandelte. Auch die Damonen brüllten, zunächst vor Wut, dann vor Schmerz und Schrecken – falls die Ungeheuer ein solches Gefühl überhaupt empfinden konnten.

Die Kreaturen, die aus den Sphären hervorgebrochen waren, ließen ihnen jedoch keine Chance. Feurige Lohen brachen aus ihnen hervor und verbrannten jeden Damon, auf den sie trafen. Unter ihrem Feueratem verwandelte sich die Erde selbst in rotglühende und schwarze Lava. Wieder und wieder stießen die Ungeheuer, rotglühende Flammen, Tod und Vernichtung speiend, vom Himmel herab.

»Sieh doch, sie ziehen sich zurück! Die Damonen fliehen!« stieß Charalon aufgeregt hervor.

Maziroc antwortete nicht. Er war noch nicht davon überzeugt, daß die fremden Kreaturen die Rettung für sie darstellten. Sicher, sie töteten die Damonen, wie er, Charalon und Kenran'Del es sich gewünscht hatten, als sie die Regenbogenbrücke betraten, aber er war sich keineswegs sicher, daß sie sich damit begnügen würden. Trotz ihrer Fremdartigkeit und der ungeheuren Gefahr, die sie darstellten, waren die Damonen doch Wesen aus Fleisch und Blut. Die Kreaturen aus den schimmernden Sphären hingegen ...

Möglicherweise hatten sie Helfer heraufbeschworen, die sich als ein noch viel schrecklicherer Feind entpuppen würde. Maziroc war froh, daß sie das magische Portal rechtzeitig wieder verschlossen hatten, bevor möglicherweise Dutzende oder gar Hunderte dieser Alptraumwesen es durchquert hätten.

Wie um seine Befürchtungen zu bestätigen, traf in diesem Moment der Feueratem einer der Kreaturen eine der Mauern Cavillons. Er verbrannte die wenigen Damonen, die noch davor umherhasteten, aber auch die Soldaten auf dem Wehrgang, und die Hitze war so groß, daß der schwarze Basalt der Mauer selbst rötlich aufglühte.

»Was ...« keuchte Charalon und schüttelte gleich darauf den Kopf. »Bestimmt handelt es sich nur um ein unglückliches Versehen.«

»Ein Versehen?« wiederholte Kenran'Del voller Zorn. Er trat einen Schritt auf den Magier zu, ergriff ihn an den Schultern und schüttelte ihn. »Begreift Ihr nicht, alter Mann, oder wollt Ihr es einfach nicht? Macht doch die Augen auf. Glaubt Ihr ernsthaft, diese Monster sind unsere Verbündeten? Vielleicht hätten die Sphären etwas anderes hervorbringen können, eine Macht des Guten, wer weiß. Doch alles, worauf sie in dieser Welt trafen, waren Haß, Tod und Vernichtung, und zudem habt Ihr Euch etwas gewünscht, das in der Lage ist, die Damonen zu besiegen. Nun, offenbar ist Euer Wunsch in Erfüllung gegangen, aber ich fürchte, anders, als Ihr es Euch erhofft habt. Glaubt Ihr, diese Kreaturen kennen einen Unterschied zwischen Freund und Feind? Sicher, sie töten die Damonen, aber vermutlich nur deshalb, weil sie im Augenblick die lohnendste Beute für sie darstellen. Glaubt Ihr, Ihr könntet diese Kreaturen irgendwie unter Kontrolle halten, oder sie würden einfach wieder abziehen oder sich in Luft auflösen, wenn sie die Damonen vernichtet haben? Glaubt Ihr das wirklich?«

»Es reicht«, sagte Maziroc scharf. »Noch wissen wir nicht, ob es sich tatsächlich –«

»Doch«, fiel ihm Charalon ins Wort. Mit einem Ruck streifte er Kenran'Dels Hände ab. »Machen wir uns nichts vor. Diese Kreaturen sind nicht unsere Verbündeten. Sobald sie die Damonen erst einmal getötet haben, werden sie auch über uns herfallen, wenn wir nichts dagegen unternehmen.«

Wieder kam eines der Ungeheuer Cavillon bedrohlich nahe. Selbst aus der Nähe gelang es Maziroc nicht, seine Gestalt richtig zu erkennen. Es bildete nur einen finsteren Umriß, schwarz in schwarz, beinahe so, als wäre es in Wirklichkeit gar nicht vorhanden, als fehlte einfach ein Stück der Welt an der Stelle, wo es sich befand.

Erneut spie es Feuer, und diesmal konnte es sich definitiv nicht um ein Versehen handeln: kein einziger Damon war in der Nähe. In kopfloser Panik versuchten die Soldaten an der gefährdeten Stelle zu fliehen, doch sie hatten keine Chance. Die wabernde Flammenlohe erfaßte sie und verbrannte sie binnen eines Sekundenbruchteils zu Asche. Auch hier glühte die Mauer unter der unvorstellbaren Hitze auf. Nach einigen Augenblicken brach ein Teil davon in sich zusammen.

Die Kreatur kümmerte sich nicht darum, sondern raste unbeirrt weiter. Sie hielt geradewegs auf den Südturm zu. Wie unter dem Schlag eines titanischen Hammers zerbarst er, als sie dagegenprallte. Mit einem lauten, triumphierenden Brüllen schwang die Kreatur sich wieder höher in die Luft.

Erschüttert betrachtete Maziroc das Bild der Verwüstung, das sie hinterlassen hatte. Als er den Kopf zur Seite wandte, sah er, daß alle Farbe aus Charalons Gesicht gewichen war. »Wir ... wir müssen sie aufhalten«, stammelte er mit bebender Stimme. »Wir müssen Sie stoppen, oder sie werden uns alle vernichten. Bei den Göttern, was haben wir bloß getan?«

»Ihr habt einen Weg gesucht, Eure Träume wahr werden zu lassen, aber Ihr habt dabei vergessen, daß es auch Alpträume gibt«, sagte Kenran'Del hart. »Wie wollt Ihr diese Nachtmahre noch aufhalten, wenn Ihr Euch aus eigener Kraft nicht einmal gegen die Damonen behaupten konntet?« Er machte eine kurze Pause, ehe er fortfuhr. »Wenn es überhaupt noch eine Möglichkeit gibt, dann höchstens dort, wo die Ungeheuer herstammen. Wir müssen den *Seelenstein* noch einmal benutzen und zur Regenbogenbrücke zurückkehren. Diesmal jedoch müssen wir den Weg bis zum Ende gehen. Bis zur *Dämmerschmiede.*«

Ravenhorst

Das Ravenhorst der Gegenwart war völlig anders als die ehemalige Stadt der Zwerge, von der Maziroc erzählt hatte. Miranya hatte nichts anderes erwartet, doch wie groß der Unterschied wirklich war, wurde ihr erst richtig bewußt, als sie mit ihren Begleitern den Ashran erreichte.

Es begann bereits mit der großen, gut ausgebauten Handelsstraße, die die Menschen quer durch die Sümpfe angelegt hatten, dort, wo Maziroc und Pollus sich noch durch den Morast quälen mußten. Nach dem Fall ihrer Bergstadt waren die Zwerge niemals wieder hierher zurückgekehrt. Statt dessen waren die Überlebenden des kleinen Volkes an einen geheimen Ort gezogen, der angeblich noch viel tiefer in den unwegsamsten Gebieten der Todessümpfe lag. Doch lange hatte Ravenhorst nach dem großen Krieg nicht leergestanden. Schon bald nach dem Sieg über die Damonen hatten Menschen den Ashran und das, was von der Stadt der Zwerge noch übrig war, in Besitz genommen. Mittlerweile hatte sich Ravenhorst aufgrund seiner günstigen Lage an der Schnittstelle zwischen den Westländern und Miirn und den übrigen Ostländern zu einem bedeutenden Handelszentrum entwickelt.

Wie sie es angekündigt hatten, verabschiedeten sich Barkon und die übrigen Zwerge, die sie sicher hergeleitet hatten, am Rande der Sümpfe. Ihre Behauptung, daß kein Angehöriger des kleinen Volkes mehr einen Fuß nach Ravenhorst setzten würde, war mehr als nur dahingesagt gewesen. Zwar hatten sie damals aus freiem Entschluß darauf verzichtet, die verwüstete Stadt neu aufzubauen und wieder zu bewohnen, aber wie Miranya in den vergangenen Tagen aus Andeutungen mitbekommen hatte, waren die Zwerge dennoch bis zum heutigen Tag darüber verärgert, daß die Menschen den Ashran einfach in Besitz genommen hatten. Vielleicht waren sie auch nur neidisch auf die Größe und Bedeutung, die Ravenhorst seither entwickelt hatte. Vermutlich wäre ihr Ärger beträchtlich geringer, wenn es nur eine unwichtige kleine Ansiedlung geblieben wäre.

Miranya bedauerte die Trennung von den Zwergen. Obwohl sie sich bis zum Schluß weitgehend abgekapselt hatten, hatte sie sich doch an ihre Begleitung gewöhnt. Schutz allerdings benötigten sie schon seit Tagen nicht mehr. Immer mehr Reisende waren auf den Straßen anzutreffen gewesen, je näher sie den Sümpfen kamen, und auch auf der großen Handelsstraße herrschte lebhafter Betrieb. Die Kunde von der Rückkehr der Damonen und dem möglicherweise erneut bevorstehenden Krieg hatte sich noch nicht bis hierher verbreitet.

»Vieles hat sich während meines Schlafs verändert, aber letztlich doch wenig, wenn man bedenkt, daß ein ganzes Jahrtausend verstrichen ist«, sagte Kenran'Del, der neben Miranya ritt. »Vielleicht habe ich zuviel erwartet, als ich auf eine schnellere Entwicklung gehofft habe.«

»Wie ist es denn bei deinem Volk gewesen?« erkundigte sie sich.

»Im Grunde ganz ähnlich. Auch wir haben einst ganz ähnlich gelebt wie ihr hier auf Arcana, nur haben wir niemals magische Fähigkeiten entwickelt, wie ich dir schon erzählt habe. Deshalb haben wir eine ganz andere Entwicklung durchlebt und uns verstärkt den Wissenschaften zugewandt. Über mehrere Jahrtausende hinweg hat es kaum merkliche Fortschritte gegeben, aber dann, innerhalb von wenig mehr als einem Jahrhundert, hat sich alles geändert. Dinge, die zuvor undenkbar waren und als Teufelswerk angeklagt worden wären, bestimmten plötzlich unser ganz normales Leben. Statt auf Pferden reisten wir in Maschinen, mit deren Hilfe wir sogar durch die Luft fliegen konnten. Es hätte keinen Sinn dir zu erzählen, was wir innerhalb kürzester Zeit alles entwickelt haben, der Fortschritt verlief plötzlich rasend schnell. Das meiste davon würde dir wie Zauberei vorkommen.«

»Ich weiß«, murmelte Miranya. »Hilfsmittel wie dein Flammenschwert oder dein Armband, das es dir ermöglicht, dich unsichtbar zu machen.«

Während der Reise von Therion in die Sümpfe hatten sie viel Zeit miteinander verbracht und waren einander so vertraut geworden, daß Miranya die förmliche Anrede schließlich doch aufgegeben hatte. Über manches hatte Kenran'Del sich auch weiterhin zu sprechen geweigert, dennoch hatte er ihr im Laufe der vergangenen Tage viel von sich erzählt. Sie vermutete sogar, daß sie mittlerweile mehr über ihn wußte als Maziroc. Auch über einige seiner vermeintlichen magischen Fähigkeiten hatten sie gesprochen. Sie entstammten einer völlig fremden Magie, die er ›Technik‹ nannte und von der er behauptete, sie hätte mit Magie im eigentlichen Sinne nicht das geringste zu tun. Im Grunde schien es sich um eine besondere Form von *Skiils* zu handeln, deren Besonderheit in erster Linie darin bestand, daß ihre Macht nicht durch Geisteskraft, sondern durch Berührung an bestimmten Stellen entfaltet wurde.

Miranya wußte nicht, warum er gerade ihr so viel über sich erzählte. Offenbar setzte er viel Vertrauen in sie und schien sie sehr zu mögen. Sie waren sich bedeutend nähergekommen, und auch Miranya selbst war sich nicht mehr sicher, ob sie nicht bereits mehr als nur freundschaftliche Gefühle für ihn empfand. Sie war noch nie verliebt gewesen, aber bei Kenran'Del war sie auf dem besten Weg dazu. Schon vom ersten Moment an hatte sie sich zu ihm hingezogen gefühlt, auch wenn sie es sich selbst nicht richtig hatte eingestehen wollen.

Auch jetzt bemühte sie sich noch, alle entsprechenden Gefühle zu verdrängen und erst recht nicht darüber zu reden. Sie wußte nicht einmal, ob Kenran'Del zu derartigen Gefühlen überhaupt fähig war. Vor allem in letzter Zeit neigte sie immer häufiger dazu, ihn als einen ganz normalen Menschen zu betrachten, doch das war falsch. Trotz aller Ähnlichkeiten zwischen ihren beiden Völkern durfte sie nicht vergessen, daß er aus einer völlig fremden Welt stammte.

Möglicherweise zog sie aus seinem Verhalten ganz falsche Schlüsse. Er war zweifelsohne einsam, vielleicht der einsamste Mensch überhaupt. Es war durchaus denkbar, daß dies der einzige Grund war, weshalb er ihre Nähe suchte, daß er nur Zerstreuung und Unterhaltung suchte. Anderseits hätte auch Maziroc ihm diese bieten können. Immerhin kannten sie sich schon wesentlich länger, und der Magier konnte ihm ohne jeden Zweifel wesentlich mehr über Arcana erzählen. »Vielleicht werden auch wir eines Tages solche Dinge besitzen«, fügte sie nach einer Weile hinzu, als er nichts sagte.

»Vielleicht«, erwiderte er. »Aber ich bin mir nicht sicher, ob ich es euch wirklich wünschen soll. Unsere Technik hat unser Leben in vielerlei Hinsicht einfacher und angenehmer gemacht, aber sie hat auch ihre Schattenseiten. Gewaltige Schattenseiten. Noch wenige Jahrzehnte, bevor ich hierher kam, waren wir nahe daran, unsere Welt selbst zu zerstören. Wir haben sie bis an die Grenzen des Möglichen ausgebeutet und vergiftet, und genau wie ihr haben auch wir Kriege geführt.«

»Wenn ich nur an dein Flammenschwert denke und falls eure übrigen Waffen ebenso weit entwickelt sind, dann kann ich mir in etwa vorstellen, was so ein Krieg bei euch bedeutet«, sagte Miranya leise.

Kenran'Del schüttelte den Kopf und lächelte humorlos.

»Nein, das kannst du nicht«, behauptete er. »Das Flammenschwert mag dir ungeheuer mächtig erscheinen, aber es ist nicht viel mehr als ein Spielzeug. Wir besitzen Waffen, von denen eine einzige binnen eines Sekundenbruchteils eine ganze Stadt in Schutt und Asche legen kann. Wir sind in der Lage, ganze Kontinente mit einem einzigen Knopfdruck zu verbrennen und für Jahrtausende unbewohnbar zu machen. Eine Zeitlang standen wir wirklich dicht davor, uns selbst auszulöschen.«

Miranya erschauderte. »Das will ich mir lieber gar nicht erst vorstellen«, sagte sie. »Aber wenn ihr über solche Waffen verfügt, kannst du sie dann nicht benutzen, um die Damonen zu vernichten?«

Wieder lächelte er. »Mein Volk verfügt über diese Waffen, und mittlerweile wahrscheinlich noch über viel schrecklichere, die auch ich mir lieber gar nicht erst vorstelle. Aber das heißt nicht, daß ich sie besitze. Als ich herkam, hat man mir alles mitgegeben, was nötig erschien, damit ich mich schützen und unauffällig zwischen euch bewegen konnte, aber freilich keine Waffen dieser Art.«

»Du meinst, weil sie bei einem primitiven Volk wie dem unseren nicht nötig erschienen.« Sie sagte es ohne jede Bitterkeit, doch Kenran'Del schien ihre Worte als Vorwurf aufzufassen.

»Das ist bestimmt nicht abwertend gemeint«, verteidigte er sich. »Was die technische Entwicklung betrifft, sind wir euch weit voraus. Dafür verfügt ihr über andere Fähigkeiten, die uns völlig fremd sind, vor allem eure Magie. Ich wurde hergeschickt, um zu beobachten und Informationen über euch zu sammeln, wie wir es bei vielen Völkern tun, nicht um einen Krieg anzufangen.

Außerdem sind wir davon ausgegangen, daß ich jederzeit durch das von uns künstlich geschaffene magische Tor zurückkehren könnte. Niemand hat damit gerechnet, daß es plötzlich versagen und sich aus mir bis heute unbekannten Gründen schließen könnte.«

»Und dich für den Rest deines Lebens hierher verbannen könnte«, ergänzte Miranya. Er antwortete nicht darauf, und auch sie schwieg. Statt dessen konzentrierte sie sich wieder auf ihre Umgebung.

Mit dem rasanten Wachstum Ravenhorsts hatte sich die Versorgung der Bevölkerung mit Nahrung schon bald als ein beachtliches Problem herausgestellt. Noch immer mußte ein beträchtlicher Teil der Lebensmittel anderswo eingekauft werden, doch um nicht völlig von außen abhängig zu sein, hatte man in der Umgebung des Ashran einen Teil der Sümpfe durch Abwässerkanäle trockengelegt und in fruchtbares Ackerland verwandelt, auf dem Mais und Getreide angebaut wurden. Die Felder lagen unter einer dicken Schneedecke verborgen.

Schließlich erreichten sie Ravenhorst. Einst hatte die Stadt auf dem Gipfel des Ashran gelegen, doch auch das hatte sich geändert. Der flache Gipfel des Tafelberges war rasch zu klein geworden. Aus diesem Grund war die Stadt zunächst wie eine Rankpflanze an den Hängen entlang in die Tiefe gewachsen, bis sie den gesamten Berg wie ein Geschwür überwucherte, dann hatte sie sich als Ring auch um das Felsmassiv herum ausgebreitet und sich gleichzeitig immer tiefer in sein Inneres hineingefressen, so daß der gesamte Ashran inzwischen weitgehend ausgehöhlt worden war. Es war kaum noch zu erkennen, daß es sich einst um einen natürlichen Berg gehandelt hatte. Ravenhorst wirkte inzwischen wie eine einzige, unvorstellbar große Ansammlung von über- und nebeneinander gestapelten Häusern, die geradewegs aus dem Felskern herausgewachsen zu sein schienen.

Der Eindruck einer architektonischen Mißgeburt setzte sich auch fort, als sie in die Stadt selbst gelangten. Eine Vielzahl unterschiedlichster Baustile war bunt durcheinander gewürfelt und weigerte sich beharrlich, zu einem homogenen Ganzen zu verschmelzen. Zwar war dieser Teil Ravenhorsts ausschließlich von Menschen erbaut worden, doch Miranya zweifelte nicht daran, daß es auch auf dem Gipfel des Berges so aussehen würde. Hatten sich die Zwerge einst mit ihren Bauten weitgehend an die Vorgaben der Natur gehalten und diese zu bewahren getrachtet, so war eine solche Denkweise den Menschen völlig fremd.

Eine Art System gab es jedoch in dem Durcheinander, wie sie schon bald herausfand. Die Stadt war streng nach Standesangehörigkeit geordnet: Die angesehensten, bedeutendsten und natürlich reichsten Bürger konnten sich Häuser auf dem Gipfel leisten, und so setzte sich dies von oben nach unten fort. Nur wer sich nichts besseres leisten konnte, wohnte auf den untersten Ebenen. In den Kavernen im Inneren des Berges, wo es nicht einmal Tageslicht gab, befanden sich hauptsächlich Wirtsstuben und andere Vergnügungsetablissements. Wie Maziroc berichtete, waren manche Gegenden dort fest in der Hand von Schmugglern, Halsabschneidern und anderen kriminellen Elementen, daß sich nicht einmal die Stadtgarde dorthin traute. Ein idealer Zufluchtsort für jede Art von zwielichtigem Gesindel, wo Raub und Mord an der Tagesordnung waren. Miranya verspürte keinerlei Interesse, diese Gebiete genauer kennenzulernen.

Sie bezogen Quartiere in einem der wenigen Gasthäuser in den Außengebieten der Stadt, da es einen guten Ruf besaß und Maziroc von früheren Besuchen her bekannt war. Hier trafen sie sich auch mit Vassus, dem Kommandanten des dreihundertköpfigen Soldatenregiments, das sie bis zur *Weltenbresche* begleiten würde. Er erwies sich als älterer Mann, der fast nur an seine Aufgabe dachte und sich darüber mit Maziroc und Kenran'-Del beriet, so daß die Gespräche für Miranya rasch langweilig wurden.

Immerhin unternahm Kenran'Del mit ihr am Abend einen ausgedehnten Bummel durch Ravenhorst, bei dem sie bis auf die berüchtigten Viertel der Gesetzlosen im Inneren des Berges, die sie bewußt mieden, fast die gesamte untere Stadt zu sehen bekam. Ihr erster Eindruck festigte sich dabei: Ravenhorst war eine Stadt, die ihr noch bei weitem weniger gefiel als das stahlgraue Therion, das ihr so kalt und leblos wie eine steinerne Statue vorgekommen war und in dem selbst die Gesichter der Menschen felsgrau gewesen zu sein schienen.

Nun, *leblos* war Ravenhorst absolut nicht, eher das Gegenteil. Die Stadt war ein bunter, vor Leben überquellender Hexenkessel, ein Schmelztiegel der verschiedensten Nationen und Kulturen. Gerade deshalb hätte Miranya normalerweise Gefallen an ihr gefunden. Aber sie merkte schon bald, daß Ravenhorst auch ein gewaltiger Sündenpfuhl war. Ein altes Sprichwort besagte, daß es nichts gäbe, was es in Ravenhorst nicht gab, und das wäre erst ein kleiner Teil des hiesigen Angebots. Dies lag vor allem an der Lage der Stadt am Schnittpunkt der Länder im Norden und Süden, Osten und Westen. Aus allen Richtungen trafen beinahe jeden Tag Karawanen ein, die ein umfangreiches Warensortiment aus fernen Ländern mit sich führten, für das es hier stets interessierte Käufer gab. Tatsächlich entdeckte Miranya in den zahlreichen Läden und den Ständen der Marktbeschicker eine Vielzahl interessanter Dinge, von denen sie viele niemals zuvor gesehen hatte. Allerdings befand sich auch viel Schund und Ramsch darunter. So sah sie mehrfach angebliche *Skiils*, denen die erstaunlichsten Fähigkeiten angedichtet wurden. Als sie jedoch mit ihrer Magie nach ihnen tastete, wurde sie jedesmal enttäuscht und mußte feststellen, daß es sich nur um ganz gewöhnliche billige Schmuckstücke oder simple Gesteinsbrocken handelte, die zu völlig überteuerten Preisen angeboten wurden.

Dies war einer der Auswüchse, der stellvertretend ein gutes Beispiel dafür lieferte, warum sie Ravenhorst nicht mochte. Die Basis, auf der jede Betriebsamkeit zu beruhen schien, waren Lug und Trug. Der Schein zählte mehr als das Sein, die Fassade zählte mehr als alles, was dahintersteckte. Jeder schien ein Glücksritter und auf schnellen Reichtum aus zu sein, egal mit welchen Mitteln. Auch ohne daß sie die besonders berüchtigten Viertel besuchten, präsentierte sich Ravenhorst als eine Stadt weitgehender Gesetzeslosigkeit, in der Korruption und Betrug allgegenwärtig schienen.

Dennoch genoß Miranya den Ausflug. In gewisser Hinsicht war dies der erste Abend, den sie ungestört mit Kenran'Del verbringen konnte, seit sie sich besser kennengelernt hatten. Zum ersten Mal konnten sie etwas unternehmen, statt mit Einbruch der Dämmerung nur in irgendeinem einsamen Gasthaus am Straßenrand einzukehren oder irgendwo ein Nachtlager aufzuschlagen. Zwar würden sie auch am nächsten Morgen wieder früh aufbrechen, doch bis dahin war es noch lange hin, und im Moment wollte keiner von ihnen daran denken.

Sie aßen in einem Wirtshaus, das zahlreiche exotische Spezialitäten anbot, die Miranya nie zuvor gegessen hatte, und anschließend bummelten sie durch mehrere der Wein- und Bierstuben, die es in Ravenhorst überreichlich gab.

Obwohl die Stadt selbst ihr suspekt blieb, amüsierte sich Miranya prächtig. Nur einmal nahmen ihre Gespräche kurzzeitig eine ernste Wendung, als sie bei einer Karaffe Wein aus Caarn in einem der Wirtshäuser beisammen saßen und die Rede auf die *Weltenbresche* kam und sie Kenran'Del fragte, ob er bereits einen Plan hätte, wie er sie schließen wolle.

Ein kalter Hauch schien plötzlich durch die Schankstube zu streichen.

»Bislang habe ich nicht die geringste Ahnung«, antwortete Kenran'Del nach kurzem Zögern, und ein sorgenvoller Schatten glitt über sein Gesicht. »Und das ist verdammt wenig. Mit jedem Tag wächst die Gefahr, weil mehr und mehr Damonen auf diesem Weg hergelangen. Wie Maziroc sagte, ist es zwar unsere Hauptaufgabe, uns erst einmal ein Bild von der Situation dort zu machen, aber wenn ich an die Erfahrungen aus dem ersten großen Krieg zurückdenke, bleibt uns wahrscheinlich nur diese eine Chance, die *Weltenbresche* rechtzeitig zu schließen, bevor die Ungeheuer ihre Stellungen ausbauen und sich zu einem richtigen Heer formieren können, wenn wir ein erneutes Massaker an den Menschen in den umliegenden Gebieten verhindern wollen.«

»Vielleicht fällt uns etwas ein, wenn wir unser Ziel erst einmal erreicht haben«, erwiderte Miranya.

»Hoffen wir es. Unser größter Vorteil ist es, daß wir von der Bedrohung diesmal schon so früh erfahren haben, und diesen Vorteil dürfen wir auf keinen Fall verspielen.«

Miranya wollte sich die Stimmung nicht durch solcherart ernste Gedanken verderben lassen und wechselte rasch wieder das Thema. Selbst wenn die Gefahr durch die Damonen wie ein Damoklesschwert über ihnen schwebte, so hatten sie doch das Recht, sich hin und wieder zu amüsieren und ihres Lebens zu erfreuen. Die Sorgen würden sie mit Sicherheit rasch genug einholen.

Schon bald waren die finsteren Schatten wieder vergessen. Erst spät in der Nacht kehrten sie in das Gasthaus, in dem sie Quartier bezogen hatten, zurück. Und obwohl jeder von ihnen ein eigenes Zimmer hatte, verbrachten sie zum ersten Mal die Nacht gemeinsam.

Die Dämmerschmiede

Einige Sekunden fassungslosen Schweigens folgten auf Kenran'Dels Worte, während die ebenso erbarmungslose wie einseitige Schlacht rings um Cavillon weitertobte. Dann überwand Maziroc als erster seine Überraschung.

»Ihr müßt den Verstand verloren haben«, stieß er hervor. »Nach allem, was bei unserem ersten Versuch geschehen ist, wäre es völliger Wahnsinn, das magische Tor noch einmal zu öffnen. Was erhofft Ihr Euch davon? Wollt Ihr womöglich noch schrecklichere Ungeheuer freisetzen, damit diese die Kreaturen dort draußen vernichten? Ungeheuer, die möglicherweise diese ganze Welt verschlingen? Ihr hattet recht mit Eurer Warnung, doch wir haben sie mißachtet und den falschen Weg beschritten. Aber nur der größte Dummkopf würde den gleichen Fehler zweimal begehen.«

»Vielleicht wäre es ein erneuter Fehler, doch würde er jetzt nicht mehr ins Gewicht fallen«, verteidigte Kenran'-Del seinen Vorschlag. »Denn jetzt haben wir nichts mehr zu verlieren. Obwohl sie vermutlich ein schreckliches Massaker angerichtet hätten, wären die Damonen auf lange Sicht besiegt worden, wenn wir die *Weltenbresche* geschlossen hätten. Bei diesen Nachtmahren jedoch ist es anders. Sie werden immer weiter und weiter morden und zerstören, wahrscheinlich so lange, bis sie auch das letzte Leben vom Angesicht dieser Welt getilgt haben. Seht doch nur, wie leicht sie selbst die Damonen vernichten. Wir haben absolut nichts, was wir ihnen entgegensetzen können. Deshalb haben wir nichts mehr zu verlieren. Wenn es noch eine Rettung für uns geben soll, dann liegt sie diesmal wirklich nur noch in der Welt, aus der diese Dämonenkreaturen stammen, in der *Dämmerschmiede.*«

»O ja, Eure Worte klingen ausgesprochen einleuchtend und überzeugend, aber vielleicht traue ich ihnen gerade deshalb nicht«, ereiferte sich Maziroc. »Das ist kein Mißtrauen gegen Euch, versteht das nicht falsch. Aber genau diese Art zu denken hat uns erst in diese Lage gebracht. Auch als wir das Tor geöffnet haben, haben wir geglaubt, wir hätten nichts mehr zu verlieren und könnten das Risiko deshalb eingehen, aber was wir getan haben hat uns nur einen noch viel schrecklicheren Feind beschert. Und jetzt erinnert uns bitte nicht daran, daß Ihr uns davor gewarnt habt, es zu tun.«

»Aber das habe ich«, erwiderte Kenran'Del. »Gerade weil ich vorher noch einen anderen Weg gesehen habe. Jetzt allerdings glaube selbst ich nicht mehr, daß uns eine andere Möglichkeit bleibt. Mehr als alles andere verleiht vielleicht gerade das meinen Worten Gewicht.« Er blickte Charalon an. »Wie denkt Ihr darüber?«

Der Meistermagier seufzte und betrachtete zweifelnd den *Seelenstein* in seiner Hand.

»Ich weiß es nicht«, sagte er schließlich mit von Verzweiflung geprägter Stimme. Er schien sich jedes einzelne Wort mühsam abringen zu müssen. »Alles in mir sträubt sich dagegen, noch einmal den Ort aufzusuchen, von dem dieses namenlose Grauen gekommen ist, und dabei womöglich an noch schrecklichere Mächte zu rühren.«

»Was könnte denn wohl noch schrecklicher sein als diese Kreaturen, die nichts anderes als gestaltgewordener Vernichtungsdrang zu sein scheinen?« warf Kenran'Del ein.

»Und worauf hofft Ihr? Darauf, daß wir als Gegengewicht zu diesen Dämonen vielleicht noch ein paar Engel entdecken, die sie in ihre Schranken weisen?« konterte Maziroc spöttisch.

»Dein Zynismus hilft uns nicht weiter«, brummte Charalon vorwurfsvoll. »Aber es kann in der Tat nicht unser Ziel sein, weiteren Wesen den Weg in unsere Welt zu bahnen. Trotzdem fürchte ich, daß uns wirklich keine andere Wahl mehr bleibt, als zu versuchen, in die *Dämmerschmiede* selbst zu gelangen.«

»Diesen Widerspruch mußt du mir schon genauer erklären«, verlangte Maziroc. Er war immer noch aufgebracht. So sehr es ihn auf der einen Seite auch reizte, mehr über die Regenbogenbrücke und die unbekannten Regionen dahinter herauszufinden, so sehr waren die Nachtmahre ihm auch Warnung, nicht noch einmal an Mächte zu rühren, derer sie nicht Herr zu werden vermochten.

Polternde Schritte klangen hinter ihnen auf. Bayron selbst kam auf die Turmplattform heraufgeeilt. Zwar hatte Charalon zwei Soldaten an der Treppe postiert und ihnen befohlen, niemanden herauf zu lassen, doch hatten sie es offenbar nicht gewagt, ihren General aufzuhalten. Zum Glück war Bayron einer der wenigen Menschen, die Charalons wahres Aussehen kannten.

»Was ... was habt Ihr getan?« keuchte er. Tiefes Entsetzen stand in seinem Gesicht geschrieben. »Diese Ungeheuer ... sie töten auch uns!«

»Ich weiß«, sagte Charalon. Die Unsicherheit war aus seiner Stimme verschwunden, sie klang ruhig und gefaßt, um die Angst und den Schrecken des Generals nicht noch zu schüren. »Wir haben gesehen, was geschehen ist. Allen war klar, daß wir ein großes Risiko eingehen würden, wenn wir den *Seelenstein* benutzen, und nun wissen wir, daß wir einen schrecklichen Fehler begangen haben. Wir überlegen gerade, was wir zu unserer Rettung tun können.«

»Was auch immer Ihr vorhabt, tut es schnell«, stieß Bayron hervor. »Meine Männer beginnen bereits, in heilloser Panik zu fliehen, da der Belagerungsring der Damonen nicht mehr existiert.« Er deutet über die Brüstung des Turmes zum Nordtor, durch das gerade eine große, in der nun immer rascher hereinbrechenden Dunkelheit nur undeutlich zu erkennende Gruppe Reiter ins Freie preschte. »Cromans schwere Reiterei macht den Anfang, und weitere folgen ihr. Sie alle haben tapfer gegen die Damonen gekämpft, aber jetzt wollen sie sich lieber in den Bergen verstecken, als sich von diesen Ungeheuern umbringen zu lassen. Selbst die Zwerge eilen bereits zu ihren Drachen, um sich in Sicherheit zu bringen.«

Wieder ließ eine der Alptraumkreaturen von dem mittlerweile weitgehend vernichteten Heer der Damonen ab und kam pfeilschnell auf Cavillon zugeschossen. Erschrockene Schreie gellten von den Wehrmauern bis zur Turmplattform hinauf. Diesmal jedoch griff die Bestie nicht an, sondern änderte ihren Kurs auf halbem Weg und stieß auf eine kleine Damonenhorde hinab, die nicht weit von ihr entfernt zu fliehen versuchte.

»Vielleicht gibt es ja doch noch Hoffnung«, meinte Maziroc. »Bislang haben sie ausschließlich die Damonen angegriffen und uns nur zweimal fast beiläufig attackiert. Vielleicht sind diese Kreaturen einfach zu dumm, als daß sie im Eifer des Gefechts den Unterschied erkennen können.«

»Soweit es mich betrifft, tröstet es mich nicht sonderlich, wenn sie Cavillon nur versehentlich zerstören«, entgegnete Bayron. »Ich flehe Euch an, findet schnell einen Weg zu unserer Rettung. Ich muß zurück zu meinen Männern.«

Abrupt wandte er sich um, eilte zurück zur Treppe und wieder in den Turm hinab.

»Sie greifen in erster Linie die Damonen an, weil *wir* sie aus diesem Grund gerufen haben«, behauptete Kenran'Del. »Anscheinend sind sie wie durch einen Bann daran gebunden. Aber ich zweifle nicht daran, daß sie ebenso erbarmungslos über Cavillon herfallen werden, sobald sie diese Aufgabe erfüllt haben und frei sind.«

Charalon nickte. »Das steht zu befürchten«, stimmte er zu. »Aber wir wissen es nicht, und genau deshalb müssen wir das magische Tor noch einmal öffnen. Wir müssen mehr über diese Kreaturen herausfinden, und das können wir nur in der *Dämmerschmiede*. Wer weiß, vielleicht gelingt es uns ja wirklich, von dort aus Verbindung mit den Göttern aufzunehmen, von denen Eibon sprach, und vielleicht besitzen sie die Möglichkeit, diese Bestien zurückzurufen und wieder in die Nebelschründe zu verbannen.«

»Bei dem Glück, das wir bislang hatten, dürfte es sich eher um barbarische Kriegergötter handeln, die gerade mal wieder Lust verspüren, eine fremde Welt zu überfallen, um mit Feuer und Schwert Ungläubige zu bekehren«, brummte Maziroc, doch er wußte bereits, daß er verloren hatte. Charalons Entscheidung, das Portal noch einmal zu öffnen, stand bereits fest.

»Und selbst wenn es so wäre«, antwortete Charalon. »Eine Unterwerfung unter fremde Götter wäre immer noch besser als der Tod, wenn sie uns dafür von diesen Nachtmahren befreien.« Er rang sich ein kurzes Lächeln ab. »Das ist wieder der Maziroc als ewiger Schwarzmaler, den ich kenne.« Charalon nickte und blickte dann wieder den *Seelenstein* in seinen Händen an. »Wir haben keine Zeit mehr zu verlieren. Entscheide dich jetzt, ob du uns begleiten willst.«

Natürlich schloß Maziroc sich Charalon und Kenran'Del an, und so öffneten sie ein weiteres Mal das magische Portal und kehrten auf die Regenbogenbrücke zurück.

Um zu verhindern, daß weitere schreckliche Bestien nach Arcana gelangten, schlossen sie diesmal sofort das Tor hinter sich, indem Charalon einfach den *Seelenstein* wieder aufhob und einsteckte. Dies mochte nicht ganz ungefährlich sein, da sie nicht wußten, ob sie das Tor, wenn sie es erneut öffneten, tatsächlich wieder nach Cavillon zurückbringen würde, doch dieses Risiko mußten sie eingehen.

Nichts schien sich verändert zu haben. Noch immer schien die wie ein riesiger Regenbogen strahlende Brücke geradewegs ins Nichts zu führen, und noch immer verbargen wabernde Nebelschwaden alles, was an Schrecken in den Abgründen unter ihr lauern mochte. Von weiteren leuchtenden Sphären war nichts zu entdecken.

Schweigend schritten die drei Männer vorwärts. Obwohl die Brücke auch jetzt noch so aussah, als bestünde sie nur aus Licht, Farben und hauchdünnem Glas, hatte Maziroc inzwischen etwas mehr Zutrauen zu ihr gefaßt. Unter seinen Stiefeln fühlte sie sich wie fester Stein an, so daß er nicht mehr bei jedem Schritt befürchtete, sie könnte unter ihm zerbrechen und ihn ins Uferlose stürzen lassen.

Je weiter sie vordrangen, um so weiter wichen die Nebelschwaden vor ihnen zurück. Sie waren schon eine ganze Weile unterwegs, als sich plötzlich etwas änderte. Ein gewaltiger Umriß schälte sich vor ihnen aus dem Dunst, doch selbst als sie sich ihm weiter näherten, wurde er nicht sonderlich deutlicher. Es war ein riesiges Bauwerk, eine wahrlich titanische Festung, doch so sehr Maziroc sich auch darauf konzentrierte, stets schien sie auf unerklärliche Weise vor seinem Blick zu verschwimmen.

Die *Dämmerschmiede.*

»Asgard«, murmelte Kenran'Del neben ihm andächtig.

»Ich wußte es. Die Regenbogenbrücke konnte kein Zufall sein. Der Wohnsitz der asischen Götter. Genauso habe ich es mir immer vorgestellt, eine strahlende weiße Stadt in den Wolken.«

»Weiß?« wiederholte Maziroc fragend. Er war sicher gewesen, daß es sich um eine Festung aus grauem Felsgestein handelte, doch als er den Blick nun erneut auf die *Dämmerschmiede* richtete, sah er, daß die Wände tatsächlich in strahlendem Weiß glänzten. Auch sah er statt der wuchtigen Trutztürme mit einem Mal zahlreiche kleine, filigrane Türmchen, und die Nebelschwaden schienen wirklich wie Wolkenberge auszusehen. Hatte er sich vorher nur getäuscht? Auch jetzt war das riesige Gebäude nicht richtig zu erkennen, als würde er es durch Gazeschleier hindurch betrachten, die sich jeweils gerade dort besonders dicht zusammenzuballen schienen, wo er seinen Blick hinrichtete.

Auch Charalon wirkte sichtlich irritiert, doch Maziroc verzichtete darauf, Fragen zu stellen. Sie gingen weiter, bis sie an ein großes, zweiflügeliges Portal gelangten, das aus dem gleichen weißen Stein bestand. Es war geschlossen, und nirgendwo war eine Klinke oder dergleichen zu entdecken.

»Und nun?« fragte Maziroc ruhig. »Sieht so aus, als wären wir am Ende unseres Weges angelangt.«

»Vielleicht sollten wir mal nachsehen, ob es irgendwo einen Hintereingang gibt«, schlug Kenran'Del vor, schnitt jedoch gleich darauf eine Grimasse, als ihm bewußt wurde, daß dies nicht möglich war. Die Brücke endete unmittelbar an dem Portal, und wenn es ein Fundament gab, auf dem die *Dämmerschmiede* ruhte, und sie nicht einfach nur im Nichts schwebte, so schloß dieses mit den hoch aufstrebenden Mauern fugenlos ab. Nicht einmal der schmalste Streifen Untergrund ragte hervor.

»Wie wäre es, wenn wir einfach klopfen und darauf

hoffen, daß jemand zu Hause ist und uns einläßt?« fragte Charalon. Er trat vor und streckte die Hand aus. Im gleichen Moment, in dem er das Portal berührte, lief eine Bewegung hindurch. Langsam und in geradezu gespenstischer Lautlosigkeit schwangen die beiden Torflügel auf.

»Na also«, sagte Charalon, offensichtlich selbst verblüfft über die hervorgerufene Wirkung. »Anscheinend sind wir hier willkommen.«

»Sicher. Vielleicht haben diese angeblichen Götter, die hier wohnen, gerade Appetit auf ein paar Wanderer«, spöttelte Maziroc, doch es war in erster Linie ein Versuch, seine Unsicherheit zu überspielen. Er spürte mit jeder Faser, daß dies mehr noch als die Regenbogenbrücke ein Ort ungeheuer mächtiger, uralter Magie war, gegen die sich seine eigene wie die Taschenspielertricks eines Jahrmarktgauklers ausnahm. Nachdem sie nun jedoch einmal so weit gekommen waren, war er mittlerweile ebenso fest entschlossen wie seine Begleiter, dem eingeschlagenen Weg bis zum Ende zu folgen, wie immer dieses auch aussehen mochte.

Sie traten durch das Portal und gelangten in eine ebenfalls riesige Halle, die mit einigen alten Möbeln eingerichtet war, wie man es von der Eingangshalle eines Schlosses erwartete. Maziroc hatte sich keine genauere Vorstellung davon gemacht, was sie im Inneren der *Dämmerschmiede* finden würden, dennoch war er ein wenig enttäuscht. Wäre nicht alles von der machtvollen Magie erfüllt, hätte er sich auch in irgendeiner Burg irgendwo auf Arcana befinden können.

»Wouw«, stieß Kenran'Del hervor und blickte sich mit glänzenden Augen um. »Ich habe schon immer vermutet, daß so manche unserer vermeintlichen Götter in Wahrheit nur einer sehr viel fortgeschritteneren Zivilisation entstammten, und das ist wohl der Beweis. Ihr braucht keine Angst zu haben, auch wenn Ihr eine Technik wie diese noch nie gesehen habt. Ich glaube nicht, daß uns von den Maschinen eine Gefahr droht.«

»Maschinen?« Maziroc runzelte die Stirn. »Wovon sprecht Ihr?«

»Von den ganzen Konsolen mit den Monitoren und ... Aber diese Begriffe werden Euch nichts sagen. Ich meine das alles hier.«

»Ich sehe eine mit ein paar altertümlichen Möbeln eingerichtete Halle mit großen Wandteppichen und Gemälden«, erklärte Maziroc.

»Aber ... das ist doch nicht möglich. Für mich sieht das wie die modernste Kommandozentrale aus, vollgestopft mit allen möglichen technischen Geräten. Ihr müßt es doch auch sehen!«

»Nein«, antwortete Maziroc und schüttelte den Kopf. Ihm kam allmählich ein Verdacht, was das zu bedeuten hatte. Er wandte sich an Charalon. »Was siehst du?«

»Eine Art Tempel«, erwiderte Charalon. »Ich sehe Feuerschalen und einen Altar ... In etwa vergleichbar mit den heidnischen Tempeln einiger Ostvölker.«

Maziroc nickte zufrieden. Sein Verdacht schien sich zu bestätigen. »Anscheinend sieht jeder das, was er sich vorstellt«, sagte er. »Ich vermute, daß nichts davon real ist. Es fiel mir schon auf, als wir noch auf der Brücke waren. Ich hatte zunächst geglaubt, eine Festung aus grauem Felsgestein zu sehen, doch als Kenran'Del sagte, sie wäre weiß, und ich erneut hinsah, war sie tatsächlich weiß. Unsere Wahrnehmungen trügen uns.«

Er schloß die Augen und bemühte sich, jeden Gedanken aus seinem Kopf zu verbannen. Als er sich kurz darauf erneut umsah, schienen die Möbel und Wandgemälde an Festigkeit verloren zu haben, wirkten teilweise fast durchscheinend. Er verstärkte seine Anstrengungen noch, hinter die Fassade zu blicken, und die Einrichtungsstücke lösten sich immer weiter auf, bis er nur noch einen völlig leeren Raum vor sich sah.

»Man kann dagegen ankämpfen«, teilte er den anderen mit grimmiger Zufriedenheit mit. Sie hatten einen ersten kleinen Sieg errungen und waren nicht länger nur staunende, hilflose Spielbälle unbekannter Mächte. »Alles, was ich vorher gesehen habe, ist verschwunden. Wenn man einmal erkannt hat, daß es sich nur um eine Illusion handelt, kann man sie durchbrechen.«

Charalon schloß ebenfalls für einige Sekunden die Augen, und als er sie wieder öffnete, stahl sich auch auf seine Züge ein Lächeln.

»Verblüffend«, meinte er. »Aber es ist tatsächlich alles nur eine Illusion. Nur das Gebäude selbst scheint wirklich zu sein.«

Kenran'Del hatte wesentlich mehr Schwierigkeiten, das Trugbild zu durchschauen. Er besaß im Gegensatz zu den beiden Magiern keine ausgeprägten mentalen Fähigkeiten, und er hatte nie die speziellen Meditationsübungen absolviert, die zur Ausbildung eines Magiers gehörten und ihm halfen, alle äußeren Einflüsse aus den Gedanken zu verbannen. Schließlich nickte jedoch auch er. »Ich sehe die unzähligen Kontrollpulte noch immer, doch sie scheinen jetzt weniger stofflich zu sein«, erklärte er. »Man kann erkennen, daß sie nicht echt sind. Ich schaffe es allerdings nicht, sie völlig verschwinden zu lassen.«

Ein lautes Sausen und Brausen erfüllte plötzlich die Luft. Schatten umgaben die drei Gefährten, und merkwürdige Schemen tanzten in Wirbeln um sie herum, als wolle die *Dämmerschmiede* sie verspotten und ihnen zeigen, daß ihre Fähigkeit, sie mit Trugbildern zu narren, noch längst nicht erschöpft war.

Aus den Schemen formten sich Gesichter; Gesichter, die Maziroc kannte. Sie gehörten Männern und Frauen, die schon längst tot waren. Soldaten und Elben, die bei der Flucht von dem Gehöft gefallen waren, befanden sich darunter. Auch das Gesicht von Eibon Bel Churio, und Maziroc entdeckte zahlreiche andere frühere Bekannte, die im Laufe der Jahre gestorben waren. Sie alle blickten ihn vorwurfsvoll an, während sie um ihn herumwirbelten. Einige von ihnen wehklagten, andere verspotteten ihn, und wieder andere beschimpften ihn und gaben ihm die Schuld an ihrem Tod. Ihre Stimmen bildeten eine wilde Kakophonie von Wortfetzen, die in seinen Ohren schmerzte. Er preßte die Hände auf die Ohren, doch hörte er die Stimmen weiterhin in ungeminderter Lautstärke, und obwohl er blindlings umhertaumelte, konnte er die Schemen nicht abschütteln.

Dann sah er das Schlimmste überhaupt: Das Gesicht Cyras, seiner einzigen große Liebe, bildete sich vor ihm. Traurig blickte sie ihn an, dann verzerrten sich ihre Züge zu einer Grimasse des Hasses.

»Du!« stieß sie hervor, und trotz der zahlreichen anderen Stimmen, die ihn umheulten, konnte Maziroc jedes ihrer Worte deutlich verstehen. »Du allein bist schuld an meinem Tod. Nur deinetwegen wurde ich ermordet. Hätte ich dich doch bloß niemals kennengelernt, dann könnte ich noch leben!«

»Nein, das ist nicht wahr!« keuchte Maziroc. »*Du* bist nicht wahr. Du bist nur ein Trugbild!«

Cyra stimmte ein so schrilles und lautes Lachen an, daß es jeden Nerv seines Körpers zum Vibrieren brachte und seine Trommelfelle zu zerplatzen drohte. Gepeinigt sank er auf die Knie und schloß die Augen, die Hände immer noch auf die Ohren gepreßt.

Als er glaubte, es nicht länger ertragen zu können, verschwanden die Schemen plötzlich von einem Augenblick auf den anderen. Mühsam quälte Maziroc sich auf die Beine, genau wie seine Gefährten, denen es offenbar nicht anders ergangen war. Keinem von ihnen war ein Leid geschehen, und er hatte das Gefühl, als wäre das, was er gesehen und gehört hatte, eine Art Prüfung gewesen. Er war mit seinen tiefsten Ängsten konfrontiert worden und hatte sie bezwungen, doch da es seine ureigenen Ängste gewesen waren, verlor er kein Wort darüber, und auch seine Begleiter schwiegen.

Immer noch von einem beklommenen Gefühl angesichts der ungeheuren magischen Kräfte erfüllt, die sie hier spüren konnten, durchquerten sie die Halle. Mehrere gleich aussehende Gänge führten von ihr ab, und sie entschieden sich wahllos für einen von ihnen. Eine Vielzahl weiterer Hallen, Räume und Gänge schlossen sich daran an. Immer wieder meinte Maziroc, in einigen von ihnen Einrichtungsgegenstände zu entdecken, doch mit entsprechender Konzentration gelang es ihm stets, die Trugbilder zu durchbrechen.

Manchmal hatte er fast das Gefühl, als würden sie sich nur im Kreis bewegen. Zwar hatte die *Dämmerschmiede* von außen riesig ausgesehen, doch *so* groß konnte sie unmöglich sein, wenn in ihr die Gesetze von Raum und Zeit nicht völlig aufgehoben waren. Anderseits konnte er jedoch spüren, daß die fremde magische Kraft immer stärker wurde, was er als ein Zeichen wertete, daß sie sich allmählich ihrem Zentrum näherten.

Als sie einen weiteren völlig leeren Raum betraten, zuckten ohne jede Vorwarnung gleißende, in allen Farben strahlende Bahnen aus Licht aus Decke, Boden und den Wänden. Sie rasten auf Charalon zu, der an der Spitze ging, hüllten ihn ein und schienen einen regelrechten Tanz um ihn herum aufzuführen, aber Maziroc konnte sehen, daß einige ihn sogar durchdrangen. Sie durchstachen ihn und traten auf der anderen Seite seines Körpers wieder aus, als wäre er nur ein immaterielles Trugbild ohne feste Substanz.

Gleich darauf zuckten einige der Blitze auch auf Maziroc zu. Die Lichtstrahlen drangen in ihn ein, doch er verspürte keinerlei Schmerz. Es war nicht einmal ein unangenehmes Gefühl, lediglich ein leichtes Kribbeln. Er fühlte sich frei und unbeschwert, fast ätherisch, als besäße er keinen Körper mehr.

Im nächsten Moment jedoch fühlte er sich von einer harten Hand gepackt und zurückgerissen. Zusammen mit Kenran'Del taumelte er wieder aus dem Raum hinaus und stürzte nach einigen Schritten zu Boden. Die Lichter blieben hinter ihm zurück.

»Was... was war das?« keuchte er, während er sich aufrappelte. »Charalon! Ich muß...« Er wollte wieder vorstürmen, auf den reglos am Boden liegenden Freund zu, der immer noch von den Lichtern eingehüllt wurde, doch Kenran'Del hielt ihn mit eisernem Griff zurück.

»Du kannst nichts für ihn tun, sondern bringst dich nur selbst in Gefahr. Sieh doch!« sagte er.

Auch Maziroc erkannte, was er meinte. Die Lichter schienen Charalon regelrecht aufzusaugen. Sein Körper begann zu schrumpfen und verlor dabei gleichzeitig immer mehr an Festigkeit, wurde immer durchscheinender, wie Maziroc es zuvor schon bei den Einrichtungsgegenständen beobachtet hatte. Hilflos mußte er dem Sterben seines besten und ältesten Freundes zusehen. Ein grauenhafter Schmerz schien sein Herz zu zerreißen.

Als er es schließlich nicht mehr länger ertragen konnte und die Umrisse Charalons nur mehr schemenhaft zu erkennen waren, wandte er sich abrupt um und schlug die Hände vors Gesicht. Tränen rannen ihm aus den Augen, doch er schämte sich nicht dafür.

»Elonim vishna, mein Freund!« preßte er mit erstickter Stimme hervor, dann ballte er die Rechte zur Faust und ließ sie voller ungebändigtem Zorn in die linke Handfläche klatschen. »Verflucht sei dieser Ort, der uns nichts als Unglück gebracht hat. Ich wußte von Anfang an, daß es ein Fehler sein würde, das magische Tor noch einmal zu öffnen.«

»Nein, das war es nicht«, vernahm er Charalons Stimme. Gleichermaßen verblüfft wie erschrocken nahm er die Hände vom Gesicht. Das Oberhaupt des Magierordens stand genau dort, wo ihn gerade noch das geheimnisvolle Licht verzehrt zu haben schien. Aber er hatte sich verändert, zeigte jetzt wieder die Illusion seines Körpers, die er sonst nur mit Hilfe seines Reifs erzeugen konnte.

»Charalon«, stieß Maziroc überrascht hervor. »Was ...«

»Seid unbesorgt, ich bin es wirklich«, versicherte der Magier. »Alles ist ganz anders, als wir geglaubt haben. Vieles verstehe ich auch jetzt noch nicht, aber dieser Ort stellt keine Gefahr dar, weder für uns noch für Arcana. »Wir waren unwissend, und deshalb haben wir schreckliche Fehler begangen.«

»Aber ... ich habe gesehen, wie du gestorben bist!«

»Nicht alles ist so, wie es auf den ersten Blick erscheinen mag, vor allem nicht hier«, behauptete Charalon vieldeutig. »Ich bin so real wie alles andere hier auch, doch um so weit zu kommen, war es nötig, meine körperliche Existenz aufzugeben. Das braucht euch nicht zu erschrecken, denn es ist nichts Schlimmes daran. Es ist eine Fortentwicklung, die engen Grenzen eines unvollkommenen Körpers zu überwinden. Die *Dämmerschmiede* ist bereits uralt, und in gewisser Weise lebt sie, wenn auch auf für uns völlig fremde Art. Seit Jahrtausenden lag sie im wahrsten Sinne des Wortes leer in einem Dämmerschlaf, seit ihre früheren Bewohner sie verlassen haben, um an einen noch phantastischeren Ort jenseits unserer Vorstellungskraft zu gehen. Seither wartete sie auf jemanden wie mich, der sie wieder mit neuem Leben erfüllen könnte. Ich bin ein Teil von ihr geworden und zugleich auch ihr Wächter. Als solcher stehen mir unvergleichliche neue Fähigkeiten und Möglichkeiten offen, wie ich sie mir nie zu erträumen gewagt hätte.«

»Aber ...« Maziroc verstummte, dann schüttelte er den Kopf. »Ich verstehe das alles nicht«, murmelte er. Unsicher trat er ein paar Schritte vor und streckte die Hand aus, zögerte dann aber.

»Du kannst mich ruhig berühren«, forderte Charalon ihn lächelnd auf. »Du würdest einen festen Körper spüren, obwohl auch das nur eine Illusion wäre wie alles andere hier. Hier triumphiert der Geist über die Materie, in perfekterer Form, als wir es jemals für möglich gehalten haben, und es ist *mein* Geist, der nun alles hier durchdringt. Dabei beginne ich gerade erst, meine neuen Fähigkeiten kennenzulernen.«

»Die geflügelten Bestien aus den Sphären«, warf Kenran'Del ein. »Was ist mit ihnen?«

»Sie stellen keine Gefahr mehr dar«, behauptete Charalon. »Ich habe sie mit einem Bann belegt, nur leider konnte ich es erst jetzt tun. Wie ich schon sagte, bildet die *Dämmerschmiede* selbst keinerlei Bedrohung. Hier existiert nichts Schreckliches, es sei denn, jemand bringt es hierher. Und genau das haben wir getan. Wir wollten eine Waffe gegen die Damonen, und so beschworen wir die Nachtmahre herauf, kosmische Gespenster aus einem Äonen zurückliegenden Krieg zwischen Mächten, die längst in Vergessenheit geraten sind. Eine der Seiten schuf schließlich die Nachtmahre als ultimative Vernichtungswaffe. In entfesselter Raserei griffen sie ihre Feinde an und trieben sie in die Abgründe jenseits der Zeit zurück, doch auch sie selbst wurden dabei vernichtet. In unserer Unwissenheit haben wir sie neu erschaffen. Es ist eine meiner neuen Aufgaben, von nun an darüber zu wachen, daß sich dergleichen niemals mehr wiederholt.«

Er machte eine kurze Pause. »Es wird nun Zeit für euch zu gehen. Euch erwartet noch eine wichtige Aufgabe. Die *Weltenbresche* muß geschlossen werden, um die Gefahr durch die Damonen dauerhaft zu bannen. Außerdem brauche ich erst einmal Zeit, mich mit meiner neuen Form der Existenz vertraut zu machen. Es gibt noch so viel Neues für mich zu entdecken, so viele Wunder zu erforschen.«

»Werden wir ... uns wiedersehen?« fragte Maziroc bangend.

»Wann immer du willst, alter Freund.« Charalon griff in die Tasche seines Gewandes, zog den *Seelenstein* hervor und reichte ihn Maziroc. »Es gibt niemanden, dem ich ihn lieber anvertrauen würde«, sagte er. »Mit seiner Hilfe kannst du jederzeit hierher zurückkehren, und ich bin sicher, daß du das in den kommenden Jahrhunderten noch oft tun wirst.«

»Was meinst du damit?« erkundigte sich Maziroc verständnislos.

»Du wirst es schon sehen«, antwortete Charalon orakelhaft. »Auch du wurdest von der Magie dieses Ortes berührt, auch wenn du ihr nicht so stark ausgesetzt warst wie ich.«

Charalons Gestalt begann zu verblassen, und gleichzeitig änderte sich auch die Umgebung um sie herum. Mit einem Mal befanden sie sich wieder in der großen Eingangshalle. Noch immer stand das Portal zu der Regenbogenbrücke weit offen, und Maziroc wußte, daß dies von nun an immer so sein würde.

»Eines noch«, erklang noch einmal wie aus dem Nichts die Stimme Charalons. »Auch für Euch habe ich eine hoffnungsvolle Nachricht, Kenran'Del. Was Eibon Bel Churio über die *Dämmerschmiede* erzählt hat, kam der Wahrheit erstaunlich nahe, doch kannten die Elben nur einen Teil davon. Sie ist tatsächlich ein Ort des Übergangs. Von hier aus führen Wege zu zahlreichen Welten. Vielleicht auch in die, aus der ihr stammt. Ich will Euch keine falschen Hoffnung machen, aber es wäre denkbar. Ich werde lange brauchen, alles zu erforschen. Möglicherweise länger, als Euch Zeit zur Verfügung steht. Aber ich werde es Euch wissen lassen, wenn ich Erfolg habe.«

»Es wäre mein größter Wunsch, wieder dorthin zurückkehren zu können, woher ich stamme und wohin ich gehöre«, erwiderte Kenran'Del, doch er bekam keine Antwort mehr.

Verwirrter als jemals zuvor in ihrem Leben, verließen Maziroc und Kenran'Del das mysteriöse Bauwerk im Nichts. So vieles, das sie noch nicht verstanden, war auf sie eingestürmt, daß sie Zeit brauchen würden, alles zu verarbeiten. Sehr viel Zeit.

Der Überfall

Zwar fiel Maziroc bereits seit der Nacht, die sie in Ravenhorst verbracht hatten, eine Veränderung in Miranyas Verhalten auf, doch konnte er sich zunächst keinen Reim darauf machen. Sie schien auf der einen Seite reifer geworden zu sein, erwachsener, war auf der anderen Seite aber auch voller sprühender Lebensfreude und manchmal geradezu kindisch albern. Diesen Widerspruch konnte er sich zunächst nicht erklären, aber da es keine Veränderung war, die ihr oder der Expedition insgesamt zum Nachteil gereichte, machte er sich nicht sonderlich viele Gedanken darüber.

Erst nachdem sie bereits mehrere Tagesritte nach Süden hinter sich gebracht hatten, wurde ihm allmählich bewußt, was ihr Verhalten zu bedeuten hatte. Die Antwort hatte die ganze Zeit deutlich sichtbar vor ihm gelegen. Wahrscheinlich hätte er längst erkannt, was mit ihr los war, wenn er nicht so mit seinen eigenen Grübeleien beschäftigt gewesen wäre, und die Vorstellung, daß zwischen ihr und Kenran'Del mehr als nur ein gutes Einvernehmen herrschen könnte, ihm so fern gelegen hätte.

Mittlerweile aber war unverkennbar, daß sie sich verliebt hatte, und Kenran'Del schien es ebenso zu gehen.

Mazirocs erste Reaktion war ein unterschwelliger, völlig absurder Ärger, in den sich auch eine gehörige Portion Neid mischte. Es war kein Neid auf Kenran'Del, darum ging es ganz gewiß nicht. Er hatte sich schon vor langer Zeit für ein Leben in weitgehender Askese entschieden, auch wenn es ihm nicht gelungen war, Cyra, seiner ersten großen Liebe, im Laufe seines mehr als tausendjährigen Lebens immer treu zu bleiben, wie er es einst vorgehabt hatte. Miranya jedoch war so etwas wie eine Tochter für ihn geworden. Und genau darin lag das Problem. Von Anfang an hatte er einen starken Beschützerinstinkt für sie entwickelt, und in den vergangenen Wochen hatte er sie immer mehr wie das Kind betrachtet, das er selbst nie gehabt hatte. Ohne daß es ihm richtig bewußt geworden war, war er in die Rolle eines Ersatzvaters hineingewachsen – obwohl sie einen solchen sicherlich nicht brauchte.

Dennoch fiel es ihm schwer, sie als eine erwachsene, selbständige Frau zu sehen, und was er empfand, waren die Gefühle, die wohl jeder Vater verspürte, wenn ihm plötzlich mit solcher Deutlichkeit klar gemacht wurde, daß seine Tochter nicht länger ein Kind war.

So sehr Maziroc von seinen Gefühlen überrascht worden war, so sehr ärgerte er sich auch darüber. Sie standen ihm nicht zu und waren völlig unangebracht, weshalb er dagegen anzukämpfen versuchte.

Das war es jedoch nicht allein. Bei jedem anderen Mann wäre seine Reaktion vermutlich nicht annähernd so heftig ausgefallen, doch daß es sich ausgerechnet um Kenran'Del handelte, stellte einen regelrechten Schock für ihn dar. Damals, bevor Kenran'Del sich in seinen magischen Schlaf zurückgezogen hatte, hatten sie gemeinsam eine monatelange Reise durch das vom Krieg verwüstete Arcana unternommen, und dabei waren sie fast so etwas wie Freunde geworden. Dennoch hatte es immer eine Distanz zwischen ihnen gegeben, die sie nie völlig hatten überbrücken können. Vermutlich lag es daran, daß Maziroc nicht vergessen konnte, daß Kenran'Del nicht hierher gehörte, sondern aus einer anderen, fremden Welt stammte.

Der Magier hatte sich stets für einen Vordenker gehalten, der trotz seines extrem hohen Alters Neuem gegenüber aufgeschlossen und immer bereit war, überalterte

Ansichten und Traditionen über Bord zu werfen. Dennoch hatte er Schwierigkeiten, die Verbindung zwischen Miranya und Kenran'Del zu akzeptieren, schließlich war dieser trotz allem letztlich kein Mensch. Maziroc war sich nicht sicher, ob er eine solche Verbindung zwischen Menschen verschiedener Welten gutheißen sollte oder ob sie nicht vielmehr eine Blasphemie gegen die von den Göttern geschaffene Ordnung darstellte, vor allem, falls dieser Liebe womöglich gar Kinder entspringen sollten.

Die uralte Prophezeiung über ein Kind zweier Welten, das zu einer Jahrtausendwende geboren werden und großes Unheil über Arcana bringen sollte, eine Prophezeiung, die von den selbsternannten Weltuntergangspropheten in letzter Zeit wieder häufig strapaziert wurde, kam ihm in den Sinn. Bislang war die Formulierung über die zwei Welten stets nur im übertragenen Sinne ausgelegt worden, als ginge es um ein Kind, dessen Eltern zwei ganz verschiedenen Völkern wie den Elben und den Zwergen entstammte. Angesichts der aktuellen Ereignisse jedoch bekam sie plötzlich eine möglicherweise völlig andere, wörtliche Bedeutung.

Maziroc wußte nicht, ob Miranya schon von dieser Prophezeiung gehört hatte. Kenran'Del kannte sie mit Sicherheit nicht. Er überlegte, ob er ihnen davon erzählen und sie warnen sollte, doch sah er aus zweierlei Gründen schließlich davon ab. Prophezeiungen, das wußte er nur zu gut, konnten eine gefährliche Waffe sein, vor allem, wenn ihre Herkunft im dunkeln lag, und zumeist waren sie ein zweischneidiges Schwert. Selbst wenn sie keinerlei wahre Grundlage besaßen, so erfüllten sie sich allzuoft allein deshalb, weil jene, die sie betraf, der Weissagung folgten. Die sich selbst erfüllende Voraussage. Zu oft hatte eine solche schweres Verhängnis gebracht.

Darüber hinaus wußte Maziroc auch, daß eine entsprechende Warnung keinen Sinn gehabt hätte. Miranya und Kenran'Del waren frisch ineinander verliebt, und nichts, was er tat oder sagte, konnte zum jetzigen Zeitpunkt etwas daran ändern. Eine solche Form der Einmischung hätte man ihm höchstens als Eifersucht ausgelegt, und wenn er sich bemüht hätte, die beiden auseinander zu bringen, hätte sie dies wahrscheinlich nur noch fester zusammengeschweißt. Besser war es, zunächst einmal abzuwarten und den Gang der Geschehnisse zu beobachten.

Alles weitere war ein Problem, um das er sich ohnehin später kümmern konnte. Jetzt war nur wichtig, daß es ihnen gelang, die neue *Weltenbresche* zu schließen, sonst brauchte er sich gar keine Gedanken mehr darüber zu machen, welches Unheil wohl ein Kind seiner beiden Begleiter heraufbeschwören mochte.

Miranya jubilierte innerlich, obwohl dies angesichts der Gefahr, in die sie sich zu begeben anschickten und die ganz Arcana bedrohte, sicherlich nicht das angemessene Gefühl war. Dennoch konnte sie nicht anders. Seit der Nacht in Ravenhorst, seit sie wußte, daß Kenran'Del ebenso für sie empfand wie sie für ihn, hatte sie ihre Gefühle nicht länger gezügelt, sondern ihnen freien Lauf gelassen.

Natürlich gab es für Miranya keinen Zweifel daran, daß ihre Mission Vorrang vor allem anderen hatte. Im Augenblick jedoch sah sie die ganze Welt in solch rosaroten Farben, daß die Damonen nicht mehr als ferne Schatten am Horizont darstellten. Sie lebte in diesen Tagen teilweise fast in einer Traumwelt, die äußerst trügerisch sein konnte. Auf keinen Fall durfte sie vergessen, wie gefährlich ihr Vorhaben war. Sie waren dabei, geradewegs in die Höhle eines Feindes zu marschieren, wie er schrecklicher kaum sein konnte. Nur ein Augenblick der Ablenkung, eine kleine Unaufmerksamkeit im entscheidenden Moment, konnte den Tod bedeuten.

Rein verstandesmäßig war ihr das alles bewußt. Ihre Gefühle jedoch sprachen eine ganz andere Sprache. Es handelte sich nun einmal um ihre erste große Liebe, und dementsprechend stark waren ihre Emotionen.

Je näher sie ihrem Ziel kamen, desto stärker veränderte sich jedoch Kenran'Del. Er verbrachte immer mehr Zeit damit, mit Maziroc und Vassus über irgendwelchen Landkarten zu brüten, Pläne und Strategien zu erwägen und wieder zu verwerfen. Auch wenn er mit ihr zusammen war, wirkte er abgelenkt und in Gedanken versunken, war fahrig und nervös. Mehr als alles andere holte gerade das Miranya vielleicht am meisten auf den Boden der Tatsachen zurück.

Es war unverkennbar, daß er Angst hatte. Diese Schwäche machte ihn auf der einen Seite noch liebenswerter, aber sie führte ihr auch deutlich vor Augen, daß er kein übermenschlicher Held war, an dessen starken Schultern sie Schutz vor jeder Gefahr finden konnte. Im Gegensatz zu ihr, die sie die Damonen bislang nur aus Mazirocs Erzählungen kannte, hatte er ihnen schon persönlich im Kampf gegenübergestanden und wußte aus eigener Erfahrung, welche furchtbaren Feinde sie waren. Wenn selbst ein Mann mit seinen Fähigkeiten und Mitteln sich fürchtete, dann bestand tatsächlich aller Grund dazu.

Eine ihrer Befürchtungen erfüllte sich immerhin nicht. Die Erwähnung des Namens Kenran'Del hatte bei den Soldaten keinerlei Reaktion hervorgerufen, und sie behandelten ihn nicht anders als einen der ihren. Nach seinem tausendjährigen Schlaf waren sein Name und die Legenden, die sich einst um ihn gerankt hatten, unter den einfachen Menschen offenbar in Vergessenheit geraten, was nicht nur Miranya, sondern auch ihm selbst wesentlich lieber war, als wäre man ihm wie früher nur mit Scheu und Ehrfurcht begegnet.

Sie kamen gut und schnell voran. Zwar hatte es auch hier im Süden geschneit, doch lag nur eine dünne Schneedecke, die sie kaum behinderte. An vielen Stellen war der Schnee sogar schon wieder geschmolzen.

Am elften Tag seit dem Aufbruch aus Ravenhorst bekamen sie schließlich den ersten Damon zu sehen. Es handelte sich um eines der fliegenden Ungeheuer, das hoch am Himmel dahinzog. Im ersten Moment hatte Miranya es sogar nur für einen Vogel gehalten. Sie hatten gerade ein ausgedehntes Waldstück durchquert und glücklicherweise noch im Sichtschutz der Bäume zur Mittagsstunde eine Rast eingelegt, als einer der Soldaten den Damon entdeckte.

Vom Waldrand aus beobachtete Maziroc ihn durch eines seiner *Skiils*, auf das er während ihrer Reise schon häufiger zurückgegriffen hatte, einen Ring, der Entfernungen vor dem Auge seines Trägers schrumpfen ließ. Auch Kenran'Del holte eines seiner Hilfsmittel aus dem Gepäck. Es handelte sich um ein kleines Rohr, das sich auseinanderziehen ließ. Nachdem er ein paar Sekunden hindurchgeschaut hatte, reichte er es an sie weiter.

»Schau einfach hinein«, erklärte er ihr. »Es wirkt ebenso wie Mazirocs *Skiil*, doch ist es nicht auf einen bestimmten Träger fixiert.«

Zögernd hob Miranya das Rohr vor ihr rechtes Auge, kniff das andere zusammen und blickte durch das Glas, das sich im Inneren des Rohres befand. Sie mußte es eine Zeitlang hin und her bewegen, bis sie den Damon schließlich entdeckte, und als es ihr gelang, stieß sie einen erschrockenen Schrei aus. Das Ungeheuer war noch weitaus furchteinflößender, als sie es sich aufgrund von Mazirocs Schilderungen vorgestellt hatte, und es schien so nah vor ihr zu schweben, als bräuchte sie nur den Arm auszustrecken, um es zu berühren.

Hastig senkte sie das Rohr wieder und stellte mit Erleichterung fest, daß der Damon immer noch in sicherer Entfernung hoch über ihnen seine Kreise zog. Ein wenig verlegen aufgrund ihrer Schreckhaftigkeit, reichte sie das Rohr an Kenran'Del zurück.

Sie mußten sich mehr als eine Stunde gedulden, bis der Damon sich schließlich so weit entfernt hatte, daß er hinter dem Horizont verschwand, erst dann wagten sie es, den Wald zu verlassen.

In den folgenden Tagen verhielten sie sich noch vorsichtiger als bisher, was ihr Vorankommen merklich behinderte. Sie mieden nach Möglichkeit freie Flächen und nahmen manchmal große Umwege in Kauf, um den Schutz von Unebenheiten im Gelände auszunutzen. Ihre Mission würde sich noch um ein Vielfaches erschweren, wenn die Damonen sie frühzeitig entdeckten und somit gewarnt waren.

Vassus hatte den Vorschlag unterbreitet, bei Nacht zu reiten, doch Maziroc und Kenran'Del hatten ihm sofort widersprochen. Wie sie bereits festgestellt hatten, vermochten die Ungeheuer auch in der Dunkelheit deutlich besser als ein Mensch zu sehen. Ein Spähtrupp der Damonen würde sie auch in tiefster Nacht entdecken, wohingegen sie selbst es nicht einmal bemerken würden. Ein Ritt nach Sonnenuntergang würde die Gefahr für sie also nicht verringern, sondern im Gegenteil sogar noch erheblich vergrößern.

Ihre Vorsicht erwies sich als begründet. Immer häufiger waren nun fliegende Damonen am Himmel zu sehen, und es grenzte fast an ein Wunder, daß sie stets rechtzeitig Deckung fanden, ohne entdeckt zu werden.

Zumindest hinterließ ihr Troß so gut wie keine Spuren. Entweder hatte es hier, so tief im Süden, bislang kaum geschneit, oder der Schnee war dank des milden Wetters der letzten Tage fast vollständig wieder geschmolzen. Nur vereinzelt waren auf Unkraut, Gräsern und herabgefallenen Blättern noch weiße Spitzen zu entdecken.

Doch ihre Freude darüber war verfrüht. Nur drei Tage, nachdem sie den ersten Damon gesichtet hatten, holte der Winter sie unerwartet ein. Bereits in der vorangehenden Nacht gab es einen Temperatursturz, und sie erwachten morgens in grimmiger Kälte. Eine dicke Schicht Rauhreif hatte das Gras und die Blätter der Bäume überzogen, und das Erdreich war hart gefroren. Dicke, graue Wolken bedeckten den Himmel, so daß es erst gar nicht richtig hell wurde. Die Luft war von milchigem Dunst erfüllt, in dem alles blaß und fahl aussah.

Miranya war beileibe nicht die einzige, die erbittert über das Wetter fluchte, während sie sich mit einem heißen Becher Tee in den Händen zusammen mit den anderen an einem der erst bei Tagesanbruch entfachten Feuer wärmte. Sie hatten es nicht gewagt, Feuer auch in der Nacht brennen zu lassen, weil jeder Lichtschein in der Dunkelheit meilenweit zu sehen gewesen wäre, und obwohl Miranya die Nacht zusammen mit Kenran'Del unter einer dicken Decke in ihrem Zelt verbracht hatte, schienen ihre Glieder steif gefroren zu sein. Alle waren sich einig, daß es höchstens noch eine Sache von Stunden sein konnte, bis es zu schneien begann. Es schien, als hätten sich nun auch die Naturgewalten gegen sie verschworen, um ihnen das weitere Vorankommen so beschwerlich wie nur irgend möglich zu machen.

Lediglich Maziroc wirkte nicht allzu unglücklich über den Wetterumschwung. »Und selbst wenn es schneit«, verkündete er beinahe fröhlich. »Soll es doch. Es kann uns nur recht sein. Einen besseren Schutz vor einer Entdeckung können wir uns kaum wünschen. Schließlich sind wir nicht auf einer Vergnügungsreise. Seid ihr Soldaten oder Memmen?«

Miranya entging nicht, daß er bei dem Wort *Vergnügungsreise* einen raschen Blick zu ihr und Kenran'Del herüberwarf. Sie war sich nicht sicher, ob es sich wirklich um mehr als nur einen Zufall handelte, doch blickte sie betreten zu Boden. Das einst so herzliche Verhältnis zu dem Magier hatte in den letzten Tagen merklich gelitten. Er schien ihr auszuweichen, doch merkte sie, daß er sie und Kenran'Del immer wieder verstohlen auf eine Art musterte, die ihr nicht gefiel. Aus irgendeinem Grund schien er gegen ihre Verbindung zu sein. Vielleicht bildete sie es sich nur ein, doch sie hatte sich bereits fest vorgenommen, ihn bei passender Gelegenheit diesbezüglich zur Rede zu stellen.

Immerhin schaffte es Maziroc mit seinen derben Worten, die Soldaten aufzumuntern. Auch Miranyas Ärger über den Wetterumschwung legte sich etwas. Im Grunde hatte der Magier ja recht. Wenn es zu schneien begann, würde ihre Reise deutlich unbequemer als in den letzten Wochen werden, doch ihr Ziel lag nicht mehr weit entfernt, und es war immer noch deutlich besser, ein paar Unannehmlichkeiten in Kauf zu nehmen, als von den Damonen entdeckt zu werden. Zwar ritten sie mit starkem Geleitschutz, doch je näher sie der *Weltenbresche* kamen, desto mehr wimmelte es in der Umgebung vermutlich von Damonen. Auch die Soldaten würden nicht viel ausrichten können, wenn ein zahlenmäßig überlegenes oder auch nur gleichstarkes Heer der Ungeheuer sie auf freiem Gelände angriff. Nur zu deutlich war ihr aus Mazirocs Erzählungen noch in Erinnerung, welch unbarmherzige Kampfmaschinen die Damonen waren.

Sie frühstückten zu Ende, löschten schließlich die Feuer und brachen auf. Während der ersten zwei Stunden kamen sie noch gut voran, obwohl ihnen ein eisiger

Wind entgegenpeitschte und wie mit Messern in ihre Gesichter schnitt. Dann jedoch fielen die ersten, vereinzelten Schneeflocken vom Himmel.

»Bei den Göttern!« stieß einer der Soldaten in Miranyas Nähe plötzlich hervor und deutete nach vorne. »Seht doch nur!«

Als sie den Kopf hob, entdeckte sie, was er meinte. Gewaltige schwarze Wolkengebilde, in denen es heftig wetterleuchtete, ballten sich vor ihnen zusammen und wurden vom Wind mit rasender Geschwindigkeit auf sie zugetrieben. Unruhe breitete sich unter den Soldaten aus.

»Etwas Schneefall wäre ja gar nicht so schlecht, wie Maziroc ganz richtig gesagt hat«, murmelte Kenran'Del. »Aber das da scheint mir denn doch des Guten ein wenig zuviel zu sein. Das ist ja schon ein ausgewachsener Blizzard.«

Miranya antwortete nicht, sondern sparte sich ihren Atem. Sie gaben ihren Pferden die Sporen, um ein nur noch wenige Meilen entferntes Waldstück zu erreichen, das ihnen zumindest vor den schlimmsten Auswirkungen des Schneesturms Schutz versprach, doch kamen sie gegen den Sturm nur wesentlich langsamer als erhofft voran.

Es dauerte nur wenige Minuten, bis sich auch über ihnen der Himmel verfinsterte und es so dunkel wurde, als wäre die Abenddämmerung bereits hereingebrochen. Es schneite immer stärker, und die Windböen nahmen an Heftigkeit rapide zu. Ein Heulen wie von Tausenden gemarterten Seelen erfüllte die Luft und übertönte jeden anderen Laut. Flackernde Blitze zerrissen die Dunkelheit, und dann brach der Blizzard mit Urgewalt über sie herein, noch bevor sie die halbe Strecke zum Waldrand zurückgelegt hatten.

Um ihre Haut notdürftig zu schützen, band sich

Miranya ein Tuch vors Gesicht, das nur Schlitze für die Augen freiließ, doch im Grunde hätte sie auch auf diese verzichten können. Die dicken Schneeflocken, die ihr fast waagerecht entgegengepeitscht wurden, schienen die Welt ausgelöscht zu haben. Ihr Blick reichte kaum weiter als bis zum Kopf ihres Pferdes, und mehr hätte sie durch den Tränenschleier vor ihren Augen ohnehin nicht erkennen können.

Schlagartig fühlte sich Miranya um mehrere Wochen zurückversetzt, in die Zeit, als sie und ihre Begleiter im Hügelland von Skant von den Hornmännern durch einen Schneesturm gehetzt worden waren. Bereits damals hatte sie geglaubt, ihr letztes Stündlein wäre gekommen, und sie hatte mit dem Leben abgeschlossen. So weit war sie jetzt noch lange nicht. Zwar konnte man glauben, um sie herum hätte der Weltuntergang begonnen, doch immerhin wurden sie von niemandem gejagt. Obwohl die Damonen ein weitaus schrecklicherer Feind als die Hornmänner waren, befanden sie sich irgendwo vor ihnen und ahnten nichts von ihrem Kommen. Außerdem hoffte Miranya, daß selbst die Ungeheuer bei diesem Wetter Besseres zu tun hatten, als die Gegend nach irgendwelchen Verrückten abzusuchen, die verwegen genug waren, geradewegs in die Höhle des Drachen zu reiten.

Nach weiteren quälend langsamen Minuten erreichten sie schließlich den Waldrand. Hier fanden sie wenigstens ein bißchen Schutz vor dem Schnee und Sturm, doch wenn sie gehofft hatten, ihren Weg fortsetzen zu können, so sahen sie sich enttäuscht. Was sie für einen Wald gehalten hatten, entpuppte sich lediglich als ein kleines Wäldchen, das nur wenige hundert Schritte durchmaß, bevor wieder freies Gelände einsetzte.

Vassus wollte den Befehl geben, ein Lager aufzuschlagen, doch Maziroc widersprach ihm heftig.

»So ein Schneesturm kann noch Tage andauern«, argumentierte er. Er mußte schreien, um sich überhaupt verständlich zu machen. Der Wind riß ihm jedes Wort von den Lippen. »So lange können wir nicht warten. Die Zeit arbeitet gegen uns.«

»Aber es wäre Selbstmord, bei diesem Unwetter weiter zu reiten«, hielt Vassus dagegen. »Ich habe nicht vor, meine Männer in den sicheren Tod zu führen.«

»Der Sturm wird uns schon nicht umbringen. Die Damonen wohl, wenn sie uns entdecken«, brüllte Maziroc. »Wir müssen die Deckung ausnutzen, die uns das Unwetter bietet. Auf diese Art kommen wir vielleicht sogar ungeschoren bis unmittelbar zu der *Weltenbresche*. Wenn wir hingegen auf schöneres Wetter warten, haben wir kaum noch eine Chance dazu.«

Vassus zögerte kurz, dann schüttelte er den Kopf. »Trotzdem«, beharrte er. »Es wäre Wahnsinn. Wahrscheinlich würden die Soldaten mir nicht einmal gehorchen, wenn ich jetzt einen Aufbruch befehlen würde.«

Mazirocs Blick schien noch kälter als der Schnee zu werden. »Ich hoffe, daß dies nur ein ziemlich dummer Versuch war, mich von meinem Vorhaben abzubringen«, polterte er. »Als ich um Unterstützung bat, hat man mir angesichts der Bedeutung dieser Mission Elitetruppen zugesichert, und ich glaube kaum, daß sie ihrem Befehlshaber einfach den Gehorsam verweigern würden. Andernfalls werde ich persönlich dafür sorgen, daß jeder einzelne Deserteur vor einem Kriegsgericht landet. Und jetzt laßt Eure Männer wieder aufsteigen.«

Vassus hielt seinem Blick noch ein paar Sekunden lang wütend stand, dann fuhr er herum und begann, Befehle zu brüllen. Wie nicht anders zu erwarten, stießen seine Anordnungen kaum auf Begeisterung, und die Soldaten folgten nur murrend, doch kein einziger wagte es, offen aufzubegehren.

Wie die meisten ihrer Begleiter schlang sich Miranya erneut das Tuch vors Gesicht, dann verließen sie den Schutz des Waldes und ritten wieder ins offene Gelände hinaus. Sofort schlug der Sturm wie mit scharfen Krallen nach ihnen, schien ihnen die Haut herunterreißen zu wollen. Sie kamen nur langsam voran, dennoch ritten sie Stunde um Stunde durch die unwirklich anmutende Welt aus Schnee, Sturm und Kälte, ohne daß der Blizzard auch nur im mindesten nachließ.

Miranya konnte nur hoffen, daß wenigstens Maziroc, der sie anführte, noch wußte, *wohin* sie ritten. Sie selbst hatte in dem Gestöber schon längst jeglichen Orientierungssinn verloren.

Am späten Nachmittag – zumindest vermutete Miranya dies, denn auch ihr Zeitempfinden hatte sie verloren – legten sie eine Rast ein, dann ritten sie noch einmal mehrere Stunden, bis sie erneut ein Waldstück erreichten, wo Maziroc ein Nachtlager aufschlagen ließ. Obwohl die junge Vingala pelzgefütterte Handschuhe trug, waren ihre Finger vor Kälte so taub, daß sie Kenran'Del nicht einmal helfen konnte, das Zelt aufzubauen. Kaum daß er mit dieser Arbeit fertig war, kroch sie völlig erschöpft hinein und unter die Decken. Sie war am Ende ihrer Kräfte angelangt, so daß sie fast augenblicklich einschlief, sobald sie sich hingelegt und die Augen geschlossen hatte.

Wirre Träume quälten sie, und trotz der dicken Decken schien die Kälte sie noch bis in den Schlaf zu verfolgen. Als sie am nächsten Morgen aufwachte, fühlte sie sich kaum erholt und völlig zerschlagen.

Der Schneesturm dauerte noch immer ungebrochen an. Alles lag unter einer dicken weißen Schicht begraben, in der sie selbst unter den Bäumen bis über die Knie versanken, so daß sie nicht einmal in der Lage waren, ein richtiges Feuer zu entzünden. Alles Holz war naß, und als es ihnen mit Hilfe des magischen Pulvers doch gelang, ein paar Scheite in Brand zu setzen, konnten die Flammen nicht richtig auflodern, weil sie vom nachfallenden Schnee fast erstickt wurden.

Die Stimmung unter den Soldaten war gedrückt, und daran änderte sich auch im Verlauf des Tages nichts. Von kurzen Pausen abgesehen, ritten sie fast die ganze Zeit, kamen jedoch noch langsamer als am Vortag voran. Die Pferde versanken tiefer und tiefer im Schnee. Gegen Mittag ließ der Sturm ein wenig nach, doch brachte auch das kaum Erleichterung.

Bald darauf stießen sie erstmals auf etwas, was Miranya bislang nur aus Mazirocs Erzählungen kannte: die ausgebrannten Ruinen eines kleinen Gehöfts, zwischen denen noch zahlreiche grausam verstümmelte Leichen lagen. Es war ein schrecklicher Anblick, der ihr fast den Magen umdrehte und ihr noch einmal deutlich vor Augen führte, mit welch einem grauenvollen Feind sie es zu tun hatten. Auch auf die Soldaten wirkte sich diese Entdeckung bedrückend aus. Das Gefühl der Hilflosigkeit verstärkte sich noch, da sie nicht einmal eine Möglichkeit hatten, die Toten in dem hartgefrorenen und dick mit Schnee bedeckten Boden zu begraben, und weiterzogen, ohne etwas unternehmen zu können.

Als sie am Abend das Lager wiederum im Schutz eines kleinen Waldstücks aufschlugen, war die Stimmung auf dem Tiefpunkt angelangt. Nicht nur Miranya, auch die meisten Soldaten waren zu Tode erschöpft, gleichzeitig aber auch so gereizt, daß es mehrfach wegen irgendwelcher Kleinigkeiten beinahe zu Handgreiflichkeiten gekommen wäre.

Wieder schlief Miranya fast augenblicklich ein, wurde jedoch irgendwann geweckt, als jemand sie heftig an der Schulter rüttelte. Mit einem unwilligen Laut wollte sie sich auf die andere Seite drehen, doch das Rütteln hielt an, und sie hörte, wie Kenran'Del leise ihren Namen rief. Gleichzeitig vernahm sie andere Geräusche. Schreie und aufgeregte Rufe drangen von außerhalb des Zeltes an ihr Ohr, dann das Klirren von Waffen.

Mit einem Schlag war sie hellwach und fuhr in die Höhe.

»Was ist passiert?« fragte sie erschrocken.

»Die Damonen«, stieß Kenran'Del hervor. »Sie haben uns trotz des Schneesturms entdeckt.

Miranya warf die Decken ab, streifte ihren dicken Pelzmantel über und schlüpfte in ihre Stiefel. Den lauten Rufen und dem Waffengeklirr zufolge, mußte mittlerweile das ganze Lager auf den Beinen sein. Ein wilder Kampf war entbrannt. Sie wollte das Zelt verlassen, doch Kenran'Del hielt sie zurück.

»Warte«, sagte er und hielt ihr etwas hin. »Ich möchte, daß du das hier trägst. Es ist das einzige, was ich außer meinem eigenen noch habe.«

Erst als sie es entgegen nahm, erkannte sie in der herrschenden Dunkelheit, daß es sich um eines der metallenen Armbänder handelte, wie er selbst eines trug. Schon vor geraumer Zeit hatte er ihr erklärt, daß es ihm nur mit Hilfe dieses Reifs möglich war, sich unsichtbar zu machen. Er streifte es ihr über das Handgelenk, und obwohl sie wesentlich dünnere Arme als er hatte, paßte es wie angegossen, als wäre es speziell für sie gemacht.

»Hier sind zwei Symbole«, erklärte er. »Wenn du auf das linke drückst, verschwindest du vor den Blicken der anderen. Die rechte Taste hingegen macht dich wieder sichtbar.«

»Danke«, murmelte Miranya, gerührt von der Sorge, die er sich um sie machte, und hauchte ihm einen Kuß auf die Wange. Sie drückte auf das linke Symbol. Das Metall gab unter ihren Fingerspitzen ein wenig nach, und ein leises Klicken ertönte, sonst schien sich nichts für sie zu ändern. Sie tastete mit ihren geistigen Fähigkeiten nach dem Armband, doch anders als bei einem herkömmlichen *Skiil* konnte sie tatsächlich keinerlei Magie spüren. Daß es dennoch wirkte, sah sie, als auch Kenran'Del gleich darauf seinen Reif berührte und von einem Moment zum anderen vor ihren Augen verschwand.

Mit unsichtbaren Händen schob er die Plane vor dem Eingang des Zeltes zur Seite, und sie krochen ins Freie. Der immer noch heftig fallende Schnee beschränkte ihre Sicht weiterhin auf wenige Schritte. Vom Kampf war nichts zu sehen, nur die Geräusche der Schlacht drangen an ihre Ohren.

»Sieh zu, daß du den Rand des Lagers erreichst, und warte dort«, raunte Kenran'Del ihr zu. »Es hat keinen Sinn, wenn du dich in unnötige Gefahr begibst.«

Miranya nickte, dann wurde ihr bewußt, daß er sie so wenig sehen konnte wie sie ihn und flüsterte ein Ja zurück. Dann stapfte sie durch den Schnee davon, weg von den Kampfgeräuschen, die sich auf die andere Seite des Lagers zu beschränken schienen, während er sich in genau diese Richtung wandte. Sie kreuzte die Spuren zahlreicher anderer, so daß sie sich über ihre Abdrücke im Schnee keine sonderlichen Gedanken machen mußte. Niemand wäre in der Lage, sie auseinanderzuhalten.

Dennoch blieb sie nach kaum einem Dutzend Schritten stehen. Die Schreie verwundeter oder sterbender Soldaten, die zu ihr herüberwehten, schienen wie ein Messer in ihr Herz zu schneiden, und mit einem Mal kam sie sich unsäglich feige vor. Nur ein Stück von ihr entfernt starben Menschen im Kampf gegen die Damonen, doch sie stahl sich einfach davon, obwohl sie dank ihrer Unsichtbarkeit über größere Vorteile als alle anderen im Kampf gegen die Ungeheuer verfügte. Sie konnte nicht einfach fliehen, die anderen ihrem Schicksal überlassen und darauf warten, wie die Schlacht ausging.

Kurz entschlossen wandte sie sich um, zog ihr Schwert und eilte wieder zurück. Es dauerte nicht lange, bis sie einen der Soldaten sah, der mit seinem Schwert verzweifelt die immer wieder nach ihm schnappenden Scheren eines Ungeheuers abzuwehren versuchte, das entfernt an eine Mischung zwischen einem riesigen Krebs und einem Skorpion erinnerte. Seine Klinge prallte von den horngepanzerten Scheren ab und hinterließ nur kleine Kerben darin, und er wurde immer weiter zurückgedrängt, so daß am Ausgang des ungleichen Kampfes kein Zweifel bestehen konnte.

Der Anblick der hornschimmernden schwarzen Scheußlichkeit lähmte Miranya für einen Augenblick. Mehr noch als der geflügelte Damon, schien dieses Ungeheuer geradewegs einem ihrer übelsten Alpträume entsprungen zu sein; eine Bestie, gegen die man nicht kämpfen, sondern vor der man nur zu fliehen versuchen konnte, selbst wenn es kein Entrinnen gab.

Dann jedoch überwand sie ihr Entsetzen und ihre Furcht und hastete geradewegs auf die beiden kämpfenden Gestalten zu. Keiner von ihnen nahm Notiz von ihr, also funktionierte der Unsichtbarkeitszauber offensichtlich auch bei ihr. Sie suchte sich eine weniger stark gepanzerte Stelle im Leib des Ungeheuers und rammte ihr Schwert mit aller Macht hinein. Fast bis zum Heft drang es in den Körper des Damons. Grünliches Blut spritzte aus der Wunde. Nur mit Mühe konnte Miranya das Schwert wieder zurückreißen und sich mit zwei gewagten Sprüngen aus der Reichweite des Ungeheuers bringen, das sich mit einem schmerzerfüllten Kreischen aufbäumte und gleich darauf wie wild zu toben begann. Dabei bewegte es sich mit fast übernatürlicher Schnelligkeit. Obwohl es sie nicht sehen konnte, fuhr es herum, schlug wie rasend mit seinem Schwanz um sich und ließ seine gewaltigen Scheren mit einem widerwärtigen

Knacken genau dort zuschnappen, wo sie gerade eben noch gestanden hatte.

Auch der Soldat war für einen Moment überrascht von der unerwarteten Entwicklung, doch nutzte er sofort die Gunst des Augenblicks und rammte ebenfalls sein Schwert in den Leib des Damons. Tödlich verwundet brach die Bestie zusammen.

Miranya eilte weiter und nahm sich vor, trotz ihrer Unsichtbarkeit in Zukunft noch vorsichtiger zu sein. Auch wenn die Ungeheuer sie nicht sehen konnten, reagierten sie rein instinktiv auf eine Verwundung und waren in ihrer Raserei noch immer höllisch gefährliche Gegner, die sie wie beiläufig töten konnten.

Sie erreichte den eigentlichen Schauplatz des Kampfes. Soweit sie in dem Schneegestöber erkennen konnte, hatten sich die Soldaten bemüht, eine doppelt hintereinander gestaffelte Schlachtreihe zu bilden, um die Ungeheuer abzuwehren, deren Zahl Miranya gar nicht erst zu schätzen versuchte. Dafür sah sie zuwenig. Wohl konnte sie jedoch erkennen, daß die Soldaten mit dem Bilden ihrer Formation bislang wenig Erfolg gehabt hatten. Immer wieder wurde diese von den Damonen durchbrochen, und es bildeten sich Einzelkämpfe Mensch gegen Ungeheuer.

In Abständen von ein paar Sekunden zuckten Blitze auf, rasten auf die Ungeheuer zu und töteten sie. Sofort wechselte Kenran'Del anschließend seinen Standort. Mit seinem Flammenschwert bildete er eine wertvolle Verstärkung für die Soldaten, die ansonsten nur dann Erfolge erzielten, wenn sie zu mehreren gleichzeitig gegen einen der Damonen vorgehen konnten. Wie Maziroc und Charalon schon vor tausend Jahren festgestellt hatten, waren sie den Ungeheuern bei einem offenen Kampf in freiem Terrain hoffnungslos unterlegen. Bereits jetzt sah Miranya zahlreiche tote Soldaten, deren

Blut den Schnee tränkte, aber nur wenige erschlagene Ungeheuer. Mit Abstand die meisten toten Damonen hatte bis jetzt Kenran'Del für sich zu verbuchen.

Auch Miranya stürzte sich ins Kampfgetümmel, wobei sie auf die gleiche Taktik zurückgriff, die sich schon zuvor erfolgreich bewährt hatte. Auf ihre Spuren brauchte sie nicht mehr zu achten, da der Schnee bereits überall festgetreten war. So konnte sie sich unbemerkt an jeweils einen Damon heranschleichen und ihn mit einem entschlossen Schwertstoß töten oder zumindest schwer verwunden, um anschließend sofort zurückzuspringen und sich aus der Reichweite des rasenden Ungeheuers zu bringen.

Dennoch wurde es ein paarmal mehr als brenzlig für sie. Einmal stolperte sie beim Zurückweichen über den Körper eines toten Soldaten und wäre um ein Haar von einem im Todeskampf mit seinen dolchartigen Klauen wild um sich schlagenden Damon getötet worden. Ein anderes Mal fehlte nicht viel, und sie wäre von den Scheren eines zweiten Damons erwischt worden, der sich dicht bei demjenigen befand, dem sie gerade einen Todesstoß versetzt hatte.

Alles in allem aber hatte sie noch deutlich mehr Glück und Erfolg als die meisten der Soldaten. Viele von ihnen waren bereits tot, und kaum einer der Überlebenden hatte keine Verletzungen davongetragen. Doch auch von den Damonen lebten nur noch wenige. Anscheinend hatte es sich nur um eine Patrouille von wenigen Dutzend Ungeheuern gehandelt, die den Troß zufällig entdeckt hatte. Miranya wagte sich nicht vorzustellen, was passiert wäre, wenn Hunderte der Bestien sie gezielt angegriffen hätten. In diesem Fall hätten sie und ihre Begleiter keine Chance gehabt.

Auch die letzten Damonen fielen schließlich unter den Schwerthieben der Soldaten, doch der Kampf hatte einen hohen Blutzoll gefordert. Beinahe die Hälfte der Soldaten war tot, und von den noch lebenden war kaum einer ohne mehr oder weniger schwere Blessuren davongekommen. Eine Menge Arbeit wartete auf Miranya.

Um die Männer nicht zu erschrecken, wählte sie einen abgelegenen Winkel, um auf das rechte Symbol an ihrem Armband zu drücken und damit wieder sichtbar zu werden. Sie machte sich auf die Suche nach Maziroc und fand ihn schließlich vor einem der Zelte reglos auf dem Boden liegen. Sein Gewand war in Brusthöhe blutverschmiert. Mit einem erschrockenen Laut eilte Miranya zu ihm, sank neben ihm auf die Knie und untersuchte ihn flüchtig. Er war bewußtlos und hatte eine schlimme Wunde in der Brust davongetragen, doch er lebte, obwohl es nicht gut um ihn stand.

»Geh und hol mein Bündel aus meinem Zelt«, trug sie einem unverletzten Soldaten auf. »Rasch!«

Der Soldat nickte knapp und eilte davon, während Miranya sich bereits wieder dem Magier zuwandte. Mit einem Dolch zerschnitt sie sein Gewand über der Brust. Die Wunde sah schlimm aus, schien aber nicht tödlich zu sein. Mit ihrer Heilkraft tastete Miranya danach, schloß die verletzten Blutgefäße eines nach dem anderen und dämmte so die Blutung ein. Ganz konnte sie sie auf diese Art nicht zum Stillstand bringen, das hätte Stunden gedauert, doch nach wenigen Minuten kehrte der Soldat mit ihrem Bündel zurück. Sie bedeckte die Wunde mit einigen Heilkräutern aus ihrem allmählich schwindenden Vorrat und legte einen Verband an, dann richtete sie sich wieder auf und strich sich die Haare aus dem Gesicht.

»Bringt ihn in sein Zelt, aber seid vorsichtig!« befahl sie. Sie wollte sich einem der verletzten Soldaten zuwenden, doch dann fiel ihr auf, daß sie Kenran'Del nirgendwo entdecken konnte, obwohl der Kampf längst vorbei war.

»Habt ihr Kenran'Del irgendwo gesehen?« wandte sie sich an einige Soldaten, doch die Männer schüttelten nur stumm die Köpfe und kümmerten sich weiter um ihre verletzten Kameraden.

Im Gewissenskonflikt zwischen ihrem Eid, denen zu helfen, die ihre Hilfe benötigten, und ihrer Sorge um den Mann, den sie liebte, rang Miranya kurz mit sich, dann erwies sich ihre Sorge als stärker, zumal sie sich plötzlich erinnerte, gegen Ende des Kampfes keine Blitze aus dem Flammenschwert mehr gesehen zu haben. Wie sie selbst war auch Kenran'Del durch seinen Unsichtbarkeitszauber geschützt, doch sie hatte schließlich am eigenen Leib erlebt, daß dieser keinen vollkommenen Schutz gewährte.

Sie wandte sich in die Richtung, aus der ihrer Erinnerung nach die letzten Blitze aufgezuckt waren, und rief dabei immer wieder Kenran'Dels Namen.

Etwas abseits vom eigentlichen Kampfplatz vernahm sie schließlich ein gepreßtes Stöhnen. Eine fast unmerkliche Bewegung ging durch den Schnee, in einer Vertiefung unmittelbar neben einem toten Damon. Miranya ging in die Hocke und streckte zögernd die Hand danach aus. Sie spürte einen Körper und tastete am Arm entlang, bis sie den metallenen Reif am Handgelenk fühlte und auf das rechte Symbol drücken konnte. Für einen Sekundenbruchteil füllte ein Wabern die Vertiefung aus, dann lag Kenran'Del vor ihr im Schnee.

Auch er hatte das Bewußtsein verloren und war verletzt. Eine stark blutende Wunde klaffte an seinem Oberarm, diesmal dem rechten. Vorsichtig tastete Miranya die Wunde ab, doch obwohl sie äußerst behutsam vorging, erwachte er von der Berührung. Einen Moment lang starrte er sie verwirrt und erschrocken an, dann verzerrte sich sein Gesicht vor Schmerz. »Ist ... auch wieder nur ein Kratzer«, preßte er hervor, dann verdrehte er die Augen und verlor erneut das Bewußtsein.

Die Weltenbresche

Diesmal führte das durch den *Seelenstein* geöffnete Tor sie nicht auf die Turmplattform zurück, sondern sie traten auf ebener Erde heraus. Alles andere wäre ihnen auch schlecht bekommen, denn es hätte einen Sturz aus Dutzenden Metern Höhe bedeutet. Der Hauptturm Cavillons existierte nicht mehr, so wenig wie einer der anderen Türme oder die übrigen Gebäude. Nur hier und da waren noch rauchende Trümmer von der einst so prachtvollen Ordensburg übriggeblieben, Trümmer, zwischen denen überall Soldaten herumkletterten und nach Verschütteten suchten. Kalt schien das Licht des Mondes auf die Ruinen herab.

Erschüttert ließ Maziroc seinen Blick über das Trümmerfeld gleiten. Cavillon war praktisch dem Erdboden gleich gemacht worden, um ein Vielfaches schlimmer noch zerstört als die Hohe Festung der Elben. So gut wie nichts war der rasenden Vernichtungswut der kosmischen Ungeheuer entgangen. Nur vereinzelt ragten noch die Überreste geborstener, rußgeschwärzter Säulen oder Mauern auf.

Ich habe die Nachtmahre mit einem Bann belegt, nur leider konnte ich es erst jetzt tun, klangen noch einmal Charalons Worte in Mazirocs Gedächtnis auf. Er mußte gewußt haben, daß diese Rettung für Cavillon zu spät erfolgt war, doch hatte er es ihnen nicht offen sagen wollen oder es nicht über sich gebracht. Welche neue Form der Existenz er auch immer in der *Dämmerschmiede* gefunden hatte, in seinem Inneren war er immer noch ein Mensch geblieben, das hatte bereits das kurze Gespräch mit ihm gezeigt.

»Helft mir!« vernahm Maziroc einen schwachen Ruf. Nicht weit von sich entfernt entdeckte er einen Soldaten, dessen Bein unter einem Trümmerstück eingeklemmt war. Rasch eilte er hinzu, und gemeinsam mit Kenran'-Del gelang es ihm, das Mauerstück so weit anzuheben, daß der Soldat sein Bein darunter hervorziehen konnte. Es war gebrochen, doch ansonsten war lediglich die Haut ein wenig aufgeschürft und blutete nur leicht.

Mit seiner magischen Kraft wirkte Maziroc auf den Verstand des Verletzten ein, damit dieser seine Schmerzen nicht mehr so heftig spürte, dann winkte er einige andere Soldaten herbei, damit sie den Mann fortbringen und sich um ihn kümmern konnten. Zu seiner Freude entdeckte er auch Pollus unversehrt unter ihnen.

»Was ist passiert?« wandte er sich an seinen früheren Reisebegleiter, obwohl er sich die Antwort denken konnte.

»Die Ungeheuer«, stieß Pollus hervor. Schweiß, Ruß und Staub bedeckten sein Gesicht. »Diese fliegenden Kreaturen. Nachdem sie die Damonen getötet hatten, fielen sie alle zugleich über Cavillon her. Zuerst haben sie die Burg mit ihrem Feueratem überzogen, und was dann noch stand, haben sie mit ihren Klauen niedergerissen. Viele von uns waren ohnehin bereits geflohen, und als der Angriff begann, gab General Bayron den Befehl, Cavillon aufzugeben. Aber da war es bereits zu spät. Nur wenigen gelang zu diesem Zeitpunkt noch die Flucht.«

»Und Bayron?« hakte Maziroc nach. »Wo ist er?«

Pollus schüttelte den Kopf. »Er blieb bis zum Ende, wollte Cavillon erst als letzter verlassen. Als der Hauptturm zusammenbrach, befand er sich noch darin. Er kann nur durch ein Wunder überlebt haben.«

Niedergeschlagen senkte Maziroc den Blick. Er wagte erst gar nicht weiter darüber nachzudenken, wieviele Todesopfer der Angriff der Nachtmahre unter den Verteidigern Cavillons gefordert haben mochte. »Und dann?« wollte er wissen. »Was geschah mit den Ungeheuern?«

»Urplötzlich brachen sie ihren Angriff ab«, berichtete Pollus. »Wenn ich mir nur vorstelle, wie sie unter den Damonen gewütet haben, hätte sonst wahrscheinlich keiner von uns überlebt. Sie stiegen immer höher in den Himmel hinauf, bis sie nicht mehr zu sehen waren. Keine Ahnung, was sie dort gesucht haben oder wo sie hin sind.«

Offenbar war das der Bann, von dem Charalon gesprochen hatte, überlegte Maziroc. Vielleicht wurden die Nachtmahre dadurch gezwungen, immer höher und höher zu fliegen, bis sie entweder starben oder für alle Zeiten hilflos zwischen den Sternen umherirrten.

»Es ist nicht Eure Schuld und auch nicht die Charalons«, sagte Kenran'Del und legte ihm mitfühlend die Hand auf die Schulter. »Ihr konntet nicht wissen, welche schrecklichen Monster Ihr heraufbeschwören würdet. Und, wer weiß, vielleicht war es trotz allem sogar das einzig richtige, das Ihr tun konntet.«

»Das richtige?« Zornig fuhr Maziroc herum. »Wie könnt Ihr so etwas nur sagen, angesichts der unzähligen Toten und der Zerstörung Cavillons?«

»Immerhin wurden die Damonen von den Nachtmahren vernichtend geschlagen«, erinnerte Kenran'Del ihn ruhig. »Und das zu einem Zeitpunkt, als es schon kaum noch eine Rettung zu geben schien. Die Damonen hätten Cavillon ebenfalls niedergebrannt, und es hätte sicherlich ebensoviele Tote gegeben, vielleicht sogar noch mehr. Aber damit wäre das Morden noch nicht vorbei gewesen. Sie wären anschließend nach Basla weitergezogen und hätten auch diese Stadt niedergebrannt, und dann die nächste und immer weiter. Niemand hätte sie mehr aufhalten können.«

»Vielleicht«, murmelte Maziroc. Sein Zorn war so schnell wieder erloschen, wie er aufgeflammt war, da er im Grunde seines Herzens wußte, daß Kenran'Del recht hatte. »Trotzdem ... All die vielen Toten, hingemetzelt von Kreaturen, die ich selbst mit heraufbeschworen habe ... Selbst wenn es keinen anderen Ausweg gab, ist das eine Schuld, an der ich für den Rest meines Lebens schwer zu tragen haben werde.«

»Ihr werdet eine noch viel schlimmere Schuld tragen müssen, wenn Ihr Euch jetzt Eurem Selbstmitleid hingebt. Noch ist die Gefahr nicht gebannt. Die beiden großen Damonenheere wurden vernichtet, aber sie werden sich wieder neu formieren und ein neues Eroberungsheer ausschicken, solange jeden Tag weiterhin Hunderte oder gar Tausende von ihnen nach Arcana gelangen. Um diese Gefahr endgültig auszuschalten, müssen wir so schnell wie möglich zur *Weltenbresche* und sie schließen. Erst dann ist Arcana wieder sicher. Das wußte auch Charalon, als er sagte, wir hätten noch eine Aufgabe zu erledigen.«

Maziroc rang kurz mit sich, dann straffte er sich. »Ihr habt recht«, sagte er. »Dies ist nicht die Zeit für Trauer. Wir müssen handeln, wenn nicht alles umsonst gewesen sein soll.« Er wandte sich wieder an Pollus. »Was ist mit den Zwergen? Sind sie noch hier?«

»Sie haben Cavillon mit ihren Drachen noch vor dem Angriff der Ungeheuer verlassen und sind nach Norden geflogen, in Richtung auf das Kamos-Gebirge. Aber sie sind inzwischen zurückgekehrt und versuchen ebenfalls zu helfen. Sie müssen hier irgendwo sein.«

»Dann kommt«, sagte Maziroc zu Kenran'Del. »Wenn wir wirklich *schnell* zur *Weltenbresche* wollen, müssen wir Königin Farin finden.«

»Ich muß verrückt sein«, stieß Miranya hervor, und das nicht zum ersten Mal. »Wie konnte ich mich nur darauf einlassen?«

Kenran'Del verzichtete darauf, ihr zu antworten und ihr erneut zu sagen, daß es die einzige Möglichkeit war, die seiner Meinung nach zumindest eine kleine Hoffnung auf Erfolg bot, so daß sie letztendlich gar keine andere Wahl hatten. Sie hatten bereits ausgiebig darüber gesprochen. Auch Miranya hatte es längst eingesehen, sonst wäre sie nicht mitgekommen. Wenn sie dennoch immer wieder zweifelte, dann war das nur ein Ausdruck ihrer Angst.

Stundenlang hatte sie sich aufopferungsvoll um die verletzten Soldaten gekümmert. Mehr als hundert von ihnen waren tot, vier, fünf Dutzend so schwer verletzt, daß es fraglich war, ob sie die folgende Nacht überleben würden. Zahlreiche weitere hatten Wunden davongetragen, die sie zwar nicht töten, ihr Vorankommen jedoch verzögern und sie im Falle eines weiteren Kampfes entscheidend behindern würden. Aus diesem Grund durften sie es unter keinen Umständen auf noch eine Auseinandersetzung ankommen lassen.

Sie mochten durch Zufall von dem Damonentrupp entdeckt worden sein, sonst wären diese mit Sicherheit in weitaus größerer Zahl aufgetaucht. Mittlerweile jedoch wußte die Hauptmacht der Ungeheuer aufgrund ihrer geistigen Verbindung vermutlich bereits, daß sie anrückten. Wären sie wie ursprünglich geplant weiter vorgerückt, hätten sie die Soldaten geradewegs in den sicheren Tod geführt. Keiner von ihnen würde einen weiteren Kampf überleben.

Auch Maziroc war so schwer verletzt, daß eine Fortführung ihrer Mission sein Leben in ernsthafte Gefahr gebracht hätte, selbst ohne die Damonen.

Aus diesem Grund hatte Kenran'Del beschlossen,

allein mit Miranya weiterzureiten, während die anderen umkehren und irgendwo in einem Dorf Zuflucht suchen würden. Seine eigene Wunde hatte sich zum Glück als tatsächlich nicht besonders schlimm herausgestellt, auch wenn er seinen rechten Arm eine Zeitlang nicht wie gewohnt würde belasten können. Eine deutliche Beeinträchtigung, da er sein Schwert mit der Rechten führte. Aber sie hatten ohnehin nicht vor, sich auf einen Kampf einzulassen. Sie beide alleine hatten jedoch durchaus eine Chance, unbemerkt im Schutz seines Unsichtbarkeitszaubers bis in die Nähe der *Weltenbresche* zu gelangen und die Situation dort auszukundschaften.

Obwohl ihre größte Stärke gerade darin lag, daß sie nur zu zweit waren, hätte sich Miranya bedeutend sicherer gefühlt, wenn sie für den Notfall einige gut bewaffnete Soldaten bei sich gehabt hätten. Leider verfügte Kenran'Del jedoch nur über die beiden magischen Armbänder. Sie versuchte sich damit zu trösten, daß auch weitere Begleiter keine große Hilfe darstellen würden, wenn sie entdeckt würden und es zu einem Kampf käme.

»Hast du mittlerweile wenigstens eine Idee, wie wir die *Weltenbresche* schließen können?« fuhr sie nach einer Weile fort.

»*Wir* werden das wohl kaum schaffen«, antwortete Kenran'Del. Es war merkwürdig, seine Stimme scheinbar aus dem Nichts neben sich zu hören. Obwohl sie bereits den halben Tag unsichtbar nebeneinander her ritten, hatte sie sich noch nicht daran gewöhnt. Der Zauber erstreckte sich auch auf die Pferde, nachdem Kenran'Del kurz an den magischen Armbändern hantiert hatte. »Aber es ist wichtig, daß wir etwas über die Zahl der Damonen und ihre Verteidigungsanlagen in Erfahrung bringen. In Larquina und mehreren anderen Ländern werden bereits Truppen aufgestellt. Wenn wir ihnen die nötigen Informationen liefern, können sie vielleicht das Heerlager der Damonen angreifen und die Ungeheuer zurückschlagen.«

»Aber das bringt doch höchstens einen Zeitaufschub, solange die *Weltenbresche* selbst besteht.«

»So sehe ich das nicht. Auch wenn es uns nicht gelingt, die *Bresche* zu schließen, können immer nur einzelne Damonen auf diesem Weg nach Arcana gelangen, und es dürfte nicht weiter schwer sein, diese dann zu töten. Und möglicherweise finden die Magier ja einen Weg, diese Bedrohung endgültig zu beseitigen, wenn sie erst einmal genug Zeit haben, sich mit dem Phänomen zu beschäftigen.«

Nachdenklich schwieg Miranya. Es wäre sicherlich keine optimale Lösung, auf Dauer Wachen vor der *Weltenbresche* zu stationieren, die jeden herauskommenden Damon töteten, aber in jedem Fall besser, als den Ungeheuern die Möglichkeit zu neuen Eroberungszügen zu geben. Währenddessen konnten die Ishar und Vingala die *Weltenbresche* intensiv erforschen, und vielleicht gelang es ihnen ja tatsächlich irgendwann, sie zu schließen. Voraussetzung dafür aber war es, zunächst die Damonen zu schlagen, die bereits nach Arcana gekommen waren, und damit dies gelang, mochte es von entscheidender Bedeutung sein, daß sie und Kenran'Del möglichst viel herausfanden.

Erst allmählich wurde ihr bewußt, welch eine Verantwortung sie sich mit ihrem Entschluß, ihn zu begleiten, auf die Schultern geladen hatte. Zuvor war sie stets nur eines von vielen Mitgliedern einer Expedition gewesen, die Maziroc geleitet und für die er auch den größten Teil der Verantwortung getragen hatte. Nun jedoch waren nur noch sie und Kenran'Del alleine übrig, um die Mission, von der so viel abhing, zu erfüllen.

Wenigstens schien das Wetter auf ihrer Seite zu sein.

Anfangs waren sie ein beträchtliches Stück durch einen Bach geritten, der aufgrund seiner starken Strömung nicht zugefroren war, um vom Lager aus keine Spuren zu hinterlassen, denen ein eventueller weiterer Spähtrupp der Damonen folgen konnte. Auch eine Weile später hatten sie diese Möglichkeit noch einmal genutzt, als sie auf einen weiteren Bach stießen, der in ihre Richtung floß. Mittlerweile war dies nicht mehr nötig.

Der Schneesturm hatte nachgelassen, allmählich erst, dann vollständig. Bald hatten sie das Gebiet des Blizzards ganz verlassen, und es lag bedeutend weniger Schnee. Dadurch kamen sie nicht nur leichter und schneller voran, sie hinterließen auch weniger Spuren, je dünner die Schneedecke wurde.

Der Karte zufolge, die Maziroc ihnen gegeben hatte, befanden sie sich nur noch etwa eineinhalb Tagesritte von der *Weltenbresche* entfernt, als sie am Abend ihr Lager aufschlugen. Hier lag bereits nur noch eine kaum fingerdicke Schneeschicht, die zudem an vielen Stellen zu tauen begann. Auch waren die Temperaturen merklich gestiegen. Falls es über Nacht keinen abrupten Wetterumschwung gab, würden sie schon am nächsten Tag mit dem Schnee und den Spuren gar keine Probleme mehr haben.

»Ganz wie ich es gehofft habe«, sagte Kenran'Del und warf einen zufriedenen Blick in die Runde, während er das Zelt aufbaute. »Im Skyllischen Meer gab es damals eine starke und ausgedehnte Strömung, die offenbar immer noch besteht. Sie führt warmes Wasser aus den tropischen Ozeanen im Süden heran und sorgt deshalb hier für ein recht mildes Klima. In den weiter südlich gelegenen Landstrichen der Barbarenländer gibt es sogar riesige Dschungelgebiete. Eine solche Vegetation gedeiht nur aufgrund dieser Strömung, die auch die Luft erwärmt.«

»Na ja, ich finde es immer noch reichlich kalt«, entgegnete Miranya. Fröstelnd schlang sie die Arme um ihren Oberkörper und verlagerte ihr Gewicht von einem Fuß auf den anderen.

»Hier bekommen wir auch nur die nördlichsten Ausläufer dieser Meeresströmung zu spüren«, erklärte Kenran'Del. »Aber wenn es sie nicht gäbe, hätten wir hier ebenso eisige Temperaturen wie beispielsweise in Skant.«

»Mir reicht es auch so.« Ungeduldig wartete sie, bis er mit dem Aufbau des Zeltes fertig war, dann kroch sie als erste hinein.

Sie war erschöpft und hatte damit gerechnet, fast sofort einzuschlafen. Als sie kurz darauf Seite an Seite mit Kenran'Del unter der dicken Felldecke lag und dem Wispern des Windes lauschte, kamen ihr mit einem Mal die unzähligen Gefahren, die in der Dunkelheit dort draußen, nur durch die Zeltplane von ihnen getrennt, auf sie lauern mochten, wieder überdeutlich zu Bewußtsein. Zu ihrer eigenen Überraschung spürte sie, wie im gleichen Maße plötzlich ein extrem starkes Begehren nach ihm in ihr erwachte.

Ehe sie schließlich glücklich aneinander geschmiegt einschliefen, liebten sie sich mit einer Leidenschaft und Hingabe wie niemals zuvor. Es schien, als wollten sie sich und der Welt gerade im Angesicht der tödlichen Bedrohung beweisen, daß sie noch am Leben waren, fest entschlossen, es auch zu bleiben; daß ihre Liebe stark genug war, jeder Gefahr zu trotzen.

Pfeilschnell schoß der Drache über den Wolken in südöstlicher Richtung durch die Nacht.

Es hatte eine Weile gedauert, bis Farin, die Zwergenkönigin, bereit gewesen war, ihnen das Tier und einen Reiter zur Verfügung zu stellen, doch schließlich hatte Maziroc sie von der Wichtigkeit ihres Vorhabens überzeugen können, und Farin hatte sogar den größten und schnellsten der ihr noch verbliebenen Drachen ausgewählt.

In Erinnerung an seine Erfahrungen während des ersten Fluges, hatte sich Maziroc dicke Winterkleidung angezogen und dies auch seinen Begleitern geraten. Diesmal jedoch verzichtete der Drachenreiter, ein junger Zwerg namens Mullon, darauf, durch eine Wolke hindurch zu fliegen, sondern nutzte eine Lücke, um das Tier in die entsprechenden Höhen aufsteigen zu lassen, so daß sie nicht naß wurden. Maziroc wertete es als eine Bestätigung seines Verdachts, daß dies nur eine ganz bewußte Schikane Marrins bei dem früheren Flug gewesen war. Trotzdem war er froh über die dicke Kleidung. Auch so war die Nachtluft in dieser Höhe reichlich kühl, und obwohl sie sich alle hinter die Brüstung des Transportkorbes gekauert hatten, bekamen sie genug von dem eisigen Flugwind zu spüren.

Außer Kenran'Del befanden sich noch zehn Zwerge und gleichfalls zehn Elbenkrieger bei Maziroc. Auf eine größere Eskorte hatte der Magier auf Anraten von Kenran'Del bewußt verzichtet. Auf einen Kampf durften sie sich an der *Weltenbresche* ohnehin nicht einlassen. Die Krieger würden nur dann zum Einsatz kommen, falls sie unterwegs von fliegenden Damonen entdeckt und angegriffen werden sollten. Vor allem auf die Elben mit ihren weitreichenden Langbögen setzte Maziroc in einem solchen Fall große Hoffnungen.

Selbst nachdem Königin Farin sich einmal bereiterklärt hatte, ihnen den Drachen zur Verfügung zu stellen, war noch ein hartes Stück Überredungskunst nötig gewesen, ehe sie schließlich zugestimmt hatte, daß gerade die Elben sie bei diesem Flug begleiten durften. Obwohl beide Völker in diesem Krieg gegen einen gemeinsamen Feind ungeheuer hohe Verluste hatten hinnehmen müssen und fast ausgerottet worden waren, wurzelte das gegenseitige Mißtrauen noch zu tief in ihnen, als daß es ihnen leicht fiel, über den eigenen Schatten zu springen.

Aber das betraf nicht nur die Zwerge. Auch die Elben fühlten sich auf dem Rücken des Drachens und abhängig von einem Zwerg, der ihn lenkte, sichtlich unwohl.

Dennoch hatten beide Seiten im Interesse der Mission ihre Bedenken und Vorurteile überwunden. Die gemeinsame Aufgabe und ihre Bedeutung für nicht nur ihre jeweiligen Völker schweißten sie zusammen. Auch wenn die Elben und die Zwerge unter sich blieben, registrierte Maziroc zufrieden, wie sich während des Fluges zwischen den Gruppen vereinzelte Gespräche entwickelten. Möglicherweise erlebte er mit, wie hier gerade der Keim für ein friedvolleres Miteinander der beiden Völker in der Zukunft gelegt wurde.

Am frühen Vormittag legten sie eine knapp einstündige Rast ein, damit der Drache sich erholen konnte. Dankbar nutzten sie die Gelegenheit, ihre vom langen Sitzen steif gewordenen Glieder zu lockern und sich an einem rasch entfachten Lagerfeuer zu wärmen.

Auf einen Wink Kenran'Dels hin sonderten sich dieser und Maziroc nach einiger Zeit ein wenig von den anderen ab.

»Habt Ihr eigentlich schon einen Plan, wie wir an die *Weltenbresche* selbst herankommen, wenn wir unser Ziel erreichen?« erkundigte sich der Magier. »Sie dürfte mit Sicherheit von den Damonen gut bewacht werden. Wir stehen im Begriff, geradewegs in ein Wespennest hineinzustechen, aber was wir dabei aufschrecken, dürfte weitaus schlimmer als ein paar Wespen sein.«

»Dessen bin ich mir bewußt«, antwortete Kenran'Del. »Genau deshalb wollte ich mit Euch allein sprechen, um die anderen nicht zu verunsichern. Nein, einen konkreten Plan habe ich nicht, aber zumindest eine Idee.« Er reichte Maziroc ein unscheinbar wirkendes Metallarmband. »Das zu tun, verstößt gegen alle Vorschriften, die man mir mit auf den Weg gab, als ich nach Arcana kam. Aber dies ist eine besondere Situation, die niemand vorhersehen konnte, und sie rechtfertigt auch besondere Maßnahmen. Zur Hölle mit den Vorschriften! In der letzten Zeit habe ich ohnehin bereits so viele mißachtet, daß es darauf auch nicht mehr ankommt«, fügte er fast fröhlich hinzu.

Unschlüssig betrachtete Maziroc das Metallband. »Was ist das? Ich nehme doch an, daß es sich um mehr als nur ein Schmuckstück handelt.«

»Allerdings. Das, großer Magier, ist etwas, das zu *meiner* Magie gehört«, erklärte Kenran'Del. Trotz des Ernstes der Situation grinste er auch weiterhin. »Es funktioniert ganz anders als Eure *Skiils*, doch zumindest in der Wirkung ist es ähnlich. Dieses Armband ermöglicht es mir, mich unsichtbar zu machen.«

Mit einem Mal begriff Maziroc voller Ehrfurcht, welchen Schatz er in den Händen hielt. »Und wenn ich es anlege, steht mir diese Fähigkeit ebenfalls zur Verfügung?« hakte er nach.

»Genauso ist es.« Mit knappen Worten erklärte Kenran'Del ihm die Bedeutung der beiden Symbole auf der Oberseite des Bandes. »Leider besitze ich nur diese beiden Bänder«, fuhr er fort. »Also werden wir beide versuchen müssen, uns unbemerkt bis zur *Weltenbresche* zu schleichen. Doch vorsichtig – denkt daran, was ich Euch erzählt habe. Im Gegensatz zu den Damonen sind die Sai-Than nicht allein auf ihre normalen Sinne angewiesen. Selbst als ich unsichtbar war, konnten sie meine Gegenwart spüren, wenn ich näher als hundert, hundertfünfzig Schritte an sie heran kam.«

»Ich werde daran denken«, versprach Maziroc und streifte den Armreif andächtig über.

»Notfalls werden die Elben und Zwerge für etwas Ablenkung sorgen müssen«, sprach Kenran'Del weiter. »Zwar dürfte dies extrem gefährlich für sie werden, doch wenn es uns ermöglicht, uns unbemerkt ins Lager der Damonen zu schleichen, ist es dieses Risiko wert. Und wenn alles so gelingt, wie ich es hoffe, dann habe ich noch ein weiteres As im Ärmel, das eine sehr unliebsame Überraschung für die Damonen darstellen wird.«

»Aber Ihr wollt mir wohl nicht sagen, um was es sich handelt?« vermutete Maziroc. »Dies ist kaum der richtige Moment für Geheimniskrämerei.«

»Wartet es ab«, vertröstete Kenran'Del ihn. »Das ist kein Mißtrauen gegen Euch, aber es ist besser, wenn außer mir niemand davon weiß.«

»Wie Ihr meint, Ihr müßt wissen, was Ihr tut«, brummte Maziroc leicht verstimmt, dann wechselte er das Thema. »Und was machen wir, wenn es uns gelingt, bis zur *Weltenbresche* vorzudringen?«

»Das weiß ich auch noch nicht«, gestand Kenran'Del. »Wir können nur hoffen, daß wir erkennen, wie wir den *Seelenstein* einsetzen müssen, wenn wir am Ziel sind. Vielleicht genügt es schon, ihn nur in die Nähe der *Weltenbresche* zu bringen, damit er sie beeinflußt.«

»Eine andere Chance bleibt uns wohl nicht.«

»Ganz recht, wir müssen es darauf ankommen lassen. Und noch eine Warnung. Setzt den Unsichtbarkeitszauber nicht leichtfertig ein, selbst wenn wir in Gefahr geraten sollten. Wie Ihr gerade völlig richtig festgestellt habt, bleibt uns vermutlich nur diese eine Chance. Deshalb sollten wir dem Feind nicht vorzeitig unsere Fähigkeiten verraten.«

»In Ordnung«, stimmte Maziroc zu, wenn auch nur schweren Herzens.

»Gut.« Kenran'Del nickte zufrieden. »Dann laßt uns jetzt zu den anderen zurückgehen. Es wird Zeit, daß wir unsere Reise fortsetzen.«

Sie gesellten sich wieder ans Feuer, und bald darauf gab Mullon das Zeichen zum Aufbruch. Vereinzelt entdeckten sie durch Lücken in der Wolkendecke tief unter sich vereinzelte Damonenhorden, doch handelte es sich nur um kleine Gruppen, vermutlich Spähtrupps, die das Land mehr oder weniger ziellos zu durchstreifen schienen. Angegriffen wurde der Drache nicht.

Auch am Nachmittag legten sie noch einmal eine kurze Rast ein, und mit Anbruch der Abenddämmerung erreichten sie das Gebiet, in dem ihr Ziel lag, auch wenn es durch die Wolken hindurch nicht zu erkennen war. Innerhalb nur eines Tages und einer halben Nacht hatten sie eine Strecke zurückgelegt, für die sie zu Pferde Wochen gebraucht hätten. Zudem waren sie von der Reise nicht einmal sonderlich erschöpft, sondern lediglich vom langen Sitzen etwas steif geworden. Indem sie ihnen den Drachen zur Verfügung gestellt hatten, hatten die Zwerge ein weiteres Mal bewiesen, welche Bedeutung ihnen im Krieg gegen die Damonen zukam. Ohne ihre Hilfe wäre alles sehr viel schwieriger geworden.

Da sie nicht im Heerlager der Ungeheuer landen konnten, wies Kenran'Del Mullon an, zunächst etwas weiter nach Osten zu fliegen, um erst dort tiefer zu sinken und im Sichtschutz hinter einem kleinen Waldstück niederzugehen. Das restliche Stück würden sie zu Fuß gehen müssen, doch so würden sie am ehesten unbemerkt an die *Weltenbresche* heran kommen.

Statt dessen jedoch legte der Drache plötzlich die Flügel an und schoß wie ein Pfeil in die Tiefe. Maziroc konnte sehen, wie Mullon fast von seinem Sitz am Hals des Tieres geschleudert wurde, dann purzelten alle Passagiere im Transportkorb wild durcheinander. Wüste Flüche klangen auf.

»Seid Ihr von Sinnen? Was tut Ihr?« brüllte Maziroc, nachdem er sich mühsam wieder aus dem Knäuel aus Beinen, Armen, Leibern und Köpfen befreit hatte. »Wollt Ihr uns alle umbringen? Die Damonen werden uns entdecken, wenn wir noch tiefer fliegen.«

»Es ist ... der Drache!« brüllte Mullon zurück und drückte wie wild auf den Höcker vor ihm, mit dem er das Tier lenkte. Obwohl er schrie, waren seine Worte kaum zu verstehen. »Ich weiß nicht was ... gehorcht mir nicht mehr!«

»Was soll das heißen? Ihr habt –«

Er verstummte, als Kenran'Del ihm die Hand auf den Arm legte.

»Er kann nichts dafür«, rief er. »Es sind die Sai-Than. Sie müssen uns entdeckt haben. So, wie sie die Damonen beherrschen, haben sie offenbar auch Macht über den schwachen Geist des Drachen gewonnen.«

»Aber dann ... dann sind wir verloren«, keuchte Maziroc entsetzt.

Während hinter ihm erschrockene Rufe laut wurden, als die Elben und Zwerge begriffen, was das zu bedeuten hatte, lauschte Maziroc in sich hinein. Tief unter ihnen konnte er eine Quelle äußerst starker Magie spüren, bei der es sich wohl um die *Weltenbresche* handelte. Aber er nahm noch etwas anderes wahr, eine weitere Magie, die bei weitem nicht so stark, dafür aber wesentlich fremdartiger wahr. Sie wisperte wie eine leise, unverständliche Stimme in seinem Geist.

Der Drache schoß durch einige dünne Wolkenfetzen hindurch, und dann entdeckte Maziroc im nun rasch verblassenden Licht des Tages das Heerlager der Damonen. Obwohl bereits unzählige von ihnen bei Ai'Lith, Ravenhorst und Cavillon den Tod gefunden hatten, mußte es sich um weitere Tausende der Ungeheuer handeln, und er wußte nicht, wieviele von ihnen noch anderenorts unterwegs waren, um Tod und Schrecken zu verbreiten. Die Damonen hatten kein richtiges Lager aufgeschlagen, wohl aber um ein weitläufiges Gebiet herum einen tiefen Graben ausgehoben, der beiderseits von je einem Wall aufgeschütteter Erde begrenzt wurde, so daß sie einen eventuellen Angriff leichter abwehren konnten.

In der Mitte dieses geschützten Areals erhob sich die *Weltenbresche*.

Maziroc hatte bewußt gar nicht erst versucht, sich von etwas so Fremdartigem eine genauere Vorstellung zu machen, doch zumindest unterschwellig hatte er etwas Ähnliches wie das magische Tor erwartet, durch das sie zur *Dämmerschmiede* gelangt waren. Was er hier vor sich sah, war jedoch völlig andersartig.

Es war größer, sehr viel größer, durchmaß mindestens vierzig, fünfzig Meter. Am ehesten war es noch mit einem gigantischen Mahlstrom zu vergleichen: ein spiralförmiger Wirbel aus dunstigen grauen Rauchfetzen, fast wie Wolkenbänder, der sich inmitten einer abgrundtiefen Schwärze langsam um sich selbst drehte und sich dabei geradewegs bis in die Unendlichkeit zu erstrecken schien. Alle paar Sekunden wetterleuchtete es darin, und ein weiterer Damon trat aus dem Spiralwirbel heraus.

Der rasende Sturzflug des Drachen verlangsamte sich, als das Tier seine gewaltigen Schwingen wieder ausbreitete, und ging in ein sanftes Gleiten über. Die Damonen unter ihnen wichen auseinander, so daß am Rande des Lagers eine freie Fläche entstand.

»Dort!« stieß Kenran'Del plötzlich hervor und deutete mit dem Arm nach unten. »Sai-Than! Seht Ihr sie?«

Tatsächlich war der Drache inzwischen tief genug gesunken, daß Maziroc inmitten der Ungeheuer einige Gestalten entdecken konnte, die sich grundlegend von den Damonen unterschieden. Anhand der Beschreibung, die Königin Farin ihnen bei ihrem Bericht über die Eroberung Ravenhorsts gegeben hatte, erkannte er sie sofort wieder. Sie schienen in der Tat humanoide Körperform zu besitzen, doch war dies schwer zu bestimmen, da sie von Kopf bis Fuß in schwarze Gewänder gehüllt waren, die durch die hochgeschlagenen Kapuzen ein wenig an Mönchskutten erinnerten. Es waren nicht sonderlich viele von ihnen, höchstens zehn, die verstreut zwischen den Damonen standen. Zumindest konnte Maziroc nicht mehr entdecken.

»Wenn wir uns jetzt unsichtbar machen, gelangen wir unbemerkt direkt in ihr Lager«, raunte Maziroc leise, doch Kenran'Del schüttelte sofort den Kopf.

»Auf keinen Fall«, widersprach er. »Auf eine so geringe Entfernung würden die Sai-Than unsere Gegenwart sofort spüren. Wir können nur hoffen, daß sie uns nicht direkt töten.« Seine Stimme klang merkwürdig schleppend, und als er geendet hatte, hob er die Hände zum Gesicht und massierte seine Schläfen.

Auch Maziroc spürte nun immer stärker einen fremden Druck in seinem Kopf. Das Gefühl war anders als bei einer suggestiven Beeinflussung, zu der viele Magier fähig waren. Maziroc wurde nicht gezielt manipuliert, doch es kam ihm vor, als laste das Fremde wie ein Gewicht auf seinem Verstand und hemmte seine Gedanken und seine Entschlußkraft.

Mit aller Kraft kämpfte er dagegen an. Dabei benutzte er die gleichen Methoden, wie er sie erlernt hatte, um eine suggestive Beeinflussung auf magischem Weg abzuwehren, und erfreut stellte er fest, daß er damit zumindest teilweise Erfolg hatte. Die Gesichter seiner Begleiter schienen immer mehr zu erschlaffen, und ein leerer Ausdruck trat in ihre Augen, während es Maziroc gelang, sich seinen freien Willen zu bewahren.

Doch der fremde Einfluß wurde immer stärker, je tiefer der Drache sank. Maziroc schaffte es kaum noch, sich auf etwas zu konzentrieren. Seine Gedanken schienen nur noch im Schneckentempo zu kriechen, als würden Tonnengewichte an ihnen zerren, und immer häufiger verlor er mitten in einem Gedankengang den Faden, vergaß, woran er gerade noch gedacht hatte.

Dennoch gab er nicht auf, kämpfte verzweifelt weiter gegen den fremden Einfluß und rang darum, sich wenigstens ein kleines Stück geistiger Freiheit zu bewahren, so schwer ihm diese Bemühungen auch fielen. Vielleicht lag es sogar gerade an der Nähe der *Weltenbresche,* daß es ihm überhaupt gelang. Die Magie des gewaltigen Mahlstroms war hier so allgegenwärtig, daß es die der Sai-Than zum Teil überlagerte und dadurch abschwächte.

Mittlerweile schwebte der Drache nur noch knapp ein halbes Dutzend Meter über dem Erdboden und landete gleich darauf inmitten der von den Damonen freigemachten Fläche, kaum zwei Dutzend Meter von einem alleine dort stehenden Sai-Than entfernt. Wie gebannt starrte Maziroc zu der Gestalt hinüber.

Kommt her! vernahm er gleich darauf die Stimme des Sai-Than. Sie klang direkt in seinen Gedanken auf, und eigentlich war es gar keine Stimme. Es handelte sich auch nicht um einen Befehl. Maziroc merkte, daß er begann, menschliche Begriffe auf den Sai-Than anzuwenden, der ein Stück vom Drachen entfernt stand, aber das war unmöglich. Trotz seiner humanoiden Gestalt war nichts Menschliches an dem Wesen in der Kutte. Es war einfach nur fremd, ungeheuer *fremd*. Das wurde ihm gerade durch die Art bewußt, wie es mit ihnen kommunizierte.

Vielleicht war eine Verständigung, wie sie mit jeder anderen Maziroc bekannten intelligenten Lebensform möglich war, schon allein dadurch ausgeschlossen, daß es so etwas wie ein Gespräch, ob nun in verbaler, gedanklicher oder welcher Form auch immer, bei den Sai-Than gar nicht gab. Das Wesen sprach nicht, sondern es erzeugte lediglich das geistige Bild, wie er, Maziroc, ausstieg und näher trat, und da es gleichzeitig seinen Willen lähmte, war die Erfüllung dieses Bildes zwingender, als jeder suggestive Befehl es hätte sein können.

Maziroc ertappte sich dabei, daß er sich ohne jegliches bewußte Zutun in die Reihe der Zwerge und Elben gesellte, die aus dem Transportkorb kletterten. Er versuchte, einen Schritt zurück zu treten, doch es gelang ihm nicht. Er war nicht mehr Herr über seinen Körper.

Seine Gedanken kehrten wieder zu den Sai-Than und ihrer Art der Kommunikation zurück, obwohl es ihm schwerfiel, sich darauf zu konzentrieren. War ein Volk überhaupt denkbar, bei dem es keinerlei Meinungsaustausch, keine Diskussionen, nicht einmal den Ansatz eines Gesprächs gab? Es wäre ein absolut autokratisches Gesellschaftsgefüge, in dem immer der Wille desjenigen Sai-Than erfüllt würde, der seine Bilder am stärksten in das Bewußtsein anderer projizieren konnte, ohne daß diese auch nur in Frage gestellt werden konnten.

Möglicherweise war das die Antwort darauf, warum es sich um ein so aggressives Volk handelte, warum sie so darauf versessen schienen, alles Leben zu vernichten. Auch Kenran'Del, mit dem er während des Fluges hierher ausgiebig darüber diskutiert hatte, hatte dafür keine Erklärung gewußt. Wenn es sich jedoch wirklich so verhielt, wie Maziroc vermutete, dann mußten die Sai-Than sich für göttergleich halten, und es war ihnen einfach völlig fremd, daß sich jemand ihrem Willen widersetzte, weil ihnen jegliche derartige Erfahrung fehlte. Deshalb brachen sie jeden Widerstand, auf den sie trafen, mit Hilfe der von ihnen versklavten Damonen.

Widerstand.

Bevor sich seine Gedanken völlig in wilden Spekulationen verlieren konnten, klammerte sich Maziroc an dieses eine Wort. Er kam nicht umhin, dem Willen des Sai-Than zu folgen, doch vielleicht gab es Möglichkeiten, ihn ausweichend zu erfüllen. Mit aller Macht bemühte sich Maziroc, den nächsten Schritt nicht gerade nach vorne zu setzen, sondern etwas seitlich. Erst beim dritten Versuch gelang es ihm, seinen rechten Fuß ein bißchen weiter seitlich als normal aufzusetzen.

Von diesem Erfolg ermutigt, unternahm er weitere kleine Experimente, um zumindest teilweise die Kontrolle über seinen Körper zurückzuerlangen. Sein Herz jagte, und er spürte, wie seine Hände vor Erregung feucht wurden. Zwar mußte er dem Bild, wie er sich dem Sai-Than näherte, weiter folgen, doch während sein Körper wie von selbst aus dem Transportkorb kletterte und einen Schritt nach dem anderen machte, gelang es ihm immer besser, winzige Abweichungen vorzunehmen. So wich er noch ein paarmal zur Seite aus, konnte die Fäuste ballen, und es gelang ihm sogar, den Kopf ein wenig in beide Richtungen zu drehen und sich umzublicken. Außer einer schieren Unzahl von Dämonen und der sich unermüdlich in langsamem Wirbel drehenden *Weltenbresche* gab es allerdings nicht viel zu sehen.

Immerhin gelang es Maziroc auf diese Art, den direkten Anblick des Sai-Than so lange es nur ging hinauszuzögern. Erst als er, genau wie die anderen, auf ein entsprechend suggeriertes Bild hin wenige Schritte vor ihm stehen blieb, mußte er ihn ansehen. Das Wesen war deutlich größer als ein Mensch, überragte ihn um mindestens drei Köpfe. Obwohl es noch hell genug war, die Umgebung deutlich zu erkennen, war unter der Kapuze statt eines Gesichts nur wogende Schwärze zu sehen, die noch finsterer als die Kutte des Wesens war, fast stofflich. Vielleicht besaß der Sai-Than gar keine körperliche Gestalt im herkömmlichen Sinne, sondern bestand nur aus dieser gestaltgewordenen Finsternis. Selbst die Luft um ihn herum schien dunkler zu sein, als würde er das Licht in seiner Umgebung aufsaugen.

Viel schlimmer noch als das, was Maziroc sah, war jedoch das, was er fühlte. Er hatte geglaubt, das größtmögliche Entsetzen und die schlimmste Furcht beim Anblick der Nachtmahre kennengelernt zu haben, aber jetzt merkte er, daß das nicht stimmte. Die Mahre waren furchtbare Kreaturen, die nichts anderes als Vernichtung kannten, aber damit taten sie nur das, wozu sie einst geschaffen worden waren. Der Sai-Than war anders. Eine schier unfaßbare Kälte ging von dem Wesen aus, kein körperlich spürbarer Frost, sondern etwas gänzlich Fremdes. Dennoch hatte Maziroc das Gefühl, der bloße Anblick des Sai-Than würde jedes Quentchen Leben und Wärme aus ihm heraussaugen und ihn innerlich zu Eis erstarren lassen.

Es war die Kälte der absoluten Verneinung jeglichen Lebens, der Verkörperung all dessen, was der Begriff *böse* in all seinen mannigfaltigen Ausprägungen und Erscheinungsformen beinhaltete. Hätte der fremde Bann neben der Entscheidungsfreiheit nicht auch den Schrecken, den Maziroc empfand, gedämpft, hätte er die Konfrontation vermutlich nicht einmal ertragen, ohne geistigen Schaden zu nehmen oder gar völlig den Verstand zu verlieren.

Die Sai-Than mochten sich für Götter halten und sich das Recht zubilligen, jegliche Blasphemie mit dem Tode zu bestrafen, aber das war es nicht allein. Auf ihre Art waren sie schlimmer noch als die Dämonen aus den tiefsten Pfuhlen der Unterwelt, denen es Vergnügen bereitete, die Menschen zu quälen und mit Leid heimzusuchen. Die Sai-Than kannten keinerlei Vergnügen; schon der bloße Begriff *Gefühl* war ihnen fremd, selbst wenn es sich um ein Gefühl wie Haß handelte. Sie waren die gestaltgewordene Verneinung allen Lebens.

Wieder drangen Bilder in Mazirocs Geist, und auch ohne daß sie den Umweg über Worte bedurften, erfaßte er ihren Sinn. An ihm waren die Sai-Than interessiert, weil es bei ihnen seine Form der Magie nicht gab und sie diese erforschen wollten. Ähnliches galt auch für Kenran'Del, von dem sie spürten, daß er wie sie selbst fremd auf dieser Welt war, so daß sie sich von seiner Untersuchung neues Wissen versprachen.

Die Zwerge und Elben, sogar der Drache, waren für sie hingegen ohne Bedeutung, und noch während dieser Gedanke in seinem Kopf Gestalt annahm, stürzten sich bereits einige der umstehenden Damonen auf die Unglücklichen, die so unter dem fremden Bann standen, daß sie nicht einmal eine Chance hatten, sich zu wehren. Sie starben binnen eines Herzschlags. Selbst um den gleichfalls hilflosen Drachen zu töten, benötigten die Damonen nur wenige Sekunden.

Nachdem sie ihr blutiges Werk verrichtet hatten, wichen sie so schnell wieder zurück, wie sie gekommen waren. Allein und durch den Willen des fremden Wesens gebannt, standen Maziroc und Kenran'Del dem Sai-Than gegenüber.

Wie Miranya und Kenran'Del gehofft hatten, hielten sich die milden Temperaturen über Nacht, und als sie am nächsten Morgen aus ihrem Zelt krochen, waren auch die letzten Schneereste bis auf vereinzelt glitzernde Nester an besonders geschützten Stellen weggetaut.

Sie stärkten sich mit Brot, Käse und getrocknetem Fleisch aus ihrem Proviantbeutel und tranken dazu eine Tasse heißen Tee, dann bauten sie das Zelt ab und setzten ihre Reise fort.

Einige Male entdeckten sie im Laufe des Tages kleine Spähtrupps geflügelter Damonen am Himmel, doch beunruhigte sie dies nicht weiter, da sie durch den Unsichtbarkeitszauber geschützt waren. Einmal zog sogar eine Horde der Ungeheuer, die das Land durchstreiften, ganz in ihrer Nähe vorbei, ohne etwas von ihrer Gegenwart zu bemerken. Sie zügelten lediglich ihre Pferde und warteten, bis die Damonen wieder fort waren, dann ritten sie unbehelligt weiter.

Für die folgende Nacht wählten sie ihren Lagerplatz sehr viel gründlicher als am vergangenen Abend. In solcher Nähe zur *Weltenbresche* und damit auch dem Heerlager der Damonen wagten sie es nicht, einfach nur irgendwo im Wald ihr Zelt aufzuschlagen, darauf vertrauend, daß es unwahrscheinlich wäre, daß gerade dort Damonen vorbeikämen. Zuviel stand auf dem Spiel, um solch ein Risiko einzugehen.

Den idealen Platz entdeckten sie schließlich nach längerem Suchen: eine Höhle, deren Eingang von herabhängendem Strauchwerk weitgehend verdeckt wurde und die groß genug war, daß sie nicht nur ihnen selbst, sondern auch den Pferden Platz bot. Die Tiere irgendwo draußen anzubinden, wäre zu gefährlich gewesen, da sie ohne ihre Reiter nicht durch den Unsichtbarkeitszauber geschützt waren, und wenn die Damonen sie entdeckten, würden sie sicherlich auch die nähere Umgebung genauestens absuchen.

Sie zerrten das Strauchwerk noch weiter herab und legten außerdem einige ausgerissene Büsche vor den Eingang, um ihn zusätzlich zu tarnen, bis sie mit dem Ergebnis endlich zufrieden waren. Man mußte schon ganz genau hinsehen, um die Höhle jetzt noch zu entdecken.

Halbwegs beruhigt, begaben sie sich anschließend zur Ruhe. Erneut liebten sie sich mit der gleichen Leidenschaft wie am vergangenen Abend, doch diesmal schlief Miranya anschließend nicht sofort ein. Sie lag noch lange wach, lauschte auf verdächtige Geräusche und zuckte bei jedem Laut zusammen. Düstere Vorahnungen auf das, was sie am nächsten Tag erwarten mochte, und ob sie ihn überhaupt überleben würden, quälten sie.

Schließlich erwies sich ihre Müdigkeit als stärker, und sie sank in einen unruhigen, von Alpträumen erfüllten Schlummer.

Erfüllt von ohnmächtigem Zorn über den fast beiläufigen und völlig skrupellosen Mord an den Zwergen und Elben, ballte Maziroc abermals die Fäuste, so fest, daß seine Fingernägel sich schmerzhaft in das Fleisch seiner Handballen bohrten. Dennoch verstärkte er den Druck, begrüßte den Schmerz, weil er spürte, wie dieser den fremden Einfluß etwas zurückdrängte und ihm half, seinen Geist zu klären.

Zwei weitere Sai-Than traten an die Seite des ersten. Das nächste Bild, das dieser in Mazirocs Geist sandte, zeigte ihm, wie er zusammen mit Kenran'Del und den drei Sai-Than durch die *Weltenbresche* schritt. Offenbar war sie also aus beiden Richtungen zu passieren, und um die Gefangenen zu untersuchen, wollte man sie mit in die Welt nehmen, aus der die Ungeheuer stammten.

Von der sicheren Gewißheit erfüllt, daß die beiden Menschen gar nicht anders konnten, als seinem Verlangen Folge zu leisten, wandte sich der Sai-Than um und ging mit gleitenden Bewegungen, als würde er unmittelbar über dem Boden schweben, auf den gewaltigen Mahlstrom zwischen den Welten zu, gefolgt von seinen beiden Begleitern und Kenran'Del, dessen Gesicht ausdruckslos und dessen Blick so leer waren wie bei den Zwergen und Elben vor ihrem Tod. Anscheinend stand er tatsächlich völlig unter der Kontrolle des fremden Wesens. Die Sai-Than waren sich ihrer Sache so sicher, daß sie ihm nicht einmal sein Schwert abgenommen hatten.

Auch Maziroc selbst setzte sich in Bewegung. Er wußte, daß er verloren war, wenn er die *Weltenbresche* erst einmal passiert hatte und in der Welt der Sai-Than gefangen war. Mit aller Kraft sträubte er sich dagegen, doch obwohl der Schmerz in seinen Händen ihm half, gelang es ihm nicht, dem fremden Willen zu widerstehen. Wie eine Marionette setzte er folgsam einen Fuß vor den anderen.

Als sie die Hälfte der Strecke zurückgelegt hatten, blieb der Sai-Than, unter dessen Kontrolle sie standen, plötzlich stehen und fuhr herum. Obwohl in der Schwärze unter der Kapuze keine Augen zu sehen waren, fühlte Maziroc seinen Blick wie die Berührung einer eisigen Dolchklinge. Hastig lockerte er seine Fäuste und merkte, wie der fremde Einfluß augenblicklich wieder stärker wurde, als der Schmerz erlosch.

Hatte das Wesen etwas von seinem Widerstand bemerkt und Mißtrauen geschöpft?

Nach Sekunden, die ihm wie Stunden vorkamen, wandte es sich schließlich wieder um und ging weiter, doch Maziroc war gewarnt. Obwohl bereits diese einfache Bewegung fast seine Fähigkeiten zu eigenständigem Handeln überstieg, schob er die Hände erst in die Taschen seines Gewandes, ehe er sie erneut zu Fäusten ballte. Dabei berührten seine Finger etwas Kleines, Rundes. Er brauchte mehrere Sekunden, bis er seinem Gedächtnis entlocken konnte, um was es sich handelte.

Der *Seelenstein*.

Selbst ihn hatte er während der letzten Minuten völlig vergessen, obwohl sie gerade seinetwegen gekommen waren, so stark war der Bann der Sai-Than.

Was hatten er und Kenran'Del mit dem *Seelenstein* vorgehabt? Nur mühsam gelang es Maziroc, sich zu erinnern. Kenran'Del hatte gesagt, mit der ähnlich gearteten Magie des Kristalls wäre es vielleicht möglich, die *Weltenbresche* zu manipulieren oder gar zu schließen. Wie aber sollte das geschehen? Obwohl er sich den Kopf zermarterte, fiel es Maziroc nicht mehr ein. Er war sich nicht einmal sicher, ob sie überhaupt einen genaueren Plan für ihr Vorgehen ausgearbeitet hatten, und Kenran'Del konnte er nicht fragen.

Er wußte nur, daß er handeln mußte. Ihm blieben nur noch Sekunden Zeit, oder er würde ein Schicksal erleiden, das mit Sicherheit tausendfach schlimmer als der Tod sein und wahrscheinlich auch den Untergang von ganz Arcana besiegeln würde. Die Sai-Than waren bereits nurmehr wenige Schritte von der *Weltenbresche* entfernt.

Maziroc umklammerte den *Seelenstein* mit der rechten Hand, während er die linke wieder zur Faust ballte und sich die Nägel so tief ins eigene Fleisch bohrte, daß es nicht nur weh tat, sondern auch zu bluten begann. Um den Schmerz noch zu verstärken, zog er zusätzlich ein Stück seiner Unterlippe zwischen die Zähne und biß mit aller Kraft zu, bis er auch in seinem Mund Blut schmeckte.

Es half. Er spürte, wie der fremde Einfluß erneut etwas nachließ und es ihm leichter fiel, eigenständige Bewegungen auszuführen. Dennoch mußte er seinen ganzen Willen aufbieten, den *Seelenstein* aus der Tasche zu ziehen. Er hatte keine Möglichkeit, erst groß zu experimentieren, wie er ihn verwenden konnte. Ihm blieb nur ein einziger Versuch, und er konnte lediglich hoffen, daß die fremde Magie der *Weltenbresche* und die des *Seelensteins* miteinander reagieren und sich gegenseitig aufheben würden, wenn sie aufeinanderprallten.

Maziroc biß sich erneut heftig auf die bereits blutende Lippe. Trotz allem besaß er nicht die Kraft, mit dem Arm weit auszuholen. Es kostete ihn bereits seine ganze Überwindung, den locker herabhängenden Arm ein paarmal leicht pendeln zu lassen, um etwas Schwung zu bekommen, dann warf er den *Seelenstein* aus dem Handgelenk heraus.

Im gleichen Moment, in dem er ihn losließ, merkte er bereits, daß er nicht kräftig und weit genug geworfen hatte. Der Kristall flog an den Sai-Than vorbei, senkte sich aber viel zu früh zu Boden. Zwar kullerte er noch ein Stück weiter, blieb dann aber gut zwei Handspannen vor dem wirbelnden Mahlstrom liegen.

Die drei Sai-Than wirbelten in einer einheitlichen Bewegung herum. Maziroc verspürte einen grauenhaften Schmerz zwischen seinen Schläfen, als würde ihm jemand einen glühenden Draht durchs Hirn bohren. Mit einem gequälten Stöhnen brach er in die Knie und sank zu Boden.

Scheinbar unschlüssig, ließ der Sai-Than, der Maziroc und Kenran'Del unter seiner Kontrolle hielt, den Blick zwischen dem Magier und dem Kristall hin und her wandern. Er schien nicht recht zu wissen, was er davon halten sollte. Vielleicht glaubte er auch, der Wurf mit dem Kristall wäre nicht mehr als ein unbeholfener Angriff auf ihn gewesen, jedenfalls ignorierte er das Kleinod zunächst und kam statt dessen einen Schritt auf Maziroc zu.

Mit dem Mut der Verzweiflung tat der Magier das einzige, was ihm noch möglich war. Mit seinen übernatürlichen Sinnen tastete er nach dem *Seelenstein*. Seine Kraft war fast vollständig durch den fremden Einfluß blockiert und wurde außerdem noch durch die magische Ausstrahlung der *Weltenbresche* beeinträchtigt, zudem betrug die Entfernung zu dem *Seelenstein* mehrere Meter.

Trotzdem gelang es Maziroc unter Aufbietung aller Kräfte, Kontakt zu dem Kristall zu bekommen und dessen Magie zu entfesseln. Unmittelbar vor der *Weltenbresche* baute sich das magische Tor auf, und was Maziroc gehofft hatte, geschah. In so unmittelbarer Nähe beeinflußten sich die unterschiedlichen Kräfte gegenseitig, konnten nicht nebeneinander existieren.

Ein gewaltiges Krachen, lauter als jeder Donnerschlag, den er je gehört hatte, ertönte und brachte die Erde zum Beben. Das Wetterleuchten innerhalb der *Weltenbresche* steigerte sich zu einem wahren Blitzgewitter. Die zuvor grauen, wolkenartigen Spiralwirbel färbten sich rötlich, wurden im Abstand von Sekundenbruchteilen immer wieder vom grellen Schein der Blitze zerrissen. Eine glosende Flammenzunge schoß aus der *Weltenbresche* hervor, löschte das magische Tor des Seelensteins aus und verschlang die drei Sai-Than. Maziroc konnte noch etwas von dem Gluthauch spüren, obwohl er sich mehrere Meter von ihnen entfernt befand, doch vor allem merkte er, wie der fremde Einfluß schlagartig aus seinem Kopf verschwand.

Um ihn herum brach das Chaos aus. Die Damonen, die gerade noch so diszipliniert und ruhig gewesen waren, begannen wild durcheinander zu laufen. Offenbar vermochten die noch verbliebenen Sai-Than sich nicht schnell genug auf die Situation einzustellen und wieder Ordnung zu schaffen. Die Damonen schienen völlig desorientiert, fielen vereinzelt sogar übereinander her.

Wieder ertönte ein gewaltiger Donnerschlag und ließ die Erde beben, dann brach die *Weltenbresche* in sich zusammen. Wo sich gerade noch der gewaltige Mahlstrom befunden hatte, trieben nur noch vereinzelte Dunstfetzen, die vom Wind rasch auseinander gewirbelt wurden.

Mit dem Tod der Sai-Than war auch der Bann gebrochen, unter dem Kenran'Del bislang gestanden hatte. Für ein paar Sekunden wirkte er verwirrt, dann begriff er, was geschehen war. Er riß sein Flammenschwert aus der Scheide und richtete es nach oben. Ein greller Lichtstrahl stach in den dunklen Abendhimmel hinein.

Gleich darauf griff Kenran'Del nach seinem Armreif und verschwand vor Mazirocs Augen. Auch der Magier erinnerte sich jetzt wieder des Unsichtbarkeitszaubers und drückte hastig auf das Symbol an seinem eigenen Reif. Nichts schien sich zu verändern, doch wenn der Zauber wirkte, dann würde auch er jetzt nicht mehr zu sehen sein.

Noch immer kauerte Maziroc am Boden. Schließlich stand er umständlich auf, und im gleichen Moment brach um ihn herum die Hölle los.

»Irgendwo hinter diesen Hügeln muß es sein«, sagte Kenran'Del und deutete durch das Geäst des Tannendickichts, in dem sie sich verbargen, nach vorne. Mehrfach waren ihnen zuletzt Patrouillen der Damonen begegnet, was in dieser unmittelbaren Nähe zu ihrem Heerlager nicht weiter verwunderlich war, und obwohl sich gegenwärtig keine Feinde in ihrer Nähe befanden, flüsterte er nur.

»Worauf warten wir dann noch?« gab Miranya ebenso leise zurück. Jetzt, da sie ihrem Ziel so nahe waren, konnte sie es kaum mehr erwarten, es zu erreichen und die *Weltenbresche* mit eigenen Augen zu sehen. Die Pferde hatten sie bereits im Wald zurückgelassen und an einen Baum gebunden, da diese sie bei ihrem Vorhaben nur behindern und durch ein Schnauben im falschen Moment möglicherweise sogar verraten würden.

Sie wollte sich aufrichten, doch Kenran'Del hielt sie zurück.

»Eines noch«, sagte er. »Erinnere dich an das, was Maziroc über die geistige Macht der Sai-Than erzählt hat, und ich kann dir versichern, daß jedes Wort davon der Wahrheit entspricht. Als ich damals unter dem Bann dieser Kreatur stand, war ich ein vollkommen willenloses Werkzeug. Mein eigenes Denken war ausgelöscht. Anders als Maziroc bekam ich nichts von dem mit, was um mich herum geschah, und als der Bann mit dem Tod des Sai-Than erlosch, wußte ich nicht einmal, was passiert war.«

»Schon gut«, murmelte Miranya ungeduldig. »Ich weiß, worauf wir uns einlassen, auch ohne daß du mir die Gefahr noch einmal vor Augen hältst.«

»Darum geht es nicht. Worauf es mir ankommt, ist folgendes: Wir sind nur hier, um zu beobachten und Informationen zu sammeln. Wenn alles so läuft wie geplant, können wir uns vielleicht in wenigen Stunden schon auf den Rückweg machen. Aber falls etwas schiefgeht und wir entdeckt werden ... Liebst du mich?«

»Natürlich«, antwortete Miranya und dachte, was für eine dumme Frage das nach den vergangenen Wochen war. »Ich dachte, das hättest selbst du schon mitbekommen, auch wenn du allgemein etwas langsam von Begriff bist«, fügte sie spöttisch hinzu.

Er ging nicht auf ihren Scherz ein. »Dann vergiß jetzt, was du für mich empfindest«, verlangte er ernst. »Zumindest vorläufig, bis wir wieder in Sicherheit sind«, schränkte er gleich darauf ein, obwohl er den überraschten und erschrockenen Ausdruck auf ihrem Gesicht wegen des Unsichtbarkeitszaubers nicht hatte sehen können. »Sollten wir wirklich entdeckt und getrennt werden, dann vergeude erst keine Zeit mit der Suche nach mir, sondern lauf sofort zu den Pferden zurück. Wir treffen uns dann dort.«

»In Ordnung«, bestätigte Miranya.

»Aber was noch wichtiger ist: Sollte der schlimmste Fall eintreten, und wir werden angegriffen oder einer von uns gerät gar unter den Einfluß eines Sai-Than – auch dann muß der andere allein fliehen.«

»Ich soll dich allein zurücklassen und feige weglaufen, falls du in den Bann dieser Kreaturen gerätst? Niemals!« stieß Miranya fassungslos hervor. »Dafür liebe ich dich viel zu sehr.«

»Und gerade deshalb mußt du diese Gefühle jetzt völlig zurückstellen«, beschwor er sie. »Glaub mir, auch mir würde es unendlich schwerfallen, dich im Stich zu lassen, und mit Sicherheit hätte ich für den Rest meines Lebens darunter zu leiden. Weißt du, immerhin habe ich mehr als tausend Jahre warten müssen, um endlich die richtige Frau zu finden. Aber hier geht es um unendlich mehr als nur um uns. Sollte wirklich einer von uns unter den Bann eines Sai-Than geraten, dann gibt es für ihn so gut wie keine Rettung mehr. Um so wichtiger ist es, daß der andere die gesammelten Informationen übermittelt. Versprich mir, daß du im Falle eines Falles so und nicht anders handeln wirst.«

Miranya rang kurz mit sich. »Du hast recht, ich werde es tun«, erklärte sie dann, obwohl sie sich keineswegs sicher war, daß sie im Ernstfall wirklich so handeln würde.

»Nein, nicht so. Es reicht mir nicht, daß du es einfach nur so dahersagst«, beharrte Kenran'Del. »Ich will, daß du es bei allem schwörst, was dir heilig ist. Wenn du diesen Schwur nicht leisten kannst, dann kehren wir auf der Stelle um, und ich komme später allein oder mit einem anderen Begleiter zurück, wenn ich dich in Sicherheit gebracht habe.«

Miranya merkte, daß es ihm bitterernst war mit dieser Drohung. »Also gut, ich schwöre es«, sagte sie.

»Dann komm.«

Gemeinsam verließen sie den Wald, überquerten das freie Feld, das sie von der Hügelkette trennte, und stiegen die Anhöhe hinauf. Da sie einander nicht sehen konnten, hielten sie sich an den Händen, um sich nicht zu verlieren. Das führte zu einem äußerst bizarren Effekt, denn im Gegensatz zu seinem restlichen Körper konnte Miranya seine Hand nun sehen, da sich an dieser Stelle die beiden Unsichtbarkeitszauber überschnitten. Es sah für sie aus, als hielte sie eine abgetrennte Hand in der ihren.

Der Anblick, der sich Miranya bot, als sie die Hügelkuppe erklommen hatten, ließ sie dies jedoch sofort vergessen. Was sie erblickte, war beängstigend, zugleich aber auch beeindruckend und auf eine morbide Art sogar faszinierend. Noch nie hatte sie eine größere Schar von Damonen auf einmal gesehen, stets nur kleinere Trupps. Nun jedoch erblickte sie eine gewaltige Heerschar der Ungeheuer. Ihre Zahl war nicht so unermeßlich groß, wie sie es damals beim Sturm auf Cavillon oder die Hohe Festung der Elben gewesen war, doch es mußte sich immerhin um Zehntausende der schwarzen Ungeheuer handeln.

Wie sie es Mazirocs Schilderung zufolge schon bei ihrer ersten Invasion vor tausend Jahren getan hatten, hatten sie auch diesmal ein großes Areal mit einem breiten Graben und zwei Wällen umgeben. Schon auf ebenem Boden waren sie furchtbare Gegner, doch wenn die Soldaten erst die Erdwälle hinaufsteigen mußten, würde jeder Angriff auf ihr Lager einen ungeheuren Blutzoll fordern.

Und inmitten des Areals erhob sich die *Weltenbresche*.

Maziroc hatte sich bemüht, sie möglichst genau zu schildern, doch all seine Worte konnten der Wirklichkeit nicht gerecht werden. Wie gebannt starrte Miranya auf den gewaltigen sich drehenden Mahlstrom. Obwohl sie sich noch über eine Meile davon entfernt befand, konnte sie die Magie dieses unfaßbaren Naturereignisses spüren.

»Etwas stimmt nicht«, sagte Kenran'Del neben ihr leise. »Der Wirbel dreht sich langsamer als damals, und er wirkt auch irgendwie weniger beständig. Das muß Charalons Werk sein. Maziroc hat erzählt, daß er von der *Dämmerschmiede* aus auf die *Weltenbresche* einwirken würde. Zwar besitzt er nicht die Möglichkeit, sie zu schließen, doch es können nicht annähernd so viele Damonen durch sie hierhergelangen, wie es anders der Fall wäre. Sonst hätten wir es bestimmt schon mit der zehnfachen Zahl von ihnen zu tun. Siehst du die Sai-Than vor der *Weltenbresche*?«

»Nicht von hier aus«, erwiderte Miranya.

»Hier, nimm und sieh es dir damit an.« Er tastete nach ihr und drückte ihr etwas in die Hand, das sich als das auseinanderziehbare Rohr entpuppte, mit dem man in die Ferne schauen konnte. Sie hob es vor ihr rechtes Auge und starrte hindurch.

Ungleich deutlicher als zuvor konnte sie nun die *Weltenbresche* sehen, die aus der Nähe noch beeindruckender wirkte. Da sie keinen Vergleich hatte, konnte sie nicht erkennen, ob sie wirklich anders als die damalige war, doch zumindest einen wichtigen Unterschied gab es. Maziroc hatte erzählt, daß damals alle paar Sekunden ein Damon aus ihr herausgekommen war. Bei einem Abstand von vier bis fünf Sekunden bedeutete das, daß immerhin rund zwanzigtausend der Ungeheuer an einem einzigen Tag auf diesem Weg nach Arcana gelangt waren. Kein Wunder, daß keine Armee und keine als noch so unbezwingbar geltende Festung ihnen hatte trotzen können, nachdem sie monatelang Zeit gehabt hatten, sich unbemerkt zu sammeln, ehe man überhaupt auf die Gefahr aufmerksam geworden war.

Jetzt hingegen hatte sich der Abstand zwischen ihrem Eintreffen auf über eine Minute vergrößert, wie Miranya beobachten konnte.

Durch das Rohr erblickte sie auch die Sai-Than, von denen Kenran'Del gesprochen hatte. Es handelte sich um eine Gruppe von dreizehn Wesen, die einige Schritte von der *Weltenbresche* entfernt standen. Eine schwer zu beschreibende Aura der Düsternis umgab sie, doch wirkten sie zumindest aus der Entfernung längst nicht so bedrohlich, wie Miranya erwartet hatte. Es schienen einfach nur Gestalten in schwarzen Kutten zu sein. Sie ließ sich davon allerdings nicht täuschen, schließlich wußte sie, daß dieser Schein trog. Die Sai-Than waren nicht nur die Herrscher der Damonen und die Drahtzieher, die diese Invasion steuerten, sondern ihre fremdartigen magischen Kräfte machten sie auch zu den wahrscheinlich gefährlichsten Kreaturen, die jemals ihren Fuß auf diese Welt gesetzt hatten.

Und genau diese Magie setzten sie offenbar gerade ein. Miranya sah, wie kleine bläuliche Funken wie winzige Elmsfeuer aus den beschwörend erhobenen Ärmeln ihrer Kutten drangen, sich vereinigten und auf den Mahlstrom zwischen den Welten zuflirrten, um darin zu verschwinden.

»Sie versuchen, Charalons Einfluß aufzuheben und die *Weltenbresche* zu vergrößern«, stieß sie hervor. »Damit die Damonen wieder schneller hergelangen können.«

»Ganz genau das vermute ich auch«, stimmte Kenran'Del zu. »Und wenn sie damit Erfolg haben, dann bedeutet das unser aller Untergang. Wie Maziroc sagte, wird es wohl noch Wochen dauern, bis ein genügend großes Heer aufgestellt ist und hier eintrifft. Bis dahin kann es schon zu spät sein.«

»Wenn die Sai-Than Erfolg haben und nicht mehr nur wenige hundert, sondern Zehntausende Damonen jeden

Tag herüberkommen, dann gibt es kaum noch eine Chance, sie aufzuhalten«, ergänzte Miranya.

»Also müssen wir es jetzt tun«, stellte Kenran'Del fest. »Es reicht nicht mehr, nur Informationen zu sammeln. Jetzt geht es um mehr.«

»Aber was sollen wir allein gegen diese gewaltige Streitmacht und die dreizehn Sai-Than ausrichten? Außerdem sind es nicht einmal die einzigen.« Miranya schwenkte das Rohr ein wenig und ließ ihren Blick über das Lager gleiten. »Es befinden sich noch einige andere zwischen den Damonen. Drei habe ich bisher entdeckt.« Sie reichte Kenran'Del das Rohr zurück.

»Und genau diese Sai-Than müssen unser Ziel sein. Gegen die Damonen vorzugehen, hätte gar keinen Sinn. Es sind viel zu viele. Wir müssen ihnen im übertragenen Sinne den Kopf abschlagen. Wenn es uns gelingt, die Sai-Than zu töten, verhindern wir, daß sie ihr Werk fortsetzen, und auch die Damonen sind ohne ihre Führung wesentlich weniger gefährlich.«

»Das ... das ist unmöglich«, keuchte Miranya. »Es sind keine Magier wie wir, aber sie sind mitten in einer Beschwörung. Alle Kräfte, die ein Magier beherrscht, werden schlagartig frei, wenn man ihn während einer Beschwörung tötet, weißt du das nicht?«

»So genau kenne ich mich damit nicht aus. Was heißt das?«

»Ein ziemlich gewaltiges *Bumm*«, erklärte Miranya bewußt lapidar. »Es ist erst ein einziges Mal passiert, vor sehr langer Zeit. Ein ziemlich idiotischer Dieb und Halsabschneider drang in einer Herberge in das Quartier eines Magiers ein und erdolchte ihn, während er gerade eine Beschwörung vornahm. Wahrscheinlich wußte der Dieb es nicht. Das ist allerdings nur eine Vermutung. Die Herberge gibt es nämlich nicht mehr. Die Stadt übrigens auch nicht. Sie verbrannte in einem gewaltigen Feuerball, der auch noch einen beachtlichen Teil des Umlandes verwüstete.«

»Ein ziemlich gewaltiges *Bumm*, kann man wohl sagen. Und genau das, was wir jetzt hier brauchen könnten.«

»Bist du verrückt?« entfuhr es Miranya.

»Ja«, antwortete Kenran'Del trocken. »Sieht zumindest so aus. Überleg doch mal. Bei euch mag es als ein ungeheueres Sakrileg erscheinen, einen Magier während einer Beschwörung zu töten, weil man es euch von Kindheit an beigebracht hat. Hier aber gelten andere Maßstäbe. Auf diese Art könnten wir nicht nur verhindern, daß die Beschwörung fortgesetzt wird, sondern womöglich auch noch einen beträchtlichen Teil des Damonenheeres vernichten. Vielleicht würden wir eine Katastrophe auslösen, aber es wäre eine Katastrophe für *sie*, nicht für uns. Also nur ein Grund mehr, es zu versuchen.«

Miranya überlegte angestrengt. Was er vorschlug, rührte an die tiefsten Wurzeln ihres Selbst. Es war mehr als nur ein Sakrileg, es grenzte bereits an Blasphemie. Niemand in ganz Arcana, nicht einmal der verdorbenste Meuchelmörder, würde es wagen, wissentlich die Hand gegen einen Magier zu erheben, der gerade eine Beschwörung vornahm. Es wäre nicht nur eine besonders perfide Art, Selbstmord zu begehen, es galt als absolute Todsünde.

Und dennoch...

In einem hatte Kenran'Del völlig recht. Dies war eine Ausnahmesituation, in der selbst die ältesten Werte und Maßstäbe nicht mehr galten. Miranya hätte es niemals fertiggebracht, einen solchen Gedanken auch nur in Erwägung zu ziehen, wenn es sich bei den Wesen um Ishar oder Vingala gehandelt hätte, nicht einmal bei Magiern des Dunklen Bundes, ja, nicht einmal dann, wenn sie es mit Scruul persönlich zu tun gehabt hätte.

Aber die Sai-Than waren keine Menschen, sondern nur darauf bedacht, alles zu töten, was ihnen begegnete.

Trotzdem kostete es Miranya eine ungeheure Überwindung, Kenran'Dels Vorschlag zuzustimmen. Vermutlich würde eine solche Tat nicht nur die Sai-Than, sondern auch sie selbst das Leben kosten. Angesichts all dessen, was auf dem Spiel stand, war sie jedoch notfalls bereit, auch dieses Opfer zu bringen.

Was genau geschehen mochte, wagte sie sich kaum auszumalen. Die Magie der Sai-Than war anders als jene, die sie kannte. Die Folgen eines Angriffs mochten entsprechend anders ausfallen. Weniger schlimm, aber möglicherweise auch verheerender, und es ging nicht nur um einen einzigen Sai-Than. Wenn einer von ihnen starb, würde er auch die zwölf anderen mit in den Tod reißen. Wenn ihr Vorhaben gelang, würden sie gleich dreizehn Magier auf einmal während ihrer Beschwörung töten.

Was Kenran'Del vorhatte, war blanker Wahnsinn, doch vielleicht war gerade das die einzige Möglichkeit, den Wahnsinn zu beenden, mit dem sie es hier zu tun hatten.

»Aber wie sollen wir es überhaupt anstellen?« wandte sie ein. »Wie du selbst gesagt hast, kommen wir nicht unbemerkt an sie heran, nicht einmal nahe genug, um einen Pfeil auf sie abzuschießen.«

»Das wird auch nicht nötig sein«, entgegnete Kenran'Del. »Ich habe etwas, was eine sehr viel größere Reichweite als jeder Bogen hat. Das Flammenschwert. Damit kann ich es schaffen. Allerdings muß ich näher heran. Vom äußeren der Erdwälle aus müßte es gelingen.«

»*Wir* müssen näher heran«, korrigierte Miranya. »Du glaubst doch nicht, daß ich dich jetzt allein lasse?«

Kenran'Del seufzte. »Über das Thema haben wir doch vorhin ausgiebig gesprochen. Wir wissen nicht, was geschieht, wenn es mir wirklich gelingt, die Sai-Than zu töten. Also mußt du zurückbleiben, um Bericht über alles zu erstatten.«

»Das ist doch mittlerweile alles hinfällig geworden, weil wir von ganz anderen Voraussetzungen ausgegangen sind«, ereiferte sich Miranya. »Wir riskieren zwar unser Leben, aber selbst wenn wir sterben, bei dem, was wir auslösen, dann tun das auch die Damonen. In diesem Fall wäre es nicht mehr nötig, irgend jemandem taktisch wichtige Informationen zu liefern. Ich könnte höchstens die frohe Kunde vom Ende dieser Gefahr überbringen, und die würde man auch anders rasch genug erfahren.«

»Aber es ist völlig unnötig, daß du dich ebenfalls in Gefahr bringst«, beharrte er fast verzweifelt. »Warum sollten wir beide unser Leben riskieren?«

»Weil ich auch nicht mehr würde weiterleben wollen, wenn du sterben solltest«, erwiderte sie. Ihre Worte klangen sogar in ihren Ohren pathetisch und schwülstig, und dennoch waren sie wahr. »Wir sind zusammen hergekommen, und wir werden das auch zusammen durchstehen und diese Sache zu einem Ende bringen, so oder so.«

»Du bist ein unverbesserlicher Sturkopf«, schimpfte Kenran'Del. »Ich hätte es von Anfang an besser wissen müssen und dich niemals mit hierher nehmen dürfen.«

»Das hast du jetzt aber nun einmal, und dir bleibt keine Zeit mehr, umzukehren und mich zurückzubringen. Wir wissen nicht, wie lange die Sai-Than schon mit ihrer Beschwörung beschäftigt sind. Vielleicht haben sie erst in ein paar Wochen damit Erfolg, vielleicht sogar nie, vielleicht aber auch schon in ein paar Stunden. Also müssen wir *jetzt* handeln, und du wirst mich mitnehmen müssen, ob es dir gefällt oder nicht.« Miranya machte eine kurze Pause, dann fügte sie hinzu: »Außerdem läßt du dich mindestens ebenso von deinen Gefühlen leiten wie ich. Wenn an meiner Stelle irgendein Soldat bei dir wäre, würdest du dann ebenso entschieden darauf beharren, daß er zurückbleibt?«

»Ich wäre auch um das Leben jedes anderen besorgt, weil es keinen vernünftigen Grund gibt, es sinnlos zu gefährden.«

»Doch, den gibt es«, widersprach Miranya heftig. »Angenommen, es gelingt dir, die Sai-Than zu töten, aber es kommt nicht zu einer Katastrophe, wie ich sie befürchte. Auch wenn die Damonen dich nicht sehen können, würden sie sich sofort auf die Stelle stürzen, von der die Blitze ausgingen. Wenn ich noch da wäre, hätten wir eine größere Chance, sie zu verwirren und zu entkommen.«

Diesem Argument hatte auch Kenran'Del nichts mehr entgegenzusetzen. Einige Sekunden herrschte Schweigen, dann begann er plötzlich leise zu lachen.

»Was ist daran so komisch?« empörte sich Miranya.

»Eigentlich gar nichts. Aber wir müssen wirklich verrückt sein, daß wir in einer solchen Situation wie die kleinen Kinder herumstreiten. Ich weiß, daß du nur so stur bist, weil du mich liebst, und wahrscheinlich liebe ich dich gerade deshalb ebenfalls. Ich könnte tausend weitere Gründe anführen, daß du dich in Sicherheit bringst, wie: Falls ich scheitere oder nichts passiert, wenn ich die Sai-Than treffe, es nötig wäre, daß jemand Bericht erstattet. Aber da ich dich von deinem Entschluß ja doch nicht abbringen kann, sollten wir keine weitere Zeit vertrödeln.«

Miranya lächelte zufrieden. Am liebsten hätte sie ihm einen Kuß gegeben, doch da sie nicht einmal sehen konnte, wo sich sein Gesicht befand, verzichtete sie auf einen entsprechenden Versuch.

»Worauf warten wir dann noch?« fragte sie statt dessen nur.

Alles ging so schnell, daß Maziroc ein paar Sekunden brauchte, um zu begreifen, und selbst dann konnte er kaum glauben, was er sah.

Wie eine unaufhaltsame Woge aus Wildheit, Kraft und Haß kamen Reiter über die Erdwälle gestürmt, zunächst Dutzende, dann Hunderte fellgekleidete Barbarenkrieger auf gewaltigen Schlachtrössern, deren Hufe die Erde erbeben ließen. Mit lauten Kampfschreien preschten die Reiter zwischen die Damonen, die noch viel zu überrascht waren, um ihnen nennenswerten Widerstand zu leisten.

Durch den Tod gleich dreier ihrer Artgenossen, hatten die verbliebenen Sai-Than weitgehend die Kontrolle verloren. Ein Teil der Damonen warf sich den Barbarenkriegern entgegen, doch ihre Verteidigung war ungeordnet, und ein noch sehr viel größerer Teil suchte sein Heil in panischer Flucht.

Was sich um Maziroc herum abspielte, war keine Schlacht, sondern ein chaotisches Gemetzel. Mit Streitäxten und Schwertern hieben die Barbaren auf die Ungeheuer ein, töteten sie zu Hunderten. Auch ein weiterer Sai-Than, der sich nicht schnell genug in Sicherheit bringen konnte, wurde von ihnen getötet, und im gleichen Moment erlosch auch der letzte disziplinierte Widerstand der Damonen. In wilder Flucht stürmten sie davon, behinderten sich dabei gegenseitig und fielen in ihrer blindwütigen Raserei vereinzelt sogar übereinander her, ehe sie von den Reitern niedergemacht wurden.

Maziroc griff nach seinem Armband und machte sich rasch sichtbar. Von den Damonen drohte ihm keine Gefahr mehr, wohl aber von den Barbaren, die ihn versehentlich über den Haufen reiten mochten, nur weil sie ihn nicht sahen. Nicht weit von ihm entfernt kamen offenbar auch Kenran'Del die gleichen Gedanken, denn auch er ließ den Mantel der Unsichtbarkeit fallen. Maziroc eilte zu ihm hinüber.

»Was hat das zu bedeuten?« rief er, um den Lärm der Schlacht zu übertönen. »Woher kommen diese Reiter so plötzlich?«

»Ich habe sie gerufen«, behauptete Kenran'Del. Auch er mußte fast schreien, um sich zu verständigen. »Das ist das As, von dem ich gesprochen habe.«

»Aber wie ...«

»Immerhin war ich mehrere Wochen lang hier in der Gegend und habe die Damonen beobachtet, ehe ich nach Cavillon kam. In dieser Zeit bekam ich auch Kontakt zu den Barbaren. Sie hatten als erste und ganz besonders schlimm unter den Damonen zu leiden. Es war nicht gerade leicht, ihr Vertrauen zu erringen, und es ist auch nicht einfach, mit ihnen auszukommen, aber angesichts der besonderen Umstände ist es mir gelungen. Sie sind gar nicht so unzivilisiert, wie viele glauben, sie leben nur nach ganz anderen Werten und Idealen. Beispielsweise lehnen sie alle Bequemlichkeiten ab, die sie verweichlichen könnten. Ihre Philosophie ist der Kampf, sie sterben lieber ehrenvoll, als sich geschlagen zu geben. Schon mehrfach haben sie erfolglose Gegenangriffe gegen das Lager der Damonen geführt. Ich konnte sie überreden, zunächst einmal abzuwarten und sich in der Nähe versteckt zu halten, weil es mir vielleicht gelingen könnte, die *Weltenbresche* zu schließen. Nun, und als ich vorhin mit dem Flammenschwert den Blitz zum Himmel geschickt habe, war das das Zeichen für – Paßt auf!«

Maziroc fuhr herum. Verfolgt von mehreren Barbaren kam ein Damon direkt auf ihn zugestürmt, eine horngepanzerte Scheußlichkeit mit handlangen Krallen und einem Maul voller furchtbarer Reißzähne, mit denen er nach dem Magier schnappte. Maziroc warf sich zurück. Kaum einen Fingerbreit vor seinem Gesicht schnappten die Fänge des Ungeheuers mit einem gräßlichen Knirschen zu.

Zu einem weiteren Angriff kam es nicht mehr. Ein silberner Schemen kam herangesaust, dann traf die geschleuderte Streitaxt zielsicher den Kopf des Damons und zerschmetterte ihn. Das Ungeheuer bäumte sich noch einmal auf, brach zusammen und blieb reglos liegen.

Der Reiter, der die Axt geschleudert hatte, kam auf sie zu gesprengt, zügelte erst unmittelbar vor ihnen sein Pferd und ließ es auf die Hinterbeine steigen. Im Gegensatz zu den anderen trug er nicht nur Fellkleidung, sondern auch einen um seine Schultern flatternden Umhang von der Farbe frischen Blutes. Lange, schwarze Haare quollen unter seinem Helm hervor. Sein Gesicht wirkte grobschlächtig; Triumph und Wildheit spiegelten sich darauf, und die Augen waren so dunkel wie Kohlestücke.

»Das ist Tu'Rak, oberster Kriegsherr der Barbarenvölker«, raunte Kenran'Del leise, während er Maziroc auf die Beine half. »Ich grüße Euch, Tu'Rak«, sagt er laut und deutete eine Verbeugung an. Auch Maziroc neigte kurz den Kopf.

Mit einer geschmeidigen Bewegung glitt der Reiter von seinem Pferd herunter. Er überragte Maziroc noch um gut einen Kopf, und sein Körper war so massig, daß er fast schon mißgestaltet wirkte. Allerdings gab es kein Gramm Fett zuviel daran; bei jeder Bewegung spielten stahlharte Muskeln unter der Haut. Allein die Streitaxt, die er mit einem Ruck aus dem gespaltenen Schädel des Damons riß und fast locker in der Hand hielt, sah so schwer aus, daß Maziroc bezweifelte, ob er sie überhaupt anheben könnte.

»Ihr habt Euer Wort gehalten, Kenran'Del«, sagte Tu'Rak anstelle einer Begrüßung. Seine Stimme klang rauh und kehlig. »Mit der Zerstörung der *Weltenbresche* habt Ihr uns einen großen Dienst erwiesen, doch da Ihr im eigenen Interesse gehandelt habt, sind wir Euch keinen Dank schuldig.«

»Auch Ihr habt Euren Teil der Abmachung eingehalten«, entgegnete Kenran'Del. »Nicht nur die *Weltenbresche* wurde geschlossen, auch die noch verbliebenen Damonen dürften keine große Gefahr mehr darstellen, wenn Eure Männer mit ihnen fertig sind. Wir haben gesiegt.«

Gesiegt! hallte es hinter Mazirocs Stirn wider.

Sicher, sie hatten die Damonen geschlagen, hatten die *Weltenbresche* zerstört und damit verhindert, daß noch weitere Damonen nach Arcana kommen konnten. Dennoch gelang es ihm nicht, Triumph zu empfinden, nicht einmal Freude oder wenigstens Zufriedenheit.

Alles, was er spürte, war Müdigkeit, eine bleierne Schwere nicht nur in seinen Gliedern, sondern auch seinem Geist. Die Ereignisse der letzten Wochen hatten an ihm gezehrt, hatten ihn innerlich ausgelaugt und tief in ihm Narben hinterlassen, die vielleicht nie wieder völlig heilen würden. Bislang war ihm keine Zeit geblieben, sich darum zu kümmern oder die Leere in seinem Inneren auch nur wahrzunehmen, weil es ständig etwas zu tun gegeben hatte, stets eine neue Aufgabe zu erfüllen war.

Nun jedoch, da die Gefahr gebannt war, schien nichts anderes als diese Leere in ihm zurückgeblieben zu sein.

Ja, sie hatten die Damonen geschlagen, aber es hätte nicht viel gefehlt, und sie hätten sich zu Tode gesiegt. Der Preis, den sie gezahlt hatten, war zu hoch, und das galt nicht nur für das Leben der unzähligen Männer und Frauen, die die Invasion der Damonen gefordert hatte. Obwohl der Krieg nur wenige Wochen gedauert hatte, war es der schrecklichste in der Geschichte Arcanas gewesen, und die Welt würde niemals wieder die gleiche sein. Cavillon war zerstört, ebenso Ai'Lith und Ravenhorst. Die Völker der Elben und Zwerge fast ausgelöscht.

Städte und Festungen konnte man wieder aufbauen, aber vor allem Ai'Lith und Cavillon waren mehr als nur Eisen, Holz und Stein gewesen. Mit ihrem Fall war auch die Legende vernichtet worden, die sie umgab und die nicht nur den Menschen und Elben Hoffnung, Zuversicht und Sicherheit geboten hatte, eine Sicherheit, die sich als trügerisch erwiesen hatte. Mythen ließen sich nicht so einfach neu erschaffen wie Gebäude.

Doch hatte sich gerade in den letzten Minuten auch ein neuer Hoffnungsfunke entfacht.

»Auch ich grüße Euch, Tu'Rak«, sagte er. »Mein Name ist Maziroc aus Cavillon. Was hier heute geschehen ist, hat möglicherweise eine größere Bedeutung als nur den Sieg über die Damonen. Zum ersten Mal in der bekannten Geschichte Arcanas haben sich unsere beiden Völker zusammen mit den Elben und den Zwergen gemeinsam einer Bedrohung gestellt und sie bezwungen. Dies könnte der Beginn einer besseren Verständigung zwischen uns sein. Wenn wir einander erst einmal besser kennengelernt haben –«

»Keine falschen Hoffnungen, Magier«, fiel Tu'Rak ihm barsch ins Wort. »Was heute geschehen ist, ändert nicht das geringste. Wir haben um unsere Freiheit gekämpft und Rache an denen genommen, die unsere Dörfer niedergebrannt und unsere Freunde und Angehörigen getötet haben, mehr nicht. Wir und Ihr, wir werden uns immer fremd bleiben. Zwischen uns muß keine Feindschaft herrschen, aber es wird auch keine Freundschaft geben, weil Eure Form der Zivilisation unser Volk und unsere Werte über kurz oder lang vernichten würde. Einige meiner Krieger werden Euch bis zur Grenze begleiten und für Eure Sicherheit sorgen, mehr kann ich nicht für Euch tun. Geht dorthin, woher Ihr gekommen seid, und kehrt besser niemals wieder in unsere Gebiete zurück.«

Ohne ein weiteres Wort stieg er wieder auf sein Pferd und sprengte davon. An seiner Stelle kamen einige andere Barbarenkrieger herbei, die auch zwei reiterlose Pferde bei sich führten.

»Man kann nicht alles haben«, sagte Kenran'Del.

Maziroc antwortete lediglich mit einem resignierenden Schulterzucken. Gemeinsam gingen sie den Barbarenkriegern entgegen. Ja, sie hatten gesiegt, und dennoch fühlte sich Maziroc so bedrückt, als hätten sie eine Niederlage erlitten.

Obwohl Miranya wußte, daß sie nicht gesehen werden konnte, hielt sie sich unwillkürlich geduckt, während sie an der Seite von Kenran'Del auf den Erdwall zueilte. Nicht nur innerhalb des umgrenzten Areals, sondern auch hier draußen wimmelte es von Damonen, und ohne den Unsichtbarkeitszauber hätten sie keinerlei Chance gehabt, auch nur die ersten Schritte lebend zu überstehen.

Zu allem Überfluß mußten sie noch einen weiten Bogen schlagen. Zuvor hatten sie sorgsam die Position sämtlicher Sai-Than, die sie ausmachen konnten, studiert, um ihnen nicht so nahe zu kommen. Und so hatten sie sich schließlich für ihren Anschlag für eine Stelle am östlichen Wall entschieden, in deren Nähe sich keine einzige der dämonischen Kreaturen befand.

Zwar handelte es sich nur um eine Entfernung von nicht einmal einer Meile, dennoch brauchten sie fast eine Stunde, bis sie ihr Ziel erreichten. Ein paarmal hatte Miranya geglaubt, vor Angst und Anspannung würden ihre Nerven schlichtweg versagen. Sie war schweißgebadet und zitterte am ganzen Körper, als sie den Erdhügel hinaufstieg und sich auf der Kuppe zu Boden sinken ließ.

Ihr Unterfangen erschien ihr immer mehr als nackter Wahnsinn; nicht nur der geplante Anschlag auf die Sai-Than während ihrer Beschwörung. Man mußte schon verrückt sein, geradewegs ins Aufmarschgebiet der Damonen vorzudringen. Wohin sie auch blickte, die Ungeheuer schienen überall zu sein.

»Von hier aus dürfte es eigentlich nicht mehr allzu schwer sein, die Sai-Than zu treffen«, raunte Kenran'Del neben ihr. Die fremden Magier befanden sich nur wenige hundert Schritte entfernt. Obwohl er das Flammenschwert zwischen Daumen und Zeigefinger hindurchgleiten ließ, ertönte ein leises Scharren, als er es zog, doch schien es glücklicherweise nicht bis zu den Damonen zu dringen. Keines der Ungeheuer reagierte darauf.

»Worauf wartest du?« wisperte Miranya, als fast eine Minute verstrichen war, ohne daß etwas geschah.

»Ich schaffe es nicht, das Schwert ruhig genug zu halten, um sicher damit zu zielen«, gab er gepreßt zurück. Die Anstrengung war seiner Stimme deutlich anzuhören. »Meine Wunde macht mir doch mehr zu schaffen, als ich gedacht habe, und wenn ich die Sai-Than verfehle...«

»Das darf nicht geschehen«, keuchte Miranya erschrocken. »Wir haben nur diesen einen Versuch.« Sie überlegte blitzschnell. »Laß mich es machen«, drängte sie dann.

»Du? Unmöglich«, erwiderte er. »Du kannst ja nicht einmal damit umgehen.«

»Dann mußt du es mir eben erklären. Ich bin sehr gut mit Pfeil und Bogen.«

»Aber das hier ist etwas völlig anderes.« Die Ablehnung in Kenran'Dels Stimme klang bereits nicht mehr ganz so entschlossen. »Ich habe wenigstens Übung.«

»Trotzdem«, beharrte Miranya. »Komm schon, ich kann es schaffen. Ich weiß es. Jedenfalls eher als du, wenn es dir nicht einmal gelingt, das Schwert richtig zu halten. Wir können uns keinen Mißerfolg erlauben, das weißt du. Gib mir das Schwert, na los, wir haben nicht viel Zeit.«

Kenran'Del zögerte noch einen Moment, dann brummte er etwas, das wie ›also gut‹ klang. Er griff nach ihrem Arm, tastete daran entlang, bis er ihre Hand berührte, und drückte ihr dann das Flammenschwert in die Finger, ließ es aber selbst noch nicht los.

»Vorsichtig, greif es nicht zu fest«, warnte er. »Die Edelsteine, die in den Griff eingelassen sind, dienen nicht nur als Verzierung. Wenn du das Schwert hältst, kannst du mit dem Daumen problemlos den Rubin berühren. Seine Einfassung läßt sich drehen. Nur wenn sie sich in einer bestimmten Stellung befindet, kann das Schwert Blitze schleudern, aber das habe ich schon entsprechend eingestellt. Wenn du auf den Rubin drückst, löst du den Blitz aus.«

»In Ordnung. Sonst noch etwas, was ich beachten muß?«

»Ja, das Zielen. Auf eine solche Entfernung reicht es nicht, das Schwert nur in die Richtung zu halten, in der sich das Ziel befindet. In dem Handschutz befindet sich eine kleine Kerbe, genau hier.« Er führte einen ihrer Finger zu der Stelle. »Diese Kerbe muß mit dem winzigen Widerhaken an der Klinge und dem Ziel eine Linie bilden, ähnlich, wie du es auch von einem Bogen kennst. Aber da der Blitz kein Gewicht besitzt, brauchst du keine Abweichung wie bei einem Pfeilschuß miteinzuberechnen. Nur das Ziel anvisieren und auf den Rubin drücken. Du weißt, wieviel davon abhängt, daß du die Sai-Than triffst.«

»Wenn du mich noch ein paarmal daran erinnerst, werde ich nur noch nervöser, als ich es so schon bin«, erwiderte Miranya.

Sie legte sich flach auf den Bauch und nutzte eine

Unebenheit des Erdwalls, um die Schwertklinge darauf abzustützen. Sorgfältig brachte sie die Kerbe und den winzigen Widerhaken an der Klinge, den sie zuvor nur für eine Verzierung gehalten hatte, in Übereinstimmung, verlängerte die Linie mit ihrem Blick bis zu dem mittleren der Sai-Than.

So, wie Kenran'Del es ihr erklärt hatte, hatte sich alles ganz einfach angehört, doch es war weitaus schwieriger, als sie es sich vorgestellt hatte. Angst, Aufregung und das Wissen darum, was geschehen würde, wenn sie scheitern sollte, hielten sie in ihrem Bann. Es gelang ihr nicht, das Zittern ihrer schweißfeuchten Hände völlig zu unterdrücken. Da sie das Schwert ausgestreckt vor sich halten mußte, besaß es zudem trotz der Stütze noch ein beträchtliches Gewicht.

Immer wieder verschob sich die Linie zwischen Kerbe, Haken und Sai-Than. Miranya tröstete sich damit, daß es immer noch eine sehr große Wahrscheinlichkeit gab, daß sie einen der zwölf anderen treffen würde, selbst wenn sie den verfehlte, auf den sie zielte, doch das genügte ihr nicht. Zwar standen die Sai-Than dicht beieinander, aber es gab Lücken zwischen ihnen, so daß die Gefahr bestand, daß der Blitz harmlos zwischen ihnen hindurch zuckte oder einen von ihnen nur streifte, ohne ihn zu töten.

Mit Atemübungen und der Anwendung einer leichten Meditationstechnik, die sie während ihrer Ausbildung zur Vingala gelernt hatte, zwang sie sich zur Ruhe. Ihr Daumen ruhte auf dem im Griff eingelassenen Rubin, und dann, als sie sicher war, daß sie ihr Ziel treffen würde, drückte sie ihn.

Mit fast übernatürlicher Klarheit sah sie, wie sich der Blitz aus der Schwertklinge löste, ein heller Lichtstrahl, der auf den Sai-Than zu raste, in seine Brust schlug und ihn binnen eines Sekundenbruchteils tötete.

Im nächsten Moment flammte dort, wo er eben noch gestanden hatte, ein unerträglich grelles, blauweißes Licht auf, tausendfach heller als die Sonne. In rasender Geschwindigkeit breitete der Feuerball sich mit einem apokalyptischen Brüllen in alle Richtungen aus, wobei die Höllenglut alles verbrannte, was sie berührte. Die Damonen flammten wie Stroh auf und zerfielen zu Asche. Sogar die Erde schien zu brennen und sich in feurige Lava zu verwandeln. Wo sich die *Weltenbresche* befunden hatte, wuchs ein Flammenpilz höher und höher.

Miranya sprang auf. »Lauf!« brüllte sie und stürmte selbst mit großen Schritten den Erdwall hinab. Sie rannte, wie noch nie zuvor in ihrem Leben, und wußte doch, daß sie nicht schnell genug sein würde, um der Flammenwand zu entkommen, die sie verfolgte.

Auf halbem Weg zwischen dem Wall und den Hügeln spürte sie, wie die ersten Ausläufer der Hitzewelle sie einholten. Eine feurige Faust schien ihren Rücken zu treffen, versengte ihre Haare und ihre Haut.

Eine Gruppe fast mannshoher Gesteinsbrocken, die wie von der Hand eines Riesen wahllos verstreut im Gelände lagen, ragte vor ihr auf. Mit letzter Kraft erreichte Miranya sie und warf sich dahinter in Deckung, nur Sekunden, bevor die Feuerwalze über sie hinwegzog. Alles um sie herum schien zu brennen, sogar die Luft selbst, und sie hatte das Gefühl, mit jedem Atemzug glühende Lava in ihren Hals und ihre Lunge zu saugen. Sie barg ihr Gesicht schützend in den Armen und kauerte sich zusammen, so gut es nur ging.

Schließlich, nach endlos anmutenden Sekunden, war es vorbei. Die grausame Hitze ließ nach, und sie bekam wieder Luft. Ihr Mantel brannte, und Miranya wälzte sich ein paarmal auf dem mit Asche bedeckten Boden umher, um die Flammen zu ersticken. Dann richtete sie sich mit mühsamen, abgehackten Bewegungen auf und blickte sich um.

Erst jetzt wurde ihr bewußt, was für ein ungeheures Glück sie gehabt hatte. Die Flammenwand hatte schon den größten Teil ihrer Kraft verloren gehabt, als sie sie erreichte, zudem hatten die Felsgruppe und der dicke Fellmantel sie geschützt, so daß sie lediglich etwas Haar verloren und einige Brandblasen davongetragen hatte.

Um sie herum jedoch ... Das Land war verwüstet, soweit sie nur blicken konnte. Kein Busch stand mehr, nicht ein einziger Grashalm. Alles war zu grauer Asche verbrannt, die eine puderige Schicht auf dem Boden bildete. Wo sich die *Weltenbresche* und das Lager der Damonen befunden hatte, gähnte ein gewaltiger Krater. Noch immer brannte dort die unter der Hitze des Höllenfeuers stellenweise bereits glasierte Erde, und dicke, schwarze Rauchwolken stiegen zum Himmel empor. Wahrscheinlich würde das Feuer noch tagelang anhalten. Nichts konnte dort mehr leben.

Ein Stück entfernt entdeckte sie Kenran'Del, der sich ebenfalls hinter einem großen Felsbrocken in Deckung geworfen hatte und sich gerade wieder aufrichtete. Offenbar hatte er den Unsichtbarkeitszauber abgelegt. Ein Stein fiel ihr vom Herzen, als sie ihn wohlbehalten erblickte. Sein Haar und seine Augenbrauen waren ebenfalls versengt, sein Gesicht mit Ruß bedeckt, und sein Mantel hing in Fetzen an ihm herunter, doch bis auf einige Brandwunden schien auch er nicht ernsthaft verletzt worden zu sein.

Rasch griff Miranya nach ihrem Armband, drückte auf die rechte Rune und machte sich ebenfalls sichtbar. Sie hasteten aufeinander zu und fielen sich in die Arme.

»Das also verstehst du unter einem *gewaltigen Bumm*«, preßte er hervor und rang sich ein Lächeln ab. »Wenn ich gewußt hätte, was passiert –«

»– hätten wir alles ganz genauso gemacht«, fiel Miranya ihm triumphierend ins Wort. Erst langsam sickerte die Erkenntnis in ihr Bewußtsein, daß sie nicht nur überlebt, sondern auch die Gefahr durch die Damonen und die Sai-Than ausgeschaltet hatten. Am liebsten hätte sie gejubelt und getanzt, doch dafür war sie zu erschöpft. »Schließlich haben wir Erfolg gehabt. Die *Weltenbresche* existiert nicht mehr, und die Damonen sind tot. Wir haben es geschafft, wir haben es wirklich geschafft!«

»Offenbar gibt es zwischen den Sai-Than und den hiesigen Magiern größere Ähnlichkeiten, als wir geglaubt haben. Zumindest sterben sie auf die gleiche Weise. Bleibt uns nur zu hoffen, daß diese Gefahr nun endgültig gebannt wurde.«

»Und wenn nicht – tausend Jahre sind eine zu lange Zeit, als daß ich mir jetzt die Siegesstimmung davon verderben lassen würde«, sagte Miranya und küßte ihn ausgelassen.

Epilog I

Beinahe drei Jahre waren vergangen, seit es Maziroc gelungen war, zusammen mit Kenran'Del die *Weltenbresche* zu schließen, als er zum ersten Mal nach Cavillon zurückkehrte, zumindest zu dem Ort, an dem Cavillon einst gestanden hatte.

Wenig Erfreuliches hatte sich in dieser Zeit ereignet. Ohne die Ordensburg war der Magierorden zerbrochen. Nachdem sich die Vingala abgespalten und einen eigenen Orden gegründet hatten, hatten sich die Magier in alle Winde zerstreut. In den meisten großen Städten in Larquina und in den umliegenden Ländern gab es magische Zirkel, doch gab es zwischen ihnen kaum noch einen inneren Zusammenhalt. Viele Magier waren wie Maziroc herumgereist, um die Not der Menschen zu lindern und ihnen zu helfen, die Folgen des Krieges zu überwinden.

Glücklich über diese Entwicklung war kaum einer der Magier, mit denen Maziroc in den letzten Jahren gesprochen hatte, doch niemand tat etwas dagegen. Auch Maziroc fühlte sich nicht dazu berufen, dabei wäre es am ehesten seine Aufgabe gewesen, die Nachfolge Charalons anzutreten und den Orden wieder zu einen. Aber die Narben, die der Krieg hinterlassen hatte, saßen auch in ihm noch tief, und all das Elend, das er in den vergangenen Jahren gesehen hatte, hatte ihn eines Großteils seiner Kraft beraubt. Was zählte schon die Existenz eines Ordens gegenüber all dem Leid, den zerstörten Städten, den Menschen, die ihre Angehörigen betrauerten und Hunger litten, weil auch die Ernten verwüstet worden waren, und die von Banden marodierender Plünderer schikaniert wurden?

Charalon hätte es vielleicht anders gesehen, hätte vermutlich eingewandt, daß ein starker und geeinter Orden besser in der Lage wäre, den Menschen beizustehen, doch es hätte eines Menschen mit seiner Stärke und Überzeugungskraft bedurft, dieses Werk in Angriff zu nehmen. Maziroc vermißte ihn schmerzlich, gerade in diesen dunklen Zeiten. Der *Seelenstein* war bei der Vernichtung der *Weltenbresche* zerstört worden, und erst im nachhinein war Maziroc richtig bewußt geworden, daß es damit auch keine Möglichkeit mehr gab, das Tor zur Regenbogenbrücke und damit zur *Dämmerschmiede* zu öffnen, um Charalon wiederzusehen.

Und er vermißte Kenran'Del. Den größten Teil seiner Reise hatte er mit ihm zusammen zurückgelegt. Dabei hatten sie sich gegenseitig besser kennengelernt und waren Freunde geworden. Dann jedoch hatte Kenran'Del beschlossen, zu seiner Zitadelle tief im Ödland von Sharolan zurückzukehren, um sich dort in einen magischen Schlaf zu begeben. Den Ausschlag für diese Entscheidung hatte die Erkenntnis gegeben, daß auf absehbare Zeit keinerlei Aussicht mehr für ihn bestand, in seine eigene Heimat zurückzukehren. Maziroc hatte ihn begleitet, und Kenran'Del hatte ihm gezeigt, wie er ihn zu gegebener Zeit wieder aus seinem Schlaf erwecken könnte, doch was er sonst in der Zitadelle gesehen hatte, hatte ihn zutiefst verunsichert und zum Teil sogar mit Angst erfüllt. Vor allem aber war ihm bewußt geworden, *wie* fremd die Welt, aus der Kenran'Del stammte, wirklich war, und er war nicht sicher, ob er irgendwann wirklich noch einmal zu der Zitadelle zurückkehren würde. Im Moment war er sich überhaupt keiner Sache mehr sicher. Niedergeschlagen ließ Maziroc seinen Blick über das Trümmerfeld wandern, das einst seine Heimat, die stolze und prachtvolle Ordensburg Cavillon gewesen war. An manchen Stellen wurde das Geröll mittlerweile von Unkraut überwuchert, doch der größte Teil des Landes war vom Feueratem der Nachtmahre so verbrannt worden, daß hier für lange Zeit nichts mehr gedeihen würde. Der Schein der am Horizont versinkenden Sonne tauchte die Trümmer in rötliches Licht, so daß sie aussahen, als wären sie mit Gold überzogen, doch auch das vermochte dem Bild nichts von seiner Trostlosigkeit zu nehmen. Maziroc wußte nicht, warum er hergekommen war. Nachdem er mit Kenran'Del auch den letzten guten Freund verloren hatte, hatte er hier Zuflucht gesucht, Trost und vielleicht innere Ruhe, doch im Grunde hatte er gewußt, daß er nur Verzweiflung finden würde.

Möglicherweise war gerade diese jedoch nötig. In den vergangenen Jahren hatte er fast all seine Gefühle verdrängt, doch bevor er sich der Gegenwart stellen und einen Neuanfang beginnen konnte, mußte er endgültig mit der Vergangenheit abschließen, und es gab keinen Ort, der sich dazu besser eignete, als Cavillon.

Er spürte, wie Tränen in seine Augen stiegen, aber er kämpfte nicht dagegen an, sondern ließ ihnen freien Lauf. Weinend setzt er sich auf einen Trümmerbrocken, barg das Gesicht in den Händen und schluchzte leise in sich hinein. Er wußte nicht, wie lange er so da saß, bis er plötzlich eine vertraute Stimme hinter sich hörte. »Weine nicht«, sagte die Stimme. »Es gibt keinen Grund zur Verzweiflung, alter Freund. Nichts währt ewig, aber alles, was vergeht, bildet den Sproß für das, was einst sein wird.«

Maziroc sprang auf und fuhr herum. Er kannte nicht nur die Stimme, sondern auch die Worte: einen der Grundsätze, die Charalon ihn einst gelehrt hatte.

»Charalon?« stieß er hervor, doch hinter ihm stand nicht sein früherer Freund und Lehrmeister, sondern ein bizarres Geschöpf. Die Sonne war in den vergangenen Minuten vollends untergegangen, und der Mond schien bereits hell vom Himmel. Sein Licht reichte aus, die merkwürdige Gestalt deutlich zu erkennen. Sie besaß die Körperform eines Menschen mit einem Kopf, zwei Armen und zwei Beinen, wirkte jedoch seltsam klobig und unfertig. Das Erstaunlichste aber war, daß sie völlig aus Eis zu bestehen schien, Eis das in der Wärme der Sommernacht bereits zu tauen begann.

»Ja und nein«, erwiderte das Geschöpf, und es besaß eindeutig Charalons Stimme. »Es ist nur ein künstliches Wesen, ein *Ssiraq*, doch stellt es für mich die einzige Möglichkeit dar, mit dir oder anderen Kontakt aufzunehmen.«

»Ich ... ich hatte schon nicht mehr zu hoffen gewagt, noch jemals wieder mit dir zu sprechen«, preßte Maziroc hervor, während wilde Freude sein Herz durchflutete.

»Nun, viel Zeit bleibt uns auch nicht. Wie du siehst, schmilzt der *Ssiraq* bereits recht heftig vor sich hin. Deshalb solltest du zu mir kommen, damit wir uns von Angesicht zu Angesicht unterhalten können.«

»Aber wie? Der *Seelenstein* wurde zerstört und ...«

»Er ist nicht nötig«, fiel das Eisgeschöpf ihm ins Wort. »Wir brauchten ihn lediglich, um das Tor nach so langer Zeit zu öffnen, in der die *Dämmerschmiede* leer stand, und du würdest ihn auch benötigen, um von irgendwo anders zu mir zu gelangen. Cavillon aber war schon immer ein Ort großer Magie, mehr, als wir jemals selbst erkannt haben. Auch die Wesen, die es einst erbaut haben, besuchten häufig die *Dämmerschmiede*, und es ist mir jederzeit möglich, von hier aus ein Tor zu öffnen. Sieh dort vorne.«

Der *Ssiraq* streckte einen Arm aus, der bereits nur noch zur Hälfte existierte. Als Maziroc in die angegebene Richtung blickte, sah er, wie dort das Tor entstand. Ohne zu zögern, eilte er darauf zu und trat hindurch. Um ihn herum erlosch die Welt und wich der Regenbogenbrücke und den Nebelschründen.

Mit einem Mal konnte er es nicht mehr erwarten, sein Ziel zu erreichen. Er begann zu laufen, stürmte so schnell er konnte über das farbige Kristallgespinst, bis die Nebel vor ihm die *Dämmerschmiede* freigaben.

Charalon erwartete ihn in der Eingangshalle, die nun wirklich der eines prunkvollen Schlosses glich, doch dafür hatte Maziroc kaum einen Blick. Mit Tränen in den Augen umarmte er den verloren geglaubten Freund. Selbst wenn es sich nur um ein Trugbild handelte, fühlte sein Körper sich so fest und lebendig an, als bestünde er tatsächlich aus Fleisch und Blut.

»Wie du siehst, habe ich mir alles ein wenig wohnlich eingerichtet«, sagte Charalon, als sie sich schließlich wieder voneinander lösten. »Da sowieso fast alles hier nur Illusion ist, habe ich sie nach meinen Vorstellungen geprägt. Aber solange wir noch allein sind, haben wir erst einmal Wichtigeres zu besprechen.«

»Solange wir allein sind?« wiederholte Maziroc verblüfft.

»In den vergangenen Jahren habe ich viel Zeit dafür gebraucht, mich mit meiner neuen Aufgabe hier vertraut zu machen, aber zwischenzeitlich habe ich auch immer wieder beobachtet, was in der Welt vor sich geht. Ich kann nicht sagen, daß die aktuellen Entwicklungen mir gefallen. Der Orden ist zerfallen, dabei würde er jetzt dringender denn je gebraucht, und wenn er jemals wieder neu entstehen soll, dann ist es an der Zeit zu handeln.«

»Ich hätte das nicht zulassen dürfen«, murmelte Maziroc bedrückt, sich des Tadels in Charalons Stimme sehr wohl bewußt. »Ich hätte es verhindern können, aber ich –«

»Schon gut, das sollte kein Vorwurf sein«, unterbrach ihn der Hüter der *Dämmerschmiede*. »Ich habe auch deinen Weg verfolgt, und im Gegensatz zu vielen anderen, die nur weltabgeschieden in Basla oder anderen Städten ihre Studien betreiben, als wäre nichts geschehen, hast du gehandelt, wie ich es erwartet habe. Dennoch glaube ich, daß es an der Zeit ist, den Orden der Ishar neu zu gründen.«

»Ishar?«

»Bislang gab es nur einen Orden, so daß wir nie einen Namen benötigt haben. Aber da nun die Vingala einen eigenen Orden haben, erscheint es mir angebracht, daß auch wir uns einen Namen geben. Ishar stammt aus der Sprache des Volkes, das Cavillon einst erbaute, und bedeutet Regenbogen. Da dieser Ort hier für den künftigen neuen Orden eine wichtige Bedeutung haben wird, erscheint dieser Name mir angemessen. Jedenfalls habe ich weitere *Ssiraqs* ausgesandt, um elf der mächtigsten und weisesten Magier zu mir zu rufen. Sie werden alle noch in dieser Nacht hier eintreffen.« Er nannte die Namen der von ihm Ausgewählten, und Maziroc mußte zustimmen, daß er eine gute Wahl getroffen hatte.

»Zusammen sind wir dreizehn, was eine starke Schicksalszahl ist«, fuhr er fort. »Gemeinsam werden wir künftig die Geschicke des Ordens lenken. Cavillon wird wieder auferstehen, prachtvoller als es jemals war, und schon bald wird auch diese Narbe des Krieges geheilt sein. Da ich weiß, daß ich dir bedingungslos vertrauen kann, wirst du dabei eine zentrale Rolle spielen. In den kommenden Jahrhunderten werde ich deine Hilfe dringender denn je benötigen.«

»Den kommenden Jahrhunderten?« Maziroc runzelte die Stirn und verzog das Gesicht. »Dein Humor war schon immer recht sonderbar, und deine Scherze sind nicht gerade besser geworden.«

»Wer sagt, daß ich scherze?« Ein Lächeln spielte um Charalons Lippen. »Ich habe dich schon einmal darauf hingewiesen, daß auch du von der Macht der *Dämmerschmiede* berührt worden bist. Vor dir liegt noch ein ziemlich langer Weg. Begreifst du es immer noch nicht, alter Narr? Du besitzt zwar noch deinen Körper, aber du alterst nicht mehr. Du bist unsterblich!«

Epilog II

Nachdem Maziroc den Ankömmlingen eine Zeitlang vom Fenster seines Turmzimmers entgegengeblickt hatte, war er schließlich in den Hof hinuntergestiegen, um sie rechtzeitig in Empfang nehmen zu können.

Fast zwei Jahre waren mittlerweile verstrichen, seit er Kenran'Del zum letzten Mal gesehen hatte. Zusammen mit Miranya hatte dieser ihn nach dem Sieg über die Damonen in dem kleinen Ort aufgesucht, in dem er und die übrigen Soldaten nach dem nächtlichen Überfall Schutz gesucht hatten. Die beiden Liebenden waren jedoch nur wenige Tage geblieben und dann gemeinsam zu Kenran'Dels Zitadelle in Sharolan weitergezogen.

Die Nachricht vom neuerlichen Sieg über die Damonen hatte sich wie ein Lauffeuer in Arcana verbreitet und war ein positives Signal gewesen. Die meisten Menschen, die durch die bevorstehende Jahrtausendwende und die selbsternannten Prediger des bevorstehenden Weltuntergangs verunsichert worden waren, hatten ihre Hoffnung wiedergefunden, und als das neue Jahrtausend schließlich anbrach, war es überall wie kein Fest zuvor gefeiert worden.

Von Miranya und Kenran'Del hatte Maziroc in den vergangenen zwei Jahren nichts gehört. Dennoch kam der Besuch nicht überraschend für ihn. Charalon hatte ihm am Vortag einen *Ssiraq* mit einer Nachricht geschickt. Überraschend hingegen war für Maziroc die Person, die Kenran'-Del begleitete. Er hatte es als sicher angesehen, daß es sich um Miranya handeln würde, doch das war nicht der Fall.

Mit einer Mischung aus Neugier und Vorfreude auf das Wiedersehen einerseits, aber anderseits auch Sorge, erwartete er den Freund und den Säugling, den dieser im Arm hielt. Er bedauerte, daß sich Miranya nicht bei ihnen befand, denn er hätte auch sie gerne wiedergesehen. Es mußte einen Grund haben, daß Kenran'Del die weite Reise ohne sie, dafür aber mit dem Kleinkind unternommen hatte, und Maziroc befürchtete, daß es kein angenehmer sein würde. Die wildesten Vermutungen schossen ihm durch den Kopf, und er mußte sich zwingen, sie zu verdrängen.

Auf einen Wink Mazirocs hin, eilte eine Magd herbei. Kenran'Del brachte sein Pferd zum Stehen, dann reichte er ihr das in Decken gewickelte Baby und schwang sich aus dem Sattel. Er trat auf Maziroc zu. Die beiden Männer umarmten sich zur Begrüßung herzlich.

»Mein Sohn«, sagte Kenran'Del voller Stolz und ließ sich den Säugling zurückgeben. Aus großen, braunen Augen blickte das Kind Maziroc an, dann lächelte es und versuchte mit seinen Ärmchen nach ihm zu greifen. »Wir haben ihm den Namen Aylon gegeben. Er scheint dich zu mögen. Möchtest du ihn einmal halten?«

»Lieber nicht«, lehnte der Magier ab. Er war nicht sonderlich geübt im Umgang mit Kindern. »Womöglich würde ich ihm noch weh tun.«

Soweit er es beurteilen konnte, handelte es sich um ein ausgesprochen hübsches Baby. Allerdings fiel ihm auf, daß das Kind keinerlei mentale Aura besaß – ein Erbe seines Vaters. Doch auch Miranyas Erbe schien in ihm zu schlummern. Maziroc war sich nicht völlig sicher, aber er glaubte, eine schwache magische Kraft in Aylon zu spüren. Allerdings war der Säugling noch zu jung, als daß sich das mit Bestimmtheit sagen ließ.

Das Kind zweier Welten ...

Während sie auf das Hauptgebäude zu gingen, blickte sich Kenran'Del aufmerksam um. »Recht beeindruckend, was ihr hier geschaffen habt«, sagte er. »Als ich das letzte

Mal hier war, lag Cavillon in Trümmern. Aber das ist ja auch erst tausend Jahre und ein paar Monate her. Ihr habt es wirklich aus den Überresten Ai'Liths neu erbaut?«

»Die Elben hatten nichts dagegen, denn sie hatten ohnehin nicht vor, dorthin zurückzukehren und die Hohe Festung neu aufzubauen. Sie waren sogar erfreut, als wir diese Bitte an sie richteten, da in gewisser Weise so auch Ai'Lith weiterexistieren würde.«

In Mazirocs Quartier angelangt, bettete Kenran'Del den Säugling auf einen Sessel und zupfte ihm die Decken zurecht, ehe sie selber Platz nahmen. Maziroc schenkte Wein in zwei Gläser, dann konnte er seine Neugier nicht länger beherrschen. »Was ist mit Miranya?« platzte er heraus. »Ich habe gehofft, sie würde dich begleiten. Ihr ist doch hoffentlich nichts zugestoßen?«

»Das hoffe ich auch«, antwortete Kenran'Del ernst. »Leider kann ich dir keine andere Antwort geben. »Wir waren einige Tage in Therion, als sie eines Nachts plötzlich verschwand. Sie hinterließ mir nur eine knappe Nachricht, in der sie mir mitteilte, daß sie dringend fort müßte. Sie könnte mir nicht sagen, um was es ginge, doch vermutlich wäre sie in wenigen Wochen zurück. Das ist nun fast ein halbes Jahr her.«

»Und du hast keine Ahnung, was sie so dringend zu erledigen hatte?«

»Nein.« Kenran'Del schüttelte den Kopf und trank einen Schluck Wein. »Ich verstehe es bis heute nicht. Wir hatten keinen Streit, alles schien in bester Ordnung zu sein, wir waren glücklich. Und dann das. Zuerst habe ich geglaubt, sie hätte vielleicht eine Spur von Scruul entdeckt, denn es hat ihr keine Ruhe gelassen, daß er immer noch auf freiem Fuß ist und sein Unwesen treiben kann. Aber dann hätte sie mir Bescheid gesagt, und wir hätten gemeinsam nach ihm gesucht. Es muß etwas anderes gewesen sein, nur habe ich absolut keine Ahnung, um was es sich handeln könnte. Mittlerweile habe ich die Hoffnung aufgegeben, daß sie jemals zu mir und dem Kind zurückkehren könnte.«

Einige Minuten lang schwiegen sie bedrückt. Auch Maziroc konnte sich keinen Reim auf Miranyas Verschwinden machen, und jedes Wort der Aufmunterung wäre ihm hohl und leer vorgekommen. Ein Mann wie Kenran'Del ließ sich nicht mit bedeutungslosen Phrasen trösten, mochten sie auch noch so aufrichtig gemeint sein.

»Ich nehme an, Charalon hat dir bereits den Grund meines Kommens mitgeteilt«, ergriff er schließlich von sich aus wieder das Wort.

Maziroc nickte. Der *Ssiraq* hatte ihm alles berichtet. Von der *Dämmerschmiede* aus führten Tore zu vielen Welten, und bereits vor geraumer Zeit hatte Charalon einen Weg entdeckt, der möglicherweise zu Kenran'Dels Heimatwelt führte. Da er nicht ganz sicher war, hatte er dieses Wissen für sich behalten, statt Kenran'Del aus seinem magischen Schlaf zu wecken. Nun, da Kenran'Del ohnehin erweckt worden war, hatte Charalon ihm von dieser Entdeckung berichtet.

»Wie lange weißt du es schon?«

»Charalon teilte es mir bereits wenige Tage nach der Zerstörung der *Weltenbresche* durch eines seiner Eiswesen mit«, erklärte Kenran'Del. »Aber ich habe darauf verzichtet, diese Gelegenheit wahrzunehmen. Damals, vor meinem langen Schlaf, habe ich mir nichts sehnlicher gewünscht, als in meine Heimat zurückzukehren, doch dann hat sich alles verändert. Nach tausend Jahren dürfte auch in meiner Heimat nichts mehr so sein, wie ich es kannte, und mit Miranya hatte ich mein Glück gefunden. Lieber wollte ich des Rest meines Lebens hier mit ihr beschließen, als mich in ein solches Abenteuer mit ungewissem Ausgang zu stürzen, vor allem, nachdem sie auch noch schwanger wurde.«

»Aber dennoch hast du dich jetzt anders entschieden. Bist du dir darüber bewußt, was du dem Kind dadurch antust? Es hat schon seine Mutter verloren, soll es auch ohne Vater aufwachsen?«

»Ich habe lange darüber nachgedacht«, behauptete Kenran'Del. Seine Stimme klang gequält. »Und ich habe mir die Entscheidung gewiß nicht einfach gemacht, aber ich kann nicht anders. Ich muß einfach wissen, was auf meiner Welt in der Zwischenzeit passiert ist, wie sich mein Volk entwickelt hat, ob es überhaupt noch existiert. Solange ich mit Miranya zusammen war, spielten diese Fragen keine Rolle, aber in den vergangenen Monaten konnte ich kaum noch an etwas anderes denken. Überleg doch nur, was es bedeutet, wenn es wirklich wieder einen Weg zwischen meiner Welt und Arcana gäbe, welchen ungeheuren Vorteil das vor allem für euch bringen könnte.«

»Ich war in deiner Zitadelle, zweimal sogar, und ich habe gesehen, welchen Fortschritt dein Volk hervorgebracht hat«, entgegnete Maziroc. »Aber ich kann nicht sagen, daß es mir sonderlich gefallen hat. Vieles dort, und auch viele der Hilfsmittel, über die du verfügst, machen mir Angst. Ich glaube nicht, daß es gut wäre, wenn noch mehr davon nach Arcana käme. Vielleicht werden wir eines Tages selbst solche Dinge bauen, aber bis dahin wird es noch lange dauern.«

»Wir werden sie euch auch sicherlich nicht von einem Tag auf den anderen schenken«, behauptete Kenran'Del. »Aber wir können eure Entwicklung maßgeblich voranbringen ... Nun, das ist jedoch nicht der einzige Grund. Ich muß einfach wissen, was inzwischen geschehen ist. Wenn es dich für so lange Zeit irgendwo in die Fremde verschlagen hätte, würdest du nicht auch alles daran setzen, um zu erfahren, was in der Zwischenzeit aus Cavillon geworden ist, aus dem Magierorden, aus Larquina und den anderen Ländern?«

Maziroc schwieg eine Weile. Im Grunde hatte Kenran'-Del recht, und in einer vergleichbaren Situation würde auch er selbst sich mit größter Wahrscheinlichkeit nicht anders entscheiden. Es gab jedoch einen gravierenden Unterschied zwischen ihnen.

»Ich kann dich verstehen, sehr gut sogar«, nahm er das Gespräch schließlich wieder auf. »Wenn es nur um dich allein ginge, würde ich auch mit keinem Wort versuchen, dich von deinem Vorhaben abzubringen. Aber du trägst die Verantwortung für ein kleines Kind, das dich braucht.«

»Ich weiß«, murmelte Kenran'Del. Er griff nach seinem Weinglas und trank einen Schluck, doch wollte er auf diese Art offensichtlich nur ein paar Sekunden Zeit gewinnen. »Am liebsten würde ich Aylon mitnehmen, doch das Risiko erscheint mir zu groß. Es gibt keine Garantien, daß Charalons Weg mich tatsächlich zu meiner Welt bringt, und ich weiß nicht, was dort auf mich wartet. Außerdem gibt es bei uns keine Magier, und Miranya ist davon überzeugt, daß Aylon entsprechende Kräfte besitzt. Man würde den Jungen wieder und wieder untersuchen, und ich glaube nicht, daß er eine Möglichkeit hätte, normal aufzuwachsen.«

»Aber –«

»Außerdem ist ja nicht gesagt, daß ich für immer fort bleibe«, fiel ihm Kenran'Del ins Wort. »Vielleicht kann ich in wenigen Wochen schon auf dem gleichen Weg zurückkommen. Ohne die Aussicht darauf, wäre mir mein Entschluß noch viel schwerer gefallen, das kannst du mir glauben.« Er räusperte sich. »Aber für den Fall, daß es für mich keine Rückkehr mehr gibt, halte ich es für das beste, wenn Aylon hier in Cavillon aufwächst. Hier kann er lernen, seine Kräfte zu entfalten und sie den Lehren der Ishar gemäß eines Tages anzuwenden. Außerdem ist er hier mit anderen zusammen, die über die gleichen Fähigkeiten verfügen. Deshalb möchte ich dich bitten, ihn in deine Obhut zu nehmen.«

Wieder überlegte Maziroc eine Weile. Er mußte sich damit abfinden, daß Kenran'Dels Entscheidung feststand. Vielleicht war es sogar wirklich das beste für Aylon, wenn er hier aufwuchs.

»Wann ist er geboren?« erkundigte er sich.

»Eigentlich sollte er erst im Frühjahr zur Welt kommen, im März oder vielleicht auch erst im April. Doch Miranya erlitt eine Frühgeburt. Ohne die Möglichkeiten, die mir in meiner Zitadelle zur Verfügung standen, wären sowohl sie als auch das Kind vermutlich gestorben, aber so ist alles gut gegangen. Dadurch ist Aylon ein echtes Jahrtausendkind geworden. Er kam um wenige Minuten nach zwölf in der Sylvesternacht zur Welt.«

Maziroc war nicht einmal sonderlich überrascht, obwohl ihn die Konsequenzen erschreckten, die sich daraus ergeben konnten, daß auch der zweite Teil der alten Prophezeiung in Erfüllung gegangen war.

Ein Kind zweier Welten, das zu einer Jahrtausendwende geboren wird ...

Es mochte nicht nur für Aylon, sondern vielleicht auch für ganz Arcana das beste sein, wenn das Kind tatsächlich schon von kleinauf nach den Regeln der Ishar erzogen wurde.

Maziroc blickte zu dem Säugling hinüber, der mittlerweile auf dem Sessel eingeschlafen war und friedlich vor sich hin lächelte. Es war kaum vorstellbar, daß dieses unschuldige Kind eines Tages Unheil über die Welt bringen sollte. Jedenfalls würde er alles tun, um zu verhindern, daß das geschah.

»Wie es aussieht«, sagte er mit einem breiten Lächeln, »bin ich wohl soeben Vater geworden.«

ENDE

Anmerkungen des Autors

Als mein Freund und Kollege Wolfgang Hohlbein zusammen mit mir Ende der achtziger Jahre den Fantasy-Zyklus um ›Garth & Torian‹ mit dem sechsten Band zu Ende geführt hatten, beschloß der Goldmann-Verlag, mir die Chance zu geben, mich der Leserschaft auch mit eigenen Romanen auf diesem Gebiet zu präsentieren. Es sollten dünne, actionbetonte Bücher werden, etwa so ›wie Romane zu einer Fernsehserie, nur daß es diese Serie nicht gibt‹.

Nun, auf diesem Gebiet hatte ich Erfahrung, hatte ich doch unter dem Pseudonym ›Frank Garrett‹ bereits mehrere Romane zu TV-Serien geschrieben, wenn auch noch nicht im Fantasy-Genre. Mit Feuereifer machte ich mich an die Konzeption von ›Arcana‹. Da mir tumbe Schlagetots, die mit dem Schwert alles niedermetzeln, was sich ihnen in den Weg stellt, noch nie sonderlich gelegen haben und ich auch stets eine Abneigung gegen allzu makellose, strahlende und von sich selbst überzeugte Heldentypen hegte, beschloß ich, einen jungen Magier in den Mittelpunkt der Handlung zu stellen. Dieser Magier namens Aylon war unter der Obhut seines Mentors Maziroc wohlbehütet in der Ordensburg des Magierordens aufgewachsen, doch war er ein Einzelgänger, der von den anderen Jugendlichen geschnitten wurde und dessen Herkunft ein Geheimnis umgab.

Die beiden Romane ›Das Tal der schwarzen Bestien‹ und ›Die Zitadelle am Rande der Welt‹ entstanden, doch entfernten sie sich beim Schreiben immer mehr von der ursprünglichen Konzeption. Diese sah vor, daß Aylon aufgrund seiner besonderen Fähigkeiten und von seinem

Vater geerbten Hilfsmittel im Auftrag des Magierordens immer wieder spezielle gefährliche Aufträge erfüllen sollte. Doch zum einen wurden die Bücher wesentlich länger als geplant, und auch inhaltlich traten Aylons Bemühungen, das Geheimnis seiner Herkunft zu lüften und seinen Platz in einer Welt zu finden, die völlig anders war, als er in seinem Idealismus stets geglaubt hatte, immer mehr an die Stelle reiner Action, die dadurch aber wohl trotzdem nicht zu kurz kommt, sondern lediglich einen komplexeren Hintergrund erhält.

Die Romane bekamen recht wohlwollende Kritiken, und die erste Auflage war schnell vergriffen, doch wurden sie leider nie nachgedruckt, was unter anderem an einer Umstrukturierung des Programms lag. Auch eine Fortsetzung kam zu meinem größten Bedauern deshalb nicht mehr in Frage.

Die Jahre verstrichen, doch zwischen der Arbeit an anderen Projekten kehrten meine Gedanken immer wieder in jene fremde Welt namens Arcana zurück.

Im vergangenen Jahr schließlich konnte ich den Bastei-Lübbe-Verlag dafür gewinnen, die beiden erschienenen Romane in überarbeiteter Form neu aufzulegen und mich außerdem einen neuen schreiben zu lassen (es gibt nun mal kein überzeugenderes Argument als eine geladene Schrotflinte). Die älteren Romane sollten unter den neuen Titeln ›Der Drachentempel‹ und ›Die Sternenzitadelle‹ in einem dicken Buch neu herausgebracht werden, doch was den neuen Roman betraf, habe ich die Schrotflinte wohl zu früh wieder weggepackt. Statt die Abenteuer Aylons *fortzusetzen*, sollte ich nämlich nun einen zeitlich früher angesiedelten Roman schreiben, der als erster erscheinen sollte, da man die Veröffentlichung nicht mit einem Nachdruck beginnen wollte.

Was so einfach und in geschäftlicher Hinsicht einleuchtend klang, führte bei mir erst einmal zu recht gewaltigen Kopfschmerzen. Zwar hieß der Zyklus ›Arcana‹, doch Arcana, das waren für mich stets die Abenteuer Aylons. Nur war dieser Aylon zu Beginn des ersten Bandes leider bloß ein junger, unerfahrener Magierlehrling, der sich noch nie weiter als einen Steinwurf von der Ordensburg entfernt und in seinem ganzen Leben noch nichts besonders Aufregendes erlebt hatte.

Wie sollte ich dieses Dilemma lösen? Vor Verzweiflung begann ich bereits mit der Stirn auf die Platte meines Schreibtischs zu hämmern, was die Kopfschmerzen nicht gerade verringerte.

Bevor es zu ernsthaften gesundheitlichen Problemen oder gar irreparablen Schäden an der Tischplatte kommen konnte, entschloß ich mich schließlich, doch einen Arcana-Roman ohne Aylon zu schreiben, indem ich die für Arcana besonders wichtigen Ereignisse schilderte, die die Welt prägten, wie Aylon sie vorfindet. So konnte ich die Schicksale Mazirocs und Charalons sowie viele andere Kleinigkeiten, die ursprünglich nur am Rande erwähnt wurden und in erster Linie dazu dienten, die Handlung auszuschmücken, endlich einmal ausgiebig behandeln. Vor allem rückten die beiden großen Kriege gegen die Damonen dabei in den Vordergrund, was dazu führte, daß der Roman auf zwei Zeitebenen spielen mußte, mit Maziroc und dem geheimnisvollen Kenran'-Del als Bindeglied.

Apropos Kenran'Del. Einige unter Ihnen werden sich vielleicht noch an ›Star Gate‹ erinnern. Nein, nein, ich meine hier nicht den Film Roland Emmerichs und die nachfolgende Fernsehserie, sondern eine kurzlebige, thematisch ähnliche SF-Heftserie, die bereits 1986 in einem kleinen Verlag erschien und an der ich das Vergnügen hatte, mitzuschreiben. Held dieser Serie um ein galaxisumspannendes System von Transmittertoren war ein gewisser Ken Randall, dessen Namen ich mir für Arcana kurzerhand ausgeborgt habe, auch wenn er hier etwas anders ausgesprochen wird.

Sollten Sie nicht wie ich zu den Leuten gehören, die Nachwörter, Danksagungen, Anmerkungen und dergleichen Beiwerk in einem Buch meist noch vor dem Roman lesen, dann liegt die Hintergrundgeschichte um die Vergangenheit Arcanas nun bereits hinter ihnen. Damit wurde die Bühne für den jungen Magier Aylon errichtet, der nächsten Monat in ›Die Drachenpriester‹ sein erstes großes Abenteuer erleben wird und von allen Figuren, die ich bisher erfunden habe, immer noch mein ›Lieblingskind‹ ist.

Neben Wolfgang Hohlbein, ohne dessen vielfältige Unterstützung im Laufe der Jahre für mich sicherlich vieles anders gelaufen wäre, gebührt mein Dank noch zwei weiteren Leuten: Stefan Bauer vom Bastei-Lübbe-Verlag für seine Risikobereitschaft, Arcana zu neuem Leben zu verhelfen, und Hugh Walker alias Hubert Straßl. Er wird es vermutlich nicht einmal mehr wissen, aber als ich vor vielen Jahren meine ersten Gehversuche im Schreiben von Geschichten unternahm, schickte ich ihm die ersten Seiten eines noch völlig unausgegorenen Fantasy-Romans, in dem auch schon ein Magier namens Maziroc mitspielte. Seine äußerst freundliche und ausführliche Antwort war mir nicht nur Ermunterung, sondern vermittelte mir auch wertvolle Informationen darüber, wie ein Manuskript überhaupt formal auszusehen hätte, um in einem Verlag gelesen zu werden. Ein später Dank zwar, aber eine Verpflichtung, die ich schon seit vielen Jahren einlösen möchte.

Viersen, im Februar 1999
Frank Rehfeld

Abgeschieden von der übrigen Welt, umschlossen von Meer und Bergen, liegt Elderland, die Heimat des friedfertigen Ffolks. Das Ffolk ist stolz auf seine Geschichte und hortet im großen Museum zu Aldswick viele seltsame und kuriose Dinge aus der Vergangenheit. Doch als die düsteren Schatten dieser Vergangenheit sich auf das Land legen und eine Gefahr heraufzieht, die alle schon längst gebannt geglaubt, treten Geheimnisse zutage, von denen niemand etwas ahnte. Nun muß sich das Ffolk bewähren. Das Schicksal des ganzen Imperiums lastet auf einer kleinen Gruppe treuer Freunde, die zu einer abenteuerlichen Reise aufbrechen, welche sie an die Grenzen der Welt führen wird, zum Anfang und zum Ende der Zeit …

ISBN 3-404-20333-X

BASTEI LÜBBE